림버로스트의 소녀

림버로스트의 소녀

진 스트래튼-포터 지음
서다연 옮김

림버로스트의 소녀

초판 1쇄 2024년 9월 30일
지은이 진 스트래튼-포터
옮긴이 서다연
펴낸곳 젤리클
펴낸이 정철수
등록 2022년 9월 7일 제2022-000056호
전화 02-3141-1917 팩스 02-3141-0917
이메일 imaginepub@naver.com
블로그 blog.naver.com/imaginepub
인스타그램 @imagine_publish
ISBN 979-11-982414-4-3 (04800)
　　　 979-11-982414-3-6 (세트)

• 젤리클은 이매진의 문학과 에세이 브랜드입니다.

이 책은 *A Girl of the Limberlost: The Original Edition*, Grosset & Dunlap, 1909를 완역했다.

림버로스트의 모든 소녀들에게

평범하지만 특별한 (나의 딸) 지넷 헬렌 포터에게

{ 차 례 }

등장인물

엘노라 컴스탁 학비를 버느라 나방을 수집한다. '네가 싫어
하는 일은 아무에게도 행하지 말라'는 황금률을 삶의 지
침으로 삼는다.

필립 암몬 나방을 수집하는 엘노라를 도우면서 사랑을 새
롭게 깨닫게 된다.

캐서린 컴스탁 환상을 잃고 보물을 발견한다.

웨슬리 신턴 언제나 최선을 다하는 모범적 인물이다.

마거릿 신턴 엘노라를 엄마처럼 돌본다.

빌리 현실 세계의 소년으로 등장한다.

이디스 카 사랑의 고통을 겪으며 자기를 발견한다.

하트 헨더슨 사랑이 모든 것인 남자다.

폴리 암몬 옛 미련을 갖는 인물이다.

톰 레버링 폴리의 약혼자다.

테렌스 오모어 자라서 나방에 관련한 이야기의 등장인물이
된다. 주근깨로 불리기도 한다.

앨리스 오모어 여전히 천사로 남아 있다.

테렌스, 앨리스, 그리고 꼬마 형제 오모어 가족 아이들.

오너배셔 이 모든 등장인물이 관계된 가상의 도시.

1장

고등학교에 간 엘노라,
책에는 안 나오는 공부

"엘노라 컴스탁, 너 제정신이야?"

캐서린 컴스탁은 딸을 노려보며 화난 목소리로 따졌다.

"왜요, 엄마!"

엘노라는 떨리는 목소리로 물었다.

"'왜요 엄마'라고 하지 마. 내가 무슨 말 하려는지 너도 잘 알잖아. 입학하는 일이 네 뜻대로 안 될 때마다 얼마나 나를 괴롭혔니. 난 충분히 했고, 너도 나갈 준비를 했어. 그런데 내 자식이 오너배서 거리를 여배우처럼 쏘다니는 꼴은 볼 수 없어. 머리카락에 물을 뿌려서 빗질하고 단정하고 깔끔하게 나가야지. 안 그러면 네가 가야 할 곳이 어딘지 찾을 시간도 없다고."

엘노라는 체념한 채 부엌 거울에 비친 창백한 얼굴을 흘깃 봤다. 불그레한 갈색 머리카락이 마구 구불거리고 있었다. 가느다란 검은 리본을 풀고, 물에 흠뻑 적신 빗으로 파도치는 곱슬머리를 펴서 머리에 붙여 빗고 단단히 묶은 다음 검은 모자를 딱 맞게 쓰고는 뒷문을 열었다.

"너 아주 멍청하게 도시락도 잊었구나."

"아무것도 먹고 싶지 않아요."

"미쳤어? 도시락 안 먹으면 한 걸음도 못 걸어. 아침 6시부터 저녁 6시까지 5킬로미터나 걸으면서 음식도 안 먹는다고? 그러다가 꼴이 아주 멋지겠어! 이 근사한 도시락을 새로 사느라고 힘들게 나갔다 왔고, 잘 다녀오라고 특별히 도시락을 쌌다고!"

엘노라는 더 창백해진 얼굴로 돌아와 도시락을 집어 들었다.

"고마워요, 엄마! 다녀오겠습니다!"

캐서린은 대답하지 않았다. 9월 첫째 주 월요일, 밝은 햇살 속에서 엄마는 아이가 대문까지 긴 길을 걸어 시야에서 사라질 때까지 바라보며 중얼거렸다.

"밤이 되면 분명히 진절머리 내겠지!"

엘노라는 눈물이 앞을 가리는 바람에 본능에 따라 걸어갔다. 림버로스트 모퉁이에서 남쪽으로 꺾이는 길을 벗어나 통나무를 지그재그로 교차해 엮은 울타리를 넘어 수없이 발로 밟아 다져진 길로 들어섰다. 버드나무와 졸참나무 가지 아래로 다니며 늪에서 나는 귀한 목재를 지키던 무장 자경단이 예전에 만들어 놓은 오래된 산길이 흔적만 남은 곳에 도착했다. 엘노라가 따라간 이 길은 무성한 덤불숲까지 이어졌다. 그곳에서 움푹 팬 통나무 안에 쌓인 낙엽 부스러기를 헤치고 열쇠를 꺼내 비바람을 견뎌 온 낡은 오두막을 열었다. 오두막 안에는 책, 나비의 몸체, 금 간 작은 거울이 들어 있었다. 벽에는 색이 요란한 나비, 잠자리, 나방들이 줄지어 가득했다. 엘노라는 거울을 세워 머리를 묶은 리본을 다시 풀어서 풍성한 밝은 색 머리카락을 어깨 위로 흔들어 햇빛에 말렸다. 그런 다음 머리카락을 쭉 펴서 느슨하게 묶고 다시 모자를 썼다. 황갈색 옥양목 칼라를 공연히 잡아당기면서 지나치게 긴 슬림스커트를 절망적으로 바라봤다. 할

14

수 있다면 잘라 보려고 치마를 들었다. 그러자 무겁고 굽이 높은 가죽 신발이 드러났는데, 신발을 보자마자 기분이 무척 나빠져 재빨리 치마를 내려놓았다. 도시락을 열어서 점심을 꺼낸 뒤 냅킨으로 싸서 작은 골판지 상자에 넣었다. 오두막을 다시 잠그고 열쇠를 숨긴 뒤 서둘러 길을 내려갔다.

늪 북쪽 끝을 따라 농장을 가로질러 동북쪽으로 뻗은 오솔길로 접어들어 도시의 첨탑들을 향했다. 통나무 울타리에 다시 올라가자 탁 트인 길이 보였다. 잠시 동안 울타리에 기대어 눈앞을 응시하다가 뒤를 돌아봤다. 엘노라의 뒤에는 자기를 사랑하는 척조차 하지 않는 엄마와 힘들고 단조로운 일을 해야 하는 농장이 놓여 있고, 엘노라의 앞에는 좋아하는 일을 찾을 수 있는 길과 탈출할 방법을 찾게 도와줄 학교가 자리한 도시가 펼쳐져 있다. 자기 모습이 어떤지 생각하자 엘노라는 울타리에 더 몸을 기대며 신음했다. 집으로 돌아가면 평생 무지라는 옷을 입고 살아야 한다는 결론에 이르자 이를 악물고 오너배서로 급히 발걸음을 옮겼다.

교외 지역에 있는 깊은 지하 배수로를 가로지르는 다리 위에 도착해서 주위를 둘러보고는 무릎을 꿇고 다리 밑받침과 바닥판 사이에 도시락을 밀어 넣었다. 이렇게 하면 빅스톤 고등학교 건물에 도착할 때 손이 빌 수 있었다. 엘노라는 용감하게 건물로 들어가서 교장실이 어디인지 물었다. 지난주에 교장실에 와서 수업 준비를 해야 했다는 사실을 알게 됐다. 개학 때 준비할 게 많은데 혼자서 다 처리할 수는 없었다.

교장은 가정 선생님에게 수업에 몇 명이 참여하는지 확인할 때까지 식료품을 주문하지 말라고 조언하고, 과학 수업에 쓸 화학 물질 주문서를 작성하고, 갑자기 아프다는 베이스 바이올린 연주자 대신 전문 연주자를 고용하라고 오케스트라 대표에게 권고하면서 엘노라에게 물었다.

"어디 학교를 다녔나요?"

"지난봄에 9번 지구에 있는 브러시우드 학교를 졸업했습니다. 여름에도 계속 공부했습니다. 준비할 시간을 며칠만 주신다면 1학년 수업을 들을 수 있다고 확신합니다."

"그럼, 그럼요. 대부분 시골 학생들은 좋은 성과를 내죠. 1학년 수업에 들어가면 돼요. 만약 어렵더라도 빠르게 배울 거예요. 필요한 교재 목록은 선생님들이 알려 줄 테고, 나랑 함께 강당으로 가요. 개학식을 하고 있어요. 빈자리 어디든 골라 앉아요."

그렇게 큰 강당을 처음 본 엘노라는 입구에 서서 빤히 바라봤다. 입이 떡 벌어질 만큼 큰 무대를 향해 바닥이 경사져 있었고, 무대에서는 그랜드 피아노 주변에 모인 악단이 악기를 조율하는 중이었다. 엘노라는 그 순간 두 가지 인상을 받았다. 첫째로 이 광경은 모두 환영이고 이곳은 학교가 아니라 거대한 리본을 묶어 둔 웅장한 전시장 같았다. 둘째로 엘노라는 풀이 죽어 걷는 법을 잊었다. 그러던 중 오케스트라에서 터져 나오는 음악이 긴장한 엘노라에게 기운을 불어 넣었고, 새일지도 모르고 꽃일지도 모를 향기로운 존재처럼 우아하게 차려 입은 즐거운 여자아이들한테 밀리는 바람에 앞으로 나아갔다. 뒤늦게 엘노라는 교장한테 안내를 받아 강당 뒤편을 지나 빈자리로 터벅터벅 걸어가는 자기 모습을 발견했다.

엘노라 곁을 지나친 여자아이들이 다가가면 빈자리가 자연스레 생겼다. 친구들이 자리를 옮기며 오라고 서로 손짓했다. 모두 다 자리에 앉았지만, 멀리 벽 쪽 복도를 따라 내려오는 창백한 얼굴을 한 소녀에게 아무도 관심을 주지 않았다. 결국 무대에서 가장 먼 끝자리로 갔다. 아무도 움직이지 않았고, 엘노라는 사람들을 지나서 빈자리로 갈 용기가 나지 않았다. 절망한 엘노라가 복도 끝에서 멈춰 뒤를 돌아보자 자기를 향하고 있는 얼굴들의 숲이 눈에 들어왔다.

순식간에 엘노라는 자기의 허름한 옷, 작고 한심한 모자와 리본, 무겁고 큰 신발, 어디로 가야 할지 무엇을 해야 할지 모르는 무지를 깨달았다. 역겨운 물결이 엘노라를 덮쳤고, 속이 메스꺼워졌다. 그때 무리 속에서 커다란 갈색 눈을 봤다. 세 자리 떨어진 데 앉은 소년의 눈 속에는 메시지가 담겨 있었다. 소년은 몸을 흔들지 않고 앞으로 뻗으며 연필로 자기 앞자리 등받이를 가볍게 두드렸다. 엘노라는 곧장 한 걸음 더 내디디며 빈 앞자리로 갔다.

뒤에서 웃음소리가 들려왔다. 모자를 쓴 사람은 자기밖에 없다는 사실을 알게 됐다. 끊임없이 맴도는 중요한 문제들과 전혀 그렇지 않은 문제들로 머릿속이 아리고 따끔거렸다. 교과서도 없었다. 입학식이 끝나면 어디로 가야 할까? 집에 가는 오솔길 위라면 얼마나 좋을까! 음악이 멈추자 냉기가 느껴져 몸이 떨렸고, 꽃으로 장식한 무대 앞으로 교장이 내려와서 성경책을 펼치고 읽기 시작했다. 엘노라는 뭘 읽고 있는지도 몰랐고, 자기가 알 필요도 없다고 느꼈다. 다른 사람들이 강당을 나갈 때 그대로 앉아 있을지 따라가서 어디로 가는지 물어볼지 정하지 못해 혼란스러웠다. 머릿속에서 그런 싸움을 하는데 한 문장이 귀에 들렸다.

"주의 날개 그늘 아래 나를 숨겨 주소서."

엘노라는 미친 듯이 기도하기 시작했다.

"나를 숨겨 주소서, 오, 하나님, 주의 날개 그늘 아래 숨겨 주소서."

다시 간절히 빌고 또 비는데, 무슨 일이 일어나는지 알아
차리기도 전에 강당은 빠르게 비고 있었다. 엘노라는 가장
가까이 앉은 여자아이를 따라가 문 앞에서 소매를 살짝 잡
으며 주뼛주뼛 물었다.

"신입생들은 어디로 가야 하는지 알려 줄 수 있어?"

여자아이는 놀라며 쳐다보고는 몸을 돌리면서 대답했다.

"신입 여학생들하고 같은 곳이야."

그 아이 곁에 있던 아이들이 웃었다. 엘노라는 갑자기 기
도를 멈추고 얼굴이 붉어졌다.

"내가 거기가 어딘지 찾으면 가장 먼저 만날 사람이 너라
는 데 내 전부를 걸게."

말을 하다가 멈췄다. 당황하며 생각했다. '그러면 안 돼!
아, 그렇게 하면 안 돼! 오자마자 적을 만드는 짓이라니. 아,
그러면 안 돼!'

눈앞에서 벌어지는 일들을 지켜봤다. 젊은 사람들이 각
자 갈 길로 가는 모습을 봤다. 계단을 오르는 사람, 복도로
사라지는 사람, 가까운 문으로 들어가는 사람도 있었다. 엘
노라는 아까 그 소녀가 갈색 눈 소년을 따라가 말을 거는
모습을 봤다. 소년은 불쾌한 표정을 지으면서 엘노라를 뒤
돌아봤다. 그러고 나서 엘노라는 혼자 복도에 서 있었다.

조금 뒤 젊은 여자가 문을 열고 나와서 다른 교실로 들
어갔다. 엘노라는 그 여자가 돌아오기를 기다리다가 재빨리
다가가 물었다.

"신입생들은 어디로 가는지 알려 주실래요?"

"복도를 따라 직진하세요. 왼쪽 세 번째 문을 열면 돼요."

"잠시만요. 저기, 문을 두드려야 하나요? 아니면 그냥 열

어도 되나요?"

"그냥 들어가서 자리에 앉아요."

"자리가 없으면 어떡하죠?"

"교실은 절대 반 이상 안 차요. 자리가 충분할 거예요."

엘노라는 모자를 벗었다. 둘 데가 없어서 들고 다녔다. 모자를 쓰지 않는 편이 훨씬 나았다. 몇 번 노력한 끝에 엘노라는 마침내 문을 열었고, 안으로 들어가자 집중하는 눈들의 작은 무리를 마주했다.

"교장 선생님이 보내셨어요. 교장 선생님은 제가 이 반이라고 하셨어요."

담임 교사에게 말을 하기는 했지만 그 목소리는 엘노라도 처음 들어본 음성이었다. 기다리며 서 있을 때 복도에서 만난 그 여자아이가 칠판 쪽으로 가면서 내는 억누른 웃음소리가 엘노라를 또 자극했다.

"자리에 앉으세요."

선생님은 엘노라가 무척이나 어색해 하자 책을 빌려주면서 대수학을 배웠는지 물었다. 엘노라는 조금 공부했지만 교재는 다르다고 말했다. 선생님은 수업을 할 수 있을지 물었고, 엘노라는 할 수 있다고 대답했다.

그렇게 교실에 들어온 지 3분 만에 칠판으로 간 소녀 옆에 서서 칠판에 문제를 풀게 됐다. 얼굴이 붉어지고 눈이 매서워진 그 소녀는 엘노라를 피했다. 문제에 집중해야 하는 만큼 엘노라는 자기 자신을 잊어야 했다. 선생님이 학생들에게 문제 풀이에 서명하라고 하자 당당하게 '엘노라 컴스탁'이라고 썼다. 그런 다음 자리에 앉았다. 선생님이 칠판에 적힌 이름을 부르면, 학생들은 일어나 문제 풀이를 설명하고 올바로 풀지 못하면 '탈락'했다. 엘노라는 다른 학생들이 발표하는 방식을 지켜보면서 설명할 준비를 하고 다른 풀이를 참고하느라 선생님이 '엘노라 콘스탁' 하고 또렷하고 확실하게 부를 때까지 칠판에서 눈을 떼지 못했다.

멍하게 칠판을 바라봤다. 누구나 자랑스럽게 쓸 수 있는 멋진 영국식 성씨가 '컴'에서 '콘'으로 바뀐 채였다. 엘노라는 말없이 앉아 있었다. 언제 어떻게 이런 일이 벌어졌을까? 엘노라는 주변 공기 속에서 파도처럼 밀려오는 억누른 웃음을 느낄 수 있었다. 분노가 밀려와 얼굴이 붉어지고 영혼에 상처가 난 기분이었다. 선생님 목소리가 직접 다가왔다.

"이 명제를 아주 훌륭하게 증명했군요, 콘스탁 양. 어떻게 증명한 건지 분명히 설명할 수 있겠죠?"

한 마디 칭찬이 엘노라를 구했다. 엘노라는 잘할 수 있다. 예쁜 옷을 입고 친구도 많은 이 아이들은 엘노라에게 여태 겪지 못한 큰 고통을 줄지도 모르지만, 그중 엘노라보다 더 훌륭하거나 더 여성스러운 아이는 아무도 없다. 엘노라에게는 그런 능력이 있었다. 엘노라가 일어서자 꼿꼿한 허리에 키 크고 예쁜 모습이 드러났다.

"물론 설명할 수 있어요. 다만 이름을 잘못 적는 바보 같은 실수에 관해서는 설명할 수 없어요. 긴장한 모양이에요. 죄송합니다."

엘노라는 칠판으로 다가가 이름을 지웠다. 그리고 정확하게 다시 썼다.

"제 이름은 컴스탁입니다."

분명하게 말했다. 자리로 돌아와 다른 학생들이 하는 모습을 따라 고등학교에서 첫 발표를 하기 시작했다.

헨리 선생님은 엘노라를 찬찬히 바라봤다.

"이해가 안 가네요. 그렇게 아름답게 증명하고 또 명확하게 설명할 수 있는데 자기 이름은 잘못 적는 실수를 왜 했을까요. 컴스탁 양, 정말 자신이 그랬다고 확신하나요?"

"다른 누군가가 한 일이라고 생각하지 않아요."

"그렇게 생각한다니 정말 다행이에요. 신입생 여러분은 내게 모두 낯선 사람들이에요. 여러분 중 한 명이 그런 장난을 칠 정도로 수준 낮게 행동할 수 있다고 생각하면서 한 학년을 시작하고 싶지 않네요. 다음 문제로 넘어갑니다."

한 시간이 지나고 어디로 가야 할지 모르는 엘노라는 교실로 돌아가는 학생들을 필사적으로 따라갔다. 엘노라는 책이 없어 공부할 수 없었고, 다음 수업을 들으러 학생들이 다시 교실을 떠날 때마다 따라갔다. 그 교실이 아니라면 학생들은 엘노라를 내쫓을 수도 있었다. 다들 흩어지는 정오까지 학생들을 계속 따라다녔다. 자아가 지나치게 강한 탓에 엘노라는 웃음 가득한 많은 아이들이 자기를 조롱한다고 상상했다. 함께 걷던 갈색 눈 소년과 아까 마주친 소녀를 지나칠 때 엘노라는 소년이 하는 말을 들었다.

"볼품없는 옥양목 쪼가리가 너보다 잘하게 왜 놔뒀어?"

대답은 흐릿했다.

엘노라는 도시를 빠져나왔다. 첫 번째 나무 그늘 아래에서 점심을 먹고 다시 학교로 갈지 집으로 돌아갈지 결정하려 했다. 다리 위에서 무릎을 꿇고 도시락을 집어 드는데 도시락이 텅 빈 사실을 열기도 전에 알 수 있었다. 감사할 일이 하나 있었다. 엘노라가 도시락을 숨기는 모습을 본 소년인지 방랑자인지가 냅킨을 남겨 놓았다. 도시락을 잃어버린 일을 엄마에게 설명하지 않아도 됐다. 냅킨을 주머니에 넣고 도시락을 도랑에 던졌다. 그런 다음 다리 위에 앉아 생각하려 하는데 머릿속이 혼란스러웠다.

"아마도 최악의 상황은 지나간 것 같아. 돌아가야지. 지금 집에 가면 엄마가 무슨 말을 하겠어?"

고등학교로 돌아가 다른 학생들을 따라 사물함실에 모자를 걸고 아침에 간 교실로 가는 길을 찾았다. 그날 오후 두통과 공복으로 고통을 겪었고 다른 과목 선생님 두 명을 새로 만났다. 첫 번째 선생님은 별일 없이 지나갔고, 두 번째 선생님 때 최악의 상황이 벌어졌다. 선생님은 대답할 수 없는 질문을 했다.

"아직 수강 신청을 안 했고 교과서도 준비 안 했나요?"

"수강 신청은 했지만, 교과서는 어디에 부탁해야 하는지 모르겠어요."

"부탁한다고요?"

선생님은 혼란스러워했다.

"교과서는 주는 줄 알았어요."

엘노라가 더듬거리며 말했다.

"주 정부 지원을 받은 사람만 교과서를 받을 수 있어요."

"네! 네! 내일까지 준비하겠습니다."

책상을 붙잡았다. 그럴 수 없다는 사실을 알고 있었다. 한 권에 1달러 50센트 정도인 책 네 권을 엄마가 사 줄까? 물론 사 주지 않겠지, 아니 사지 못한다.

엘노라는 지난 일들은 잘 몰랐다. 땅은 충분하지만 농지로 개간해서 농사를 지을 사람은 없었다. 모든 토지에 매기는 세금, 얼마 전 더해진 자갈 포장 도로세, 생활비, 모든 것을 감당하려는 두 여자의 노동. 도시에서 공부하겠다는 생각은 미친 짓이었다. 엄마가 맞았다. 만약 집에 돌아갈 수 있다면, 이런 고통을 더 견딜 필요 없이 아무 일이나 하면서 지내겠다고 결심했다. 지금에 견주면 도망치려던 일이 얼마나 나쁜지 깨달았다. 교과서를 받는다고 기대한 사실을 무심결에 드러내자 교실 안에 흐르던 동요를 엘노라는 가라앉힐 수 없었다. 엄마는 교과서를 구해 주지 않는다. 이 문제는 답은 정해져 있다.

고통은 절대 서둘러 사라지지 않았다. 그날이 끝나기 전에 교실에 들어온 교장이 시골에서 온 학생들은 1년 수업료가 20달러라고 설명했다. 이제 진짜 끝이었다. 전까지 엘노라는 교장실 접시 설거지부터 은행털이까지 교재 살 돈을 마련할 여러 방법을 궁리하고 있었다. 그러나 이 추가 비용은 계획을 수포로 돌렸고, 눈에 띄지 않을 때까지 기다리다가 일어서는 것 말고 할 수 있는 일이 없었다.

많은 사람들 사이에서 긴 복도를, 숱한 사람들 사이에서 긴 거리를 혼자 걸어가다 보니 시골이 나왔다. 울타리와 들판을 가로지르며 어린 소년이 쓰디쓴 고통을 느끼면서 밟아 만든 오래된 오솔길을 지금 마음에 상처 입은 창백한 소녀가 터덜터덜 걷고 있었다. 아무리 애를 써도 참을 수 없어 그루터기에 주저앉아 흐느끼기 시작했다. 처음에는 몸이 힘들다가 나중에는 생각들이 몰려들었다.

아, 수치와 고난! 왜 등록금을 몰랐을까? 왜 도시 학교는 교과서를 준다고 생각했을까? 어쩌면 몇몇 다른 주에서는 그렇다고 본 적이 있기 때문이다. 왜 몰랐을까? 엄마는 왜 함께 오지 않을까? 다른 엄마라면, 아니 엄마가 다른 엄마들처럼 보이거나 행동한 적이 있기는 할까? 그런 적이 없다고 엄마를 탓해도 소용없었다. 엘노라는 지난주에 도시로 가서 누군가에게 이 모든 사항을 물어봐야 했다는 사실을 깨달았다. 사람들이 많은 장소에서 내 옷이 어떻게 보일지를 떠올려봐야 했다. 이제야 깨달았고, 꿈은 산산조각 났다. 닭,

송아지, 돼지를 먹이러 집으로 돌아가야 했고, 옥양목 옷을
입고 허름한 신발을 신고, 책꽂이를 피해 머리를 돌리며 평
생을 지내야 한다. 다시 흐느끼기 시작했다.

"엘노라, 저런, 무슨 일이니?"

가장 가까이 사는 이웃 웨슬리 신턴이 엘노라 옆에 앉으
며 물었다.

"저기, 저기."

얼굴에 가득한 눈물을 훔치려 노력했다.

"그 정도까지 심각했니? 마거릿이 하루 종일 무척 걱정했
어. 시간이 갈수록 더 불안해했어. 너를 그냥 가게 둔 일이
어리석었다면서. 차림새도 그렇고, 깡통 도시락을 들고 다
니면 사람들이 비웃을 거라고 했어. 세상에, 그랬구나!"

"웨슬리 아저씨, 왜 엄마가 말하지 않았을까요?"

"음, 엘노라, 엄마는 말하기가 어렵지. 너에게는 기상을
잃지 않고 헤쳐 나가는 너만의 방식이 있어. 엄마는 네가 출
발하기 전에 어떻게든 해낼 거라고 생각했겠지. 그러고 나서
야 엄마는 준비해야 할 수만 가지 것들을 떠올렸겠지. 개더
스커트가 아니라 플리츠스커트여야 하고, 뜨거운 9월 날씨
에 맞게 낮고 가벼운 구두로, 새 모자도 써야 했다는 걸 말
이야. 제대로 차려 입었니?"

소녀는 실성한 듯 마구 웃음을 터뜨렸다.

"제대로요! 제대로! 아저씨, 학생들 사이에 있던 저를 봐
야 했어요! 아주 특별했죠! 결코 저를 잊지 못할 거예요. 아
니, 걔들은 바라지 않겠지만 내일도 그런 저를 볼 거예요!"

"그게 바로 용기라고 할 수 있어. 엘노라! 진정한 투지! 걔
들이 너를 보고 웃지 못하게 해. 너는 몇 년 동안 수확하느
라 바쁜 마거릿과 나를 도왔어. 그렇게 번 돈이 상당할 거

야. 그 돈으로 옷을 더 많이 살 수 있어."

"옷 얘기는 마세요, 아저씨. 이제는 제가 어떻게 보이든 상관 안 해요. 돌아가지 않으면 걔들은 다 알겠죠. 교과서 살 돈이 없어서 그렇다고."

엘노라가 흐느끼며 말했다.

"그렇게 빌어먹게 가난한 줄 몰랐어. 좋은 땅이 35만 평이나 되고 아주 좋은 목재들도 있어."

"버는 족족 세금 내는 데 다 들어가고, 엄마는 죽어도 나무 한 그루 못 베게 해요."

"엄마에게 하나만 베라고 설득해야겠구나. 어쨌든 너 자신을 괴롭히지 말고 나한테 말해라. 옷이 아니면, 뭐니?"

"교과서랑 등록금이요. 전부 20달러가 넘어요."

"흠! 나는 네가 20달러 때문에 난처한 줄 오늘 처음 알았어, 엘노라."

웨슬리가 엘노라의 손을 쓰다듬으며 말했다.

"저한테 돈이 필요하다는 사실을 오늘 처음 알았어요. 여태 겪은 어떤 일하고도 달라요. 제가 어떻게 돈을 구할 수 있을까요, 아저씨?"

"아침에 나랑 차를 타고 마을에 가서 은행에 들러 돈을 찾자. 너한테 빚을 갚아야 해."

"아저씨는 저한테 빚이 없잖아요. 진짜 번 돈이 아니라면 한 푼도 손댈 수 없어요. 아저씨하고 마거릿 아줌마 덕분에 사랑이 뭔지 알았어요. 제가 빚을 졌죠. 어떻게 일하는지 아는데 아저씨 돈은 받을 수 없어요."

"그냥 빚일 뿐이야, 엘노라. 돈을 벌 때까지 잠시 빌려줄게. 다른 사람들 앞에서는 체면을 지켜야 하지만 우리 사이에는 비밀이 없지, 그렇지, 엘노라?"

"네, 없어요. 아저씨하고 마거릿 아줌마가 주신 사랑이 제 삶에서 유일한 사랑이에요. 그래서 도움을 받을 수 없어요. 돈은 주지 마세요. 왜냐면 제가 돈이 필요해서 울고 있기 때문이에요! 이 오래된 오솔길이 슬픔과 고통을 알고 있다는 이야기는 새롭지 않아요. 모두 그 이야기를 알잖아요. 주근깨는 맡은 일을 꾸준히 해서 성공했어요. 저도 그럴 거예요. 던컨 아저씨는 떠나면서 늪에 남은 모든 것을 주셨어요. 던컨 아저씨 재산을 받은 제게 행운도 함께 오겠죠. 아저씨 돈은 건드리지 않겠어요. 어떻게든 해볼게요. 집에 가서 엄마에게 먼저 부탁할게요. 중고 교과서를 구하거나 수업료를 한 번에 내지 않고 분기별로 낼 수 있을지도 모르죠. 그렇지만 아저씨랑 아주머니는 계속 저를 사랑해 주세요! 너무 외로워요. 아무도 저를 돌봐주지 않아요!"

웨슬리 신턴은 입을 앙다물었다. 쓴 말을 삼키고 하고 싶은 말을 세 번이나 바꾸며 말을 꺼냈다.

"엘노라, 네가 세 살 때 너를 입양할 수 있게 법적 절차를 밟으려고 했지만, 한 가지 이유로 그러지 못했어. 마거릿은 소용없다고 해도 나는 항상 그 생각을 했어. 너도 알지만 나는 이곳에 처음부터 정착한 사람이라 나 아닌 다른 사람들은 절대 이해하지 못할 일들이 있었지. 엄마는 아빠를 사랑했어. 숭배했지. 질퍽이는 녹색 구덩이에 두터운 더껑이가 갈라지며 사람의 숨을 품은 큰 거품 세 개가 천천히 떠오르고 있었어. 엄마는 고통에 발작하듯 떨고 있었고, 옆에는 던지려고 하던 무겁고 큰 통나무가 있었어. 너를 외면하고 네 어린 시절을 망친 네 엄마를 절대 용서할 수 없지만, 네 엄마를 괴롭히는 사람도 용서할 수 없어. 마거릿은 네 엄마를 자비 없이 대해 왔어. 내가 본 모습을 마거릿은 보지 못했고, 나는 자세하게 말할 수 없었어. 그 뒤로 나는 무척 명확했어. 언제든 네 엄마의 얼굴을 보면, 엄마가 본 장면이 나도 보여서 입을 닫고 마음속으로 '좀더 기다리자' 하고 말하지. 언젠가는 그 순간이 올 거야. 엘노라, 엄마는 너를 사랑하고 있어. 모두 너를 사랑해, 애야. 엄마는 감정이 너무 복잡해서 표현할 수 없을 뿐이야. 조금만 더 참자. 어쨌든 네 엄마이고, 너는 엄마에게 유일한 존재야. 기억에 속고 있다는 사실을 스스로 알아차린다면 좋겠지만."

"그러면 엄마는 죽을 수도 있어요! 아저씨, 엄마가 죽을 수도 있다고요! 무슨 뜻이에요?"

"아무것도 아니야. 아무것도, 애야. 그건 남자가 현명해 보이려고 애쓸 때 하는 바보 같은 말 중 하나일 뿐이었어. 엄마는 아빠를 지독하게 사랑했고, 결혼한 지 1년밖에 되지 않아서 엄마가 생각하는 남편 모습을 사랑하고 있었어. 남편을 제대로 몰랐지. 아빠가 1년만 더 살았으면, 엄마는 잘 견뎌 내고 너도 제대로 대우받았겠지. 엄마는 교사 생활을 해서 우리보다 더 많이 배우고 똑똑해서 더 예민해. 그래서 자기가 허상을 사랑하고 있다는 사실을 이해하지 못해. 이 사실을 아는 사람이 엄마에게 말해 주면 도움이 되겠지만, 맹세컨대 나는 결코 그럴 수 없었어. 지난 16년 동안 늪가에서 남편을 돌려 달라고 애원하는 소리를 들었고, 피곤해도 침대에서 일어나 네 엄마가 스스로 늪에 들어가지는 않을까, 너를 해치지 않을까 확인했어. 엄마가 느끼는 감정은 내가 감당하기에 너무 깊어. 엄마의 슬픔을 존중해야 하는데 극복할 수가 없어. 집에 가서 엄마한테 친절하게 도와 달라고 부탁해. 엄마가 안 도와준다고 하면 목에 걸린 작은 자존심 덩어리를 삼키고 평생 그러던 대로 마거릿 아줌마에게 오렴."

"엄마한테 물어보겠지만 아저씨 돈은 못 받아요. 정말 못 받아요. 1년 기다리다가 돈 벌어서 내년에 들어갈 거예요."

"네가 고려하지 않은 게 하나 있단다, 엘노라. 바로 마거릿에게 너라는 존재야. 마거릿은 네 엄마랑 비슷해. 포기하지 않고 용감하게 고군분투하고 있지만, 우리가 둘째 딸을 묻은 뒤 마거릿의 눈은 빛을 잃었어. 너를 행복하게 만들었다고 생각할 때만 마거릿의 눈빛이 돌아와. 이제 너를 위해 해주고 싶다는 게 뭐든 너무 쉽게 거절하지 마렴. 세상 사람들은 때때로 자기를 잊고 다른 사람을 도와줄 의무가 있어. 어린 아이인 네가 나랑 마거릿에게 빚을 지면 우리는 위로를 얻지. 우리 둘은 아무것도 할 수 없어. 자존심이라는 어리석은 놈이 우리 곁에서 우리가 누릴 모든 즐거움을 앗아간다고 생각하지는 않니?"

28

"웨슬리 아저씨, 아저씨는 정말 다정해요. 그냥 다정해요! 다른 방법으로 돈을 구할 수 없다면 아저씨에게 빌리고, 늪에서 캔 양치류를 도시에 있는 집집마다 다니며 팔아서 갚을게요. 봄이 되면 고사리들이 올라오게 심을 거예요. 하루종일 허둥지둥하느라 이런 생각이 떠오르지 않았어요. 견과류도 모아서 팔 수 있어요. 주근깨는 나방과 나비를 팔았고, 저도 많이 모았어요. 물론 내일 다시 학교에 갈 거예요! 교과서도 구할 수 있어요. 제 걱정은 마세요. 정말 괜찮아요!"

"이제 어떤 거 같아? 우리 엘노라가 돌아왔구나. 자신감을 갖고 당당하게 완벽하게 행동해! 3분 만에 10달러를 벌수 있는 방법을 세 가지나 말할 정도면 충분할 것 같군. 걱정하지 말고 저녁 먹으러 가자!"

엘노라는 가방을 열고 도시락을 꺼내 냅킨을 넣고는 머

리를 묶은 리본을 풀어서 다시 단단히 묶고 길을 나섰다. 현관에 있는 엄마가 멀리 보였다. 엘노라는 눈을 깜빡이며 웨슬리에게 대답하면서 웃었고, 정말 기분이 나아졌다. 이제 자기가 뭘 기다려야 할지, 어디로 가야 할지, 뭘 해야 할지 알았다. 필요한 책을 구하고, 책을 구하면 수업을 준비하고, 과제 암송하는 법, 용감하게 걷는 법, 예쁜 옷 입고 즐거운 시간 보내는 법을 도시의 소년 소녀들에게 보여주려 한다.

딸이 현관에 가까이 가자 엄마는 도시락을 달라면서 손을 내밀었다.

"닭들 먹게 좀 남겨 오라고 말하는 걸 깜빡했네."

엘노라가 들어왔다.

"남는 게 없었어요. 여태 살면서 오늘이 가장 배고파요."

"그러지 싶어서 저녁을 준비했어. 먼저 먹고 일은 나중에 하자. 왜 이렇게 늦었니? 한 시간 전쯤 올 줄 알았는데."

딸은 엄마 얼굴을 바라보며 살짝 웃었다. 평범한 엄마라면 깊이 생각할 쓰디쓴 웃음이었다.

"울어 댔구나. 허겁지겁 배를 채울 줄 알았는데. 그래서 어떤 돈도 쓰지 않아야 해. 가난한 집에서 벗어나려면 아끼고 또 아껴야 해. 브러시우드 도로세 때문에 몇 년 동안 모은 돈을 다 내야 할 것 같아. 토지세는 어떻게 내야 할지 모르겠어. 매년 더 올라. 늪에 배수로를 다시 준설하는 비용으로 땅을 빼앗을 거야. 난 못 해. 그게 다야! 아침 일찍 일어나서 겨울에 먹을 콩을 거둬 깍지를 벗기고, 나머지 시간은 괭이로 순무를 캐야 해."

엘노라는 다시 비참하게 웃었다.

"내 모습이 우스꽝스러워서 비웃음을 살 줄 몰랐어요?"

"우스꽝스러웠다고?"

흥분한 캐서린이 크게 소리쳤다.

"네, 우스꽝스럽게! 완전 웃겼죠. 옥양목 드레스를 입은 사람은 아무도 없었어요. 무겁고 긴 신발을 신은 사람도 없었고요. 머리 모양도 어색했고, 리본도 다른 애들보다 초라했고, 어디로 가야 할지도 뭘 해야 할지도 몰랐고, 교과서도 하나도 없었죠. 제가 걔네들에게 얼마나 볼 만한 구경거리였겠어요!"

엘노라는 자기 모습을 떠올리며 신경질적으로 웃었다.

"그렇지만 모든 일에는 양면성이 있죠! 선생님이 대수학 수업에서 저보다 더 답을 잘 설명한 사람이 없다고 하셨죠. 제 옷차림이 그런데도 1점을 주셨어요."

"글쎄, 나라면 자랑하지 않겠어!"

"취향이 별로 안 좋네요. 그렇지만 용기를 내보려고 휘파람을 불어 보는 거예요. 솔직히 걔네들 같은 옷이면 잘 어울렸겠죠. 그럴 형편이 안 되니까 다른 옷이라도 입어야 했어요. 엄마, 너무 심했어요!"

"자, 진절머리 났다니 다행이네!"

"아직 끝이 아니에요. 이제 시작이에요. 가장 힘든 일은 끝났어요. 내일 걔들은 놀라지 않을 거예요. 걔들은 무슨 일이 벌어질지 알 거예요. 배수로 준설은 걱정이네요. 정말로 한대요?"

"맞아. 오늘 통지서를 받았어. 세금이 엄청나게 나올 거야. 마을에서 웃음거리가 되더라도 너한테 쓸 돈이 있을지 모르겠다."

어리고 건강한 엘노라는 음식을 한 입씩 먹을 때마다 용기를 되찾았다.

"목적은 수단을 정당화한다는 얘기 들어봤겠죠, 엄마. 저한테도 그런 일이 있어요. 저는 배운다는 목표가 있어서 아무리 힘들어도 기꺼이 대가를 감수할 거예요. 이미 4년 뒤에 아이들을 가르칠 학교를 골랐어요. 늪에서 채집한 꽃과 나방을 전시해서 아이들에게 보여 줄 수 있게 남향 교실을 달라고 할 거예요."

"이 멍청아! 돈은 어떻게 메울 건데?"

"바로 제가 물어보려던 거예요! 알다시피, 저는 오늘 두 가지 놀라운 소식을 들었어요. 돈이 필요할 줄은 몰랐거든요. 시에서 주는 줄로 알고 있던 교과서값이랑 시골 학생에게 책정된 수업료도 내야 해요. 아침까지 10달러가 필요해요. 주시면 좋겠어요."

"10달러! 10달러! 100달러라고 하고 끝내지 그래! 그거라면 쉽게 구할 수 있지. 내가 말했잖아! 한 푼도 모을 수 없다고 했잖아. 해마다 지출이 점점 더 늘어. 돈 달라고 하지 말라고 했잖아!"

"그럴 생각 없어요. 옷만 있으면 충분하다고 생각했어요. 교과서 대금이랑 학비는 생각도 못 했어요."

"그랬어! 네가 어떤 일을 겪을지 알고 있었어! 너무 고집불통이라 세상을 조금이라도 겪어 보라고 일부러 그랬어!"

엘노라는 의자를 뒤로 밀면서 엄마를 바라봤다.

"처음 보는 도시 아이들 앞에서 책을 공짜로 주지 않느냐고 말하게 했다고요? 교과서값을 내야 한다는 사실을 알고 있었다고요?"

캐서린은 직접적인 질문에 대답을 피했다.

"책에나 매달리거나 숲속을 싸돌아다니며 시간을 허비하는 멍청이가 아니라면 누구라도 돈을 내야 한다는 사실을 알겠지. 사람은 모든 일에 대가를 지불해야 해. 인생은 지불,

지불, 지불이야! 언제나 영원히 지불! 한 가지 방법으로 못하면 다른 방법으로 지불해! 물론 네가 돈을 내야 한다는 사실도 알았지. 네가 울면서 집에 돌아올 줄도 알았어! 그렇지만 너는 한 푼도 못 벌지! 나는 한 푼도 없고, 한 푼도 못 줘! 험한 길을 가겠지만 결심이 선다면 마음대로 해."

"질퍽한 길이겠죠, 그렇죠, 엄마?"

엘노라가 정정하더니 벌벌 떨며 일어났다.

"언젠가 신께서 엄마를 이해하는 법을 가르쳐 주시겠죠. 신은 제가 지금 이해하지 못한다는 사실을 알 거예요. 엄마는 오늘 제가 어떤 일을 겪은지, 어떻게 하루를 보낸 건지 깨닫지 못할 테지만, 이 말만은 할게요. 돈이 있어서 돈을 준다고 해도 지금은 절대 그 돈에 손대지 않을 거예요. 그리고 한 가지 더, 제가 직접 구할 거예요. 정직한 방법으로. 내일도, 그 다음날도, 그 다음날도 학교에 갈 거예요. 엄마는 나설 필요 없어요. 밤에 일해서 순무를 캘 테니까."

닭, 돼지, 소에게 먹이를 주고, 괭이질해서 순무를 캐고, 콩 넝쿨을 뒷문 옆에 쌓아 놓은 때는 밤 10시였다.

2장

쇼핑하는 웨슬리와 마거릿,
채워지는 엘노라의 옷장

웨슬리 신턴은 800미터쯤 걷다가 집으로 이어지는 길목에서 방향을 틀었다. 뜨거운 가슴은 분노로 가득 찼다. 엘노라에게 캐서린을 탓하지 않는다고 말했지만, 사실은 원망했다. 아내는 문 앞에서 신턴을 맞았다.

"엘노라는 봤나요?"

"충분히 많이 봤어요, 마거릿. 시내로 가는 게 어때요? 당장 필요한 물건들이 좀 있어요."

"어디서 만났나요, 웨슬리?"

"림버로스트 옛 오솔길에서 너덜너덜 찢겨 흐느끼고 있었어요. 언제나 용감한 아이인데 오늘 일은 너무 컸어요. 그렇게 보내지 말아야 했어요. 옷뿐만 아니라 모르던 교과서 값이랑 교외 학생 수업료도 튀어나왔고, 야유하고 수군대고 웃는 아이들도 있었대요. 마거릿, 나는 마치 소녀들을 배신한 기분이에요. 내가 가서 학교 일을 알아봐야 했어요. 울지 말아요, 마거릿. 저녁 먹고 마차 타고 나가서 내가 뭘 할 수 있는지 알아볼게요."

"우리가 뭘 할 수 있을까요, 웨슬리?"

"그냥 모르겠어요. 그렇지만 뭔가 해야 해요. 캐서린 컴스탁은 다루기 힘든 사람이고 엘노라는 그 두 배이지만, 우리는 그 아이가 돈에 압박받지 않고 우스꽝스럽지 않은 옷을 입게 해야 해요. 엘노라는 여러 날 동안 우리가 캐서린에게 줄 임금을 절약해 줬는데, 당신이 괜찮은 드레스를 만들어 줄 수 없나요?"

"글쎄요, 전문가는 아니지만 캐서린 컴스탁보다는 낫죠. 스커트는 개더스커트가 아니라 허리에만 주름을 잡아야 하고, 앉을 때 불편하지 않게 넉넉해야 하고, 길이는 걷기 편한 정도여야 한다는 건 알아요. 해볼게요. 패턴을 팔아요. 당장 가요, 웨슬리."

"마차 준비하는 동안 저녁 좀 차려 주세요."

마거릿은 불을 피우고 커피를 끓이고 햄과 달걀을 구웠다. 마차가 문 앞에 도착할 때쯤 배고픈 남자가 먹을 만큼 파이와 케이크를 넉넉히 준비하면서도 마거릿은 입맛이 없었다. 웨슬리가 식사하는 동안 옷을 입은 마거릿은 웨슬리가 옷을 입는 동안 음식을 치우고 아름다운 9월 저녁을 지나 도시를 향해 마차를 몰고 가면서 엘노라를 위한 계획을 세웠다. 문제는 엘노라에게 필요한 것을 살 만큼 돈이 넉넉한지가 아니라 엘노라가 받아줄지, 그리고 캐서린이 뭐라고 할지였다.

잡화점에 들어가자 점원이 뭘 찾느냐고 물었다. 두 사람은 한 발짝 물러서서 귓속말을 나눴다.

"뭘 사면 좋을까요, 웨슬리?"

"드레스."

웨슬리가 바로 대답했다.

"그런데 몇 벌이나, 어떤 드레스를?"

"알면 다행이지! 그건 당신이 알아서 할 줄 알았어요. 내가 사야 할 몇 가지는 알아요."

그 순간 가게 안으로 여고생 몇 명이 들어왔다. 웨슬리가 숨을 몰아쉬며 외쳤다.

"저기예요! 저기, 마거릿! 저렇게요! 엘노라에게 필요한 거야! 저 아이들처럼 사요!"

마거릿은 쳐다봤다. 뭘 입었나? 아이들이 빠르게 지나다니고 살필 것이 너무 많아서 마거릿은 알아차리기 힘들었다. 자기도 모르는 새 아이들 사이에 끼어 있었다.

"미안한데 잠깐 시간 좀 내줄래?"

소녀들은 신기한 표정으로 멈췄다.

"너희 옷 때문이야. 정말 예쁘다. 내 딸들도 이런 모습이라면 얼마나 좋을까. 딸이 둘인데 어릴 때 디프테리아로 죽었어. 머리가 노랗고, 눈이 검고, 뺨이 발그레해서 다들 사랑스럽다고 했지. 만약 살아 있다면 지금 너희 나이쯤 될 텐데, 너희처럼 예뻤겠지."

소녀들 얼굴에 동정심이 가득 찼다.

"감사해요! 그리고 정말 안됐네요."

"괜찮아. 다들 그래. 딸들 생각하면서 예쁜 옷 사주는 엄마가 되는 기쁨을 누리지 못해서, 돌봐 줄 엄마가 없는 아이를 돌보는 일밖에 할 수 없거든. 옷만 있으면 너희들 못지않게 예쁠 아이가 있는데, 그 아이 엄마는 아이를 돌보지 않아서 내가 엄마가 되어 주려고 해."

"운이 좋은 여자아이네요."

"걔는 나를 사랑하고 나도 걔를 사랑해. 딸이 엄마를 닮으면 좋겠어. 옷에 관해 알려 줄래. 학교 갈 때 입는 드레스랑 모자? 어떤 걸로 어디서 사?"

소녀들이 웃으며 마거릿 주위로 모여들기 시작했다. 웨슬리는 마거릿이 자랑스러워 고개를 높이 들고 가게를 돌아다녔지만, 브러시우드 무덤 안에 잠든 작은 두 얼굴이 떠올라 마음이 아팠다. 신발 코너로 가는 길을 찾았다.

"왜, 우리 모두 깅엄이나 린넨 원피스를 입고 있잖아요. 우리 교복이에요."

기뻐하는 마거릿에게 교복은 밝고 예쁘지만 단순하고 평범해야 하고 추워지기 전에 세탁해야 한다고 설명하는 이야기에 섞여 웃음소리가 한동안 이어졌다. 아이들 중에 엘렌 브라운리가 말했다.

"아빠가 이 가게 주인이고 점원들도 다 알아요. 하틀리 언니에게 데려다줄게요. 얼마를 쓰고 싶은지, 어떤 물건을 사고 싶은지 말씀하시면 최대한 절약할 수 있게 해드릴 거예요. 아빠가 원하는 물건이 정확히 뭔지 모르는 사람들에게 최고의 점원은 하틀리 언니라고 말하는 걸 들었어요."

"아주 좋아. 그런데 가기 전에 머리에 관해 말해 줄래. 엘노라는 머리카락이 밝고 고불거리는데 네 머리카락은 아마처럼 매끈하네. 어떻게 했어?"

"엘노라?"

네 소녀가 한목소리로 물었다.

"응, 내가 도와주려는 아이야."

"오늘 고등학교에 왔나요?"

"같은 반이야?"

마거릿이 대답하지 않고 물었다.

네 소녀는 조용히 서서 머리를 굴렸다. 낯선 여자애가 있었는지, 너무 초라해 보여서 무심히 지나쳤는지 외면당했는지, 다른 아이들보다 훨씬 더 예뻐 보이는 여자아이라면 환영받았을지 생각했다.

"오늘 신입생 반에 시골에서 온 낯선 여학생이 있었어요.

이름은 엘노라였어요."

"바로 걔야."

"걔네 집이 그렇게 가난해요?"

엘렌이 물었다.

"아니, 전혀 가난하지 않아. 특이한 일이야. 엘노라 엄마한테 무척 나쁜 일이 있었는데, 그 뒤로 인생이 흔들리고 다른 사람이 됐어. 사랑스럽던 부인은 빈민이 될까 봐 겁이 나서 죽도록 저축하고 있지만, 좋은 목재로 가득한 큰 농장이 있어. 땅을 개간해서 농사지을 수 없는 여성들에게 세금은 너무 높아. 두 사람이 농사만 지을 줄 안다면 평생 먹고 살수 있을 만큼 벌겠지. 그렇지만 아무도 엄마에게 알려 주지않았고, 앞으로도 그럴 거야. 왜냐면 엄마는 듣지 않을 테니까. 하루 종일 축 처진 채로 밤새 늪가를 걸으며 엘노라를방치했지. 너희들이 엘노라를 조금만 도와준다면 정말 훌륭한 일을 하는 거야."

모두 그렇게 하겠다고 약속했다.

"그럼 머리는 어떻게 해야 하는지 알려 줄래?"

아이들은 마거릿을 미용 용품 코너로 데려가 바람 많이부는 날에 사용하기 적당한 샴푸용 비누와 손톱 줄, 콜드크림을 골라 줬다. 다음 일들은 경험 많은 점원에게 부탁했고, 웨슬리가 짐을 가득 든 아내를 다시 만난 때 마거릿의 예쁜눈은 달라져 있었다. 웨슬리도 짐을 몇 개 들고 있었다.

"스타킹 샀어요?"

웨슬리가 속삭였다. 마거릿은 망설이면서 웨슬리를 힐끗쳐다봤다.

"아니, 못 샀어요. 드레스와 머리 리본, 모자에 신경 쓰느라……. 모자! 그 끔찍한 신발은 깜박했네. 단정한 신발도 사야 하고요, 웨슬리."

"물론이죠! 단정한 신발에 갈색 스타킹도 같이 신어야 한다고 점원이 말했어요. 잠깐 봐줘요!"

웨슬리는 상자를 열어 밑창이 두툼하고 모양이 아름다운 데다가 목이 짧은 갈색 신발 한 켤레를 보여 줬다. 마거릿은 기쁨에 겨워 외쳤다.

"그런데 사이즈가 맞을까요? 어떻게 골랐어요?"

"발볼이 좁은 열여섯 살짜리 여자애라고만 말했죠."

"흠, 좋은 방법이네요. 신어 보고 안 맞으면 바로 다시 와서 교환하면 돼요. 자, 이제 집에 가죠."

산 물건을 엘노라에게 어떻게 전할지, 캐서린이 뭐라고 할지 내내 고민했다.

"캐서린이 엄청 화를 낼까 걱정이에요."

마거릿이 말했다.

"그냥 찢을지도 몰라요! 그렇지만 자기 딸을 이웃이 돌보게 내버려두면서, 딸을 잘 키운 이웃이 자부심을 느낀다며 화를 내면 안 되죠. 앞으로는 엘노라가 학교에 다닐 수 있게 하고 말 거예요. 엘노라네 땅을 돌아다니며 나무 한 그루를 베거나 송아지를 몰아서 번 돈으로 필요한 옷과 책을 모두 사야 해요. 나무 한 그루가 엘노라를 1년 동안 천국에서 지내게 해준다고요. 생각해 봐요, 마거릿! 불공평해요. 법에 따라 3분의 1은 엘노라 소유거든요. 캐서린 컴스탁이 시비를 걸면 그렇게 말해서 엘노라가 제 몫을 가져가는 모습을 꼭 볼 거예요. 나하고 아침에 캐서린 만나러 가요. 엘노라가 우리를 도와줘서 고마우니까 당신이 엘노라 옷을 만들어 주겠다고 말하자고요. 그리고 몇 가지 암시를 해요. 캐서린이 주저하면 내가 설득할게요. 엘노라가 교육받을 수 있을 만큼만 엘노라 몫의 땅을 팔 수 있게 법원에 갈 거예요.”

“웨슬리 신턴, 당신은 완전 저돌적이네요.”

“아니에요! 이런 일이 많으니까 법을 만든다고 생각해 본 적 없어요? 법원에 가면 캐서린이 엘노라를 교육시키고 성인이 될 때까지 먹고 자게 한 다음 자기 몫을 가져가도록 만들 수 있어요.”

“웨슬리, 캐서린은 미칠지도 몰라요!”

“이미 미쳤죠. 엘노라처럼 사랑스러운 딸이랑 살면서 아이를 고통스럽게 내버려 두다니. 내가 발견한 때는 장례식장에 온 사람처럼 울부짖고 있더라고요. 미치도록 화나요. 전부 부당해요. 전혀 말이 안 돼요. 엘노라의 땅을 개간하고 밭을 일구는 일을 책임지고 맡겠다고 여러 번 제안했어요. 좋은 나무나 땅을 조금만 팔라고 하기도 했죠. 지금 당장 뭔가를 하고 말겠어요. 엘노라는 지금까지 꽤 행복하게 지냈는데, 애써 계획한 학교 생활을 망치면 인생이 다 망가져요. 안 돼요! 엘노라가 이 물건들을 안 가져가면 내가 엘노라가 지닌 가치를 말하고 돈을 빌려줄 테니 성인이 돼 갚으라고 할게요. 내일 아침에 캐서린 컴스탁하고 얘기할게요. 다 왔어요! 당신이 장바구니를 푸는 동안 말들을 정리하고 올게요. 그리고 마무리지어 볼게요.”

웨슬리가 헛간에서 돌아오니 마거릿은 회색 바탕에 녹색 줄무늬, 진갈색과 파란색 체크무늬, 옅은 파란색과 분홍색 천 네 장을 빳빳하게 펼치고 있었다. 같은 색으로 넓은 리본도 140센티미터씩 놓여 있었다. 손수건과 갈색 가죽 벨트도 보였다. 손에 든 챙 넓은 황갈색 밀짚모자 꼭대기에는 벨벳 띠로 작은 금색 버클을 고정했다.

“좀 허전해요. 여기에 깃털 세 개가 달려 있었어요.”

"직접 뗐어요?"

웨슬리가 물었다.

"네, 그랬죠. 모자는 한 개에 2달러 반이었고, 깃털들은 한 개에 1달러 반이었는데요. 비싸서 못 샀어요."

"좀 비싸지만 없어도 괜찮을까요?"

"아니요! 그래서 깃털을 달 거예요. 피비 심스가 준 아름다운 공작새 깃털 기억나요? 깃털이 떨어진 자리에 그대로 붙이면 아무도 모를 거예요. 떼어 낸 깃털보다 조금 더 길고 풍성해서 모자랑 잘 어울려요. 붙어 있던 모습을 떠올리면서 오늘 밤에 꿰매야 좋을지 아침까지 기다릴지 고민하고 있었어요."

"모험하지 말아요! 정말 모험하지 말아요! 당장 꿰매요!"

"실을 가져올 테니 당신이 산 것도 펼쳐 봐요."

웨슬리는 신발 포장을 풀었다. 마거릿은 신발에 손을 넣고 가죽을 쓰다듬었다.

"어머, 그래도 부드럽네요!"

웨슬리는 신발 한 짝을 집어 들고는 큰 손으로 천천히 돌리며 살펴봤다. 자기 발을 흘끗 쳐다보고 다시 신발로 눈길을 돌렸다.

"정말 작네요, 마거릿. 다시 가져가야 할지도 모르겠어요. 이게 어떻게 맞을지 싶어요."

"다른 선택지가 없었어요. 엘노라처럼 훌륭한 여학생을 고등학교에 데려다줄 기회를 얻은 행복한 신발인데요. 다른 상자에는 뭐가 들어 있을까요?"

웨슬리는 마거릿을 의심스럽게 바라봤다.

"아니, 비가 오는 날도 있을 테고 소 몰 때 신는 신발밖에 없고 해서……."

"발목까지 오는 신발도 샀나 봐요?"

"당연히 그래야죠! 두 켤레를 사면 싸게 준댔어요."

"크리스마스에 신을 수 있겠네요. 또 뭘 샀어요?"

마거릿은 큰 소리로 기뻐하며 웃었다.

"흠, 내가 오늘 봤는데요. 학교에 들고 간 양철 도시락이 부끄럽다고 했죠. 엘노라도 많이 창피했대요. 던컨이 물려 준 낡은 가방에 냅킨으로 싼 음식을 넣은 도시락을 배수로 밑에 숨겼는데, 부랑자가 먹어 버려서 반쯤 굶었대요. 하루 종일 아무것도 못 먹었대요. 그렇지만 전혀 불평하지 않았고, 오히려 냅킨을 잃어버리지 않아서 다행이라고 기뻐했어요. 그래서 여기저기 물어서 도시락 가방을 찾아봤는데, 이게 맞겠다 싶어요."

웨슬리는 상자를 열고 갈색 가죽 도시락 가방을 꺼내 탁자에 올려놓았다.

"책 몇 권, 그림 도구, 깔끔하고 정갈한 물건도 들어갈 수 있어요. 봐요, 이렇게 열면 돼요."

도시락 가방을 열자 샌드위치를 담을 칸, 차가운 고기나 프라이드치킨을 담을 수 있는 작은 도자기 그릇, 샐러드를 담을 그릇, 뚜껑을 돌려서 닫고 고리로 고정하는 커스터드나 젤리용 유리컵, 차나 우유를 담는 유리병, 아름다운 작은 나이프와 포크, 숟가락하고 냅킨을 놓을 칸이 있었다.

마거릿은 거의 울 뻔했다.

"어서 채우고 싶어요!"

"캐서린 컴스탁에게 사랑이 뭔지 보여 줘야 하니까 어서 해요! 내일 아침 일찍 일어나서 드레스 하나를 만들어요. 평범한 깅엄 드레스는 하루 만에 못 만드나요? 내가 닭 한 마리를 잡을 테니까 커스터드만 살짝 발라 노릇노릇하게 구워 줘요. 어서, 마거릿, 해봐요!"

"절대 못 만들어요. 저는 바느질이 정말 느리거든요. 만들기 쉬운 옷이 아니에요. 바이어스로 재단한 녹색, 분홍색, 갈색 천을 꿰매고, 엉덩이를 감싸는 주름, 멋진 허리띠와 칼라를 만들어야 하는데, 시간이 걸려요."

"그럼 캐서린 컴스탁이 도와줘야겠군요. 둘이서 내일 점심에 완성할 수 있어요?"

"쉽죠. 그렇지만 캐서린은 절대 안 할 거예요!"

"그렇다면 당신은 일어나서 재단을 하고 엘노라가 출발하면 내가 캐서린에게 갈게요. 내 말이라면 더 잘 받아 주겠죠. 캐서린이 와서 드레스 만드는 일을 도와줄 거예요. 다른 물건들은 엘노라에게 주는 크리스마스 선물이에요. 엘노라는 크리스마스보다 지금 더 필요하니까 지금 줘야겠죠. 이건 당신 거고, 저건 내 거예요. 아니면 당신이 원하는 대로 해요."

웨슬리는 튼튼한 갈색 우산을 펼치고 갈색 비옷도 펼쳤다. 마거릿은 모자를 내려놓고 일어나서 비옷을 집어 들었다. 마거릿은 비옷을 입어 보고 만져보더니 쓰다듬어 우산이랑 짝을 맞췄다.

"오늘밤에 비가 올 것 같았나요?"

마거릿이 걱정스럽게 묻자 웨슬리는 웃었다.

"참, 이 마지막 꾸러미는요?"

마거릿은 비옷을 여전히 어깨에 걸친 채 의자에 앉으며 물었다.

"다른 여자에게 이렇게 많은 물건을 사면서 내 아내에게 아무것도 사지 않을 수는 없었어요. 당신도 크리스마스예요, 마거릿!"

웨슬리는 마거릿의 분홍빛 뺨과 하얗게 세고 있는 머리카락에 잘 어울릴 부드러운 회색 새틴 옷감을 꺼내 펼쳤다.

"오, 이 사랑스러운 사람!"

마거릿은 흐느끼며 남편 품으로 달려들었다. 그러나 곧 눈물을 닦고 난로에서 석탄을 긁어모아 끓인 소금물에 드레스 천 하나를 30분 동안 삶았다. 마거릿이 빨랫줄에 빨래를 널고 말리는 동안 웨슬리는 등잔불을 들고 있었다. 그런 다음 아침에 일어나자마자 데우려고 다리미를 가스레인지 위에 올려놓았다.

3장

새 아줌마를 찾아간 엘노라,
새로 연 은행 계좌

다음 날 아침 4시, 엘노라는 콩을 까고 있었다. 6시에 닭과
돼지에게 먹이를 주고 통나무집 방 두 칸을 쓸고 불을 피운
다음 아침 식사를 차리려고 주전자를 올려놓았다. 그런 다
음 좁은 계단을 올라가 어릴 때부터 쓰던 다락방에서 끔찍
한 신발과 갈색 옥양목 옷을 입고 푸석한 머리를 묶고서 아
침을 먹고 모자를 쓰고 시내로 출발했다. 엄마가 말했다.

"한 시간이나 일찍 갈 필요는 없잖아."

"어떻게든 교과서를 구해야 해요. 길가에서 내 이름이 적
힌 포장지로 포장한 교과서를 발견할 리도 없잖아요."

어제처럼 시내로 향했다. 등록금과 교과서값을 어디서
구해야 할지 걱정되지만 비관하지는 않았다. 이 모든 일은
처음이 아니기 때문이다. 어제만 해도 숨어 살게 해달라고,
죽게 해달라고 기도하기도 했지만, 이제 그렇지 않다.

"기도에 답을 얻는 가장 좋은 방법은 기도를 성취하려고
노력하는 일이라 믿어."

엘노라가 음울하게 중얼거렸다. 다시 늪으로 가는 길을
따라가 머리를 정리하고 양철 도시락을 두고 나왔다. 이번
에는 샌드위치 두 개를 접어서 냅킨에 싼 뒤 들고 온 깔끔하
고 얇은 소포지로 포장했다. 그런 다음 오너배셔로 서둘러

떠나 서점을 찾아갔다. 필요한 책들이 얼마인지 물었고, 6달러로 충분하지 않다는 사실을 알게 됐다. 헌책을 구할 수 있는지 간절하게 물었지만, 작년 신입생들만 갖고 있다는 대답을 들었다. 2학년으로 보이는 학생들에게 다가가 헌책을 팔라고 부탁할 수는 없었다. 어제의 굴욕을 만회하려면 새 교과서를 들고 나타나는 방법밖에 없었다.

"찾는 게 이거죠?"

사전에서 펜까지 다양한 물건을 찾는 학생들로 가게가 빠르게 들어차자 점원이 서둘러 물었다. 엘노라가 숨 가쁘게 말했다.

"네. 네! 그렇지만 지금은 돈을 낼 수 없어요. 지금 가져가면 금요일에 돈을 지불하거나 완벽한 상태로 책을 돌려 드릴게요. 며칠만 저를 믿어 주세요."

"사장님에게 물어볼게요."

돌아오는 점원을 바라보던 엘노라는 말을 듣기도 전에 답을 알 수 있었다.

"죄송합니다만, 미스터 한은 학생 이름을 모르세요. 우리 고객이 아니라서 위험을 감수할 수 없다고 생각하시네요."

무거운 구두가 쿵쿵거리는 소리가 엘노라의 머릿속을 망치로 두드리는 듯했다. 다른 두 점원에게 같은 이야기를 들은 엘노라는 절망에 빠져 거리로 나왔다. 뭘 할 수 있을까? 겁에 질려 생각조차 할 수 없었다. 웨슬리 신턴에게 말한 대로 학교에 남아서 부유층처럼 보이는 집을 돌아다니며 야생 양치류를 팔아야 할까? 감히 양치류를 가져와 심어 보라고 할까? 어떻게 운반할 수 있을까? 사람들이 사려고 할까? 호텔 앞을 천천히 지나가면서 시계가 어디 있는지 주위를 둘러봤다. 눈앞을 지나가는 아이들이 학교에 가고 있다고 확신한 탓이었다.

은행 창문에 커다란 검은 글씨가 엘노라를 똑바로 쳐다
보고 있었다.

구합니다 — 애벌레, 고치, 나비 번데기, 번데기 집, 나비, 나방,
모든 종류의 인디언 유물 등. 좋은 값을 쳐 드립니다.

엘노라는 낙담을 이기며 은행 창구를 양손으로 잡았다.

"번데기 집이랑 나비, 나방을 사려는 사람이 누구죠?"

"새를 관찰하는 여자 분입니다. 판매하실 게 있나요?"

"조금 있는데 그분이 찾는 것인지는 모르겠네요."

"그럼, 한번 만나 보세요. 어디 사는지 알아요?"

"혹시 지금 몇 시인가요?"

"8시 21분이네요."

강당까지 9분 안에 가야 했다. 학교로 가야 할까, 아니면
새 아줌마에게 가야 할까? 몇몇 여자아이들이 재빨리 걸으
며 엘노라 앞을 지나쳤고, 엘노라는 그 아이들 얼굴을 떠올
렸다. 서둘러 학교에 가는 중이었다. 엘노라도 걸음을 옮겼
다. 새 아줌마는 정오에 만날 수 있다. 대수학이 우선이고,
대수학 선생님은 친절하다. 어쩌면 교장 선생님께 쫓아가
다음 수업에 쓸 책을 달라고 부탁할 수도 있고, 정오가 되면
림버로스트에서 평생 수집한 반짝이는 날개 달린 멋진 것들
을 팔 수 있을지도 모른다고 엘노라는 기도했다.

긴 복도를 내려가는 교실 앞에 수학 선생님이 서 있었다.
엘노라가 다가가자 선생님은 웃으며 말했다.

"기다리고 있었어요."

엘노라는 당황했다.

"저를요?"

"네. 안으로 들어오세요."

헨리 선생님이 말했다.

엘노라는 교실로 들어가 문을 닫았다.

"어젯밤 교사 회의에서 한 학생이 교과서를 시에서 주는 줄로 알고 있더라고 어떤 선생님이 말씀하셨어요. 그 학생이 엘노라라고 생각했어요. 맞나요?"

"네."

엘노라가 한숨을 내쉬었다.

"그렇다면 교과서를 구하는 데 시간이 더 필요할 텐데, 엘노라는 교과서가 없어서 뒤처지기에는 너무 훌륭한 수학자예요. 그래서 오늘 아침에 2학년 학생 중 한 명에게 전화를 걸어 작년 교과서를 가져다 달라고 부탁했어요. 조금 사용감이 있어 아쉽지만 모두 있어요. 2달러인데, 돈은 준비되면 주세요. 가져가겠어요?"

엘노라는 더는 참을 수 없어 갑자기 앉았다. 양손을 뻗어 책을 집어 들면서 아무 말도 하지 못했다. 헨리 선생님도 침묵할 뿐이었다.

마침내 엘노라는 엄마가 아기를 껴안듯 그 교과서들을 가슴에 껴안고 일어났다.

"한 가지 더요. 등록금은 분기별로 낼 수 있어요. 9월 분은 신경 쓰지 말고 10월 중 아무 때나 내면 됩니다."

엘노라가 내뱉는 안도의 한숨이 투박한 단화 밑창까지 전해진 듯했다.

"학생들이 선생님 멋지다고 하지 않나요?"

엘노라는 외쳤다.

마른 체격에 황갈색 머리에 근시가 심해 학생들을 볼 때

안경을 꺼야 하는 선생님은 그런 말을 들은 적이 없었다.

"없어요. 때때로 기대한 적은 있으니까 더더욱 고맙게 생각할게요. 서두르지 않으면 수업 늦겠네요."

엘노라는 강당에 두 번째로 들어섰다. 엘노라의 얼굴은 림버로스트에 떠오른 가장 밝은 새벽 같았다. 낡은 구두와 허름한 옷차림은 상관없었다. 뭐가 어떻든 교과서가 있었다. 집에 가져갈 수 있었다. 필요하다면 다락에 보관할 수도 있었다. 엘노라는 옷이 전부가 아니라는 사실을 증명할 수 있었다. 새 아줌마가 엘노라가 모은 다양한 표본을 원하지 않더라도 양치류, 견과류 등 많은 것을 사 주리라고 엘노라는 확신했다. 그날 아침 한 소녀가 엘노라를 위해 자리를 양보했고, 여러 명이 웃으며 인사했다. 엘노라는 책으로 할 지적인 작업 말고 다른 모든 일을 머릿속에서 지웠다. 고등학교 진학에 동의할 때 엄마는 교과서 대금과 수업료를 알고 있으면서도 말하지 않았다.

정오가 되자 엘노라는 포장지로 싼 점심을 들고 새 아줌마 집으로 향했다. 표본에 관해 먼저 알아보고 나서 교외로 나가 몇 입 먹을 생각이었다. 커다란 빨간 통나무집 문에 달린 무거운 철제 손잡이를 두드리자 나는 소리에 엘노라는 심장이 쿵쾅거렸다.

"새 아줌마께서 집에 계신가요?"

하녀에게 물었다.

"점심 식사하고 계세요."

"나방 때문에 림버로스트에서 왔는데, 만날 수 있는지 여쭤 주세요."

"나방이라면 물어볼 필요도 없죠. 표본을 가진 사람은 바로 오라고 하셨어요. 이쪽으로 오세요."

48

엘노라는 복도를 따라 내려가 웨인스 코팅 벽과 오래된 영국식 벽난로, 독특한 도자기로 채운 벽장이 있는 긴 방으로 들어갔다. 황금처럼 노란 참나무로 만든 탁자에는 엘노라가 종종 림버로스트 주변에서 몰래 지켜보고 따라다니던 여자가 앉아 있었다. 새 아줌마는 환영하며 손을 내밀었다.

"들었어요! 작은 종이 상자, 아니 '표본'이라는 단어로 만나게 됐네요. 나방이 수백 마리면 좋겠어요. 여름 내내 너무 바빠서 채집하지 못해서 많이 필요해요. 앉아서 점심 같이 먹으면서 얘기 좀 해요. 림버로스트에서 왔다고 했죠?"

"늪 근처에 살아요. 낮에는 밝아서 주변을 돌아다닐 수 있지만 밤에는 모두 무서워해요."

"뭘 수집했나요?"

새 아줌마는 처음 보는 샌드위치와 익숙한 재료로 만든 샐러드, 배고픈 여학생이라면 누구나 좋아할 핫코코아 한 잔을 엘노라에게 건네며 물었다.

"귀찮게 하거나 부담을 드릴까 봐 걱정이네요. 수집이라 하시니 겁이 나요. 저는 그냥 모으기만 했거든요. 밖에서 하는 모든 일을 좋아하기 때문에 수집한 것들하고 친구처럼 놀았어요. 나방이 빨리 죽는다는 사실을 알고 나서 특히 나방을 많이 모았는데, 나쁜 일은 아닌 것 같았어요."

"나도 같은 생각이에요."

새 아줌마가 신나서 말했다. 나방 이야기를 듣기 전에는 소녀가 제대로 먹을 수 없을 테니까 새 아줌마는 엘노라에게 나방 종류가 뭔지 아느냐고 물었다.

"다는 몰라요. 던컨 아저씨가 이사 가기 전에는 늪가에서 자주 만났는데, 주근깨를 위해 고쳐 놓은 오두막을 보여 주면서 열쇠를 주셨어요. 거기에 책이랑 물건이 있어서 그때부터 나방을 제대로 공부하고 노력했는데, 원하시는 나방이 아닐까 봐 걱정이네요."

"6월 밤에 주로 날아다니는 큰 나방인가요?"

새 아줌마가 물었다.

"네, 붉은 무늬 있는 큰 회색 나방, 옅은 청록색 나방, 연자주색 섞인 노란색 나방, 빨갛고 노란 나방들이요."

"빨갛고 노랗다는 게 무슨 뜻이죠?"

새 아줌마가 너무 빨리 물어서 엘노라는 무척 놀랐다.

"정확히 빨간색은 아니에요. 붉은빛 도는 황갈색에 날개에 노란색 반점과 회색 줄이 있었어요."

엘노라가 떨리는 목소리로 설명했다.

"몇 마리나요?"

또 재빠른 물음이었다.

"알은 200개가 넘는데 몇 개는 부화하지 못했고, 애벌레도 죽었지만, 적어도 100개는 완벽한 상태일 거예요."

"완벽! 얼마나 완벽해요?"

"날개가 온전하고, 지저분하지 않고, 다리와 더듬이도 모두 완전해요."

엘노라가 더듬거리며 대답했다.

"들어봐요. 그건 미국에서 가장 희귀한 나방이에요. 내 가격표에 따르면 백 마리면 백 달러 값어치가 있어요. 손상되지 않은 상태라면 내가 모두 살게요."

"제대로 고정하지 않았다면요?"

엘노라가 떨리는 목소리로 물었다.

"완벽하다면 별 영향을 주지 않아요. 부드럽게 해서 원하는 모양으로 만드는 방법이 있어요. 어디 있죠? 언제쯤 볼 수 있나요?"

"림버로스트에 있는 주근깨의 낡은 오두막에요. 망가질까 봐 많이 들고 올 수는 없지만 학교 끝나면 몇 개 가져올 수 있어요."

"있다가 4시에 와요. 표본 상자랑 가격표를 가지고 차를 타고 가서 뭘 살지 살펴볼게요. 정말 학생 거죠? 나방들이랑 헤어져도 괜찮아요?"

"제 거예요. 하느님 말고는 아무도 몰라요. 던컨 아저씨가 저에게 책과 오두막을 주셨어요. 던컨 아저씨는 주근깨에게 제 얘기를 했고, 주근깨는 남은 건 모두 저한테 주라고 했어요. 용기를 내면 때가 온다고 던컨 아저씨가 늪에서 말했는데, 진짜로 때가 왔어요! 나방은 대부분 괜찮아요. 전진짜 돈이 필요해요!"

"왠지 말해줄 수 있어요?"

새 여자가 부드럽게 물었다.

"늪과 주변의 모든 들판이 꽉 차 있어요. 매일 저는 점점 더 작아지는 느낌이 들었고, 점점 더 많이 알고 싶었고, 주근깨처럼 자포자기하게 됐어요. 그렇지만 저는 주근깨보다 나아요. 왜냐하면 주근깨가 준 책이 있고 엄마도 있기 때문이죠. 다른 엄마들처럼 저를 돌보지 않는 엄마라고 해도 없는 것보다는 낫죠."

소녀는 자기가 얼마나 많은 일들을 밝히는지 의식하지 못했다. 새 아줌마는 시선을 떨궈 탁자 가운데 노란 꽃을 꽂아 둔 검은 항아리에 고정했고, 소녀는 계속 생각을 말하고 있었다.

"브러시우드 학교에 다닐 때 정말 행복했거든요. 한창 재미있을 때 졸업하게 됐고, 너무 아쉬워서 엄마는 동의하지 않아도 고등학교에 가기로 결심했어요. 아버지는 제가 어릴 때 물에 빠져 돌아가셨고, 어머니랑 저는 땅이 많아도 남자들처럼 돈을 벌 수 없어요. 엄마는 매년 오르는 세금이 너무 비싸다고 하셨어요. 이 드레스와 이 신발을 사 줄 때까지 엄마는 쉬지 않고 일했어요. 정말 끔찍했어요!"

"늪 서북쪽 끝에 있는 아름다운 통나무집에 사나요?"

"네."

"그곳 이야기들이 이제 기억나네요. 어제 고등학교에 입학했죠?"

"네."

"나빴나요?"

"엄청이요!"

새 아줌마가 웃었다.

"학생은 모를 거예요. 나도 시골에서 도시 학교에 들어갔어요. 옷은 갈색 옥양목이고 신발은 무거웠어요."

엘노라의 뺨에 눈물이 흘러내렸다. 주춤하며 물었다.

"아이들이……그랬나요?"

"그랬죠! 전부 다요. 아주 작은 것 하나도 안 놓쳤어요."

새 아줌마는 뺨에 흐르는 눈물을 닦아내면서 웃었다.

"그 사람들 지금 어디 있어요?"

엘노라가 갑자기 물었다.

"모두 흩어졌지만 아무도 최상층이 되지 못했어요. 부자 중에도 누구는 가난하고, 가난한 사람 중에도 일부는 부자예요. 가장 똑똑한 사람 중 누구는 미쳐서 죽었고, 가장 둔한 사람 중 일부는 고위직에 올랐고, 견디기 힘들어한 사람 중 일부는 이미 떠났고, 그렇게 다른 사람들한테서 종종 소식을 들어요. 여기서 그 시절을 기억하면서 눈물에 웃음을 섞을 수 있죠. 매일 아름다운 일을 하고, 거의 매일 신이 당신 같은 사람을 보내서 나를 도와주죠. 이름이 뭐예요?"

"엘노라 컴스탁이요. 어제는 칠판에 쓴 이름을 누가 콘스탁으로 바꾸는 바람에 잠시 죽었다 생각했는데, 벌써 웃을 수 있게 됐어요."

새 아줌마가 일어나서 엘노라에게 키스했다.

"점심 다 먹어요. 가격표를 가져올 테니 내가 상자를 몇 개 준비해야 할지 알 수 있게 나방 목록을 적어줘요. 그리고 이것만 기억해요. 내가 누구인지는 나한테 달려 있어요. 내가 게으르고 운명을 그냥 받아들인다면 그대로 살게 되죠. 그렇지만 일할 의지만 있다면 어디든 원하는 곳에 이름을 쓸 수 있어요. 도움이 되는 책을 쓰고, 아름다운 음악을 만들고, 조각상을 만들고, 그림을 그리고, 다른 사람들을 위해 일하는 사람들은 죽은 뒤에도 살아 있죠. 옥양목 드레스나 투박한 신발은 신경 쓰지 마요. 공부에 힘을 쓰면 어느새 어제 나를 괴롭히던 사람들이 내가 자기 동창이라고 자랑하는 소리를 듣게 될 거예요. '이야기를 펼칠 수 있어요*!'"

새 아줌마는 웃으며 방을 나갔고, 생각에 잠겨 있던 엘노라는 배가 고프다는 생각이 들었다. 음식을 먹고 핫초코를 마시자 기분이 나아졌다.

새 아줌마가 돌아와서 나방, 나비, 잠자리 가격이 표시된 긴 목록을 엘노라에게 보여 줬다.

"와, 모두 바라시는 거군요! 몇 마리는 벌써 갖고 있고, 세상에 존재하는 날개에 색깔 있는 나비란 나비는 다 구할 수 있어요."

---

* 윌리엄 셰익스피어가 쓴 《햄릿》 5장에 나오는 구절로, 흔히 극적인 이야기나 계시의 시작을 뜻한다.

"그래요. 지금 사방을 기어다니는 큰 나방 애벌레하고 이맘때 고치를 만드는 나방 애벌레도 살게요. 나방의 신비함과 경이, 순수한 아름다움을 향한 충동에 이끌려 온 세상이 보고 알 수 있게 나방을 그림으로 그린 책으로 만들겠다고 막연히 생각했어요. 림버로스트 사람들은 하느님이 만든 경이를 혼자 누리면 안 됩니다. 우리는 우리가 할 수 있는 최선을 다해 도시에 갇힌 불쌍한 사람들하고 나눠야 해요. 사람들에게 아름다운 책을 만들어 주는 일이 바로 그 길이지 않을까요, 새 친구?"

"맞아요, 맞아요! 제가 절실히 책을 바라듯이 사람들도 제발 책을 살 돈을 벌 방법을 찾으면 좋겠어요."

"나방을 외국 수집가들하고 교환하기도 하니까 엘노라가 찾는 모든 나방에 좋은 가격을 지불할게요. 미국에 사는 모든 나방을 독일 자연 과학자와 인도 사람, 브라질 사람이랑 거래하고 싶어요. 캘리포니아나 캐나다에 사는 수집가들하고 교환할 수도 있으니까 키우거나 찾는 모든 나방이 다 필요해요. 돌도끼, 화살촉, 인디언 담뱃대를 살 은행가도 있고요. 오늘 공립 초등학교 선생님이 표본을 구하러 오기도 했어요. 시에서 후원하는 기금이 있어요. 접촉할 수 있게 도울게요. 다양한 나뭇잎, 꽃, 풀, 나방, 곤충, 새 둥지나 새에 관련된 모든 게 필요하다고 해요."

엘노라의 눈은 불타올랐다.

"학교로 돌아가는 게 나을까요? 은행 계좌를 개설하고 백만장자가 되는 게 나을까요? 웨슬리 아저씨랑 저는 화살촉과 도끼, 담뱃대, 무두질 도구, 피리, 막자사발 등을 잔뜩 모았어요. 세 시간을 어떻게 더 기다려요."

"어서 가요. 늦겠어요. 4시에 준비해 둘게요."

학교가 끝나고 엘노라는 새 아줌마 옆에 앉아서 림버로스트에 있는 주근깨의 오두막으로 갔다. 낡고 검은 상자에서 아름다운 나방을 한 마리씩 꺼냈다. 그날 밤 4분의 1도 꺼내지 못했고, 마지막 상자를 닫고서 어둑해져서야 목록을 작성했다. 엘노라의 떨리는 손에 59달러 16센트가 놓였다. 엘노라는 돈을 꼭 쥐었다.

"와, 너무나 아름다워요! 책도 사고 학비도 내고 고등학교도 다닐 수 있겠네요."

여자라서 그런지 통나무에 앉아 신발을 내려다봤다. 새 아줌마가 떠나고 한참이 지나도 엘노라는 오두막을 떠나지 못했다. 큰 문제가 있었다. 엄마에게 말하면 세금 낸다며 돈을 가져가겠지? 엄마에게 말하지 않으면 그 돈으로 산 교과서나 물건을 어떻게 설명할 수 있을까? 결국 내일 필요한 돈만 챙긴 뒤 나머지는 가장 구석진 곳에 넣고 문을 잠갔다. 그러고는 오두막 바닥에 있던 화살촉들을 치마에 채워 넣고 집으로 향했다.

55

4장

실망한 신턴 부부,
웃을 수 있다는 것을 알게 된 캐서린

림버로스트 하늘 위에 붉은 줄무늬가 그려질 때 마거릿 신턴은 깅엄 천에 복잡한 종이 패턴하고 씨름하느라 바빴다. 웨슬리는 아침을 차리고 엘노라가 집을 나설 때까지 일한 다음 캐서린을 만나러 떠났다.

"아주 조심해야 해요. 어떻게 반응할지 몰라요."

마거릿이 주의를 줬다.

"나도 모르겠어요. 그렇지만 어떻게든 받아들여야 할 거예요. 드레스는 아침 등교 시간까지 완성해야 해요."

웨슬리는 침착하게 말했다. 웨슬리는 전날 밤 잠을 제대로 못 잤다. 캐서린에게 할 말을 정리하느라 잠을 청할 틈이 없었다. 웨슬리는 한 걸음씩 다가갈 때마다 점점 부담스러워졌다. 대문에 도착해 과꽃하고 개불알꽃 사이를 걷기 시작할 때 땀이 흘렀고, 그럴듯하고 확신에 찬 말들은 머릿속에서 사라졌다. 캐서린이 웨슬리를 도왔다. 문 앞에 있었다.

"좋은 아침이에요. 마거릿이 뭐라도 보냈나요?"

"네, 마거릿이 무척 큰일을 맡아서 당신이 좀 도와주면 좋겠어요."

"물론 도와야죠."

어제 하루 얼마나 외롭게 지내고 지금 이 시간이 얼마나 더디게 흐를지 아무도 알 수 없었다.

"무슨 일로 그렇게 바쁜가요?"

지금이 기회였다. 웨슬리가 대답했다.

"엘노라가 입을 드레스를 만들고 있어요."

캐서린이 몸을 곧게 펴고 얼굴이 굳어지자 웨슬리는 서둘러 말을 이어갔다.

"당신도 알다시피 엘노라는 몇 년 동안 수확할 때나 가축 잡을 때, 예상치 못한 손님이 올 때, 우리를 도왔어요. 엘노라가 우리 돈을 꽤 많이 아껴 주는데도 우리 돈에 손도 대지 않으려 하니까 마을에 가서 고등학교 다닐 때 입을 옷감 몇 벌을 샀어요. 오늘 당장 드레스를 완성하고 싶지만 마거릿은 바느질에 서툴고 혼자서는 절대 끝낼 수 없어서 이렇게 찾아왔어요."

"정말 간단하고 아주 쉬운 일이죠. 오래된 친구들 사이는 눈빛만 봐도 통하잖아요. 웨슬리 씨, 엘노라가 돈을 받지 않는데 사온 물건들은 받을 거라고 생각하세요?"

캐서린이 비웃었다. 그러자 신턴은 눈을 똑바로 들었다.

"어젯밤 오솔길에서 엘노라가 마치 장례식장에 온 사람처럼 흐느끼는 모습을 봤어요. 아무런 말도 하지 않았지만, 교과서값하고 학비를 모르고 있다가 내야 한다는 사실을 맞닥트리고 비웃음과 조롱을 당해서 평생 갈 작은 상처를 입은 사실까지 숨길 수는 없었죠. 캐서린 컴스탁, 당신이 그런 일들을 몰랐다니, 믿을 수 없어요."

"사실이 의심스럽나요? 당연히 저도 알고 있었죠! 엘노라는 세상 경험을 하고 싶어하기 때문에 직접 문을 두드리면서 세상이 얼마나 좋은지 알아야 해요."

웨슬리 신턴은 외쳤다.

"평생 문을 두드리기만 하지 않았다고요! 캐서린 컴스탁, 당신은 무정하고 이기적인 여자예요. 당신은 엘노라에게 평생 진정한 사랑을 보여 준 적이 없어요. 엘노라가 그 사실을 알면 당신은 엘노라를 잃게 되고, 그게 당신에게 합당한 일일 거예요."

"엘노라도 알아요. 그리고 평소처럼 오늘밤에 집에 돌아올 거고요."

"엘노라 같은 어린아이가 어제도 겪고 오늘도 겪을 고통을 일부러 경험하게 했다면, 당신은 정말 겁이 없는 여자예요. 그 배짱이 존경스럽네요. 그렇지만 엘노라가 태어날 때부터 충분히 지켜봤어요. 엘노라에게 더 나은 상황이 될 수 있게 내가 간섭할 겁니다."

"마치 평생 간섭 말고 뭔가를 한 듯 말하네요! 나는 당신을 못 본 줄 알아요? 가슴이 찢어질 때, 망연자실해 분통을 터트릴 힘조차 없는 나한테서 엘노라가 등을 돌리게 하려고 당신이랑 마거릿이 매일 애쓴 모습을 못 본 줄 알아요? 애 아빠가 내게 어떤 의미인지 엘노라에게 말한 적 있나요? 내 인생의 폐허와 내가 겪은 고통을 말해 주려고 한 적 있어요? 아니! 항상 불쌍하고 학대받는 엘노라뿐이었죠. 케이크, 입 맞춤, 남는 옷들, 내가 딸을 어엿한 여자로 키우려고 할 때마다 엘노라가 삐죽거리며 당신에게 달려가도록 부추겼죠."

"캐서린 컴스탁, 그런 말은 부당해요. 어젯밤에야 엘노라가 태어난 날 내가 본 장면을 들려줬어요. 당신이 그 정도 여유는 있다는 사실을 내가 아니까 엄마에게 가서 필요한 걸 기꺼이 이야기하고 도와 달라고 요청하라고 엘노라에게 말했어요."

"못해요! 내가 못 도와준다는 거 알잖아요!"

캐서린이 울부짖었다.

"그럼 할 수 있게 해요! 말만 하면 이곳에 있는 희귀 목재를 팔아서 6000달러 정도는 쉽게 벌 수 있으니까요. 엘노라를 위해서 밭을 개간하고 헐값으로 일할게요. 소도 사 와 살찌워서 팔게요. 당신이 할 일은 임대 계약서에 서명하는 일뿐이에요. 다른 사람들이 하듯이 땅에서 기름을 엄청 뽑으면 돼요!"

"로버트의 나무를 베세요! 로버트의 땅을 찢어요! 끈적거리는 끔찍한 기름으로 모두 덮어 버려요! 그전에 내가 먼저 죽을 테니까!"

"엘노라를 거지처럼 방치하고 참기 힘든 상처를 주고 모욕감을 안겨 주겠다는 뜻이군요. 내가 어떻게 할지 분명히 말해야겠어요. 마거릿이랑 나는 어젯밤에 마을에 가서 엘노라가 다른 여고생들처럼 보이게 해줄 물건들을 샀어요. 쉽게 말할게요. 이 준비를 도와주면 우리가 생각한 대로 엘노라에게 줄 수 있어요."

"엘노라는 손도 대지 않을 거예요."

캐서린이 울부짖었다.

"그럼 우리에게 돈을 줘요. 엘노라가 당당하게 가져갈 수 있게."

"싫어요!"

"그럼 엘노라에게 자기가 얼마나 가치 있는지, 얼마나 여유 있는지, 얼마나 많이 가진 사람인지 알려 줄게요. 책하고 괜찮은 옷을 살 수 있도록 돈을 빌려줄 테니, 엘노라가 성인이 되면 자기 몫을 팔아서 내게 갚으면 돼요."

캐서린은 의자 등받이를 움켜잡고 입술을 벌리지만 아무 말도 하지 않았다.

"만약 엘노라가 당신하고 너무 닮아서 그렇게 하지 않는다면, 나는 법원에 가 판사 앞에서 엘노라의 후견인 자격으로 당신을 고소할 거예요. 당신이 어떤 사람인지, 어떻게 아이를 키우는지 밝히고, 친권을 박탈시킨 다음 편안한 성품에 교육 잘 받고 품위 있는 사람이 친권을 가져야 한다고 판사에게 주장할 거예요!"

"신턴, 그렇게는 안 될걸요!"

캐서린 컴스탁이 숨을 헐떡였다. 신턴은 그 어려운 말을 하는 순간 마음이 부드러워졌다.

"그러고 싶지 않아요, 캐서린! 드러내고 싶어하지 않지만 당신은 엘노라를 사랑하잖아요! 어쩔 수 없잖아요! 엘노라에게 필요한 걸 알아보고 와서 도와주고 친구가 돼줘요. 마거릿이랑 나는 엘노라 없이 살 수 없었고, 당신도 마찬가지에요. 그렇게 훌륭한 여자애인데 마거릿처럼 사랑해 줘요. 조금만 사랑을 보여 줘요!"

"내가 그 애를 사랑하리라 기대하지 말아요. 그렇지만 지금 엘노라를 위한답시고 내 뒤에서 비겁하게 나를 협박하다가는 당신의 그 비겁한 몸에서 숨이 멈추게 될 거예요. 당신은 내 남편 재산을 뺏으려고 기어이 나를 법정으로 끌고 가려는 거군요. 나를 잡아가지 않으면 절대 못 데려가요. 나무 하나라도 건드리거나 기름 많은 오래된 유정 하나라도 뺏으려고 하면 시작하기도 전에 총으로 쏴서 다 끝낼 거예요. 자, 여기서 얼마나 빨리 빠져나갈 수 있는지 볼까요!"

"마거릿이 드레스 만드는 데 안 도와줄 거요?"

대답 대신 캐서린은 손에 쥘 만한 물건을 찾았다. 그 성질을 알기 때문에 웨슬리 신턴은 품위 있는 태도로 서둘러 자리를 떠났다. 그러나 신턴은 집으로 돌아가지 않았다. 한 시간 동안 들판을 가로질러 바느질에 능숙한 다른 이웃을 데려왔다. 마거릿은 착잡한 마음으로 이 모습을 지켜봤다.

"캐서린은 내일까지 너무 바빠서 도울 수 없대요."

웨슬리는 유쾌하게 말하면서 들어왔다. 그 말에 마거릿은 걱정이 조금 가라앉지만 의심은 여전했다. 웨슬리는 점심을 준비했고, 4시쯤 드레스는 엘노라에게 입힐 정도가 됐다. 다른 변수가 생기지 않는다면 두 시간쯤 뒤에 완성할 수 있었다.

그다음 마거릿은 구입한 물건을 큰 장바구니에 담았다. 웨슬리는 모자, 우산, 비옷을 들고 캐서린 집으로 향했다. 계단에 다다를 때 마거릿이 문 안쪽에 앉아 책을 읽던 캐서린에게 반갑게 말을 걸었지만, 캐서린은 고개를 들지도 않고 말을 하지도 않으면서 책장을 넘겼다.

웨슬리가 문을 열고 들어가고 마거릿이 뒤를 따랐다.

"캐서린, 마거릿에게 화풀이하지 말아요. 당신이 한 말이나 내가 한 말이나 아무것도 마거릿에게 전하지 않았어요. 마거릿은 힘도 없는데 드레스를 내일 입히려고 오늘 새벽 4시부터 바느질을 했어요. 이제 다 만들어서 엘노라에게 입히려고 왔어요."

"그게 사실이에요, 마거릿?"

캐서린이 물었다.

"웨슬리가 한 말 들었잖아요."

신턴 부인이 뿌듯하다는 투로 말했다. 웨슬리가 말했다.

"제안을 하나 할게요. 엘노라가 올 때까지 기다리세요. 그러면 엘노라에게 물건들을 보여 주고 뭐라고 하는지 들어 보자고요."

"뇌물 없이 엘노라가 하는 말을 들어 봐야죠?"

캐서린은 비웃었다. 웨슬리가 말했다.

"어제 일들을 오늘도 견딜 수 있다면 웬만한 일들은 다 견딜 수 있을 거예요. 그렇다면 엘노라한테 물어볼 때까지 옷을 치워 두세요."

"지금 만들던 블라우스는 놔두세요. 소매를 꿰매고 옷깃도 고쳐야 해요. 나머지는 눈에 띄지 않게 치워 두세요."

마거릿이 말했다.

캐서린은 바구니와 뭉치를 집어 방 안에 넣고 문을 닫았다. 마거릿은 바늘에 실을 꿰어 바느질을 시작했다. 캐서린은 다시 책으로 눈을 돌렸고, 웨슬리는 안절부절못하며 속으로 분노했다. 긴장한 마거릿이 눈물을 흘리고 있었고, 캐서린은 무표정한 얼굴로 차갑게 굳어 있었다. 시계가 한 시간, 두 시간, 해 질 녘, 엘노라가 없는 시간을 가리키는 동안 그렇게 모두 앉아 있었다. 마거릿과 웨슬리가 엘노라를 만나러 마을로 가야 할지 의논하고 있을 때 계단을 올라오는 발소리가 들렸다. 웨슬리는 의자에 기댄 몸을 바르게 세웠다. 마거릿은 바늘을 붙잡고 문 쪽으로 애원하는 눈빛을 보냈다. 캐서린은 책을 덮고 빙그레 웃었다.

"엄마, 문 좀 열어 주세요."

캐서린은 자리에서 일어나 가림막을 젖혔다. 몸 앞쪽에 무거운 짐을 가득 담은 가방을 안고 한쪽 팔에 책을 잔뜩 들고 있느라 엘노라는 반쯤 구부린 채로 엄마 곁을 비껴 들어왔다. 불빛이 희미해 엘노라는 신턴 부부를 보지 못했다.

"부엌에서 빈 바구니 좀 갖다 주세요, 엄마. 치마가 더러워져서 빨아야 하니까 걱정했지만, 화살촉을 집에 갖고 와야 했어요. 깨끗이 씻어서 아침에 은행가에게 가져가야 하는데, 와, 엄마, 책값하고 등록금, 드레스, 가벼운 신발을 살 수 있을 만큼 많이 팔았어요. 진짜 행복해요! 책 가져가고 바구니 좀 주세요!"

그러다 마거릿과 웨슬리를 본 엘노라는 기뻐서 어쩔 줄 몰랐다.

"와, 정말 좋아요! 이 소식을 어떻게 전할까 고민했는데, 마침 여기 계셨네요! 현실이라고 하기에는 너무 완벽해요!"

"말해 봐, 엘노라."

웨슬리가 말했다. 엘노라는 바닥에 두 번 엎드리며 치마를 펼쳤다.

"여기 바구니를 놔주세요, 엄마. 이 화살촉들은 부서지기 쉬우니까 한 번에 하나씩 넣어야 해요. 부서지면 팔 수 없어요. 아저씨! 드디어 때가 왔어요! 교과서가 꼭 필요해서 서점 세 군데를 찾아갔죠. 사흘도 기다릴 수 없다며 저를 믿어 주지 않았는데, 세상에 그렇게 빨리 해결될지 몰랐어요. 거의 미칠 지경이었는데, 애벌레, 누에고치, 나비, 화살촉 같은 것을 찾는다는 간판을 은행 창구에서 봤어요. 들어가 보니 곤충을 원하는 사람은 새 아줌마고, 돌도끼 등을 원하는 사람은 은행가였어요. 그때 학교에 가야 했는데, 믿으실지 모르겠지만, 책을 보기 전까지는 믿기 어렵겠죠."

엘노라는 화살촉을 치마폭에서 바구니로 옮기면서 말을 했고, 모든 화살촉이 차례차례 반짝거렸다.

"수학 선생님이 문 앞에서 기다리고 있었는데, 저에게 줄 교과서를 2학년 학생한테 갖다 달라고 부탁했더라고요. 저를 위한 책이 놓여 있었어요."

"어떻게 그런 일이 가능한 거야, 엘노라?"

웨슬리가 끼어들었다. 엘노라는 얼굴을 붉혔다.

"어제 교과서를 나눠 준다고 생각한 제 실수 탓이에요.

어젯밤에 교사 회의에서 역사 선생님이 제 얘기를 하셨어요. 헨리 선생님이 대수학 시간에 저에 관해 뭐라고 했는지 아시죠, 엄마? 이번 여름에 미리 공부해서 얼마나 다행인지 몰라요! 그래서 연락해서 어떤 여학생이 교과서를 가져온 거죠. 필기도 있고 조금 닳기도 해서 전부 2달러에 준대요. 필기를 지우고 표지를 붙이고 더 좋게 만들 수 있어요. 무엇보다 '기쁨의 요소' 이야기로 돌아갈게요. 정오에 도시락을 먹지 않고 새 아줌마네 집으로 달려가 함께 점심을 먹었어요. 샐러드, 핫코코아, 달달한 음식들을 먹었고, 새 아줌마는 제가 오랫동안 모은 모든 수집품을 사고 싶어해요. 새 아줌마는 잠자리, 나방, 나비를, 은행가는 인디언 유물을 원했어요. 오늘 밤 새 아줌마는 저랑 함께 늪에 와서 책값이랑 학비를 낼 수 있을 만큼 물건을 사 갔고, 내일은 더 사러 온대요."

엘노라는 마지막 화살촉을 바구니에 담고 자리에서 일어나 옷에서 나뭇잎과 마른 흙을 털어냈다. 주머니에 손을 넣어 돈을 꺼내더니 신기한 눈빛으로 바라보는 사람들 앞에서 흔들었다.

"이게 바로 기쁨의 원천이에요! 아침까지 시계에 넣어 두세요, 엄마. 책값하고 학비 또……."

환호하던 엘노라는 엄마의 손가락이 지폐를 꼭 쥐는 긴장된 손놀림을 보고 망설였다. 그런 다음 말을 계속하면서도 더 천천히 생각했다.

"내일 받을 돈으로 책값과 등록금을 더 내고 옷도 몇 벌 살 수 있겠어요. 이 신발은 너무 무겁고 덥고 굽도 아주 시끄러워요. 학교 전체에서 옥양목 드레스는 저 하나밖에 없어요. 수백 명 중에서요. 어, 저건 뭐야? 마거릿 아줌마, 무릎에 뭘 숨기고 있어요?"

블라우스를 흔들더니 얼굴이 환해졌다.

"허리를 멋지게 꾸미고 뒤에는 단추를 달았네요? 틀림없이 내 거네요!"

마거릿 신턴은 말했다.

"내 생각도 그래. 바로 입어 보고 맞으면 아침에 입고 갈 수 있어. 목이 짧은 신발도 있어!"

엘노라는 춤을 추다가 울었다.

"와, 아저씨, 아줌마! 내일 밤에 돈을 드릴게요! 너무 화려하지는 않아요! 집에 오는 길에 나중에라도 시원한 신발이 필요하겠다고 생각했는데, 가을비가 오면 어떻게 해야 할지도 고민했어요."

"그때는 두꺼운 드레스하고 코트를 사 주려고 했어."

캐서린이 말했다.

"그렇게 말할 줄 알았어요! 그렇지만 이제 그럴 필요 없어요! 필요한 모든 물건은 제가 직접 살 수 있어요. 내년 여름에는 더 많이 모을 수 있고, 겨울 내내 학교를 다닐 수 있어요. 양치류도 팔 수 있고, 견과류도 팔 수 있고, 새 아줌마는 공립 학교에서 나뭇잎, 풀, 새 둥지, 누에고치를 원한다고 했어요. 오, 이 세상은 정말 멋지지 않나요! 다음에는 세금을 보태 드릴게요, 엄마!"

엘노라는 블라우스를 흔들며 침실로 향했다. 엄마가 문을 열자 엘노라는 조용히 울음을 터트렸다.

"뭘 하고 있었어요? 내 평생 이렇게 흥미로운 일들이 연이어 벌어진 적은 처음이에요. 돈을 못 낼까 봐, 뭔가 포기해야 할까 봐 죽을 지경이었어요."

"돈을 못 내면 안 가져갈 거니, 엘노라?"

엄마가 곧장 물었다. 엘노라가 대답했다.

"자기가 살 수 없는 옷을 입을 수는 없잖아요, 그렇죠?"

"그렇지만 마거릿나 웨슬리는 오랜 친구들이야!"

캐서린의 목소리는 승리의 기운으로 가득 차 있었다.

"그분들이야 말로 안 되죠. 이미 그분들에게 갚을 수 없을 만큼 큰 빚을 졌어요. 차라리 모르는 사람에게 빚을 지는 게 낫죠."

엘노라가 힘차게 외쳤다.

"그러지 않아도 돼. 마거릿은 세상을 많이 겪고 얻은 좋은 취향으로 물건들을 골랐어. 돈이 떨어질 때까지 갚다가 돈이 더 필요해지면 정육점에 가서 송아지를 팔 수도 있어. 감당하기에 너무 비싸면 물건을 돌려 주면 돼. 지금 블라우스 입어 보고 나머지도 살펴봐서 맞는지, 뭐가 필요한지 확인해 봐."

엘노라는 옆방으로 들어가 문을 닫았다. 캐서린은 바구니를 들고 우물로 향하다가 침실 근처에서 잠시 멈췄다.

"엘노라, 이 화살촉 씻으려고 했니?"

"네. 새 아줌마가 깨끗해야 더 잘 팔린대요. 흠이 없는지 먼저 확인했어요."

"그래. 몇 개는 아주 더럽네. 물에 담가 불릴까? 아침에 가져갈 거지?"

"네, 그러고 싶어요. 그냥 통에 물을 채우면 돼요."

캐서린은 방을 나갔다. 웨슬리는 우물이 내려다보이는 창문을 등지고 앉아 있었다. 뒤에서 웃음 참는 소리가 들리자 재빨리 고개를 돌렸다. 그러고는 자리에서 일어나 마거릿 쪽으로 몸을 굽혔다. 웨슬리는 화내며 속삭였다.

"저기서 고약한 원숭이처럼 웃고 있잖아!"

"역시, 캐서린은 어쩔 수 없어!"

마거릿이 외쳤다.

"집에 갈 거야!"

"안 돼요! 당신 핵심을 놓치고 있어요. 핵심은 당신이 보거나 느끼는 게 아니에요. 핵심은 지나간 싸움이 어떻든 엘노라가 이 물건들을 갖게 하는 거예요. 지금 가면 내일 엘노라는 옥양목 옷을 입을 테고 캐서린 컴스탁은 이 물건들을 돌려주겠죠. 우리가 산 모든 물건을 엘노라가 받을 때까지 나는 여기 있을 거예요."

"어떻게 하려고요?"

웨슬리가 물었다.

"저도 아직 모르겠어요."

마거릿이 말했다.

그러고는 자리에서 일어나 창밖을 내다봤다. 우물가에 캐서린 컴스탁이 서 있었다. 하루 종일 긴장하던 마거릿의 몸이 반응하기 시작했다. 턱을 치켜들고 어떤 소리도 내지 않으려고 몸을 부르르 떨며 참고 있었다. 자기 입술 사이로 흘러나온 한 마디에 웨슬리가 충격을 받고 의자에 주저앉자 마거릿은 정신을 차렸다. 마거릿은 상당히 침착한 표정으로 엘노라를 돌아보며 피팅을 시작했다. 꼬집고, 잡아당기고, 두드려본 뒤 말했다.

"이게 맞는지 와서 봐요, 캐서린."

캐서린은 뒷문으로 돌아 나가 부엌에서 대답했다.

"나보다 더 잘 알잖아요. 계속해요! 저녁 먹고 있어요. 세탁할 때 줄어드는 거 잊지 말아요!"

"어젯밤에 염색하고 빨아서 더 줄어들지는 않아요."

더 고칠 게 없자 마거릿은 엘노라에게 물을 데우라고 시켰다. 소녀는 포장을 열기 시작했다. 모자가 먼저 나왔다.

"엄마! 엄마, 물론 이 모자는 본 거겠지만 제가 쓴 모습은 못 봤잖아요. 지금 써볼게요."

"머리 감고 잘 빗은 뒤에 써."

마거릿은 말했다.

"오! 머리 감는 물이었어요? 다른 드레스에 색 입힐 물인 줄 알았어요."

"오해했구나. 머리카락이 구릿빛으로 빛날 때까지 씻고 빗질할 거야. 마르는 동안 저녁을 먹으면 드레스도 완성되겠지. 그런 다음 새 리본으로 머리를 묶고 모자를 쓰면 돼. 이제 신발 신어 봐서 안 맞으면 웨슬리랑 마을에 가서 바꿔 올게. 바구니 위에 있는 작고 동그란 뭉치는 스타킹이야."

말을 마친 마거릿은 자리에 앉아 서둘러 바느질을 시작했고, 조금 뒤 재봉틀로 긴 이음매들을 꿰맸다.

68

엘노라는 몇 분 뒤 치마를 들고 새 신발을 신고서 조심스럽게 발걸음을 옮기며 나타났다. 웨슬리가 말했다.

"때 묻히지 마. 잘 맞는지 확인할 때까지."

"조금 큰 것 같기도 해요."

엘노라가 미심쩍어 하자 웨슬리는 무릎을 꿇고 만져 봤다. 웨슬리와 마거릿은 신발이 맞는다고 생각했고, 엘노라는 엄마에게 도움을 구했다. 앞치마에 손을 닦으며 나타난 캐서린이 신발을 꼼꼼히 살폈다.

"맞아 보이는데 시골길을 걷기에는 너무 멋지네요."

"저도 그렇게 생각해요. 이 신발을 반품하고 더 값싼 신발을 사는 게 낫겠어요."

엘노라가 곧장 말했다. 그러자 캐서린이 제안했다.

"음, 이번에는 그냥 신자. 너무 예뻐서 헤어지기 싫네. 다음에 더 싼 걸 사고."

웨슬리와 마거릿은 한동안 숨을 거의 쉬지 못했다. 웨슬리가 가축을 먹이러 간 때 엘노라는 식탁을 차렸다. 물이 데워지자 마거릿은 큰 수건을 엘노라 어깨에 두른 뒤 전날 밤에 배운 대로 머리를 감기고 말렸다. 머리카락이 마르기 시작하자 빛을 받아 반짝이는 광택이 뿜어져 나와 빛났다. 마거릿이 조언했다.

"이제 자연스럽게 머리가 고불거리게 놔두는 게 중요해. 다시는 지저분하고 단정하지 않게 헝클어트리지 마. 학교에 다니는 동안 2주에 한 번씩 이렇게 씻고 털어서 말려. 그리고 가운데에서 머리카락을 반으로 나누고 앞부분 4분의 1을 양쪽으로 보내. 나머지 뒷부분을 목 뒤에서 끈으로 묶고, 크고 느슨하게 리본으로 마무리해. 내가 보여 줄게."

마거릿은 가장 어울리는 색상으로 고른 리본으로 묶고 다시 풀어지지 않도록 하나하나 주름을 잡았다. 그런 다음 엘노라가 학교에 다니면서 입을 비옷을 만들었다. 캐서린은 반대했다.

"날씨가 추울 때 따뜻하게 해줄 옷도 아닌데, 그러면 코트 살 돈도 없잖아요."

"제 생각을 말하자면, 집에 가는 길에 생각이 났어요. 비옷은 젖지 않게 해주기 때문에 좋아요. 추운 날에는 따뜻한 스웨터를 하나 사서 비옷 안에 입으면 돼요. 그러면 항상 젖지 않아서 따뜻해요. 스웨터는 3달러밖에 안 하니까 두꺼운 코트 반값에 스웨터하고 비옷을 모두 살 수 있어요."

"날씨에 따라서 다양하게 쓸 수 있겠네요. 비옷은 챙겨, 엘노라."

캐서린이 동의했다.

"모자를 쓰기 전까지 입고 있어 봐. 드레스를 마저 완성할 때까지 있어."

엘노라는 반신반의하면서 모자를 집어 들었다.

"엄마, 지금 머리에 써도 돼요?"

캐서린 컴스탁은 봐준다고 했다. 캐서린이 뭘 본지는 아무도 모른다. 웨슬리와 마거릿에게 엘노라의 분홍색 도는 밝고 어린 얼굴, 짙은 눈썹, 밝은 청회색 눈동자, 고불거리는 적갈색 머리카락은 지상에서 가장 사랑스러운 모습이었고, 그 순간 엘노라는 환하게 빛났다.

"최대한 자연스럽게 빗어 넘기면, 더 단단하게 묶든 느슨하게 묶든 큰 문제는 없어 보여. 그 정도면 좋겠다."

캐서린이 말했다. 엘노라는 머리에 모자를 썼다. 한쪽에 공작새 깃털 세 개가 달린 챙 넓은 황갈색 밀짚 모자였다. 마거릿은 탄성을 질렀고, 웨슬리는 무릎을 치며 깊은 한숨을 내쉬었고, 캐서린은 잠시 말문이 막혔다.

"모자를 쓰기 전에 가격을 먼저 말해 주시면 좋았겠네요. 우리는 절대 감당할 수 없는 돈이에요."

"그 정도는 아니에요. 제가 어떻게 했는지 모르겠어요? 원래 있던 깃털을 떼고 피비 심스가 준 공작새 깃털을 달았어요. 모자는 1달러 반밖에 안 했어요."

마거릿은 웨슬리의 눈을 피하고 캐서린을 똑바로 바라봤다. 엘노라는 모자를 벗어 살펴보며 감탄했다.

"와, 붉은빛 도는 황갈색 깃털이네요! 엄마, 정말 정말 예쁘죠! 가게에서 파는 모자보다 훨씬 더 나아요."

"나도 그래. 마거릿이 이 깃털을 나눠 준다면 아름다운 모자가 될 거야. 아주 싸고! 심스 부인에게 가서 보여 줘야 해. 엄청 기뻐할 거야."

엘노라는 의자에 주저앉아 발가락을 보며 생각했다.

"어머나, 여왕이 된 기분이에요. 또 뭐가 더 있어요?"

"벨트, 손수건, 비가 오거나 추운 날에 신을 목이 긴 신발 한 켤레."

마거릿이 말했다.

"목 긴 신발은 내 생각이었어. 비가 오면 목 짧은 신발은 안 되니까. 그리고 두 켤레를 사면 싸게 준다고 했어. 목 짧은 신발은 두 켤레, 목 긴 신발은 한 켤레, 모두 세 켤레가 75달러야. 안 비싸지?"

웨슬리가 말했다.

"정말 싸네요. 좋은 신발이고 보기에도 좋다면 말이죠."

캐서린이 말했다. 웨슬리가 마지막 상자를 내밀었다.

"마거릿 아줌마가 준비한 크리스마스 선물이야. 내 선물도 있지만 집에 있어. 내일 아침에 가져올게."

웨슬리가 마거릿에게 건넨 우산을 마거릿이 엘노라에게 건네자, 엘노라는 우산을 펴고 앉아 웃었다. 그러고는 두 사람에게 키스했다. 엘노라는 연필을 가져와 종이에 우산 빼고 모든 물건의 가격을 적어 더한 뒤 웃으며 말했다.

"돈은 내일까지 기다려 주실래요? 그럼 그때 받겠어요."

"엘노라. 왜 그래……."

웨슬리가 말했다. 그때 부엌에서 캐서린이 딸을 불렀다.

"엘노라, 잠깐만 이리 와봐! 도와줘!"

"잠깐만요, 엄마."

엘노라가 코트와 모자를 벗어 던지더니 우산을 접고 뛰어갔다. 서둘러야 할 심부름이 몇 가지 있고 저녁도 먹어야 했다. 엘노라는 끊임없이 수다를 떨었고, 웨슬리와 마거릿은 할 수 있는 모든 이야기를 나눴고, 캐서린은 가끔 하는 한 마디가 전부였다. 그렇지만 웨슬리는 캐서린을 지켜보면서 몇 번이고 입꼬리가 살짝 올라가는 모습을 확인했다. 그 여자는 16년 만에 처음으로 진심을 담아 웃고 있었다. 냉정한 얼굴을 유지하려고 항상 최선을 다하는 여자였다. 웨슬리는 캐서린이 무슨 생각을 하는지 알았다.

밥을 다 먹자 드레스가 완성됐고, 다음 드레스 옷감을 얘기하다가 신턴 부부는 집으로 돌아갔다. 엘노라는 보물들을 모았다. 위층으로 올라가다가 걸음을 멈추고 조심스레 물었다.

"엄마, 굿 나잇 키스 해도 될까요?"

"그런 오글거리는 소리 좀 하지 마. 나랑 오래 살아서 잘 알잖아."

"내가 얼마나 행복한지, 얼마나 감사한지 어떻게든 보여 드리고 싶어요."

72

"왜? 마거릿이 물건들을 골라서 가져오고 돈도 냈잖아."

"그래요. 그렇지만 엄마도 필요하면 가지라고 했고, 제가 돈을 다 못 내면 도와주겠다고 했잖아요."

"그랬지. 추수감사절 즈음에 도톰한 드레스를 사려고 했거든. 여전히 그런 생각이고. 제발 거울 앞에서 멍청한 짓은 그만하고 자러 가."

캐서린은 종이 몇 장을 집어 들고 부엌 불을 껐다. 거실 한가운데에 잠시 서 있다가 방으로 들어가 문을 닫았다. 침대 끄트머리에 앉아 잠시 생각하다가 갑자기 베개에 얼굴을 파묻고 다시 웃느라 들썩였다.

마거릿과 웨슬리는 걸음을 재촉했다. 두 사람 모두 생각은 같아도 말로 표현할 수 없었다. 웨슬리가 마침내 쉿 소리를 냈다.

"끝났어! 다 끝났어! 나 자신이 한심하게 여겨지네요. 당신도 그래요? 저 여자가 우리한테 무슨 짓을 한 거죠?"

"저 여자가 뭘 한 게 아니에요! 저 여자는 아무것도 하지 않았어요. 엘노라의 위대한 영혼이 저 여자를 올바르게 이끌리라 믿었고, 실제로 그렇게 돼서 저 여자는 끌려 나왔죠. 대단한 여자예요, 웨슬리! 그렇지만 캐서린 앞에는 아직 기회가 있어요. 캐서린 컴스탁이 돈 챙기는 거 봤어요? 6개월 안에 세금 낸다며 곤충과 화살촉을 모으러 림버로스트를 헤집고 다닐 거예요. 나는 알아요."

마거릿이 눈물을 삼키며 말했다.

"흠, 모르겠어요! 너무 복잡한 사람이에요. 그렇지만 아직 웃을 줄 알더라고요! 그럴 줄 몰랐어요. 우리가 나온 뒤 지금 이 순간 웃고 있다에 1달러 걸게요."

두 사람은 길을 멈추고 뒤를 돌아봤다. 마거릿이 말했다.

"엘노라 방에 불빛이 있네요. 불쌍한 아이는 그 옷을 만져 보고는 아침까지 열심히 책을 보겠죠. 어쨌든 학교에 입고 가기에 적당해 보여요. 그것보다 더 큰 보람은 없죠."

"맞아요. 캐서린이 입게 해준다면요. 십중팔구 캐서린은 그 낡은 옷으로 한 주를 마무리하게 할 거예요!"

"아니, 캐서린은 그러지 않을 거예요, 감히 그럴 수 없어요. 캐서린은 꽤 많이 양보했어요. 자기 기준에서 큰 양보였죠. 중요한 건 마음대로 했지만. 어느 정도 양보했죠. 만약 아침마다 맨손으로 나간 엘노라가 한 가득 책을 사 오고 저런 옷을 살 만큼 주머니에 돈을 채워 온다면 엘노라는 스스로 자기가 중요한 사람이라는 걸 증명하게 되는 거죠. 캐서린은 똑똑하니까 두 번 생각하겠죠. 앞으로 엘노라는 고등학교에 옥양목 드레스를 입고 가지 않을 거예요. 지켜보면 알겠지만 안 그럴 거예요. 당분간 우리 덕에 가장 좋은 옷을 가장 적은 돈으로 살 수 있을 테니까 직접 옷을 사기 전까지는 모르겠죠. 웨슬리, 가격은 얼마였어요? 상당히 줄였죠?"

"당신이 시작했잖아요. 가격은 괜찮아요. 물건 가격을 제대로 말하지 않았고, 얼마가 들 거라고 얼버무렸어요. 분명히 모든 돈을 다 지불할 수 있다고 착각하고 있어요. 림버로스트에서 그 정도 돈을 받을 만한 물건을 구할 수 있을까요? 혹시 새 아줌마가 엘노라가 어렵다는 사실을 알고 돈을 그냥 주지 않았을까요?"

"아닐 거예요. 새 아줌마가 벌레랑 나비를 잡는 대가로 돈을 주거나 돈을 주겠다고 한다는 이야기를 들은 적이 있고, 은행가에게 인디언 유물을 팔아넘긴 사람들도 알아요. 은행가가 모은 담뱃대 수집품이 필라델피아 100주년 박람회에서 정부 컬렉션을 능가하더라는 이야기를 들은 적도 있어요. 그 정도로 가치를 갖게 된 거죠."

"엘노라가 헛간에 그런 귀중품을 한 무더기 쌓아 뒀어요. 어쨌든 엘노라가 좋아해서 모았죠. 돌멩이나 벌레, 나비를 구하려고 애쓰는 엘노라가 참 이상하지 않았나요? 그런데 이제 그 물건들이 엘노라에게 가장 필요한 보물들로 돌아오게 됐네요. 맙소사, 알면 알수록 세상은 재미있어요! 우연히 벌어진 일이 없네요. 마치 기계 장치 잘 다루고 길 잘 아는 누군가가 운전하듯 계획이 있었어요. 어쨌든 밤에 엘노라가 마차 안에 있듯이 안전하다면 어둠 속에서 별을 보는 것처럼 내가 초라해 보이지 않을 것 같아요. 캐서린은 어떻게 허락했을까요?"

"웨슬리, 계속 그럴 거예요? 캐서린이 한 일이 아니라고 했잖아요. 엘노라가 했다고! 엘노라가 우리가 준 물건들을 가져갔다고요. 캐서린은 그저 자기 뜻대로 일이 흘러가는 모습을 즐기기만 했고요. 엘노라를 뜻대로 유도하는 질문들을 던질 정도로 약삭빨랐어요. 그렇지만 모르겠어요, 웨슬리. 이런 생각도 들어요. 만약 우리가 엘노라를 아기일 때 데려와 우리 아기에게 주지 못한 모든 사랑을 쏟아붓고 애지중지하고 쓰다듬고 보호했다면, 엘노라는 혼자 생각하는 법을 배우고 캐서린 컴스탁이 주는 모든 정서적 타격을 견딜 수 있는 사람이 됐을까요?"

"그렇고 말고요! 누구를 사랑하면 상처를 주면 안 돼요. 우리는 사랑밖에 줄 수 없었어요. 사랑한다고 해서 아이를 망칠 수 없죠. 버림받은 불쌍한 강아지처럼 고통받지 않고 우리하고 함께 일하고 공부하는 법을 배우면서 어엿한 여자로 자랐겠죠."

웨슬리가 열성적으로 말했다.

"그런데 핵심은 못 보네요, 웨슬리. 엘노라는 우리랑 함께 살면서 훌륭한 여성으로 자랐겠죠. 그렇지만 지금처럼 세상을 알까요? 웨슬리, 그 아이가 이해할 수 없는 고통이 있을까요? 엄마 모습을 지켜보면서 더 단단해졌죠. 엘노라는 엄마의 슬픔을 전부 이해할 수 있는 아이가 됐죠. 거친 삶을 살면서 더 넓어졌어요. 수치심에 불타거나 길을 찾으려고 고군분투하는 소녀 소년들이 엘노라에게 도움을 받지 않을까요? 엘노라에게 '거짓 자존감' 따위는 없어요. 우리는 더 간섭하지 않으면 좋겠어요. 캐서린은 자기가 뭘 하고 있는지 알겠죠. 사랑보다는 정서적 타격이 틀림없이 엘노라를 더 크게 성장시켰으니까요."

"아주 좋은 지적이지만, 내가 무디고 서툴고 책에서 뭘 배우지도 못한 사람이다 보니 몰랐네요. 당신이 하는 말이 무슨 뜻인지 알겠는데, 나도 똑같이 엘노라를 힘들게 했어요. 이제는 피하지 않을 거예요. 계속 가까이 지켜볼 거예요. 추측이 틀리지 않는다면 캐서린도 나처럼 얼굴을 한 대 맞은 듯 교훈을 얻었겠죠. 더 너그러워지지 않으면 법정으로 끌고 갈 정도로 내가 진지하다는 사실을 알았겠죠. 그렇게 하지 않으면 큰일이 날 테니까. 좀 어렵고 과정이 매끄럽지 않아도 캐서린이 엘노라를 제대로 돌볼 거예요. 물론 엘노라가 자기를 스스로 돌볼 수 있다는 사실을 증명하지 않는다면 말이지만요. 엘노라뿐 아니라 나 자신을 위해서 내가 이러고 있다는 걸 깨달았어요. 엘노라가 우리를 받아 주고 우리를 사랑해 주기를 바라요. 그렇지만 나는 일을 모두 망치고 다리를 건너는 돼지처럼 꼼짝도 못 했죠. 그렇지만 당신이 도와줘서 엘노라가 옷을 가져갔고, 아침이면 캐서린이 16년 만에 처음 웃을 수 있을 거예요. 지금 나한테 꽤 많은 마법을 가르쳐 줬어요, 그렇죠, 마거릿?"

76

엘노라는 다락방에서 탁자 위에 촛불 두 개를 켜고서 교과서들을 쌓고 소중한 옷들을 정리했다. 모자와 우산을 정성스럽게 걸고 비옷을 접고 새 드레스를 의자 위에 펼쳤다. 리본들을 집어 들어 주름을 조심스레 폈다. 스타킹을 깔끔하게 접고 손수건을 만지고 벨트를 차기도 했다. 그런 다음 하얀 잠옷을 입고 완전히 마른 머리카락을 털고는 책상 앞에 의자를 놓고 경건하게 책 한 권을 펼쳤다. 차가운 외풍이 다락방을 휩쓸었다. 다락방은 통나무집만큼 길고 양끝에 창문이 있기 때문이었다. 의자에서 일어나 동쪽 창문을 닫았다. 잠시 서서 별하고 하늘, 빠르게 사라지고 있는 림버로스트의 무질서한 나무들이 그린 어두운 윤곽을 바라봤다. 엘노라가 바라보는 쪽에서 작은 빛이 번쩍이다가 사라졌다. 엘노라는 궁금해서 고개를 곧추세웠다. 소중한 돈을 그곳에 두고 온 선택이 현명했을까? 빛이 다시 한 번 번쩍이고 몇 초간 흔들리더니 사라졌다. 기다렸다. 불빛이 더는 보이지 않자 책으로 눈을 돌렸다.

림버로스트에서 어떤 남자의 거대한 형체가 오솔길을 따라 몰래 다가왔다.

"새 아줌마가 오늘 저녁 주근깨 오두막에 있었어. 뭣 때문일까?"

오솔길을 벗어나 여전히 경계가 뚜렷한 울타리 안으로 들어가 오두막에 다가갔다. 조끼에 달린 작은 전등에서 첫 번째 빛이 번쩍였다. 주머니에서 복사한 열쇠를 꺼내 자물쇠를 만지더니 문을 열었다. 문이 좌우로 크게 흔들렸다. 두 번째 불빛이 번쩍였다. 빠르게 실내를 훑었다.

"나방이 4분의 1 정도 사라졌어. 엘노라가 함께 있던 새 아줌마에게 준 게 틀림없어."

남자는 긴장한 채 서 있었다. 예리한 눈으로 상자 바닥에 급히 밀어 넣은 지폐 뭉치를 발견했다. 지폐를 집어 들고 전등을 끈 다음 오두막을 잠그고 재빨리 길을 따라갔다. 몇 초마다 멈춰서 열심히 귀를 기울였다. 오솔길에 다다르자 두 번째 불빛이 다가와 속삭이듯 물었다.

"피트야?"

"응."

"불빛이 나서 보려고 잠깐 왔어. 오늘 새 아줌마가 오두막에 있었대. 뭘 했을까?"

"아무것도 안 했어. 나방을 4분의 1 정도 가져갔어. 아마 컴스탁네 아이가 줬겠지. 둘이 같이 있다고 들었어. 나머지는 내일 가지러 오겠네. 요즘은 구하기 힘들지 않나?"

두 번째 남자가 역겨운 표정으로 뒤를 돌아보며 말했다.

"글쎄, 그런 편이지. 지금 집에 가는 거야?"

"아니, 이쪽으로 갈 거야."

피트가 대답했다. 피트는 컴스탁네 통나무집 창문에서 반짝이는 빛을 포착했고, 그 시간에 엘노라의 다락방에 왜 불이 켜져 있는지 알고 싶었다. 구부정한 자세로 걸으며 아직 세지 못한 돈 뭉치의 부피를 느꼈다.

통나무집이 도로에서 멀리 떨어져 있는데다가 다락방은 너무 길쭉했고, 불빛은 반대쪽에 가까웠다. 울타리에 올라 창문 반대편으로 걸어가도 아무것도 보이지 않았다. 캐서린이 깨어 있는 밤에 가끔 집 뒤 늪에 간다는 사실은 알고 있었다. 때때로 그 지역에서 울부짖는 소리가 들려 근처에 있던 사람들이 공포에 질리거나 목숨 걸고 도망가기도 했다. 개의치 않고 통나무 뒤쪽으로 건너갔다. 길로 돌아온 피트는 통나무집을 지나쳐 다시 울타리를 올라갔다. 서쪽 창문으로 엘노라가 보였다. 엘노라는 작은 책상 앞에 앉아 촛불두 개 사이에서 책을 읽고 있었다. 밝게 빛나는 머리카락을 한 손으로 가볍게 흔들거나 뒤로 넘겼다. 남자는 그 모습을 서서 지켜봤다.

한동안 나뭇잎이 드문드문 떨어지고 엘노라는 머리를 계속 말렸다. 남자는 가까이 다가갔다. 다가갈수록 더 아름다웠다. 창문에 달린 하얀 모기장 탓에 원하는 만큼 잘 볼 수 없어서 화가 났다. 조심스레 가까이 다가갔다. 높아서 보이지 않았다. 그러다 우물 위에 드리운 커다란 버드나무 가지가 통나무집 서쪽 창문 너머로 뻗어 있다는 사실이 떠올랐다. 엘노라는 어릴 적부터 창턱에서 나뭇가지에 올라타 비스듬히 기울어진 나무줄기를 따라 미끄러지듯 내려왔다. 버드나무에 다다른 남자는 소리 없이 몸을 휘둘렀다. 큰 팔다리로 세 발자국 내디디자 남자는 몸을 떨었다. 남자와 소녀는 몇 미터 거리에 있었다.

남자는 여윈 몸속 심장이 고동쳤다. 엘노라가 머리카락을 넘길 때 향기를 맡을 수 있었다. 폭 좁은 침대에 옥양목 조각으로 만든 이불, 화려한 다색 석판화가 걸린 하얀 벽, 틈새마다 고치가 대롱대롱 매달린 나뭇가지들을 볼 수 있었다. 못에 걸어둔 옷들, 낡은 장롱, 작은 책상, 의자 두 개, 헝겊 깔개와 땋은 옥수수 껍질로 덮인 울퉁불퉁한 바닥이 있었다. 그러나 형편없는 모기장 사이로 볼 만한 것은 한 번만 뛰어오르면 손이 닿을 듯한 완벽한 얼굴과 몸매 말고는 아무것도 없었다. 자기가 서 있는 나무에 팔다리를 붙인 채 입술을 핥아 소리가 나는지 확인하면서 목구멍으로 숨을 쉬었다. 엘노라는 책을 덮어 내려놓았다. 수건을 집어 들고 머리카락 끝을 모아서 돌려 문지른 다음 무릎에 수건을 내려놓고 머리카락을 다시 털었다. 그런 다음 깊은 생각에 잠겼다. 부드러운 말소리가 조금씩 나오기 시작했다. 남자는 처음에는 듣지 못했다. 몸을 더 가까이 구부리고 열심히 귀를 기울였다.

"이렇게 행복한 적 있었을까? 드레스도 예쁘고, 구두도 예쁘고, 코트도 예쁘고, 모두 다 예뻐. 림버로스트에는 귀한 나방이 가득하고 언제든 수집할 수 있으니까 다시는 부끄러울 일 없겠지. 새 아줌마는 내일도, 모레도, 그다음 날도 사러 올 거야. 나방이 모두 사라지면 고치나 다른 팔 거리를 구할 수 있어. 하느님 감사합니다. 귀하고 귀한 돈을요. 제 기도가 헛되지 않았어요! 저 큰 강당에서 저를 숨겨 달라고 주님께 기도할 때, 그 순간 숨을 수 없었기 때문에 주님께서 도와주지 않는다고 생각했어요. 그렇지만 지금은 제 바람이 성취된 느낌이에요. 기도에 관해서 잘 모르지만, 주님, 주님만의 시간과 방법으로 저를 숨겨 주셔서 감사합니다."

엘노라의 얼굴은 하얀 광채로 밝게 빛났다. 눈에서 두 줄기 굵은 눈물이 솟아 웃는 뺨을 타고 흘러내렸다.

"당신께서 저를 숨겨 주셨어요."

숨을 내쉬었다. 엘노라가 불을 껐고, 작은 나무 침대는 소녀가 움직이자 삐걱거렸다.

피트 코슨은 팔다리를 풀고 갈 길을 갔다. 한참 가만히 서 있다가 다시 림버로스트로 돌아갔다. 오두막 근처에서 작은 빛이 번쩍였다. 욕지거리가 나 걸음을 멈췄다.

"또 다른 사냥개가 여자애 돈을 훔치려 하네. 나랑 똑같이 그걸 감당할 만큼 여유 있는 여자애라고 생각하나 보네."

피트는 울타리 옆을 지나가면서 매우 조심스럽게 계속 중얼거렸다.

"오늘밤에는 늪이 활기차군. 우리 셋이 다 밖에 나왔어."

서북쪽 가장 깊은 곳에 들어간 피트는 바닥에 앉아 작은 공책 한 장을 찢은 뒤 들고 있던 불빛에 의지해 주머니에서 꺼낸 연필로 힘겹게 몇 줄 적었다. 그런 다음 오두막으로 돌아가 기다렸다. 눈앞에 머리카락을 흩날리는 날씬한 하얀 형체의 환영이 스쳐 지나갔다. 먼 곳에서 수탉이 희미하게 새벽을 알릴 때까지 웃음을 띄며 경배했다.

그런 다음 오두막을 다시 열어 돈을 넣고 그 위에 종이를 올려놓은 뒤 숨어서 엘노라가 새 드레스를 입고 새 모자를 쓴 아주 사랑스러운 모습으로 오솔길을 내려올 때까지 기다렸다.

5장

경고를 받은 엘노라,
현장에 나타나는 빌리

서둘러 일을 마치고 샤워를 한 뒤 단정하면서도 우아한 깅엄 드레스와 황갈색 구두를 신은 엘노라가 그날 아침 느낀 행복은 말로 표현하기 어려울 정도였다. 엘노라는 머리카락 때문에 애를 먹었다. 머리카락이 고불거리고 부풀어 오르고 반들거려서 얼굴에 맞게 묶기가 힘들었다. 그렇지만 엄마의 기분을 헤아려 소녀는 이를 악물고 신발 끈으로 머리카락을 단단히 묶으며 중얼거렸다.

"오두막에서 다시 묶지 않아야 해."

어머니가 지켜보는 줄 모른 채 말이다. 예쁜 갈색 리본을 집어 들자 캐서린이 말했다.

"내가 묶어 줄게. 손이 뒤에 닿지 않으니까 혼자서 잘 안 될 거야."

엘노라는 살짝 숨이 막혔다. 딸 혼자 할 수 있는 일을 엄마가 해주겠다고 한 적은 처음이었다. 엄마가 리본을 어떻게 묶을지 생각하니 가슴이 떨리지만 거절할 수 없었다. 정말 소중한 순간이기 때문이었다. 다시없을지 모를 기회였다.

"우와, 고마워요!"

소녀는 자리에 앉아 리본을 건넸다. 엄마는 뒤에서 꼼꼼히 살폈다.

81

"어젯밤에 마거릿이 해준 리본은 없구나. 이 멍청아! 나한테 맞춘다고 단단하게도 묶었네. 마거릿이 한 게 더 나은데, 눈여겨보지 않았구나."

"엄마, 엄마!"

엘노라가 흐느끼는 목소리로 웃었다.

"가만히 있어 볼래? 늦을 거야. 아직 도시락도 안 쌌어."

엄마는 신발 끈을 풀고 머리카락을 털었다. 정전기 때문에 머리카락이 솟아올라 엄마의 손가락과 손에 달라붙었다. 캐서린은 물린 듯 뒤로 물러섰다. 그 촉감을 알고 있었다. 얼굴은 하얗게 질리고 눈은 화가 났다.

"직접 묶어라. 그럼 리본을 달아 줄게. 그렇지만 마거릿처럼 느슨하게 묶어. 그렇게 하면 정말 예뻐 보이거든."

거의 기절할 뻔한 엘노라는 거울 앞에 서서 머리카락 앞부분을 덜어 내고 마거릿이 한 대로 목덜미 부근에서 묶은 뒤 엄마가 리본을 정리하는 동안 앉아 있었다.

"리본 주름에 맞게 아래로 당기면 더 딱 맞겠지?"

캐서린이 묻자 놀란 엘노라가 더듬더듬 대답했다.

"네."

거울을 들여다보니 리본은 완벽하게 묶여 있었고, 빛나는 갈색 머리카락에 금색 리본이 잘 어울렸다!

"예쁘네."

영혼은 없지만 이번만큼은 뻣뻣한 입술로 억지로 할 수 있는 모든 말을 다 했다. 그때 웨슬리 신턴이 들어왔다.

"좋은 아침이에요. 엘노라, 정말 그림 같구나! 세상에, 정말 예쁘다! 도시 남자애들이 건방지게 굴면 이 아저씨한테 얘기해. 혼내 줄 테니까. 자, 크리스마스 선물이야."

웨슬리가 엘노라에게 건넨 도시락을 묶은 가죽 끈에는

엘노라의 이름이 멋진 필체로 새겨져 있었다.

"웨슬리 아저씨!"

엘노라가 할 수 있는 말은 그것뿐이었다.

"마거릿 아줌마가 도시락을 쌌어. 자, 이제 준비되면 마차로 오너배서까지 태워 줄게. 새 신발을 그만큼 아낄 수 있을 거야."

엘노라는 도시락을 쳐다보고 있었다.

"실례가 아니라면 먼저 열어 보고 싶어요. 안을 꼭 봐야 할 것 같아서요."

"이웃끼리 그런 격식 안 차려도 돼. 보고 싶으면 봐!"

웨슬리가 웃으며 말했다.

엘노라는 끈을 풀고 도시락 뚜껑을 열었다. 나이프, 포크, 냅킨, 숟가락, 우유병, 냅킨으로 싼 예쁜 샌드위치와 고기, 샐러드, 커스터드를 넣을 수 있는 작은 칸으로 가득 찬 속이 보였다.

"엄마! 엄마, 멋지지 않아요? 어떻게 이런 생각을 하셨어요, 웨슬리 아저씨? 어떻게 고마움을 전할까요? 이것보다 더 멋진 도시락은 없어요. 정말 고마워요! 제가 받은 가장 멋진 선물이에요. 9월의 크리스마스라니, 정말 좋아요!"

캐서린은 날카로운 눈빛으로 섬세하게 살피며 말했다.

"정말 멋지네요. 마거릿과 웨슬리를 도와주기를 잘했구나, 그렇지?"

"그래요, 맞아요. 학교를 빼먹더라도 큰일이 있으면 또 도우러 갈게요."

"그런 일은 없을 거야! 어서 가자!"

"오두막에 잠깐 들르게 늪으로 가도 될까요?"

어젯밤에 본 불빛이 엘노라를 괴롭혔다.

"물론이지."

웨슬리가 크게 말했다. 평소보다 더 쓰라린 마음으로 문 밖에서 지켜보는 창백한 얼굴을 한 여자를 남겨 두고 마차는 떠났다.

"웨슬리가 마거릿에게 무슨 말을 할지 들을 수 있다면! 나는 못하는데 항상 붙어 다니지. 도대체 저건 어디서 구했고 얼마에 샀을까?"

캐서린은 씁쓸하게 중얼거렸다. 통나무집에 들어가 하루 일을 시작했지만, 한 번도 본 적 없던 기쁨으로 빛나는 어린 얼굴이 떠올라 마음이 쓰라려 계속 중얼거렸다.

"웨슬리가 엘노라에게 무슨 말을 할지 궁금해!"

웨슬리는 엘노라가 꽃다발처럼 상큼하고 사랑스럽다고 말했고, 오두막에 갈 때 진흙을 밟거나 신발에 흠집이 나지 않게 조심하라고 일렀다. 엘노라는 열쇠를 찾아 문을 열었다. 열쇠는 제자리에 없었고, 지폐 더미 옆에 조잡한 글씨로 쓴 쪽지가 떡하니 놓여 있었다. 엘노라는 깜짝 놀라 쪽지를 집어 들었다.

소둥한 엘노리에게.
전지전능하신 주님께서 당신을 숨겨 주셔써요 으심해 적 있나요 당시느 돈을 어저께 밤에 잠깐 가져간지만 이자까지 쳐서 돌렸어요 하느님 이름으로 절대로 뱀이나 늦은 저녁이나 아츰이나 언제든 늪에 가지 마라요 당신이 아는 것보다 더 나쁜 거시 생길 수도 이써요

칭구가.

엘노라는 떨기 시작했다. 서둘러 주위를 둘러봤다. 오두

막 앞 축축한 땅에는 거칠고 커다란 발이 밟고 지나간 흔적이 있었다. 돈과 쪽지를 집어넣은 뒤 가방을 잠그고 도로로 달려갔다. 얼굴이 하얗게 질리고 가쁘게 숨을 쉬자 웨슬리가 낌새를 알아챘다.

"무슨 일이야, 엘노라?"

"좀 무서워요!"

"저런, 저런, 애야! 세상에 두려워할 건 아무것도 없어. 무슨 일이야?"

"사실 어젯밤에 집에 가져온 돈보다 더 많은 돈을 오두막에 두고 왔어요. 그런데 누가 왔다 갔나 봐요. 발자국이 보이고 이 쪽지가 남아 있었어요."

"틀림없이 돈을 가져갔구나."

"아니요. 쪽지를 읽어 보세요, 웨슬리 아저씨, 무슨 뜻인지 좀 알려 주세요!"

웨슬리는 깊이 생각에 잠겼다.

"무슨 뜻인지 모르겠구나. 그런데 분명한 건 어떤 짐승이 너를 주시하고 있는데 네가 다치는 모습을 보고 싶지 않으니까 기회를 주지 말라고 단호하게 말하고 있어. 너는 계속 탁 트인 길로 다녀야 해. 가장 큰 나방이 날아와 우리나 네 엄마가 없는 곳으로 유인해도 가면 안 돼. 그 뜻만은 분명하고 간단하구나."

"물건을 팔아야 할 때인데! 모두 잘되고 있는데 왜 하필 지금! 저는 못해요! 늪에서 벗어날 수 없어요. 림버로스트에서 책도 사고 옷도 사고 등록금도 내고 대학 등록금도 마련해야 해요. 못해요!"

"맞아. 정말 명확해. 낮에도 위험을 무릅쓰고 늪을 헤쳐 나가야 해."

"웨슬리 아저씨, 어젯밤 잠자리에 들기 전에 진짜 기뻐서 기도했고, 저를 '그분의 날개 그늘에' 숨겨 주셔서 감사하다고 했어요. 도대체 누가 이 이야기를 들었을까요?"

웨슬리는 가슴이 덜컹했다. 소녀보다 웨슬리의 얼굴이 더 하얗게 질려 있었다.

"큰 소리로 기도했니, 얘야?"

속삭이듯 물었다.

"말을 했어요. 가끔 그러거든요. 저는 평생 대화할 사람이 없었고, 혼자 놀면서 늘 혼잣말을 했어요. 아저씨도 자주 보셨겠지만, 그럴 때마다 엄마는 항상 화를 내세요. 바보 같대요. 혼자 있을 때는 그러거든요. 그런데 어젯밤에는 엄마가 깰까 봐 겁나서 최대한 작게 중얼거렸거든요. 모르시죠? 어제 늦은 시간까지 앉아서 두 과목을 공부했어요."

웨슬리는 마음을 다잡았다.

"돌아오는 대로 들러서 오두막을 살펴볼게. 단서를 찾을 수 있을지도 몰라. 나머지는 그냥 우연이야. 흔한 표현이잖아. 모든 목사들이 하는 말이지. 나도 기도할 때 가장 먼저 그 말부터 한단다."

엘노라의 얼굴에 화색이 돌았다.

"돈 얘기 엄마에게 했니, 엘노라?"

"아니요, 안 했어요. 말하지 않은 행동은 잘못이지만, 두려웠어요. 너무 빨리 늪이 개간되고 있잖아요. 물건 찾기가 점점 더 어려워지고 인디언 유물은 점점 희귀해져요. 졸업을 하고 싶지만 수업을 두 배로 듣지 않는 한 4년이 걸려요. 매년 등록금 20달러랑 새 교과서, 옷이 필요해요. 제가 알기로는 한꺼번에 그렇게 많이 살 일은 다시는 없을 거예요. 돈에 매달릴 수밖에 없어요. 엄마에게 말하면 세금을 내라고 할까 봐 겁났죠. 세금을 내려면 나무나 소를 팔아야 하잖아요, 그렇죠, 웨슬리 아저씨?"

"반드시 그러겠지! 작은 돈 뭉치를 은행에 안전하게 보관하고 다른 사람에게는 절대 말하지 마. 옳지 않아 보여도 너는 특수한 상황이니까. 네 말이 전부 맞아. 해가 갈수록 늪에서 찾을 수 있는 물건이 점점 줄어들겠지. 번 돈은 대학 갈 자금이 될 거야. 대학에 갈 거잖아, 엘노라!"

"물론이죠. 대학이 뭔지 알자마자 결심했어요. 아저씨에게 진 빚만 빼고 모두 은행에 넣을게요. 지금 갚을게요."

"화살이 무거우면 내가 오너배셔까지 태워 줄게."

"아니에요. 절반은 흠집이 났고 좋은 화살은 이 작은 상자에 넣었어요. 씻어 보면 얼마나 많이 상한 상태인지 놀라실 거예요."

"얼마씩 준대?"

"완벽한 화살은 10센트, 회전 화살은 50센트, 흑요석 화살은 1달러. 뭐든 엄청 큰 건 다 좋대요."

"나쁘지 않구나. 토요일에 우리 집에 와서 씻고 오후에 팔러 가게 내가 갖고 가마."

엘노라는 마차에서 뛰어내렸다. 교과서와 도시락, 화살촉 때문에 짐이 무거워졌다. 지하 배수로를 건너는 다리에 다 와 갈 때 고통스러운 비명이 들렸다. 한 남자와 큰 개가 과수원을 가로질러 어린 소년을 쫓고 있었다. 엘노라는 무슨 일인지 몰라도 도망치는 아이하고 함께 있게 됐다. 다리 위에 짐을 내려놓고 익숙한 손놀림으로 개를 향해 돌을 던졌다. 짐승은 울부짖으며 웅크렸다. 엘노라는 소년이 울타리를 넘을 수 있게 도왔다. 소년이 꼭대기에 닿자 엘노라는 땅으로 내려올 수 있게 붙잡았고, 아이는 두려움에 흐느끼며 엘노라를 꼭 껴안은 채 매달렸다. 엘노라는 아이가 다리에 도착하게 도와서 품에 안고 앉았다. 한동안 엘노라가 묻는 말에 답을 하지 못하던 아이는 곧 진정됐는데, 엘노라는 이해할 수 있었다.

피골이 상접한 아이는 주근깨 가득한 상기된 얼굴이 눈물과 먼지로 뒤덮였고, 옷은 말할 수 없을 정도로 더러웠고, 엄지발가락은 부러진 발톱 때문에 곪아 터졌고, 보이는 피부마다 상처가 가득했다.

"누나는 저 못된 늙은이네 개가 나를 잡게 놔두지는 않을 거지?"

아이는 울부짖었다. 엘노라는 아이를 꼭 안으며 말했다.

"절대로 안 그래."

"돼지한테 매일 삽으로 떠서 주는 오래된 사과 몇 알 가져간다고 개를 풀지 않을 거지?"

"아니, 안 그래."

엘노라가 열불 내며 말했다.

"아침도 못 먹은 아이가 배가 너무 고파서 속이 뒤틀린다면 사과를 주겠지?"

"응, 그럴 거야."

"먹을 게 있으면 지금 당장 나한테 줄 거지, 안 그래?"

"응. 상자 안에는 돌멩이밖에 없어. 그렇지만 내 저녁은 도시락 안에 있어. 얼마든지 먹어."

엘노라는 도시락을 열었다. 굶주린 아이는 작게 우는 소리를 내며 두 손을 뻗었다. 엘노라는 그 손을 다시 잡았다.

"밥은 먹었니?"

"아니."

"어제 저녁은 먹었어?"

"사과랑 포도 좀 훔쳤어."

"넌 누구네 아들이니?"

"톰 빌링스."

"아빠가 먹을 걸 안 가져다주니?"

"맨날 주는데 지금은 취했거든."

"쉿, 그런 말 하면 안 돼! 아빠잖아!"

"아빠는 술 마시느라 돈을 다 썼어. 지미랑 벨은 둘 다 아
침 먹고 싶다고 울고 있어. 나만 먹으면 괜찮을 텐데, 애들
한테 주려고 챙기다 보니까 개가 너무 가까이 다가왔어. 던
질 수 있지?"

"응."

엘노라가 우유를 컵에 반 정도 붓고 소년에게 건넸다.

"이거 마셔."

소년은 우유를 꿀꺽 삼키고 컵을 움켜쥔 손가락을 떨면
서 즐겁게 욕을 했다.

"쉿! 끔찍해!"

"뭐가?"

"그런 끔찍한 말."

"흥! 아빠는 숨 쉬듯이 나쁜 말을 해."

엘노라는 이 아이가 생각보다 나이가 많다는 사실을 알
았다. 아이답지 않은 험악한 말만 따지면 마흔은 족히 넘어
보였다.

"아빠처럼 되고 싶니?"

"응, 아빠처럼 되고 싶어. 천사가 누나보다 더 예쁠 수는
없을 거야. 우유 더 먹어도 돼?"

엘노라는 우유병을 비웠다. 아이는 컵을 비웠다. 엘노라
의 얼굴을 바라보며 만족스러운 숨을 내쉬었다.

"어린아이를 두고 가지는 않겠지?"

아이가 물었다.

"누가 너를 떠났니?"

"엄마는 나랑 지미랑 벨을 두고 떠났어. 누나는 어린 아들을 두고 떠나지 않았겠지?"

"응."

소년은 상자를 열심히 바라봤다. 엘노라는 샌드위치 아래 놓인 프라이드치킨을 꺼냈다. 소년은 기뻐서 숨을 헐떡이며 물었다.

"유리병 속에 있는 걸 먹고 빵이랑 닭고기를 지미랑 벨한테 가져다주면 안 될까?"

엘노라는 조용히 체리절임이 들어간 커스터드를 꺼내 숟가락하고 함께 아이에게 건넸다. 그렇게 빠르게 음식이 사라지는 모습은 처음이었다. 샐러드에 이어 샌드위치와 닭가슴살 반쪽이 자취를 감췄다.

90

"지미랑 벨을 위해 남길게. 걔네들 배고파 죽을 거야."

엘노라는 정성스럽게 준비한 나머지 점심을 건넸다. 아이는 점심을 움켜쥐고 야생 동물처럼 한쪽 발로 깡충깡충 뛰었다. 엘노라는 접시와 컵을 덮고 숟가락을 닦아 다시 끼운 다음 상자를 닫았다. 몸을 떨면서 웃느라 숨이 막혔다.

"마거릿 아줌마가 이 사실을 알면 절대 용서하지 않겠지. 비밀을 강요당하는 느낌이라서 진짜 싫다. 점심으로 뭘 먹지? 식당에서 샌드위치를 먹을 수 있을 만큼 화살촉을 팔아야겠어."

서둘러 마을로 걸어가서 화살촉을 제값에 팔고 받은 돈을 입금한 다음, 통장하고 림버로스트에서 받은 쪽지를 조심스럽게 접어 들었다. 그날 아침 복도를 지나가는 엘노라에게 아무도 관심을 기울이지 않았다. 사실 다른 사람들하고 똑같아져서 눈에 띄지 않았다. 그렇지만 외투 보관실에는 같은 반 학생들이 있었다. 물론 아무도 의도하지 않은 상황이지만 속삭이는 소리는 컸다.

"림버로스트의 소녀 좀 봐! 그 아줌마가 산 옷을 입었어."

엘노라가 쳐다봤다. 불안한 목소리였다.

"어쩔 수 없이 너희들 말을 들었어! 그런데 누가 준 옷은 아니야. 내가 직접 샀거든."

믿을 수 없다는 표정이 엘노라를 맞이했다. 엘노라는 힘이 솟았다.

"마거릿 아줌마가 골라서 그냥 주시려고 했어. 그렇지만 받지 않았어. 돈을 드렸다고."

침묵이 흘렀다.

"못 믿겠어?"

"쳇, 우리랑 상관없는 일이야. 어서 가자."

엘노라는 그 말을 한 여자아이 앞으로 다가갔다.

"넌 사실이 아닌 말을 했거든. 그래서 이 일은 너랑 상관이 있어. 지금 입고 있는 옷은 누가 준 게 아니야. 나는 새 아줌마에게 나방을 팔아 번 돈으로 이 옷을 직접 샀어. 남은 돈은 은행에 예금했고. 여기 내 통장이야. 확실하지?"

엘노라는 빨간 통장을 꺼내서 내밀었다. 처음 말을 꺼낸 소녀가 답했다.

"물론. 브라운리 가게에서 만난 상냥한 아줌마가 어떤 여자아이에게 줄 물건을 사는데 도와 달라고 해서 알게 됐어."

"마거릿 아줌마다운 부탁이네. 정말 멋진 분이지 않니?"

"맞아."

아이들이 입을 모아 말했다. 엘노라는 도시락과 교과서

를 내려놓고 모자 끈을 풀어서 다른 책 옆에 건 다음 손을 뻗어 교과서를 집어 들다가 도시락을 떨어트렸다. 작게 소리치면서 도시락을 낚아채 끈을 잡았다. 그러자 끈이 풀려 열린 도자기 뚜껑이 멀리 떨어져 바닥에서 덜컹거렸고, 샌드위치 하나가 수레바퀴처럼 바닥을 가로지르며 굴렀다. 엘노라는 비참한 얼굴을 들었다. 이번에는 아무도 웃지 않았다. 엘노라는 잠시 멍하니 서 있었다.

"내 운명인가 봐. 사방에서 십자가에 못 박히는 게. 처음 이틀 동안은 내가 거지라고 생각했겠지만, 이제는 사기꾼이라고 생각하겠지. 도시락 통이 비싸도 샌드위치밖에 못 넣을 정도로 가난하다고 믿겠지. 내가 그렇지 않다는 걸 증명할 테니까 너희들도 그만둬."

뚜껑을 집어 든 소녀는 샌드위치를 구석으로 걷어찼다.

"병에 우유가 들어 있었어. 봐! 컵에는 커스터드도 있었고. 작은 반찬통에는 샐러드, 큰 반찬통에는 프라이드치킨, 넓은 칸에는 견과류 샌드위치가 들어 있었지. 부스러기밖에 없지만. 사과를 훔치다가 개한테 쫓기는 어떤 굶주린 남자애를 도와줬고, 아이랑 이야기하다 보니 배고파서 도시락을 줬어. 샌드위치는 식당에서 샀고."

엘노라가 도시락을 내밀었다. 소녀들은 웃고 있었다.

"점심을 남기고 돈을 주지 그랬어?"

한 소녀가 말했다.

"아주 작은 아이였고 정말 배고파 했어. 나도 점심때 들판이나 숲에 있으면 먹을 게 없어서 배고픈 적이 많았거든. 돈을 줄 생각은 전혀 못 했어."

엘노라가 도시락 뚜껑을 닫아 다른 도시 학생들 도시락 옆에 놓았다. 그러고는 등을 돌리는데 첫날 만난 소녀가 방으로 들어와 선반에 걸어 둔 엘노라의 모자를 내리면서 감탄사를 내뱉었다.

"와, 내가 바라던 거야! 이렇게 아름다운 깃털은 평생 처음 봤어. 내 새 브로드 천 드레스랑 완벽하게 어울려. 내 모자에도 저런 깃털이 있으면 좋겠어. 이런 건 처음 봤어! 누구 거야? 어디서 났어?"

소녀들은 엘노라하고 이야기하느라 아무도 대답하지 않았다. 대수학 수업에서 림버로스트 출신 여자애가 뛰어난 실력을 보이자 새디 리드가 호의를 보이지 않은 사실을 모두 알고 있었다. 이름으로 장난을 칠 때 엘노라의 안타까운 눈빛을 모두 외면했다. 새디 리드는 주위 아이들을 흘겨보며 참을성 없이 다시 물었다.

"여긴 신입생 구역인데 누구 모자야?"

엘노라는 억지로 웃으며 말했다.

"저건 콘스탁 거야."

모두 육성으로 감탄사를 터트렸다. 새디 리드는 얼굴을 붉히면서도 애써 웃었다.

"그래? 정말 아름답네. 특히 깃털이. 내가 찾던 바로 그거야. 내가 너에게 호의를 얻을 자격이 없다는 사실은 알지만 깃털을 산 가게를 알려 주면 좋겠어."

"얼마든지! 그 깃털은 가게에서 살 수 없어. 살아 있는 새한테서 나왔으니까. 공작새가 깃털을 흘릴 때 피비 심스 씨가 과수원에서 수집한 거야. 수컷 깃털이야."

완벽한 침묵이 흘렀다. 엘노라는 여자아이들이 그렇게 침묵할 줄 어떻게 알았을까?

"원한다면 구해 줄 수 있어. 마거릿 아줌마가 많이 받았거든. 분명 많이 가지고 계시니까 나눠 주실 거야."

새디 리드는 짧게 웃었다.

"그럴 필요 없어. 속았어. 비싼 깃털인 줄 알았지. 새 옷에 어울리는 20달러짜리 벨벳 털모자에 필요했거든. 땅에서 주운 깃털은 쓸 수 없어."

"그냥 땅에 떨어진 게 아니야. 피비 심스 씨네 공작은 오너배서 근처에 딱 한 마리인데, 1년에 한 번만 털갈이를 해. 모자가 20달러밖에 안 한다면 그 깃털 가치에 턱없이 모자라네. 창조주께서 태초에 실론의 숲속에 사는 귀족에게 한 것처럼 직접 색을 입히고 만들었거든. 20달러짜리 모자에는 뉴욕이나 시카고 공장에서 만든 오래된 깃털이나 어울리지. 창조주가 만든 깃털에 걸맞으려면 훨씬 더 비싸야지."

소녀들은 교실이 떠나가라 웃었다. 그중 한 명은 엘노라하고 함께 강당까지 걸어가고 수업 시간에는 옆에 앉아 엘노라가 호기심과 감탄에 찬 표정을 짓지 못하게 틈만 나면 말을 걸었다.

그날 엘노라의 등 뒤에서 갈색 눈 소년은 휘파람을 불었고, 온갖 무언극이 펼쳐졌다. 교과서를 보며 즐거움에 빠진 엘노라는 공부에 몰두하느라 신경을 쓰지 않았다.

학교가 끝난 뒤 엘노라는 다시 새 아줌마네 집으로 갔고, 표본을 더 가지러 함께 늪에 갔다. 이번에는 엘노라가 새 아줌마에게 이튿날 정오까지 돈을 맡아 달라고 부탁했고, 새 아줌마는 돈을 찾아서 은행 계좌에 입금했다. 엘노라는 천천히 집으로 걸어갔다. 늪 때문에 아침 일이 생생하게 되살아난 때문이었다. 그 조잡한 쪽지를 몇 번이고 들여다봐도 무슨 뜻인지 알 수 없었고, 막연한 두려움만 몰려왔다. 엘노라는 오직 엄마만 두려웠다. 아이답게 매달려도 눈과 귀를 틀어막은 엄마는 때때로 자기를 통제하지 못한 채 남편이 먼저 가라앉은 늪을 밤에 찾아가서 섬뜩한 목소리로 남편 이름을 부르며 죽은 사람을 돌려 달라고 애원했다.

6장

주름 장식에 빠진 캐서린,
다시 나타난 빌리

웨슬리 신턴은 일하느라 돌아다니면서도 엘노라 문제로 씨름했다. 쪽지가 무슨 의미인지 묻지 않아도 알 만했다. 옛 코슨 갱단이 여전히 뭉쳐 있다는 사실을. 법망을 피해 도망친 고참 조직원들 무리에 잭의 동생이 합류했고, 늪지대로 가는 몇 안 되는 지름길에서 만나 술을 마시고 노름을 즐겼다. 그러다 갑자기 어느 날 밀이나 옥수수를 판 돈을 은행에 넣지 않은 농부가 사는 시골집이나 마을에 강도가 들었다.

　캐서린과 엘노라가 사는 집은 늪에서 가깝다. 그 옆에 신턴네 땅이 있었고, 문제가 생겨도 다른 집이나 이웃에게 쉽게 연락할 수 없었다. 그 쪽지를 쓴 사람이 누구든 인간다운 친절은 있어도 엘노라가 자기 손에 넘어가면 자기 힘을 제어하지 못할까 봐 두려워한 사실 또한 분명했다. 어젯밤 그 사람은 어디서 기도를 들었을까? 그렇게 가까이 온 적이 처음이었을까? 웨슬리는 엘노라와 새 아줌마보다 늪에 먼저 도착하려고 서둘러 마차를 몰았다.

　오후 4시쯤 오두막에 도착한 웨슬리는 모든 감각을 동원해 무릎을 꿇고 땅을 살폈다. 작은 발자국 두세 개가 있었다. 엘노라나 새 아줌마가 만든 발자국이었다. 나머지 발자국이 모두 한 사람 것인지 알고 싶었다. 쉽게 알 수 없었다.

새 신발로 만든 깊고 고른 발자국, 뒤꿈치가 닳아서 바깥 가장자리보다 안쪽이 더 깊은 발자국이 있었다. 의심할 여지없이 옛 코슨 갱단 중 일부가 여자들이 하는 일을 지켜보고 있었다. 새 아줌마를 공격할 가능성은 없었다. 새 아줌마는 밤에는 늪에 가지 않고 낮에는 사용법을 잘 아는 권총을 갖고 다니며 두려움 없이 총을 쏠 수 있다는 사실을 모든 사람이 알았다.

늪을 배회하다가 나방과 나비의 날갯짓에 이끌려 깊이 들어온 엘노라, 아버지도 돈도 친구도 없이 혼자서 자기를 지켜야 하는 엘노라, 그런 엘노라를 지키려면 다른 방법이 필요했다. 림버로스트 덕분에 소녀가 열망하던 소원이 성취되려는 때 이런 일이 벌어져 너무 안타까웠다.

웨슬리는 엘노라를 걱정했지만, 캐서린에게 두려움이라는 짐을 더하거나 엘노라에게서 공부하는 기쁨을 빼앗고 싶지는 않았다. 통나무집에 도착하자 웨슬리는 천천히 걸었다. 캐서린은 계단에 앉아 바느질을 하고 있었다. 페티코트에 주름을 잡느라 바빠 보였다. 마거릿이 엘노라의 드레스를 나이에 맞게 줄인 일이 생각났고, 캐서린의 직업도 기억이 났다. 캐서린은 무릎에 내려놓은 옷 위에 손을 얹은 다음 비웃는 얼굴로 바라보며 말했다.

"당신은 발밑에 풀 한 포기도 자라지 못하게 했어요."

웨슬리는 핼쑥해진 캐서린의 허연 얼굴을 보고 단번에 상황을 이해했다.

"대출을 갚으러 가서 배수로를 만든다는 소식을 들었어요, 캐서린."

"나를 고소한다면서요."

"아이고, 캐서린! 하루 종일 그렇게 생각했어요? 어제 나가면서 그러지 않겠다고 했잖아요. 그리고 안 할 거예요! 엘노라 때문에 다툴 여유가 없어요. 엘노라는 우리 전부예요. 가르치지 않아도 스스로 알아서 할 수 있다는 사실을 증명했으니까, 이제 그런 생각은 잊어요. 내가 당신을 만나러 온 건 오늘 생긴 걱정 때문이에요. 혹시 늪에서 옛 코슨 갱들이 활동하는 단서를 본 적 있나요."

"아니요. 가끔 흔들리는 불빛이 보이지만 손전등 들고 길 가는 사람들이에요. 이 근처 사람들은 늪을 별로 좋아하지 않아요. 죽음처럼 생각하죠. 로버트가 쓰던 권총은 고장도 안 나고 장전한 채로 베개 밑에 뒀어요. 산탄총도 같은 상태로 침대 옆에 놓여 있어요. 집이 두렵다고 말할 이유가 없어요. 안 무서워요. 내 몸은 내가 돌볼 수 있어요. 그렇지만 늪은 안 그래요!"

"두렵지 않다니 다행이에요, 캐서린. 할 말이 있어요. 엘노라가 오늘 아침에 오두막에 들렀는데, 밤에 누군가 거기 들어갔어요."

"자물쇠를 부쉈어요?"

"아니요, 복제 열쇠를 썼어요. 여기도 어젯밤에 누가 왔대요. 그래서 좀 둘러보고 싶어요."

웨슬리는 통나무집 동쪽 끝으로 가서 창문을 올려다봤다. 통나무를 깎고 모르타르로 틈새를 메워 사다리 없이는 아무도 오를 수 없었다. 서쪽 끝으로 가서 모퉁이를 돌자 버드나무가 나타났다. 나무 몸통을 주의 깊게 살폈다. 옆면에 늪에서 흔한 검은 진흙 부스러기가 틀림없이 붙어 있었다. 낮은 나뭇가지를 타고 버드나무에 올라갔다. 엘노라 방 창문을 가로지르는 큰 나뭇가지에 진흙이 묻어 있었다. 어젯밤에 누군가 한 대로 나뭇가지를 잡고 큰 나뭇가지 위에

서서 방 안을 들여다봤다. 거의 아무것도 보이지 않았지만, 밖이 어둡고 엘노라가 공부할 때처럼 방 안이 밝으면 밖에서 선명하게 보일 듯했다. 방충망에 얼굴을 가까이 대자 머리맡이 동쪽으로 향한 침대와 그 밑에 촛불이 놓인 탁자랑 의자가 눈에 들어왔고, 엘노라의 기도를 듣던 남자가 어디로 갔는지 알 수 있었다. 캐서린이 웨슬리를 지켜보다가 화를 내며 물었다.

"덩치 큰 놈이 거기서 몰래 엘노라를 훔쳐봤나요?"

"나무 몸통이랑 가지에 진흙이 잔뜩 묻어 있어요. 이 나뭇가지를 톱으로 잘라내야 하지 않겠어요?"

"아니요. 첫째, 어릴 적부터 저 창문에서 나뭇가지를 타고 놀아서 저건 엘노라 거예요. 둘째, 내가 경고를 받은 만큼 내가 해결해야죠. 까마귀가 다시 그 가지에 앉는다면 깃털이 흩날리겠죠. 그놈이 어디에서 와서 울타리를 따라 들어온 길만 찾아 주세요."

통나무집에서 서쪽으로 조금 가면 오솔길이기 때문에 경로는 쉽게 알 수 있었다.

"걱정하지 말고 집에 가세요. 내가 알아서 할게요. 만약 밤중에 식사 종 소리가 들리면 언제라도 와주세요. 엘노라에게 아무 말도 하지 않으려고요. 학교 다니는 동안에는 공부에 집중해야 하니까요."

그날 밤 할 일을 끝내고 엘노라는 방에 가서 책을 들고 수업 준비를 하면서 늪 쪽을 바라보며 오두막 근처에 불빛이 있는지 몇 분 간격으로 확인했다. 캐서린은 난로에서 석탄을 긁어모으고 자리에 앉아 도시락을 꺼내고는 꼼꼼하게 살폈다. 그러다 캐서린이 중얼거리며 일어났다.

"마거릿 신턴에게 뽐 좀 내볼까?"

방으로 가 무릎을 꿇고 커다란 검은 호두나무 상자 안을 뒤져서 낡은 요리책을 찾았다. 책을 읽으면서 불을 피웠다. 먼저 육즙이 풍부하고 설탕에 절여 향긋한 햄을 잘랐다. 그다음 달걀 두 알을 삶고 오랜 망설임 끝에 버터와 설탕을 그릇에 넣어 크림으로 만들기 시작했다. 한 시간 뒤 '행복한 아라비아'라는 향신료하고 햄이 섞여 오직 스파이스 케이크에서 날 수 있는 냄새가 강하게 퍼졌다. 깜짝 놀라 고개를 들어 코를 킁킁거렸다. 엘노라는 당장 내려가 소중한 돈을 엄마에게 다 주고 달려들어 껴안고 싶어도 엘노라는 감히 그럴 수 없었다.

다음 날 아침 캐서린은 일찍 일어나 떠나는 엘노라에게 아무 말 없이 도시락을 건넸다.

"고마워요, 엄마."

늪으로 들어가는 모퉁이에 다다를 때까지 엘노라는 앞만 보고 걸었다. 잠시 걸음을 멈추고 살짝 웃었다. 그러고는 뒤를 돌아봤다. 아무도 없었다. 모퉁이까지 길을 따라가다가 멈추더니 잔디밭에 앉아 책을 내려놓고 도시락을 열었다. 어젯밤에 맡은 냄새 가지고는 뭔지 알 수 없었다. 엘노라는 보고도 믿지 못했다. 빵 칸에는 달걀노른자와 버터로 만든 근사한 샌드위치하고 상상할 수 있는 가장 향기로운 스파이스 케이크 세 조각이 들어 있었다. 익숙한 맛인 콜드 햄, 토마토 셀러리 샐러드가 보였고, 투명한 호박색 절임 배가 컵에 담겨 있었다. 유리병에는 우유, 접이식 컵에는 두 겹으로 싼 오이 피클, 고리에는 새 냅킨이 달려 있었다. 이토록 정갈하고 맛있는 점심은 여태껏 본 적이 없었다. 나를 위해 엄마가 준비했다니! 행복한 소녀는 눈물을 흘렸다.

"엄마는 나를 사랑해! 태어날 때부터 엄마는 나를 사랑하고 있었어. 단지 깨닫지 못한 것뿐이야!"

소녀는 포장지를 살며시 만지며 도시락 통을 마치 살아 있는 생명체처럼 바라보면서 웃었다. 도시락을 닫자 산들바람이 불어 케이크를 덮은 덮개가 열렸다. 아침 먹은 지 몇 시간이 지나서인지 마치 초대장 같았다. 케이크 한 조각을 집어먹었다. 보기보다 훨씬 더 맛있었다. 다음으로 샌드위치를 먹었다. 어떻게 이렇게 만들 생각을 했을까? 집에서는 한 번도 샌드위치를 먹은 적이 없었다. 포크를 꺼내 샐러드와 배 조각을 찍어서 맛봤다. 도시락 통을 닫고는 피클을 오물오물 씹으면서 길을 나섰다. 지금 얼마나 행복한지 정확히 재고 싶지만 그럴 만할 수단이 없었다.

학교가 끝나면 새 아줌마에게 달려가 오두막에서 마지막 짐을 찾아야 했다. 토요일에는 화살촉과 표본을 은행에 가져가야 했다. 그러면 지금 가진 수집품을 모두 팔고 적어도 2년 동안 쓸 책값과 학비, 옷값을 충분히 확보할 수 있었다. 아침 일찍부터 늦은 밤까지 견과류를 채집했다. 10월이 되면 찾을 수 있는 양치류를 모두 찾아서 팔았다. 낙엽이 떨어지기 전에 모든 나뭇잎의 표본을 채집하고, 둥지와 고치를 수집하고, 학생들이 쓰는 모든 것에 눈을 크게 뜨고 있어야 했다. 그날 밤에는 학교에 필요한 표본을 팔려고 교장을 만나기도 했다. 이 일들을 하려면 다른 누구보다 앞서야 했다. 그렇게 엘노라는 다리에 다다랐다.

다리를 누가 차지하고 있다는 사실은 먼 곳에서도 알 수 있었다. 엘노라가 다리에 다가가니 어제 만난 작은 아이가 자신감 넘치는 표정으로 기다리고 있었다. 아이는 인사도 없이 말했다.

"지미랑 벨이야. 선물 가져왔어."

아이는 갈색 종이로 포장한 선물을 건넸다.

"어머, 정말 고마워! 어제 그렇게 도망치듯 가서 나를 잊은 줄 알았어."

"아니, 안 잊었어. 절대 안 잊어, 절대! 아, 지미랑 벨한테 음식 갖다주려고 서두르느라 그랬지. 둘이 정말 기뻐했어!"

엘노라는 아이들을 흘끗 쳐다봤다. 다리 가장자리에 엄청 더러운 옷을 입은 일고여덟 살쯤 된 남자아이와 여자아이가 앉아 있었다. 엘노라는 가슴이 아팠다.

"어서. 우리가 준 거 안 볼 거야?"

"선물을 준 사람들 앞에서 펼쳐 보면 예의가 아니라서. 그래도 원한다면 당연히 볼게."

엘노라는 포장지를 풀었다. 오래된 빵 한 덩어리와 커다란 볼로냐소시지 조각이었다. 놀라서 물었다.

"너네가 먹지 그랬어?"

"아니! 우리는 맨날 먹거든. 오늘 아침에도 잔뜩 쌓여 있었어. 아빠가 꺼내면서 다 못 먹을 정도로 많이 가져왔다며 미안해해. 이거 먹은 적 있어?"

"아니, 없어!"

남자아이는 눈빛이 밝아지는데 여자아이의 눈동자는 불안하게 움직였다.

"그럴 줄 알았어. 처음에는 정말 맛있지만 몇 년이고 몇 년이고 맨날 먹으면 지겨워져."

아이는 바지허리를 묶는 끈을 잡고서 엘노라를 가만히 바라봤다.

"지금 그 도시락 안에 있는 거랑 이 음식이랑 바꾸지 않을래? 아마 좋을 거야! 누나 음식은 지미랑 벨한테는 천국의 맛일 거야. 걔네들은 그런 음식을 먹은 적 없어! 벨은 열 살도 안 됐거든! 미안해, 그런 음식을 먹은 적 없어서!"

엘노라는 다리 위에 무릎을 꿇고 상자를 열어 점심을 삼 등분했다. 막내 아이가 우유를 더 많이 먹게 하면서 모두 제때 맛볼 수 있다는 사실에 감사했다. 그런 다음 아이들에게 학교 갈 시간이라 가야 한다고 말했다.

"내가 준 빵이랑 소시지, 저 멋진 도시락 통에 넣을래?"

"그래. 그럼 되겠다."

만족할 만큼 도시락을 비우자 아이들은 엘노라하고 함께 고등학교 쪽 모퉁이로 향했다.

"빌리, 더 깨끗하면 좋겠어. 집에 물은 있지! 너희들 모두 비누로 씻어라. 신사는 안 더러워야 하거든. 신사가 되고 싶지 않니?"

"신사가 되려면 깨끗해야 해?"

"아니. 나쁜 말을 해서는 안 되고 동생에게 친절하면서 예의 바르게 행동해야 해."

"벨도 나한테 친절하고 예의 발라야 하지? 안 그러면 숙녀가 아니지?"

"그렇지."

"그럼 벨은 숙녀가 아니야!"

빌리가 단호하게 말했다. 엘노라는 더 말하지 못하고 작별 인사를 했다.

"불쌍한 작은 영혼들! 전능한 분이 진짜 고난이 뭔지 보여 주려고 저 아이들을 내 앞에 놓으셨나 봐. 아이들을 보는 동안 나를 동정할 시간이 없어."

도시락을 흘끗 쳐다봤다.

"이 음식을 왜 갖고 가야 해? 이렇게 철저히 겉만 번지르르한 음식은 처음이야! 학교에 절대 못 가져가. 학교에서 무슨 일이 일어날지 알고."

고민을 해결하기라도 하듯 잔디밭에서 큰 개 한 마리가 꼬리를 흔들며 다가왔다. '쟤들도 먹으니까 이 개도 먹고 죽을 리는 없겠지' 하고 생각하며 볼로냐소시지를 건넸다. 소시지를 날름 받은 혈통 좋은 개는 현관으로 가서 여주인 앞에 소시지를 놓았다. 여자는 비명을 지르며 볼로냐소시지를 낚아채더니 소리쳤다.

"어서, 빨리! 누가 페드로한테 독약을 먹이려나 봐!"

딸이 집에서 달려 나왔다.

"길에 누가 있는지 좀 봐봐. 서둘러!"

엘렌 브라운리는 힘껏 달렸다. 엘노라가 앞서 가는데 주변에는 아무도 없었다. 엘렌이 큰 소리로 부르자 엘노라가 멈췄다. 엘렌이 다가가며 외쳤다.

"우리 개한테 뭘 주는 사람 혹시 봤어?"

엘노라는 피하고 싶지만 어쩔 수 없었다.

"내가 줬어. 먹어도 돼. 개가 잘못되지는 않을 거야."

엘렌은 멈춰서서 엘노라를 바라봤다. 엘노라가 계속해서 말했다.

"너네 집 개일 줄 몰랐어. 개한테 던져 주고 싶었는데, 마침 그 개가 적당히 커 보였어."

"그 도시락 통 줘."

"안 돼!"

"그럼 우리 개를 죽이려 한 죄로 경찰에 넘길 거야."

도시락 통을 받아든 엘렌이 웃으며 말했다.

"딱딱한 빵 덩어리, 엄청 길고 오래된 볼로냐소시지. 케이크, 샐러드, 피클 흔적. 어제 그 햄샌드위치도 있네. 정말 근사한 도시락이었겠는데. 오늘 점심은 누가 먹었어?"

"똑같아. 이번에는 세 명이었어."

"잠깐만, 엄마한테 개 얘기 해주고 책가방 가져올게."

엘노라는 기다렸다. 등교 나흘째인 그날 아침 엘노라는 오너배셔에서 가장 착한 소녀랑 함께 복도를 지나 강당으로 들어갔다. 정오가 되자 놀랍게도 엘렌은 엘노라에게 자기 집에서 점심을 먹자고 고집했고, 부모님과 가족들을 놀라게 했고, 도시락에 얽힌 일들을 과장도 조금 섞어 설명해서 엘노라를 어쩔 줄 모르게 만들었다.

"에이, 그 도시락이에요, 아빠! 가죽에 딸 이름을 새겨 도시락을 여밀 수 있어요. 맛있는 음식이 가득 담긴 칸이 있는데 엘노라는 한 번도 못 먹었어요. 이틀 동안 매일 학교에 도착하기도 전에 도시락이 비었어요. 끔찍하지 않나요?"

"여러 가지 면에서 그렇지, 엘렌. 6시에 아침 먹고 5킬로미터를 걸어와서 점심도 못 먹고 제대로 공부할 수 없겠지. 그 도시락 통은 말도 마. 지난 월요일 밤에 좋은 단골손님인 웨슬리 신턴 씨에게 팔았어. 신턴 씨는 그 도시락을 받을 만한 가치가 있는 소녀에게 선물로 준다고 했는데, 그 말이 맞았네."

"저한테 정말 잘해 주세요. 가끔 이웃이 이렇게 친절할 수 있다니, 진짜 아빠라면 어떨까 생각해요. 아빠가 있는 아이들이 말할 수 없이 부러워요."

"그럴 만해. 아빠는 엄마 빼고 세상에서 가장 소중한 사람이야."

아빠에게 감사하다고 말하던 엘렌 브라운리는 엄마에게도 감사해야 한다는 생각에 마거릿이 가게에서 한 말을 미처 떠올리지 못한 채 엄마 이야기를 하고 말았다. 그러다 당황해서 멈칫했다. 엘노라는 얼굴이 약간 창백하지만 용감하게 웃으며 말했다.

"저는 엄마가 있어서 그나마 운이 좋네요."

브라운리 씨는 소녀들이 학교로 돌아가느라 자리를 뜬 뒤에도 식탁에 남아 있었다.

"내 생각에 엘노라는 엘렌이 많이 만나 보지 못한 친구야. 엘노라는 뼛속까지 성숙해 보여. 어리석은 생각이나 행동을 하지 않아. 어떤 환경이 모여서 아이를 저렇게 만드는지 잘 모르겠어."

"비정상적으로 억압을 받았지. 엘노라는 정말 어른들을 잘 모시고 말하기 전에 생각하는 아이인데."

브라운리 부인이 말했다.

"엘노라는 정말 예뻐. 건강하고, 건전해 보이고, 옷차림도 단정해."

"엘렌은 처음 이틀은 좀 이상하게 여겼대. 발목까지 오는 긴 갈색 옥양목 드레스에 낡고 큰 구두를 신고 있었대. 나중에 신턴 부부가 새 옷을 사 줬어. 엘렌이 가게에 있을 때 신턴 부인이 아이들을 붙잡고 드레스에 관해 물어봤어. 부인은 그 소녀가 가난하지는 않지만 어머니가 이기적이고 아이를 돌보지 않는다고 했어. 그렇지만 엘노라는 다음 날 통장을 보여 주면서 옷값을 직접 낸다고 대놓고 말했대. 아마도 신턴 부부가 물건을 골라주기만 했나 봐. 특이한 상황이지만 잘못도 없잖아. 엘렌에게 다시 확인하라고 할게."

"특히 계속 점심을 함께 먹을 생각이라면 그래야지."

"엘렌은 이번 주에 새 아줌마랑 점심을 먹었어."

"그랬군!"

"엘노라는 림버로스트 숲에 살아. 새 아줌마가 거기서 많이 일하잖아. 아마 그래서 서로 아나 봐. 엘노라가 표본을 모아서 준대. 엘노라는 자연에 관해서는 선생님보다 더 많이 알고 있고, 수학은 다른 학생들보다 앞서고, 무슨 과목이든 잘할 거래."

엘렌 브라운리랑 점심을 먹고 사물함실에 들어선 엘노라는 확 달라진 분위기를 느꼈다. 엘렌에게 말했다.

"이런 옷을 입고 있는 게 마음에 안 들어."

"어, 무슨 뜻이야?"

"이 옷을 입으면 모두 나한테 정말 친절해서 예전에 입던 옷을 입어도 똑같이 그럴지 궁금해."

반성하며 엘노라를 바라보던 엘렌이 한참 만에 말했다.

"그럴 거야. 예전 옷을 입고 있다면 친구들에게 다가갈 시간도 길어지고 상처도 받아서 공부에 집중할 마음의 여유가 줄어들었겠지. 친구가 있으면 행복할 수 있어. 그리고 행복하면 공부도 더 잘될 거야."

그날 밤 새 아줌마는 마지막으로 늪으로 갔다. 쓸 만한 표본은 전부 정당한 가격에 팔렸고, 통장에는 세 건이 기재돼 예금은 모두 합해 200달러를 조금 넘겼다. 토요일에 팔 인디언 유물이 남아 있었고, 엘노라는 학교에 보낼 자연 학습 자료도 확보했다. 삶이 갑자기 매우 풍성해졌다. 순간순간 흥미진진한 일이 있었고, 그런 일들은 고등학교 학비를 내고 대학 갈 자금을 모으는 과정이었다. 그런데 기쁨에 작은 균열이 생겼다. 엄마에게 말하고 돈을 맡길 수 있다면 훨씬 좋을 텐데, 처음부터 너무 힘들게 싸운 탓에 그런 위험을 또 감당하기가 두려웠다. 집에 도착해서는 엄마에게 그날 저녁에 마지막 남은 물건이 팔린 소식을 알렸다.

"음, 웨슬리에게 그 상자를 정원 뒤편으로 옮겨 달라고 부탁해야겠어. 거기는 네 생각보다 훨씬 깊어서 늪이나 수렁에 빠질 수 있어. 우리 숲과 늪지에도 림버로스트 숲이랑 똑같은 물건들이 있을 텐데, 여기에서 찾으면 안 돼?"

"해볼게요. 해보기 전까지는 뭐가 있을지 알 수 없어요. 우리 숲은 사람 손길이 닿지 않아서 늪지대보다 물건 찾기 더 좋을지도 몰라요. 그렇지만 주근깨 오두막을 절대로 옮길 생각은 없어요. 언젠가 주근깨가 돌아올 수도 있고, 그럼 마음에 들어하지 않을지도 모르니까요. 최대한 그대로 남기려고 노력했는데, 오두막을 옮기면 큰 구덩이가 생길 거예요. 보관 창고는 많이 비싸지 않아요. 웨슬리 아저씨한테 하나 사 달라고 해서 이른 봄에 물건 찾기 가장 좋은 곳에 설치할게요. 집에 있으면 더 안전하겠죠."

"일할까? 아니면 저녁 먹을까?"

"일해요. 지금은 배 안 고파요. 점심을 이렇게 잘 먹으면 배가 고프지 않거든요. 저보다 더 맛있는 점심 도시락을 가져온 사람은 없을 거예요."

캐서린은 기뻐했다.

"케이크를 많이 넣었어. 누구랑 나눠 먹었니?"

"네, 그랬어요."

"누구?"

상황이 점점 난처해졌다.

"큰 조각은 제가 먹고 나머지는 지미랑 빌리라는 남자아이 둘이랑 벨이라는 여자아이에게 줬어요. 아이들이 평생 먹은 케이크 중에 가장 맛있다고 좋아했어요."

캐서린은 똑바로 앉았다.

"나는 예전에 스파이스 케이크 달인이었지. 그런데 지금은 예전 같지 않아서 연습을 더 해야겠더라. 잡초가 우리 머리보다 더 높이 자라는 이 땅에서 세금만 감당할 수 있다면 먹을거리를 많이 키울 텐데."

엘노라는 웃으며 서둘러 계단을 올라가 옷을 갈아입었다. 그날 밤 마거릿 신턴이 아름다운 파란색 드레스를 가져와 건네면서 다른 드레스는 세탁한다며 가져갔다.

"드레스를 이틀에 한 번씩 세탁해야 한다고요?"

캐서린이 물었다.

"그래야 깔끔해 보이죠. 우리들의 딸이 장미처럼 향기로우면 좋겠어요."

"글쎄, 하필이면! 이틀에 한 번씩! 더러운 아이가 아니라면 이틀이 지나도 드레스는 깨끗하지 않아요. 너무 자주 빨면 옷감도 상하고 색이 바랠 거예요."

"어쨌든 깨끗해야 해요."

"글쎄요, 그러고 싶으면 그렇게 하세요. 빨래야 괜찮지만 다리미질은 너무 힘드니까."

엘노라는 그날 밤 늦은 시간까지 앉아 수업 내용을 복습했다. 다음 날 아침 파란색 드레스를 입고 리본을 머리에 매달자 엘노라는 한 폭의 그림이 됐다. 캐서린은 가슴이 쿵쾅거리는 통에 숨을 멈추고 자기가 본 모습이 맞는지 두 번이나 눈으로 확인했다. 엘노라가 교과서를 정리하는 동안 엄마는 조용히 도시락을 건넸다.

"무겁네요. 향긋해요! 또 나눠 먹어야겠어요."

엘노라가 신나서 말했다.

"그럼 나눠 먹어! 먹는 건 아끼지 마. 아무리 애써도 매일 음식을 버리게 되잖아. 도시에 사는 아이들에게 진짜 음식을 맛보게 해주자. 나만 챙기면 안 되지."

엘노라는 음식을 나눌 도시 아이들을 생각하면서 길을 걸었다. 오늘도 세 아이들이 다리를 차지하고 있을 게 뻔했다. 엘노라는 걸음을 멈추고 상자를 열면서 중얼거렸다.

"나만 챙길 생각은 없지만 이 점심은 정말 나눠 주고 싶지 않아. 사랑을 담지 않았다면, 엄마는 나를 속일 뭔가로 채웠겠지."

다리에 가까이 갈수록 발걸음이 느려졌다. 세 아이들 옆에 굶주린 개 한 마리가 있기 때문이었다. 엘노라는 개라면 다 좋아해서 여느 때처럼 이 개도 친근하게 다가왔다. 아이들은 좋은 아침이라며 재빨리 인사했고, 종이 포장지가 눈에 띄게 놓여 있었다. 엘노라가 물었다.

"오늘 아침은 어때?"

"좋아!"

세 아이가 한목소리로 외쳤고, 개는 도시락을 킁킁거리며 꼬리를 완벽하게 흔들었다.

"볼로냐소시지는 어땠어?"

빌리가 간절하게 물었다.

"어제 우리 학교 여자애가 자기 집에서 점심을 먹자면서 데려갔거든."

엘노라가 대답했다. 빌리의 초조한 얼굴 위로 아름다운 새벽빛이 비쳤다. 빌리는 포장한 음식을 엘노라를 향해서 내밀었다.

"그럼 오늘은 먹을래?"

개는 뭔가를 발견한 듯 기뻐서 펄쩍 뛰었고, 벨은 허둥지둥 일어나 가까이 다가왔다. 굶주린 탐욕의 눈빛을 소녀는 도저히 견딜 수 없었다. 엘노라는 그렇게 음식에 신경 쓰는 편이 아니었다. 좋은 음식은 평생 풍족하게 먹을 수 있기 때문이었다. 엘노라는 이 점심 도시락으로 엄마가 전하려는 뭔가를 충분히 누리고 싶었는데, 그 뭔가란 다른 무엇이 아니라 사랑의 표현일 수밖에 없었다. 그렇지만 엄마는 베풀라고 했다. 엘노라는 다리 위에 무릎을 꿇으면서 남자아이에게 주의를 줬다.

"개는 뒤로 데려가 줘!"

엘노라는 도시락을 열고 빌리와 소녀에게 우유를 나눠줬다. 케이크 한 조각과 샌드위치를 남기고 각각 한 조각씩 건넸다. 쓸쓸하게 웃으며 빌리는 앞으로 다다갔다. 남자아이는 자기가 맡은 책임을 잊었다. 빌리가 한탄했다.

"아, 고기일 줄 알았어!"

엘노라는 참을 수 없어서 기꺼이 말했다.

"여기 있어! 새끼 비둘기 고기야. 기념으로 가슴살 한 조각만 먹을 테니까 나머지는 너희가 나눠 먹어."

엘노라는 칼집에서 칼을 꺼내 가슴뼈를 잘라 여자아이 쪽으로 들어 올렸다.

"나눠 먹어."

개가 갑자기 다리에서 튀어나오더니 비둘기 고기를 물고 죽어라 도망쳤다. 아이들은 재빨리 개를 쫓았다. 빌리는 끔찍한 눈빛으로 노려보며 거칠게 욕했다. 엘노라는 빌리를 붙잡아 손으로 작은 입을 때렸다. 전속력으로 달리던 포장마차가 도망치는 개하고 아이들을 만나자 다리에서 멈췄다. 여고생들이 사방으로 흔들렸다. 소녀들이 외쳤다.

"위험해! 위험!"

엘렌 브라운리와 친구들은 모두 짐을 한가득 들고 있었다. 학생들은 마차를 타고 오면서 현장을 목격했다. 입에 뭔가를 물고 도망치는 개, 그리고 그 개를 쫓는 반쯤 벗은 소녀와 소년이었다. 추격전을 지켜보던 소녀들은 소리치며 웃음을 터트렸다.

"휴! 다행히 가슴뼈는 찾았어. 고기가 있었다는 사실을 증명할 수 있어."

엘노라는 도시락 쪽으로 고개를 돌렸다. 빌리가 순식간에 샐러드를 한입에 꿀꺽 삼키더니 남은 조각 케이크를 들고 사라졌다. 그러자 친구들이 소리쳤다.

"우리도 한번 먹어 보자."

엘노라는 도시락을 들어서 남은 샌드위치를 건넸다. 다른 소녀는 샌드위치를 한입 크기 되는 3센티미터 남짓한 네모로 자른 다음 컵 뚜껑을 열어서 꺼낸 딸기를 한 개씩 넣으며 외쳤다.

"하나, 둘, 셋, 다 같이 먹자!"

"이 못된 늙은이들!"

순식간에 나타난 빌리가 흙을 뿌리기 시작했다. 소녀들은 흩어졌다. 엘노라가 외쳤다.

"빌리! 빌리! 한 번 더 흙을 뿌리면 다시는 한 입도 안 줄줄 알아!"

그러자 빌리는 손에 쥔 흙을 버리고 주먹으로 눈물을 훔치더니 흐느끼며 엘노라의 파란 새 치마 품으로 달려들었다. 엘노라는 허리를 굽혀 빌리를 위로하기 시작했다. 소녀들은 웃었다. 작은 다리가 흔들릴 정도로 비명을 지르고 소리를 질렀다.

"내일은 분명히 더 좋아질 거야."

남은 딸기를 소녀들이 먹을 수 있을 만큼 건네면서 엘노라가 말했다.

"빌리, 나는 너 화낼 때보다 음식 먹을 때가 더 좋아."

엘노라가 고개를 들었다.

"이 작은 영혼은 뼈밖에 남지 않았어. 난 배고파 본 적이 없는데 너희들은 어땠어?"

볼이 통통하고 발그레한 소녀가 답했다.

"글쎄, 있었지. 지금 배고파 죽겠어. 당장 아침 먹자!"

엘렌 브라운리가 제안했다.

"먼저 이 도시락부터 다시 채우자! 버터 가져온 사람?"

한 친구가 나무 쟁반을 들고 앞으로 나섰다.

"보존용 컵에 버터를 넣으면 딸기 향이 조금 들어가서 나쁘지 않을 거야. 다음!"

누가 빵 한 덩어리를 건네자 엘렌은 샌드위치 칸을 채울 만한 크기로 잘랐다.

"다음!"

누가 올리브 병뚜껑을 열자 엘렌은 샐러드 접시를 가득 채웠다.

"다음!"

마카롱 한 봉지로 케이크 칸을 채웠다.

"다음!"

"이건 비둘기 고기처럼 개밥이 되지는 않겠지?"

슬라이스 햄 봉지를 든 한 소녀가 말하면서 웃자 엘렌은 고기 칸도 채웠다.

"다음!"

누가 사탕 한 상자를 건네자 엘렌은 도시락 구석구석을 초콜릿과 누가로 채웠다. 그런 다음 도시락을 닫고 엘노라에게 조심스레 건넸다. 소녀들은 사탕과 올리브, 먹고 남은 음식을 빌리에게 줬다. 빌리는 햄을 한 입 베어 물고는 좋아했다. 벨과 지미는 개를 붙잡지 못해 화가 나고 부끄러워서 20미터쯤 떨어진 곳에 서 있었다.

"이리 와! 이 덩치만 큰 멍청이들아, 이리 오라고! 고기랑 케이크랑 사탕이 새로 왔어."

지미는 멈칫하고 벨은 빌리에게 다가갔다. 엘렌은 손을
닦고 시멘트 교각으로 가서 〈다리의 호라티우스〉*를 암송하
기 시작했다. 시에서 영웅이 나오는 대목마다 호라티우스
대신 엘노라를 넣었다.

엘노라는 집에 가서 빵을 잘라 식탁에 차려 놓고 맛있게
먹으라며 벨에게 음식을 싸 줬다. 엘노라는 소녀들하고 함
께 마차를 타고 학교로 갔다. 소녀들은 노래를 불렀다.

"엘노라, 샌드위치 주세요. 케이크 달라고 말하기가 부끄
러워요!"

엘노라는 몰랐지만, 그때가 엘노라의 진짜 시작이었다.
엘노라는 무리에 속해 있었다. 그저 행복했고, 엄마랑 마거
릿 아줌마가 이 일들을 뭐라고 할지 조금 궁금했다.

114

---

* 토마스 베이비튼 알드리치가 쓴 시로, 로마의 호라티우스 코클레스에 관한 이야기다. 이
  시에서 호라티우스는 로마를 지키려 다리에서 적에 홀로 맞서 싸우는 용기 있는 영웅으로
  묘사된다. 어떤 상황에서도 끝까지 싸우는 용기를 나타낸다.

7장

마거릿을 조종하는 캐서린,
집을 얻는 빌리

토요일 아침 엘노라는 엄마를 도와 일을 했다. 일이 끝나자 엄마는 엘노라에게 신턴 씨네에 가서 인디언 유물을 씻고 오후에 웨슬리하고 함께 시내에 갈 준비를 하라고 말했다. 엘노라는 서둘러 집을 나섰고, 물통에서 화살촉과 돌도끼, 관악기, 담뱃대, 가죽 손질 도구 등을 바쁘게 씻고 있었다.

그런 다음 집에 가서 옷을 입고 마차가 대문 앞에 도착하기를 기다렸다. 엘노라는 상자를 들고 은행에서 내렸고, 웨슬리는 아내를 위해 장을 보러 갔다.

잡화점에서 브라운리가 웨슬리를 불렀다.

"안녕하세요, 신턴 씨! 도시락의 운명이 마음에 드세요?"

브라운리는 질문하더니 웃기 시작했다.

"저는 항상 혼자만 웃는 남자는 보기가 싫어요. 자기만 아는 것처럼 보이잖아요! 무슨 재미있는 일이 있는지 알려 주시면 저도 함께하죠."

브라운리는 눈을 비볐다.

"알고 있을 줄 알았는데 못 들었나 보네요."

그런 다음 개 사건을 포함해 사흘 동안 도시락을 두고 벌어진 일들을 자세히 들려줬다.

"이제 웃으세요!"

"웃을 수 있다면 좋죠! 당신이 만약 도시락 통을 사고 도시락을 싸 준 사람이라면, 그렇게 웃지 못할 거예요. 너무 안타깝군요! 내가 그만두게 하겠소."

"맞아요, 누군가는 막아야 해요. 걔들은 거머리예요. 아버지는 충분히 돌볼 수 있지만 어머니가 없으니 들짐승처럼 날뛰어요. 누군가 음식을 만들어 준다면 달려들어요. 우스꽝스럽지만, 지금은 몰라도 시간이 지나 생각해 보면 언젠가 알게 될 거예요."

"그 아버지를 어디서 찾을 수 있을까요?"

웨슬리 신턴이 차갑게 물었다. 브라운리 씨가 알려 주자별 어려움 없이 집을 찾을 수 있었다. 단순히 집이라는 표현이 적절했다. 가정집이라는 어떤 흔적도 없었다. 그저 방치된 세 어린아이가 이리저리 뛰어다니는 좁아터진 빈집이 전부였다. 여자아이와 남자아이는 쭈뼛거렸지만, 더러운 꼬마 빌리가 웨슬리를 반갑게 맞이했다.

"무슨 일로 오셨어요?"

"아버지를 만나고 싶어."

"흠, 자고 있어요."

"어디서?"

"집에서요. 깨우면 안 돼요."

"글쎄, 노력해 볼게."

빌리가 앞장섰다.

"저기 있어요! 아빠는 또 취했어요."

구석자리에 놓인 더러운 매트리스 위에 튼튼하고 건강해 보이는 남자가 누워 있었다. 빌리가 옳았다. 깨울 수 없었다. 남자는 한계를 넘어 조금 더 나아가 버린 상태였다. 영원을 마주하고 있었다. 웨슬리는 밖으로 나와 문을 닫았다.

"네 아버지는 아파서 도움이 필요하구나. 여기 있으렴. 아버지를 살필 사람을 보낼게."

"그냥 혼자 두면 혼자 일어나세요. 아빠는 항상 그런 식이라 조금 있으면 일어나서 먹을 걸 갖다 주세요. 속이 쓰려도 기다릴 수밖에 없거든요."

소년은 불평하는 기색이 아니었다. 그저 사실을 말할 뿐이었다. 웨슬리 신턴은 빌리를 골똘히 바라보며 물었다.

"지금도 속이 뒤틀리니?"

빌리는 꼬질꼬질한 손을 위장 쪽에 얹자 불결한 작은 뱃가죽이 등뼈하고 맞닿았다. 빌리가 쾌활하게 말했다.

"목숨 걸고요."

"얼마나 오랫동안 그랬니?"

빌리는 다른 형제들에게 물었다.

"다리 위에서 뭔가를 먹은 게 언제였지?"

"어제 아침."

소녀가 말했다.

"다 먹었어?"

웨슬리가 물었다.

"누나가 집에 가져가라고 했어요. 아빠가 돌아와서 술을 더 마시면서 음식을 거의 다 먹어치우고는 먹은 걸 몽땅 토했어요. 그리고 또 더 마시고 다시 잠이 들었죠. 우리는 거의 못 먹었어요."

빌리가 말했다.

"너희들은 사람이 올 때까지 계단에 앉아 있어라. 내가 먹을 걸 좀 보내 줄게. 너, 이름이 뭐니?"

"빌리요."

"빌리, 나랑 같이 가면 좋겠구나. 내가 잘 돌봐 줄게."

웨슬리가 다른 아이들에게 약속하고는 빌리에게 손을 내밀었다.

"난 아기가 아니라 남자예요!"

빌리는 웨슬리 옆에서 발을 질질 끌었다. 발가락이 다쳐도 아랑곳하지 않고 움직이는 모든 물건들을 발로 찼다.

주인하고 뒹굴며 놀고 있는 그레이트데인종 개 곁을 지날 때는 마치 나무에 오르듯 떨리는 손으로 웨슬리를 붙잡고 매달렸다.

"저 개는 무섭지 않아요."

조금 벗어나자 빌리는 비웃으며 말했다.

"나를 쥐라고 오해하는지 이빨로 내 등을 문 적이 있었어요. 내가 제대로 하면 그 개는 혼쭐이 났을 거예요."

웨슬리는 분노에 찬 작은 얼굴을 내려다봤다. 아이는 충분히 머리도 좋고 똑똑한데 몸은 아니었다!

"개한테 이제 질렸어요. 예전에는 개를 좋아했지만, 이제는 힘들어요. 그 누나가 준 비둘기 고기를 훔쳐가서 지미랑 벨이랑 제가 그놈이 어떻게 처리하는지 보셔야 했는데. 잠들 때까지 기다리다가 판자를 개 위에 덮고 우리 모두 그 위에 올라탔어요. 개 짖는 소리가 1.5킬로미터 밖에서도 들렸을 거예요. 벨은 그렇게 하면 고기를 꺼낼 수 있다고 했어요. 그렇지만 아무것도 안 나왔어요! 개도 우리처럼 속이 비어 있었고, 고기는 위장에 도달하기도 전에 사라졌죠. 어쨌든 작은 비둘기였어요. 벨은 셋이 한 입도 못 먹을 양이라고 말했죠. 고기를 많이 먹지 못했어요. 아빠가 많이 가져갔으니까요. 아빠랑 개가 음식을 다 가져갔네요."

빌리는 헛웃음을 지었다. 웨슬리 신턴이 무의식적으로 빌리의 손을 잡았다. 둘은 오너배셔 번화가에 들어섰고, 거리는 붐비고 있었다. 빌리는 길을 잃을지도 모른다는 신호로 알고 손을 꽉 잡았다. 몸에 꼭 달라붙은 작고 뜨거운 손, 무모하게 걸음을 재촉하는 아픈 발, 숨을 쉬느라 헐떡이는 배고픈 아이, 불운에 농담으로 맞서는 용감한 영혼이 온화하고 공허한 웨슬리의 마음을 붙잡았다.

"말해 보렴, 애야. 깨끗이 씻고 뱃가죽이 버틸 수 있는 만큼 저녁밥을 많이 먹고 편안한 침대에서 자고 싶지 않니?"

"아, 이런! 나 아직 안 죽었어요! 그런 건 천국에 있어요! 가난한 사람은 그럴 수 없다고요. 아빠가 말했어요."

"나랑 함께 가면 너도 그럴 수 있어."

"진짜로요?"

"그래, 진짜로."

"맹세해요?"

"그럼."

"지미랑 벨한테 좀 가져가도 될까요?"

"네가 내 아들이 돼 준다면, 걔네들이 잔뜩 먹는 모습을 볼 수 있을 거야."

"아빠는 뭐라고 하실까요?"

"네 아빠는 지금 깨어나지 않을 정도로 깊은 잠에 빠져 있단다, 빌리. 네가 원한다면 법으로 너를 데려올 수 있어."

"사람이 깨어나지 못하면 죽은 거잖아요. 우리 아빠는 죽었어요?"

"응, 돌아가셨어."

"그럼 지미와 벨도 돌봐 주실 거죠?"

"너희 셋을 모두 입양할 수는 없어. 내가 데려가서 잘 돌봐 줄게. 같이 갈래?"

"네, 갈게요. 일단 밥부터 먹자고요."

"좋아, 이 식당에 들어가자."

웨슬리가 동의했다. 빌리를 식탁에 앉히고 점원에게 비스킷하고 우유를 계속 먹을 수 있게 해달라고 주문했다.

"집에 가면 프라이드치킨을 먹을 거야, 빌리. 지금은 조금만 먹고 나중에 배를 채우자."

빌리가 점심을 먹는 동안 웨슬리는 여러 곳에 전화를 걸어 적절한 부서에 통보하고 여성구호협회를 끝으로 전화를 마무리했다. 벨과 지미에게 음식 바구니를 보내고 빌리에게 바지 한 벌과 셔츠를 사 주고 엘노라를 데리러 갔다.

"왜요, 웨슬리 아저씨! 빌리는 어디서 데려오셨어요?"

"당분간, 아니 더 오래가 될지도 모르지만 입양했어."

"어디서 데려왔어요?"

"글쎄요, 아가씨. 브라운리 씨가 도시락에 얽힌 사연을
말해 줬어. 다른 사람들처럼 그렇게 재미있지 않아서 빌리
아버지를 찾아갔지. 아이들을 잘 돌보라고 하거나 법이 아
이들을 도와줄 수 있게 해달라고 하려고. 그게 법이니까."

"그런데 이미 죽었어! 더는 고기를 뺏어 먹지 않겠지."

빌리가 외쳤다.

"빌리!"

엘노라가 숨을 헐떡였다.

"신경 쓰지 마! 자식은 자기를 사랑해 주고 바르게 키워
준 아버지에게는 저렇게 말하지 않아. 아버지에게 책임이 있
어. 내가 데려가면 빌리는 그렇게 말하지 않게 될 거야."

"빌리를 데려가서 키우겠다는 건 아니겠죠!"

"도움이 필요해. 빌리는 지금부터 10년이면 더 나아질 거
고 내가 바라는 대로 자랄 수 있어."

"마거릿 아줌마는 남자아이를 좋아하지 않아요."

"글쎄, 마거릿은 나를 좋아하고, 나도 남자애였지. 어쨌든, 우리가 결혼한 뒤로 마거릿은 우리 집에서 모든 일을 자기 방식으로 해왔어. 나도 빌리에 관해 내 방식으로 할 거야. 너도 알다시피 마거릿은 지금까지 항상 자기 마음대로 행동했잖아? 솔직히, 엘노라!"

"솔직히! 웨슬리 아저씨는 우리 전부한테 정말 멋져요. 그렇지만 마거릿 아줌마는 빌리를 좋아하지 않을 거예요. 아줌마는 빌리를 자기 집에 들이고 싶지 않을 거예요."

"우리 집이야."

"왜 빌리를 그렇게 좋아하세요?"

"신만이 알겠지. 빌리는 아름답지도 않고 똑똑하지도 않지만, 너무 인간적이야. 빌리에게 마음이 자꾸 가."

"저도 그래요. 전 빌리를 사랑해요. 내 점심을 내가 먹는 것보다 빌리가 먹는 게 언제나 더 좋아요."

"너는 왜 빌리를 좋아하니?"

"저도, 모르겠어요. …… 너무 작고, 손이 많이 가고, 기개가 넘치고, 형제자매에게 헌신적이죠. 그런데 마거릿 아줌마한테 데려가기 전에 먼저 씻겨야 해요. 엄마가……."

"걱정할 필요 없어. 이대로 집에 데려갈 거야. 마거릿에게 최악의 상태를 보여 주고 싶어."

"걱정이……."

"나도 그래. 그렇지만 포기하지 않을 거야. 빌리는 내 마음을 사로잡았어. 나는 항상 남자아이를 바라고 또 바랐어. 빌리가 우리 말을 듣지 않아야 할 텐데."

"희망을 꺾지 마세요!"

엘노라가 외쳤다. 두 사람이 이야기하는 동안 빌리는 오솔길 주변을 어슬렁거리다가 달리는 자동차 바퀴에 치일 뻔한 길고양이를 발견하고 가까스로 구했다. 웨슬리는 빌리의 손을 꼭 잡고 다시 데려왔다.

"준비됐어, 엘노라?"

"네, 시간이 많이 흘렀네요."

웨슬리는 엘노라가 들고 있는 짐을 흘끗 보고 물었다.

"또 책이 필요해?"

"아니요, 엄마 주려고 샀어요. 표본을 팔아서 돈을 제법 벌었는데, 저만 챙기는 건 옳지 않다고 생각해서 염두에 둔 물건 몇 가지를 샀어요. 옷도 사고 싶지만 엄두가 나지 않아서 책 한 권으로 타협했죠."

"뭘 골랐어?"

웨슬리가 궁금해하며 물었다.

"흠, 엄마가 마크 트웨인이 신문에 글을 실을 때마다 관심이 많아 보여서 조금이라도 위로가 될 것 같으니까 《순수한 여행기The Innocents Abroad》를 샀어요. 읽어 보지는 않았지만, 평론가들이 정말 재미있다고 하더라고요."

"좋아! 좋아! 훌륭한 선택이야. 그 책은 위안이 되겠지만 엄마는 아마 널 꾸짖겠지."

"그렇겠죠. 그렇지만 결국 이 책을 읽을 테고 기분이 나아지겠죠. 속임수를 써야겠어요. 월요일까지 숨겨 두다가 학교 가기 직전에 엄마 책꽂이에 올려놓을 거예요. 분명 책을 모두 외우게 될 거예요. 엄마는 독서를 좋아하는 사람이니까 하루 종일 새 책에 몰두한다면 그렇게 많이 혼내지 않을 거예요."

"우리 둘 다 힘들지만 각오는 돼 있구나. 마거릿이 뭐라고 할지 모르겠지만 빌리를 집에 데려갈 거야. 우리처럼 마거릿도 마음을 뺏길지 몰라."

엘노라는 의심이 들었지만 아무 말도 하지 않았다. 집으로 돌아갈 때 빌리는 앞좌석에 앉았다. 빌리는 마차의 흙받이 철책에 묶은 채찍을 휘두르며 기뻐서 소리를 질렀다. 처음에는 신턴도 함께 웃었지만, 짐이랑 엘노라를 대문 앞에 내려놓고 떠날 때쯤에는 표정이 심각했다.

둘이 길을 따라 집에 도착하자 마거릿이 문 앞에 있었다. 웨슬리는 빌리를 마차에 남겨 둔 채 말을 먼저 묶고 마거릿에게 설명하려 했다. 웨슬리가 다가가기도 전에 마거릿은 울부짖었다.

"저기, 웨슬리, 그 아이! 도망치려고 해요!"

웨슬리는 보자마자 달렸다. 빌리는 마차에 서서 채찍으로 사나운 말들을 때리고 있었다. 채찍을 한 번 더 내려치면서 소리쳤다.

"말들이 달리게 할 거야!"

빌리는 그렇게 했다. 말들은 말뚝하고 울타리를 바퀴에 매달아 끌고 갔다. 웨슬리는 처음에는 놓쳤지만 말뚝 덕분에 금세 말을 잡을 수 있었다. 말들을 헛간으로 끌고 가면서 빌리에게 말들을 묶을 동안 마차에서 기다리라고 했다. 그런 다음 짐을 짊어지고 빌리를 데리고 마당으로 들어갔다.

"잠깐만 뛰어 놀아라, 빌리. 저 친절한 부인이랑 얘기 좀 하려고."

웨슬리가 다가오자 그 친절한 부인은 망연자실한 표정으로 물었다.

"도대체 어디서 저런 끔찍한 아이를 데려왔어요?"

"저 작은 신사는 매일 엘노라를 붙잡고 점심 도시락을 뺏어 먹고, 어떤 때는 동생들까지 데려와서 우리 아이를 굶주리게 했대요. 브라운리네 가게에서 그 얘기를 들었어요.

사흘 동안 매일 그랬대요. 엘노라는 첫날에는 아무것도 못
먹고, 둘째 날에는 브라운리네 아이가 점심을 줬고, 셋째 날
에는 물건을 많이 사서 학교에 가던 여고생들하고 다리에서
만났대요. 어린 악당들이 매일 엘노라의 점심을 털지 않게
하려고 걔네 아버지를 찾아갔어요."

"맞아요, 그래야죠!"

"아이는 세 명이었어요, 마거릿. 그 녀석들은……."

"하이에나 말인가요?"

"맞아요. 모두 똑같이 더럽고 배가 곯았어요. 남자는 죽
어 있었어요. 술에 취해 잠든 줄 알았지만, 돌처럼 굳어 있었
어요. 경찰들을 집으로 보내고 그 아이만 데려왔어요. 굶어
죽기 직전이더라고요. 씻기고 깨끗한 옷을 입히고 저녁을
먹이고 싶어요."

"입힐 만한 옷이 있나요?"

"있어요."

"어디서 났어요?"

"샀어요. 비싸지 않아요. 1달러도 안 했어요."

"우리처럼 열심히 일하고 저축하는 사람에게 1달러는 큰
돈이에요."

"휴우, 놓을 만한 곳이 없네요. 뜨거운 물 있어요? 이 물
통을 욕조로 쓸게요. 비누와 수건 좀 주세요."

비누와 수건 대신 마거릿은 비명을 지르며 웨슬리를 밀
쳤다. 빌리는 주머니에 있던 끈으로 마거릿이 키우는 고양이
들 꼬리를 한데 묶으며 놀다가 상자 위에 올라가 빨랫줄에
고양이들을 매달았다. 겁에 질린 새끼 고양이들이 죽어라고
서로 할퀴어서 허공에 하얀 털이 가득했다. 줄은 마구 꼬이
고 고양이들은 도와줄 사람도 알아보지 못할 정도로 겁에

질려 있었다. 마거릿은 손에 피를 흘리며 주춤했다. 웨슬리는 칼로 빨랫줄을 잘랐고, 불쌍한 고양이들은 피를 흘리며 집 안 곳곳으로 도망쳤다. 마거릿은 분노로 하얗게 질린 얼굴로 웨슬리를 마주했다.

"당장 그 짐승을 마을로 돌려보내지 않으면, 내가 쫓아낼 거예요."

빌리는 잔디밭에 몸을 던지며 비명을 지르기 시작했다.

"저녁으로 프라이드치킨을 먹는다고 했잖아요. 친절한 여자라고 했잖아요!"

웨슬리는 빌리를 일으켰고, 아이를 대하는 웨슬리의 태도에 마거릿은 분노했다. 손길이 너무 부드러웠다. 마거릿은 빌리의 셔츠 깃을 뒤에서 낚아챘다. 웨슬리가 손으로 마거릿을 막았다.

"조심해요. 이 작은 몸은 상처로 가득해요."

"상처! 상처? 어떤 상처요?"

"주먹이나 부츠 앞코로 때린 멍이거나, 밥을 제대로 못 먹어 생긴 멍이거나, 그냥 때이거나, 뭐 그래요. 수건 좀 건네줄래요?"

"아뇨, 못 줘요!"

"그럼 걸레라도 줘요."

마거릿은 낡은 식탁보 조각으로 타협했다. 웨슬리는 빌리를 욕조로 데려가 찬물을 부은 다음 뜨거운 물을 담은 주전자로 머리카락부터 문질렀다. 이를 앙다문 아이는 비누가 상처에 닿으면 몸을 비틀면서도 아무 말을 하지 않았다. 마거릿은 창문 너머로 그 과정을 지켜보며 놀라고 분노했다. 웨슬리는 어디서 그런 기술을 배웠을까? 그 큰 손이 어떻게 저렇게 부드러워질까? 웨슬리가 문으로 다가와 물었다.

"과산화수소 있어요?"

"조금요."

마거릿이 딱딱하게 대답했다.

"에휴, 한 통 다 필요하지만 있는 만큼 쓸게요."

마거릿은 약통을 건넸다. 웨슬리는 컵에 과산화수소를 희석했다.

"얘야, 네 몸에 난 상처는 반드시 치료해야 해. 그리고 아이 몸에 맞는 음식을 먹어야 해. 내가 약을 바르면 불에 덴 듯이 따가울 거야. 다 흘러내리면 따갑지는 않을 거야. 거품이 일면 감염이 있는 부분이니까 붕대로 감싸고 매일 약을 먹고 씻어서 깨끗하게 관리해야 해. 이제 가만히 있어 봐. 약을 바를 거니까."

"다리가 제일 따가워요."

빌리는 쓰라린 통증을 참으면서 꿋꿋하게 말했다. 웨슬리가 약을 부었다. 빌리는 몸을 뒤틀고 몸부림치면서도 달아나지 않았다. 울부짖으며 말했다.

"아이고, 거품 좀 봐! 독약이죠? 전부 다 바를 거예요?"

웨슬리는 아이 얼굴을 바라보며 이를 악물었다. 그 작은 몸의 열두 군데에 강한 약을 붓고 붕대를 감았다. 빌리는 때때로 입술을 떨고 턱을 덜덜거렸지만, 거품을 가만히 지켜보는 일 말고는 눈물 한 방울 흘리지 않고 아무 소리도 내지 않았다. 웨슬리가 작은 셔츠에 바지를 입히자 아이는 아무 말 없이 말뚝을 다시 세우고 울타리를 고치려 했다.

"이제 깨끗해요?"

"응, 겉은 깨끗해. 지금부터는 몸속에 더러워진 피하고 입속에 나쁜 말을 깨끗하게 하자. 시간이 걸릴 테지만. 우리가 주는 좋은 음식을 먹으면 상처도 사라질 거야. 내가 나쁜 말을 좋아하지 않는다는 사실을 알면 나쁜 말도 하지 않게 되겠지, 빌리?"

빌리는 무심하게 웨슬리에게 기대며 말했다.

"제 모습을 보고 싶어요!"

웨슬리는 소년을 들어서 거울 앞으로 데려갔다.

"이야, 나 진짜 잘생겼나요?"

빌리가 뽐내듯이 말했다. 바닥에 아이를 내려놓느라 허리를 굽힌 웨슬리의 귀에 대고 빌리는 '아니요!'라고 격하게 속삭이며 문으로 달려갔다.

"저녁까지 얼마나 남았어요, 마거릿?"

웨슬리가 뒤따라오며 물었다.

"저녁까지 데리고 있을 작정인가요?"

"그럼요! 그러려고 데려왔어요. 쟤는 평생 제대로 된 음식을 먹은 적이 없어요. 뼛속까지 굶주렸어요."

마거릿은 자리에서 일어나 식탁에서 깔아 둔 흰 테이블보를 걷고 빵을 싸는 낡고 붉은 천을 대신 깔았다. 평소 쓰는 예쁜 접시들을 치우고 파이 그릇하고 주방 용품을 담는 허드레 접시로 식탁을 차렸다. 그러나 닭고기를 튀기고 우유와 꿀, 가루 설탕을 뿌린 빵, 그레이비소스, 감자, 과일을 넉넉하게 준비했다.

웨슬리는 칠이 벗겨진 바퀴를 다시 칠했다. 빌리는 못을 들고 목재를 건네주며 울타리를 고쳤다. 그런 다음 이미 난 구멍을 메우고 새 구멍을 파서 말뚝을 세웠다.

빌리는 말뚝이 흔들리지 않게 잡으면서 한쪽 발로는 말뚝 주변에 흙을 모았다. 주근깨 가득한 작은 얼굴에 걱정이 드리운 그늘은 보이지 않았다.

웨슬리는 돌을 던져 넣어 흙을 단단하게 다졌다. 흐느끼는 소리에 빌리를 바라봤다. 눈물이 뺨을 타고 흘러내렸다.

"구덩이에 들어가서 이렇게 힘들게 일할 줄 알았으면, 말한테 채찍을 휘두르지 말아야 했어요."

"신경 쓰지 마, 빌리. 다음에는 네가 하는 일이 뭔지 잘 알게 될 테니까. 정말 뭘 휘두르고 싶은지 잘 생각한 뒤에 하면 돼."

웨슬리는 연장을 갖다 두려고 헛간으로 나섰다. 뒤를 따른다고 여긴 빌리는 뒤처졌다. 커다란 수컷 칠면조가 자기 영역에 나타난 작은 침입자에게 꼬리와 날개를 펼치며 위협했다. 빌리가 자기를 지키는 데 능숙한 동물이라는 사실을 모른 탓에 칠면조는 해서는 안 되는 도전을 하고 말았다. 빌리가 곧장 받아쳤다. 팔을 양 옆으로 펼치고 움직이며 칠면조 흉내를 냈다. 빌리가 칠면조 등에 올라탈 기회를 잡았다. 그때 마침 마거릿이 비명을 질렀고, 웨슬리는 민첩하게 날아오르는 칠면조를 보면서 탄성을 터트렸다. 꼬리를 접은 칠면조는 날쌔게 움직였다. 빌리는 칠면조 등에서 미끄러져 떨어지면서 꼬리를 거세게 움켜쥐고는 온 힘을 다해 매달렸다. 힘이 빠진 칠면조는 처참하게 패배해 건초 더미로 꽥꽥거리며 도망쳤다. 빌리는 눈을 부릅뜨고 칠면조 꼬리를 쥔 채 허둥지둥 일어났다.

"이런, 빌어먹을 꼬리가 뽑혔어요!"

놀란 표정으로 웨슬리에게 꼬리를 내밀었다. 갑작스런 소동에 남자는 그동안 벌어진 일들을 잊고 폭소를 터트렸다. 빌리는 칠면조 꼬리를 무심하게 하늘 높이 던졌고, 깃털이 흩어져 떨어지자 철없이 웃어댔다.

이 모습을 지켜보던 마거릿은 울기 시작했다. 웨슬리는 온통 정신이 팔려 있었다. 마거릿은 결혼한 뒤 처음으로 친정엄마에게 속마음을 털어놓고 싶었다. 더는 참을 수 없을 만큼 배가 고픈 웨슬리는 부엌에 들어가 화로 뒤에 있는 음식을 봤고, 눈가가 빨간 마거릿은 기운 없는 흰 고양이 한 쌍을 돌보고 있었다. 웨슬리가 물었다.

"저녁은 다 됐나요?"

"한 시간 됐어요."

"왜 우리를 안 불렀어요?"

'우리'라는 말에는 애정이 가득했다. 마거릿은 짜증이 치밀었다.

"당신이 제대로 일을 마치면 이쯤일 거라 생각했어요. 칠면조나 불쌍한 새끼 고양이들은 중요하지 않잖아요."

"정말 미안해요, 마거릿. 음, 빌리는 아주 똑똑해서 금방 배울 거예요."

"금방 배운다고요? 웨슬리 신턴, 그 괴물을 여기서 키우진 않겠죠?"

"괴물이 아니에요. 말 잘 듣는 남자아이라고요."

마거릿은 식탁에 저녁을 차렸다. 낡은 빨간 천을 보고 웨슬리는 놀랐다. 그러나 금세 이해했다. 빌리는 좋아서 깡충거렸다.

"정말 예뻐요. 지미랑 벨도 보면 진짜 좋아할 텐데. 우리 집은 신경 쓸 때나 신문지를 깔지 언제나 낡은 상자에 음식을 올려놓고 손으로 먹었어요. 이렇게 근사한 빨간 천은 처음 봐요."

웨슬리는 마거릿을 잔뜩 노려봤고, 마거릿은 얼굴이 붉어지자 바로 고개를 돌렸다. 웨슬리는 의자에 사전과 세계 지리책을 쌓고 빌리를 앉혔다. 접시에 음식을 수북이 담아서 잘게 자른 뒤 빌리의 작은 주먹에 포크를 쥐여주고 천천히 제대로 먹게 했다. 빌리는 열심히 했다. 식탐에 사로잡혀 때때로 왼손으로 음식을 가득 집어 입에 집어넣기도 했다. 웨슬리는 못 본 체하며 참을성 있게 가르쳤다. 다행히 빌리는 옷이나 식탁에 하나도 흘리지 않았다. 저녁을 다 먹고 야간 작업까지 마친 웨슬리는 빌리를 헛간에 데려갔다. 그러고는 현관에 있던 마거릿 옆에 앉았다. 빌리는 해먹을 차지하고 앉아 나무에 묶인 밧줄을 당기며 그네를 탔다. 그네를 타는 빌리의 에너지가 웨슬리의 마음을 사로잡았다.

"빌리는 불쌍하지만 활동적인 아이예요. 타고나기를 게으르지 않아요. 자기가 어떻게 하면 즐거운지 노력해요."

"저기 발을 넣네! 웨슬리, 내 해먹 망가트리면 안 돼요."

"당연하죠! 잠깐만, 빌리, 내가 보여 줄게."

그러고는 아름다운 흰 드레스를 입은 숙녀들이 해먹에 앉기 때문에 아이들은 해먹에 먼지 묻은 발을 넣으면 안 된다고 빌리에게 설명했다. 빌리는 곧장 고쳐 앉아 발을 흔들었다. 오랜 침묵이 흐른 뒤 웨슬리가 말했다.

"마거릿, 빌리가 반쯤 굶주린 아픈 고양이나 강아지 같은 동물이라면 당신은 가여워하고, 보살피고, 또 내가 기뻐하는 모습에 흐뭇해하지 않았을까요?"

"네."

마거릿이 차갑게 대답했다.

"그런데 내가 불멸의 영혼을 가진 아이를 데려와서 환영할 수 없군요."

"아이가 아니라 동물이에요."

"방금 동물이면 환영한다고 했잖아요."

"야생 짐승 말고요. 길들여진 동물이요."

"빌리는 짐승이 아니에요! 아주 사랑스러운 어린아이예

요. 마거릿, 당신은 가족을 위해 항상 교회를 다니고 성경을 읽잖아요. '고통받는 어린아이들이여, 내게로 오라'는 말씀이랑 빌리를 대하는 태도가 이렇게 다를 수 있나요?"

마거릿이 일어섰다.

"저는 그 아이에게 손도 대지 않았어요. 그냥 내버려 뒀죠. 간신히 참고 있다고요. 두드려 맞지 않으려면 잘 숨어야 할 거예요!"

"당신이 그 애 몸을 유심히 보면, 아픈 곳을 피해서 때릴 데가 없을 거예요. 게다가 빌리는 벌 받을 일을 하지 않았어요. 훈육을 안 받은 아이지만 장난치기 좋아하는 여느 남자아이랑 다르지 않아요. 고양이들을 학대하긴 했지만, 한 시간 전에는 마차에 치인 고양이를 목숨 걸고 구했어요. 당신이 하는 말을 새겨듣고 하지 말라는 일은 절대 하지 않아요. 즐거운 일이 생기면 바로 형제자매를 생각하죠. 불독처럼 근성으로 그 따가운 약을 견뎠어요. 진짜 착해서 그 아이를 사랑해요."

"와, 세상에!"

마거릿은 말을 마치고 집 안으로 들어가며 울부짖었다. 신턴은 가만히 앉아 있었다. 해먹이 지루해진 빌리가 다가와 작은 몸을 큰 무릎에 기대며 물었다.

"여기서 자도 되나요?"

"물론이지!"

빌리는 웨슬리의 무릎을 베고 누우면서 발을 휘둘렀다.

"어서, 자려면 깨끗이 씻어야 해."

"여기서는 정말 깨끗해야 해요. 난 깨끗한 게 좋아요. 상처가 다 나으면 기분이 좋아질 거예요."

웨슬리는 그 말을 새기며 평소보다 더 조심스럽게 붕대

를 감고 아이 손발에 묻은 때를 씻어 줬다.

"빌리는 어디서 자면 되나요?"

웨슬리가 마거릿에게 물었다.

"모르겠어요."

"아무 데에서나 잘 수 있어요. 바닥이든 어디든요. 집에서는 상자에 아빠 외투를 깔고 자고, 지미랑 벨도 상자 위에서 자요. 걔네들 사이에서 자면 자다가 굴러떨어져서 머리 깨질 일이 없죠. 상자랑 낡은 외투 있어요?"

빌리가 말했다. 웨슬리는 자리에서 일어나 접이식 안락의 자를 펼쳤다. 그러고는 옷장에서 말안장 밑에 까는 깨끗한 담요를 한 아름 가져왔다.

"남자아이들이 쓰는 하얀 침대처럼 근사하지는 않지만 멋지게 만들 수 있어. 텅텅 빈 상자보다 좋을 거야."

132

빌리는 안락의자로 뛰어올랐다. 몸이 튀자 지칠 때까지 계속 뛰었다. 담요를 다시 개야 할 정도였다. 웨슬리는 빌리에게 담요 끝을 잡고 도와 달라고 부탁했고, 둘은 담요를 개면서 즐거워했다. 빌리는 강아지처럼 이불을 뒤집어쓰고 몸을 웅크려 누웠다. 잠은 오지 않았다.

빌리는 몸을 일으켰다. 불안하게 주위를 둘러봤다. 그러고는 웨슬리에게 다가가 무릎에 기댔다. 웨슬리는 소년을 팔로 감싸 안았다. 빌리는 그제야 안심하며 한숨을 쉬었다.

"침대에서 길을 잃은 느낌이었어요. 지미는 한쪽에서 벨은 다른 쪽에서 저를 찌르면서 자니까 제가 어디 있는지 알았거든요. 지미와 벨이 어디서 지내는지 아세요?"

"저녁밥도 잘 먹고 깨끗한 침대에 자고 친절한 사람들이 잘 돌봐 준단다."

빌리는 머뭇거리며 웨슬리를 진지하게 바라봤다.

"저도 같이……. 제 말은, 지미와 벨도 여기 같이 있으면 좋겠어요."

"내가 보살필 수 있는 건 너뿐이야, 빌리."

웨슬리가 말했다. 빌리는 일어서서 마거릿을 손으로 가리키며 물었다.

"저분은 할 수 없나요?"

"그럼. 마거릿은 20년 동안 나를 보살폈어."

"우와, 아저씨를 멋지게 만들었네요! 난 그냥 아저씨가 좋아요. 지미랑 벨도 데려와서 아저씨처럼 멋지게 만들면 좋겠어요."

"마거릿은 그 정도로 강하지 않아, 빌리. 지미와 벨은 지금 있는 곳에서 좋은 소년과 소녀로 자랄 거야."

빌리는 웨슬리 품에서 빠져나와 마거릿 쪽으로 걸어가다 방 한가운데에서 멈췄다. 그러고는 바닥에 앉았다. 누워서 눈을 감았다.

"여기가 내 침대 같아. 지미랑 벨이 있어서 더 비좁으면 이렇게 외롭지 않을 텐데."

"나는 안 될까, 빌리?"

웨슬리가 목이 막힌 목소리로 물었다. 빌리는 안절부절 못했다.

"저녁이 되면 여자들은 마거릿 아줌마처럼 쓸쓸해하는 것 같아요."

빌리는 마거릿을 가리키며 작은 얼굴에 주름이 잡힐 정도로 눈을 감았다. 빌리는 다시 일어났다.

"스냅이 있으면 좋을 텐데. 아, 나도 스냅이 있으면 좋을 텐데!"

"스냅 위에 판자를 깔고 그 위에 뛰기라도 했나 봐."

"맞아요! 엄청 크게 집었죠!"

빌리는 큰 소리로 웃다가 얼굴이 흐려졌다.

"그렇지만 스냅이 지금 내 옆에 누워 있으면 좋겠어요. 나보다 먼저 스냅한테 치킨 한 조각을 먹이고 싶어요. 강아지 좋아하세요?"

"좋아하지."

빌리는 곧장 일어났다.

"스냅 데려올까요?"

"그럼."

"마거릿 아줌마는요?"

빌리는 마거릿을 가리켰다. 그러고는 스스로 대답했다.

"마거릿 아줌마는 고양이를 좋아하는데 개가 고양이를 쫓아다니니까 싫어하겠죠. 음, 스냅을 잠깐 데려오는 건 되겠네요."

빌리는 누워서 눈을 꼭 감더니 갑자기 눈을 번쩍 떴다.

"죽으면 아프지 않아요?"

"아프지 않아, 빌리."

"네, 그렇지만 죽어 갈 때는 아프나요?"

"가끔은 아프지. 네 아빠는 아프지 않았어, 빌리. 아빠는 잠든 동안에 조용히 돌아가셨어."

"조용히요?"

"응."

"아빠가 살아 있으면 좋을 텐데! 물론 아저씨랑 함께 있어서 좋고, 프라이드치킨도 좋고, 푹신한 침대도 좋고, 모두 다 좋고 깨끗해서 마음에 들지만, 아빠는 우리를 공연장에 데려가고 껌도 사 주고 하면서, 술만 안 취하면 우리한테 나쁘게 굴지 않았어요."

빌리는 심호흡을 하고 눈을 지그시 감았다. 곧 눈을 떴다. 그리고 일어났다. 웨슬리를 측은하게 바라보다가 마거릿 쪽을 힐끗거리며 물었다.

"남자를 좋아하지 않죠?"

"착한 남자는 좋아해."

빌리는 마거릿의 무릎께로 다가가 활기차게 말했다.

"저는 착한 아이라고요!"

"힘없는 새끼 고양이를 해치고 칠면조 꼬리를 뽑는 남자아이는 착한 아이라고 생각하지 않아."

"네, 그렇지만 나는 새끼 고양이를 해치지 않았어요. 재미에 미쳐서 서로 할퀴었죠. 고양이들이 그렇게 행동할 줄 몰랐어요. 그리고 칠면조 꼬리도 당기지 않았어요. 제가 먼저 잡으니까 칠면조가 버텼죠. 솔직히 칠면조가 당긴 거예요. 아저씨가 말해 봐요! 칠면조가 당겼잖아요? 꼬리가 그렇게 헐거울 줄 몰랐어요, 그렇죠?"

"네가 그러지 않았어, 빌리."

빌리는 마거릿의 차가운 얼굴을 응시했다.

"가끔 밤에 벨이 바닥에 앉으면 저는 벨의 무릎에 머리를 대고 누웠어요. 의자를 당겨서 아줌마 무릎에 머리를 눕힐 수도 있죠. 이렇게요, 제 말은."

빌리는 의자를 끌어당기더니 그 위에 올라가 마거릿의 무릎에 머리를 얹었다. 그러고는 다시 눈을 감았다. 마거릿은 차라리 뱀이라면 덜 거북해할 수도 있었다. 빌리는 곧 일어났다.

"무릎이 딱딱하네요. 더 살찌면 낫겠어요!"

의자에서 미끄러져 방 한가운데로 돌아왔다.

"살아 있으면 좋을 텐데!"

빌리는 울었다. 봇물이 터지자 빌리는 절망감에 비명을 질렀다. 어둠 속에서 부드럽고 따뜻한 어린 사람이 문을 열고 들어와 단숨에 빌리를 품에 안았다. 빌리를 포근하게 안고 의자에 앉아 향기로운 갈색 머리를 작고 동그랗고 충혈된 눈동자 위에 드리운 채 부드럽게 흔들며 노래했다.

"빌리, 어디 갔었니? 오, 아내를 찾으러 갔었지. 아내는 내 인생의 기쁨이야. 그렇지만 아직 어려서 엄마 곁을 떠날 수 없어!"[*]

빌리는 마구 매달렸다. 엘노라는 눈을 닦아 주고 얼굴에 입을 맞추고 토닥이며 노래를 불렀다. 한참 만에 엘노라가 물었다.

"왜 안 잤어?"

"모르겠어. 노력했어. 아저씨가 빨리 자라고 해서 노력을 하는데도 잠이 오지 않았어. 제가 노력한다고 얘기해 주세요, 아줌마."

빌리는 마거릿에게 부탁했다.

"자려고 노력한 건 맞아."

"아마 옷을 입으면 잘 못 자나 봐요. 낡은 드레싱 색[**]이 있나요? 소매를 돌돌 말아 접으면 돼요."

마거릿이 가져온 헌 옷을 엘노라가 빌리에게 입혔다. 그런 다음 대야를 가져와 얼굴과 머리를 씻겼다. 빌리를 일으켜 세우더니 다시 흔들었다.

"아빠는 있어?"

---

[*] 미국 민요 〈빌리 보이(Billy boy)〉.

[**] 19세기 말과 20세기 초에 여성들이 침실에서 입은 헐렁한 실내복. 엉덩이 길이의 앞이 터진 윗옷이다.

빌리가 물었다.

"아니."

엘노라가 말했다.

"우리 아빠처럼 죽었어?"

"응."

"아빠는 죽을 때 아팠대?"

"모르지."

빌리는 다시 눈을 크게 떴다.

"우리 아빠는 아프지 않았어. 아빠는 자는 동안 죽어서 죽는지도 몰랐어."

"다행이야."

엘노라가 빌리의 작은 머리를 다시 가슴에 대며 말했다.

빌리는 엘노라의 손길을 벗어나 일어났다.

"잠이 진짜 안 올 것 같아. 조용히 다가와서 나를 잡아갈 지도 몰라."

엘노라는 토닥이며 말 사이사이 노래를 불렀다.

"너를 못 잡아 가, 빌리. 어린 아이는 안 잡혀. 아픈 어른 만 잡히지."

"우리 아빠가 아팠어?"

"응. 몸속이 타 들어가는 끔찍한 병을 앓고 계셨어. 그래 서 어린 아들이랑 딸을 종종 잊었지. 건강하면 좋은 음식이 랑 깨끗한 옷을 사 주고, 너하고 즐거운 시간을 보냈겠지."

빌리는 엘노라에게 기대어 눈을 감았고, 엘노라는 힘차게 토닥였다.

"내가 죽으면 울 거야?"

빌리가 다시 일어났다.

"응, 그렇겠지."

엘노라는 빌리가 비명을 지를 정도로 꽉 껴안았다.

"나를 그렇게 꽉 사랑해?"

빌리가 행복하게 물었다.

"응, 많이많이. 세상 어떤 어린아이보다 더 사랑해."

빌리는 마거릿을 바라봤다.

"저 아줌마는 아니야! 아줌마도 나를 다정하게 대해준다면 기쁠 거야. 아줌마는 내가 여기 있는 걸 원하지 않아."

엘노라는 빌리 얼굴을 가슴에 대고 토닥였다.

"날 사랑하지, 그렇지?"

"니가 잠들면 사랑할게."

"매일 저녁 볼로냐소시지를 줄 거지?"

빌리가 말했다.

"응, 그렇게. 다음에는 더 열심히 만들어 줄게. 우유, 달걀, 닭고기, 온갖 좋은 음식들, 작은 파이와 케이크도 먹을 수 있어."

빌리는 고개를 저었다.

"날이 밝으면 집으로 돌아갈 거야. 아줌마는 나를 원하지 않아. 내가 나쁜 아이라고 생각해. 아저씨가 허락하면 나를 채찍질할 거야. 그렇게 말하는 걸 들었어. 아, 아빠가 죽지 않았으면 좋을 텐데! 집에 가고 싶어."

빌리는 다시 비명을 질렀다. 캐서린은 엘노라를 만나러 천천히 길을 나섰다. 신턴네 집에 도착해 집 안이 보이는 길까지 갔지만, 엘노라는 아직 나타나지 않았다. 웨슬리가 빌리를 집에 데려간 이야기를 엘노라한테 들은 캐서린은 마거릿이 예상치 못한 가족을 어떻게 받아들일지 궁금했다. 흥분한 빌리의 목소리가 선명하게 들렸다. 엘노라가 빌리를 안고 있는 모습도 보였고, 초조한 통곡도 들렸다. 웨슬리의 얼굴은 무척 초췌했고, 마거릿의 얼굴은 단정하고 단호했다. 캐서린의 가슴에 심술이라는 악마가 들어왔다.

"아유 별꼴이야! 저렇게 우는 남자애는 처음 봤네!"

캐서린이 갑자기 문 앞에 나타나 말했다. 빌리는 울음을 뚝 그쳤다. 캐서린은 키가 크고 얼굴이 각지고 머리카락은 일찍 샜다. 쉰 살처럼 보이지만 겨우 서른여섯이었다. 평소 차가운 표정을 짓던 얼굴이 그 순간만은 매력적으로 변했고, 빌리는 그런 매력을 알아볼 수 있었다.

"너무 늦었죠, 엄마? 바로 돌아가려다가 빌리를 재우고 일어나려고요. 낯설어서 긴장되나 봐요."

엘노라가 걱정스럽게 물었다.

"누나 엄마야?"

빌리가 물었다.

"응."

"엄마는 누나를 사랑해?"

"물론!"

"우리 엄마는 나를 사랑하지 않았어요. 엄마는 나를 버리고 떠났고, 다시는 돌아오지 않았어요. 내가 어떻게 되든 상관하지 않았어요. 아줌마는 딸을 두고 떠나지 않겠죠?"

"그럼. 어린아이를 두고 떠나지는 않을 거야."

캐서린이 대답했다. 빌리는 엘노라의 무릎에서 빠져나와 물었다.

"남자애들 좋아해요?"

"물론 남자애를 좋아하지."

캐서린이 확신에 찬 목소리로 말했다. 빌리는 바닥에 쓰러졌다.

"개를 좋아해요?"

"응. 남자애만큼 좋아해. 좋은 개를 찾으면 바로 사려고."

빌리는 컹컹거리며 다가갔다.

"아들을 바라나요?"

캐서린은 두 팔을 뻗어 빌리를 끌어안으며 기뻐했다.

"당연하지!"

"그럼 나를 데려갈래요?"

빌리가 제안했다.

"물론. 누구든 널 데려가고 싶어할 거야. 너는 진짜 남자아이잖아, 빌리."

"스냅을 데려가실래요?"

"너만큼이나 데려가고 싶어."

"엄마! 안 돼요! 그러지 마요! 진심인 줄 알아요!"

엘노라가 한숨 쉬며 애원했다.

"진심이야. 당장 데려갈 거야. 매일 저런 작은 호랑이가 먹을 만큼 음식을 버리거든. 네가 없는 동안 이 녀석이 재잘거리면 좋겠어. 피는 좋은 음식과 목욕으로 깨끗해질 수 있어. 마침 불도그를 사려던 참인데 스냅이라면 딱 좋아. 개는 제때에 짖기만 하면 돼. 나머지는 내가 알아서 할게. 이리 와서 내 강아지가 돼 줄래, 빌리?"

빌리는 캐서린에게 기대어 팔을 목에 걸고 온 힘을 다해 꽉 붙들었다.

"저를 채찍질해도 좋아요. 아무 소리도 내지 않을게요."

캐서린이 빌리를 꼭 껴안자 굳은 얼굴이 부드러워졌다.

"너처럼 착한 아이한테 누가 채찍질하겠니?"

"저분이요. 내가 아줌마 고양이들 꼬리를 묶어 줄에 매달때 고양이들이 싸웠는데, 그래서 나를 채찍질하려고 했어요. 그 늙은 고양이들이 싸울 줄은 몰랐어요."

갑자기 웃음을 터트린 캐서린은 도저히 멈추지 못하는 듯했다. 빌리는 캐서린을 바라봤다.

"칠면조 있어요?"

"응, 몇 마리 있어."

캐서린은 간신히 웃음을 억누르며 평범한 표정을 지으려고 애썼다.

"칠면조 꼬리는 잘 안 뽑히나요?"

"왜? 그런 편이지."

"아니에요! 잡아당기니까 꼬리가 바로 떨어졌어요. 아저씨가 허락하면 저를 채찍질할 거예요. 칠면조가 당길 줄은 몰랐어요. 꼬리가 빠질 줄 몰랐어요. 다시는 칠면조 안 만질 거예요."

"물론이지. 난 네가 그렇게 해도 상관없어! 전국의 모든 칠면조를 너 같은 멋진 녀석이랑 바꿀 수야 없지. 칠면조들이 너랑 싸우고 싶어하면 낡은 꼬리를 잃게 만들어도 되고 고양이들도 서로 싸우게 돼도 돼. 고양이나 칠면조 따위는 멋진 남자가 될 아이들하고 비교도 할 수 없지."

캐서린하고 빌리가 서로 뜨겁게 껴안자 사람들은 놀라서 아무 말도 못 했다.

"남자아이를 좋아하시네요!"

빌리는 말로 표현할 수 없을 정도로 기뻐하며 캐서린을 향해 고개를 기댔다.

"그래, 내가 너를 집까지 업고 가지 않게 얼른 잠을 자자. 금방 잠이 들 거야."

빌리는 눈을 뜨고 몸을 일으켰다.

"걸을 수 있어요."

"좋아, 가자. 가자, 엘노라! 잘 자요, 여러분! 엘노라, 반대쪽에서 좀 잡아 주렴."

캐서린은 빌리를 바닥에 내리더니 손을 잡고 일어났다. 엘노라는 마거릿을 애석하게 보다가 웨슬리를 보고는 당황해서 하얗게 질린 채 일어났다.

"빌리, 나한테 작별 인사도 없이 떠날 거야?"

웨슬리가 침을 꿀꺽 삼키며 물었다. 빌리는 캐서린하고 엘노라를 꼭 붙잡았다.

"안녕! 또 보러 올게요."

빌리가 아무렇지 않게 말했다. 웨슬리 신턴은 목이 메어 흐느끼며 방을 나갔다. 캐서린이 빌리를 끌어당기며 문으로 걸어가자 엘노라는 뒤로 물러섰지만, 마거릿은 눈을 번쩍이며 앞을 막았다.

"캐서린 컴스탁, 자기가 엄청 똑똑하다고 생각하죠?"

"나는 당신이나 있을 정신 병원에서 살고 있지 않아요. 어쨌든 멋진 남자애를 보면 바로 말할 수 있을 만큼 똑똑하죠. 남자애를 얻어서 기쁘고 좋네요. 정말 데려가고 싶어요!"

"흥, 당신은 그 아이를 데려갈 수 없어! 웨슬리의 아이예요! 웨슬리가 찾아서 데려왔어요. 그렇게 함부로 데려가면 안 돼요! 그애를 놔요!"

"안 돼요, 안 돼! 불쌍하고 병든 어린 영혼이 두들겨 맞게 두고 가라고요? 쟤는 아직 서툴러요. 실수도 하겠죠. 많이 배워야 하지만 당신은 가르칠 수 없어요! 저리 비켜요!"

"우리 아들을 놔줘요!"

"왜요? 잠들기 전에 채찍질하려고요?"

"아니, 안 돼요! 웨슬리의 아이니까 아무도 건드리면 안 돼요, 웨슬리!"

뒤에서 웨슬리가 나타나자 마거릿은 남편 쪽으로 고개를

돌렸다.

"우리 아들 놔주라고 말 좀 해요!"

"빌리, 아줌마가 지금 너를 원해. 아줌마는 너를 채찍질하지 않을 거고 다른 누구도 못하게 할 거야. 맛있는 것도 잔뜩 먹고 마차도 타고 즐거운 시간을 보낼 수 있어. 우리하고 함께 있지 않을래?"

빌리는 두 모녀한테서 떨어졌다. 아이답지 않은 지혜가 가득한 눈빛으로 마거릿을 바라봤다. 쇠뿔도 단김에 빼야 하듯이 절박한 빌리는 어려운 상황에서 협상을 시도했다.

"스냅도 여기서 살 수 있나요?"

"응, 원한다면 키워도 돼."

마거릿이 대답했다.

"아줌마랑 닿을 정도로 가까운 데에서 자도 되나요?"

"응, 손을 잡을 수 있게 안락의자를 옮겨도 돼."

"이제 나를 사랑하나요?"

"네가 착한 아이가 되면 노력할게."

"그럼 여기 있을게요."

빌리가 마거릿에게 걸어가면서 말했다. 엘노라와 캐서린은 달빛을 받으며 길을 나섰고, 엄마가 걸으면서 크게 웃었다. 딸이 심각하게 말했다.

"엄마, 이해가 안 돼요."

"글쎄, 네가 고등학교를 더 다니면 이해하게 되겠지. 어쨌든, 내가 마거릿 신턴 정신 차리게 하는 거 봤지?"

"네, 봤어요. 엄마 말이 진짜인 줄 알았어요. 빌리도, 웨슬리 삼촌도, 마거릿 이모도 그랬어요."

"진짜처럼 보였다고?"

"방금 마거릿 아줌마 정신 차리게 하려고 그런 거라고 했잖아요!"

"글쎄, 내가 그랬나?"

"이해가 안 돼요."

"그래서 학교 교육을 더 받으라고 하는 거야!"

엘노라는 촛불을 들고 자러 갔다. 캐서린은 기분이 아주 좋아서 잠을 잘 수 없었다. 16년 만에 처음 느낀 즐거움을 더 누리고 싶은 욕심이 독약처럼 핏속으로 스며들었다. 혼자 생각을 곱씹으며 앉아 있다가 진실을 깨달았다. 빌리를 데려오는 편이 좋았다. 빌리의 장난도, 수다도, 개도 신경 쓰지 않을 수 있다. 빌리는 물론 심지어 개도 자기에게 몰린 주의를 돌리려면 절실히 필요한 존재였다. 기회가 닿으면 웨슬리에게 개를 사 달라고 말하려 했다. 생각의 끝은 빌리였다. 캐서린은 성인군자가 아니었다. 신턴 부부와 자기 사이의 오랜 불화를 해결할 수 있는 방법을 깨달았다. 그 방법은 자기 영혼을 음침한 만족으로 채웠다. 캐서린은 소리를 죽여 킥킥 웃었다.

144

8장

엘노라를 유혹하는 림버로스트,
아버지를 묻는 빌리

일요일 저녁, 저녁밥을 먹은 웨슬리 신턴은 엘노라에게 함께 마을에 가자고 했다. 곁에 앉은 빌리는 장례식 가는 사람처럼 보이지 않았다. 엘노라는 공부해야 해서 갈 수 없다고 말했는데, 캐서린이 선뜻 대신 가겠다고 했다. 캐서린이 모자를 쓰고 바로 나오자 엘노라는 깜짝 놀랐다. 엄마가 웨슬리하고 단둘이 이야기할 기회를 간절히 원한다는 사실을 모르는 탓이었다.

엘노라는 표본을 채집하러 가더라도 농장을 벗어나지 말라고 여러 번 주의를 받는 이유를 잘 알고 있었다. 엘노라는 두 시간 동안 공부하고 예습도 했다. 공부를 마치고 산책을 하면서 애벌레를 채집하거나 갓 나온 누에고치를 찾았다. 정원 뒤 덤불과 키가 작은 나무숲, 숲이 끝나는 곳까지 샅샅이 뒤졌지만, 아무것도 찾지 못하고 결국 길가에 도착했다. 거기서 맨 처음 살핀 가시덤불에서 폴리페무스나방 고치를 발견했다. 사냥꾼의 본능이 고개를 들었다. 어느새 늪에 도착한 엘노라는 각각 종이 다른 고급 고치 다섯 개를 손에 넣었다. 머리카락을 뒤로 젖히며 오랫동안 주위를 바라봤다. 그러던 중 덤불에 고치가 있다는 생각이 들어서 가 보니 정말이었다. 조심성이 빠르게 사라지고 있었고, 자기도 모르는 새 늪으로 뛰어들려 할 때 오솔길에서 발소리를 들은 듯했다. 되돌아가다가 피트 코슨하고 부딪칠 뻔했다.

그렇게 위험은 끝났다. 피트는 어릴 때부터 알던 사이다. 브러시우드 학교 교실에서 엘노라가 맨 앞줄에 앉으면 교실 뒤쪽을 차지하던 덩치 큰 남자애 중 한 명이었다. 무척 거칠지만 엘노라는 피트가 무섭지 않고, 종종 늪에서 얻은 예쁜 것들을 주기도 했다.

"다행이야! 혼자 늪에 들어가지 않겠다고 엄마하고 약속했는데, 내가 찾은 고치 좀 볼래? 첫 서리가 내리면 나뭇잎도 떨어지고 어치랑 까마귀가 망가트린다면서 고치들이 데리러 오라고 외치는 느낌이었거든. 학교를 다니니까 시간이 별로 없어. 나랑 같이 가자, 피트! 제발 간다고 해줘! 잠깐이면 돼!"

146

"저건 뭐야?"

피트가 예리한 검은 눈으로 엘노라를 쳐다보며 물었다.

"겨우내 큰 애벌레들이 치는 고치인데, 봄이 되면 큰 밤나방이 나오거든. 그걸 팔 수 있어. 피트, 이걸 팔면 고등학교까지 다닐 수 있고, 남들처럼 옷을 입고, 운이 좋으면 대학 갈 돈도 모을 수 있어. 피트, 같이 갈래?"

"왜 하던 대로 않고 멀리 왔어?"

"사실은, 겁나서 혼자 다닐 생각은 전혀 없었어. 물건을 찾다 보면 가끔은 생각보다 멀리 들어가게 돼. 던컨 씨가 주근깨가 모은 더미를 줬잖아. 나도 그렇게 나방을 채집하고 있어. 얼마 전에는 팔 수 있다는 사실을 알았지. 컬렉션을 완성하면 300달러는 받을 거야. 그런 컬렉션을 세 개 정도 모으면 대학까지 다닐 수 있는데, 아직 고등학교를 4년이나 다녀야 해. 긴 시간이지. 다 수집할 수 있을지 모르겠어."

"여기서 다 수집할 수 있어?"

"아니, 한 종류가 너무 많으면 북서쪽 지역 수집가들하고 거래해서 완성할 수 있어. 그게 돈을 벌 수 있는 유일한 방법이야. 이미 모은 것 좀 볼래. 이건 큰 회색 멧누에나방, 이건 갈색 폴리페모스, 저건 루나나방이야. 일요일에는 일 안 하잖아. 딱 한 시간만 같이 가자, 피트!"

피트는 엘노라를 가만히 바라봤다. 엘노라는 젊고, 건강하고, 아름다웠다. 순진하고 강렬하고 진지하게 돈이 필요하다는 사실을 알고 있었다.

"무서운 게 뭔지 말하지 않았잖아."

"아, 말한 줄 알았어! 주근깨 오두막에 나방하고 표본이 잔뜩 있었는데, 어느 날 저녁에 새 아줌마에게 몇 개를 팔았어. 그런데 다음 날 아침, 늪에 들어가면 안전하지 않을 거라는 쪽지를 발견했어. 너무 무서웠어. 그렇지만 기회를 놓치기 싫어서 혼자라도 갈 생각인데, 네가 나를 돌봐 주면 정말 행복할 것 같아. 내가 늪에 빠지면 네가 꺼내 주면 되니까 어디든 갈 수 있어. 날 돌봐 줄 거지, 피트?"

"응, 그럴게."

피트 코슨은 약속했다.

"좋아! 빨리 시작하자! 그리고 피트, 이걸 잘 보고 채집을 하거나 길을 가다가 나뭇가지에 이게 매달려 있으면 그대로 잘라서 나한테 줄 거지?"

"응, 보이는 대로 다 구해 줄게."

피트가 약속했다. 피트는 모자를 뒤로 넘기고 엘노라를 따라갔다. 엘노라는 덤불 사이, 덤불 아래, 죽은 통나무 사이로 두려움 없이 뛰어들었다. 어떤 때는 여기 큰 놈이 있다며 거칠게 소리쳤고, 다음에는 머리 위로 팔다리를 높이 뻗거나 히커리나무나 참나무 아래에서 무릎을 꿇고 낙엽을 뒤집거나 번데기 고치를 찾기 위해 맨손으로 검은 진흙을 치우기도 했다. 처음 한 시간 동안 피트는 덤불에서 몸을 구부리고 엘노라가 찾은 것을 들고 따라다녔다. 그러다 한 마리를 발견했다.

"이거 찾는 거야?"

피트가 야생 벚나무 가지를 내밀며 수줍게 물었다.

"야, 피트, 저거 프로메테우스누에나방이야! 이걸 찾을 줄 꿈에도 몰랐어."

"어떻게 알아?"

"수컷이면 검은색 날개에 테두리가 흙색이고 날개 안쪽은 정말 아름다운 와인색이지. 암컷이면 날개랑 날개 안쪽이 진한 와인색이야. 와, 얼마나 행복한지 몰라!"

"니가 채집한 것을 모아서 여기 두고 다시 와서 가져가면 어떨까?"

"괜찮겠다."

피트는 짐을 내리고 일을 시작했다. 먼저 엘노라가 발견한 고치들을 꼼꼼히 살폈다. 다른 종류는 뭐가 있는지 엘노라에게 물었다. 엘노라를 대신해 훈련된 나무꾼이자 사냥꾼의 눈을 사용하기 시작했다. 아주 쉽게 여러 마리를 발견했고, 엘노라가 피트가 나방을 찾고 있다는 사실조차 잊을 정도로 피트는 숲속을 조심스럽게 헤쳐 나갔다. 엘노라는 표본을 들고 있었고, 피트는 무엇이 누에고치이고 무엇이 마른 잎인지 확인하려고 무릎을 꿇은 채 그루터기 주변을 파헤치며 탐색을 했다. 그러면서 계속 질문했다. 어떤 통나무 옆을 살피면 가장 좋은지, 어떤 나무 밑에 번데기가 있을 가능성이 가장 높은지, 어떤 덤불에서 애벌레가 가장 자주 고

치를 만드는지 등. 작업에 몰두하면 언제나 그렇듯 시간이
빨리 흘렀다.

신턴 부부는 캐서린을 집으로 데려다주다가 엘노라를 보
려고 멈췄다. 엘노라는 집에 없었다. 캐서린이 숲가에서 불
러도 아무 대답이 없었다. 웨슬리는 마차를 돌려 림버로스
트로 갔다. 마거릿과 캐서린이 빌리를 즐겁게 해주는 동안
늪으로 들어가려는 생각이었다.

엘노라와 피트는 넓은 길을 걸었다. 엘노라를 부르려고
하던 웨슬리는 다른 목소리가 들리자 조심스럽게 다가갔다.
얼굴이 달아오른 엘노라가 나뭇가지들을 잔뜩 들고 무릎을
꿇은 남자에게 말을 걸며 환하게 웃는 모습이 금세 보였다.

"이제 조심해서 가! 여기서 황제나방을 찾을 수 있어. 여
기가 서식지니까. 저기다! 내가 뭐랬어! 정말 멋지지 않니? 너
랑 함께 오길 정말 잘했어!"

웨슬리는 놀란 표정으로 말없이 서 있었다. 한 남자가 손
에 묻은 흙을 털면서 일어나 엘노라에게 작고 반짝이는 검
은 번데기 집을 내밀었다. 얼굴이 보이자 웨슬리는 소리를
지를 뻔했다. 왜냐하면 그 얼굴은 웨슬리가 아는 모든 사람
중에서 엘노라의 안전을 가장 위협하는 인물이기 때문이었
다. 엘노라는 그 사람을 무릎 꿇리고 늪에서 번데기 집을 파
게 했다.

"엘노라! 엘노라!"

"와, 웨슬리 아저씨! 우리가 얼마나 운이 좋았는지 보세
요! 고치가 열여덟 개나 있고 번데기 집도 세 개나 돼요. 번
데기 집을 찾으려면 땅을 파야 하고 어디에서 나올지 알 수
없기 때문에 훨씬 더 힘들어요. 그렇지만 피트는 잘 해냈어
요! 세 개나 찾았으니까요. 채집할 때도 길가나 숲속을 지켜

보겠다고 해요. 정말 멋지지 않나요? 웨슬리 아저씨, 저기 늪 서쪽 가장자리에 대학이 있어요. 자세히 보면 구름 사이로 커다란 돔이 보일 거예요."

"운이 좋았네. 그런데 늪에는 안 오는 줄 알았는데?"

웨슬리가 평소처럼 말하려고 애쓰며 말했다.

"네, 맞아요. 제가 늘 가는 곳에서 아무것도 찾을 수 없었어요. 솔직히 말해서 숲이 끝나는 데까지 오자마자 찾았어요. 약속은 지켰어요. 혼자 오지 않았어요. 피트가 함께 왔어요. 피트는 강하고 두려워하지 않으면서 완벽하고 훌륭하게 고치를 찾았어요! 여기서 절반이나 찾았어요. 어서, 피트, 이제 어두워지고 있으니까 가야 해."

피트가 고치를 들고 길을 나섰다. 고치를 오두막에 두고 엘노라와 웨슬리는 함께 마차에 올라탔다.

"엘노라 컴스탁, 무슨 일이야?"

캐서린이 묻자 웨슬리가 끼어들었다.

"아무 문제 없었어요, 이웃 한 명이 함께 있었는데, 몇 달러어치를 함께 찾았어요."

"우리 아빠를 같이 보러 갔어야지. 아빠는 온몸이 하얗게 질려서 가만히 누워 있었어. 사람들이 아빠를 깊은 땅속에 묻었고."

빌리가 소리치자 마거릿이 긴 신음 소리를 뱉으면서 숨을 내쉬었다.

"빌리!"

"지미랑 벨은 좋은 곳에 함께 있어. 나를 보러 올 테고, 스냅은 바로 여기 마차 옆에 있어. 여기, 스냅! 맙소사, 먹을 걸 주면 엄청 좋아할 거야. 나만큼 배가 고팠겠지. 새 옷도 입고 잘 먹겠지만, 내가 그리울 거야. 나 없이는 잘 지낼 수 없었어. 내가 돌봤거든. 내가 아주 어리니까 많이 받기도 했지만, 항상 나눠 주기도 했어. 그렇지만 이제 걔들은 내가 필요하지 않아."

마차에서 내린 캐서린은 빌리하고 진지하게 악수했다.

"내가 남자아이하고 개를 사랑한다는 사실을 기억해라. 재미없으면 언제든지 개를 데리고 와서 내 아들이 돼줘. 정말 재미있을 거야. 내 휘파람 소리도 들어야지. 제대로 대접받지 못하면 바로 와라."

빌리는 다 안다는 듯 고개를 끄덕였다.

"당연하죠!"

"엄마, 왜 그랬어요?"

둘이 길을 걸어 올라가면서 엘노라가 물었다.

"왜 그랬겠니, 이 아가씨야? 어떻게 그럴 수 없었냐고 묻는 게 낫겠지? 난 그냥 못했어! 도로세를 낼 돈이 부족해서! 도로세도 못 내고 준설세도 못 내고!"

"마거릿 아줌마는 항상 저에게 친절했는데, 그런 분한테 고민을 안기면 옳지 않다고 생각해요."

"빌리에게 친절하게 대하고, 내가 16년 동안 그런 것처럼 마거릿도 자기 고민을 스스로 해결하게 만들기로 마음을 먹었어. 약을 스스로 복용하는 일만큼 좋은 일은 이 세상에 없으니까. 다른 점이 있다면 나는 솔직하다는 점이지. 그냥 쉽게 '여기에서 제대로 대접하지 않으면 나한테 와' 하고 말하잖아. 신턴 부부는 몸짓과 암시로 말했지. 마거릿에게 약이 무슨 맛인지 알려 주고 싶지만 숟가락이 입술에 닿기도 전에 다급해지지. 조금만 기다려 봐!"

"마거릿 아줌마에게 뭘 빚지고 있나 생각해 보면……."

"글쎄, 다행히 나는 빚진 게 없어서 내 마음대로 할 수 있어. 자, 저녁 차리게 도와 줄래. 빌리처럼 배고파 죽겠어!"

마거릿 신턴은 의자에 앉아 천천히 앞뒤로 몸을 흔들었다. 가슴에는 빌리의 붉은 머리가 놓여 있었고, 잠든 빌리는 한 손으로 마거릿이 입은 드레스 앞부분을 꽉 움켜쥐기를 반복했다.

"벌써 그러면 안 돼요, 마거릿. 빌리는 너무 무거워요. 아이에게 좋지도 않죠. 혼자 누워서 자는 게 나아요."

"빌리는 아주 가벼워요, 웨슬리. 너무 많이 떨고 경련을 일으키네요. 지금보다 튼튼해지면 혼자 잘 수 있을 거예요."

9장

바이올린을 발견한 엘노라, 마거릿을 훈육하는 빌리

다음 날 아침 엘노라는 다리에 있던 작은 아이가 그리웠다. 천천히 길을 걸어 커다란 대문을 지나 학교 운동장으로 들어섰다. 겨우 일주일 전만 해도 친구도 없이 혼자서, 게다가 마음이 너무 아파 몸까지 병든 채 학교를 다닌 사실이 까마득했다. 지금은 괜찮은 옷과 책, 친구에다 마음도 편안해서 공부에 집중할 수 있다.

그날 밤 집에 돌아온 소녀는 깜짝 놀라 멈칫했다. 엄마는 친구하고 웃고 있었다. 엘노라는 살며시 부엌으로 들어가 거실 안을 들여다봤다. 엄마는 의자에 앉아 책을 읽고 있었는데, 몇 초마다 가벼운 웃음소리가 터져 나왔다. 마크 트웨인이 자기 일을 하는 그 순간만은 엄마도 유머 감각이 남아 있었다. 엘노라는 엄마가 자기를 보기 전에 방으로 들어왔다. 캐서린은 달아오른 얼굴을 들었다.

"이 책 어디서 났어?"

"제가 샀어요."

"샀다고! 세금은!"

"제가 번 돈으로 샀어요, 엄마. 나한테 그렇게 많은 돈을 쓰면서 엄마한테 하나도 못 썼잖아요. 갖고 싶던 드레스를 사기는 그렇고, 제가 없는 동안 책이 엄마한테 친구가 될 거라고 생각했죠. 읽은 적은 없지만 좋은 책이기를 바라요."

"좋아! 평생 읽은 책 중에 가장 웃겨. 이 책을 보면서 하
루 종일 웃었어. 밖에 있는 소한테 읽어 주고 웃는지 보고
싶었다니까."

"엄마를 웃게 한다니 지혜로운 책이네요."

"지혜롭다! 목숨을 걸 만한 지혜로운 책이야. 이렇게 웃기
려면 세상에서 가장 똑똑해야 해."

엄마는 다시 웃기 시작했다.

책을 사서 매우 만족한 엘노라는 자기 방에 가 옷을 갈아
입었다. 그뒤 매주 도서관에서 엄마가 흥미 있어 할 만한 책
을 한 권씩 가져와 거실 탁자에 놓았다. 매일 밤 적어도 교
과서 두 권은 집에 가져와 수업 내용을 숙지할 때까지 공부
했다. 자기 몫을 충실히 했고, 가장 큰 수입원인 나방을 찾
으러 틈만 나면 들판에 나갔다.

엘노라는 새 둥지, 꽃, 이끼, 곤충 등 온갖 자연사 표본을
바구니에 담아 학교 선생님들에게 팔았다. 처음에는 선생님
들에게 표본을 어떻게 가르쳐야 할지 알려 주려 했지만, 자
기보다 엘노라가 훨씬 더 지식이 많다는 사실을 알게 된 선
생님들은 하나둘 학교에서 남는 시간에 학생들에게 표본을
보여 주고 설명하면서 자연 과목을 가르쳐 달라고 부탁했
다. 엘노라는 이 일을 좋아했지만, 며칠에 한 번씩 예상치 못
한 지출이 생겨서 돈이 필요했다.

첫 주부터 같은 반 여학생들한테 제안을 받았는데, 이 학
교에는 함께 시내 제과점에 들러 비싼 사탕, 아이스크림 음
료수, 핫초코 등 좋아하는 음식을 돌아가면서 먹는 전통이
있었다. 처음 제안을 받아서 간 때에는 엘노라도 잘 몰랐다.
두 번째 가서는 난생처음 먹은 음식이 정말 맛있어서 거부

할 수 없었다. 그뒤 모임에 같이 가기로 결심했다.

30분 동안 길 옆 통나무에 앉아 깊은 생각에 잠긴 엘노라는 결론에 도달했다. 그다음 일주일 동안 평소보다 더 열심히 일하면서도 의욕은 넘쳤다. 처음 한턱내는 날은 붉은 낙엽이 떨어지는 10월이었다. 그날 밤 소녀들이 무리 지어 넓은 길에 몰려들자 엘노라는 외쳤다.

"얘들아, 오늘은 내가 살 거야! 어서 와!"

시내를 가로질러 아이들이 자주 찾는 식료품점으로 향한 소녀들은 바구니를 들고 나와 집으로 가는 길에 놓인 다리로 가져갔다. 다리에서 엘노라는 소녀들을 시멘트 받침대 위에 두 줄로 세우고 붉은 나뭇잎을 안쪽에 깐 작고 예쁜 나무껍질 바구니를 건넸다. 바구니 한쪽에는 즙이 가득한 커다란 빨간 사과가, 다른 쪽에는 마거릿 신턴이 튀긴 지 한 시간도 안 된 향긋한 도넛이 들어 있었다.

다음으로 너도밤나무 알갱이를 넉넉히 뿌리고 메이플 설탕을 묻힌 큰 팝콘 덩어리를 나눠 줬다. 다음은 설탕을 바른 히코리나무 열매 알갱이, 메이플 사탕, 따뜻한 호박 파이 바구니였다. 엘노라는 사과도 변명도 하지 않았다. 그저 자기가 감당할 수 있는 만큼 나눴고, 팝콘과 파이만 질리도록 먹은 엘노라처럼 탄산음료와 프랑스산 사탕에 익숙한 도시 소녀들에게는 신선한 변화였다. 엘노라는 방에 학기 중 몇 주째에 간식 먹을지 날짜를 쓴 종이가 있었고, 각 날짜 옆에는 여러 아이디어를 적어 놓았다. 한 번은 소녀들이 노란 잎을 바닥에 깔고 통통하게 잘 익은 빨간 산사나무 열매로 가득 채운 바구니 때문에 싸울 뻔했다. 10월 말에는 빨간 나뭇잎을 바닥에 깔고 서리 맞은 크고 향기로운 포포나무 열매가 들어 있는 바구니를 놓고 소동이 벌어지기도 했다. 잘 익

은 헤이즐넛도 가져왔다. 어느 날 아이디어가 다 떨어진 엘
노라는 엄마에게 소녀들이 뭔가 줘서 자기도 대접하고 싶다
고 했다. 엄마는 식료품점에 바구니를 두고 가겠다고 했지
만, 특유의 고집을 부리며 그 안에 싼 음식이 뭔지 절대 말
하지 않았다. 엘노라는 하루 종일 책에 집중하려 애썼다. 몇
시간 동안 엘노라는 불확실성 속에서 긴장하며 초조해했다.
엄마는 뭘 샀을까? 그날 밤 아이들을 다른 제과점에 데려가
야 할까, 아니면 바구니를 선택해야 할까? 캐서린은 맛있는
음식을 만들 줄 알지만, 정말 만들었을까?

건물을 나서면서 엘노라는 마지막으로 머리를 빠르게 굴
렸다. 2달러도 안 되는 돈으로 10명이 먹을 만한 괜찮은 음
식을 살 수 있는 길은 보이지 않고, 만약 바구니에 맛있는
음식이 들어 있으면 돈만 낭비하는 꼴이었다. 위험을 감수

하기로 했다. 다리로 가자 소녀들은 어떤 간식이 나올지 내
기를 하며 버릇없는 어린아이처럼 엘노라 곁으로 몰려들었
다. 엘노라는 바구니를 내려놓았다.

"얘들아, 나도 뭐가 들어 있는지 모르니까 우리 모두 놀
라게 될 거야. 자!"

엘노라가 덮개를 들어 올리자 마치 향신료의 땅처럼 향
기가 밀려 올라왔다. 바구니 한쪽에는 커다란 설탕 케이크
열 개가 있었는데, 꼭대기에 동그랗게 자른 막대 사탕이 점
처럼 박혀 있었다. 케이크를 굽는 동안 사탕이 녹아 투명하
고 작은 우물처럼 변했는데, 밀랍처럼 달콤했다. 케이크 가
운데에는 정향으로 머리와 발을 만들고 건포도로 통통한
몸통을 꾸민 거북이 장식이 있었다. 바구니에는 손잡이를
꽂고 향신료를 뿌린 커다란 배도 가득했다. 소녀들은 비명
을 지르며 달려들었고, 엘노라가 나눈 간식 중에 가장 기억

에 남는 음식이 됐다.

엘노라가 빈 바구니에 책을 담아 집으로 돌아갈 때 들판을 가로질러 늪으로 가는 울타리까지 모든 소녀들이 함께 갔다. 헤어질 때는 엘노라에게 작별 키스를 했다. 엘노라는 서둘러 집으로 돌아와 엄마에게 고맙다고 말했다. 그날 밤 책을 볼 때도 행복했고, 다음 날 아침 학교 가는 길도 그저 행복했다.

오케스트라가 음악을 연주하자 엘노라는 가슴이 고동치며 기쁨으로 터질 듯했다. 음악은 이상하게도 엘노라에게 언제나 큰 감명을 줬다. 자기를 둘러싼 환경이 편안해지자 무엇이 마음을 아프게 하는지 찾으려고 모든 음에 귀를 기울였고, 마침내 알아챘다. 바로 바이올린하고 나누는 대화였다. 엘노라가 알아들을 수 있는 언어로 말하는 사람의 목소리였다. 무대에 올라가 연주자들의 손가락에서 악기를 빼앗아 자기 마음속에 있는 것을 말하게 해야만 한다는 생각이 들었다.

그날 밤 엘노라는 엄마에게 말했다.

"바이올린에 흠뻑 빠졌어요. 내가 살아 있는 게 확실한 것처럼 바이올린도 연주할 수 있다는 확신이 들어요. 누군가……."

엘노라는 말을 끝내지 못했다.

"쉿! 조용히 해! 다시는 내 앞에서 그런 말 하지 마! 살아 있는 한 절대! 나는 바이올린을 혐오해! 바이올린은 악마의 덫이야! 남자와 여자의 가정과 명예를 빼앗으려고 만들어졌어. 손에 들고 있는 모습을 보면 조각조각 부술 거야."

엘노라는 당연히 더 말하지 않았지만, 레슨을 받은 뒤 아무 생각도 하지 않았다. 어느 날 어떤 이유인지 몰라도 오케스트라 악장이 바이올린을 그랜드피아노 위에 두고 갔다. 그날 아침 엘노라는 대수학에서 처음으로 실수를 하고 말았다. 정오가 돼 건물이 비자마자 엘노라는 강당으로 들어가 무대로 통하는 옆문을 발견하고 연주자 전용 입구를 지나 바이올린을 가져갔다. 오케스트라 단원이 모이는 작은 방으로 바이올린을 들고 들어가 모든 문을 닫고 상자를 열어 악기를 꺼냈다.

바이올린을 가슴에 얹고 턱을 괴고 현을 따라 부드럽게 활을 당겼다. 손가락으로 현을 누르지 않고 음을 차례로 켰다. 점차 떨림이 줄어들고 활을 단단히 당기게 됐다. 그러자 손가락이 움직이기 시작했고, 부드럽고 천천히 현을 위아래로 움직이며 자기가 아는 소리를 탐색했다. 방 한가운데 서서 몇 번이고 연습했다. 얼마 지나지 않아 복도가 서두르는 발소리로 가득 찼고, 바이올린을 치운 뒤 수업에 들어가야 했다. 다음 날 바이올린이 다시 남아 있기를 바란 기도는 실현되지 않았다. 그날 밤 학교에서 돌아온 엘노라는 빌리를 만나러 간다는 핑계를 대고 집을 나섰다. 빌리는 구멍 뚫린 판자로 호두 껍질을 벗기고 있었다. 손은 마거릿이 준 낡은 장갑이 보호해도 얼굴은 얼룩이 잔뜩 묻어 있었다. 빌리는 건강해 보이는 모습으로 엘노라를 환하게 맞이했다.

"나랑 다람쥐들은 겨울 날 준비를 하고 있어. 추위가 오고 있거든. 눈도 올 테고. 견과류를 쌓아놔야 해. 그렇지만 나는 다 준비했지. 웨슬리 아저씨가 이 판자를 만들어 줘서 늙은 다람쥐가 이빨로 겨우 한 개 까는 동안 내가 더 많이 까서 쌓을 수 있었지."

엘노라가 빌리를 안아 입맞춤을 했다.

"빌리, 행복하니?"

"응, 스냅도 그렇고. 스냅이 다람쥐를 쫓을 때 땅 파는 모습을 봐야 해. 누가 시키기만 하면 아빠도 무덤에서 파낼 정도야."

"빌리!"

마거릿이 숨을 헐떡이며 다가왔다.

"나랑 스냅은 아빠를 땅에서 파내고 싶지 않아. 지미랑 벨도 마찬가지야. 여기 온 뒤로 한 번도 배고파서 속이 쓰린 적이 없었고, 스냅도 나도 떠나고 싶지 않아. 스냅이 그렇게 말했어."

"빌리! 그건 사실이 아니야. 걔는 말을 못해."

마거릿이 조심스레 말했다.

"그럼 왜 스냅이 문을 열어 달라고 하면 열어 주나요?"

빌리가 물었다.

"긁는 소리 내고 낑낑대는 건 말이 아니지."

"어쨌든 스냅이 할 수 있는 가장 중요한 말이에요. 아줌마는 스냅이 원하는 일을 하러 일어나고요. 다람쥐도 말할 수 있어요. 스냅이 말을 걸면 그놈들이 고함치는 소리를 들어보세요!"

"빌리! 너, 저녁으로 쿠키 먹고 싶다고 했는데, 내가 안 주면 네가 말을 잘못해서 그런 거야."

빌리는 손으로 입을 가리고 붉어질 정도로 뺨을 때렸다.

"글쎄, 그건……. 뭐, 뭐든지! 내가 또 까먹었어요! 쿠키가 다 딱딱해지겠죠? 다시는 그런 말 안 한다는 데 저 10달러 걸 게요."

빌리는 웨슬리를 발견하고 달려가 너무 커서 구멍을 통과하기 힘든 호두를 보여 줬고, 엘노라와 마거릿은 집으로 들어왔다. 한참 이런저런 이야기를 나누다가 엘노라가 갑자기 말했다.

"마거릿 아줌마, 저 음악 좋아해요."

"나도 널 여태 지켜보면서 그런 줄 알았어."

"개는 말 못한다지만 전 바이올린으로 말할 수 있어요."

엘노라가 놀랄 정도로 마거릿의 얼굴이 창백해졌다.

"바이올린! 바이올린은 어디서 났어?"

"오케스트라 연주를 듣는데 저한테 말을 거는 느낌이었어요. 어느 날 악장이 강당에 바이올린을 두고 가서 제가 가져왔어요. 마거릿 아줌마, 저는 늪의 바람 소리, 새 소리, 동물 소리를 낼 수 있어요. 제가 들어본 모든 소리를 낼 수 있어요. 조금만 연습하면 오케스트라 음악도 만들 수 있을 것 같았어요. 어떻게 그런지는 모르겠지만요."

"엄마한테 말씀드렸어?"

마거릿이 머뭇거렸다.

"네, 어머니는 편견이 있나 봐요. 그렇지만 저는 학교를 다닐 때도 그런 생각을 한 적이 없어요. 못 하면 죽을 것만 같아요. 학교에서 정오부터 한 시간 정도 연습할 수 있어요. 곧 오케스트라에서 연주해 달라고 요청할 거예요. 가방에 넣어 두고 여름에 숲에서 연습할 수 있어요. 일요일에 여기서 연주하게 해주실 거죠. 마거릿 아줌마, 한 대에 얼마나 해요? 돈을 아껴서 아주 싼 걸 사면 나쁜 일일까요? 가장 싼 걸로 사면 되잖아요."

"오, 안 돼! 싸구려 악기는 싸구려 음악을 만들어. 좋은 바이올린이어야 소리가 나지. 그렇지만 네가 바이올린을 사야 할 이유가 없어. 도대체 네 아빠 바이올린을 쓰지 못할 이유가 전혀 없는데……."

"아빠 바이올린! 우리 아빠 바이올린이 있었어요! 연주도

했겠네요. 그래서 저도 할 수 있어요! 어디 있어요? 우리 집에 있나요? 엄마 방에 있나요?"

엘노라는 마기릿의 팔을 붙잡았다.

"엘노라! 네 엄마가 날 죽일 거야! 엄마는 항상 싫어했어."

"엄마는 음악을 정말 좋아했어요."

엘노라가 말했다.

"그렇지만 사랑하는 남자를 빼앗아갔지!"

"아빠 바이올린은 어디 있어요?"

"엘노라!"

"아빠 사진을 본 적이 없어요. 아빠 이름도 들은 적이 없어요. 아빠가 남긴 유품도 없어요. 제 아빠가 맞나요, 아니면 제가 빌리처럼 고아라서 엄마가 저를 싫어하는 걸까요?"

"엄마는 아빠 사진을 잘 갖고 있어. 아빠 얘기를 못 견디는 모양이야. 물론 네 아빠가 맞아. 네가 태어날 때 바로 거기 살았잖아. 엄마는 너를 싫어하는 게 아니라 그렇게 생각하게 만들려고 할 뿐이야. 아빠 바이올린이 없다는 건 말이 안 돼. 뭔가 알 듯은 한데……."

"엄마가 갖고 있어요?"

"아니, 엄마는 그런 말 한 번도 안 했어. 아빠가 돌아가실 때 바이올린은 집에 없었어."

"어디 있는지 아세요?"

"응. 지구상에서 그걸 아는 사람은 그 바이올린을 갖고 있는 사람 말고는 나밖에 없어."

"그게 누구죠?"

"말할 수는 없지만 아직 가지고 있는지 알아보고 가져올 수 있다면 가져올게. 그렇지만 네 엄마가 알면 나를 용서하지 않을 거야."

"어쩔 수 없어요. 그 바이올린을 꼭 갖고 싶어요."

"내일 망가지지 않고 잘 있는지 보러 가자."

"망가졌다고요! 마거릿 아줌마! 감히 누가 감히?"

"그럴 것 같지 않아. 훌륭한 악기였어. 아빠는 거장처럼 연주했어."

"말해 주세요!"

엘노라가 숨을 내쉬었다.

"아빠는 머리카락이 너보다 더 붉고 고불거리고 눈은 파란색이었어. 키가 크고 날씬한 장난꾸러기였지. 바이올린을 집어들기 전에는 하루 종일 농담하고 장난쳤지. 바이올린을 들면 고개를 기울이고 눈이 커지고 진지해졌어. 처음 들은 음도 그대로 따라했어. 가끔 활을 그리다 떨리면 맞는지 확신이 서지 않는다는 듯 다시 연습했어. 원할 때는 거의 사람을 미치게 만들 수 있었어. 지금까지 어떤 남자도 그렇게 춤을 추게 만들지 못했지. 모든 것을 만들어 냈어. 춤추는 음악에도 귀가 열려 있었어. 연주를 시작하면 박자를 맞춰야 했어. 가만히 있을 수가 없었거든. 활을 들고 청중을 휩쓸었지. 영감이라고 부를 만했어. 고개를 기울이고 뺨을 붉게 물들이고 눈을 반짝이고 현을 가로지르며 우리를 양처럼 몰고 다니던 모습이 지금도 눈에 선해. 항상 몸을 흔들며 연주하기를 좋아했지. 종종 자기 일을 부끄럽게 여기고 가끔은 엄마를 조금 무시해서 싫어했지. 엘노라, 나한테 뭐 하라고 하는 거야?"

엘노라의 뺨을 타고 눈물이 흘러내렸다.

"마거릿 아줌마. 왜 더 일찍 말씀해 주지 않았어요? 마치 살아 있는 아빠를 보는 느낌이었어요. 나도 아빠를 볼 수 있어요! 왜 진작 말해 주지 않았어요? 더 해줘요! 어서!"

"못해, 엘노라! 바보 같지만 무서워. 아무 말도 안 할 생각이었어. 너한테 그 사람 얘기를 하지 않겠다고 약속하지 않으면 여기까지 못 왔을 거야. 엄마가 맹세하라고 했거든."

"아니, 왜요? 왜? 아빠가 부끄럽요? 수치스럽나요?"

"아마도 엄마가 늪에서 아빠를 도울 수 없었기 때문에 억울한 감정에 사로잡혔겠지. 누군가를 탓하지 않으면 스스로 미쳐 버릴지도 몰라서 너에게 화풀이를 했지. 10년 동안 내가 너한테 무슨 말을 해서 네가 어떤 말을 반복하면 엄마는 너를 때렸을걸. 엄마는 자기 자신의 주인이 아니었어. 엄마를 좀더 기다려 줘야 해. 요즘 많이 좋아지긴 했지만, 엄마가 겪은 일은 신만이 아시겠지."

"맞아요. 제가 무슨 옷을 입는지 관심이 많아졌고, 아이들이 고급 사탕하고 케이크를 바꾸자고 사정할 만큼 맛있는 점심도 싸고요. 하루는 제 도시락 절반하고 사탕 한 상자를 바꾸자고 해서 집에 가져간 적도 있죠. 그 뒤로 엄마는 매일 바구니에 뭘 싸 주면서 사람들에게 나눠 주라고 하면서 즐거워했어요. 엄마는 삶이 무척 단조로웠나 봐요. 제가 왔다 갔다 하느라 생긴 작은 변화에 기뻐하죠. 제가 도서관에서 빌려오는 책을 읽으려고 밤새 앉아 있으면서도 고집이 너무 세서 책에 손댄 사실조차 인정하지 않으려고 해요. 아버지 얘기 더 해주세요."

"바이올린을 찾을 때까지 기다려 주렴."

긴장한 채 집으로 돌아간 엘노라는 그날 밤 기도했다.

"주님, 아빠에게 자비를 베풀어 주시고, 마거릿 아줌마가 바이올린을 찾을 수 있게 도와주세요."

웨슬리와 빌리는 지치고 배고픈 몸으로 저녁 식사를 하러 들어왔다. 빌리는 밥을 열심히 먹다가 먹음직스러운 쿠

키 한 접시에 눈이 머물렀고, 웨슬리가 권하자 쿠키를 집어
들었다. 마거릿은 그날 밤에는 쿠키를 먹을 수 없다고 설명
해야 했다. 웨슬리도 거들었다.

"뭐! 또 나쁜 말을 했구나. 빌리, 잘 기억해 줘! 오늘은 쿠
키를 먹을 수 없는 꼬마 앞에 앉아서 내가 쿠키를 먹을 수
는 없지. 내 쿠키는 남겨야겠어."

빌리는 실망해서 얼굴이 뒤틀렸다.

"드세요!"

빌리는 거칠게 말했지만, 웨슬리는 빌리의 우상이기 때문
에 턱이 덜덜거렸다.

"안 돼. 먹다가 질식할 것 같아."

빌리는 마거릿을 바라보며 호소했다.

"도와주세요."

"안 돼, 빌리. 나도 웨슬리 기분이 어떤지 알아. 나도 어쩔
수 없어."

그러자 빌리는 의자에서 내려와 소파로 달려가더니 베개
에 얼굴을 파묻고 가슴이 찢어질 듯 울었다. 웨슬리는 서둘
러 헛간으로 나가고 마거릿은 부엌으로 갔다. 설거지가 끝
날 때쯤 빌리는 뒷문을 빠져나갔다. 여물통에 건초를 채우
고 있던 웨슬리는 뒤에서 소리가 들리자 물었다.

"빌리냐?"

"네. 너무 어두워서 제가 안 보이죠?"

"글쎄, 아주 가까이 있구나."

"그럼 허리를 굽히고 입을 벌려 보세요."

언제나 지미와 벨이랑 음식을 나눠 먹던 빌리는 몇 주 동
안 사과와 견과류를 웨슬리하고 한입씩 나눠 먹었다. 가족
들하고 헤어진 빌리는 이제 웨슬리와 마거릿이랑 음식을 나

뭐 먹었다. 웨슬리는 먹으면 질식할 것 같다던 과자를 허리를 굽혀 받았다.

"이제 드셔도 돼요! 어두워요! 아저씨가 뭘 하는지 전혀 안 보여요!"

웨슬리가 키 작은 소년을 들어 올려 말 등에 태워 눈높이를 맞추자 둘은 남자 대 남자로 대화할 수 있었다. 웨슬리는 중요한 문제를 이야기할 때마다 결코 빌리보다 높은 곳에서 내려다보지 않고 항상 어린 영혼을 들어 올렸다.

"정말 멋진 계획이군. 마거릿 아줌마랑 함께한 거야?"

"아니요, 아줌마는 아직 아니에요. 그렇지만 제가 아줌마 거 하나 가져왔어요. 아저씨가 다 드시는 대로 어두운 데에서 아줌마를 찾아 드시게 할 거예요."

"근데 빌리, 이 쿠키 어디서 났어? 아줌마가 먹지 말라고 했잖아."

"그냥 가져왔어요. 제가 아니라 아저씨랑 아줌마를 위해 가져왔어요."

웨슬리는 빠르게 머리를 굴렸다. 따뜻한 헛간의 어둠 속에서 말들은 옥수수를 바삭바삭 씹고, 쥐 한 마리는 곡물 창고 구석을 갉아 먹고, 흰 비둘기는 서까래 사이에서 검은 짝에게 부드럽고 졸린 소리로 구애했다.

"……내가 훔친 건가요?"

빌리는 떨었다. 웨슬리의 큰 손은 소년이 다치기 직전에 접혔다.

"아니! 그건 너무 지나친 말이지. 넌 실수를 했어. 좋은 사람이 되려고 노력하고 있지만 잘못된 방향으로 갔어. 실수일 뿐이야. 우리 모두 실수해, 빌리. 세상 사람 모두 실수를 하면서 자라지. 그 실수를 잘 알고 다음에는 더 조심하면 되고, 그렇게 배우면 돼."

"어떻게 하면 실수하지 않았을까요?"

"마거릿 아줌마에게 바라는 걸 말하고 쿠키를 달라고 하면 아줌마는 쿠키를 줬겠지."

"그렇지만 아줌마가 안 줄까 봐 겁났어요."

"내가 먹는 게 잘못이라면 모를까, 빌리. 아저씨는 그다지 먹고 싶지 않았어."

"다시 돌려놓을까요?"

"잘 생각해 보고 스스로 결정하렴."

빌리는 침묵한 뒤 말했다.

"내려 주세요. 항아리에 넣고 아줌마한테 말할게요."

웨슬리는 빌리를 바닥에 내려놓다가 잠깐 멈춰서 소년을 가슴 쪽으로 끌어당겼다. 마거릿은 의자에 앉아 바느질을 하고 있었고, 빌리는 그 옆으로 슬그머니 들어와 앉았다. 작은 얼굴은 비참으로 가득했다. 마거릿은 바느질을 그만두고 팔을 내밀었다. 빌리는 주춤했다. 작은 주먹을 꽉 쥐고 어깨를 움츠렸다.

"왜 빌리, 무슨 일이야?"

"저는 옷장에 갇혀야 해요."

"오, 빌리! 이게 무슨 불운한 날이니! 무슨 짓을 했니?"

빌리는 침을 꿀꺽 삼켰다.

"아저씨는 실수라고 했지만, 실수보다 더 큰 잘못을 했어요. 가져가지 말라고 한 물건을 가져갔어요."

"훔쳤다고! 뭘?"

마거릿이 곤란한 표정이었다.

"쿠키요!"

빌리도 똑같이 곤란한 표정으로 대답했다.

"빌리! 어떻게 그럴 수 있어?"

"아저씨가 제 앞에서 먹을 수 없다고 했잖아요. 헛간 밖은 온통 어두워서 앞이 보이지 않잖아요. 아저씨가 거기 있을지도 모른다고 생각했죠. 불을 끄면 아줌마도 먹을 수 있다고 생각했죠. 그런데 아저씨는 가져가면 안 되는 걸 가져간 짓이니까 나쁘다고 했어요. 그래서 옷장에 들어가 벌을 받으려고요. 먼저 좀 안아 줄래요? 아저씨도 그랬어요."

마거릿이 팔을 벌리자 흐느끼던 빌리가 달려들어 온 힘을 다해 몇 초간 매달리더니 품에서 미끄러져 옷장으로 향했다. 마거릿이 옷장 문을 열었다. 빌리는 불빛을 흘낏 보고는 주먹을 불끈 쥐고 들어가 상자 위에 올라갔다. 마거릿은 문을 닫았다.

그런 다음 마거릿은 앉아서 귀를 기울였다. 깨끗한 공기는 충분한지? 질식할지도 모르기 때문이다. 어디에서 읽은 적이 있었다. 어둡지 않은지? 옷장에 있던 쥐가 지나가다 발을 밟아서 놀란 빌리가 경련이라도 일으킨다면? 마거릿은 긴장된 얼굴로 몸을 기울이고 귀를 기울였다. 끔찍한 일이 일어날지도 모른다는 생각이 들었다. 더는 참을 수 없었다. 서둘러 일어나 옷장 문을 열었다. 상자 위에 쓰러져 있는 빌리가 못마땅한 표정을 지었다.

"문 닫아요! 아직 얼마 안 지났어요!"

10장

재정 문제가 생긴 엘노라,
림버로스트의 노래를 다시 듣는 캐서린

다음 날 밤 엘노라는 서둘러 신턴 부부네 집으로 갔다. 문을
열고 불안한 눈으로 마거릿의 얼굴을 살폈다.

"알겠어요! 알겠어! 아줌마 얼굴만 봐도 알 수 있어. 어서
주세요!"

"그래, 알았어, 얘야, 그렇지만 너무 서두르지 마. 습한 곳
에 보관해서 접착제도 새로 발라야 하고, 현도 갈아야 하고,
줄감개도 사라졌어. 얼마나 바라는지 알기 때문에 웨슬리
한테 곧장 시내로 가라고 했어. 새것처럼 잘 고칠 수 있지만
칠이 마르고 접착제가 굳는 데 며칠이 걸린대. 토요일에 가
져올 수 있어."

"예상한 곳에서 찾았어요? 아빠 거 맞아요?"

"그럼, 예상한 바로 그 자리에 있었고, 아빠가 연주할 때
수백 번도 넘게 본 바이올린이야. 괜찮아, 오래 방치해서 고
쳐야 해."

"마거릿 아줌마! 제가 기다릴 수 있을까요?"

"오래 걸리겠지만 어쩔 수 없지 않니? 기다리는 수밖에.
창고에 숨겨둔 건데 다시 연주하려면 세척하고 말려야 하거
든. 토요일에는 가져가도 돼. 그렇지만 엘노라, 여기나 시내
에 두고 엄마한테 들키지 않겠다고 약속해라. 엄마가 어떻

게 할지 걱정이야."

"웨슬리 아저씨가 월요일까지 갖다 주시면 학교에 가져가서 정오에 연습할게요. 어떻게 감사해야 할지 모르겠어요. 바이올린 말고도 감사할 일들이 너무 많아요. 제게 아버지를 주셨잖아요. 어젯밤에 아버지를 생생하게 봤어요."

"엘노라, 꿈을 꿨구나!"

"꿈이지만 아버지를 봤어요. 눈썹 끝에 하얗고 작은 흉터가 보일 정도로 가까이 아버지를 봤어요. 손을 뻗어 만지려고 하니까 사라졌어요."

"이마에 흉터가 있다고 누가 말했니?"

"아무도 그런 말 한 적은 없어요. 어젯밤에 아빠가 늪에 빠지는 모습을 봤어요. 그리고 마거릿 아줌마! 엄마가 뭘 하는지 보고 울음소리도 들었어요! 엄마가 무슨 짓을 하든 다시는 화낼 수 없어요. 엄마는 상심했고, 어쩔 수 없었어요. 끔찍한 일이지만 다행히 그 장면을 보게 돼서 기뻤어요. 이제는 언제나 엄마를 이해하려고 해요."

"뭐라고 해야 할지 모르겠어. 나는 그런 소리를 전혀 믿지 않지만, 아무것도 모르는 네가 지어낼 수 없겠지."

"어젯밤에 아빠처럼 제가 바이올린을 연주하는 동안 카니네 집 쪽 숲에서 아빠가 온 사실만 알아. 여름이었고, 들판이 온통 꽃이었어요. 아빠는 회색 바지와 파란색 셔츠를 입고 머리에는 아무것도 쓰지 않았는데, 얼굴은 아름다웠어요. 아빠가 늪에 가라앉을 때 거의 만질 뻔했어요."

마거릿은 당황한 표정으로 서 있었다.

"어떻게 해야 할지 모르겠어! 아빠가 익사하기 전에 마지막으로 본 사람은 아마도 나일 거야. 6월 어느 늦은 오후였고, 아빠는 네가 묘사한 대로 옷을 입고 있었어. 아빠는 메추라기 둥지를 발견해서 집에 갈 때 챙기려고 모자에 알을 모아 울타리 구석에 둬서 모자를 안 쓰고 있었지. 나중에야 모자를 거기서 찾았어."

"카니네 집 쪽에서 왔나요?"

"아빠는 수렁 쪽에 있었어. 아빠가 빠질 정도로 수렁에 가까이 간 이유는 수수께끼야. 도무지 이해할 수 없어."

"엄마가 알면 안 되는 일을 했을까요?"

"왜?"

"만약 그렇다면 아빠는 늪가를 지나 정원에서 보이지 않는 곳으로 간 건지도 몰라요. 아빠가 가라앉은 웅덩이로 가는 길은 우리 집 뒷문에서 보여요. 우리 집 쪽 땅은 단단한데 북쪽과 동쪽은 위험하죠. 엄마에게 알리고 싶지 않아서 북쪽이나 동쪽으로 지나가다가 늪에 가까이 간 듯해요. 급했을까요?"

"맞아. 생각보다 집을 오래 비웠고, 집으로 갈 때는 달리다시피 했지."

"아빠는 바이올린을 아줌마가 아는 곳에 두고 갔고, 아줌마는 거기서 바이올린을 가져왔죠. 엄마에게 연주를 들키고 싶지 않았던 게 틀림없어요!"

"네가 모든 사실을 다 안다고 해서 달라지는 건 없으니까 그 생각은 그만하고, 아버지가 가장 좋아하던 물건을 찾은 일만 기뻐하자."

"맞아요. 어서 집에 가야겠어요. 너무 늦었어요."

엘노라는 벌떡 일어나 길을 달려가다가 통나무집에 다다르자 울타리를 넘어 나무 있는 목초지를 가로질러 뒤뜰 대문으로 들어섰다. 누에고치를 찾을 때 종종 그 길로 와서 엄마는 아무 질문도 하지 않았다.

엘노라는 토요일까지 열심히 지냈고, 웨슬리는 평소하고 다르게 오전에 엘노라를 데리고 식료품을 사러 시내로 나갔다. 웨슬리는 곧장 악기 가게로 가서 수리를 맡긴 바이올린을 가져다 달라고 부탁했다.

칠을 다시 하고 줄감개과 현을 새로 단 바이올린이 신턴에게는 여느 바이올린하고 다를 바 없었지만, 엘노라에게는 가장 아름다운 악기이자 값진 보물이었다. 엘노라는 바이올린을 품에 안고 현을 부드럽게 만진 다음 속삭이듯 활을 현 위에 그었다. 16년 동안 사용하지 않은 활이 얼마나 좋은지 생각할 겨를이 없었다. 질문할 수 있는 상태라면 황갈색 가죽 케이스도 상태가 좋다는 인상을 받을 만했다. 엘노라는 잊지 않고 영수증을 달라고 했고, 현 네 개와 줄감개 한 개와 칠 비용까지 1달러 50센트인 영수증을 소중하게 받았다. 엘노라는 그 귀중한 악기를 케이스에 넣고 집으로 절대 돌아갈 수 없을 듯했다. 가게 주인이 조율 상태를 전부 알려주고 초보자용 악보도 몇 장을 줬다. 엘노라는 바이올린을 품에 안고 집 앞 사거리까지 가지만 마지못해 마차 좌석 아래에 내려놓았다.

일을 다 마치자마자 엘노라는 신턴네 집으로 달려가 바이올린을 연주했고, 월요일에는 바이올린을 들고 학교에 갔다. 교장 선생님에게 부탁해 바이올린을 교장실에 맡기고 정오에는 밥 먹을 시간도 없이 연습에 열중했다. 종종 여학생들이 밤새 강의를 해달라거나 같이 놀자고 부탁하기도 했다. 엘노라는 학교에서 바이올린을 연습하고 도움을 받을 수 있었다. 실력이 워낙 뛰어나서 연주를 해주면 보답으로 레슨을 해주겠다고 오케스트라 악장이 제안할 정도로 엘노라는 빠르게 바이올린을 익혔다. 그렇지만 악기를 갖게 된

첫날부터 엘노라는 아버지처럼 연주할 수 있다는 굳은 믿음 아래 바깥에서 들리는 모든 소리를 흉내 내고 행복한 마음으로 부르던 노래를 즉흥으로 연주하면서 연습 시간의 절반을 보냈다.

그렇게 1학년이 지나가고 2학년과 3학년도 비슷하게 반복됐다. 4학년은 졸업에 관련한 의식과 비용이 포함된 마지막 학년이었다. 엘노라에게는 이 모든 것이 산더미 같았다. 돈을 쓸 때마다 두 번씩 생각하며 한 푼도 남기지 않고 모았지만, 자연사를 가르치다 보니 학교에서 공부하는 시간이 모자라 학교 밖에서 보충해야 했다. 성실한 학생이었고, 대부분 반에서 1등을 하고 모든 분야에서 상위권을 차지했다. 바이올린에는 해가 갈수록 관심이 커졌다. 학교에 일찍 가서 오케스트라가 모이는 동안 무대 옆 작은 방에서 30분씩 연습했다. 정오에는 한 시간 내내 연습했고, 밤에는 30분 더 연습했다. 토요일에는 바이올린을 들고 신턴네 집으로 가서 줄곧 연습했고, 마거릿은 캐서린이 오는지 길을 지켜봐야 했다. 무척 능숙해져서 다른 작곡가가 만든 곡을 연주하는 일도 기뻤지만, 직접 작곡한 곡을 연주할 때는 더할 수 없이 기뻤다. 림버로스트에는 바람이 불고, 물결이 일렁이고, 햇살과 그림자와 검은 폭풍과 하얀 밤의 노래가 울려 퍼졌다.

꿈을 꾼 뒤부터 엘노라는 어머니를 특히 더 친절하게 대했다. 무슨 일이 벌어진 건지 어느 정도 깨달은 탓이었다. 쓰라린 기억을 자극하거나 창백하게 굳은 얼굴에 더 깊은 주름을 잡을 수 있는 모든 일을 조심했다. 더 희생하고 노력해야 해서 때로는 시간이 좀더 걸리기도 했지만, 그 끔찍한 꿈의 공포는 엘노라에게 여전히 남아 있었다. 엘노라는 학교나 도시에서 일어나는 일, 공공 도서관에서 빌린 재미있는 책으로 엄마의 관심을 끌면서 밝게 지냈다.

　3년 동안 엘노라는 열여섯 소녀에서 성인 직전의 여성으로 자랐다. 큰 키, 완벽하게 사랑스러운 얼굴, 아름다운 눈과 머리카락, 무엇보다 포용력이라는 내면이 더해졌다. 자립심, 고된 불운, 애정 결핍, 끝없는 일, 관대함이 모인 결과였다. 공감할 수 없는 고통은 없었고, 시도하기 두려운 일은 없었고, 조사한 주제 중 이해하지 못하는 주제는 없었다. 이런 것들이 결합돼 특별한 폭과 깊이를 지닌 인격을 만들어냈다. 수업과 음악에 너무 몰두한 나머지 표본을 많이 수집하지 못했다. 이 사실을 깨닫고 열심히 채집에 나서면서 변화하는 자연 조건이 수집에 영향을 미친다는 사실을 알게 됐다. 사방에서 사람들이 땅을 개간하고 있었다. 옥수수를 심은 땅에서는 나무들이 쓰러졌다. 자갈길을 만드느라 늪은 망가졌고, 숲 가장자리에는 작은 목조 가옥과 석유를 채취하는 기계가 흩어져 있었고, 특히 주근깨의 오두막이 있던 곳 주변 저지대는 원래 모습이 거의 남아 있지 않았다. 나무가 쓰러진 곳마다 물이 말라 개울이 흐르지 않았고, 강물이 줄었으며, 때로는 메마른 바닥이 드러났다. 쉴 새 없이 휩쓸고 지나가는 서풍은 1.5킬로미터씩 지나갈 때마다 힘을 모아 울부짖으며 광분했고, 지붕을 찢을 듯 위협하며 땅에서 일으킨 미세 먼지 구름을 만들었다. 하루에 희귀한 나방을 20~30마리씩 발견하던 엘노라는 3년이 지난 지금 두세 마리를 발견하는 정도도 기뻐해야 했다. 애벌레들이 좋아하는 덤불이 사라져서 이제는 큰 애벌레를 채집할 수 없었다. 잠자리는 건조한 곳에서는 날지 않았고, 꽃이 줄어들면서 나비도 사라졌다. 인디언 유물을 세 개 넘게 찾을 수 있는 땅은 없었다.

책, 옷, 부수적인 비용은 계속 지출됐다. 엘노라는 할 수 있을 때마다 은행 계좌에 돈을 입금하고 필요할 때 인출했지만, 잔고를 확인하는 중요한 일은 생략했다. 그러던 4학년 마지막 학기 어느 이른 봄날 아침, 잔고가 없다는 사실을 알고 기절할 뻔했다. 개학이 다가와서 돈이 필요한데 돈이 없었고, 6월에야 고치를 채집할 수 있는데 그때는 너무 늦었다. 새 아줌마에게 줄 황실나방 한 쌍으로 만든 표본이 하나 있었는데, 사실상 유일한 자산이었다. 큰 노란황제나방들을 추가하면 300달러 수표를 받기로 약속받았지만, 표본을 구하지 못했다. 엘노라는 6월 전에 황제나방을 발견한 적이 없다는 사실을 기억하고 있었다.

게다가 그 돈은 엘노라가 대학 첫해에 쓸 학비였다. 그때는 성인이 되기 때문에 아버지 땅을 팔아 나머지를 마련할 생각이었다. 남편 소유로 돼 있는 모든 땅과 나무에 집착하기 때문에 캐서린이 거세게 반대하리라는 사실을 알고 있었다. 엄마 땅은 이웃들이 개간해 농장으로 쓰고 있거나 땅 밑에서 석유를 끌어올리는 유정들이 곳곳에 자리한 숲이 됐지만, 엄마는 자기가 품은 슬픔에 빠져 그런 상황을 알아보거나 신경 쓸 겨를이 없었다. 브러시우드 도로 공사와 큰 림버로스트 도랑 준설 공사는 엄마가 버는 수입으로 감당할 수 없는 금액이었고, 은행에 간 엄마는 그 금액을 지불할 만한 저축이 충분한지 창구 앞에서 물으며 떨었다. 캐서린은 은행원이 그렇다고 확실히 대답하면서 웃자 왜 웃는지 궁금해했다. 왜냐하면 캐서린은 복리 이자를 전혀 몰라서 20년 가까이 모은 이자가 얼마인지 몰랐기 때문이다. 엄마는 돈이 바닥난 상태라고 생각했기 때문에 매일 쓸 돈을 걱정했다. 학생들은 어떻게 해야 졸업을 할 수 있는지 생각하지만 엄마는 굳이 졸업이라는 허례허식을 치러야 하는지 이해하지 못했다. 엘노라는 가고 싶은 대학에 입학하려면 고등학교 졸업장이 있어야 한다는 사실을 알았지만, 고등학교를 졸업할 때까지 감히 말을 꺼내지 못했다. 엄마가 더 부드러워지기를 바라도 여전히 그대로였기 때문이었다.

늦에 도착한 소녀는 통나무에 앉아 내야 할 돈을 생각했다. 친구들이랑 교환하려면 사진을 찍어야 했다. 엘노라는 이 소년과 소녀들을 사랑했고, 그 사진을 가지지 못하면 견딜 수 없었다. 엘노라는 모든 친구들에게 줄 멋진 졸업 선물을 준비했다. 자기가 선물을 준비하든 안 하든 친구들은 엘노라에게 선물을 줄 거라는 사실을 알고 있었다. 그리고 졸업반은 큰 공연을 열어서 마련한 돈으로 학교 입구에 조각상을 선물하는 관례가 있었다. 엘노라는 그 공연에서 배역을 맡아 연습하고 있었다. 드레스와 개인 준비물이 필요했다. 얇은 초록색 드레스를 어디서 구할 수 있을까?

학급의 모든 여학생은 졸업식 훈화 때 입을 드레스, 졸업식 연습 때 입을 평범한 드레스, 연회와 무도회 때 입을 멋진 드레스 등 아름다운 새 드레스 세 벌을 준비해야 했다. 엘노라는 지난 3년을 돌아보며 그렇게 많은 돈을 쓰면서도 관리하지 않은 이유가 궁금했다. 돈이 어디로 새는지 실감 나지 않았다. 어떻게 해야 할지 몰랐다. 사진만 생각하면서 그 문제를 만족스럽게 해결했다. 선물에 관해 더 오래 생각하다가 멋진 선물 열 개를 준비하기로 결심했다. 초록색 드레스가 우선이었다. 그 장면에서 배경이 깊은 숲이라 조명이 어둡다. 그러면 어느 정도 조절할 수 있었다. 그렇지만 드레스를 세 벌이나 준비할 수는 없었다. 졸업식 훈화 때는 아주 단순한 드레스를 구하고 나머지에 최선을 다해야 했다. 무도회에서는 좀더 축제 분위기를 내야 하니까 장식 있는 블라우스를 드레스 밑에 받쳐 입으면 된다. 어디서 예쁜 드레스를 두 벌이나 구할 수 있을까?

유일한 희망은 인도에서 온 남자가 의뢰한 표본에서 나방 몇 마리를 팔고 6월에 새 나방을 구해 채우는 방법이었다. 그렇지만 마음속으로는 그럴 수 없다는 사실을 알고 있었다. 6월은 언제나 엘노라가 바라던 것만 가져다주지 않았다. 대학 등록금을 다 쓰면 다시 채울 수 없다는 사실을 알고 있었다. 유일한 해결책은 학교에 교실 한 칸을 확보해 1년 동안 가르치는 일이었다. 엘노라는 교육감과 교사들에게 추천받아 자리를 확보할 수 있으리라고 생각했다. 시험에 쉽게 합격할 수 있다고 확신했다. 브러시우드 학교를 떠나기 전에도 토요일에 시험을 치르고 1년 동안 면허를 얻은 적이 있었다.

엘노라는 다른 여학생들이 대학에 갈 때 같이 대학에 입학하고 싶었다. 1학년만 혼자 버티면 나머지 학년은 해낼 수 있다고 생각했다. 그러려면 어떤 표본도 팔지 않는 한편 지금까지 한 번도 만나지 못한 노란황제나방을 찾아야 했다. 또한 드레스도 여러 벌 마련해야 했다. 웨슬리를 떠올리다가 단념했다. 새 아줌마를 떠올리지만 말할 수 없다는 사실을 알고 있었다. 돈을 벌 수 있는 모든 방법을 생각했지만, 연극, 위원회 회의, 연습, 기말고사 때문에 사진하고 선물 준비에 쓸 시간도 빠듯할 정도로 여유가 거의 없다는 사실을 깨달았다. 엘노라는 또다시 곤경에 처했는데, 이번에는 최악의 상황으로 보였다.

집으로 돌아가려고 일어날 때 주위는 이미 어두웠다.

"엄마, 저한테 기쁜 소식이 하나 있어요."

"그럼 혼자만 알고 있어! 너처럼 훌륭한 아이라면 나를 괴롭히지 않아도 충분히 견딜 수 있을 텐데."

"돈이 다 사라졌어요!"

"글쎄, 돈이 영원히 떨어지지 않을 수 있다고 생각했니? 옷을 입고 돌아다닌 걸 보면 지금까지 이렇게 버틴 사실이 놀랍구나."

"필요 없는 데 돈을 쓴 적은 없었어요. 할 수 있는 한 아끼고 아껴서 옷을 입었어요. 가슴이 아파요. 졸업식까지 50달러가 넘는 돈이 있다고 생각했는데, 다 사라졌대요."

"50달러! 졸업식을 치를 돈이라고! 도대체 어떻게 할 생각이야?"

"다른 애들이랑 똑같이, 그렇지만 되도록 가장 돈 안 드는 방법으로요."

"그게 뭔데?"

엘노라는 사진이나 선물, 연극 이야기는 생략했다. 졸업식 훈화와 졸업식 연습, 무도회만 이야기했다.

캐서린이 콧방귀를 뀌며 말했다.

"졸업식에 가고 싶으면 모임에 갈 때마다 걸치는 드레스를 입어. 연습할 때 입을 흰색 드레스가 필요하면 지난봄에 새로 산 드레스를 입고. 무도회 같은 그런 어리석은 자리에는 가지 않는 편이 가장 좋아. 내 생각에는 집에 책을 갖고 오고 지금 당장 그만두는 게 최선이야. 너는 다른 애들처럼 준비할 수 없으니 어리석게 그런 일에 뛰어들지 마. 그냥 여기서 며칠을 보내. 더 배울 수 없어."

"엄마, 이해를 못하시네요!"

"아니, 이해해! 완벽하게 이해해. 돈이 있을 때 너는 어떻게 모은 돈인지 설명도 하지 않고 고개 빳빳이 든 채 기세

좋게 다녔지. 앞을 내다볼 수 없었으니까. 그런데 이제 다 사라지니까 나한테 징징대잖아. 나한테 뭐가 있어? 나를 완전히 옥죄고 있는 도랑과 도로를 잊었니? 나 돈 없어. 너는 거기에서 빠져나오는 일 말고는 할 수 있는 게 없고."

"안 돼요! 너무 오래 버텼어요. 모두 다 부서질 거예요. 졸업장도 못 받고요!"

"뭐가 달라지니? 넌 머릿속이 꽉 차 있잖아. 그깟 종이 한 장이 대체 무슨 값어치가 있어. 아무 의미도 없어!"

"4년 동안 노력했는데, 아이들 가르치고 싶을 때 학교에서 일을 구하려면 이 학위가 있어야 해요. 학위를 보여 주지 않으면 사람들은 내가 시험을 통과하지 못한 탓이라고 생각할 거예요. 졸업장이 있어야 해요!"

"그럼 받아!"

"다른 학생들이랑 함께 졸업하는 방법밖에 없어요."

"그럼, 해야 한다면 졸업해!"

"등교 첫날처럼 보이지 않으려면 반 친구들처럼 제대로 갖춰 입어야 해요."

"글쎄, 네가 들어간 학교니까 나오는 일도 네가 해야 해. 너는 네 방식대로 하려고 하잖아. 계속 그렇게 해. 어떻게 되는지 보라고!"

엘노라는 위층으로 올라가 그날 밤 다시 내려오지 않았고, 엄마는 딸이 삐쳤다고 여겼다. 엘노라는 아침 식사 때 이렇게 말했다.

"밤새도록 생각했어요. 웨슬리 아저씨에게 돈을 빌린 다음 새 아줌마가 돈을 주면 갚는 방법밖에 없어요. 표본이 하나 더 생기면요. 그건 이번 겨울에 학교에서 일해야 한다는 의미죠. 도시든 시골이든 학교를 구할 수 있다면요."

"웨슬리 신턴에게 돈을 구걸하지 마. 절대 안 돼!"

"다른 방법이 보이지 않아요. 돈이 필요해요!"

"그만두라고 했잖아!"

"그만둘 수 없어요! 벌써 너무 많이 왔어요!"

"그럼 내가 드레스 구해 줄게. 나중에 돈으로 갚아."

"돈 없다면서요!"

"은행에서 빌릴 수 있겠지. 새 아줌마가 돈 주면 갚아."

"좋아요. 비싼 옷은 필요 없어요. 졸업식 훈화 때 입을 싸고 예쁜 하얀 드레스 하나가 필요하고, 졸업식과 무도회 때는 지난여름에 입은 드레스보다 더 좋은 하얀 드레스가 필요해요. 작년에 산 하얀 장갑과 신발을 쓰면 되고, 드레스는 지난번에 만든 곳에서 만들 수 있어요. 제 치수를 가지고 있고 완벽하게 일해 주죠. 비싼 건 사지 마세요. 날씨가 따뜻해서 머리를 드러내고 다닐 수 있어요."

엘노라는 학교로 출발했지만, 너무 피곤하고 낙담해서 거의 걷지 못할 정도였다. 4년 계획이 하루아침에 무너졌다! 가을에 대학에 입학하지 못하면 다시는 대학에 갈 수 없을 듯했다. 엄마가 한 제안에 안도하기는커녕 너무 힘들어서 더 걸을 수 없을 듯했다. 첫 번째 신음이 나왔다.

"아, 왜 돈 관리를 안 했지?"

그 뒤 생각할 겨를도 없이 하루가 너무 빨리 지나갔지만, 엄마가 시내에 몇 번 다녀오면서 모두 잘되고 있다는 확신이 들어 엘노라는 만족했다. 최종 시험을 잘 통과하고 연극 준비를 완벽하게 마치려고 매우 열심히 노력했다. 이틀 동안 연습과 일을 더 많이 하려고 새 아줌마하고 함께 시내에 머물렀다.

마거릿은 종종 졸업식 드레스에 관해 물었고, 엘노라는

작년 졸업식에서 재학생 좌석 안내원을 할 때 하얀 드레스를 만들어 준 도시에 사는 한 여자에게 받을 생각이라고 대답했다. 그래서 마거릿, 웨슬리, 빌리는 무슨 선물을 할지 고민했다. 마거릿은 아름다운 드레스를 제안했다. 웨슬리는 모든 사람이 그렇게 생각한다고 동의했다. 다른 사람들처럼 멋진 선물을 받는 일이 중요했다. 빌리는 엘노라에게 바이올린 악보를 살 수 있는 5달러짜리 금화를 선물하고 싶었다. 엘노라가 어떤 선물보다 좋아하리라고 확신했다.

학기가 막바지에 접어들던 어느 날 저녁, 이 중요한 문제를 해결하려고 시내로 마차를 몰고 갔다. 며칠 동안 혼자 지낸 사실을 알고 있기 때문에 캐서린에게 같이 가자고 했다. 생각보다 더 외롭고 비정상적인 불안으로 가득 차 있던 캐서린도 기꺼이 동행했다. 그러나 1.5킬로미터도 채 가기 전에 빌리는 엘노라에게 졸업 선물을 사 주겠다고 말했고, 캐서린은 엘노라가 집에 남아 있기를 간절히 바랐다. 빌리가 물을 때 캐서린은 대답할 준비가 돼 있었다.

"아줌마, 누나가 졸업할 때 뭘 줄 거예요?"

"많이 먹고 잘 자게 해주고 엘노라가 놀러 다니는 동안 모든 일을 하면 되지."

캐서린이 무미건조하게 대답했다.

빌리는 생각에 잠겼다.

"그런 건 다들 갖고 있겠죠. 크리스마스처럼 가게에서 사는 선물 말이에요."

"상점에서 선물 사는 건 부자들이나 하지. 나는 그럴 여유가 없어."

"우리도 부자는 아니지만 농장 한 귀퉁이를 팔면 엘노라에게 다른 사람들만큼 좋은 물건을 사줄 수 있잖아요. 웨슬리 아저씨가 그렇게 말했어요."

"어리석은 사람은 금세 자기 땅을 잃게 되지."

캐서린이 퉁명스럽게 말했다. 웨슬리와 빌리는 웃어도 마거릿은 그 말이 마음에 들지 않았다.

모두 동의할 뭔가를 가게에서 찾고 있을 때 마거릿은 빌리를 붙잡고 캐서린 앞에서 악보에 관해 아무 말도 하지 말라고 말했다. 브라운리가 웨슬리에게 악수를 청했다.

"아드님이 멋지군요."

"빌리보다 더 훌륭한 소년은 어디에도 없어요."

"엘노라보다 뛰어난 여자아이도 없더군요. 엘렌하고 함께 집에 자주 오는데 아내랑 저는 엘노라를 정말 좋아해요. 엘렌은 오늘 밤 자기가 맡은 배역이 근사하다더군요. 연극 전체에서 가장 좋은 역이래요! 여러분도 꼭 보러 오세요! 고등학교 강당은 좌석이 1000석밖에 없으니 빨리 예약해야 해요. 이런 지역 인재들이 만든 연극은 항상 만석입니다. 모두 아이들이 어떻게 공연하는지 보고 싶어해요."

"물론이죠."

당황한 웨슬리는 서둘러 대답하고 마거릿에게 말했다.

"오늘 밤 고등학교에서 연극 공연이 있는데 엘노라가 출연한대요. 왜 우리한테 말하지 않았을까요?"

"모르겠어요. 그래도 저는 갈 거예요."

"저도요."

빌리가 말했다.

"나도요! 어떤 이유 때문에 우리가 오는 걸 원하지 않는 상황만 아니라면요. 그러면 우리한테 말했겠죠. 캐서린에게 물어볼게요."

"네, 그 일 때문에 며칠 집에 오지 않았죠. 반에서 돈을 모아 학교 현관에 기념으로 세울 우스꽝스러운 물건을 사려고 하는 사기극이죠. 오늘일지 다음 주일지는 모르겠지만 그런 일을 해야 한대요."

"오늘 밤 우리는 갈 거예요. 서두르지 않으면 못 들어갈 걸요. 지정석에 자리가 없어서 방청석으로 가야 할 테지만, 엘노라를 한 번이라도 잘 볼 수 있다면 상관없어요."

"연주하는 걸까요?"

마거릿이 웨슬리의 귀에 대고 속삭였다.

"참! 엘노라는 못해요!"

웨슬리가 말했다.

"글쎄요, 엘노라는 오케스트라에서 3년 동안 마치 노예처럼 일했어요."

"오, 그럼 좀 다르네요. 엘노라가 오늘 밤 연극에 출연해요. 브라운리 씨가 말했어요. 어서, 빨리! 학교에서 가장 가까운 곳으로 마차를 끌고 갈게요."

마거릿은 그 순간 흥분에 들뜨면서도 고민에 빠졌다. 학교에 도착하자 웨슬리는 말을 난간에 묶었고, 빌리는 마거릿을 도우려고 뛰어나왔다. 캐서린은 가만히 앉아 있었다. 웨슬리가 손을 내밀며 말했다.

"어서요, 캐서린."

"나는 아무 데도 안 가요."

캐서린이 등받이에 편안히 기대어 앉으며 말했다. 모두 조르고 애원해도 소용이 없었다. 캐서린은 조금도 움직이지 않았다. 밤은 따뜻했고, 마차는 편안했고, 말들은 단단히 묶여 있었다. 학생들이 무슨 멍청한 짓을 하든 신경 쓰지 않으면서 신턴 부부가 돌아올 때까지 기다리겠다고 했다. 웨슬리가 두 시간이 걸릴지도 모른다고 하자 캐서린은 네 시간이 걸려도 상관없다고 말했다. 신턴 부부와 빌리는 캐서린을 두고 떠났다.

"저런 사람 본 적 있어요?"

"쿠키요!"

빌리가 외쳤다.

"내 평생 저런 고집불통은 처음이에요. 엘노라처럼 멋진 소녀가 무대에서 공연하는 모습을 안 본다니. 50달러를 내더라도 놓칠 수 없죠!"

"보러 오지 않아서 다행이에요. 제가 평소랑 다르게 엄청 졸라도 안 되더라고요. 엘노라가 바이올린을 연주할까 봐 겁나서 죽겠어요."

출입문 근처에서 무대가 잘 보이는 자리를 찾았다. 빌리는 홀 뒤쪽에 서 있다가 잘 보이는 곳에 앉았다. 어느새 오케스트라에서 거대한 음악 소리가 흘러나오는데도 엘노라는 연주하지 않았다.

"말했잖아요! 지금 나가서 캐서린이 오는지 봐야겠어요. 캐서린이 내 자리에 앉으면 나는 빌리랑 함께 서 있을게요."

"가만히 앉아 있어요! 아직 안 끝났어요."

마거릿이 단호하게 말했다.

그래서 웨슬리는 그대로 앉아 있었다. 연극은 지난 50년 동안 모든 고등학교 연극이 하던 그대로 진행됐다. 그런데 엘노라는 어떤 장면에도 등장하지 않았다.

따뜻한 여름밤에 냉정하고 우울한 한 여자가 아픈 마음을 달래며 자기를 정당화하려 애쓰고 있었다. 그 노력은 여자를 격렬하게 자극했다. 자기가 하고 있는 일들을 감당할 수 없다고 느꼈다. 남편하고 함께 사서 개간한 땅을 잃을지도 모른다는 오래된 두려움에 짓눌렸다. 오케스트라 음악

소리가 집 근처 창문에서 흘러나올 때면 남편이 자기에게 얼마나 필요한 사람인지 생각했다. 캐서린은 버틸 때까지 버티다가 마차에서 내려와 길을 따라 도망쳤다.

얼마나 멀리 가고 얼마나 오래 머무른지 알 수 없지만, 돌아올 때 가끔 높아진 목소리만 빼고 주위는 모두 고요했다. 캐서린은 학교를 바라보며 서 있었다. 천천히 넓은 문으로 들어가 걸었다. 엘노라는 거의 4년 동안 이곳을 다녔다. 문에 다다른 캐서린은 안을 들여다봤다. 넓은 홀에는 전깃불이 켜 있었고, 조각상이나 벽 장식은 우스꽝스럽지 않았다. 하얀 대리석은 순수해 보이고 큰 그림들이 가장 눈길을 끌었다. 홀을 따라 걸으며 조각상 제목과 기증한 제자들 이름을 천천히 읽었다. 그리고 엘노라네 반에서 살 작품을 어디에 놓으면 좋을지 추측도 했다.

184

대리석을 살 만큼 청중이 많이 온 건지 궁금했다. 청동보다 대리석이 마음에 들지만 가격은 더 비싸지 싶었다. 넓은 계단이 얼마나 하얀지! 엘노라는 몇 년 동안 그 계단을 오르내리면서도 대리석이라고 말하지 않았다. 캐서린은 당연히 나무라고 생각했다. 아마도 위쪽 홀은 더 웅장할 듯했다. 분수대로 가서 물을 마시고 첫째 계단으로 올라가 주위를 둘러본 다음 아무 생각 없이 둘째 계단으로 올라갔다. 활짝 열린 문들 주위와 강당 입구에 사람들이 가득하고 밖에도 관객 무리가 서 있었다. 얼굴과 머리가 하얗고 검은 드레스를 입은 키 큰 여성을 발견한 사람들은 무대를 볼 수 있게 한 사람씩 조금씩 옆으로 물러났다. 커튼으로 가려진 무대에는 아무도 없었다. 돌아서려는 순간 모든 사람이 고개를 앞으로 숙이고 귀를 기울일 정도로 희미한 소리가 강당에 울려 퍼졌다. 무엇인지 정확히 말하기 어려웠다. 순간적으로 관객의 절반이 창문 쪽으로 시선을 돌렸는데, 갓 피어난 잎사귀를 부드럽게 흔드는 바람의 숨결 같았다. 단지 움직이는 공기의 미묘한 느낌일 뿐이었다.

그리고 커튼이 재빨리 걷혔다. 무대는 나무와 꽃이 자라고 이끼가 대지를 덮은 아름다운 자연으로 변했다. 부드러운 바람이 불고 새벽의 회색빛이 감돌았다. 갑자기 울새가 노래를 부르기 시작하더니 참새가 합류했고, 꾀꼬리 여러 마리가 한꺼번에 지저귀기 시작했다. 빛이 강해지고 이슬방울이 흔들리고 꽃향기가 청중 사이로 퍼지고 공기가 나뭇가지를 부드럽게 움직이고 수탉이 울었다. 그러자 홍관조의 휘파람 소리와 파랑새의 지저귀는 노래로 온통 흔들렸다. 높은 나뭇가지 어딘가에서 비둘기 한 마리가 구구거리고 말 한 마리가 날카롭게 울었다. 그러자 찌르레기 한 마리가 찌르찌르 하고 울었고, 모두 응답했다. 까마귀가 짖기 시작했고 어린 양이 매매 울었다. 그러자 밀화부리, 딱새, 비레오새가 말을 하고, 해가 더 높이 떠올라 햇빛이 강해지고, 바람이 나뭇가지를 크게 흔들었다. 소가 울자 온 외양간이 울었다. 기니피그가 찍찍거리고 수컷 칠면조가 날개를 펼치고 암탉이 꼬꼬댁하고 수탉이 꼬끼오하고 정오의 햇빛이 쏟아지자 꿀벌들이 윙윙거렸다. 바람이 강하게 휘젓고 저 멀리 보이지 않는 들판에서 익어 가는 밀 사이로 농부가 낫을 덜컹덜컹거리고 마부는 휘파람을 불었다. 햇빛이 점점 줄어들자 불안한 암말이 휘파람을 불자 망아지가 대답하고, 몇 킬로미터 떨어진 곳에서 수탉 한 마리가 해 질 녘을 알리며 울자 어스름이 내려왔다. 그러자 고양이소리새와 지빠귀가 밀화부리와 갈색지빠귀에 맞서 노래를 불렀다. 공기는 천상의 음으로 떨리고 강당에 불이 꺼지고 어둠이 무대를 휩쓸고 귀뚜라미가 노래하고 여치가 대답하고 타이런트새가 쓸쓸하게 우는 소리가 심장을 휘감았다. 그러자 쏙독새가 울부짖고 아메리카 쇠쏙독새가 구슬프게 울고, 뒤늦게 나타난 물떼새가 하늘을 휩쓸고, 밤바람이 더 크게 노래했다. 먼 곳에서 작은 가면올빼미가 울부짖자 외양간올빼미가 대답하고, 수리부엉이가 둘이 내는 소리를 삼켜 버렸다. 달이 빛나고 장면은 부드러운 빛으로 따뜻했다. 새소리가 사라지자 부드럽고 아름다운 선율이 울려 퍼지기 시작했다. 무대 중앙에 떨어져 내린 풀과 이끼, 나뭇잎이 하나씩 부드러운 바람에 실려 사라졌고, 연한 초록색 옷을 입은 사랑스러운 소녀의 형체가 점점 뚜렷해졌다. 반짝이는 머리카락에 초록 잎사귀와 흰 꽃이 달라붙어 있다가 옷깃을 따라 발끝까지 떨어졌다. 하얀 목과 팔을 드러낸 소녀는 약간 앞으로 숙인 몸을 선율에 맞춰 흔들었고, 눈은 곧장 구름 위를 바라보고 입술은 벌리고 활을 당길 때 뺨은 분홍빛으로 물들었다. 오직 특별한 운명을 타고난 소수의 사람들만이 지닌 힘으로 연주했다. 주변이 고요해졌고, 바이올린은 홀로 흐느끼고 노래하며 춤추고 떨렸다. 어떤 목소리도 없었지만, 바이올린 선율에 깃든 자연의 모든 영혼이 합쳐져 거대한 흐름으로 분출했다.

입구에서 얼굴이 창백한 한 여자가 끝까지 버티다가 정신을 잃고 쓰러졌다. 가장 가까이 있던 남자들이 쓰러진 여자를 업고 복도를 따라 분수대로 가서 회복시킨 다음 정신이 든 여자가 손가락으로 가리키는 마차에 태웠다. 소녀는 이 상황을 전혀 모른 채 연주를 계속했다. 연주가 끝나자 박수 소리가 한 블록 아래까지 들릴 정도로 울려 퍼지지만 반쯤 정신을 잃은 여자는 무슨 의미인지 깨닫지 못했다. 그러자 소녀는 무대 앞으로 나와 인사를 하고 바이올린을 들어 올리며 자기가 편곡한 〈무도회의 권유〉를 연주했다. 소녀가 연주하자 관객들은 긴장을 풀고 가만히 앉아서 마음으로 함께 춤을 췄다. 연주가 시작되자 여자는 집을 향해 달렸다. 통나무집에 반쯤 갈 때까지 한 번도 마차를 멈추지 않았다. 앉아 있느라 지겨워서 먼저 갔다고 말했다. 그날 밤 캐서린 은 빌리에게 함께 엘노라의 침대에서 자자고 부탁했다. 그 러고는 자기 침대에 고꾸라지듯 쓰러지며 전에는 알지 못한 영혼의 고통을 겪었다. 늪이 사랑하는 죽은 자의 영혼을 자 기가 원망하는 딸의 몸에 집어넣었으니, 견디면서 살 수 없 는 고통이었다.

11장

졸업하는 엘노라,
선물을 보낸 주근깨와 천사

금요일 밤이었다. 엘노라는 토요일 아침에 집에 돌아와 일을 시작했다. 캐서린은 아무 질문도 하지 않았고, 소녀는 반에서 고른 조각상을 살 수 있을 만큼 관객이 많더라는 말만 했다. 그런 다음 드레스에 관해 물었고, 준비하고 있다는 대답을 들었다. 졸업식 연습을 위해 새 아줌마에게 초대를 받았다. 연습할 것이 너무 많아서 졸업 예배가 있는 날 밤부터 졸업할 때까지 새 아줌마 집에 머무르기로 했다. 캐서린이 참석한다고 하면 신턴 부부랑 함께 마차를 타고 가기로 했다. 엘노라가 와달라고 부탁했지만 캐서린은 그런 어리석은 일에 신경 쓰고 싶지 않다고 했다.

웨슬리가 엘노라를 데리고 시내로 갈 때가 되자 목욕을 마치고 겉옷을 입은 엘노라는 기대에 찬 얼굴로 엄마 앞에서 외쳤다.

"엄마, 드레스요!"

캐서린은 창백한 얼굴로 대답했다.

"내 침대 위에 있어. 마음껏 입어라."

엘노라는 한 치의 의심도 없이 문을 열고 엄마 방으로 들어갔다. 엘노라가 처음 고등학교에 입학할 때 마거릿과 웨슬리가 옷을 가져온 날 밤부터 캐서린은 마거릿에게 도움을 구해 드레스를 골랐다. 계산은 엘노라가 했다. 지난봄에 입은 흰색 드레스는 양장점에서 처음 만든 드레스였다. 졸업식 때 재학생 좌석 안내원으로 그 드레스를 입었는데, 엄마가 소재를 고르고 제작을 맡긴 옷은 모든 면에서 완벽하게 잘 맞았다. 그래서 안심하는 마음으로 엘노라는 갓 세탁하고 다림질한 지난여름 그 흰색 드레스를 찾으러 서둘러 침대로 다가갔다. 잠시 그 옷을 바라보다가 집어 들고는 침대를 내려 보다가 천천히 방 안을 훑어봤다.

낯설었다. 아주 어릴 때부터 따져서 이 방에 들어온 게 세 번째였다. 키 큰 책장, 커다란 궤짝, 아름다운 호두나무 옷장, 그 안에 걸려 있는 처음 보는 남성복들을 훑어봤다. 우아한 론 드레스나 뮬 드레스가 걸려 있어야 하지만 하나도 없었다. 엘노라는 너무 힘이 빠져 서 있지 못하고 궤짝 위에 주저앉았다. 두 시간 안에 오너배셔에 있는 교회에 가야 한다. 세탁한 지난여름 드레스를 입을 수는 없었다. 다른 드레스는 없었다. 벽에 기대자 아버지의 외투가 얼굴에 닿았다. 온 힘을 다해 움켜쥔 옷에 매달렸다.

"아빠! 아빠가 필요해요! 아빠가 이럴 줄은 몰랐어요!"

"드레스가 없네요."

엘노라가 엄마에게 말했다.

"글쎄, 하나는 있으니 큰 문제는 없을 것 같은데."

"오늘 밤에 낡은 드레스를 입으라는 건가요?"

"좋은 드레스야. 구멍 난 데도 없잖아! 못 입을 이유가 전혀 없어."

"안 입을 거라는 것만 빼면요. 졸업식 때 입을 드레스를 준비하기로 했잖아요?"

"오늘 밤에 그걸 더럽혀도 다시 세탁할 시간은 충분해."

대문에서 웨슬리의 목소리가 들려왔다.

"잠시만요."

엘노라가 대답했다.

엘노라는 위층으로 뛰어 올라가 믿을 수 없을 정도로 짧은 시간에 깅엄 교복을 입고 내려왔다. 차갑고 굳은 얼굴로 엄마를 지나쳐 밤길을 나섰다. 30분 뒤 마거릿과 빌리는 마차를 끌고 캐서린 앞에 멈췄다. 캐서린은 마거릿과 빌리가 부르기 전에는 가지 않겠다고 굳게 결심했다. 이 둘의 목소리가 들리자 남겨진다는 어떤 공포에 사로잡힌 캐서린은 모자를 쓰고 문을 잠근 뒤 나갔다.

"엘노라는 어때 보여요?"

마거릿이 걱정스럽게 물었다.

"늘 똑같죠."

캐서린이 무뚝뚝하게 대답했다.

"엘노라가 입은 드레스도 다른 사람들처럼 예쁘면 좋겠어요. 엘노라보다 더 예쁘고 멋진 아이는 없을 테니까요."

웨슬리는 말들을 돌봐야 해 교회 앞에서 기다리고 있었다. 사람들이 교회 안으로 들어오는 모습을 바라보면서 서 있던 캐서린은 갑자기 몸이 아파 왔다. 조명들을 따라 안으로 들어가 꽃으로 장식된 무대와 곱게 차려입은 많은 사람을 봐도 나아질 기미가 없었다. 캐서린은 마거릿과 빌리가 무슨 일이 진행되고 있는지 조곤조곤 나누는 이야기를 들을 수 있었다.

"맨 앞줄 첫째 의자는 엘노라 자리예요. 성적이 가장 좋기 때문에 맨 앞에서 단상까지 반을 이끈대요."

빌리는 기뻐했다.

"첫째 의자! 반을 이끈다고!"

캐서린은 어안이 벙벙했다. 파이프 오르간의 음표가 천천히 행진하며 건물을 가득 채우기 시작했다. 엘노라가 깅엄 교복을 입고 행렬을 이끌까? 아니면 이 중요한 날에 자리를 비우기라도 할까? 캐서린도 이날이 큰 행사라는 사실을 알 수 있었다. 모두 엘노라가 며칠 전 밤에 한 연주를 기억하고, 엘노라를 그리워하고 동정하리라. 동정? 엘노라를 보살피는 사람이 없으니까. 엄마가 없느니만 못하니까. 캐서린은 생애 처음으로 다른 사람들에게 보이는 자기 모습을 돌아봤다. 좌석 안내를 하는 재학생 소녀가 사람들을 이끌고 복도를 따라 내려올 때마다 아름다운 하얀 드레스가 펄럭이면 확실한 고통의 물결이 캐서린을 휩쓸고 지나갔다. 캐서린은 무슨 짓을 했을까? 엘노라는 어떻게 됐을까?

시내로 가는 중에 엘노라는 웨슬리가 묻는 말에 단답형으로 대답했고, 웨슬리는 엘노라가 속으로 연설 연습을 하고 있거나 긴장한 듯하다고 여겼다. 소녀는 웨슬리에게 여러 번 말하려고 했지만, 첫 단어를 꺼내면 눈물을 주체할 수 없으리라 깨달았다. 새 아줌마는 이 모습을 보고 믿을 수 없어 했다.

"준비가 다 된 줄 알았는데, 너무 늦었어! 여기서 옷을 갈아입으려면 서둘러야 해."

"갈아입을 옷이 없어요."

엘노라가 말했다. 당황한 새 아줌마는 엘노라를 안으로 끌어들였다.

"저, 저. 그걸 입겠다고 생각했어?"

"아니요, 엘렌에게 사고가 나서 못 간다고 전화할 생각이었어요. 어떻게 설명해야 할지 아직 모르겠어요. 너무 힘들어서 생각이 안 나요. 화요일에는 졸업할 수 있을까요?"

"그럼, 오늘밤에는 4년 동안 그런 대로 반을 이끌 옷을 입어야지. 내 방으로 가서 교복부터 빨리 벗어. 안나, 다 놔 두고 날 도와줘."

새 아줌마는 엘렌 브라운리에게 전화를 걸었다.

"엘노라가 사고를 당했어. 조금 늦을 거야. 시작을 늦춰 야 해. 행진하기 전에 음악을 더 틀어 달라고 해."

그러고는 하녀에게 말했다.

"벤슨에게 마차가 도착하는 대로 정문에 대라고 전해 줘. 그러고는 내 방으로 와. 재봉실에 있는 실 상자와 재단용 탁 자 위에 있는 넓은 흰색 리본을 가져오고, 옷장마다 뒤져서 흰색 단추를 모아 와. 먼저 나하고 잠시 같이 가자."

"삼나무 옷장에서 '늪의 천사'가 쓰던 물건이 들어 있는 트렁크를 갖고 와야 해."

계단 꼭대기에 도착하자 새 아줌마는 헐떡거렸다. 큰 트 렁크를 함께 들고 서둘러 복도를 내려가 새 아줌마 방으로 갔다. 트렁크를 열고 하얀 물건들을 쏟아 내기 시작했다.

"이런 것들을 남겨 두다니 얼마나 운이 좋은지! 여기 흰 신발, 장갑, 스타킹, 부채, 전부 다 있어!"

"드레스 하나 빼고 다 있네요."

새 아줌마는 옷장을 열고 서랍과 상자를 꺼냈다.

"이 정도면 만들 수도 있겠어."

얼마 전 자기가 입으려고 만든 긴 소매가 달린 크림색 레 이스 요크 천을 낚아채서 뽑아들었다. 엘노라가 천 속으로 들어가자 새 아줌마는 주름을 매만지고 바늘로 꿰매기 시 작했다. 등에 약간 주름을 잡으니 아주 잘 맞았다. 다음으로 늪의 천사가 입던 목이 파이고 5부 소매가 달린 흰 비단옷 을 꺼내 엘노라에게 입혔다. 늪의 천사가 열여섯 살에 파티에서 입던 옷이라 맞기는 하지만 허리는 많이 작았다. 새 아줌마는 소매를 뜯어 어깨 주름으로 만들고 바늘로 꿰맸다. 요크 천을 넓게 몸에 대고 재단해 몸 앞, 몸 뒤, 양 어깨에 맞게 고정했다. 허리를 아래로 끌어내리고 바늘로 박았다. 다음으로 은은한 하얀색 치마를 입혔다. 허리띠를 허리보다 10센티미터 정도 높게 고정해 차분한 실크 천으로 완벽한 엠파이어 드레스 모양을 완성할 수 있었다. 그런 다음 새 드레스를 장식할 넓은 흰색 리본으로 허리를 세 번 두른 뒤 묶은 끈을 아름답게 매만져 바닥에 늘어지게 했다.

"잎사귀 두세 장 달린 흰 장미 네 송이 좀 갖다줘."

새 아줌마가 외쳤다. 안나가 달려가 꺾어온 장미를 새 아줌마가 핀으로 꽂았다.

"엘노라, 정말 미안한데 진심으로 말해 주렴. 네 엄마가 이렇게 해야 할 정도로 가난하니?"

"아니요. 내년에 저는 림버로스트에 있는 귀한 목재로 덮인 1제곱킬로미터가 넘는 땅을 상속받아요. 집이 그 땅 근처에 있죠. 이웃들이 우리 땅에 유정 수천 개를 뚫어 석유를 뽑을 수 있고, 헐벗은 땅에 농사를 지으면 1000제곱미터당 25달러를 넘게 벌 수 있어요. 엄마는 가난하지 않아요. 뭐가 뭔지 모르겠어요. 큰 고난을 겪은 뒤 엄마는 망가지고 뒤틀렸죠. 그래서 특이한 성격이 됐어요. 엄마는 조금도 이해하지 못하지만 무지가 아니라 신경 쓰지 않기 때문이에요. 엄마는……."

엘노라가 말을 멈췄다.

"엄마는, 엄마는 달라요."

안나가 장미를 더 들고 왔다. 새 아줌마는 드레스의 가슴과 양 어깨에 하나씩, 마지막으로 밝은 갈색 머리카락 사이에 하나를 놓았다. 그런 다음 소녀가 전신 거울을 볼 수 있게 했다.

"어머! 아줌마는 정말 대단하세요! 저도 다른 애들처럼 멋져 보일 거예요."

"다행이야! 너를 도울 수 없다면 나는 무척 힘들었을걸. 너는 사랑스러워. 정말 사랑스러워! 이런 말 한 적 없지만, 누가 너를 이렇게 빚은 걸까 감탄이 절로 난다."

행진대가 시야에 들어오자 오르간 연주가 시작됐다. 모두 놀란 동안 엘노라가 행진대 선두에 섰다. 사람들은 속으로 엘노라가 가난하고 초라한 모습이 아니기를 바랐다. 가장 세련된 드레스를 입고, 장미로 장식한 순금색 왕관을 머리에 쓰고, 들떠서 상기된 매끄러운 얼굴에 빛나는 이 어린 존재가 누구인지 알아보기 어려웠다. 신호가 떨어지자 엘노라는 출입문을 가로질러 통로를 따라 천천히 행진하기 시작했다. 음악이 잔잔하게 흘러나오자 마거릿은 이유도 모른 채 흐느끼기 시작했다.

캐서린은 두 손을 꼭 쥐고 눈을 감았다. 마거릿이 팔을 붙잡고 속삭이기 전까지 그 시간은 고통스러운 여자에게 영원처럼 느껴졌다.

"캐서린! 제발 저 아이를 봐요! 저기요! 건너편 통로예요!"

캐서린은 눈을 뜨고 마거릿이 가리킨 곳을 뚫어지게 바라보다가 쓰러져 자리에서 미끄러졌다. 마거릿이 손을 꼭 잡아 주며 외쳤다.

"여기! 바보예요? 그만 좀 해요!"

휘황찬란한 빛 속에서 엘노라는 계단을 올라가 종려나무로 덮인 단상을 가로질러 자기 자리에 앉았다. 가장 멋지게 차려입은 젊은 남녀 60명이 엘노라를 따랐다. 엘노라가 이

끄는 반에는 훤칠하고 잘생긴 남학생들도 있었고 아름답고 우아한 여학생들도 있었다. 그렇지만 엘노라보다 더 예쁘거나 더 멋진 옷을 입은 사람은 없었다.

빌리는 엘노라가 자기를 볼 수 없다고 생각하다가 마침 서로 눈이 마주쳤다. 마거릿과 웨슬리도 차례로 희미하게 알아본 듯하지만 소녀의 얼굴은 누그러지지 않았고, 엄마를 보고도 웃는 기색이 없었다.

마음이 상한 캐서린은 자기 행동이 정당하다고 스스로 증명하고 싶었지만, 그럴 수 없었다. 캐서린은 수백 명이 보는 앞에서 행렬을 이끌고 단상에 앉는다고 말하지 않은 엘노라를 탓하려 했지만, 그 말을 들어도 비웃으며 받아들이지 못하리라는 사실을 잘 알기 때문이었다. 숨을 쉴 때마다 가슴이 찢어졌다.

행사가 끝나자 캐서린은 아무 말도 없이 마차를 타고 집에 돌아왔다. 마거릿과 빌리가 나누는 말도 듣지 못했다. 마차를 몰던 웨슬리가 엘노라는 수요일까지 집에 오지 않는다고 말할 때도 거의 듣지 못했다. 다음 날 아침 일찍 캐서린은 오너배셔로 가고 있었다. 브라운리 씨네 가게가 문을 열 때까지 기다렸다. 기성복인 흰색 드레스를 살펴봤지만, 맞는 사이즈는 한 벌뿐이고 가격은 40달러였다. 가격도 가격이지만 그 드레스가 적당할지 결정할 수 없었다. 엘노라에게 물어봐야 했다. 캐서린은 새 아줌마네 집을 찾아가 문을 두드렸다. 하녀가 나타났다.

"엘노라 컴스탁이 여기 있나요?"

"네, 그런데 아직 자고 있어요. 자고 싶은 만큼 자라고 하셨어요."

"여기 앉아서 기다려도 될까요. 내일 입을 드레스를 갖다

주고 싶어서요. 제가 엄마거든요."

"그럼 걱정하지 말고 가셔도 되겠어요. 지금 재봉실에서
여자 두 분이 엘노라가 입을 드레스를 만들고 있어요. 아주
아름다운 드레스가 금방 완성될 거래요."

하녀는 쾌활하게 말했다. 캐서린은 림버로스트로 돌아
왔다. 영혼의 고통은 육신의 현실이 돼 아무리 노력해도 사
라지지 않았다. 너무 늦었다! 캐서린은 꼭 필요한 사람이 아
니었다. 다른 여자가 딸을 키우고 있었다. 그 여자는 어젯밤
엘노라가 입은 아름다운 드레스를 준비했다. 소녀는 그 여
자에게 사랑과 감사를 전해야 했다. 캐서린은 다른 누군가
에게 탓을 돌리는 오래된 방법을 시도했지만, 기분이 나아
지지 않았다. 소녀가 없던 긴 시간 여느 때처럼 슬픔을 달랬
다. 캐서린은 엘노라가 숨겨둔 바이올린을 찾아 아빠하고
구별되지 않을 정도로 뛰어난 연주 실력을 뽐낸 사실이 뇌
리를 떠나지 않았다. 소녀가 다시는 집에 돌아오지 않으리
라는 두려움을 없애려고 마음을 진정하고 모든 탈출구를
찾아도 두려움은 그대로 남았다. 먹지도 자지도 못했다. 통
나무집과 정원을 서성였다. 엘노라가 수요일 아침까지 집에
돌아오지 않으면 자기도 잠길지 몰라 남편이 빠진 늪에서
멀리 떨어져 있었다. 기다릴 수 있다고 되뇌어도 비교할 수
없을 만큼 괴로웠다.

월요일 아침에 엘노라가 일어나 보니 재봉사는 손에 또
다른 드레스를 들고 있었고, 피팅도 금방 끝났다. 늪의 천사
가 입던 은은한 흰색 드레스였는데, 수선하면 졸업식과 무
도회에 아주 잘 어울릴 듯했다. 그날 하루 종일 엘노라는 무
도회를 준비하고 학급을 대표해서 할 연설과 행진을 연습
했다. 다음 날은 더 바빴다. 드레스는 부드럽고 유연한 레이

스 소재라 수선한 흔적도 거의 찾을 수 없어서 엘노라는 한 시름 놓았다.

새 아줌마는 그랜드래피즈 시에 사는 늪의 천사에게 전화를 걸어 상황을 설명했다. 상자에 들어 있는 물건들을 소녀에게 줘도 된다는 대답이 돌아왔다. 이 소식을 들은 엘노라는 눈물이 그렁그렁했다.

"당장 감사 인사 편지를 보낼게요. 그 아름다운 드레스가 저에게 꼭 필요해요. 제가 절대 감당할 수 없는 고급스러운 드레스를 자주 입게 될 거예요. 드레스를 받아서 엄청 기쁘고 수선까지 해주셔서 정말 감사해요. 절대 일어날 수 없던 일이에요."

새 아줌마는 웃었다.

"오늘 경건한 마음이었어. 내가 생각하는 구원의 움직일 수 없는 첫째 원칙은 '남에게 행하는 대로'야. 내가 너처럼 어릴 때 아무도 해줄 사람이 없던 일을 너에게 해주고 있을 뿐이야. 안나가 그러는데 네 엄마가 오늘 아침 일찍 네 드레스를 사러 오셨다더라."

"너무 늦었어요! 드레스 준비하는 시간이 한 달 넘게 있었고, 심지어 제가 돈고 내기로 한 참이니까 엄마는 변명할 여지가 없죠."

엘노라가 냉정하게 말했다.

"그렇지만 네 엄마잖아. 어떤 엄마라도 없는 것보다는 낫다고 생각하는데, 너는 엄마가 큰 고난을 겪었댔잖아."

새 아줌마는 부드럽게 말했다.

"엄마가 사랑하던 아빠가 돌아가셨어요. 비극적인 방식으로 똑같은 일을 당한 다른 수천 명의 여자들은 평온한 얼굴로 다른 사람들하고 사랑하며 행복하게 살고 있죠. 다른 일은 잊어도 이 일은 절대 잊을 수 없어요. 말해도 달라지지 않을 거예요. 제가 준비한 선물과 사진을 사람들에게 주려고요. 사진도 있고 직접 만든 선물도 있으니 소중히 간직해 주세요."

"네가 내게 뭘 주든 정말 기쁠 거야. 네가 뭘 해도 훌륭하리라는 사실을 잘 알고 있어."

엘노라는 이 말에 기뻐했다. 마지막 피팅을 하느라 드레스를 입으면서 정말 행복해했다. 무도회와 많은 행사에서 입을 멋진 드레스를 걸친 엘노라는 정말 사랑스러웠다.

새 아줌마의 마부가 마차에 태워 준 덕분에 엘노라는 친한 소녀들을 불러 사진과 선물이 담긴 포장지를 건넸다. 돌아올 때쯤 소포가 도착했다. 사방에서 친구가 샘솟는 듯 보였다. 엘노라가 아는 거의 모든 사람이 엘노라를 사랑하는 마음으로 근사한 선물을 건넸다. 책, 꽃병, 은화, 손수건, 부채, 꽃과 사탕 상자였다. 그중 큰 소포는 신턴 가족들이 고심해서 보낸 선물이었다. 마거릿이 고른 우아한 드레스, 빌리가 '내가 번 돈이야'라고 크게 써서 보낸 5달러짜리 금화와 악보, 웨슬리가 보낸 화려한 유리 향수병이 들어 있었다. 예쁜 향수병에 적당한 가격의 향을 채우려면 5달러는 족히 들 듯했다.

배달된 상자 안에는 주근깨가 보낸 고급 단풍나무로 만든 화장대가 있었다. 서랍에는 근사한 욕실 용품이 가득했다. 새 아줌마는 자수를 놓은 리넨 덮개와 꽃 몇 송이를 담을 작은 은색 꽃병을 줬는데, 반에서 엘노라보다 더 좋은 선물을 받은 소녀는 없었다. 엘노라는 행복해서 흐느끼며 탁자에 머리를 엎드렸고, 새 아줌마도 거의 울고 있었다. 헨리 선생님은 나비 책을, 엘노라가 가르치던 학급을 맡던 선생님들은 들판과 숲, 수중 생물을 다룬 전집을 선물로 줬다. 엘노라는 책 읽을 시간이 없어서 이 책 중 한 권을 꼭 껴안고 다녔다. 엘노라가 옷을 갈아입으러 간 뒤 한 발로 깡충깡충 뛰면서 온 한 소년이 특이한 소포 하나를 건네며 말했다.

"엘노라에게 엄마가 보낸 거라고 전해 주세요."

"넌 누구니?"

새 아줌마가 물었다.

"빌리예요! 제가 엘노라에게 5달러를 줬어요. 옥수수 따고 양파 심고 잡초 뽑으면서 직접 번 돈이에요. 5달러를 벌려면 많이 따고 심고 뽑아야 해요."

"엘노라가 받은 선물을 보러 들어올래?"

"네, 아주머니!"

빌리가 똑바로 서려고 애쓰며 말했다.

"맙소사! 엘노라가 이걸 다 받았어요?"

"맞아."

"졸업하면서 전교 1등 한다는 데 제가 1000달러 걸 게요. 다른 친구들은 엘노라보다 더 많이 받았나요?"

"아닐걸."

"글쎄, 웨슬리 아저씨는 만약 엘노라가 다른 아이들보다 선물을 못 받으면 100달러가 들더라도 그만큼 선물을 사주겠다고 했어요. 저보고 알아 달래요. 아줌마도 웨슬리 씨를 알아야 해요! 정말 멋있어요! 이 세상에 더 훌륭한 사람은 없을걸요. 정말 대단해요!"

"나도 알아! 엘노라가 자주 말했거든."

"아무도 이길 수 없을 거예요! 그렇지만 잘 모르겠어요. 어떤 사람들은 엄청나게 잘살고, 가족도 많고 친구도 많아서 선물을 많이 받을 텐데, 직접 보지 못하잖아요. 엘노라가 적게 받은지도 모르겠네요!"

"걱정하지 마, 빌리. 지켜보다가 엘노라가 적게 받으면 내가 더 사 줄게. 그렇지만 그럴 일은 없을 거야. 지금도 주체하지 못할 만큼 아름다운 선물을 많이 받았고 다른 선물도 올 거야. 웨슬리 아저씨에게 전해 줘. 당신의 엘노라는 아낌없이 선물 받고 무척 행복하고 신턴 가족에게 사랑을 보낸다고. 이제 가서 옷 입는 걸 도와줘야겠구나. 오늘 밤에 당연히 올 거지?"

"네, 아줌마! 엘노라 누나는 셋째 줄 가운데 자리를 잡아주고 연설이 끝나면 저에게 윙크를 해줄 거래요. 저한테 키스도 해줬어요! 누나는 정말 완벽해요. 더 크면 꼭 결혼할 거예요."

"그렇고 말고!"

새 아줌마가 서둘러 위층으로 올라가면서 웃었다.

"얘야! 여기 또 다른 선물이 있단다."

엘노라는 옷을 반쯤 걸친 채로 소파에 앉아 소포를 열었다. 새 아줌마는 몸을 굽혀서 천을 만졌다.

"와, 이런! 손으로 짠, 손으로 수놓은 린넨, 비단처럼 고운 옷감이야. 정말 귀한 거야! 이런 건 몇 년 동안 본 적이 없어. 어릴 때 엄마도 이런 옷을 갖고 있었지만, 언니들이 옷깃과 벨트, 허리를 만든다며 잘라 버렸지. 정교한 솜씨 좀 봐!"

"어디서 났을까요?"

엘노라가 울먹였다. 수작업으로 만든 한 뼘 길이 주름 장식이 달린 페티코트와 목과 소매를 정교하고 완벽하게 꾸민 구식 속옷인 슈미즈를 흔들었다. 가슴 부분에 붙어 있는 메모를 보자 엘노라는 서둘러 펼쳤다.

"이 옷을 입고 결혼식을 했고, 이 옷을 입은 채 묻힐 생각이었지만, 네가 원한다면 졸업하고 결혼할 때 입는 게 더 현명한 일일 것 같아."

엘노라는 눈을 크게 뜨고 새 아줌마를 바라봤다.

"우리 엄마군요! 제 평생 처음 있는 일이에요. 제가 절대 용서할 수 없는 일을 하다가도, 제가 가장 힘들 때면 돌아서서 저를 조금이라도 사랑한다고 생각하게 만드는 일을 하죠. 손수 수놓은 린넨을 입고 졸업한다면 누구라도 거의 모든 것을 줄 거예요. 돈으로는 그런 걸 살 수 없죠. 그리고 제가 어떻게 되든 상관없다고 생각할 때 왔어요. 엄마가 미쳤을까요?"

"그래, 엄마가 너를 사랑하지 않거나 네가 어떻게 되든 신경 쓰지 않는다면 미친 짓이지."

엘노라는 일어나서 페티코트를 건넸다.

"좀 봐주실래요? 드레스는 준비하지 않고 이런 페티코트를 보내 준다고 상상해 봐요! 엘렌이라면 50달러를 주고도 눈 하나 깜빡이지 않을 거예요. 엄마가 평생 가지고 있었을 텐데 한 번도 본 적이 없어요."

"목욕하고 입어 보렴. 모두 잊고 행복해 하자. 엄마는 미치지 않았어. 괴로워하고 있어. 상황이 어떻게 될지 몰랐겠지. 엄마가 알게 되자 곧장 너에게 드레스를 사 주려고 왔잖아. 다른 건 못 사 줘서 미안하다고 말하는 엄마만의 방식이야. 돈을 한 푼도 쓰지 않았다고 했으니 정말 돈이 없다고 솔직하게 말하는 거겠지."

"엄마는 정말 투명해요! 거짓말을 할 정도로 머리를 굴리지 않죠. 무슨 일이라도 있는 그대로 말하죠."

엘노라는 드레스를 입을 준비를 마쳤다. 종려나무와 꽃

으로 장식한 고등학교 강당 무대를 가로질러 다시 행렬을 이끌 때만큼 멋져 보일 수가 없었다. 자리에 앉아 있던 엘노라는 들고 있던 장미 한 송이를 고등학교에 입학하던 9월 아침에 앉은 자리에 놓았다. 학급 대표 발언을 훌륭하게 마쳤고, 빌리에게 살짝 윙크를 보냈으며, 웨슬리와 마거릿에게 감사의 웃음과 인사를 건넸다. 신턴 가족 옆에 앉은 창백한 여자의 눈을 바라보더니 한 손을 옆구리에 대고 다른 한 손으로 패티코트의 자수가 보일 정도로 치마를 살짝 올렸다. 안도하는 표정이 가득한 엄마 얼굴을 보자 엘노라도 용서하는 마음이 들면서 집으로 돌아가야겠다고 생각했다.

오후 늦게 엘노라는 짐을 가득 실은 트럭하고 함께 집으로 돌아왔다. 캐서린은 당황했다. 엘노라가 엄마에게 값비싸고 아름답고 단순하면서 유용해 보이는 물건을 하나하나 보여 주며 누가 준 선물인지 자세히 설명하는 소리를 반쯤 멍한 상태로 들었다. 엄마는 엘노라하고 각별한 친구들의 얼굴을 유심히 살폈다. 친구들 선물은 한데 모아 뒀다. 엄마는 몇 번이나 말을 하려다가 멈췄다. 마침내 마른 입술 사이로 거친 속삭임이 나왔다.

"엘노라, 보답으로 뭘 줬어?"

"보여 드릴게요. 새 아줌마, 마거릿 아줌마, 엄마 모두 똑같은 선물을 준비했어요. 위층에서 갖고 올게요."

엘노라가 유쾌하게 대답했다. 학교 친구의 카메라로 찍은 자기 사진을 넣고 손으로 깎아 만든 직사각형 액자를 엄마에게 건넸다. 우비를 입은 채 물이 뚝뚝 떨어지는 우산을 들고 있었다. 아랫부분에는 해맑은 표정으로 책과 도시락을 든 사진에 '당신의 시골 동창'이라는 글귀가 새겨져 있었다. 그러고는 다른 액자를 내밀었다.

"저는 액자가 좋아요. 돈이 없어도 만들 수 있거든요. 강이나 도랑 구석에서 단풍나무와 흑호두나무를 찾았어요. 주인이 없어 보여서 그냥 가져왔죠. 웨슬리 아저씨는 괜찮다고 하시면서 호두나무를 잘라서 갖다 주셨어요. 나무의 절반을 제재소에 보내 재단과 건조를 맡겼어요. 그리고 나머지 절반은 나무 조각가에게 액자를 만들라고 줬어요. 사진작가 한 분이 망가진 사진판을 많이 줘서 유액을 끓여 깨끗하게 만든 다음 표본을 액자에 넣었어요. 그분이 흰색 액자는 3달러 50센트, 검은색 액자는 5달러 정도 한다고 했어요. 저는 사진을 넣은 그 작은 액자를 사람들 사진하고 바꿨어요. 친구들에게 각각 다른 나방을 넣은 액자를 하나씩 선물했어요. 새 아줌마는 자작나무 껍질을 줬어요. 작년 여름에 북쪽에서 가져왔대요."

엘노라는 엄마에게 가로 45센티미터에 세로 60센티미터인 멋진 흑호두나무 액자를 건넸다. 얇은 유리로 덮인 자작나무 껍질로 만든 액자에는 은은한 연두색 날개와 길고 정교한 꼬리를 지닌 큰 밤나방이 들어 있었다.

"그래서 제 선물을 부끄러워할 필요가 없었어요. 나방을 모으고 붙이면서 직접 만들었거든요."

"나방이라고 부르는 그거, 전에 몇 번 본 적이 있어."

"6월 밤이 되면 주변에서 나방이 많이 나타나요. 적어도 예전에는 그랬죠. 나비나 잠자리 같은 다른 표본들하고 같이 수백 개를 팔았어요. 이제 저는 이 물건들을 정리하고 일하러 가야 해요. 6월이 다 되어 가고 제가 간절히 찾는 나방들이 있어요. 그 나방들을 찾으면 그동안 일한 만큼 돈을 벌 수 있어요."

엘노라는 대학 이야기를 하기가 어려웠다. 며칠 더 기다리면 자연스럽게 기회가 오지 않을까 하고 생각한 때문이었다. 게다가 표본을 완성하는 데 꼭 필요한 황제나방을 찾지 못하면 돈을 벌 수 없으니 성인이 될 때까지 더더욱 이야기할 수 없었다.

12장

비밀을 밝히는 마거릿,
림버로스트에 사로잡힌 캐서린

"엘노라, 수건 가져와, 빨리!"

캐서린이 외쳤다.

"잠시만요, 엄마."

엘노라가 중얼거렸다. 엘노라는 부엌 거울 앞에 서서 뒷머리를 묶느라 앞머리가 얼굴을 덮고 있었다.

"서둘러! 무슨 벌레가 있어!"

엘노라는 거실로 달려가 두툼한 행주를 엄마 손에 쥐여 줬다. 캐서린이 방충문을 열고 어떤 물체를 치자 엘노라는 머리카락을 얼굴에서 치우고 엄마를 지나가려 했다. 엘노라는 거칠게 비명을 질렀다.

"하지 마! 엄마, 하지 말아요!"

캐서린이 다시 때렸다. 엘노라가 엄마의 팔을 잡았다.

"내가 찾던 거예요! 비싼 거예요! 그만해요! 안 돼!"

"싫다고요, 이 아가씨야. 언제부터 내 위에 군림했어?"

엄마는 화를 냈다. 방충문을 잡고 있던 손이 반원을 그리며 엘노라의 뺨에 날아들었다. 엘노라는 충격에 비틀거렸고, 놀라서 하얗게 질린 얼굴에는 붉은 자국이 선명하게 올라왔다. 방충문이 쾅 닫히면서 생명체가 두 사람 앞에 떨어졌다. 캐서린은 곧장 발로 그 괴물을 짓밟았다. 엘노라는 뒤로 물러섰다. 붉은 자국을 뺀 얼굴 전체가 더 하얗게 변했다.

"300달러짜리 표본을 완성하는 마지막 나방이었어요. 눈 앞에서 망쳤다고요!"

"나방! 미쳤구나. 나방은 날개가 커. 나도 나방 알아!"

"엄마에게 속마음을 말할 수가 없기 때문에 숨겨 왔어요. 엄마는 나에게 동정심이 없어요. 그래도 내가 평생 거짓말한 적 없다는 사실은 알잖아요."

"나방이 아니야!"

"나방 맞아요! 땅속에서 막 나온 거예요. 날개가 펴지고 단단해지는 데 두세 시간 걸려요."

"나방인 줄 알았다면."

캐서린이 움찔했다.

"이제 알았군요! 내가 말했잖아요! 그만하라고 부탁했잖 아요! 300달러짜리였어요."

"쳇! 그렇게 하찮은 게 300달러라니!"

"지난 4년 동안 책값, 학비, 옷값이에요. 대학에 입학할 수도 있었어요. 엄마는 나한테 절실한 걸 망쳤어요. 엄마는 나를 사랑하는 척조차 하지 않았어요. 드디어 엄마랑 똑같 이 솔직하게 말할 수 있겠네요. 엄마가 싫어요! 이기적이고 사악한 여자! 난 엄마가 싫어!"

엘노라는 돌아서 부엌을 지나 뒷문으로 나갔다. 정원을 지나 대문으로 걸어가다가 갑자기 생각을 바꿔 늪을 향해 조금 걸었다. 땅바닥에 주저앉아 큰 나무 기둥에 기댔다. 지 금처럼 절망적이던 어린 시절, 숨을 참으며 죽으려고 했다. 엄마가 잘못을 뉘우치게 할 방법으로 그런 생각을 했지만, 강제로 떠안게 된 삶이라 마음대로 떠날 수 없다는 사실을 깨달았다.

유치하게 '노란 황제'라고 이름 붙인 나방을 잃고 놀란 나머지 맞은 사실을 거의 기억하지 못했다. 표본이 완성될 행운은 세상에 없으리라고 생각했는데, 눈앞에서 눈부신 황제나방이 부서지는 모습을 보고 말았다. 다른 나방을 찾을지도 모르지만, 나방을 가질 뻔한데다가 사람들이 틀림없이 좋아할 만한 나방을 엄마가 망가트린 사실은 의심할 여지가 없었다. 엘노라는 얼마나 오래 그곳에 앉아 있는지 알아차리지도 못하고 개의치도 않았다. 그저 말할 수 없는 비참한 고통에 괴로워하며 가끔씩 메마른 흐느낌에 온몸이 흔들렸다. 마거릿 아줌마가 옳았다. 그날 아침 엘노라는 어머니가 결코 달라지지 않으리라고 느꼈다. 소녀는 더는 참을 수 없는 순간에 다다랐다.

엘노라가 집을 나가자 캐서린도 뒤따라 나섰다.

"이 버릇없는 녀석!"

그렇지만 엘노라는 사라지고 없었다. 멍하니 서 있었다.

"엘노라는 거짓말을 한 적이 없지. 그래, 나방인 것 같아. 300달러를 얻을 유일한 방법이라고 말했잖아. 그렇게 서두르지 말걸! 그런 벌레는 처음 봤어. 치명적이고 찌르거나 무는 독 있는 벌레인 줄 알았지. 여기에서는 정말 조심해야 해. 그렇지만 엎질러진 물이지. 알게 뭐야! 엘노라는 또 찾겠지! 당황할 필요가 없어. 나방도 뱀처럼 한 마리가 있으면 두 마리가 있는 법이지."

캐서린은 빗자루를 들고 나방을 집 밖으로 쓸어냈다. 그런 다음 무릎을 꿇고 양쪽 계단, 통나무, 화단의 흙을 주의 깊게 살폈다. 나방이 나온 땅과 나방을 감싼 딱딱하고 짙은 갈색 고치는 여전히 젖어 있었다. 엘노라가 옳았다. 나방이었다. 날개가 축축해 펴지지 않은 상태였다. 캐서린은 그런 나방을 본 적이 없었고, 나방이 어떻게 태어나는지도 몰랐다. 나방은 나무나 벽, 판자에 붙어 있는 고치에서 나온다고 생각했다. 하얀 빛이 번쩍이면 집 근처에 흰담비가 어슬렁거리고 '윙윙' 소리가 나면 방울뱀이 나타난다는 사실이 알고 있는 전부였다.

엘노라는 그런 생명체들을 모아 학비를 마련했다. 엄마는 속으로 딸과 자기 앞에 놓인 골짜기가 얼마나 넓은지 한순간에 온전히 깨달았다. 요즘 벌어진 많은 일들이 그런 사실을 알렸지만, 엘노라가 마치 아빠가 환생한 듯 도시의 많은 청중 앞에서 두려움 없이 서서 아빠에 견줘 훨씬 더 뛰어난 기교로 바이올린을 연주한 사건보다 더 분명한 일은 없었다. 그러나 화려한 노란색과 연보라색 날개를 펼치며 밤의 신비 속으로 날아가기도 전에 짓밟혀 사라진 그 땅속에서 기어 나온 작은 생명체는 기적을 일으켰다.

"우리는 그 어떤 이웃보다 가깝지만 낯선 사이구나."

전능자가 만든 가장 섬세하고 아름다운 창조물 중 하나가 율법을 완수하지 못하고 희생됐지만, 그 어떤 창조물도 그렇듯 숭고한 대의를 위해 희생한 적이 없었다. 마침내 캐서린 내면의 시야가 밝아진 때문이었다. 무표정하게 통나무 집을 돌아다녔다. 엘노라가 오는지 확인하려고 몇 분마다 힐끗 뒷길을 쳐다봤다. 그날 마거릿과 시내에 가기로 약속한 일을 알기 때문에 더 긴장하고 불안했다. 혹시나 엘노라의 뺨이 부었을지, 마거릿에게 말할지 두려웠다. 사방을 열심히 살피며 뒷길을 내려가 정원을 나와 늪 쪽 길을 따라갔다. 발걸음은 살며시 검은 흙 위를 소리 없이 걸었고, 엘노라가 보일 만큼 가까이 다가갔다. 캐서린은 고민에 빠진 표정으로 소녀를 바라보고 서 있었다. 무슨 말을 해야 할지 몰라 결국 통나무집으로 돌아갔다.

정오가 되자 식사 준비를 한 뒤 엘노라가 정원에 있을 때 항상 그렇듯 소녀를 불러도 대답이 없었다. 1시가 조금 지나자 마거릿이 문 앞에 찾아왔다.

"엘노라가 마음을 바꿨어요. 오늘은 가지 않을 거예요."

캐서린이 말했다. 캐서린은 말을 매고 걸어오는 마거릿이 미웠다.

"아닐 거예요. 엘노라를 위해 일부러 가는 거예요. 엘노라가 데려다 달라고 부탁했거든요. 나는 시내에 볼일이 없어요. 엘노라는 어디 있죠?"

"불러올게요."

다시 길을 따라가자 통나무 위에 앉아 있는 엘노라가 보였다. 부어오른 얼굴은 빨갛고 눈은 우느라 충혈됐다. 엘노라는 엄마를 쳐다보지도 않았다.

"마거릿 아줌마 왔어. 마음을 바꿨다고 하는데도 네가 먼저 가자고 해서 혼자 갈 수 없대."

캐서린이 매몰차게 말했다. 엘노라는 못 들은 척 자리에서 일어나 늪지대 깊이 풀숲을 헤치고 엄마를 앞질렀다. 캐서린은 정원까지 따라가서도 집으로 들어갈 수 없었다. 채소밭에서 분주하게 돌아다니다가 뒷 방충문이 시끄럽게 쾅 닫히자 고개를 들었다. 마거릿 신턴이 창백한 표정에 화난 눈으로 다가오자 캐서린은 몸을 움츠렸다.

"엘노라 얼굴에 무슨 일이에요?"

마거릿이 물었다. 캐서린은 대답하지 않았다.

"당신이 때렸죠?"

"장님은 아니네요!"

"지난 20년 동안 모르고 살다가 이제 눈을 떴어요. 내가 당신에게 아무런 도움이 되지 않은데다가 엘노라에게 큰 잘못을 저지른 사실을 알았죠. 이 사실을 알면 당신이 죽을지도 모른다고 생각했지만, 당신은 무엇이든 견딜 수 있을 만큼 강한 사람이네요. 죽든 살든, 이제 알겠어요?"

"왜 거품을 물어요?"

캐서린이 냉정하게 물었다.

"당신! 당신! 하나뿐인 자식을 사랑하는 척도 하지 않는 여자. 당신 같은 여자로 자라도록 아이를 방임하고 무시하는 데 만족하지 못하고 기어코 학대해야만 하는 사람, 다 형편없는 남자에 집착한 탓이잖아요!"

캐서린은 괭이를 집어 들었다.

"가버려! 꺼지라고. 당신이 마지막으로 할 일이야!"

"그럼 내가 깔끔하게 마무리할게요. 당신은 나를 건드리지 못해요. 당신을 마주보고 말할 거고, 당신은 거기 서서 결국 진실을 듣게 될 거예요. 내 말이 진실이라는 사실을 당신의 영혼으로 알게 될 거예요. 로버트 컴스탁이 저 수렁 가까이 다가간 이유는 자기가 어디서 오는지 들키지 않으려고 한 때문이었죠. 로버트는 엘비라 카니를 만나러 갔죠. 그날 밤 댄스파티에 갈 계획이었어요."

"입 다물어!"

캐서린이 지독하게 조용히 말했다.

"진실이 아니라면 감히 말하지 않는다는 거 알잖아요. 내가 한 말은 증명할 수 있어요. 나는 리즈에 다녀오는 길이었어요. 숲속은 더웠고, 한잔하러 엘비라네 술집에 들렀어요. 병상에 누워 있던 엘비라의 노모가 내가 온 줄 알고 이야기 좀 하자고 해서 잠깐 방으로 들어갔어요. 그때 로버트가 오는 모습을 봤어요. 엘비라는 집 밖으로 뛰어나가 로버트를

막았어요. 궁금해서 일부러 잘 보이는 곳으로 자리를 옮겼
죠. 로버트는 바이올린을 건네면서 그날 밤 숲에서 만나 춤
을 추러 가자고 했어요. 엘비라는 바이올린을 우물가 다락
방에 숨겨 두고 꼭 가겠다고 약속했죠."

"끝났나요?"

캐서린이 물었다.

"아뇨. 모든 이야기를 다 할게요. 엘노라에게 말하지 마
세요. 말하면 나도 당신을 가만두지 않을 거예요. 나는 그날
여기 없었지만, 내가 엘비라의 어머니하고 함께 있느라 정신
없어 눈치 못 챌 거라고 생각했겠지만, 로버트가 어떤 옷을
입고, 어느 방향으로 가고, 둘이 무슨 말을 나눈지 당신에게
말할 수 있어요. 괭이 내려놔요. 3년 전 엘비라에게 이 이야
기를 하고 로버트가 쓰던 바이올린을 엘노라에게 돌려주라
고 했어요. 엘노라는 그 뒤로 바이올린을 계속 연주했죠. 살
아 있으면 당신을 아프게 만들 남자 때문에 엘노라가 무시
당하고 학대받는 모습을 더는 보고 싶지 않아요. 로버트가
여섯 달만 더 살았다면, 다른 사람들은 다 알던 사실을 알게
됐겠죠. 로버트는 자기를 믿지 못하는 남자라서 어떤 여자
도 그 사람하고 함께 있으면 안심할 수 없어요. 이제 그 사
람을 향한 슬픔은 내려놓고 엘노라를 제대로 대해 줄래요?"

캐서린은 괭이를 더 단단히 잡고 돌아서서 숲을 가로질
러 엘비라 카니네 집으로 향했다. 고개를 돌린 채로 웅덩이
를 지나 꾸역꾸역 길을 따라갔다. 뒤쪽 울타리에 수건을 널
고 있던 엘비라 카니는 캐서린이 오는 모습을 보고 대문으
로 나왔다. 엘비라는 20년 동안 늘 이런 순간이 올까 봐 두
려워했다. 오랫동안 숨겨 온 바이올린을 꺼내 달라고 마거릿
신턴이 강요한 뒤부터 두려움은 기대에 더 가까워졌다. 죄

211

의 대가는 세상에서 가장 갚기 힘든 빚이고, 언제나 불편한 시간과 예상치 못한 장소에서 청구된다. 캐서린의 얼굴과 머리카락은 하얗게 질리고 까만 눈동자는 타들어 가는 듯했다. 그렇게 눈앞의 여자를 조용히 한참 응시했다.

"굳이 힘들게 올 필요 없어요. 당신은 죄인이에요!"

"마거릿이 뭐라고 했나요?"

비참한 여인은 울타리를 움켜쥐고 헐떡였다.

"진실! 죄책감이 당신의 얼굴, 눈, 가증스런 몸 전체에 가득하네요. 지난 몇 년 동안 한 번이라도 당신을 제대로 봤더라면 지금처럼 똑똑히 알 수 있었겠죠. 당신처럼 행동한 사람이라면 누구나 모든 사람이 알아볼 수 있는 흔적을 남길 수밖에 없어요."

"자비! 자비를 베푸세요!"

나약한 엘비라 카니가 숨을 헐떡였다.

"자비? 자비! 좋은 말씀이시네! 나한테 자비를 베풀었어? 로버트를 바닥이 보이지 않는 수렁에 빠트린 자비는 어디 갔고, 그걸 보게 내버려 둬서 지금까지 고통 속에서 몸부림치게 한 자비? 내 아기를 하루 종일 방치하게 한 자비는 어떻고? 자비! 감히 그런 말을 내게 써?"

"내가 겪은 고통을 안다면요!"

"고통? 흥미롭군. 그럼 당신은 무슨 고통을 겪었는데?"

"모든 이웃이 나를 의심하고 멸시했어요. 친구도 없었어요. 로버트의 죽음에 항상 죄책감을 느꼈어요! 당신처럼 로버트가 죽는 장면을 수천 번도 더 떠올렸어요. 웅덩이 건너편에서 당신이 무슨 말을 하는지 듣던 밤도 많았고, 당신이 하는 말을 더는 듣고 싶지 않아서 몸을 던지려 해도 그럴 수 없었어요. 신이 나를 영원히 불태우라고 하실 줄 알았지만, 지금 내 몸에 불이 붙어 매시간 천천히 생명이 줄고 있어요. 차라리 낫다 싶어요. 의사가 암이라고 하더군요."

캐서린은 긴 숨을 내쉬었다. 괭이를 움켜쥔 손에 힘이 풀리고 키가 우뚝 솟아올랐다.

"여기 올 때까지 내가 뭘 할지 몰랐고, 아무것도 생각하지 않았어요. 그런데 이제야 길이 보이네요. 영혼의 죄책감이 몸의 암이 됐다면, 신께서 이미 벌을 내리셨다면, 내가 할 일은 없겠네요. 내가 아무리 애를 써도 그 정도에 견줄 만한 벌을 줄 수는 없을 테니까. 그런 불로 목숨이 꺼질 때까지 타들어 간다면, 당신은 나한테 아무것도 빚진 게 없잖아요!"

"캐서린 컴스탁 씨!"

엘비라 카니가 울타리를 붙들고 신음했다.

"성경에 '죄의 삯은 사망이요'라는 말이 맞네요? 인생에서 여자가 해야 할 일 대신 유혹의 웃음과 공로 없이 얻은 천으로 만든 드레스를 선택했군요. 이제 당신은 꺼지지 않는 불에 타 죽을 운명이라고 말하네요. 그리고 그 남자! 함께한 시간은 짧지만 제 몫을 치렀네요! 바이올린 줄을 고친다며 오너배셔에 간다더니 당신에게 갔네요. 입술에 거짓을 올리고 떠났네요. 내게 한 사랑과 충실의 맹세는 당신 입술을 만진 뒤에 죄다 거짓이 됐어요. 그 사실을 숨기려고 수렁 반대쪽으로 다가가자 수렁은 손을 뻗어 그 사람을 붙잡았어요. 서두르지 않고요! 천천히, 신중하게 빨아들였죠."

"자비를! 자비!"

"나는 그 말 몰라요. 당신은 오래전 내 모든 것을 빼앗아 갔어요. 지난 20년 동안 자비를 배우지 못했어요. 나는 나나 내 아이에게 한 번도 자비를 베풀지 못했어요. 정의의 이름으로 왜 내가 당신이나 그 사람에게 자비를 베풀어야 하죠?

둘 다 나보다 나이가 많고 강하고 제정신이었는데요. 그 남자를 유혹한 일도, 그 남자가 나에게 불성실한 일도 다 직접 한 선택이잖아요. 방탕한 남자와 헤픈 여자가 신께서 정한 종말을 맞이했는데, 왜 내게 자비를 베풀라고 외치나요? 나하고 무슨 상관이죠?"

엘비라 카니는 숨을 헐떡이며 흐느꼈다.

"눈물이 나요? 내 눈물은 오래전에 다 말랐어요. 낭비된 내 삶, 흉측해진 얼굴과 머리카락, 수십 년 고된 노동, 이웃이 경작해 버려 폐허가 된 내 땅, 내가 기꺼이 목숨을 바치더라도 구하고 싶던 사람이 방울뱀한테 물려 죽을 가치도 없는 사람이라는 사실을 알고 나니 흘릴 눈물도 없어요. 그래도 눈물을 짜낸다면, 내가 내 딸에게 저지른 끔찍한 짓 때문이겠죠. 당신에게 손을 댄다면, 그건 바로 내 딸 때문이야."

"죽이려면 죽이세요. 죽어도 싸요. 상관없어요."

"당신은 딱 맞게 빠르게 죽어 가고 있군요. 그 사람을 건드릴 수 없는데 당신도 더 건드리지 않을 거예요. 인생에서 가장 성스러운 것으로 나를 속이는 일은 남자든 여자든 한 번이면 족해요. 흑사병에 걸린 사람을 만지지 않듯이 당신도 만질 수 없죠. 나는 내 아이에게 돌아갈 거예요."

캐서린은 몸을 돌려 빠르게 숲속을 떠났지만, 몇 발자국도 가지 못하고 멈춰 서서 괭이에 기대어 깊은 생각에 잠겼다. 그러고는 돌아섰다. 엘비라는 여전히 울타리에 기대어 흐느끼고 있었다.

"모르겠어요. 그런데 네기 당신에게 인상을 잘못 남겼어요. 신께서 벌로 불태워 죽이려고 암을 내렸다고 생각하지 않으면 좋겠어요. 나는 안 믿어요! 신을 많이 생각했어요. 하늘을 가득 채운 세상을 다스리시는 분이 우리를 내려다보고 수백만 명 죄인 중에서 당신을 골라 특별히 고문할 시간이 있다고 믿지 않아요. 신사적이지 않잖아요. 신은 신사적이에요. 내 생각에는 멍이 들고 피를 흘린 게 문제 같아요. 어쨌든, 아는 사람 중에 가장 깔끔한 가정주부이자 가장 신실한 기독교도 한 분이 암에 서서히 걸린 사실을 알려 주고 싶어요. 멍청한 의사가 부주의하게 치료한 탓에 병을 얻었죠. 신은 죄를 용서하고 질병을 치유하지 죄를 발명하고 퍼트리지 않아요."

몇 걸음 가다가 캐서린은 또 다시 돌아섰다.

"붉은 토끼풀 꽃을 많이 꺾어 와서 잿물처럼 진하게 우려 가지고 100그램 정도 마시면 도움이 될 거예요. 피를 식혀서 열감을 견디기 쉬워져요."

그러고는 캐서린은 재빨리 집으로 돌아갔다. 외로운 통나무집에 들어갈 수도 없고 밖에 앉아 생각할 수도 없었다. 얼굴과 몸에서 땀이 흘러내릴 때까지 사탕무밭을 뒤지며 괭이질을 한 다음 감자를 먹기 시작했다. 너무 지쳐서 일을 더할 수 없게 되자 목욕을 하고 마른 옷을 입었다. 옷을 정리하다가 남편이 정성스럽게 보관해 둔 옷을 발견했다. 그 옷을 한 아름 안고 늪으로 가져갔다. 오랜 시간 쌓인 먼지를 털어 내고 나방에 맞서 싸우면서 정성껏 관리한 옷들을 하나씩 녹색 구덩이에 던져 넣은 뒤 똑바로 서서 옷들이 늪에 천천히 빨려드는 모습을 지켜봤다. 방으로 돌아가 로버트 컴스탁이 쓰던 총들을 빼고 모든 물건을 모아 늪에 던져 넣었다. 그러고는 처음으로 문을 활짝 열었다.

이제 너무 지친 상태이지만 불안 때문에 멈출 수 없었다. 캐서린은 엘노라를 원했다. 그 소녀가 와서 판결을 내릴 때까지 기다릴 수 없었다. 마침내 더 가까이 다가가려고 캐서린은 계단을 올라가 엘노라의 방을 둘러봤다. 매우 낯설었다. 사진들도 낯설었다. 졸업식에 받은 소포와 꾸러미로 방이 가득했다. 벽은 누에고치로 덮여 있었고, 나방과 잠자리가 사방에 붙어 있었다. 침대 아래에 커다란 흰색 상자 여섯 개가 보였다. 하나를 꺼내 뚜껑을 열었다. 바닥에 얇은 코르크가 깔려 있고 긴 핀으로 커다란 벨벳 날개를 지닌 나방이 고정돼 있었다. 각각 라벨이 두 개씩 붙어 있었는데, 수컷과 암컷의 아랫 날개와 윗 날개 옆이었다. 나방은 색깔과 모양이 모두 제각각이었다.

캐서린은 숨을 가쁘게 몰아쉬었다. 엘노라는 언제 어디서 찾았을까? 여태 본 가장 아름다운 광경에 모든 상자를 열어 아름다운 내용물을 살폈다. 그럴수록 자기와 아이 사이에 있는 거리가 더욱 온전히 느껴졌다. 학교에 다니면서 그토록 많은 일을 몰래 해낸 엘노라를 도무지 이해할 수 없었다. 마지막 나방에게 가장 먼저 응원하고 도와야 할 엄마라는 사람이 오히려 실망을 안겨준 셈이었다. 엘노라는 자기를 당연히 미워할 수밖에 없었다.

캐서린은 조심스럽게 상자를 덮고 제자리에 놓고 서서 방을 다시 둘러봤다. 이번에는 본 적 없는 책 몇 권이 눈에 들어와서 한 권을 집어 들었는데, 나방에 관한 책이었다. 첫 페이지를 훑어보다가 열심히 읽게 됐다. 종의 분류까지 읽은 뒤 책을 내려놓고 다른 책을 집어 들어 서문을 읽었다. 그러자 머릿속에는 다양한 미끼와 밝은 불빛으로 나방을 잡는 아이디어가 혼란스럽게 떠올랐다.

깊은 생각에 잠겨 계단을 내려갔다. 가만히 앉아 있을 수도 없고 달리 할 일도 없어 시계를 흘끗 보고 저녁을 준비했다. 일이 지체됐다. 닭 한 마리를 잡아 서둘러 조리했다. 스파이스 케이크가 완성됐다. 잼으로 만들려고 하던 딸기를 쇼트케이크에 넣었다. 통나무집에서 맛있는 냄새가 풍겼다. 식탁을 여러 번 다듬은 다음 길을 내다보기 시작했다. 모두 준비된 뒤에도 엘노라는 오지 않았다. 조리한 음식을 따뜻하게 유지하고 상하지 않게 하려고 전전긍긍했다. 새들이 잠자리에 들고 땅거미가 졌다. 불을 끄고 저녁을 식탁 위에 차렸다. 그러고는 밖으로 나가 현관 계단에 앉아 밤이 다가오는 모습을 지켜봤다. 문이 삐걱거려 급히 일어나 보니 웨슬리 신턴이었다.

"캐서린, 마거릿하고 엘노라가 오후에 내가 일하던 곳을 지나갔는데, 마거릿이 마차에서 내려 울타리 쪽으로 나를 불렀어요. 자기가 한 일을 말했어요. 그래서 미안하다고 말하러 왔어요. 마거릿은 여러 번 그 말을 하겠다고 위협했지만, 나는 절대 실행에 옮기지 못했어요. 되돌릴 수 있다면 좋겠지만, 그럴 수 없으니 미안하다는 말을 전하러 왔어요."

"당신이 미안해할 일은 분명히 있어요. 그렇지만 생각이 다르네요. 무지한 채 사는 삶보다 진실을 아는 쪽이 덜 아프네요. 마거릿이 눈치가 조금이라도 있다면 벌써 나에게 말했겠죠. 내가 가장 뼈아픈 점은 로버트가 진정한 애도를 조금이라도 받을 가치가 없는 사람이라는 사실을 둘 다 알면서 나를 이 세월 동안 슬퍼하게 놔두고, 그래서 엘노라를 방치하게 한 점이에요. 내가 당신을 용서해야 할 일이 있다면 바로 이 사실이겠죠."

웨슬리는 모자를 벗고 벤치에 앉았다. 그러고는 엄숙하게 말했다.

"캐서린, 당신을 어떻게 대해야 할지 아무도 몰라요."

"나를 조금이라도 상식 있는 사람으로 대하는 일이 그렇게 어려운가요? 당신은 로버트가 익숙하지 않은 늪 쪽 길로 몰래 다니다가 마땅히 대가를 치른 사실을 알고 있었어요. 내가 볼 때 당신이 아는 사실을 나도 알게 되면 로버트를 못 잊고 아이를 방치하는 짓을 고칠 수 있었어요."

"우리도 그렇게 생각해서 자주 이야기를 나눈 사실을 하늘은 알 테지만, 둘 다 겁이 많았어요. 감히 말하지 못했죠."

"그래서 당신이 몇 년 동안 내가 엘노라를 방임하는 모습을 지켜볼 때 조금만 지혜로운 사람이라면 엘노라가 내 구원이라는 걸 알았겠죠. 아! 결혼한 지 1년도 안 됐어요. 신 앞에서 한 사랑과 정절의 맹세는 몇 달 만에 잊은 채 매혹적인 춤과 빛을 지닌 여인에게 거짓말까지 하면서 몰래 빠져들었죠. 뭘 기대하며 살았을까요? 남자와 여자를 잘 알아요. 명예로운 남자는 명예로운 남자이고 거짓말쟁이는 거짓말쟁이죠. 둘 다 타고날 뿐 만들어지지 않아요. 표범이 얼룩무늬를 바꿀 수 없듯 사람은 다른 사람으로 바뀔 수 없어요. 한 남자가 한 여자에게 처음 거짓말하기는 어려워도 다음 거짓말들은 쉽고 빠르게 산처럼 높이 쌓이죠. 거짓말들이 가져다주는 황폐함은 내가 겪은 모든 것을 완전히 빛을 잃게 만들었죠. 로버트가 여섯 달만 더 살았다면, 그러면 나도 그이가 어떤 사람인지 알았겠죠. 핏줄이죠. 로버트의 아버지와 할아버지는 춤추는 사람이었지만, 나는 굳게 믿었어요. 오하이오를 떠나 따로 이곳에서 살면서 로버트를 사랑하고 로버트가 하는 일에 관심을 가지면 로버트가 어엿한 남자가 될 수 있다고요. 자기를 속이는 존재를 바로잡으려는 노력은 정신이 온전한 여자가 감당해야 하는 어리석고 헛된 일 중에서도 가장 바보 같은 짓이에요. 당신과 마거릿이 진즉에 말해 주지 않아서 정말 안타까워요. 살아 있었다면, 몇 달만 더 살았다면, 나도 알았을 테고, 하루도 견디지 못했겠죠. 나하고 한 서약을 한 번 어기는 사람에게 다음 기회를 주지는 않을 테니까요. 나는 진실과 명예를 바친 만큼 돌려받을 권리가 있어요. 드디어 이해하게 돼서 기쁘군요. 이제 엘노라가 나를 용서해 준다면 남은 인생에서 뭘 할 수 있을지 새 출발을 하고 싶어요. 만약 용서받지 못하면 고통이 뭘 의미하는지 배우는 시간이 되겠죠."

"엘노라는 용서할 거예요. 그래야만 해요! 상황을 안다면 그럴 수밖에 없잖아요."

"엘노라가 집에 돌아오려 하지 않네요. 어디 있는지, 뭘 하는지 알고 있나요?"

"몰라요. 그렇지만 곧 올 거예요. 빌리하고 밤일을 같이 하러 가야 해요. 잘 있어요, 캐서린. 드디어 정신을 차려서 주님께 감사해요!"

두 사람은 악수를 나눈 뒤 웨슬리는 길을 따라가고 캐서린은 집으로 들어갔다. 음식을 삼킬 수 없었다. 뒷문에 서서 하늘을 바라봐도 나방은 그리 많지 않았다. 영혼은 침잠하고 숨을 고르게 쉴 수 없었다. 그때 앞문에서 소리가 들렸다. 엘노라가 계단참에 발을 딛고 있었다.

"어서 준비해, 엘노라. 저녁이 거의 다 식었어."

엘노라는 계단을 올라가 문을 닫고 난생처음 무거운 문고리를 걸어 아래층에서 아무도 들어오지 못하게 했다. 캐서린은 쿵 하는 소리를 듣고 무슨 뜻인지 알았다. 살짝 뒤척이며 문손잡이를 붙잡고 버텼다. 몇 분 정도 매달리다가 근처 의자에 앉았다. 한참 뒤 일어나서 반쯤 비틀거리며 찬장에 음식을 넣고 식탁에 식탁보를 깔았다. 한 손에는 램프를 들고 다른 한 손에는 버터를 든 채 육류 저장고로 향했다.

뭔가가 얼굴 가까이 스쳐 지나갔고, 때마침 통나무집 너머로 날아가는 날개 달린 생명체가 보였다.

"밤새였어."

중얼거렸다. 버터를 저장하려고 물속에 넣느라 잠시 멈출 때 다른 생각이 떠올랐다.

"나방인가 봐!"

캐서린은 버터를 내려놓고 램프를 든 채 서둘렀다. 팔이 아플 정도로 램프를 머리 위로 높이 들고 기다렸다. 밤의 곤충들이 모여들었고, 때 마침 작은 나방도 날아오지만 크기가 달랐다.

"잡으려면 곤충이 있는 곳으로 가야겠어."

눈이 많이 쌓인 날 가축에게 먹이를 줄 때 신던 튼튼한 장화를 들고 헛간으로 향했다. 장화를 뒷문 옆에 던져놓고 육류저장고 위 다락방으로 올라가서 낡은 라드기름등잔과 새로 만든 기름등잔을 찾았다. 등잔을 청소하고 기름을 채웠다. 계단 위에서 모두 조용할 때까지 30분 넘게 가만히 기다렸다. 11시가 넘었다. 그런 다음 부엌에 있던 등잔과 오래된 등잔 두 개, 성냥 한 줌, 실 한 뭉치를 들고 통나무집에서 나와 문을 살며시 닫았다.

뒷계단에 앉아 부츠를 신고 처음에는 자기 땅의 숲을, 다음에는 림버로스트 쪽을 응시하며 향기로운 6월 밤에 똑바로 서 있었다. 어두운 윤곽이 무서워 떨면서 정원을 지나 숲으로 향하는 길을 따라 갔지만, 웅덩이에 가까워지자 무릎이 흔들리고 용기가 사라졌다. 순한 밤 동안 두려움 없이 로버트를 애도하던 캐서린은 이제 로버트 컴스탁이 그곳 바닥에 있다는 사실을 자기가 마음속 깊은 곳에서 기쁘게 여긴다는 현실을 깨닫자 겁쟁이가 됐다. 계속할 수 없었다. 정원 뒤쪽으로 돌아 들판을 가로질러 도로로 나왔다. 곧 림버로스트에 도착했다. 옛 오솔길을 찾다가 통나무와 넝쿨과 풀 사이를 비틀거렸다. 무거운 장화가 발에 들러붙고 튀어나온 나뭇가지가 얼굴을 때리고 머리카락을 잡아당겼다. 그렇지만 날개 단 생명체를 쫓으려고 밤을 새며 하늘을 바라봤다.

어느새 크기가 적당한 뭔가가 팔랑거리며 날아가는 모습이 보였다. 여기가 어딘지 알 수 없지만 멈춰 서서 등잔에 불을 붙이고 손이 닿는 한 최대한 높이 들었다. 조금 떨어진 곳에 나머지 등잔을 달았다. 가까이 다가온 생명체가 박쥐라는 데 실망해 가슴이 무너졌다. 뱀이나 독충은 신경 쓰지 않고 축축한 늪 풀숲에 웅크리고 앉아 등불과 등불 사이를 이리저리 살피며 기다렸다. 한 번은 높이 비행하는 생명체가 라드기름등잔 근처에 떨어졌다. 숨을 죽이고 기다려 보지만 착각이었다. 낡은 등잔을 흘끗 쳐다보다가 새 등불을 바라보다 곧장 몸을 일으켜 살금살금 다가갔다. 작은 새만 한 뭔가가 주위에서 펄럭이고 있었다. 캐서린은 식은땀을 흘리며 손을 격하게 휘저었다. 가까이 다가가 손을 뻗자마자 비슷한 생명체가 지나가더니 둘 다 함께 날아갔다.

캐서린은 이를 악물고 벌벌 떨며 서 있었다. 메뚜기들이 울고, 쏙독새들이 지저귀고, 밤의 생명체가 윙윙거리는 소리가 한참 동안 귓가를 맴돌았다. 저 멀리 하늘에서 떨어지는 나뭇잎만 한 뭔가가 다가왔다. 불빛을 향해 곧장 날아갔다. 캐서린은 소리 내 기도했다.

"신이시여, 이쪽으로 오게 해주세요! 이쪽으로 오게 해주세요! 제발! 주님, 더 낮게 날아오게 해주세요!"

나방은 첫 번째 등잔 앞에서 망설이다가 마치 공기의 흐름을 따라가듯 천천히 손쉽게 두 번째 불빛을 향해 다가왔다. 나방은 등잔 근처 나뭇잎에 앉았다. 캐서린이 손을 뻗자 나방은 엷은 노란 비말을 뿌려 캐서린의 손과 주변 나뭇잎을 적셨다. 나방이 등 위로 날개를 세우자 캐서린이 손가락으로 날개를 잡았다. 나방을 불빛에 비췄다. 나방은 노란색보다는 갈색이고 오후에 상자에서 본 나방하고 비슷해 보였다. 표본을 완성하는 나방은 아니지만 엘노라가 원할지도 모르기 때문에 그냥 들고 있었다. 그러자 전능하신 분이 베푼 자비인지, 아니면 자연의 섭리에 충실한 덕분인지 나방은 동족을 유인하는 가루를 캐서린의 옷 앞쪽과 팔에 듬뿍 뿌렸다. 그러자 캐서린은 지금까지 없던 최고의 나방 미끼가 됐다. 주변에 있던 미국밤나무산누에나방들이 달려들었고, 밤에 날아다니는 다른 생명체들도 뒤따랐다. 나방들이 몰려들었다. 양손에 한 마리씩 들고 더 넣을 데가 없을 때까지 여기저기서 거칠게 낚아챘다. 더 많은 나방이 다가오자 오랜 흥분으로 고통스럽던 가슴이 몹시도 아팠다. 때때로 경건하지 않게 단절된 감탄사로 기도한 적은 있지만 지금처럼 더 간절한 마음으로 영혼을 담은 적은 없었다.

222

　나방이 오고 있었다. 양손에 나방을 하나씩 들고 있었다. 나방은 노란색이 아니고 어떻게 해야 할지 몰랐다. 잡은 나방을 지킬 방법을 찾으려고 주위를 둘러보는 동안 쿵쾅거리는 심장이 멈추고 모든 근육이 경직됐다. 2미터도 떨어지지 않은 곳에 웅크린 형체가 희미하게 보였고, 윤곽의 주인이 숨긴 듯한 눈동자 한 쌍이 차가운 시냇물 속에서 빛을 내고 있었다. 비명을 지른 뒤 목숨을 걸고 날아가고 싶다는 충동이 가장 먼저 일었다. 입술이 열리기도 전에 커다란 나방 한 마리가 가슴에 내려앉았고, 또 다른 나방이 머리카락 위에서 걸어 다녔다. 캐서린은 두려움을 버렸다. 자기가 죽인 노란색 나방을 구하지 못하면 살아있을 이유가 없다고 생각했다. 나뭇잎들 쪽으로 눈을 돌렸다.

"거기, 당신! 좀 도와줘요! 이리 나와 봐요. 이놈들이 날아간다고요. 빨리요!"

쉰 목소리로 외쳤다. 피트 코슨이 덤불을 헤치고 불빛 속으로 들어섰다.

"아, 너구나! 먼저 알아채야 했는데! 깜짝 놀랐어. 여기, 이걸 좀 잡아 줘. 나방 담을 주머니를 만들 동안. 조심해! 만약 망가지면, 너한테 무슨 일이 일어날지 장담할 수 없어!"

"무서운데요! 엘노라 때문인가요?"

피트가 웃으며 말하면서 앞으로 나와 손을 내밀었다.

"응, 오늘 아침에 화가 나서 나방 한 마리를 짓밟았는데, 운 나쁘게도 엘노라가 표본을 완성할 마지막 나방이었어. 같은 나방을 구하지 않으면 죽어."

"장례식이라는 말이네요. 같은 나방이 올 확률은 수십 분의 1도 안 돼요. 무슨 색이었어요?"

"노란색. 그리고 새처럼 컸어."

"아마 황제나방인가 봐요. 그런 종류는 찾기도 힘들어요. 재미 삼아 죽이면 안 돼요."

"그래도 구하려고 애써야지. 담을 주머니를 깜빡했네. 내가 다 만들 때까지 날개를 잡아 줘."

캐서린은 앞치마를 벗어 끈을 뗐다. 옥양목 드레스의 치마 묶는 끈을 풀어 벗었다. 뗀 앞치마 끈으로 드레스 치마의 허리하고 터놓은 쪽을 묶어서 막았다. 머리핀을 뽑아 다른 끈에 꽂은 뒤 돗바늘처럼 치맛단을 따라 끈을 통과시켜 큰 주머니를 만들었다. 나방이 달라붙을 나뭇가지 몇 개를 주머니에 넣고 입구를 살짝 닫아 피트 쪽으로 내밀었다.

"손을 조심해서 아래에 내려놔! 조심해! 나뭇가지에 부딪히지 않게! 천천히! 저거야. 이제 다른 거. 내 머리에 있던 나방은 사라졌어? 드레스에도 하나 붙어 있었는데 날아갔네. 여기 회색 나방도 있어."

피트는 나방 몇 마리를 주머니에 더 넣었다.

"이제 다섯 마리네요. 미안하지만 서두르셔야 해요. 등잔불 때문에 비상 호출을 받은 두 남자가 한 시간 안에 맹렬히 달려올 테니까요. 주머니를 들어 주거나 나방을 잡아 줄, 주말에 교회 학교에나 나올 법한 친절한 남자들이 아니에요. 빨리 가셔야 해요!"

캐서린은 주머니를 내려놓고 등잔을 밑으로 내렸다.

"한 발짝도 움직이지 않을 거야. 이 땅은 네 땅이 아니잖아. 여기서 나가라고 명령할 권리가 없어. 황제나방을 찾을 때까지 여기 있을 거고, 이 동네 작은 도둑놈도 나를 쫓아내지 못해."

"아줌마는 몰라요. 나도 기꺼이 엘노라를 돕고 싶고, 할 수만 있다면 아줌마도 돌보고 싶지만, 나한테는 너무 벅차요. 아무 이유 없이 불려왔다고 화낼 거예요."

"그럼 누가 그 사람들을 불러? 나방을 잡는 거야. 선량한 사람이 속아서 잠을 못 잔다고 해서 나를 해치거나 내 일을 멈추게 할 수는 없어."

"할 수 있고, 둘 다 할 거예요."

"글쎄, 진짜 그럴지는 봐야지! 로버트의 권총을 들고 왔어. 완전히 화가 나면 어떤 남자 못지않게 제대로 쏠 수 있어. 오늘 밤 나를 방해하는 사람은 누구든지 내가 미친 여자라는 걸 알게 될 거야. 저기 하나 더 있다!"

등잔불 빛 속으로 걸어 들어간 캐서린은 커다란 갈색 나방 한 마리가 자기 몸에 앉을 때까지 기다리다가 쉽게 잡았다. 그러자 불빛 속에서 연한 초록색 날것이 날아왔고, 캐서린은 쫓기 시작했다. 그러나 냄새가 달랐다. 나방은 높이 펄럭이다가 더 낮게 날았고, 더 낮게 날다가 갑자기 멀리 날아갔다. 캐서린은 손을 뻗어 나방을 쫓았다. 이리저리 서둘러 달리다가 뭔가에 걸려 넘어졌다. 재빨리 몸을 일으켜도 나방은 보이지 않았다. 캐서린은 들뜬 얼굴로 쭈그려 앉은 남자에게 다가갔다.

"이 더러운 사탄의 자식! 왜 거기 숨어 있어? 너 때문에 열심히 찾던 나방을 놓쳤잖아. 여기서 나가! 지금 당장 안 나가면 네 쓸모없는 시체를 구멍투성이로 만들어서 옥수수 가루를 체 칠 때 쓰게 만들 테니까. 가라고! 난 오늘 밤 림버로스트에서 있을 거고, 악마도 막지 못할 거야! 나머지 놈들은 그냥 집에 가라고 해. 피트가 도울 테니까 얘만 있으면 돼. 이제 가!"

남자는 돌아서 떠났다. 피트는 나무에 기대어 입을 다물고 몸을 떨며 웃고 있었다. 캐서린이 헐떡이며 돌아왔다.

"늙은 악당 때문에 놓쳤어! 누구라도 여기를 기웃거리면 초장에 날려 버릴 거야. 말할 시간도 없어. 노란색 나방이었다면! 당연히 죽었지! 림버로스트는 오늘 밤 안전하지 않아. 그 새끼들이 빨리 알면 알수록 더 좋겠지."

피트는 웃음을 멈추고 캐서린을 바라봤다. 캐서린이 진심을 말하고 있다는 사실을 깨달았다. 이성이나 감각, 두려움을 뛰어넘은 상태였다. 부드러운 밤공기가 관자놀이 주변에 젖은 머리카락을 감돌았고, 깜빡이는 등불에 캐서린의 얼굴이 섬뜩한 녹색으로 변했다. 절대 멈추지 않을 듯했다. 피트는 갑자기 모범적인 태도로 나방을 잡기 시작했다. 한 마리를 가방에 넣는 순간 다른 나방이 도망쳤다.

"다시는 그렇게 하면 안 되겠네. 이제 어떻게 하지?"

"오두막으로 가야겠어요. 제가 나방을 넣을 수 있겠어요. 나머지는 거기에 넣을 수 있을 거예요."

"좋은 생각이야! 공간이 넓어서 서로 다칠 염려도 없고, 책을 보니까 나방은 낮에는 방해를 받지 않는 한 날지 않는데. 날이 밝으면 안 날 테니 엘노라랑 함께 가서 잡으면 돼."

두 마리를 더 잡고 피트는 나방들을 오두막에 옮겼다.

"큰 놈이 와요!"

피트가 돌아오면서 외치자 캐서린은 고개를 들어 입으로 기도를 올리며 발을 내디뎠다. 색깔을 구분할 수 없는 거리이지만 다른 나방들하고 달라 보였다. 나방은 낮게 날면서 등잔과 등잔 사이를 오갔다. 나방이 가까이 다가오자 캐서린은 외쳤다.

226

"하나님 아버지! 노란색이야! 조심해, 피트! 모자에 있어!"

피트는 한참을 쓸어내렸다. 나방은 모자 위에서 흔들리며 날아갔다. 캐서린은 나무에 기대어 떨리는 손으로 얼굴을 가리며 울부짖었다.

"벌인가 봐! 오, 주님, 저런 나방을 제게 주신다면 더 나은 여자가 되겠습니다!"

황제나방이 다시 눈에 들어왔다. 피트는 긴장한 채 서 있었다. 캐서린은 불빛 속으로 걸어 들어가 나방의 진로를 지켜봤다. 그러자 두 번째 나방이 첫 번째 나방을 쫓아 나타났다. 더 큰 나방이 다시 한 번 빛의 반경 속으로 들어왔다. 남자의 얼굴에 땀이 흘러내렸다. 남자는 모자를 반쯤 들었다.

"기도하세요, 아줌마! 기도! 당장 기도해요!"

"라드기름등잔 옆에서 하면 좋겠어. 주님은 모두 기도라

는 것을 알고 계시지만 지금은 말을 할 때가 아니야. 준비
해, 피트! 네가 먼저 잡아!"

피트가 한 번 더 천천히 쓸어내리지만 나방은 모자 아래
쪽으로 향했다. 나방은 곧장 캐서린에게 날아갔다. 캐서린
은 페티코트 허리에 끼워 둔 남은 앞치마를 꺼내서 앞에 들
었다. 나방은 앞치마에 온몸을 부딪치며 달라붙었다. 피트
가 슬그머니 다가갔다. 두 번째 나방이 첫 번째 나방에 이어
앞치마에 가루를 뿌렸다.

"잠깐만요! 자리 잡았나 봐. 책에서 보니까 자리 잡으면
떠나지 않는다고 하던데."

캐서린이 숨을 헐떡였다.

크고 옅은 노란색 생명체는 단단히 달라붙어 날개를 오
르락내리락했다. 다른 한 마리가 가까이 다가왔다. 캐서린
은 손으로 단단히 천을 잡고 있었고, 피트는 캐서린의 가쁜
숨소리를 들을 수 있었다.

"이제 잡을까요?"

"기다려! 뭔가 기다리라고 말하고 있어!"

밤바람이 거세게 불어 앞치마가 살짝 흔들렸다. 메뚜기
가 울고 모기가 윙윙거리고 개구리가 쉬지 않고 개굴개굴했
다. 사향 냄새가 천천히 공기를 가득 채웠다.

"이제 잡을까요?"

"아니, 내버려 둬. 이제 안전해. 나방들은 이제 내 거야. 내
구원이야. 신과 림버로스트가 줬어! 몇 시간 동안 움직이지
않을 거야. 책에 그렇게 적혀 있어. 하느님 아버지, 당신과
피트 코슨에게 감사합니다! 너는 나를 도와준 좋은 사람이
야. 이제 집에 가서 내 딸을 만날 수 있겠군."

갑자기 캐서린이 주저앉았다. 앞치마를 무릎 쪽에 걸고

펼쳤다. 나방들은 놀라지 않았다. 그러자 피곤에 지친 창백한 얼굴을 떨어트리고 영원히 마르지 않을 줄 알던 눈물이 솟구치며 순수한 기쁨에 흐느꼈다.

"와, 나라면 지금 그러지 않을 텐데요! 두 마리를 얻을지 상상도 못했어요. 만약 한 마리도 구하지 못하면 아줌마가 울 수도 있다고 생각했어요. 자, 어서요. 아침 다 됐어요. 집에 데려다줄게요."

피트가 위로했다. 피트는 주머니와 낡은 등잔 두 개를 챙겼다. 캐서린은 나방과 새 등잔을 들고 길을 밝히며 앞섰다.

엘노라는 밤이 깊도록 창가에 앉아 있었다. 옷을 벗고 잠자리에 들어도 잠은 오지 않았다. 학교 이사회 위원들을 만나 수업에 관해 이야기하러 시내로 나갔다. 나방을 다 찾으면 그해 가을에 대학교에 입학할 수 있을지 모르지만, 찾지 못하면 학교에서 수업을 해야 했다. 격려를 조금 받아도 비참한 생각에 귀에 들리지 않았다. 엄마하고 함께 있는 동안 실망할 일들이 계속 이어지고 인생의 어떤 길도 열리지 않았다. 그렇지만 마거릿 신턴은 집에 가서 다시 한 번 시도해보라고 조언했다. 마거릿은 더 나아지리라 확신했고, 엘노라는 희망이 없지만 동의했다. 핏줄의 끈이 강해서 하루가 지난 뒤에도 다른 곳에 집을 구할 결심을 할 수 없었다. 잠들지 못하다가 방이 따뜻해지자 일어나 창문을 닫고 바닥에 앉았다. 늪에서 보이는 불빛이 눈을 사로잡았다. 나방 수백 마리가 거기에 있기 때문에 매우 불안해졌다. 그렇지만 돈도 그렇고, 아무도 책이나 기구에 손댄 적이 없었다. 불빛을 보면서 생각에 잠겼고, 어느새 공포에 휩싸였다.

서둘러 계단을 내려가며 엄마를 불렀다. 대답은 없었다. 조심스레 거실을 가로질러 열린 문을 들여다봤다. 아무도 없고 침대를 쓴 흔적도 보이지 않았다. 엄마가 늪에 가 있다는 생각이 퍼뜩 들었고, 림버로스트에는 신호들이 가득했다. 소녀의 마음속에는 연민과 두려움이 뒤섞였다. 소녀는 부엌문을 열고 정원을 가로질러 늪으로 달려갔다. 늪에 다가가자 귀를 기울여도 평범한 밤의 소리들뿐이었다.

조심스럽게 엄마를 불렀다. 더 크게 엄마를 불렀다.

그렇지만 아무 소리도 들리지 않았다. 겁에 질린 엘노라는 서둘러 통나무집으로 돌아왔다. 뭘 해야 할지 몰랐다. 림버로스트의 불빛이 뭘 의미하는지 깨달았다. 엄마는 어디 있을까? 집에 들어가기도 겁이 났지만, 밖에 있으려 해도 점점 더 춥고 두려워졌다. 결국 엄마 방에 가서 총을 집어 들고 부엌에 들어가 난로 뒤 작은 구석에 웅크린 채 떨면서 기다렸다. 엄마 목소리가 들릴 때까지 끔찍하게 긴 시간이 흘렀다. 그러다 누군가 아파서 자기를 부른다고 생각하고는 용기 내어 부엌을 가로질러 재빨리 문을 열고 식탁 옆으로 몸을 숨겼다.

캐서린이 무거운 발을 끌며 들어왔다. 드레스 허리는 거의 찢어져 치마는 사라지고 페티코트는 축축하게 젖어 있었다. 머리카락은 물 먹은 끈처럼 늘어지고 눈은 울어서 충혈돼 있었다. 한 손은 등잔을 들고 다른 한 손은 웅장한 황제나방 한 쌍이 앉은 옥양목 뭉치를 들고 있었다. 엘노라는 입술이 벌어지며 넋 놓고 엄마를 응시했다.

"이걸 부엌에 둘까요?"

한 남자의 목소리가 들렸다. 소녀는 다시 그림자 속으로 몸을 움츠렸다.

"응, 문 안쪽 아무 데나."

캐서린이 남자 쪽으로 몇 발자국 움직이며 대답했다. 피트의 머리가 나타났다. 나방을 내려놓고 사라졌다.

"고마워, 피트, 이번에 정말 고마웠어!"

등잔을 식탁 위에 올려놓고 문을 잠갔다. 엄마가 돌아서자 엘노라가 시야에 들어왔다. 캐서린은 엘노라에게 몸을 기울이며 나방들을 내밀었다. 한 번도 들어본 적 없는 생생한 목소리로 말했다.

"엘노라, 우리 딸, 엄마가 또 다른 나방을 찾았단다!"

13장

엘노라에게 가닿는 엄마의 사랑, 나방 채집을 도울 사람을 찾는 엘노라

새벽녘 잠에서 깬 엘노라는 낯선 방을 멍하니 바라봤다. 남자 옷가지와 물건이 흔적도 없이 사라진 사실을 알아차렸고, 그런 변화가 무엇을 뜻하는지는 굳이 설명할 필요도 없었다. 몇몇 이유 때문에 아빠를 떠오르게 하는 물증이 몽땅 증발했고, 마침내 딸은 아빠를 대신할 수 있게 됐다. 엘노라는 고개를 돌려 엄마를 쳐다봤다. 캐서린은 창백하고 초췌해 보였지만, 얼굴에는 딸이 한 번도 본 적 없는 마음에서 우러난 평화가 깃들어 있었다. 머리맡 옆 베개 위에 놓인 이 목구비를 찬찬히 살피는 소녀의 심장이 부드럽게 고동쳤다. 엄마가 겪은 고통을 누구보다 잘 알기 때문이었다. 어두운 밤을 생각할 때면 전율에 가까운 두려움이 들이닥쳤다. 엘노라는 침대에서 살며시 빠져나와 방으로 가서 옷을 입고는 황제나방을 맞이하고 아침 식사를 준비하러 부엌으로 들어갔다. 황제나방 두 마리가 옥양목 조각에 달라붙어 있었다. 옥양목 조각이 있었고, 아름다운 날개 조각이 몇 개 보였다. 생쥐가 잡아먹은 황제나방이었다. 엘노라는 숨이 턱 막혔다.

"이토록 끔찍한 행운이라니!"

엄마가 처음에 한 생각대로 엘노라는 생쥐가 먹고 남긴 부스러기를 모아 벽난로 잿더미 속에 묻었다. 가방을 방으로 가져가 서둘러 내용물을 꺼내지만 노란 나방은 더는 없었다. 엄마는 림버로스트에 놓아 둔 상자에 몇 마리가 보이더라고 말했다. 그 안에 황제나방이 있을지도 모른다는 희망은 아직 남은 채였다. 딸은 여전히 곤히 잠든 엄마를 힐끗 바라봤다.

엘노라는 큼지막한 모기장 조각을 집어 들더니 늪으로 달렸다. 모기장 조각을 상자 위에 던져 놓고는 문을 열었다. 소녀는 비틀거리며 안타까워 몸부림쳤다. 나방 여러 마리와 그 나방들이 찾아 헤맨 짝들은 어둠 속으로 탈출하려 날개를 퍼덕이다가 상자 안에 있는 다른 표본들을 망가트리고 가장자리에 박힌 핀에 찢겨 떨어져 나갔다. 인도인이 의뢰한 희귀 나방 표본에서 3분의 1은 더듬이, 다리, 날개가 없었고, 종종 머리도 사라진 채였다. 소리 내어 흐느끼던 엘노라가 마침내 입을 열었다.

232

"정말 너무해. 이런 일은 나를 운명론자로 만들어. 모든 일이 처음부터 정해진 대로 벌어지고 있다고 생각하기 시작한 나한테 이런 일은 적어도 올해는 내 인생에 대학이란 없다는 현실을 확실히 알려 주거든. 내 인생은 산꼭대기 아니면 협곡이라고. 누군가 며칠 동안만이라도 나를 '푸른 목초지'로 이끌면 좋겠어. 어젯밤에는 엄마 품에 안겨 잠들었고, 나방은 모두 안전했고, 사랑과 대학이 눈앞에 또렷했지. 오늘 아침에 일어나니까 모든 희망이 무너졌어. 엄마가 나를 돕기는커녕 소중한 표본을 망가트린 사건을 알릴 엄두가 나지 않아. 모든 것은 사라지지. 사랑이 살아남지 않는다면 말이야. 사실 그렇게 되기 싫었어. 얼른 가서 봐야겠다."

사랑은 남아 있었다. 실제로 오랫동안 냉담하게 억눌린 마음이 흘러넘치면서 소녀는 격정적인 애정 표현과 관대한 제의에 거의 질식할 뻔했다. 그 하루가 다 가기도 전에 엘노라는 자기가 엄마를 제대로 안 적 없다는 사실을 깨달았다. 지금 부산하게 오두막을 살피는 여자, 밝고 열정적이고 조심스럽고 끊임없이 계획을 세우는 캐서린은 낯선 사람이었다. 그전하고는 얼굴이 다르기는 했지만, 하룻밤 새에 20년 동안 이어진 언짢은 기색이 목소리에서 사라지고 달콤하면서도 유쾌해지는 일은 불가능해 보였다.

그 뒤 며칠 동안 엘노라는 엄마가 가져온 나방 표본을 판에 고정했다. 새 아줌마를 찾아가 눈앞에 벌어진 재앙에 관해 말해야 했지만, 캐서린은 하필 새 아줌마가 여행을 떠난 때 엘노라가 나방을 전달한 모양이라고 생각했다. 엘노라가 눈앞에 벌어진 일을 제대로 전했으면, 캐서린은 다시 림버로스트를 차지한 채 부서진 표본을 모두 새것으로 바꿀 때까지 나방을 채집해야 하는 상황이었다. 그러나 엘노라는 목록에 맞춰 나방을 쌍으로 수집하는 일이 어떤 의미인지 경험으로 알고 있었다. 잃어버린 나방들을 새 표본으로 대체하려면 적어도 2년 동안 여름 내내 꾸준히 노력해야만 했다. 새 아줌마가 떠날 때 엘노라는 오너베셔 고등학교 교장을 찾아가 기숙사에 들어가게 힘을 좀 써 달라고 부탁했다.

다음 날 아침 엘노라는 마지막 나방 표본을 고정했고, 집 안일을 모두 끝냈다.

"엄마만 괜찮다면 슬리피 스네이크 강 어귀 숲속 목초지에 가서 잠자리나 나방을 잡고 싶어요."

"칼이랑 양동이 준비할 때까지 기다려. 나도 같이 가자. 깊은 풀숲 사이에서 자라는 민들레가 초록색에다 충분히 연한 법이야. 나도 우연히 뭔가를 볼 수 있을지 모르잖니. 내가 눈썰미는 꽤 날카롭거든."

"엄마가 얼마나 젊은지 좀 깨달으면 좋겠어요. 오너베셔에는 엄마보다 열 살은 더 많지만 스무 살이나 어려 보이는 여자들이 수두룩해요. 엄마도 멋진 머리를 하고 어울리는 옷을 입으면 그렇게 될 거예요."

"이 머리 때문에 나는 죽을 때까지 할머니 자리를 벗어나지 못할걸."

흥분한 엘노라가 소리쳤다.

"아뇨, 안 그래요! 두통 때문에 엄마처럼 머리가 하얘도 얼굴은 젊고 아름다운 스물여덟 살짜리 여자를 본 적 있어요. 얼굴이 조금만 더 동그래지고 주름만 사라지면 엄마도 정말 예뻐질걸요!"

캐서린은 웃음을 터트렸다.

"이 욕심꾸러기! 엄마가 새롭게 예뻐지면 다들 만족할 텐데, 넌 엄마 외모부터 불평하다니. 이 욕심쟁이야!"

"좋은 말이에요. 혐의 인정! 그냥 흘려보낸 시간에 욕심이 났거든요. 다른 여자애들 엄마처럼 젊고, 사랑스럽고, 멋지게 차려입고, 인생 즐기는 엄마가 보고 싶어요."

캐서린은 길가에 자라는 관목과 덤불을 꼼꼼히 살펴볼 수 있게 턱끈 달린 선 보닛을 뒤쪽으로 밀면서 부드럽게 웃었다. 엘노라는 어깨에 가방을 걸치고 손에는 그물을 든 채 앞으로 걸었다. 머리는 드러낸 채 무명으로 만든 연보라색 깅엄 드레스의 롤칼라를 목 부분에서 브이 자로 자르고 소매는 팔꿈치까지 걷어 올렸다. 캐서린은 눈이 아플 때까지 몇 걸음 걸을 때마다 멈춰 서서 주의 깊게 뒤졌지만, 손에 든 양동이에는 민들레가 하나도 없었다.

6월 초가 되자 숲은 싱그러운 풀과 화사한 꽃, 지저귀는 새, 날개를 활짝 펼친 온갖 생물로 가득 찼다. 오솔길을 따라 내려가면서 엄마와 딸은 완벽한 아침을, 하느님과 모든 자연에 바치는 사랑을 마음속에 품고 있었다. 마침내 강가에 닿은 두 사람은 물줄기를 따라 다리 쪽으로 나아갔다. 캐서린은 지천으로 핀 보송한 민들레를 보고는 꽃으로 양동이를 채우려 발길을 멈췄다. 그런 다음 물가에 앉아 초록색 풀을 따면서 강물이 읊조리는 6월의 노래를 들었다.

부르면 들릴 만한 거리에서 오가던 엘노라는 괜찮은 성과를 거두는 중이었다. 그러다 개울을 건너 물길을 따라 다리에 다다랐다. 거기에서 침목과 바닥재 아래쪽에 고치가 있는지 꼼꼼히 살피기 시작했다. 캐서린은 엘노라와 물 위로 솟아난 막대 몇 개를 지켜봤다. 기다란 녹색 잎사귀를 두드리며 앉아서 딸이 좋아하는 하얀 꽃봉오리를 조심스레 고르던 엄마는 낯선 물보라에 눈길이 갔다.

물굽이를 돌아 한 남자가 나타났다. 맨머리에 흰 스웨터를 걸치고 허리까지 오는 낚시용 방수복을 입고 있었다. 남자는 강둑 위를 걷다가 어쩔 수 없을 때만 물에 들어갔다. 엉덩이에 괴상한 바구니를 묶고 짧은 낚싯대를 든 채 개울을 따라 늘어트린 긴 줄을 돌리며 조그만 부유물을 능숙하게 조작했다. 남자가 자기보다는 엘노라에 더 가까운 거리였지만, 캐서린은 서두르면 눈에 띄지 않은 채 낯선 사람이 온다는 경고를 할 수 있다고 생각했다. 엄마는 다리에 도착하자마자 묘목을 붙잡고 물 위로 몸을 구부려 딸을 불렀다. 입을 벌려 말을 하려던 엘노라는 잠깐 망설이며 물 위를 스쳐 날아가는 곤충을 바라봤는데, 그때 남자가 일으킨 물보라에 몸이 흔들렸다.

엘노라는 다리 밑에서 한쪽 무릎은 강둑에 고정한 채 물에 잠긴 다른 쪽 발로 몸을 지탱했다. 머리카락은 바람과 덤불에 흐트러지고 얼굴은 붉어진 채 머리 위로 팔을 들어 올려 겨우 찾은 누에고치를 떼려고 했다. 캐서린은 꺼내려 한 말을 끝내 입 밖에 내놓지 못했다.

"제가 떼어 드릴 수 있어요."

엘노라가 소리 나는 쪽을 내려다봤다. 캐서린은 움찔하고 물러섰다. 목소리 주인은 건장한 체격, 넓은 어깨, 가늘고 곧은 몸피에 견줘 지나치게 하얗지만 놀라울 정도로 매력 있는 얼굴을 지닌 젊은 남자였다.

"오, 그래주시면 좋죠! 진짜 찾기 힘들거든요. 사랑스러운 옅은 빨간색 얼룩 고치인데, 책에서 봤어요. 어두운 곳에서 빛을 피한 덕분이지 싶어요."

"그래요? 잠깐만요. 저는 처음 봐요. 그런 위치라면 세크로피아나방이 아닐까요."

"물론이죠. 이곳은 너무 서늘해서 나방이 아직 나오지 않았어요. 고치가 크고 헐렁한데 여우 꼬리처럼 빨개요."

"야, 운이 좋네요! 혹시 나방 표본 만들어요?"

소리치듯 말한 남자는 낚싯줄을 감더니 덤불에 낚싯대를 드리워 놓고는 제방을 따라 엘노라 옆으로 올라간 뒤 칼을 꺼내어 고치 주위에 깊은 홈을 파기 시작했다.

"네. 나방들이랑 함께 오너베셔에서 고등학교를 다녔거든요. 이제는 대학을 목표로 수집을 시작하려고요."

"오너베셔! 지금 그곳에 가려고 하는데. 혹시 제가 만날 사람, 그러니까 암몬 씨 알아요? 그 의사가 우리 삼촌이에요. 저는 시카고 살아요. 얼마 전에 장티푸스에 걸렸죠. 아주 심하게 앓았어요. 6주 동안 입원했으니까. 제대로 기운을 차리지 못해서 삼촌한테 왔어요. 여름 내내 바깥에서 지내면서 건강해질 때까지 운동하라고요. 우리 삼촌 알아요?"

"그럼요. 마거릿 아줌마 주치의인데, 우리 주치의이기도 하지만 우리야 뭐 아플 일이 없죠."

"그래요, 그렇게 보여요!"

남자가 엘노라를 한눈에 살피면서 말했다. 엘노라는 한숨을 쉬었다.

"낯선 사람들은 늘 그런 말을 하죠. 창백하고 나른한 여자가 돼서 마차를 타면 어떻게 보일지 궁금하네요."

"하하! 저한테 물어보세요! 정말 귀엽겠는데요. 저는 이 두 발이 정말 자랑스러워요. 지금 두 발로 서 있는 것도 용하죠. 되도록 물을 피해야 하고 800미터마다 멈춰서 쉬어야 해요. 그렇지만 재미있는 야외 작업 덕분에 일주일이면 회복할 거예요."

"이걸 작업이라고 불러요?"

엘노라가 개울을 가리켰다.

"네, 그럼요! 거의 5킬로미터나 걷는 동안 강둑은 자랑하기에 너무 질퍽하고, 미끼를 무는 물고기도 없었죠. 고된 노동이라고 부를 만하지 않아요?"

"네, 그렇군요, 하하. 과로사할 수도 있고 물고기를 못 잡을 수도 있는 노동이죠. 슬리피 스네이크 강에 송어가 있다는 말은 누구한테 들었어요?"

"삼촌이 낚시해도 된다고 하던데요."

"아, 아무리 노력해도 송어는 잡을 수 없을 거예요. 여기는 너무 남쪽이고 따뜻하거든요. 강둑에 앉아서 지렁이를 미끼로 쓰면 농어나 메기는 잡을 수 있을지도 몰라요."

"그런데 그러면 운동이 안 돼요."

"음, 운동이 목적이라면 계속 낚시를 하세요. 매일 밤 그러다 보면 당장 보이지 않아도 성과가 나타날 테니까요."

"절대 반대입니다."

단호하게 말한 남자는 다시 일을 멈추고 엘노라를 바라봤다. 이 모습을 지켜보는 엄마도 남자를 비난할 수 없었다. 다리 밑 그늘에 자리한 엘노라는 밝은 머리카락과 연보라색 드레스 덕분에 감상하기 충분한 그림 속 주인공이 됐다.

"절대 반대입니다!"

남자가 같은 말을 반복했다.

"작업할 때면 결과를 보고 싶어요. 하루 종일 낚시하는데 물고기를 잡지 못하는 쪽보다는 나무를 톱질해서 한 더미는 작게 쌓고 다른 더미는 크게 쌓는 연습을 하는 쪽이 낫거든요. 일을 위한 일은 매력이 없어요."

남자는 능숙한 손놀림으로 고치 주위에 홈을 팠다.

"이제 좀 재미있네요! 자르는 데 상당한 힘이 들겠지만, 일단 다 끝내면 아름답고 값도 꽤 나가겠죠. 앞으로 진로에도 도움이 될 테고요. 저는 낚싯대 들고 나방을 채집할 거예요. 이런 식으로 말이죠! 도움이 필요하지 않아요?"

238

엘노라는 딴청을 부렸다.

"나방 채집 해본 적 있어요, 암몬 씨?"

"제일 흔한 나방을 구별하는 법도 나방 다루는 법도 충분히 잘 알죠. 저는 뒷날개나방에 열광해요. 그냥 보면 많은 나방들이 다 비슷해 보이지만 저는 모두 알거든요. 열 살쯤에 뒷날개나방 한 마리가 제 방으로 날아온 적이 있었는데, 우리는 기적이라고 생각했죠. 아무도 본 적이 없기 때문에 박물관에서 일하는 도시 박사에게 가져갔어요. 도시 박사는 우리 주변에서 흔한 나방이지만 밤에 날아다니기 때문에 못 본다고 했죠. 그러고는 박물관 표본을 딱 보여 줬는데, 정말 흥미로워서 제가 잡은 나방을 집으로 가져가서는 곧장 나방 채집을 시작했어요. 그때부터 해마다 한 달 일찍 별장에 간 덕분에 여러 나방을 찾을 수 있었어요. 온 가족이 저를 도왔죠. 대학에 갈 때까지 계속했어요. 그러다가 어머니가 큰 나방 사이에 작은 나방을 보관하기가 아주 힘들어하니까 아버지가 나방을 박물관에 기증하라고 조언하셨죠. 제 이름을 새긴 멋진 케이스도 사 주셨는데, 그 일이 제가 과학에 기여한 유일한 공로였어요. 제가 충분히 도와 드릴 수 있어요."

"올해는 북쪽으로 안 가세요?"

"이 열병이 치료되는 데 달렸죠. 삼촌은 시카고 날씨가 밤에는 너무 춥고 낮에는 너무 덥다고 하셨어요. 제가 다시 건강해질 때까지 기온이 일정한 곳에서 지내는 게 낫다고 생각하시죠. 예전의 저로 돌아갈 때까지 삼촌 곁에 꼭 붙어 있으려고요. 가족들은 아무도 동의하지 않겠지만, 거의 죽을 뻔했어요. 열이 천천히 오르는 상태보다 신경을 더 빨리 좀먹는 일은 없대요. 괜찮아요, 충분해요. 의사 삼촌하고 함께 있으니 다시 열이 오르면 빨리 조치를 취해 주겠죠."

"뭐라고 탓하는 말이 아녜요. 저는 아파 본 적은 없지만 진짜 끔찍하겠어요. 그런 상황 때문에 지쳐 있을까 봐 걱정되네요. 잠깐이라도 제가 칼이라도 들고 있을게요."

"오, 그 정도로 나쁘지는 않아요! 그러면 강물 속을 걷지도 못했겠죠. 며칠만 견디면 다시 안정적으로 설 수 있어요. 곧 여기에서 빠져나갈 거예요."

"정말 친절하시네요. 껍질을 벗기다 보면 표본에 쓸 고치를 망가트리고 나방한테 해를 끼칠 수도 있거든요."

"제가 여기 머무는 동안에는 도울 수 있다는 말은 아직 안 하시네요."

엘노라가 망설였다.

"'네'라고 말하는 편이 나을 거예요. 진정한 친절이 될 수 있으니까요. 그러면 온종일 야외에서 일하고 지낼 동기 부여도 될 거예요. 잘할 수 있어요. 일주일도 안 돼서 보여 줄게요. 설탕, 조명, 거울 같은 모든 전문적 방법도 쓸 줄 알아요. 내기해요. 저기 오래된 늪지에 나방이 많다니까요."

"맞아요. 제가 채집한 나방은 대부분 그곳에서 잡았어요. 며칠 전 밤에 엄마가 거기서 여러 마리를 잡았지만, 무서워서 혼자는 못 가죠."

"그러니까 제가 더 필요하죠. 어디 살아요? 좋다는 대답을 못 들으면 학생 엄마한테 가서 내가 누군지 말하고 도와도 되는지 물을게요. 경고하는데, 젊은 아가씨, 나는 어머니들에게 매우 효과적인 방법을 알아요. 어머니들은 내가 하는 부탁을 거절하는 법이 거의 없거든요."

"우리 엄마를 만나면 새로운 경험을 하게 될걸요. 누구나 예상할 수 있는 행동을 한 적이 없었으니까요."

고치가 떨어졌다. 필립 암몬은 강둑을 내려와 엘노라에게 손을 내밀었다. 엘노라는 혼자서 하던 대로 고치를 들고 샅샅이 돌려 보며 안에 잠든 성충이 살아 있는지 확인했다. 그러고 나서 암몬은 고치를 다시 가져와 가장자리를 매끄럽게 다듬었다. 캐서린은 그 자리에 서서 두 사람을 한참 바라보다가 민들레 곁으로 돌아왔다. 자기 일에 열중하다가 가끔 멈춰서 가만히 귀를 기울였다. 남자는 고치를 보석인 양 조심스럽게 들고 강물을 따라 내려왔고, 엘노라는 낚시에서 얻은 교훈을 되새기며 강둑을 따라 걸었다. 소녀는 흥분한 까닭인지 얼굴이 붉어지고, 눈이 빛나고, 머리카락이 수풀에 이리저리 흩날렸다. 완벽한 사랑스러움을 묘사한 그림도 엘노라를 뛰어넘을 수 없었고, 필립 암몬의 두 눈은 제대로 기능하는 듯했다. 엘노라가 목청껏 불렀다.

"엄……마!"

사랑의 응답을 가져다주리라는 완벽한 확신으로 가득 찬 소녀가 거침없고 애틋한 달콤함을 담아 부르는 목소리가 캐서린의 마음속 깊은 곳을 강타했다. 그 단어를 그토록 뚜렷하게 들어본 적이 없어서 목에 뭔가 걸린 느낌이었다. 캐서린은 여전히 민들레를 닦으며 대답했다.

"여기 있어!"

"엄마, 시카고에 사는 필립 암몬 씨예요. 몸이 좀 아파서 오너베셔에 와 암몬 의사 선생님하고 함께 지낸대요. 낚시하다가 다리 밑에서 이 누에고치를 잘라서 줬어요. 건강해질 때까지 낚시보다 나방을 채집하고 싶대요. 엄마는 어떻게 생각해요?"

"안녕하세요. 반갑습니다."

필립이 손을 내밀며 말하자 캐서린은 대답했다.

"악수를 당연하게 생각하실 수 있죠. 민들레 때문에 손가락이 끈적끈적한데다가 저는 악수하기 전에 어떤 분인지 알고 싶네요. 그런 소개는 대단히 상세히 소개한 듯한데도 여전히 잘 모르겠네요. 저는 컴스탁입니다."

필립 암몬이 고개를 숙였다.

"아팠다고요? 그것참 안됐네요. 그런데 시카고처럼 물이 오염된 곳에서 사는 사람들이 뭘 더 기대할 수 있을지 모르겠네요."

필립은 집중해서 캐서린을 살펴봤다.

"일부러 병에 걸리지는 않았습니다."

캐서린이 필립을 관찰했다.

"다리가 약간 불안해 보이네요. 제가 이 풀들을 다 다듬을 때까지 앉아서 쉬는 편이 낫겠어요. 제대로 자란 풀들을 따기에는 좀 늦은 시간이지만, 그늘에 가면 긴 풀 사이로 난 아이들은 아직 부드럽거든요."

필립은 둑에 앉아 건너편에 자리한 어둑하고 시원한 6월의 숲을 지나쳐 발밑에 흐르는 개울을 바라보면서 손을 뻗어 부탁했다.

"나뭇잎 하나만 줄래요?"

그러고는 심호흡을 했다.

"찬란하네요. 거의 두 달 동안 병원에 갇혀 있다가 이렇게 나오니 정말 좋아요!"

필립은 풀밭에 몸을 쭉 펴고 누워 나뭇잎을 올려다보면서 가끔 새소리를 해석해 달라고 부탁하거나 숲속에서 나는 낯선 소리가 뭔지 물었다. 엘노라는 민들레를 다듬는 엄마를 돕기 시작했다. 청년이 손을 내밀며 말했다.

"한 장 더 주세요."

엘노라가 잎사귀를 집어 내밀며 물었다.

"네브카드네자르*가 이 풀을 먹었을까요?"

"그렇다면 그 사람은 좋은 정보를 알았네요."

"캬, 민들레를 베이컨이랑 같이 볶아서 엄마표 옥수수빵하고 먹어야 해요."

"안 돼요! 지금 식욕이 제 몸집의 두 배는 되거든요. 오너베서까지 최단 거리로 가면 얼마나 걸리죠?"

"5킬로미터요."

필립은 나뭇잎을 뜯어 먹으며 만족스럽게 누워 있었다.

---

* 구약 성서에 나온 신바빌로니아 왕 느브가넷살을 가리킨다.

"정말 맛있네요. 여기는 나방 채집 하기 좋은 곳이 틀림없어요. 거의 모든 종류의 애벌레가 먹을 나뭇잎이 있는 듯해요. 그런데 북부 종이랑 태평양 연안 종하고 교환해야 하지 않을까요?"

"네. 그리고 다들 제왕호두나방하고 교환하기를 원하죠. 한 번도 본 적이 없어요. 그런 사람들은 멧누에나방이나 미국밤나무산누에나방을 하급으로 여기고, 루나나방은 겨우 교환할 수 있고요."

"근거가 있나요?"

엘노라는 교과서 제목을 말하기 시작했고, 토론이 시작됐다. 캐서린은 귀를 기울였다. 어느 때보다 신중하게 살피면서 민들레를 갈무리했다. 사실은 청년의 길고 균형 잡힌 체격, 강한 손, 매끄럽고 고운 피부, 짙고 검은 머리카락을 찬찬히 눈에 담고, 남자다운 말투와 나방에 관한 방대한 지식을 마음에 담았다. 일하는 동안 평생 곁에 살던 이웃집 소년이라도 이렇게 편해 보일까 생각하니 정말 기뻤다. 캐서린은 청년이 하는 말이 마음에 들었지만, 엘노라가 늘 맞춤한 듯 준비된 대답을 하는 모습도 자랑스러웠다.

마침내 캐서린이 민들레 손질을 끝냈다.

"여기는 시내에서 5킬로미터 떨어진 곳이지만, 우리 집에서는 1킬로미터 남짓밖에 안 돼요. 이제 뭘 좀 먹고 싶을 텐데 우리랑 함께 집에 가서 날이 서늘해질 때까지 쉬다가 출발하는 편이 낫겠어요. 아마 저녁이 되기 전에는 시내까지 마차를 태워 줄 사람이 지나가지 싶어요."

"정말 친절하시네요. 저도 그렇게 생각해요. 저한테는 뭘 먹느냐가 아니라 적절히 먹어야 한다가 중요하거든요. 언제나 배가 고파요."

"그럼 일어나죠. 우리 때문에 아프게 할 수 없죠."

필립 암몬은 몸을 일으켜 양동이와 낚싯대를 들고 기다렸다. 엘노라가 앞장섰다. 캐서린은 필립에게 따라오라고 손짓하고는 뒤쪽에 서서 걸어갔다. 나방 상자와 채집한 고치를 든 소녀는 걸음을 옮길 때마다 나방이 더 있는지 주위를 살폈다. 청년은 종종 짐을 내려놓고 잠자리나 나방을 쫓는 데 손을 보탰고, 캐서린은 날카로운 눈으로 그런 과정을 지켜봤다. 부인은 필립이 양동이를 들어 올릴 적마다 웃음을 참느라 애썼다.

엘노라는 천천히 걸으면서 오솔길 곁에 보이는 모든 것에 관해 수다를 떨었다. 필립은 엘노라가 가리키는 사물마다 흥미를 보이다가 눈에 띄는 몇 가지를 찾기도 했다. 청년은 오솔길에서도 지름길로 내려갈 때도 아무렇지 않게 양동이를 들고 다녔다. 엘노라가 대문 쪽으로 방향을 틀자 필립 암몬은 멈춰 서서 커다란 통나무집과 그 위로 기어오른 덩굴, 딸기와 토마토가 빨갛게 펼쳐진 꽃밭, 녹색 벽처럼 북쪽과 서쪽으로 뻗어 있는 숲속 나무들을 한참 바라보다가 소리쳤다.

244

"정말 아름답네요!"

캐서린은 기뻤다.

"그렇게 생각한다면 몽땅 현대적으로 뒤바꾸려는 요즘에도 우리가 초기에 정착한 대로 살아가려는 이유를 이해할 수 있겠네요. 남편하고 저는 통나무집과 마구간, 별채를 지을 땅만큼만 나무를 벴죠. 그 정도가 거의 다예요. 물론 남편이 세상을 떠나지 않았으면, 이웃도 함께 살 수 있었겠죠. 땅, 땅 위에 자라는 나무가 지닌 가치, 그 밑에 남아 있어야 할 석유에 관한 이야기를 많이 들었지만, 아직 아무것도 바꾸지 못했죠. 그래서 우리는 이 지역에 몇 안 남은 초기 정착민이 만든 집을 지키려고 이 자리에 서 있어요. 들어오세요. 우리 집에 오신 손님을 환영합니다."

캐서린이 앞으로 나서서 일행을 이끌었다. 그러고는 낚시용 장화 대신 신을 부츠와 물그릇, 식사가 차려질 때까지 원형 정자 벤치에서 쉬면서 마실 차가운 버터밀크 한 잔, 편안한 옷을 건넸다. 필립 암몬은 물을 끼얹었다. 마구간으로 가서 부츠를 갈아 신었다. 버터밀크를 벌컥벌컥 마신 뒤 벤치에 몸을 쭉 펴고 눕자 깜빡이는 햇살이 피곤한 눈을 간질였고, 꿀벌들이 아주 멋진 음악을 들려주자 곧 잠이 들었다. 식탁을 정리하던 엘노라 모녀는 잠깐 필립을 바라봤다. 캐서린이 이렇게 말할 때 엘노라도 똑같은 생각을 했다.

"정말 세련되고 품위 있어 보이는 젊은이야! 엄마는 얼마나 자랑스러울까! 뭘 먹일지 신경 써야 해."

그런 다음 모녀는 부엌으로 돌아왔고, 캐서린은 조심스럽게 음식을 하기 시작했다. 손수 설탕에 절인 햄을 굽고, 삶은 감자에 크림을 섞고, 토스트에 아스파라거스를 얹고, 맛있는 딸기 쇼트케이크를 만들었다. 베이컨하고 민들레를 조리할 때는 대접하기가 살짝 꺼려져서 시간이 너무 오래 걸린다는 핑계를 대고 살짝 데쳐 샐러드를 만들었다. 모든 음식이 준비되자 캐서린은 필립의 소매를 만졌다.

"젊은 친구, 너무 허기지기 전에 뭐라도 먹어야죠."

"어서 주세요!"

빈 접시를 손에 든 필립은 어서 빨리 채워 달라고 웃으면서 애원했다.

"혼자서도 잘 견딜 수 있을 정도로 자제력이 충분하다고 생각했는데, 착각이었네요. 먹어도 된다고 허락해 주신다면,

진짜 기뻐서 열이 날 것 같아요. 이렇게 맛있는 음식 냄새는 처음 맡아요. 초대해 주셔서 정말 감사합니다. 며칠 뒤에는 다 나아서 두 분한테 꼭 보답하고 싶어요."

하얀 천과 파란 도자기 위에 햇볕이 내리쬐자 벌과 길 잃고 떠도는 나비가 먹이를 찾아 이따금 날아들었다. 독립심 강한 짝이 목욕과 휴식을 즐기는 세 시간 동안 지루하게 알을 품으며 버티다가 풀려난 수컷 붉은가슴밀화부리는 서쪽 숲 단풍나무 꼭대기에 앉아 자유를 자축하며 저녁 파티에 어울리는 세레나데를 즐겁게 불렀다. 필립은 아름다운 통나무집, 꽃과 채소가 어우러진 길가 풍경, 흰 가슴에 붉은 얼룩무늬가 있는 노래하는 새를 바라보며 말했다.

"얼마 전까지 병원에서 얼음 찜질방에 누워 지낸 시간 믿기지 않아요. 아픈 사람들은 모두 이곳에 와 힘을 내면 좋겠어요!"

붉은가슴밀화부리가 노래하고 커다란 산호랑나비 한 마리가 정자로 날아와 식탁을 맴돌았다. 엘노라가 설탕 덩어리를 들어 올리자 산호랑나비는 손가락에 내려앉아 달콤한 맛을 즐겼다. 간절한 눈빛을 한 소녀는 입술을 벌린 채 굳게 버텼다. 마침내 나비가 날아가자 필립이 말했다.

"정말 그림 같아요! 다음에 저한테 나비에 관한 환상을 잃어버린 이유를 물어봐 주세요. 이렇게 슬픈 날이 닥치기 전까지는 항상 나비를 햇빛, 꽃가루, 과즙하고 연관해서 생각했거든요."

"알죠, 하하하! 저는 여러 번 봐도 환상이 깨지지는 않았어요. 여전히 나비를 소중하게 생각해요."

그러고 나서 두 사람은 꽃, 나방, 잠자리, 인디언 유물, 늪이 건네는 온갖 경이로움에 관해 수다를 떨다가 샛길로 빠져 책과 학교 공부 이야기를 나눴다. 필립은 식탁을 치울 때 쟁반 여러 개를 부엌으로 옮기는 일을 도왔다. 캐서린이 설거지하는 동안 두 사람은 표본을 올려놓았다. 설거지를 마친 캐서린은 자수하고 있던 주름 장식을 들고 나왔다.

필립이 엘노라에게 말했다.

"어젯밤에 오너베셔에서 엘노라 사진은 못 본 듯해요. 애너 숙모하고 함께 브라운리네에 갔죠. 브라운리가 친구들 사진을 꺼내더군요. 물론 엘노라가 있었겠죠! 그중 가장 사람 같은데도 실물의 절반도 못 보여 줬어요. 브라운리는 엘노라를 무척 좋아하던데요. 칭찬만 늘어놓더라고요."

졸업식 이야기가 이어졌고, 마침내 필립은 친구들이 걱정할까 봐 꼭 가야 한다고 했다.

247

캐서린은 크림 우유를 담은 파란 그릇과 빵 한 접시를 가져왔다. 근처를 지나는 마차를 불러 세우더니 아침 운동을 너무 심하게 해서 피곤하다는 사실을 인정할 수밖에 없는 필립을 시내까지 태워 달라고 부탁했다.

필립이 일어나면서 캐서린에게 물었다.

"내일 오후에 와서 나방을 채집해도 될까요? 준비물을 구할 수 있다면 나무에 '설탕'을 바르고 그 옆에 불을 밝힐 겁니다. 그렇게 하면 아마 몇 마리 잡을 수 있을 거예요. 저는 늘 나방 채집을 즐기는데, 엘노라를 돕고 싶기도 하니까, 저한테는 큰 기쁨이 될 거예요. 어디든 야외에 머물러야 하는데, 다른 곳보다 이곳에서 틀림없이 더 빨리 회복할 수 있어요. 부디 와도 된다고 해주세요."

"엘노라가 정말 도움을 바란다면 반대할 이유가 없죠."

마음속으로 캐서린은 필립이 오지 않기를 바랐다. 적어도 한동안은 새롭게 발견한 취미를 혼자만 누리고 싶었다.

그렇지만 엘노라는 눈을 반짝반짝 빛내고 있었다. 책에서 본 방법으로 나방을 잡으면 정말 재미있을 듯해서 결국 약속을 잡았다. 컴스톡 부인은 떠나는 필립에게서 눈을 떼지 못했다.

"정말 멋진 청년이야!"

"괜찮은 사람 같아요."

엘노라도 동의했다.

"집안도 좋거든. 아버지 이야기도 자주 들었어. 시카고에서 유명한 변호사래."

"필립이 이곳을 좋아해서 다행이에요. 도움이 필요하거든요. 아마도……."

"아마도 뭐?"

"나방을 많이 찾을 수 있잖아요."

"나비 얘기는 뭐였니?"

"나비를 언제나 햇빛, 꽃, 과일이랑 연결해서 가장 아름다운 창조물이라고 생각하다가 어느 날 썩은 고기 위에 빽빽하게 모여 있는 나비를 본 거죠."

"그러고 보니 그런 나비들을 본 적이 있네."

"그 사람도 그랬대요. 하하. 그런 이야기를 한 거죠."

14장

새로운 자리를 맡은 엘노라,
제비꽃을 선물 받은 필립

이튿날 아침 캐서린이 엘노라를 불렀다.

"우체부가 우편함 앞에 서 있네."

산책로를 뛰어 내려간 엘노라는 공문 한 통을 가져왔다. 캐서린은 공문을 뜯어 읽었다.

친애하는 컴스탁 선생님에게.

어젯밤 오너베셔 시 교육위원회 주간 회의에서 우리 시 교사단에 자연사 강사를 추가하기로 했습니다. 자연사 강사는 일주일에 두 시간씩 각 학교에서 동물, 새, 곤충, 꽃, 덩굴식물, 관목, 덤불, 나무 등 우리 주변 자연에서 가장 눈에 띄는 대상의 표본을 전시하고 설명하는 일을 맡게 됩니다. 표본과 강의는 계절과 학년의 이해도에 적절하게 진행돼야 합니다. 이 자리를 만장일치로 선생님에게 맡기기로 했습니다. 다른 선생님들이 일상적으로 수행하는 단조로운 업무에 견줘 훨씬 즐겁고 쉽게 일하실 수 있다고 생각합니다. 우리 위원회가 하는 제안을 수락하시고 곧바로 수업 준비를 시작하시면 좋겠습니다. 급여는 연간 750달러이고, 표본과 책을 구입하는 데 드는 비용으로 200달러가 책정돼 있습니다. 강사로 일하기를 원하면 즉시 알려 주십시오. 선생님이 수락하지 않으면 이 자리에 딱 맞는 분을 찾기가 어려울 테니 말입니다.

오너베셔 고등학교 교장 데이비드 톰슨 올림.

"무슨 영문인지 도저히 이해할 수가 없네."

캐서린이 놀라 소리쳤다.

"새로운 자리예요. 전에는 이런 강사가 없었거든요. 초등학교 교사들 자연 수업을 도우면서 생긴 일인가 봐요. 아이들에게 뭔가를 가르치려 해도 절반은 물총새하고 어치, 느릅나무 잎하고 너도밤나무 잎, 말벌하고 나나니벌을 구분하지 못하더라고요."

"정말?"

캐서린이 걱정스럽게 물었다.

"하하, 진짜라니까요! 그 밖에도 여러 가지가 있어요. 주근깨가 늦을 넘기면서 자기가 아는 정도보다 훨씬 큰 유산을 줬어요. 엄마는 제가 아무 목적 없이 떠돌아다닌다고 생각했지만, 저는 확실한 계획을 세우고 열심히 공부해서 이 750달러를 벌 수 있는 표본들을 모았어요. 엄마, 이 돈 당연히 받을래요. 일도 즐거울 거예요. 가르치는 일이 무엇보다도 좋아요. 엄마도 도와줘야 해요. 둥지, 알, 잎사귀, 색다른 식물군계, 희귀한 꽃을 찾아야 하거든요. 방마다 간이 화단을 만들어 야생 식물로 채워야 해요. 바로 오늘부터 표본 채집을 시작해야죠."

엘노라는 얼굴이 붉어지고 눈이 밝아졌다.

"오, 얼마나 멋진 일이 벌어질까! 오색방울새가 둥지를 틀고 벌들이 꿀을 만드는 과정을 알려 줄 때 조그만 아이들이 어떤 표정을 짓는지 같이 가서 봐야 해요."

그래서 엘노라 모녀는 자연을 탐색하러 통나무집 뒤 숲

으로 들어갔다.

"엄마, 제 생각에는 가을이니까 가을 일부터 시작해서 일 년 내내 계절에 맞춰 공부하면 좋겠어요."

"가을 일이 뭔데?"

"음, 용담, 과꽃, 쇠비름, 온갖 가을꽃, 모든 나무와 덩굴에 달린 잎, 그 잎이 색을 바꾸는 이유, 버려진 새 둥지, 애벌레와 곤충의 겨울나기, 나비와 메뚜기의 운명까지 아주 많죠. 아이들한테 가장 도움이 될 만한 주제를 고르려면 완전 머리를 써야만 해요."

"내가 정말 도움이 될까?"

캐서린의 강인한 얼굴에 그늘이 드리워졌다.

"당근이죠! 혼자서 절대 못 해요. 표본을 보존하고 준비하려면 어마한 작업이 필요해요."

당당하게 고개를 든 캐서린은 곧바로 맡은 일을 시작했다. 땅에서 하늘까지 촘촘히 날카롭게 살폈다. 모든 것을 조사하고 깨알 같은 질문을 던졌다. 정오가 되자 캐서린은 채집한 표본을 들고 저녁을 준비하러 떠났고, 엘노라는 숲을 따라 신턴 씨네 집으로 가서 편지를 보여 줬다.

지금 나방 상태와 올해 대학을 포기해야 하는 이유를 엘노라가 설명했고, 마거릿과 웨슬리는 다른 사람들에게 말하지 않겠다며 다짐했다. 웨슬리는 편지를 신나게 흔들면서 마거릿에게 마치 자기만 아는 양 설명했다. 마거릿은 몹시 감동했고, 빌리는 자료 수집 도우미로 자원했다.

"이제 땅에 뭐든 원하는 것이 보이면 스냅한테 파라고 하면 돼. 웨슬리 아저씨랑 내가 스냅이 나무뿌리 근처에 판 구멍을 찾았는데, 자기 덩치보다 세 배는 돼 보였거든."

빌리가 이렇게 말하자 엘노라도 대답했다.

"스냅이 번데기집을 채집하게 훈련시킬 거야."

"있다가 오후에 숲에 갈 거야?"

"그럼. 암몬 선생님 조카가 시카고에서 오너베셔에 와 있거든. 그 사람이 나무에 어떤 화합물을 바르고 옆에 전등을 걸어서 나방 잡는 방법을 보여 준대. 직접 보고 배우면 재미있을 거야."

"나도 가도 돼?"

"당근이지. 와도 돼!"

"암몬 씨 조카는 젊은 사람이니?"

마거릿이 물었다.

"스물여섯 살 정도 되나 봐요. 대학 졸업하고 아버지 변호사 사무실에서 일한 지 3년 정도 됐대요."

엘노라가 대답했다.

"괜찮은 사람 같니?"

마거릿이 묻자 옆에서 웨슬리가 슬며시 웃었다.

"진짜 좋은 사람이죠. 이것저것 많이 가르쳐 주더라고요. 이야기를 듣고 있으면 무척 흥미로워요. 저한테 도움이 될 나방에 관해 꽤 자세히 알더라고요. 지금은 열병에 시달리는데, 다시 건강해질 때까지 야외에서 지내야 한대요."

"빌리, 오늘 오후에 나 좀 도와줘야겠다. 엘노라가 오히려 너 때문에 성가실 수도 있을 테니까."

마거릿이 말했다.

"빌리가 오면 안 될 이유는 없잖아요!"

엘노라가 울상을 하자 웨슬리는 또 웃음을 지었다.

"어머, 어서 집에 가야겠어요. 안 그러면 제대로 준비를 못 할 거예요."

서둘러 길을 나서 통나무집으로 들어선 엘노라는 얼굴이

환하게 빛났다.

"안 오는 줄 알았네. 서두르지 않으면 옷을 갈아입기도 전에 암몬 씨가 올 거야."

"방금 전까지 잊고 있었어요. 옷을 갈아입지는 않을래요. 암몬 씨는 오지 않겠죠. 우리는 표본을 더 채집하러 숲에 가야 할 뿐이에요. 관리해야 하는 옷은 입을 수 없어요. 팔다리를 자유롭게 써야 하니까 머리랑 옷도 편해야죠."

캐서린은 뭔가 말을 하려다가 엘노라를 바라보고는 입을 다물었다. 마음속으로는 자기 일에 몰두하느라 필립 암몬이 오기로 한 약속도 잊은 딸 모습에 기뻤다. 그러나 엄마는 그런 유쾌한 청년은 새 드레스를 입고 맞이해야 한다고 여기는 듯했다. '남자가 찾아올 때 여자가 치장하지 않으려 한다면 내가 그 아이를 떠나보내는 일은 하늘이 금하는 법'이라고 생각한 때문이었다.

필립은 시나몬 핑크, 팬지, 딸기 사이로 휘파람을 불며 걸어 내려왔다. 손에 소포 여러 개를 들고 있었고, 얼굴은 전날보다 더 붉게 상기됐다.

"저한테 벌어진 일이 뭔지 보세요!"

엘노라가 편지를 내밀며 외쳤다.

"저도 알고 있었어요! 대단해요! 오너베셔 사람들이 모두 이 이야기만 한다니까요. 드디어 태양 아래 새로운 것이 생기네요. 다들 기뻐해요. 사람들은 엘노라 컴스탁이 크게 성공할 수 있다고 생각해요. 열심히 일할 동기가 될 거예요. 며칠 있으면 저는 원래대로 회복할 테고, 이 주변 들판과 숲을 뒤집어 놓을 겁니다."

필립은 계속해서 캐서린에게 축하 인사를 건넸다.

"자랑스럽지 않으세요? 사람들 하는 말을 들어보셔야 해요! 엘노라가 강사 자리가 필요하다는 인식을 심었고, 모두 그 자리가 꼭 필요하다고 느끼는 듯해요. 따님이 성공한다면, 아니 반드시 성공할 텐데, 그러면 다른 모든 도시 학교에도 그런 과목이 생기게 되고, 무엇보다도 엘노라 덕분에 이 세상은 조금 더 나아질 거예요. 잠깐만 쉴게요. 다시 발이 아프네요. 그다음에 나방 화합물을 조리하고 식힐게요."

필립은 앉아서 가쁜 숨을 몰아쉬며 웃었다.

"동료가 이렇게 힘을 잃게 되는 상황이 벌어지면 안 되는데요. 무릎이 떨리지만 곧 괜찮아질 거예요. 삼촌이 가도 된다고 하셨어요. 두 분이 저를 돌본 이야기를 전하니까 여기 있으면 안전하겠다고 하시더라고요."

그러고 나서 필립은 소포 포장을 풀더니 캐서린에게 나방을 유인할 화합물을 만드는 법을 설명하기 시작했다. 캐서린을 따라서 부엌으로 들어가 불을 피우고 이야기를 나누면서 액체를 휘저었다. 뜨거운 액체가 식는 동안 필립과 엘노라는 함께 오두막 뒤 채소밭을 지나 숲속으로 나갔다.

"대학은 어때요? 브라운리가 이야기하던데."

"저도 대학에 가고 싶지만 올해는 운이 안 좋아서 내년까지 기다려야 할 모양이에요. 다른 데 말 안 한다고 하면 제가 이야기해 드릴게요."

필립이 그러겠다고 약속하자 엘노라는 노란황제나방에 얽힌 역사를 이야기했다. 황제나방을 제대로 알려 주는 데 지나친 관심을 쏟는 바람에 이야기 속에 얼마나 많은 사람이 등장하는지 모를 정도였다. 관련된 질문을 몇 가지 던져 빈 곳을 채울 수 있었다. 필립은 소녀를 신기하게 바라봤다. 얼굴과 몸매는 그때까지 본 어떤 또래보다 사랑스러웠다. 학교 공부는 자기가 아는 여자아이들에 견줘 훨씬 뛰어났다. 다른 면에서도 확실히 달랐다. 들판과 숲에서 수집한 폭넓은 지식은 다른 어떤 소녀에게서 볼 수 없는 매력이었다. 솔직하고 사실에 바탕한 태도는 어머니에게서 물려받은 특성일 테지만, 또 다른 뭔가가 있었다. 이야기하다가 한번은 '공감'이라는 단어를 떠올렸고, 또 한 번은 '이해'라는 단어가 생각났다. 엘노라는 모든 인간과 생물을 사랑하는 넓은 의미의 형제애를 지닌 듯했다. 마치 평생 알고 지낸 사이처럼 숲속 생명들에게 말을 걸었다. 또한 가족에게 주라며 딸기와 감자잎벌레를 울타리에 올려 두면서 밀화부리한테 다정하게 속삭였다. 나무에서 내려온 다람쥐가 손가락 사이에서 옥수수 낱알을 가져가는 동안 뱀이 옆을 지나가도 한 치도 움직이지 않았다. 엘노라는 차라리 남자아이 같다고 할 정도로 필립을 향해 여성적 매력을 거의 풍기려 하지 않았다. 필립은 엘노라를 신기하게 관찰했다. 오솔길을 따라 걷던 두 사람은 수련과 푸른 붓꽃이 두텁게 자라 있고 썩은 그루터기와 통나무로 둘러싸인 커다란 진흙투성이 웅덩이에 다다랐다. 필립은 걸음을 멈췄다.

"저기가 그 일이 벌어진 곳인가요?"

"맞아요. 의사 선생님이 말씀하시던가요?"

"네. 비극이었네요. 저 늪은 정말 바닥이 없나요?"

"지금까지 우리가 찾아본 데까지는요."

필립은 물을 바라보며 서 있었고, 발 주변에서 흔들리는 길고 달콤한 풀들 위에는 야생벌들이 기어다니는 푸른 붓꽃이 두텁게 자라고 있었다. 이윽고 필립은 엘노라에게 향했다. 소녀는 열심히 일하고 있었다. 전날 입던 연보라색 드레스가 후줄근해진 채 들러붙어 있었다. 그러나 피부는 들장미 꽃잎처럼 색이 고르면서 결이 곱고, 머리카락은 확실히 갈색이면서도 붉은빛을 띤 적은 없었으며, 둥글고 빽빽한 눈썹은 커다란 청회색 눈에 강인함을 더했다.

"그럼 여기서 태어났어요?"

필립은 그런 생각을 말할 의도는 없었다. 엘노라는 필립의 눈을 쳐다보면서 대답했다.

"네. 때마침 제가 태어나느라 아빠를 구하지 못했죠. 엄마는 저를 용서하지 않을 뻔했고요."

"아, 잔인한 운명이군요!"

"우리 처지에서 보면 인생에는 잔인한 일이 많더라고요. 깊이를 헤아릴 수 없는 지혜와 전능자의 철학이 있어야 견딜 수 있죠. 그렇지만 옳은 길은 어딘가에 언제나 있고, 결국에는 그 옳은 길이 다가온다고 생각해요."

"당신에게도 그런 일이 찾아올까요?"

깊이 감동한 필립이 되물었다.

"왔어요."

소녀가 고요하게 읊조렸다.

"일주일 전에 왔어요. 엄마가 제가 태어난 일을 후회하지 않게 되면서 온전히 찾아왔어요. 이제 제가 사랑하는 시간이, 행복으로 가득한 삶이 찾아왔어요. 여기서 조금 더 가면 저만 아는 보랏빛 꽃밭이 있거든요. 보여 드리고 싶네요."

필립 암몬은 엘노라 얼굴에 드러나는 색다른 특징에 붙일 이름을 확실히 정했다. 바로 '경험'이었다. 엘노라는 어릴 적부터 쓰라린 일을 겪었다. 기쁨보다 고통이 더 익숙했다. 필립은 엘노라를 진지하게 바라보면서 가슴이 뭉클해졌다. 엘노라는 필립을 반쯤 열린 늪지대로 이끌더니 걸음을 멈추고 옆으로 물러섰다. 필립은 놀랍고 기뻐서 비명을 질렀다.

썩어 가는 통나무 몇 개가 흩어져 있고 풀은 길고 가늘게 자라 덤불이 됐다. 푸른 붓꽃이 깃발처럼 휘날리고 동의나물 무리는 금빛 고개를 끄덕였지만, 온 대지는 한 뼘짜리 줄기에 매달려 고개를 까닥이는 두툼한 제비꽃 담요에 덮여 보라색이었다. 엘노라는 무릎을 꿇고 나뭇잎과 풀잎 사이로 손가락을 넣어 제비꽃 몇 송이를 따 필립에게 건넸다.

"도시에 지은 온실이 이 풍경을 뛰어넘을 수 있을까요?"

필립은 통나무에 걸터앉아 꽃을 살폈다.

"멋져요! 이렇게 긴 줄기나 무성한 잎은 본 적이 없어요. 이 푸른 꽃은 제가 야생에서 본 꽃 중 가장 진한 보라색이에요. 제가 결혼할 여자의 눈동자하고 꼭 닮은 색이네요."

엘노라는 필립에게 몇 송이를 더 건네며 응대했다.

"그 여자는 눈이 정말 예쁘겠네요."

"그렇게 아름다운 파란 눈은 세상에 없어요. 정말로, 완전히 사랑스럽죠."

"남자가 결혼할 여자를 사랑스럽다고 생각하는 게 일반적인가요? 저도 그렇게 느낄 수 있을지 궁금해요."

"그럴걸요. 아무도 그렇게 느끼지 않을 수 없죠. 그 여자는 키가 당신만 하고, 매우 날씬하지만 곡선은 완벽하고, 눈은 알다시피 푸르고, 검은 머리카락은 구불거리고, 피부는 맑으면서 홍조를 띠죠."

"와, 이 세상에서 가장 아름다운 소녀가 틀림없네요!"

"아니에요, 절대! 그 여자에게 자기만의 매력이 있듯이 당신도 당신만의 매력이 있어요. 그 여자는 어두운 아름다움이지만 당신도 똑같이 완벽해요. 그 여자는 검은 머리와 보라색 눈이 특이하지만 조금만 떨어져서 봐도 모든 사람이 검은색이라고 생각하죠. 당신은 고운 얼굴, 검은 눈썹, 갈색 머리가 매우 특이하고요. 사실 그 여자의 어두운 머릿결보다 그쪽처럼 밝은색 머리를 더 좋아하는 사람도 많아요. 뭐, 취향 문제죠. 그리고 약혼도 했고요."

"하하! 그렇다면 당연히 편견이 생기겠죠."

"얼마 뒤면 이디스 생일인데, 이 꽃을 한 상자 담아 보내도 될까요?"

"모으고 포장하는 일을 제가 도울게요. 안전하게 배달될 수 있게 말이죠. 그분이랑 함께 나방을 채집하나요?"

필립 암몬이 고개를 젖히며 웃음을 터트렸다.

"아뇨! 나방이 소름 끼친대요. 어제 그쪽이 만난 애벌레를 만지면 경련을 일으킬걸요."

"왜 그럴까요? 놀랍네요. 애벌레는 아주 깨끗하고 무력하고 해롭지 않다고 말하지 그랬어요?"

"아니요, 말 안 했어요. 애벌레 이야기를 들을 만큼 관심이 없을 거예요."

"그럼 어디에 관심이 있나요?"

"이디스 카의 관심사요? 생각해 보죠! 첫째, 다른 여자들보다 기품 있고 옷 잘 입는 데 자부심을 느끼네요. 아름다운 집과 멋진 직위에, 총애받고 칭찬 듣는 데, 사회가 인정하는 지도자가 되는 데 관심이 많죠. 자기가 즐거워지는 새로운 일을 찾아다니는 시간을 좋아하고, 어떤 환경이든 늘 모든 일에 자기만 쓰는 방식이 있죠."

엘노라가 필립을 쳐다보며 소리쳤다.

"세상에! 그럼 이디스는 뭘 해요? 시간을 어떻게 보내요?"

"시간을 보내죠! 글쎄, 자기는 농담이라고 하겠네요. 이디스가 보내는 하루는 길지 않아요. 예쁜 물건을 찾으려 끝없이 쇼핑하죠. 양장점에 때마다 들르고, 전화, 파티, 극장, 유흥을 즐기죠. 언제나 바빠요. 제가 원하는 시간에서 절반도 함께할 수 없죠."

"그런데 저는 일을 말하는 거죠. 이디스는 세상에 도움 되는 일에 관심이 있나요?"

"저한테 관심이 있죠!"

필립이 곧바로 받아쳤다.

"그 정도는 이해할 수 있어요."

엘노라가 웃었다.

"그래도 이해가 안 돼서 그래요. 어떻게 필립 같은 사람이……."

혼란스러워하며 말을 멈춘 엘노라는 자기가 이야기하려 해서 필립이 말을 끝맺은 사실을 알아챘다.

"죄송해요! 그런 말을 할 생각은 없었는데. 그런데 저는 자기 혼자만 즐겁게 살려고 하는 사람들 이야기를 들으면 이해할 수 없거든요. 어쩌면 아주 대단한 사람일지도 모르죠. 저야 제대로 알 기회가 없겠지만요. 제 생각에는 이 세상에서 누릴 가치가 있는 단 하나의 즐거움은 사랑하는 사람들이나 우리가 도울 수 있는 사람들을 위해 살면서 얻는 기쁨이에요. 저한테 화내지 않으시기를 바랄게요."

필립은 깊은 생각에 잠긴 눈으로 먼 곳을 바라보며 조용히 앉아 있었다.

"화……났네요."

엘노라가 더듬거리며 말했다. 꽃들 사이에 무릎 꿇은 소녀에게 시선을 되돌린 필립은 엘노라를 가만히 바라봤다.

"당연히 화를 내야 하지만 현실은 화가 나지 않아요. 순전히 개인적인 즐거움만 좇는 삶을 이해할 수 없거든요. 그렇지만 이디스는 평범한 여자일 뿐이고, 지금은 한창 놀 때죠. 가정을 꾸리면 좀 달라지지 않을까요?"

이런 물음에 대답할 때 보면 엘노라는 엄마인 캐서린을 쏙 빼닮았다.

"그분을 잘 알아야 확실히 말할 수 있겠지만, 그렇게 되기를 바라야겠죠. 지친 회사원에게 걸맞은 진정한 가정을 꾸리는 일은 사회 지도자가 되는 데 알맞은 일들하고는 매우 다르잖아요. 다른 재능이나 교육이 필요하죠. 물론 그분은 변화할 작정이겠죠. 안 그러면 그쪽이랑 가정을 만들자는 약속은 안 할 테니까요. 이쯤이면 우리가 준비한 약물도 식은 듯한데 나방이나 잡으러 가죠."

함께 오솔길을 걸으면서 엘노라는 많은 이야기를 하지만 필립은 멍하니 대답할 뿐이었다. 분명히 뭔가 다른 생각을 하는 중이었다. 그렇지만 나방 미끼 때문에 현실로 되돌아온 필립은 숲으로 갈 준비를 마쳤다. 필립은 림버로스트에 도전하고 싶어했지만, 엘노라는 집 근처에 있어야 한다고 딱 잘라 말했다. 불을 켜면 두려운 무리를 불러들이는 신호가 된다는 말은 하지 않았다. 암몬은 나방 미끼를, 엘노라는 그물을, 빌리와 캐서린은 청산가리 상자와 손전등을 들고 출발했다.

처음에 나비를 잡으려 시도한 엘노라 일행은 별문제 없이 몇 마리를 포획했다. 개미, 벌, 딱정벌레, 파리도 떼로 잡았다. 해 질 무렵 캐서린과 필립은 저녁을 준비하러 갔다. 엘노라와 빌리는 나비가 사라질 때까지 남아 있었다. 그러고 나서 손전등을 켜고 나무에 나방 약물을 칠한 다음 길을 따라 집으로 걸었다.

"나방이 많이 나타날까?"

빌리가 엘노라 옆으로 걸으며 물었다.

"확실히 잘 모르겠어. 처음 쓰는 방법이거든. 불빛을 보고 나방이 날아와도 나방 약물을 거의 안 먹을 수 있으니까. 불빛에 몰려든 나방이 우리가 준비한 나무에 앉을지 잘 모르겠어. 어쩌면 나방 약물 냄새를 맡고 나방이 모일 수도 있지. 우리끼리 하는 말이지만, 빌리, 나는 예전 방식이 가장 좋다고 봐. 숨어 있는 나방을 찾아서 몰래 슬쩍 잡거나 날아다니는 나방을 잡으면 내 포로로 삼아서 자연사할 때까지 키울 수 있거든. 이런 식으로 사기를 쳐서 잡으면 그럴 기회도 없고, 해 뜨기 전에 자유를 찾아 몸부림치다가 날개가 망가질지도 몰라."

"어쨌거나 어떤 나방이든 누나한테 잡힌 운명을 자랑스러워해야 해. 누나가 하는 일을 봐! 모든 사람이 애벌레를 좋아하게 만들 수 있어. 누나가 애벌레 다루는 모습을 보고 누나한테 애벌레 이야기를 들으면 누구든 애벌레를 싫어하는 마음이 사라질걸. 애벌레가 뭔지 사람들한테 누나가 좀 보여 줘야 해. 새 죽이듯 할 수 있는지 보려고 죽이거나 먹고 싶어서 죽이는 다른 사람들하고는 달라. 수집용으로, 도시 사람들한테 보여 주려고, 새 아줌마가 책에 넣을 그림을 그리려고 넉넉히 가져갈 수는 있다고 생각해. 어서 가지고 가라고! 걔들은 신경도 안 써. 누나가 있어서 기쁠걸. 나방들은 좋아한다고!"

"빌리, 내 눈에 네 미래가 보여. 너를 잘 교육해서 암몬 씨에게 보내 가지고 훌륭한 변호사로 만들 거야. 뛰어난 중재자로 세계를 제패하는 거야. 너는 내가 나방들에게 친절을 베풀고 있다고 느끼게 해줘."

"그래! 아, 누나가 가르친 대로 웨슬리 아저씨하고 마거릿 아줌마는 애벌레를 보면 아름다운 6월 나방일지 끔찍한 천막벌레일지 확인하기 전에는 절대 죽일 생각을 안 해. 누나는 그런 일을 할 수 있어. 죽 그대로 가!"

"빌리, 너는 보석이야!"

내리막길을 걸으며 엘노라가 빌리 어깨에 팔을 걸고 외쳤다.

"누나, 나 무서웠어!"

빌리가 심호흡하며 말했다.

"무서웠다고?"

"응, 마거릿 아줌마 때문에. 뭐 하나 물어도 돼?"

"물론, 되고 말고!"

"저 남자랑 사귈 거야?"

"빌리! 아니! 왜 그런 생각을 했어?"

"마거릿 아줌마가 그 남자랑 누나랑 사랑에 빠지게 된다고 했어. 그러면 누나는 나를 더는 찾지 않을 거라고. 아, 나 무서웠어! 그렇지? 아니지?" 262

"물론 아니지!"

"내가 누나 애인이지, 그렇지?"

"물론이지!"

엘노라가 빌리의 팔을 꽉 쥐며 말했다.

"캐서린 아줌마한테 생강 쿠키 있으면 좋겠다."

빌리가 살짝 흐뭇한 표정을 지으며 말했다.

15장

전능자를 마주한 캐서린,
편지를 쓰는 필립 암몬

이튿날 캐서린과 엘노라가 아침을 거의 다 먹은 때 길 쪽에서 경쾌한 휘파람 소리가 들렸다. 엘노라는 놀란 눈으로 엄마를 바라봤다.

"저 사람, 암몬 씨일까요?"

"이렇게 일찍 올 줄은 몰랐네."

해가 뜰 무렵이었고, 음악가는 필립 암몬이었다. 어제보다 좀더 튼튼해진 모습이었다.

"제가 너무 일찍 오지는 않았죠. 나방이 붙잡혀 있을까 불안해요. 잡으려면 새들보다 먼저 가야죠. 숲에 갈 때 며칠 동안 방수복을 입고 지내기로 삼촌하고 약속했어요. 서두르죠! 저는 까마귀가 무서워요. 희귀한 나방이 있을지 모르겠네요."

일행이 출발할 때 림버로스트 위로 해가 떠오르고 있었다. 어제 작업한 현장에 가까워지자 필립이 멈췄다.

"이제부터 잔뜩 주의해야 합니다. 미끼 바른 나무에 앉지 않는 개체들이 빛과 냄새에 끌릴지도 모르거든요. 덤불, 관목, 나뭇가지에 우리가 기다리는 표본이 숨어 있을지도 모르죠."

그래서 모두 무척 조심스럽게 접근했다.

"뭔가 있어요!"

필립이 외쳤다.

"나방이다! 나방이 보여요!"

엘노라는 기뻐서 어쩔 줄 몰랐다.

"눈 앞에 있는 곤충들은 생각보다 빨라요. 지금 우리가 찾아야 할 애들은 도망쳐 버릴 수도 있어요. 풀잎이 떨어지고 있네요. 제가 장화를 신고 있으니까 바깥을 살피는 동안 길가를 살피세요."

필립이 제안했다.

캐서린은 나방을 채집하고 싶었지만, 잘못할까 봐 자신이 없어 통나무에 앉아 필립과 엘노라를 하는 행동을 지켜보며 방법을 익혔다. 깊은 숲속으로 들어서니 갈색지빠귀가 떠오르는 태양을 바라보며 지저귀고 있었다. 날갯짓하는 꾀꼬리들은 금빛 선율을 쏟아내며 순수하고 달콤한 공기를 뿌리고 있었다. 한 시간 전부터 아침 노래를 불러 다른 모든 새들을 깨우던 울새만 짹짹거리고 있었다. 지저귀는 붉은날개지빠귀가 덤불에 몸 절반을 기울여 숨어 있었다. 늦게 피는 산사나무를 빼면 나무에 열린 꽃은 거의 졌지만, 길하고 숲의 경계는 물론 숲속을 온갖 색깔 야생화가 가득 채웠다. 그런 풍광 속에서 태어나 자란 엘노라는 별 신경 안 쓰고 열심히 일했지만, 얼마 전 병원에서 나온 도시 남자는 놓치기 아까운 장관이었다. 필립은 자주 허리를 구부려 꽃의 겉모습을 살폈고, 잠시 멈춰 서서 개똥지빠귀 소리를 집중해서 듣거나 고개를 들어 꾀꼬리가 부르는 노래의 후렴에 뒤따르는 금빛 섬광을 바라봤다. 그렇게 엘노라는 나뭇가지를 살며시 들어 풀 사이를 들여다보며 처음으로 소리를 질렀다.

"찾았어요! 엄마, 상자 필요해요!"

필립도 서둘러 달려왔다. 두 사람은 나방 한 쌍을 잡고 오솔길 위에 서 있는 엘노라를 마주했다. 흥분한 탓에 눈은 커지고, 뺨은 분홍빛이고, 붉은 입술을 벌린 엘노라가 내민 손에는 하얀 몸통에 연보라색과 밀짚 빛깔이 섞인 섬세한 청록색 나방 한 쌍이 놓여 있었다. 소녀 주변에는 짙은 녹색 숲을 배경으로 꽃이 만발한 풀숲이 펼쳐져 있었고, 하늘에 뜬 태양은 금빛으로 천천히 머리카락을 태웠다. 캐서린은 등 뒤에서 날카로운 숨소리를 들었다.

"아, 정말 멋진 그림이네요!"

필립이 엘노라의 어깨 너머에서 환호했다.

"정말 완벽하고 진짜 사랑스럽죠! 캔버스에 충실하게 담을 수 있다면 적은 재산이지만 기꺼이 내놓고 싶네요!"

캐서린한테서 상자를 받아 든 필립은 천천히 앞으로 나아갔다. 엘노라가 손을 내려 나방을 옮겼다. 필립이 조심스레 상자를 닫았지만, 이 모습을 지켜보던 캐서린은 남자의 눈이 소녀의 얼굴을 따라가고 있다는 사실을 알아챘다. 필립은 감탄한 속내를 감추려는 노력을 조금도 하지 않았다.

"6월 어느 완벽한 아침, 한 여자가 숲길에서 루나나방 한 쌍을 발견한 사건보다 더 사랑스러운 일이 있을까요?"

필립은 상자를 돌려주며 캐서린에게 물었다.

캐서린은 덤불을 열심히 뒤지는 엘노라를 힐끗 쳐다봤다.

"아이고, 젊은이. 내 딸애이 딱 맞다고 여기는 듯하네요."

"뭘 고치자고 할 수가 없습니다. 따님보다 더 매력적인 여자는 본 적이 없어요. 제가 보기에는 정말 완벽해요."

"그럼 딸애를 망치려는 꿍꿍이는 안 한다고 생각하죠!"

캐서린이 건조한 말투로 제안했다.

"그 젊은이든 다른 어떤 남자든 그럴 수 없다고 생각하지만, 나는 어떤 위험도 감수하지 않겠어요. 우리가 이 일을 도와 달라고 부탁했잖아요. 젊은이가 일에만 전념하면 우리 둘 다 기쁠 테지만, 우리를 자세히 알게 되면 떠나는 선택도 최소한의 예의일 수 있어요."

"죄송합니다! 기분 나쁘게 할 의도는 없었어요. 완벽한 창조물을 존경하듯 따님을 존경합니다."

"이 세상에서 평범한 소녀를 가장 빠르고 확실하게 망칠 수 있는 길이죠."

말을 마친 캐서린은 큰 목소리로 말했다.

"엘노라, 머리카락을 왼쪽 귀 뒤로 넘겨. 덤불 때문에 엉망이네. 양이 울타리 사이로 코를 찔러대던 모습이 떠올라."

통나무를 향해 다시 길을 내려가던 캐서린은 목적지에 다다르자 날카롭게 소리쳤다.

"엘노라, 어서 이리 와! 내가 뭔가 찾았어!"

그 '뭔가'는 통나무 밑 부드러운 땅 위에 놓인 껍데기집에서 빠져나온 제왕나방이었다. 녀석은 억센 다리로 뚱뚱한 몸통을 끌며 나무 위로 올라갔고, 사람 엄지손톱만 한 작은 날개를 거칠게 퍼덕였다. 엘노라가 슬쩍 쳐다보자 필립도 외쳤다.

"저 친구는 미국에서 가장 희귀한 나방이에요! 컴스탁 부인 머리 위로 올라갔어요. 방충망 덮개를 씌운 상자에 밤새 넣어 두면 여섯 마리 정도는 유인할 수 있을지도 몰라요."

"진짜 희귀한 나방이니, 엘노라?"

아무것도 모른다는 듯 캐서린이 물었다.

"그럼요. 오늘 밤에 짝을 찾을 수 있다면 내일까지 알을 250개에서 300개는 낳을 거예요. 운이 좋으면 그중에서 애벌레 200마리를 키울 수 있어요. 전에도 한 번 해봤어요. 한 마리가 1달러짜리예요."

"내가 죽인 나방도 그런 종류니?"

"아니요, 다른 나방이지만 한살이는 똑같아요. 새 아줌마는 이 나방을 시인의 왕이라고 부르죠."

"왜?"

"시인 키테론의 이름을 따왔고, 리갈리스는 왕을 뜻하잖아요.* 나방을 건드리면 날개가 잘 펴지는 데 지장을 줄 수 있어요. 아무것도 건드리지 말고 나방이 시야에서 벗어나지 않게 잘 지켜봐 주세요. 날개가 펴지고 단단해지면 상자에 넣을 테니까요."

"저렇게 헛돌다가 죽을까 봐 겁나네."

캐서린은 반대했다. 필립이 말을 이었다.

"원래 그렇습니다. 지금 순환을 시작하고 있어요. 때가되면 순환을 멈추고 날개를 펼치거든요. 자세히 관찰하면 날개를 펼치는 모습을 볼 수 있죠."

제왕나방은 나무껍질에서 거친 돌출부를 찾아 몸을 뒤로 젖히고 날개를 늘어트린 채 매달려 있었다. 몸은 특이한 주황색이었고, 작은 날개는 회색 바탕에 붉은 줄무늬가 있고 여기저기 선명한 노란색 반점이 보였다. 캐서린은 숨죽이고 지켜봤다. 더 잘 보려고 통나무에서 내려와 무릎을 꿇었다.

"날개가 자라고 있어요?"

엘노라가 물었다.

"날개가 점점 더 커지고 있고 무늬도 더 선명해져."

"우리도 같이 봐요."

엘노라가 필립에게 말했다.

---

* 제왕나방의 이름 'Citheronia Regalis'를 설명하고 있다.

두 사람은 가까이 다가와 캐서린의 어깨 너머로 나방을 바라봤다. 화려한 날개가 아래로 처지고, 더 넓게 퍼지고, 기하학적 무늬를 그리듯 반점이 더 밝고 커졌다. 두 사람은 긴장된 숨소리를 듣고 몰입한 표정을 봤다.

캐서린은 엄숙한 말투로 이야기했다.

"젊은이 여러분, 과학과 원리를 공부하니까 이 일이 어쩌다 벌어지는 일, 우연에 따른 진화라고 생각하겠지만, 이 장면은 중요해. 흙과 공기는 저절로 형성되지만, 나방의 날개는 전능하신 하나님의 지혜 덕분에 설계됐지. 기적이 있다면 이 모든 과정이 바로 기적이야. 내가 알기로는 이 나방은 날개가 제 몸을 지탱할 수 있을 만큼 크고 단단해질 때까지 계속 날개를 펼친대. 그다음에 날아가 짝짓기를 하고, 특정한 나무를 찾아 나뭇잎에 알을 낳고, 알에서 그 나뭇잎만 먹는 작은 애벌레가 부화하고, 애벌레는 자라고 또 자라서 갖가지 모양과 빛깔을 띠고, 마침내 15센티미터 길이에 커다란 더듬이가 있는 대형 애벌레가 되지. 그런 다음 땅을 파고 들어가 몸속 재료로 방수가 되는 집을 지어서 몇 달 동안 비를 피하고 추위를 견디지. 알 상태에서 시작해 1년이 지나면 이런 모든 과정을 똑같이 반복해. 먹지도 않고, 앞도 잘 못 보고, 며칠밖에 살지 못하고, 밤에만 날다가 쉽게 떨어지지만, 이 과정은 계속되지."

갑작스러운 전율이 나방을 덮쳤다. 날개가 처지고 더 넓게 퍼졌다. 캐서린은 부드러운 경외감에 젖어 들었다.

"내 인생에서 지금처럼 하나님의 현존을 느낀 순간은 없었어. 전능하신 분이 이렇듯 실재하시고 가까이 계셔서 감히 손을 뻗어 이토록 놀라운 작품을 직접 만질 수 있을 듯한 느낌이 들었어. 하나님에게 이렇게 말하고 싶어. '제 지력의

범위 안에서 저는 당신의 존재를, 그리고 제 안에 있는 모든 것이 당신의 권능을 이해한다는 사실을 깨닫습니다. 이렇게 늦은 시간이지만 당신이 만드신 놀라운 창조물이 주는 교훈을 배울 수 있게 도와주소서. 제 영혼이 속박에서 벗어나 당신께서 창조한 경이를 온전히 깨달을 수 있게 도와주소서. 전능하신 하나님, 저를 더 크게, 더 넓게 만드소서!"

나방은 돌출부 끝까지 올라 조금 위로 가더니 갑자기 날개를 뒤집고 숨겨진 안쪽을 드러내며 큰 파리처럼 복부 옆에 떨어트렸다. 이렇게 드러난 날개 위쪽은 아래쪽보다 훨씬 더 빛깔이 풍부하고 질감이 정교했는데, 나방은 날개를 천천히 반쯤 들어 올리다가 다시 접었다. 캐서린은 필립에게 얼굴을 돌렸다.

"내가 늙은 바보인가요? 아니면 필립도 느껴져요?"

반쯤 속삭이는 말투였다.

"어떤 때보다 현명해지셨어요. 저는 그렇게 느껴져요."

"저도요."

필립이 대답하자 엘노라도 작은 목소리로 말했다.

나방은 전율하듯 몸을 떨면서 날개를 빠르게 벌리고 닫았다. 필립은 엘노라에게 상자를 건넸다.

엘노라는 고개를 저었다.

"저 나방은 못 잡겠어요. 자유를 주세요."

"그렇지만 엘노라, 나는 풀어 주고 싶지 않아. 저 나방은 내 나방이라고. 내가 이런 식으로 처음 찾은 나방이야. 다치지 않게 큰 상자에 넣어서 살려 두면 안 돼? 그냥 보낼 수는 없어. 제왕나방에 관해 모든 것을 알고 싶다고."

캐서린은 항의했다.

"그럼 나무에 모인 나방들을 모으는 동안 지켜봐 주세요.

집에 데려가서 어떻게 할지 밤까지 결정하죠. 아직은 꽤 오랫동안 날지 못할 거예요."

캐서린은 땅에 주저앉아 나방을 응시했다. 엘노라와 필립은 미끼를 놓은 나무로 가서 청산가리 병에 큰 나방 서너 마리와 작은 나방 여러 마리를 넣었고, 덤불 너머를 뒤진 끝에 서로 다른 과에 속한 나방 표본 몇 쌍을 발견했다. 두 사람이 돌아왔고, 엘노라는 엄마에게 나방이 손가락 위로 올라가게 잡는 방법을 알려 줬다. 그러고 나서 셋은 통나무집으로 돌아가기 시작했다. 엘노라와 필립이 앞장섰고, 나방이 상할까 봐 걱정된 캐서린은 걸려 넘어지지 않게 조심조심 걸으며 천천히 뒤를 따랐다. 엄마의 얼굴에는 포용력이 가득하고 눈에는 고귀한 빛이 비쳤다. 그러다가 캐서린은 가장자리가 푸른색으로 둘러싸인 연못에 도착했다.

거북 한 마리가 통나무 위를 기어가다가 물속으로 뛰어들었고, 붉은날개지빠귀 한 마리가 '오카리!'라고 말을 걸었다. 캐서린은 잠시 멈춰서 진흙으로 뒤덮인 진창을 뚫어지게 바라봤다. 활짝 핀 온갖 꽃들 사이로 달콤하게 우는 새들이 날아들었다. 그러고는 캐서린은 자기 손가락에 달라붙어 있는 비교할 수 없을 정도로 아름다운 존재를 바라보며 부드럽게 말했다.

"젊은 시절에 이런 경이로움을 알았으면, 로버트 컴스탁, 당신은 그런 짓을 할 수 있었을까?"

엘노라가 엄마를 찾으려고 돌아보니 엄마는 진창 옆에 서 있었다. 지나간 매혹에 넋을 잃은 걸까? 소녀는 공포에 휩싸였다. 엘노라는 재빨리 되돌아갔다.

"엄마, 나방이 날아갈까 겁나요? 그럼 다른 손으로 감싸서 보호하면 돼요. 이 건조한 공기와 뜨거운 햇빛 아래에서 그렇게 가면 날개가 말라서 금방 날아오를 준비를 하게 될 거예요. 서늘하고 어두운 숲속이랑 달라서 이런 공기와 햇빛에서는 나방을 지킬 수 없어요."

이런 말을 하는 동안 엘노라는 엄마 옷소매를 붙잡고 살짝 웃었는데, 캐서린도 무슨 뜻인지 알아들었다. 필립은 짐을 뒷문에 내려놓고 두 사람을 위해 정원으로 통하는 대문을 열러 돌아왔다. 제때 도착한 필립은 웅덩이 옆에 함께 서 있는 모녀를 봤다. 엄마는 재빨리 몸을 굽혀 딸 입술에 키스했다. 필립은 돌아서서 두 사람이 대문에 다다를 때까지 라즈베리 덤불에서 정신없이 나방을 채집했다. 그러고는 구석에 있는 라일락에서 프로메테우스누에나방을 발견했다. 열심히 한 보상인 셈이었다. 희귀한 와인색에다가 벨벳 느낌이 나서 캐서린을 다시 무릎 꿇게 할 뻔했다. 그렇지만 이 나방은 완전히 성장해 날 수 있는 정도이기 때문에 서둘러 통나무집 안으로 옮겨야 했다. 캐서린은 제왕나방을 든 채 방 한 가운데에 서 있었다.

"이제 어떻게 해야 하지?"

캐서린이 물었다.

엘노라가 필립을 흘끗 쳐다봤다. 두 사람은 눈이 마주치자 슬며시 웃었다. 놀랍게 큰 키, 마른 몸, 검은 눈과 빛나는 머릿결을 가진 필립은 마치 어린아이처럼 묻는 질문을 즐거워하고, 엘노라는 자부심을 느꼈다. 딸은 엄마의 성격을 비로소 이해하기 시작했다.

"엄마가 마지막 단계를 앉아서 보면 어때요? 제가 저녁을 할게요."

저녁을 다 먹은 필립과 엘노라는 접시를 부엌으로 옮겼고, 상자, 코르크 시트, 핀, 잉크, 종이 전표 등 채집한 나방을 고정하고 분류하는 데 필요한 모든 도구를 꺼냈다. 집안일이 끝나자 수놓던 천을 갖고 온 캐서린은 가까이 앉아 귀울 기울이면서 지켜봤다. 캐서린은 두 사람이 말한 내용을 모두 기억했고, 확실하지 않을 때는 질문을 던졌다. 때때로 캐서린은 신경 써야 할 꽃을 곧게 펴거나 정원에서 밀화부리에게 먹이로 줄 곤충을 찾느라 맡은 일을 멈추기도 했다. 엄마가 자리를 비울 때 한 번은 엘노라가 필립에게 말했다.

"제가 잃어버린 나방 중에 많은 개체를 오늘 잡은 나방으로 대체할 수 있어요. 일주일만 오늘처럼 운이 좋으면 대학 이야기를 다시 시작할 수 있겠다 싶어요."

"일주일이라는 시간과 행운을 기대하지 말아요. 여기보다 더 추운 북쪽에서 8월 중순에도 나방을 잡은 적이 있었거든요. 일주일 뒤에도 나방을 찾을 가능성이 높다고 생각해요. 다음 주가 건초 수확 시기이지만, 두 번 번식하는 나방과 길 잃은 나방 몇 마리를 기대할 수 있고, 교환을 최대한 해서 작업하면 수집품을 완성할 수 있을 거예요."

"희망을 품게 하는 말이지만, 저는 받아들이기 힘들어요. 그런 도움을 받아도 잃어버린 표본을 모두 채울 수는 없다고 생각해요. 어떻게 할 수 있다고 해도 이번 겨울에 엄마를 떠나지는 못하겠어요. 이제 겨우 엄마라는 사람을 잘 알게 됐는데, 정말 소중해서 다시는 엄마를 잃을 위험을 감수할 수 없어요. 저는 오너베셔 학교에서 자연사 수업을 맡을 테고, 그 일을 해야 가장 행복할 거예요. 그렇지만 유혹이기는 하네요."

"올가을에 다른 친구들하고 같이 대학에 가면 좋잖아요. 안 그러면 절대 못 가지 싶어요. 방법이 없을까요?"

"그런 방법이 있는지는 모르겠고, 저는 정말 엄마 곁을 떠나고 싶지 않아요."

"그런 소리를 들으니 엄마는 정말 기쁘다."

캐서린이 정자에 들어서며 말했다.

필립은 낯빛이 창백하고 입술이 떨리고 목소리가 차가워진 캐서린을 알아봤다.

"따님에게 올겨울에 대학에 가야 한다고 말했습니다. 그런데 따님이 엄마를 떠나고 싶지 않다고 하더라고요."

"딸이 가고 싶다면 나도 그러기를 바라죠."

캐서린이 안도하는 기색으로 말했다.

"오, 모든 소녀가 대학에 가고 싶어하잖아요. 대학은 브리지 게임과 자수를 배우는 데 알맞은 유일한 곳이고, 한밤중에 여학생 클럽에서 다양한 채소와 과일로 만든 피클과 과일 케이크를 먹는 즐거움은 말할 것도 없죠."

"몇 년 동안 대학에 갈 궁리를 하면서도 저는 그런 생각은 전혀 한 적이 없어요."

엘노라가 말했다.

"속임수와 브리지 게임을 배우는 데 관심이 없는 탓이죠. 제 누이 폴리 얘기 좀 들어 보세요! 올해 폴리는 대학 졸업반이었죠. 톰 레버링이 나타나기 전에는 점심이나 여학생 클럽만 이야기했는데, 지금은 그 사람 얘기만 해요. 일상 대화를 들어 보면 엘노라의 절반만큼도 지식이 없지만 재미로 따지면 폴리가 훨씬 앞서요."

"고등학교 때는 좋은 시간을 보냈어요. 일과 공부가 인생의 전부는 아니었죠. 이디스 카는 대학생인가요?"

"아뇨. 아주 특별한 사립 기숙 학교에 다녀요."

"이디스가 누구지?"

필립이 입술을 들썩일 때 엘노라가 대답했다.

"암몬 씨가 아주 잘 아는 시카고에 사는 여자 분이에요. 아름답고, 집이 잘살고, 암몬 씨 누이의 친구래요. 그렇게 말했죠?"

"기억은 안 나지만, 맞아요. 이 나방은 약물이 묻어서 알코올로 씻어야겠네요."

"솜털이 떨어지지 않을까요?"

엘노라가 걱정스럽게 묻자 필립이 대답했다.

"아뇨. 쭉 지켜보면 폴리가 말한 대로 '완벽하게 좋은' 나방이 나오는 모습을 볼 수 있을 거예요."

"폴리가 동생이에요?"

"네. 그렇지만 폴리가 그쪽보다 세 살 많아요. 이 세상에서 가장 소중한 여동생이죠. 지금도 보고 싶네요."

"동생을 부르면 어때요? 아마 나방 채집을 도와주려 하지 않을까요?"

"와, 디자이너 메이슨 비로*가 만든 모자에 피코**로 장식한 자수 드레스를 입고 7센티미터 하이힐을 신은 폴리라면 지금까지 림버로스트에 온 어떤 사람보다도 나방을 더 많이 잡겠죠."

엘노라가 하는 제안을 듣고 필립이 웃으며 말했다.

"글쎄요. 그쪽은 나방을 많이 찾은 사람이고, 폴리 오빠잖아요."

"맞아요. 그렇지만 좀 다르기도 하죠. 아버지는 오너베셔에서 자랐고, 시골을 사랑했어요. 아버지는 저를 당신 방식으로 교육했고, 어머니는 폴리를 맡았죠. 잘 모르겠어요. 어

---

* 19세기 후반 파리에서 가장 유명하던 모자 디자이너다.

** 편물이나 레이스 따위의 가장자리에 달린 작고 동그란 장식을 가리킨다.

머니는 훌륭한 전업주부였지만, 폴리를 엄격하게 장식용으로 키우는 데 성공했죠."

"톰 레버링은 '엄격하게 장식적인' 여자가 필요한가요?"

"그쪽은 지나치게 현실적이네요! 지나칠 정도로 '엄격하게' 물질적이죠. 톰은 자기를 많이 사랑해 줄 멋진 여자가 필요하고, 폴리가 바로 그런 여자죠."

"그럼 림버로스트에 '엄격하게 장식적인' 여자가 필요한 건가요?"

"아니요! 림버로스트에는 당신만으로 충분해요. 마음이 바뀌었어요. 폴리를 여기로 부르고 싶지 않아요. 나방 채집도, 우리가 하는 어떤 일도 좋아하지 않을 테니까요."

"그럴지도 모르죠. 그래도 오빠가 좋아하는 일인데요."

"그 논리는 성립되지 않아요. 폴리랑 저는 집에 있을 때는 같은 것을 좋아하지 않지만, 그래도 서로 매우 아끼는 사이죠. 우리 가족 중에서 이 일에 열광할 사람은 아버지예요. 아버지가 일주일만이라도 오시면 좋겠어요. 아버지를 부르고 싶지만 이번 여름에 큰 기업 소송에 필요한 서류를 준비하느라 바쁘시죠. 아버지는 시골을 좋아하세요. 아버지가 제안해서 제가 여기 오게 됐죠."

필립은 정자에 기대어 토마토 덩굴과 원추리 사이를 오가며 먹잇감을 사냥하는 밀화부리를 바라봤다. 엘노라는 필립에게 나방 표본에 붙일 라벨을 만들라고 했고, 라벨을 다 만든 필립은 편지를 써도 되냐고 물었다. 필립이 숨기려고 애쓰지 않아서 맞은편에 앉은 엘노라는 편지를 보지 않을 수 없었다. '사랑하는 이디스에게.' 한동안 바쁘게 글을 쓰던 필립이 정원을 바라보며 앉았다.

"쓸 말이 벌써 바닥났어요?"

"이 정도가 다예요. 나는 할 수 있는 한 빨리 회복하고 있고, 공기도 좋고, 삼촌네 가족들도 모두 잘 해주고, 아주 좋다고 썼죠. 곤충 채집 때문에 나방을 잡느라 대부분의 시간을 보내고 있는데, 멋진 운동이라 이제 다른 재미있는 일을 떠올릴 수 없다는 말도 썼고요."

단풍나무에서 아름다운 음조가 터져 나왔다.

"밀화부리를 넣어요. 그 친구에게 감자잎벌레를 먹일 정도로 친하다는 말도 하고요."

엘노라가 제안했다. 필립은 펜을 종이 위에 내려놓고 몸을 앞으로 구부리면서 망설였다.

"절대 그럴 수 없어요! 이디스는 밀화부리를 코 크고 타락한 사람이라고 생각할 거예요. 하얀 눈 같은 가슴과 진홍색 심장을 지니고 검은 옷 입은 사랑스런 존재라고는 꿈에도 생각하지 못할걸요. 배고픈 새끼와 감자잎벌레를 신경 쓰지 않아요. 아버지에게 편지를 써야겠어요. 아주 기뻐하실 거예요."

엘노라는 나방 한 마리를 능숙하게 집어 고정하고 날개를 펼쳤다. 더듬이를 곧게 펴고 각 다리를 제자리에 맞춰 살아 있는 모양으로 완벽하게 마무리했다. 제대로 된 상태인지 확인하려고 표본을 들어 올리면서 필립을 힐끗 쳐다봤다. 필립은 여전히 얼굴을 찡그리며 종이 위에서 망설이고 있었다.

"몇 단락만 불러 줄 테니 받아써 봐요."

"아뇨! 제가 쓸 수 있을 만큼 천천히 쓸게요."

엘노라는 밝게 웃었다.

"저는 시골에 있는 오래된 포도 덩굴 정자에서 이 편지를 씁니다. 어제 저녁을 먹은 통나무집 근처죠. 지금 앉은 곳에서는 서쪽에 자리한 이웃집이 훤히 들여다보이죠. 그 집 주인은 아르 비 그로스빅* 씨입니다. 제가 지켜본 모습으로 미루어 그로스빅 씨는 구식 신사예요. 의심할 여지 없이 가장 구식이죠. 언제나 커다랗고 붉은 하트 무늬로 장식한 흰색 조끼와 검은 양복을 입고 모자를 쓰죠. 어떤 고대 질서의 상징이 틀림없어요. 이곳에 여러 번 왔지만, 그로스빅 씨가 다른 옷을 입거나 그로스빅 씨 아내가 흰색이 섞인 갈색 드레스 말고 다른 옷을 입은 모습을 본 적이 없어요.

아내가 가정에 살짝 소홀하다는 느낌을 받을 때도 있지만, 그로스빅 씨는 그렇게 생각하지 않는 듯해요. 아내가 외출하면 거실에 머물며 즐거운 시간을 보내고 어린 자녀 네 명을 돌보면서 유쾌한 노래를 부르죠. 음악에 관해 이야기해야겠어요. 저는 음악 학교가 돌아가는 모습을 그로스빅 씨가 꼼꼼히 본 적은 없다고 확신해요. 성악 훈련 없이 그저 귀로 들어 아는 음악을 익힌 사례라고 생각하지만, 음색에는 지금까지 접한 적 없는 부드러움과 순수한 선율이 주는 깊이가 느껴져요. 제가 다른 훌륭한 성악가들보다 그로스빅 씨의 음악을 깊이 생각하는 이유는 그로스빅 씨를 더 자주 보는데다가 가정생활에 헌신하는 모습에 감동한 탓인지도 모르겠네요.

방금 서쪽 울타리에서 그로스빅 씨를 만났는데, 아이들에게 작은 선물을 들고 가라고 권했죠. 그로스빅 씨의 삶에서 드러나는 완벽한 조화를, 그리고 그로스빅 씨와 갈색 옷을 입은 여인이 삶에서 찾아내는 깊이를 보고 저는 거의 확신했어요. 이제 이 편지는 시가 될 거예요."

---

* 붉은가슴밀화부리(Rose breasted grosbeak)를 가리킨다.

받아쓰기 출제를 끝낸 엘노라가 덧붙였다.

"펜을 이쪽으로 옮겨서 따옴표랑 대문자로 시작하세요."

엘노라가 읊는 문장을 받아 적는 필립의 얼굴은 흥미로운 연구 대상이었다. 필립은 진지하게 엘노라가 가리키는 곳에 펜을 놓고, 엘노라는 받아 적을 문장을 읊었다.

"시골에 자그맣고 멋진 집을 사요. 그리고 거기서 평생 정착해요."

"바로 그거예요! 내 인생에서 가장 큰 유혹이에요. 어서 계속해요!"

"이게 다예요. 나머지는 마무리해 주세요. 나방 표본은 다 만들었어요. 학년별로 수업에 필요한 나방을 찾으러 나가려고요."

"잠깐만요. 저도 갈게요."

필립이 간청했다.

"괜찮아요. 엄마랑 남아서 편지나 마무리하세요."

"다 썼어요. 뭘 더 쓸 수도 없어요."

"아주 좋아요! 이제 편지에 서명하고 가죠. 참, 거래 조건을 깜빡했네요. 이 말을 들으면 편지를 보내지 않을 수도 있겠어요. 남은 조건은 제가 읊은 구절에 관한 답장을 보여 주기예요."

"오, 쉽네요! 편지를 다 보여 달라고 해도 조금도 반대하지 않을게요."

필립은 서명을 마치고 편지를 접어 주머니에 넣었다.

"어디로 가고, 뭘 가져가야 하죠?"

"엄마, 갈 거예요?"

엘노라가 물었다.

"해야 할 일이 좀 있어. 나 없어도 괜찮지? 어디로 가고 싶은데?"

"마거릿 아줌마네 가서 아줌마 잠깐 만나고 빌리를 데려올게요. 저녁 시간에 맞춰 돌아올게요."

캐서린은 길을 나서는 두 사람을 바라보며 슬며시 웃었다. 저토록 멋지게 태어난 어린 창조물들이라니! 균형이 잘 잡히고 정말 활력이 넘쳤다. 그러다가 본격적으로 대화하는 두 젊은이를 보자 캐서린은 낯빛이 어두워졌다. 소중한 딸에게 다가온 낯선 사람을 너무 믿지 말아야 하는데 하는 생각이 들 때쯤, 허리를 굽히더니 나뭇가지를 들어 아래를 응시하는 엘노라가 보였다. 엄마는 만족스러웠다. 엘노라는 자기가 할 일만 생각하고 있었다. 캐서린은 딸을 전적으로 신뢰해야 하는 엄마였다.

16장

필립을 위해 노래하는 림버로스트,
위대한 비밀을 말하는 이야기 나무

며칠 뒤 엘노라는 필립이 건넨 편지 한 장을 받아 읽었다.

지금 건강 상태라면 나방 채집과 그 통나무집에서 보내는 생활이 몸에 아주 좋을 거라고 생각해요. 그렇지만 제발 그 그로스빅이라는 사람은 멀리해요. 머릿속에 농부 같은 생각을 가득채운 채 돌아오지는 마세요. 틀림없이 그 사람은 목소리가 남다르겠지만, 저는 훈련 안 된 가수가 부르는 노래를 견딜 수 없어요. 6월의 노래가 영원하다고 생각하나요? 성홍열이나 홍역에 걸린 아이 넷을 두고 아내가 집을 나가 쏘다닐 때 혼자 아이를 돌보는 남편이라면 그렇게 노래하지 못하겠죠. 불쌍한 영혼이여, 저는 그 아내가 가엾네요! 소가 사납게 울어 대고, 개구리가 개굴개굴하고, 모기가 달려들고, 버터는 여름에는 기름처럼 녹고 겨울에는 벽돌처럼 굳고, 펌프는 매일 얼어붙고, 세속적인 즐거움도 없고, 사교계도 없는 곳에서 어떻게 살아갈까요! 불쌍한 사람들! 그로스빅 씨가 도시로 옮길 수 있게 할 수 없나요? 기회 날 때마다 아내가 쏘다니는 이유도 뻔하죠! 저라면 죽을 거예요. 시골에 정착할 작정이라면 흰색과 갈색만으로 만족해야 할 여자도 생각하세요! 갈색! 모든 칙칙한 색 중에서! 저는 갈색 옷을 입으면 미치고 말 거예요.

엘노라는 편지를 읽는 내내 웃었다. 편지를 돌려주는 얼굴에 보조개가 파였다.

"누가 이기고 있죠?"

"누구 같아요?"

엘노라가 묻는 말에 필립이 받아넘겼다.

"이디스요. 다음 편지에서 그로스빅 씨는 사실 새이고 테네시 주에 있는 야생 자두나무 숲에서 겨울을 보낼 예정이라고 말할 건가요?"

"아니요. 당신의 인생관을 완벽하게 이해한다고 말할 생각이고, 물론 기름진 버터와 얼어붙은 펌프를 처리해 달라고 하지도 않을 거예요."

"그리고 홍역에 걸린 아이도."

엘노라가 내용을 추가했다.

"맞아요! 동시에 그런 문제들을 상쇄할 수 있는 일들이 아주 많잖아요. 그런 보상을 생각하면 제가 직접 감당한다는 데 반대하지 말아야죠. 오늘은 어디서 뭘 할까요?"

"오늘은 길가랑 림버로스트 가장자리에서 나방을 잡아야 해요. 엄마가 딸기 잼 만들고 있는데, 다 끝나기 전에는 못 오세요. 우리 둘이 늪으로 내려가서 미시간 주 그랜드래피즈에 사는 유명한 목재상 테렌스 오모어가 이곳에서 떠돌이 소년으로 지낼 때 만든 꽃방을 보여 줄게요. 물론 그 이야기 들어봤죠?"

"그럼요. 시카고 사교계에 자주 나타나는 오모어 부부를 만난 적 있어요. 시카고에도 친구가 있을 테니까요. 이상적인 커플이라고 생각해요."

"이상적인 커플이 그 둘만 있다는 말처럼 들리지만 사실은 그렇지 않아요. 수십 명도 더 있죠. 마거릿 아줌마랑 웨슬리 아저씨도 있고, 브라운리 가족도 있고, 제 수학 선생님이랑 사모님도 있어요. 세상은 행복한 사람들로 가득한데 아무도 그 사람들에 관해 들은 적이 없죠. 서로 싸우고 스캔들을 일으켜야 신문에 실리잖아요. 진짜 행복한 사람들을 아는 사람은 아무도 없죠. 저도 행복한데, 제가 얼마나 완벽하게 눈에 띄지 않는지 보세요."

"눈에 잘 띄는 곳에 가기만 하면 돼요. 음, 오늘은 뭘 가져갈까요?"

필립이 기억을 더듬으며 말을 마쳤다.

"우리 자신이죠. 제 핏속에는 방랑자 기질이 있는데, 눈에 잘 띄죠. 진짜 꽃이 자라고 진짜 새가 노래하는 곳을 보여줄게요. 기분이 좋으면 저도 한두 소절 부를지도 몰라요."

"오, 노래도 하세요?"

필립이 정중하게 물었다.

"가끔 해요. 새들처럼 저도 그러죠. 그래도 겁내지는 마세요. 자주 기분에 사로잡히지는 않으니까 노래 부를 일은 잘 없어요."

두 사람은 늪으로 가는 길을 따라 내려가서 뱀 울타리를 타고 올라간 뒤 옛 오솔길로 가는 길에 접어들어 남쪽으로 방향을 틀었다. 엘노라는 필립에게 늘어진 철조망 잔해가 남아 있는 오솔길을 가리켰다.

"10년 전이었어요. 저는 어린 학생이었고, 그때도 이리저리 쏘다녔지만, 아무도 신경 쓰지 않았죠. 그 남자를 자주 봤어요. 평생을 시 관련 기관에서 일한 사람인데, 많은 나무를 베기 전에 이 늪에서 목재 도둑을 막는 일을 맡았어요. 강인한 남자나 할 만한 일이었죠. 어릴 적 연약하던 소년은 야외에서 살면서 더 강한 사람으로 컸죠. 지금 우리가 걷는 이 길은 미칠 듯한 두려움과 외로움에 시달린 그 시절에 그 남자가 처음 밟은 자취인데, 자기 일에 전념하면서 어려움을 이겨냈대요. 저는 길로 내려와 덤불 사이로 최대한 기어 들어가 그 남자가 지나가는 모습을 지켜봤죠. 그 남자는 대개 걸어 다녔는데, 가끔은 수레를 탔어요.

그 남자 얼굴은 어떤 날에는 끔찍하게 슬퍼 보였고, 다른 날에는 어린아이도 그 안에서 힘을 볼 수 있을 정도로 결연했고, 다른 날에는 환하게 빛났죠. 그날 늪의 천사가 함께 있었어요. 늪의 천사가 어떤 모습인지는 말할 수 없어요. 닮은 사람을 본 적이 없거든요. 남자는 늪의 천사에게 새 둥지를 보여 주려고 여기 가까이 멈췄어요. 그러고는 자기가 만든 꽃방으로 가서 늪의 천사를 위해 노래를 불렀죠. 그 남자가 떠날 때쯤 저는 용기를 내어 산책로로 나왔고, 주근깨랑 함께 사는 덩치 큰 스코틀랜드 사람을 만났어요. 나방이랑 나비를 잡는 저를 보더니 꽃방으로 데려가서 거기 있는 것들을 모두 다 줬죠. 저는 감히 혼자 자주 오지 못해서 그분처럼 계속할 수는 없지만, 그때 필립 씨는 어떤 모습인지 짐작할 수 있을 거예요.”

엘노라가 앞장서고 필립이 뒤를 따랐다. 많은 나무가 사라진 탓에 윤곽이 뚜렷하지는 않았지만, 엘노라는 되도록 예전 꽃방 모습을 보여 주려 노력했다.

“늪은 이제 거의 폐허나 다름없어요. 단풍나무, 호두나무, 벚나무는 모두 사라졌어요. ‘이야기하는 나무’만 혼자서 가치 있는 존재로 남아 있죠.”

“‘이야기하는 나무’라니! 이해가 안 되네요.”

“당연하죠! 하하하! 제가 발견한 나무들이니까요. 알다시피 여름이면 모든 나무가 속삭이고 이야기하지만, 다른 나무들이 침묵하는 겨울 내내 할 말이 너무 많은 나무가 둘 있어요. 너도밤나무랑 참나무는 이야기를 정말 좋아해서 죽어서 마른 잎을 붙잡고 있죠. 겨울에는 가장 거센 바람이 자주 불기 때문에 이 나무들은 속삭이고, 수다 떨고, 흐느끼고, 웃고, 때로는 소리가 귀에 들리지 않을 때까지 으르렁거려요. 봄에 새잎이 나와 묵은 잎을 밀어낼 때까지 소리는 멈추지 않죠. 저는 그 밑에 서서 나무줄기에 귀를 대고 나무들이 하는 말을 제 기분에 맞게 해석하는 일을 좋아해요. 너도밤나무는 가지가 낮고 잎이 작아서 흔한 세상 이야기만 알지만, 길어지기 전에 거의 모든 다른 나무 위로 가지를 곧게 뻗는 참나무는 줄기가 강하고 잎이 크죠. 두 나무는 전세계를 여행하는 바람을 만나 커다란 배움을 얻어요."

필립은 소녀의 얼굴을 관찰하더니 부드럽게 물었다.

"너도밤나무가 뭐라고 말하나요, 엘노라?"

"인내심을 갖고, 이기적이지 말고, 남에게 대접받고 싶은 대로 남도 대접하라고요."

"참나무들은요?"

"진실하라, 깨끗한 삶을 살아라, 네 영혼을 자연에 맡기면 세상의 바람이 명예가 무엇인지 가르쳐 준다고 하죠."

"멋진 비밀이군요! 지금 나무들이 말하는 건가요? 나도 들을 수 있나요?"

"아뇨. 지금은 수다를 떨고 있을 뿐이에요. 노는 시간이죠. 음악에 영감을 받으면 순백의 세상에 커다란 비밀을 말해 주죠."

"음악이요?"

"겨울에는 다른 모든 나무가 하프예요. 줄기는 틀, 가지는 현, 바람은 연주자가 되죠. 공기가 차갑고 맑아지면서 세상이 온통 하얘지고 하프 소리가 점점 커지면 이야기하는 나무는 힘차고 고양되는 이야기를 해요."

"훌륭해요! 당신은 정말 멋진 여자가 될 거예요!"

"제가 조금이라도 가치 있는 여자가 된다면 이런 멋진 기회를 누린 덕분이죠. 모든 소녀가 신의 말씀을 배우러 숲으로 내몰리지는 않아요. 여기가 주근깨가 지낸 방이 있던 곳이에요. 이곳에 온 늪의 천사에게 주근깨는 노래를 불러 줬고, 저는 그 노래를 들었어요. 난생처음 들은 음악이었죠. 천사가 주근깨를 사랑한 사실은 당연해요. 주근깨를 아는 모든 사람이 알고 있었고, 지금도 그렇죠. 저 통나무를 써봐요. 꽤 좋은 의자가 되겠네요. 이 낡은 보관용 오두막은 지금 제 보물 창고이지만 원래는 그 사람의 보물 창고였어요. 저한테 가장 소중한 물건을 보여 드리죠. 엄마가 싫어해서 감히 집에 가져가지는 못했어요. 아빠 물건이었는데, 어떤 점에서는 저도 아빠를 닮았어요. 가장 큰 강점이죠."

엘노라가 바이올린을 들고 연주를 시작했다. 소매를 팔꿈치까지 말아 올린 녹색 깅엄 소재 교복을 입은 소녀는 주변 환경의 일부처럼 녹아들었다. 머리는 작고 어두운 태양처럼 빛났으며, 얼굴은 그토록 장밋빛으로 붉고 고운 적이 없었다. 활을 당기는 순간부터 입술이 벌어지고 눈이 늪 저 먼 어딘가를 향했으며, 자기가 연주하는 음을 느끼고 자기에게만 들리는 뭔가를 연주하는 듯한 인상을 이렇게 강하게 준 적은 없었다. 필립은 너무 가까이 다가간 탓에 가장 좋은 상태에서 감상을 할 수 없었다. 자리에서 일어나 몇 미터 뒤로 물러난 필립은 커다란 나무에 기대어 보고 들으며 집중했다.

자리를 바꾼 필립은 뒤따라온 캐서린이 오솔길에 서 있

는 모습을 봤는데, 그 정도면 엘노라가 한 말이 모두 들릴 수밖에 없는 위치였다.

그래서 필립과 오솔길에서 지켜보는 어머니를 향해 엘노라는 〈림버로스트의 노래〉를 연주했다. 다른 모든 소리를 잠재운 늪이 오직 춤추는 활만으로 이야기하는 듯했다. 오솔길에 선 엄마는 그 노래를 예전에 한 번 딸이 연주할 때 들었고, 남편이 하는 연주는 여러 번 들었다. 필립에게 그 음악은 계시였다. 너무 심취해서 캐서린을 잊고 서 있었다. 도시 청중이 이런 배경을 가진 연주자가 연주하는 이 음악에 관해 뭐라고 할지 상상하고 싶어도 도저히 그럴 수가 없었다.

마지막 음이 연주되고, 소녀가 바이올린을 오두막에 넣고, 문을 닫고, 열쇠를 잠그고, 통나무 끝 썩은 나무에 열쇠를 숨길 때까지 필립은 감히 무슨 말을 할 수 있을지, 마음을 얼마나 제대로 표현할 수 있을지 궁금하기만 했다. 그러고 나서 엘노라는 필립에게 다가왔다. 필립은 흥미롭게 소녀를 바라보며 서 있었다.

"사람들이 이런 모습을 보면 뭐라고 할까요?"

필립이 물었다.

"예전에 공공장소에서 연주한 적이 있어요. 사람들이 꽤나 좋아한다는 느낌을 받았죠. 어제 오너베셔 초등학교 오케스트라에서 지휘를 맡아 달라는 편지를 받았어요. 제안이 괜찮다고 생각해요. 제 강의는 일찍 시작하지 않아요. 오케스트라에서 몇 분 동안 연주하고 난 뒤에도 제 시간에 충분히 강의실에 도착할 수 있죠. 제가 좋아하는 일이, 돈 되는 일이 더 늘어나겠죠. 저 자신을 표현할 수 있다는 사실만으로도 기꺼이 연주할 수 있어요."

"어떤 사람들을 보면 마음속에서 규칙적으로 전쟁터가

펼쳐져요. 자기표현을 위한 투쟁이죠. 당신은 이 세상에서 아름다운 일을 할 테고, 게다가 잘 해낼 거예요. 지금 연주한 악기가 아버지의 바이올린이라는 점, 태어나기도 전부터 아버지가 연주했고 그 악기가 어머니에게 큰 영향을 미쳤을 가능성, 당신이 이 들판과 늪을 돌아다니며 자연 속에서 마음을 쏟아부을 모든 것을 찾아온 몇 년 동안 한 경험을 생각하니까 당신이 달라진 과정을 알겠더라고요. 저는 당신이 하는 자기표현이 무슨 의미인지 이해돼요. 뭘 밖으로 드러내야만 하는지 알겠어요. 이 세상이 지금처럼 엘노라의 메시지를 원한 적은 없어요. 엘노라라는 소녀가 알고 있는 것을 갈망하죠. 저는 지금 당신의 자리가 만들어진 과정을 쉽게 알겠어요. 당신이 이 세상에 전달해야 하는 지식은 대학에서 가르치지 않아요. 잘은 모르지만, 수백 명 사이에서 틀에 박혀 지내다 보면 자기 자신을 망칠 거예요. 아무한테나 이런 말을 해도 된다고 생각한 적은 없지만, 이번에는 말할게요. 저는 정말 옳다고 믿거든요. 이제 대학에 가려는 마음을 포기하세요. 당신이 지닌 지성에는 그런 공부가 필요 없어요. 지금 숲속에서 하는 일에 집중해요. 어떤 여대생하고도 견줄 수 없을 정도로 훌륭하게 성장하고 있거든요. 돈이 생기면 저 바이올린을 들고 세계 최고 거장에게 가서 림버로스트가 전하는 노래를 들려 주세요. 그 거장이 이 노래를 더 좋게 바꿀 수 있을까요? 저는 의심스러워요."

"정말 제 처지라면 대학을 포기하겠다는 말이에요?"

"바로 그 말이에요. 지금 제 손에 그쪽한테 줄 돈이 있고 어떤 식이든 그 돈을 줄 수 있다고 해도 저는 그렇게 안 할 거예요. 삶이 건네는 것하고 다른 더 나은 뭔가를 원하는 인생이 왜 언제나 이 세상이 정한 운명인지 모르겠어요. 깨달을 수 있으면 좋겠는데, 엘노라, 그쪽은 지금 대학에 다니고 있고 언제나 그랬어요. 경험으로 배우는 학교에 다니는 거예요. 그 학교는 생각하는 법을 가르치고 따뜻한 마음도 줬죠. 신은 제가 그런 사람을 부러워한다는 사실을 알고 계세요! 사는 동안 내내 림버로스트라는 대학교에 다녔고, 정신력, 명석함, 흥미로운 지식에서 당신하고 견줄 만한 졸업생을 어디에서도 만난 적이 없어요. 도움이 될 책을 많이 읽으라고 권하고 싶지도 않아요. 자료를 직접 찾는데다가 그 일이 옳다는 사실도 알고 있으니까요. 당신이 해야 할 일은 자기표현을 일찍 연습하기 시작하는 겁니다. 자기가 아는 숲 이야기를 우리한테 너무 늦게 들려주지 말아요."

"새 아줌마의 길을 따르라고요?"

"자기만의 방식으로, 자기 자신의 지식으로 해야죠. 새 아줌마도 영원히 살지 못하잖아요. 그쪽은 훨씬 젊고, 그 사람이 끝내는 곳에서 시작할 준비를 할 수 있죠. 늦은 지금까지 필요한 것을 모두 줬잖아요. 이제 그 대가로 세상에 베풀어야죠. 대학은 말도 안 돼요! 하던 일을 계속하고, 가지고 있는 지식을 사람들에게 보여 줘요!"

그제야 캐서린을 떠올린 필립이 엘노라에게 물었다.

"오솔길로 나가서 어머니가 오시는지 볼까요?"

"지금 여기 와 있어요. 세상에, 바이올린을 제때 치워서 다행이네요! 엄마가 이렇게 빨리 올 줄은 몰랐어요."

소녀가 돌아서더니 엄마를 향해 걸어가면서 속삭였다. 엘노라를 바라보는 캐서린은 표정이 이상했다.

"엄마가 잼 만들고 있다는 사실을 깜빡했어요. 기다려야 했는데."

"괜찮아! 뭐 좀 찾았니?"

"보여 줄 게 아무것도 없어요. 대신에 일과 생각, 야망의 경로를 확 바꿀 아이디어를 확실히 찾았어요."

"야망이라고! 세상에, 정말 대단한 단어네! 하하하. 빨간 머리 시골 소녀가 몸속에 그런 치명적인 씨앗을 품고 있다고 누가 의심하겠어? 엄마한테 말해 줄 수 있겠니?"

"그런 식으로 말하면 어쩔 수 없죠. 야망은 일단 접는 편이 낫겠네요. 잠들어 있을 때가 가장 안전하다고 들었어요. 진짜 공격을 받으면 그때 대처하면 되겠죠. 표본을 잡으러 가죠. 6월이에요. 필립이랑 저는 수업 중이고. 한 시간만 주면 우리 머릿속에 평생 남을 아이디어를 떠올려서 영원히 발전시킬 수 있어요. 저는 이런 방식으로 일을 바라봐요. 자, 이제 우리에게 뭘 알려 주실래요? 우리는 우려먹고 또 우려먹는 낡고 어리석은 지식을 원하지 않아요. 우리 마음속에 뿌리내릴 커다랗고 새로운 아이디어를 원하죠. 어서요, 선생님, 끓여서 두 번 증류한 6월의 농축된 진수는 뭔가요? 강하게 말해 주세요. 우리는 충분히 받아들일 수 있어요. 서둘러요! 시간은 짧고, 우리는 기다리고 있어요. 6월의 기적이 뭔가요? 6월 한 달을 상징하고 다른 달에 견줘 조금 다르게 만드는 요소는 뭘까요?"

"바로 이 커다란 밤나방의 탄생입니다."

틈을 두지 않고 엘노라가 재빨리 답했다.

필립이 손뼉을 쳤다. 캐서린은 눈물을 글썽이기 시작했다. 엄마는 딸을 품에 안고 이마에 입을 맞췄다.

"너는 할 수 있어! 6월이 6월이지. 꽃나무나 새, 과일, 들꽃이 6월에만 있기 때문은 아냐. 모든 사람에게 6월은 절반의 5월이고 절반의 7월이지. 그렇지만 나한테 6월은 달빛 어린 하늘을 휩쓰는 이 커다란 벨벳 날개 밤나방이 자기가 세운 창조 계획을 완성하고 시든 꽃처럼 떨어지는 달이지. 사람들한테 6월의 나방을 주자. 그걸 네가 한 해 동안 할 작업의 목표로 삼자. 각 달의 특징이나 각 달을 구분 짓는 한 가지 요소를 찾아서 강렬하게 보여 주자. 저학년 아이들도 나방 몇 마리가 나타나는 과정을 보면 나방을 이해하고 탄생의 역사를 배울 수 있거든. 표본을 한 쌍씩 보여 준 뒤에 알, 자라나는 애벌레, 마지막으로 고치를 차례로 보여 줘야 해. 1년 내내 달마다 파낸 그달의 붉은 심장을 아이들 앞에서 힘차게 뛰게 하자.

일일이 이름을 꼽을 수는 없지만 지금 당장 한 가지가 더 생각나네. 2월은 겨울 새들의 달이지. 늪에 사는 수리부엉이가 구애하고, 큰 매가 짝을 짓고, 까마귀도 눈에 띄기 시작하거든. 이 친구들은 진짜 우리 새들이지. 가난한 사람들처럼 우리 곁에 늘 함께 있거든. 2월 어느 달콤한 밤에 이 늪의 음악가들이 부르는 노래를 들어 봐야 해요, 필립. 새들은 진지해요! 21년 동안 밤에는 부엉이, 올빼미, 여우, 라쿤 같은 이 숲에 남은 모든 동물이 내는 소리를 들었고, 낮에는 매, 노랑턱멧새, 줍빨기딱따구리, 박새, 까마귀를 비롯해 다른 겨울 새들의 소리를 들었지. 2월은 린넨을 표백하거나 설탕 만드는 달이 아니라 우리 새들이 사랑하는 달이라는 사실을 이제야 깨달았지. 2월에는 매와 부엉이를 보여 주자, 엘노라."

소녀는 반짝이는 눈으로 필립을 바라봤다.

"어때요? 그런 도움을 받으면 제가 성공하지 않을까요? 그쪽도 엄마가 이야기하는 새들의 연주회를 들어 봐야 해요! 온 땅이 눈으로 덮이고 달빛이 하얗게 내린 풍경은 말로 표현할 수 없을 정도예요."

"우리가 아는 최고의 음악이지. 그 음악을 본따서 강력하고 독창적인 바이올린 곡을 만들 수 있겠니, 엘노라?"

엘노라는 긴장된 숨을 몰아쉬며 짧게 대답했다.

"할 수 있어요."

필립이 서둘러 엘노라를 구출했다.

"일하러 가야죠."

필립은 호두나무 가지에 루나나방 알이 있는지 살펴보기 시작했다. 엘노라는 캐서린이 통나무에 앉아 주머니에서 자수를 꺼내는 동안 엄마 옆에 앉아 있었다. 엄마는 피곤하다며 돌아갈 준비가 되면 오라고 했다. 저녁 식사 시간에 부를 때까지 캐서린은 주변에서 두 사람이 이야기 나누는 소리를 들었다. 두 사람이 돌아오니 캐서린은 한 손에는 바느질거리를 들고 다른 손에는 바이올린을 쥔 채 오솔길에 서서 기다리고 있었다. 엘노라는 얼굴이 아주 하얗게 질렸지만, 아무 말 없이 그 길을 따라갔다. 필립은 여자가 자기보다 무거운 짐을 들고 있는 모습을 볼 수 없어서 악기에 손을 뻗었다. 캐서린은 고개를 저었다. 바이올린을 집에 가져온 캐서린은 방으로 들어가 문을 닫았다. 엘노라는 필립을 향해 몸을 돌렸다.

"엄마가 바이올린을 부수면 나는 죽을 거예요!"

"안 그러실 거예요! 오해예요. 그럴 생각이라면 부엉이 이야기를 그렇게 안 하셨겠죠. 엄마잖아요. 엄마만큼 딸을 사랑하는 사람은 없어요. 엄마를 믿어요! 나는 정말 대단한 분이라고 생각해요."

캐서린은 평온한 얼굴로 돌아왔고, 모두 함께 저녁을 준비했다. 저녁을 다 먹은 뒤 필립과 엘노라는 오후에 채집한 표본을 정리하고 분류한 다음 숲으로 가서 나무 여러 그루에 나방을 잡을 혼합물을 바르고 램프를 켰다. 일을 마치고 돌아온 두 사람은 정자에 앉은 캐서린을 보고 자리를 함께 했다. 달빛이 아주 밝아서 책을 읽을 수 있을 정도였다. 축축한 밤공기 덕분에 꽃과 나무가 내뿜는 향기가 더욱 진했다. 천 마리는 됨 직한 곤충들이 세레나데를 부르고 있었고, 단풍나무에 앉은 밀화부리 남편이 가끔 안심시키는 말을 건네자 아내는 모두 다 괜찮다고 대답했다. 늪지에서는 아메리카쇠쏙독새가 구슬프게 울었고, 푸른 테두리 연못 옆에서는 딱새들이 걱정을 털어놓고 있었다. 캐서린은 통나무집 안으로 들어가더니 곧바로 돌아와 바이올린과 활을 엘노라의 무릎 위에 올려놓았다.

"우리한테 음악을 들려주면 좋겠어."

17장

달빛 아래에서 춤추는 캐서린,
고백하는 엘노라

세상에서 가장 평화롭게 해먹에서 그네를 타던 빌리가 무슨 소리를 들었다. 똑바로 앉은 빌리는 눈을 크게 뜨고 한곳을 바라봤다. 벌어진 입술은 다시 생각에 잠기면서 다물었다. 소리는 계속 들렸다. 빌리는 울타리를 뛰어넘어 특이한 자세로 비스듬히 앙감질하며 달렸다. 엘노라네 통나무집에 가까워지자 한길에서 이는 따뜻한 먼지를 뒤로하고 길가 풀밭 위를 느린 걸음으로 부드럽게 밟았다. 빌리가 제대로 듣기는 했다. 포도 덩굴 정자에서 새어 나오는 바이올린 소리는 모든 것을 완벽하게 뒤섞고 환희의 소용돌이를 일으키며 주위로 쏟아졌다. 팽팽해진 현은 행복한 소녀의 마음에서 우러나오는 기쁨을 표현하고 있었다.

빌리는 서쪽 숲을 둘러싼 울타리를 넘어 정자를 향해 슬금슬금 다가갔다. 스파이도 아니고 좀도둑도 아니었다. 그저 캐서린이 집에 있는지, 엘노라가 마침내 엄마에게 허락을 받고 좋아하는 바이올린을 연주하고 있는지 궁금한 동심을 충족하고 싶을 뿐이었다. 한번 슬쩍 보는 정도로 충분했다. 달빛 아래 앉아 정자에 머리를 기댄 캐서린은 완벽한 평화와 만족에 젖은 표정이었다. 빌리가 캐서린을 바라보는 순간 활이 잠시 머뭇거렸고, 캐서린이 입을 열었다.

"아주 감미롭고 달콤한 곡이네. 그렇지만 머니 머스크*랑 내가 어릴 때 춤춘 곡들을 연주하면 좋겠어."

딸은 아빠를 떠올리게 할 만한 모든 곡을 조심스럽게 피하고 있었다. 그 말을 들은 엘노라가 부드럽게 웃으며 〈밀짚 속 칠면조Turkey in the Straw〉를 연주하기 시작했다. 조금 뒤 캐서린이 달빛 아래에서 춤을 췄다. 필립은 옆으로 달려가 캐서린을 팔로 안았다. 엘노라의 웃음소리와 바이올린 가락에 맞춰 두 사람은 정자 벤치에 숨차 쓰러질 때까지 춤을 췄다.

빌리는 언제 한길에 나온지도 거의 알지 못했다. 가벼워진 발은 부드러운 길에 거의 닿지 않았고, 덕분에 재빠르게 날아다녔다. 빌리는 울타리를 뛰어넘어 집 안으로 들어갔다.

"마거릿 아줌마! 웨슬리 아저씨! 들어 봐요! 가서 들어 봐요! 음악을 연주해요! 누나가 집에서 바이올린을 켜고 있어요! 그리고 캐서린 아줌마는 정자 앞에서 춤추고 있어요! 달빛 아래에서 봤어요! 내가 달려갔어요! 와, 마거릿 아줌마!"

294

빌리는 흐느끼며 마거릿의 가슴에 안겼다.

"왜 그래 빌리! 울지 마, 이 멍청이 꼬마야! 우리 모두 몇 년 동안 기도한 모습이잖아. 그렇지만 네가 캐서린을 잘못 봤겠지. 믿을 수가 없어."

한 소리 들은 빌리가 고개를 들었다.

"글쎄요, 믿지 못할 수밖에 없죠! 내가 본 걸 말하면 웨슬리 아저씨는 무슨 말인지 알걸요. 도시 남자가 캐서린 아줌마랑 춤추고 있었어요. 함께 춤을 췄고, 엘노라는 웃었죠.

---

* 남녀가 두 줄로 마주 서서 추는 미국 전통 춤 콘트라 댄스에 쓰는 음악. 콘트라 댄스는 스코틀랜드에서 시작한 스트라스스페이 댄스에 기원을 두며, 머니 머스크는 그 춤을 처음 춘 저택을 소유한 머니 머스크 남작에서 유래한다.

내 눈에는 재미있어 보이지 않았고, 무섭기만 했어요."

웨슬리가 끼어들었다.

"세상에 이런 일이 다 있네? 내 말 새겨들어라. 캐서린 컴스탁은 한번 시작하면 아무도 멈추게 할 수가 없어. 그 사람 안에는 마차 한 대는 끌 만한 엄청난 힘이 숨겨져 있거든. 달빛 아래에서 춤을 춘다고! 아이고, 나라면 절대 안 그럴 텐데!"

빌리는 곧장 웨슬리 곁으로 다가갔다.

"누가 하든 나도 절대 안 그럴 거야."

웨슬리는 빌리를 팔로 감싸 안아 가까이 끌어당겼다.

"다 말해 봐라, 아들아."

"엘노라가 잠깐 숨을 멈추니까 그 아줌마가 '내가 어릴 때 알던 옛날 노래를 연주할 수 없겠니?' 하고 물었죠. 그러니까 엘노라가 빙글빙글 돌고 싶게 만드는 노래를 연주하기 시작했고, 눈 깜짝할 사이 아줌마도 빙글빙글 돌고 있었어요. 도시 남자, 그 남자가 일어나서 아줌마를 붙잡고 똑같이 빙글빙글 돌았고, 숲속으로 돌아가서 나도 똑같이 빙글빙글 돌았죠. 엘노라가 웃기 시작했고, 이제 아저씨랑 아줌마가 궁금해할 테니까 달려와서 말하는 거예요. 아, 세상이 다 옳게 돌아가는 거죠?"

빌리는 무척 만족스러운 표정으로 말을 끝냈다.

"당근이지!"

웨슬리가 대답했다.

빌리는 마거릿을 찬찬히 바라봤다.

"맞죠, 마거릿 아줌마?"

마거릿 신턴은 빌리를 향해 씩씩하게 웃었다.

한 시간 뒤 방으로 들어갈 준비를 끝낸 빌리가 마거릿에게 잘 자라는 인사를 했다. 그러다가 잠시 마거릿에게 몸을 기대더니 귀에 대고 이렇게 속삭이고는 계단 위로 달려 올라갔다.

"아줌마한테도 어린 소녀 시절을 돌려주고 싶어!"

통나무집에서는 엘노라가 너무 지쳐 활을 들지 못할 때까지 바이올린을 계속 연주했다. 그러고 나서 필립은 집으로 돌아갔다. 모녀는 대문까지 함께 걸어가서 멀어지는 뒷모습을 지켜봤다.

"정말 내가 말하던 괜찮은 청년이구나! 누가 우리랑 잘 어울리는 모습을 보면 통나무집에서 자란 청년이라고 생각하겠지만, 사실은 늘 최고급 음식만 먹었겠지."

"맞아요, 엄마. 저도 그렇게 생각해요, 하하하. 그렇지만 그 사람에게 피해를 주지는 않았어요. 비판할 만한 구석이 전혀 없어요. 알게 모르게 저한테 많이 가르쳐 주고 있어요. 엄마도 알지만 하버드 대학교를 졸업하고 법학 학위도 여러 개 땄죠. 내일 아침에 올 텐데, 뒷날개나방에 관련된 중요한 하루를 보낼 거예요."

"뒷날개나방……?"

"날개가 커다란 파리처럼 접히는 회색 나방인데, 오래된 나무를 조각한 듯한 모양이에요. 그러고는 날 때 아래쪽 날개가 번쩍이면서 빨간색과 검은색, 금색과 검은색, 분홍색과 검은색, 아니면 검은색에 뒤섞인 수십 가지 밝고 아름다운 색을 띠죠. 새 아줌마가 지금 하지 않는다면 뒷날개나방의 종류를 분류하고 완전한 역사를 기록할 사람은 아무도 없어요. 새 아줌마는 뒷날개나방에 관해 얻을 수 있는 모든 것을 원하죠."

"기억나네. 엄청나게 예쁜 나방들이지. 통나무를 덮고 자란 덩굴에 새까맣게 새끼를 낳아서 흠칫한 적이 있어. 조심해서 잡아야 하지만 아주 재빠른 친구들 같아. 희귀한 나방을 잡을 수 있을지도 모르겠다."

캐서린은 열심히 생각하더니 이렇게 덧붙였다.

"그런데 내가 잡는다면 또 모르지. 운이 좀 좋은 편이거든. 지구상에서 가장 희귀한 존재를 하루 만에 이렇게 많이 손에 넣을 수 있었는데, 단지 그럴 만한 재치와 순발력 덕분이었어. 나는 뭐든 놓치지 않을 수 있다고 장담해."

다음 날 아침 일찍 필립이 통나무집으로 왔다. 필립하고 엘노라는 함께 들판과 숲으로 나갔다. 필립을 무조건 믿게 된 캐서린은 이제는 집안일을 끝낸 뒤에 합류했고, 바느질할 때는 두 사람을 몇 시간씩 돌아다니게 놓아두기도 했다. 일이 끝나면 정오가 돼서야 점심 도시락을 싸서 집을 나섰다. 캐서린은 아직 한창인 제비꽃 무덤 근처에서 엘노라와 필립을 발견했다. 발밑에 꽃들이 펼쳐진 꽃사과나무 숲 그늘에서 세 사람이 함께 점심을 먹는 동안 번쩍이면서 비상하는 노란색 유럽꾀꼬리가 황홀경을 자아냈고, 붉은날개지빠귀는 언제나 그렇듯 버르장머리 없이 질문을 던졌다. 점심을 다 먹은 뒤 캐서린이 바구니를 가지고 통나무집으로 가면 필립과 엘노라는 통나무에 앉아 한숨을 돌렸다. 예상하지 못한 행운이 찾아왔고, 두 사람은 탐색을 계속하고 싶었다.

"이 제비꽃에 관한 약속, 기억해요? 내일이 이디스 생일인데, 아침 열차에 특별 배송으로 보내면 오후 늦게 받을 수 있을 거예요. 최대한 오래 싱싱해야 할 텐데요. 이디스는 모레 북쪽으로 떠나거든요."

"기억하죠. 저녁 먹기 전에 작업을 마치면 꽃은 충분히 모을 수 있어요. 잘 포장하면 별문제 없을 거예요. 오늘 저녁에 꺾어서 밤새 물에 담가 두면 아주 싱싱할걸요."

그러고 나서 두 사람은 다시 뒷날개나방을 잡으러 떠났다. 길고 행복한 탐사였다. 새로운 미개척지를 찾아 외진 곳으로 들어갔고, 홍방울새 둥지를 지나 황금방울새가 나중에 둥지를 틀 요량에 쓰려고 엉겅퀴를 찾던 곳도 마주쳤다. 이윽고 깊고 어두운 웅덩이가 자리한 진짜 숲에 도착했는데, 그곳에서 갈색지빠귀와 미국개똥지빠귀는 다른 모든 새들이 내는 선율에서 정수를 추출해 순수한 종소리로 바꿔 쏟아냈다. 마치 모든 오래된 회색 나무줄기, 느슨한 나무껍질 조각, 엎드린 통나무가 번쩍이는 회색 보물을 품고 있는 듯 보였지만, 무엇보다도 가장 잘 놀라고 가장 잡기 어려운 보물이었다.

해 질 녘 엘노라에게 다가온 필립은 검은 날개를 드러낸 채 길고 가느다란 다리로 손가락을 움켜쥔 채 기어오르려 애쓰는 나방 한 마리를 섬세하게 잡고 있었다.

"오, 맙소사!"

엘노라가 필립을 쳐다보며 외쳤다.

"일단 절반만 믿어요!"

필립이 환호했다.

"예전에 본 적 있어요?"

"표본만 봤죠. 표본도 아주 드물어요."

검은 날개를 빤히 들여다보던 엘노라는 이내 감탄했다.

"사포뒷날개나방이 틀림없어요. 새 아줌마가 진짜 기뻐할 거예요."

"청산가리 병을 빨리 가져와야 해요."

"절대로 잃고 싶지 않아요. 얘가 나를 쫓아다녔다고요!"

엘노라는 항아리를 가져와 채집 도구를 담기 시작했다.

"그런 나방을 찾게 되면, 그 순간 바로 일을 멈추고 그날 남은 시간 동안 영광스러운 기분을 즐겨야죠. 정말 자랑스럽다고 말하고 싶어요! 이제 가야겠죠. 저녁 먹을 때까지 즐길 시간이 얼마 없어요. 엄마도 보기 드문 나방을 마주하면 기뻐하지 않을까요?"

"나보다 더 기뻐하는 사람을 보고 싶어요! 느낌상 오늘 저녁은 제대로 먹겠는데요. 어서 가죠."

필립은 짐을 대부분 짊어지고 엘노라가 앞서서 갈 수 있게 옆으로 비켜섰다. 엘노라는 풀 뜯는 소들 사이로 난 길을 따라 집으로 가다가 제비꽃 무리 근처에 멈춰 서더니 그물과 짐을 내려놓았다. 필립은 엘노라를 지나쳐 곧장 뒷문을 향해 서둘러 걸었다.

"아니 왜……?"

엘노라가 물으려 할 때 필립이 말을 잘랐다.

"이 나방을 집으로 빨리 가져가야 해요. 시안화물이 효력이 다해서 잘 듣지 않아요. 병에 새 청산가리를 넣어야죠."

필립은 제비꽃을 잊고 있었다! 엘노라는 호기심 가득한 얼굴로 필립을 바라보고 서 있었다. 조금 뒤 엘노라는 그물을 집어 들고 필립을 뒤따랐다. 푸른 테두리 연못에서 잠깐 멈춰 서서 반쯤 뒤를 돌아보더니 입술을 굳게 다문 채 계속 나아갔다. 필립이 작별 인사를 하고 마을로 출발한 시간은 밤 9시였다. 즐거운 휘파람 소리가 림버로스트의 가장 먼 구석에서 통나무집으로 들려왔다. 엘노라는 피곤하다며 잠자리에 들었다. 그렇지만 잠은 오지 않았다. 머릿속에서 생각이 맴돌았고, 누워 있으면 있을수록 깨어 있는 시간은 더 길어졌다. 마침내 엘노라는 침대에서 살며시 일어나 램프에 불을 켜고 상자를 열기 시작했다. 그러고는 작업을 하러 나갔다. 두 시간 뒤 튼튼한데다가 예술성도 지닌 아름다운 자작나무 껍질 바구니가 탁자 위에 모습을 드러냈다. 작은 자명종을 3시에 맞추고 침대로 들어간 소녀는 입가에 웃음을 띤 채 곧바로 잠이 들었다.

알람이 울리자마자 바닥으로 내려온 엘노라는 서둘러 옷을 입더니 바구니와 상자를 들고 계단을 내려가 제비꽃 무리로 갔다. 소녀는 새벽 어스름 속에서 축축한 이끼를 바구니에 줄 맞춰 가득 채우고 익숙한 손놀림으로 재빨리 가장 좋은 꽃을 따기 시작했다. 때로는 싱싱한 꽃을 구분할 수 없었지만, 곧 해가 림버로스트 위로 날아와 소녀를 들여다봤다. 울새가 이웃을 모두 깨웠고, 왁자지껄한 새소리가 공기를 가득 채웠다. 이슬이 내렸고, 엘노라가 숭배하는 세상에 첫 번째 강렬한 빛이 쏟아졌다. 바구니가 가득 차자 엘노라는 이끼를 바닥에 깐 뒤 튼튼한 골판지 상자에 넣고 단단히 포장한 다음 전날 밤에 쓴 메모를 끈 아래로 슬쩍 넣었다.

그러고 나서 엘노라는 숲을 가로질러 지름길을 찾아 오너베서로 빠르게 걸어갔다. 아침 6시가 넘은 시각이지만 엘노라가 피하고 싶어한 도시는 모두 잠들어 있었다. 어린 소년을 아무런 어려움 없이 찾았고, 소년이 암몬 씨네 초인종을 누르고 필립에게 줄 소포와 쪽지를 하녀에게 전달할 때까지 소녀는 먼발치에서 지켜봤다.

숲속을 지나 집으로 돌아오는 길에 엘노라는 미끼를 놓은 나무를 지나면서 포획한 나방을 모았다. 딸은 나방을 가지고 부엌으로 자연스럽게 들어갔고, 엄마는 아무 말도 하지 않았다. 아침을 먹은 뒤 엘노라는 방으로 가서 어젯밤 일한 흔적을 모두 치웠고, 필립이 길을 따라 내려올 때는 정자에 나가 나방을 잡고 있었다.

"앉아 있으려니 피곤해요. 조금만 걸어가서 필립을 만나야겠어요."

"여기 멋진 사람 있나요?"

필립이 먼 곳에서 불렀다.

"그쪽은 아녜요! 잊어 먹었다고 고백하시죠!"

엘노라가 대꾸했다.

"완벽해요! 그런데 다행스럽게도 치명적인 일은 아니었어요. 지난주에 폴리한테 편지를 써서 이디스에게 제가 쓴 카드를 넣어 적당한 선물을 오늘 보내라고 부탁했죠. 그렇지만 숲에서 온 그 손길은 효과가 좋을 거예요. 말로 다 할 수 없을 만큼 고마워요. 애너 숙모랑 바구니 포장을 여는데 꽃이 정말 예쁘더라고요. 숙모는 그쪽이 늘 이런 일을 한다고 하셨죠."

"아이고, 아니예요, 하하. 새벽에 엄마 깰까 봐 몰래 나가서 꽃을 따고는 숲에 다녀온 척 나방을 잡아 돌아오는 모습을 봤다면, 그쪽도 오늘이 정말 특별한 날이라는 사실을 알수 있었겠죠."

그때 필립은 두 가지를 알게 됐다. 어머니는 이른 아침 딸이 도시에 다녀온 사실을 모르고, 딸은 그 사실을 알리러 미리 나온 사실을 말이다.

"대단했어요! 절대 잊지 않을게요. 정말 고마워요."

필립이 대문을 닫으며 속삭였다.

"그쪽 때문에 한 일이 아니에요. 제 자존심을 지키고 싶은 마음이 컸어요. 옆에서 보니까 잊고 있는 듯하더라고요. 다른 이유가 있다면 이디스였죠."

"제가 가져온 걸 좀 보세요!"

필립이 정자로 들어가 캐서린에게 인사하면서 말했다.

"새 아줌마한테서 빌렸어요. 새 아줌마 표본은 아니에요. 뒷날개나방을 모은 희귀한 표본이죠. 최선을 다해 설명하니까 여기에서 사포뒷날개나방을 찾아보라고 하더군요. 아마도 새 아줌마는 곧 출발하겠다 싶어요. 무척 흥분했죠."

세 사람은 함께 책 쪽으로 몸을 숙이고 자기들 앞에 놓인 표본을 살펴보면서 나방 종류를 결정했다. 나중에 온 새 아줌마는 책에 넣을 나방을 가져갔고, 엘노라와 필립은 새로운 열정으로 가득 찼다.

이날은 그 뒤 몇 주 동안 이어질 모험의 시작이었다. 나방 여섯 마리가 시간의 날개를 달고 날아다니며 각각 흥미진진한 이야기를 잔뜩 들려줬다. 6월이 지나자 나방 채집은 점점 뜸해졌고, 들판과 숲에서 엘노라가 학교 수업에 쓸 재료를 찾느라 바빠졌다. 각 달마다 특징적인 점을 찾아내어 자연 수업의 핵심으로 삼자는 캐서린의 제안을 실행하는 일에 두 사람은 가장 흥미를 느꼈다. 두 사람은 그달에만 어울리는 듯 보이는 모든 것들의 반대쪽에 각각 목록을 작성한 다음 전형적인 항목을 가려내려 노력했다. 캐서린이 큰 도움을 줬다. 네덜란드 사람인 엘노라의 외할머니는 네델란드에서 가져온 플리니우스*가 쓴 《박물지》에 나오는 기이한 속담과 미신을 캐서린에게 많이 들려줬고, 어린 시절을 오하이오 주에서 보낸 캐서린도 장로들 사이에서 인디언 이야기를 많이 들은 덕분에 각 계절이 오는 징후를 알고 있었다. 이런 경험이 때때로 도움이 됐다. 캐서린이 지닌 실용적 사고와 뛰어난 상식은 언제나 쓸모가 있었다. 세 사람은 지칠 때

---

* 로마 시대 박물학자 가이우스 플리니우스 세쿤두스(Gaius Plinius Secundus)를 가리킨다.

까지 밖에 머물다가 집으로 돌아와 밥을 먹었고, 표본을 준비하고 분류하는 내내 이야기를 나눴다. 엘노라와 캐서린이 일하는 동안 필립은 가끔 책을 읽었고, 매일 밤 캐서린은 바이올린을 연주해 달라고 했다. 음악에 관한 완벽한 갈망을 보면 음악이 없을 때 캐서린이 겪은 고통을 충분히 짐작할 수 있었다. 그렇게 쓸모 있는 일과 순수한 즐거움으로 가득 찬 황금 같은 나날이 흘러갔다.

밀화부리가 단풍나무 숲 여기저기에서 가족을 이끌고 있었는데, 두 번째 무리는 우물 위를 기어오르는 야생 포도 덩굴에서 날아오를 준비를 거의 마쳤다. 시골길에는 먼지가 뿌옇게 깔리고 날은 점점 더 따뜻해졌다. 여름이 가을로 접어들 준비를 하고 있었지만, 필립은 언제나 있던 사람처럼 날마다 그곳에 머물렀다.

8월의 어느 따뜻한 오후, 자수를 하던 캐서린은 인기척에 눈을 들어 대문으로 들어오는 파란 옷을 입은 소년 배달부를 바라봤다.

"필립 암몬 씨가 여기 있나요?"

"그런데?"

"암몬 씨한테 전보가 왔어요."

"집 뒤쪽 숲속에 갔는데. 내가 종을 쳐서 알릴게. 혹시 중요한 일이니?"

"급해요. 열심히 달려왔어요."

캐서린은 뒷문으로 걸어가 저녁 식사 종을 세게 한 번 울리고 잠깐 멈춘 뒤 다시 쳤다. 조금 뒤 필립과 엘노라가 길을 따라 뛰어 내려왔다.

"어디 아파요, 엄마?"

캐서린은 소년 배달부를 가리켰다.

"필립에게 전할 중요한 전보가 있다는데."

필립은 중얼거리듯 변명하면서 전보를 찢었다. 그러더니 낯빛이 약간 어두워졌다.

"첫차를 타야겠습니다. 아버지가 편찮으셔서 제가 필요하다네요."

필립은 엘노라에게 전보를 건넸다.

"제 기억은 북쪽으로 가는 기차가 두 시간 정도 뒤에 출발하는데, 제 짐이 삼촌 집에 있어서 지금 바로 가야 해요."

엘노라가 전보를 돌려주며 말했다.

"물론이죠. 제가 도울 일이 있을까요? 엄마, 필립 씨한테 버터밀크 한 잔 주세요. 제가 여기 있는 짐을 모을게요."

"신경 쓰지 마세요. 중요한 물건은 아무것도 없어요. 방해되고 싶지도 않고요. 필요한 물건은 제가 부치면 돼요."

필립은 버터밀크를 얼른 마시고 캐서린에게 작별 인사를 한 뒤 그동안 베푼 친절에 감사를 전하면서 엘노라에게 몸을 돌렸다.

"저하고 같이 림버로스트 끝까지 걸어갈래요?"

엘노라는 동의했다. 캐서린은 대문까지 따라가서 꼭 다시 오라고 조르며 또 작별 인사를 건넸다. 그러고는 정자로 가서 엘노라가 돌아오기를 기다렸다. 길을 내려다보는 캐서린의 얼굴에 부드러운 웃음이 떠올랐다.

'필립이 나한테 먼저 말을 걸 줄 알았는데, 이 일로 상황이 조금 바뀔 수도 있었어. 필립은 시간이 없거든. 엘노라는 행복한 모습으로 돌아올 테고, 그럴 만한 이유도 있어. 필립은 모범적인 젊은이야. 엘노라의 삶은 나하고 많이 다르겠지.'

캐서린은 자수를 집어 들더니 아무나 할 수 없는 섬세하고 정교한 바느질로 한 땀 한 땀 수를 놓기 시작했다.

길을 가던 엘노라가 먼저 말을 꺼냈다.

"심각한 일이 아니면 좋겠어요. 아버지는 평소에 건강한 편이세요?"

"꽤 건강하시죠. 전혀 놀라지는 않았지만, 아주 부끄러워요. 이 더위 속에 중요한 사건을 처리하느라 계속 일하는 아버지를 도울 정도로 지난 한 달 동안 건강을 회복했거든요. 정말 즐거워서 먼저 가겠다고 할 생각이 없었고, 아버지도 굳이 오라고 하지 않았어요. 저는 아버지가 기진맥진할 정도로 무리하게 내버려 뒀고, 어머니랑 폴리는 북쪽 별장에 머물고 있죠. 전에는 이런 적이 없는데, 아마 제 탓이예요."

"아픈 아들을 여기 보낼 때 오래 머물게 하실 작정이었잖아요."

"그랬죠. 그런데 시카고는 더워요. 아버지를 기억해야 했어요. 아버지는 언제나 저를 생각하시거든요. 어쩌면 며칠 동안 제가 필요했겠죠. 멋진 모습으로 되돌아가서 집에 가야 한다는 사실을 잊을 정도로 좋은 시간을 보낸 저를 인정하기가 부끄러워요."

"그럼 여기에서 좋은 시간을 보냈나요?"

두 사람은 울타리에 도착했다. 필립은 텃밭과 들판을 가로질러 지름길로 가려고 울타리를 뛰어넘었다. 그러고는 고개를 돌려 엘노라를 바라봤다.

"이 세상에서 가장 좋고, 가장 달콤하고, 가장 건강한 시간이었죠. 엘노라, 몇 시간 동안 이야기해도 제가 당신을 어떻게 생각하는지 이해시킬 수 없을 거예요. 지금까지 살면서 이렇게 뭔가를 하기 싫은 적은 없었어요. 당신을 떠나기가 싫네요. 그렇지만 저한테는 그럴 힘이 없어요."

"저한테서 가치 있는 것 하나라도 얻었다면, 바로 의무를 다할 힘을 가지는 거예요. 그리고 빨리 돌아가는 거죠."

필립은 엘노라가 내민 손을 양손으로 잡았다.

"엘노라, 우리가 함께 보낸 요즘이 달콤했나요?"

"아름다운 날들이었죠! 평생 생각하고 또 생각할 수 있는 완벽한 꿈 같았어요. 엄마의 사랑으로 풍요롭고 그쪽 도움을 받아 쓸모 있는 일을 한 요즘은 정말 행복한 나날이었어요. 안녕히 가세요! 서둘러야죠!"

필립은 엘노라를 바라봤다. 잡은 손을 놓으려다가 더 꽉 쥐었다. 갑자기 필립이 엘노라를 자기 쪽으로 끌어당겼다.

"엘노라."

필립이 속삭였다.

"작별 키스 해줄래요?"

엘노라는 뒤로 물러나 눈을 크게 뜨고 필립을 뚫어져라 쳐다봤다.

"당장 한 대 치고 싶네요! 그런 말을 아무렇지도 않게 할 수 있다고 느끼게 할 만한 말이나 행동을 제가 한 적이 있나요, 필립 암몬?"

"아니요!"

필립은 숨찬 듯 헐떡였다.

"아니에요! 당신을 떠나기 전에 당신 입술을 한번 느끼고 싶었어요. 있잖아요, 엘노라……."

"너무 걱정하지 마세요. 그 정도 판단력과 분별심은 있어요. 무슨 뜻인지 알아요. 그쪽한테 해가 되지는 않을 거예요. 저한테도 상관없지만, 다른 사람들을 생각해야죠. 이디스 카는 그쪽이 오늘 내 입술을 훔친 사실을 알면 내일 당신의 입술을 원하지 않을 거예요. 빨리 가라고 말한 제가 현명했네요."

필립은 한결 차분해진 엘노라에게 여전히 매달렸다.

"편지 써 줄래요?"

애원도 했다.

"아니요. 안녕이라는 말 말고는 할 말이 없어요. 그 말, 지금 할 수 있어요."

필립은 버텼다. 간절한 부탁도 했다.

"편지 한 통만 쓴다고 약속해요. 책상에 당신이 쓴 편지를 언제나 간직하고 싶어요. 한 번만 편지를 쓴다고 약속해요, 엘노라."

엘노라는 필립의 눈을 바라보며 평온하게 웃었다.

"이야기하는 나무들이 이번 겨울에 사람이 완벽하게 자랄 수 있는 비법을 알려 주면 그 내용을 편지로 쓸게요, 필립. 우리가 알고 지낸 모든 시간 동안 그쪽이 이렇게 싫은 적은 없었어요. 안녕히 가세요."

엘노라는 손을 놓고 재빨리 돌아서서 길에 들어섰다. 필립 암몬은 말없이 오너베셔를 향해 뛰기 시작했다.

엘노라는 길을 건너고 울타리를 넘어 숲속 쉼터를 찾았다. 대각선 방향으로 따라가다 제비꽃 무리를 지나가는 길에 다다랐다. 서둘러 길을 내려갔다. 두 손을 꽉 쥐어 옆구리에 붙였고, 눈은 물기 없이 밝았고, 뺨은 붉게 달아올랐고, 호흡이 빨라졌다. 꽃밭에 도착한 엘노라는 그 안으로 들어가 주위를 둘러봤다.

이끼가 마르고 꽃이 진 꽃밭은 한 뼘 높이 잡초로 덮여 있었다. 엘노라는 돌아서서 통나무집이 보일 때까지 길을 따라 계속 내려갔다.

웃으며 정자에서 기다리던 캐서린은 엘노라가 올 시간이 한참이나 지나도 오지 않자 대문 쪽으로 나갔다. 텅 빈 길은 쓸쓸하게 림버로스트를 향해 뻗어 있었다. 그때 캐서린은 딸이 자기에게 할 말이 있는데 서둘러 오지 않는 이유를 이해할 수 없었다. 조급한 마음에 밖으로 나가서 정원을 돌아다니던 캐서린은 오솔길에 접어들어 노란 백합으로 둘러싸인 웅덩이를 지나 숲으로 이어지는 길을 따라 걷기 시작했다. 그러다 엄마는 딸을 봤고, 멈춰 서서 숨을 헐떡였다. 주름진 얼굴이 핼쑥해지고 손으로 허공을 휘저었다. 하늘을 올려다보다가 엎드려 있는 딸의 모습을 바라봤다. 몇 번이고 말을 하려 했지만, 마른 숨만 나왔다. 캐서린은 돌아서서 정원으로 도망쳤다.

익숙한 울타리 안에서 캐서린은 탈출구를 찾는 갇힌 동물처럼 주위를 둘러봤다. 햇살이 무자비하게 맨머리에 쏟아졌고, 우유 저장고 옆에 스스로 싹을 틔워 반쯤 자란 히코리나무 그늘로 자기도 모르게 옮겨 섰다. 발밑에는 불을 피울 때 불쏘시개를 만드는 도끼가 놓여 있었다. 캐서린은 허리를 구부려 도끼를 집어 들었다. 풀밭에서 엎드려 흐느끼는 딸의 모습이 다시금 떠올라 경련이 일어났다. 캐서린은 기억을 지우려는 듯 눈을 감았다. 그러자 귀가 트이며 길옆에서 엘노라의 신음 소리가 들린다고 확신했다. 눈이 번쩍 떠졌다. 나무 그늘에 가려 잘 자라지 못하는 토마토 몇 그루를 똑바로 바라봤다. 캐서린은 히코리나무 주위를 빙빙 돌면서 도끼를 휘둘렀다. 머리카락이 흘러내리고 옷이 흐트러지고 땀이 흘렀지만, 나무가 넘어져 우유 저장고 모서리를 스치고 동쪽 정원 울타리를 부술 때까지 치고 또 쳤다.

그 소리를 들은 엘노라가 자리에서 벌떡 일어나 정원 산책로를 따라 달려오며 울부짖었다.

"엄마! 대체 뭐 하는 거예요?"

캐서린은 앞치마로 핼쑥해진 얼굴을 닦았다.

"몇 년 동안 저 나무를 자르려고 별렀거든. 아침에는 사탕무, 오후에는 토마토에 그늘을 드리워!"

엘노라는 거친 울음을 터트리며 엄마 품에 안겼다.

"아, 엄마! 저를 용서해 주시겠어요?"

캐서린은 두 팔로 흐느끼는 엘노라를 꼭 껴안았다.

"하나부터 열까지 그 무엇이라도 나는 너를 용서하지 않을 리 없어. 소중한 내 딸! 엄마한테 무슨 일인지 말해!"

엘노라는 눈물 젖은 얼굴을 들더니 헐떡거리며 말했다.

"그 사람이 말했어요. 만나자마자 정중하게, 처음 만난 다음 날에요. 거의 평생 동안 집에서 정한 한 여자하고 약혼한 상태로 지냈다고요. 그 사람은 나한테 전혀 신경 쓰지 않았어요. 나방이랑 건강에만 관심이 있었죠."

캐서린은 팔짱을 꼈다. 떨리는 손으로 밝은색 머리카락을 쓰다듬었다.

"말해 봐, 애야. 이 눈물 한 방울이라도 그 사람 탓이니?"

"아뇨! 아, 엄마, 엄마가 믿지 않으면 엄마를 용서하지 않을 거예요. 절대 아니예요! 그 사람은 세상 누구나 알아도 될 말이나 행동 말고는 아무것도 하지 않았어요. 저를 아주 좋은 친구라고 했어요. 떠나기를 끔찍하게 싫어했어요!"

"엘노라!"

흰 머리카락이 갈색 머리카락하고 섞일 정도로 엄마는 고개를 숙였다.

"엘노라, 왜 처음부터 말하지 않니?"

흐느끼던 엘노라는 날카롭게 숨을 몰아쉬었다.

"그래야 한다는 걸 알아요! 말하지 않은 만큼 어떤 벌도 달게 받겠지만, 말하지 못할 느낌이었어요. 두려웠어요."

"뭐가 무서웠는데?"

떨리는 손이 다시 머리카락에 닿았다.

"엄마가 못 오게 할까 봐요!"

엘노라가 헐떡거리며 말했다.

"그렇지만 엄마, 저는 그 사람이 오기를 바랐어요!"

18장

회춘을 실험하는 캐서린,
자연사를 가르치는 엘노라

다음 주 내내 캐서린과 엘노라는 정말 열심히 일하느라 이야기할 시간도 없었고, 몸도 피곤해 일찍 잠들었다. 두 사람 모두 음식을 억지로 삼킬 수가 없어서 먹으려고 노력하는 대신 우유를 마시며 일했다. 엘노라는 6월의 큰 나방하고 다르게 몇 달을 사는 뒷날개나방과 박각시나방을 잡으려 미끼를 계속 놓았다. 잡을 수 있는 모든 잠자리와 나비를 채집했고, 인도인 의뢰자에게 줄 목록을 살펴보다가 놀랍게도 노란황제나방 한 쌍을 빼고 필립 덕분에 모두 완성된 사실을 알고 어디서 구할 수 없는지 필립에게 물어볼까 생각했다. 새 아줌마에게 말했지만, 표본 시리즈를 마무리할 이 나방을 구할 방법이 없다는 답만 들었다. 엘노라는 일단 마음을 접었다.

"신들의 맷돌은 천천히 갈린다더니 신이 노란황제나방을 보내 줄 때까지 인내심을 갖고 기다려야겠어."

캐서린은 일을 계속 만들어 내다가 더는 할 일이 없자 키울 작물도 없으면서 딱딱하고 마른 정원 땅을 괭이질했다. 그러다 엘노라가 다음 주에 오너베셔에서 북쪽으로 32킬로미터 떨어진 군청 소재지에서 열리는 교사 연수회에 일주일간 참석해야 한다는 통지를 받았다. 두 사람에게 생각할 거리와 해야 할 일이 생겼다. 엘노라는 바이올린 연주도 요청받았다. 초등학교에서 자연을 지키자는 주제로 강연을 하는 가장 중요한 시간에 들어간 프로그램이기 때문에 엘노라는 강연을 준비하면서 연주할 곡도 골라 연습해야 했다. 엄마는 딸의 관심을 옷으로 돌렸다.

모녀는 함께 오너베셔에 가서 수수하고 적당한 가을 정장과 모자, 색상이 단아한 원피스, 드레스 스커트, 멋진 허리띠 몇 개를 샀다. 마거릿 신턴이 찾아와 바느질을 시작했다. 모든 일을 마치고 짐을 싼 엘노라는 역에서 어머니하고 작별 인사를 나누고 기차에 올랐다. 대합실로 들어간 캐서린은 의자에 주저앉아 쉬었다. 가슴이 너무 아파서 왼쪽 옆구리가 온통 뻐근했다. 반쯤 굶은 탓에 식욕이 없어서 음식을 먹을 엄두도 내지 못했다. 캐서린은 지칠 때까지 악착같이 일했다. 한동안 그저 앉아서 쉬기만 했다. 그러다 생각하기 시작했다. 엘노라가 며칠 동안 다른 문제에 집중할 수밖에 없는 곳으로 떠나서 다행이라고 여겼다. 엄마는 딸이 가고 싶다고 말한 곳을 기억했다.

학교 수업은 다음 주에 시작된다. 캐서린은 엘노라가 자기 일을 성공적으로 마치려면 어떻게 해야 할지 거듭 생각했다. 엘노라는 아침 6시에 일어나 변덕스러운 날씨를 뚫고 5킬로미터 남짓을 걸어가서 고등학교 오케스트라를 이끌고, 나머지 시간에는 시내 여기저기 흩어진 건물과 건물을 돌아다니며 매주 정해진 시간 동안 여러 교실에서 수업을 진행해야 했다. 실물 교육을 준비하고 오케스트라하고 일정한 시간 동안 연습도 해야 한다. 그러고 나서 정오에는 차가운 점심을 먹고 밤에는 다시 5킬로미터를 걸어야 한다.

"힐! 몸이 무쇠라도 힘들겠어. 내가 어떻게 해야 이 소녀를 가장 잘 도울 수 있을까?"

캐서린은 깊이 생각했다.

"여름 내내 겪은 일을 덜 볼수록 더 빨리 기분이 나아질 거야."

중얼거리며 자리에서 일어난 캐서린은 은행으로 가서 직원에게 물었다.

"제 계좌가 어떤 상태인지 알고 싶어요."

은행 창구 직원이 웃었다.

"이제야 오셨군요. 저희는 지난 20년 동안 언제든 컴스탁 부인을 위해 만반의 준비를 했지만, 부인은 별로 신경 쓰지 않은 듯하네요. 계좌 잔고는 오히려 불어나고 있습니다. 이 자가 복리로 붙으면 큰돈을 벌 수 있죠. 여기 탁자로 오시면 잔액을 보여 드리겠습니다."

캐서린은 은행 직원이 어지러운 숫자를 읊는 사이에 의자에 앉아 기다렸다. 그동안 소, 양, 돼지, 가금류, 버터, 달걀을 팔아 번 돈이 지출보다 많아 해마다 100달러에서 300달러까지 쌓인 모양이었다. 이렇게 모인 금액에 몇 년 동안 복리로 이자까지 더해졌다. 캐서린은 멍한 눈으로 믿을 수 없다는 표정을 지으며 숫자를 읽었다. 저 은행 창구 앞에 서서 한 번만 물어보면 엘노라와 자기를 옥죈 쓰라린 세월을 겪을 필요가 없었다는 깨달음이 아픈 가슴을 헤집고 들어왔다. 캐서린은 자리에서 일어나 역으로 갔다.

"전보 보내고 싶은데요."

캐서린은 연필을 집어 들고 성급한 말투로 문장을 적었다. '은행 돈 찾았어. 전혀 몰랐어. 대학 가고 싶으면 첫차로 와 준비해라.' 그러고는 다음 문장을 쓰려고 잠깐 망설이다가 무모하게 덧붙였다. '그래, 등록금 내가 낼게. 사랑한다,

엄마가.' 엄마는 기다렸다. 한 시간도 채 안 돼 답이 왔다. '이번 겨울에는 가르치는 일만요. 사랑을 담아, 엘노라.'

캐서린은 오랫동안 그 전보를 쥐고 있었다. 자리에서 일어나니 몹시 배가 고팠지만, 마음이 겪는 고통은 조금 가벼워졌다. 식당에 가서 음식을 먹은 다음 옷 가게에 들러 아주 평범한 일상복 두 벌, 실용성 갖춘 짙은 회색 정장, 연보라색과 레이스를 더한 부드러운 연회색 실크 드레스 등 네 벌을 주문했다. 브라운리네 가게에서 구매 목록을 가득 채우고 나서는 남은 시간 동안 솔직하고 활기차게 일을 처리했다. 너무 피곤해서 집에 걸어갈 수 없을 정도였지만, 불을 피우고 음식을 해서 푸짐한 저녁을 먹었다.

이윽고 서쪽 담장 옆으로 나가 쑥국화를 한 움큼 따서 진하게 우려냈다. 그 물에 오트밀을 넣고 꾸덕해질 때까지 저었다. 침대 위에 시트를 깔고 낡은 옥양목 천을 찢기 시작했다. 꾸덕한 오트밀을 양손과 팔에 바르고 냄새가 심한 약초를 헝겊에 칠해 얼굴과 목에 붙였다. 너무 피곤해서 잠이 들었는데, 깨어 보니 피부가 반쯤 벗겨져 있었다. 얼굴과 손을 씻고 일을 마친 뒤 마을로 나가서 밤이 되면 집에 돌아와 같은 과정을 반복했다. 셋째 날 아침에는 피부가 새빨갛게 달아올랐고, 넷째 날 아침에는 추천받은 크림이 낸 진정 효과 덕분에 선명한 분홍색이 됐다.

그날 엘노라는 엄마에게 편지를 보냈다. 다음 주 토요일 아침에 오너베셔로 와서 교사들이 한 해 업무를 정리하는 회의에 참석할 예정이고 일요일에는 엘런이 대학교로 떠나기 전에 엘노라를 보고 싶어서 만난다고 했다. 일요일에 오케스트라를 소집해 연습해야 하고, 월요일 방과 후 밤이 돼서야 집에 돌아올 수 있다는 내용이었다. 캐서린은 즉시

314

알겠다고 답장을 썼다.

다음 날 상처는 옅은 분홍색이 됐고, 나중에는 섬세한 도자기처럼 하얘졌다. 그러고 나서 캐서린은 미용실에 가서 눈처럼 하얀 머리카락을 씻고, 손질하고, 가장 잘 어울리는 핀과 빗으로 고정했다. 드레스 샘플을 들고 모자 가게에 가서 정장에 어울리는 외출용 모자와 실크 드레스에 덧입을 연보라색 난초 무늬 회색 새틴을 샀다. 마지막 지출은 안감을 흰색으로 대고 자수 칼라에 연한 자주색으로 포인트를 준 부드러운 회색 광목으로 만든 헐거운 코트와 거기에 어울리는 회색 장갑이었다.

집에 돌아간 캐서린은 월요일까지 쉬기와 일하기를 반복했다. 그날 저녁 학교가 문을 닫자 너무 피곤해서 거의 오들오들 떨다시피 한 엘노라는 늦게 시작한 교사 회의가 끝나고 먼 길을 걸어 내려오다가 심부름꾼 소년을 마주쳤다.

"어떤 여자분이 중요한 일로 당신을 만나고 싶어합니다. 제가 모시고 가겠습니다."

엘노라는 신음을 내뱉었다. 누가 자기를 만나고 싶어하는지 알 수 없었지만, 직접 가는 방법 말고는 할 수 있는 일이 없었다. 피곤하고 불안한 마음에 엄마를 보고 싶었다.

"여기예요."

소년은 휘파람을 불면서 제 갈 길을 갔다. 엘노라는 같은 거리에 자리한 고등학교 건물에서 세 블록 떨어진 곳에 서 있었다. 페인트를 새로 칠하고 넝쿨로 덮여 있는 예스러운 낡은 집 앞이었다. 잔디로 덮여 있고 나무가 빽빽이 자라는 길고 넓은 땅에 지은 집, 뒤쪽에는 사람이 사는 듯한 헛간과 닭장이 보였다. 엘노라는 밀짚 깔개, 구부러진 히코리나무 의자, 매달린 바구니, 자수 상자와 잡지가 놓인 탁자가 있는 베란다에 들어서서 방충망 문을 두드렸다.

집 안에는 번쩍이는 바닥, 톤이 낮은 색으로 조화롭게 새로 도배한 벽, 밀짚 깔개와 마드라스 무명으로 만든 커튼이 보였다. 편안하고 집 같은 곳처럼 느껴졌다. 조금 뒤 열린 계단을 따라 내려가자 옅은 분홍빛 볼에 짙은 눈동자, 북슬하고 새하얀 머리카락을 지닌 키 큰 여성이 나타났다. 흰색 칼라와 커프스를 단 연보라색 깅엄 드레스를 입은 그 여자는 앞으로 나오면서 말했다.

"열려 있어! 들어와서 새로운 네 엄마를 만나러 오렴, 우리 딸."

엘노라가 문 안으로 들어서며 놀라 소리를 질렀다.

"엄마! 우리 엄마! 믿을 수가 없어!"

"그래야지! 사실이니까! 내가 다른 여자애들 엄마처럼 되면 좋겠다고 했는데, 생각보다 쉽게 되더라. 이번 겨울에는 걸어 다니기 너무 힘들다 싶어서 이 집을 빌려 이사했어. 너한테 가까이 있으면서 필요할 때마다 더 많이 도와주려고. 하루밖에 안 산 곳이지만, 정말 좋아서 이 집을 사고 싶다는 대단한 생각도 드네."

"잠깐만 엄마! 엄마는 완벽할 정도로 아름답고 이 집은 작은 천국이지만, 우리가 이 집을 살 수 있어요? 이 정도 돈은 감당할 수 없어요!"

엘노라가 궁금해하며 엄마를 붙잡고 물었다.

"헐! 모르고 있던 돈을 찾은 사실을 적은 전보를 잊었니? 나는 그저 돈을 냈고, 내가 하려고 마음먹은 모든 일에 더 많은 돈을 낼 수도 있어."

캐서린은 만족한 얼굴로 주위를 둘러봤다.

"봄이 오기 전에 강아지처럼 향수병에 걸릴지 모르지만,

그럼 돌아갈 수도 있지. 살아 보고 괜찮으면 나무 좀 팔고 눈에 잘 안 띄는 곳에 유정 몇 개 파면 돼. 밭으로 쓸 만한 땅을 개간하고 농장에 소작농을 들이면 이 집을 사서 정착할 수 있어. 팔지 뭐."

"그렇게 보이지는 않지만, 엄마는 분명히 미쳤어요!"

"정확히 반대야, 내 딸. 이제 정신 차렸어. 지금 하는 일을 하려면 몸이 편해야 해. 그리고 나는 네가 제대로 옷 입고, 잘 먹고, 자기를 돌보는 모습을 볼 수 있는 곳에 있어야 해. 여기가 우리 거실이야. 괜찮니? 이 문을 열면 작업실하고 서재야. 어떻게 해야 할지 몰라서 그냥 뒀어. 그렇지만 깔개, 커튼, 탁자, 책꽂이, 표본 넣을 케이스는 필요하다 싶어서 목수를 불러 선반을 만들었지. 내 눈에는 꽤 깔끔해 보여. 식당하고 부엌은 뒤에 있고, 헛간에 소 한 마리, 닭장에 닭 몇 마리가 살아. 다른 여자애들 엄마는 아무도 할 줄 몰라서 이웃집 남자애가 3분의 1 정도를 받고 대신 우유를 짠다더라. 침실은 세 개 있고, 위층에 욕실이 있어. 가서 목욕하고 새 옷 입고서 저녁 먹으러 내려와. 네 물건이 있으니까 네 방은 쉽게 찾을 거야."

엘노라는 엄마에게 몇 번이나 키스하고 서둘러 위층으로 올라갔다. 여행 가방을 보고 자기 방을 찾았다. 귀여운 깔개와 커튼, 흰색 철제 침대, 방 주인에게 어울리는 평범한 의자와 흔들의자, 블라우스용 옷장이 있었고, 큰 옷장에는 엄마가 입던 낡은 옷과 새 드레스 몇 벌이 가득했다. 딸은 욕실에 들어가 목욕을 하고 새 속옷으로 갈아입은 뒤 엄마표 집밥을 맛보러 내려갔다. 너무 배가 고픈데다가 2주 만에 처음으로 제대로 된 식사를 하는 자리였다. 그렇지만 멋진 엄마를 쳐다보느라 먹는 법을 잊은 탓인지 음식은 천천히 소화됐다.

"도대체 어떻게 한 거예요? 언제나 엄마 머리카락이 원래 갈색인 줄 알았어요."

"아, 얼마나 햇볕에 그을렸는지! 갈색 머리카락 아래가 하얗다는 사실은 알고 있었지. 선 보닛밖에 없는데 얼굴 가리기는 싫고 귀에 닿는 느낌도 견딜 수 없어서 맨 얼굴로 일하다 보니 탔나 봐. 그런데 막상 네 일 때문에 이사할 생각을 하기 시작하니까 너를 망신시키지는 말아야겠더라. 피부를 싹 벗기기로 했지. 시간이 좀 걸렸고, 피부에 뭘 바를 때마다 냄새와 촉감이 죽을 만큼 지독했어. 그렇지만 아주 잘 벗겨졌어. 지금은 피부를 보호해야 하니까 쌀가루를 살짝 묻혔어. 아직은 예민한 상태야."

"사랑스럽고 아름다운 머리카락은요?"

"미용사 솜씨지! 돈이 연기처럼 사라지더라. 그렇지만 어쩔 수 없지. 네가 조금만 도와주면 힘이야 들 테지만 다음에는 혼자서 감을 수 있어. 미용사가 '내 스타일'을 찾아 줄 때까지 내버려 둬야 했지. 그러고는 어떻게 해야 혼자서 그 머리를 할 수 있는지 미용사가 세 번이나 머리를 풀고 가르쳐 줬지. 팔이 떨어지는 줄 알았어. 미용사가 한 일, 시간, 빗, 핀을 계산한 청구서를 내미는 순간 심장이 마비될 뻔했지만, 나는 눈 하나 깜짝하지 않았어. 그냥 다정하게 웃으면서 정말 합리적인 분이시라는 말만 했지. 생각하니까 정말 그렇더라! 9달러 75센트를 10달러로 청구할 수도 있으니까. 나도 어쩔 수 없었지. 시작할 때 흥정할 생각도 안 했으니까."

그러자 엘노라는 의자에 몸을 기댄 채 큰 웃음을 터트렸고, 마음 한구석에서 조금씩 아픔이 가라앉았다. 나머지 시간에는 생각할 겨를이 없었다. 딸은 너무 피곤해서 잠을 자야 했고, 엄마는 옷 입고 아침 먹고 학교 갈 시간도 모자랄 때까지 딸을 깨우지 않았다. 엘노라가 누리는 새로운 삶에는 지난날을 떠올리게 하는 요소가 아무것도 없었다. 과거를 돌아볼 시간이 전혀 없을 듯했지만, 엄마는 더 많은 일이나 재미있을 만한 거리를 가지고 현장에 등장했다.

캐서린은 엘노라 친구들을 초대했고, 자기가 밝고 흥미로운 안주인이라는 사실을 스스로 증명했다. 말하기 전에 이야기의 주제를 완벽히 소화했고, 자기 견해를 제시할 때는 독창적이고 간결하게 요점을 표현했다. 3개월이 채 지나기도 전에 사람들은 캐서린을 만나려고 기다리게 됐다. 외모에 신경을 많이 써서 멋들어지고 기품 있는 사람이 됐다.

엘노라는 필립 암몬을 입 밖에 꺼내지 않았고, 캐서린도 마찬가지였다. 12월 초에 필립이 편지와 큰 상자를 보냈다. 상자에는 학교 공부에 꽤 도움이 될 자연 관련 서적 몇 권과 엘노라가 사기 힘든 여러 가지 편의 용품, 큰 나방을 보관할 유리로 덮인 석고 모형 한 쌍이 들어 있었다. 수컷 나방과 암컷 나방의 위쪽 날개와 아래쪽 날개가 보였다. 필립은 표본을 상자에 넣어 들고 다니면 쉽게 부러질 수 있다고 했다. 그래서 석고 모형을 보고는 나방이 안 부서질 수 있다고 생각한 모양이었다. 엘노라는 매우 기뻤고, 곧바로 고정해 둔 나방 표본을 풀어서 모형에 맞추는 지루한 과정을 시작했다. 학교에 시간을 너무 많이 빼앗기는 바람에 속도가 느려져서 캐서린이 이 작업을 맡았다. 흔한 나방 한두 마리를 시험 삼아 작업하면서 가장 신중을 기울여야 하는 나방도 쉽게 다루는 법을 익혔다. 고정해 둔 나방을 해체하고, 모형에 맞추고, 마지막으로 유리 뚜껑을 닦고 밀봉하면서 강한 자부심을 느꼈다. 작업 결과는 보기에도 아름다웠다.

얼마 뒤 엘노라가 필립에게 편지를 보냈다.

친애하는 친구에게.

책, 그리고 제 일에 필요한 편의 용품을 보내 주신 호의에 감사드리려고 편지를 씁니다. 좋은 결과를 내는 데 쓰겠습니다. 제가 제 자리에서 충분한 만족을 드리기를 바랍니다. 지난여름에 채집한 표본을 분류하고 고정하면서 노란황제나방만 빼고 인도인이 요구한 표본을 모두 확보한 사실을 확인했는데, 이 소식이 당신에게 흥미로울지 모르겠습니다. 제가 아는 모든 곳을 다 찾아도 소용이 없었고, 새 아줌마도 마찬가지였습니다. 나방 한 쌍을 어디에서도 살 수 없습니다. 적어도 올해는 운명이 저를 거부하고 있습니다. 내년까지 기다려서 다시 시도할 생각입니다.

제 수집품과 책과 석고 모형 등 여러 가지로 도와주셔서 대단히 감사합니다.

엘노라 컴스탁 씀.

답장을 받은 필립은 실망했고, 엘노라가 처음 보낸 편지를 간직하는 대신에 찢어서 쓰레기통에 버렸다.

그런 반응은 엘노라가 의도한 결과였다. 크리스마스가 되자 캐서린과 엘노라는 아름다운 연하장을 여러 장 받았고, 부활절에는 다른 선물들이 몰려들었다. 시간은 봄을 향해 빠르게 달려갔다. 엘노라는 온 힘을 쏟아 일하면서 자리를 굳건히 다졌다. 대단한 성공을 거뒀고, 새로운 친구들도 사귀었다. 캐서린은 할 수 있는 모든 방법을 써 엘노라를 도왔고, 그래서 인기도 무척 좋았다.

겨우내 두 사람은 도시와 도시가 주는 삶의 변화를 속속

들이 누렸지만, 봄이 오는 신호는 시골에서 자란 여자들의 마음에 커다란 충격을 줬다. 2월의 어느 화창한 날부터 시작된 불안은 3월에 닥친 폭풍우가 지나가는 동안 잠잠하다가 4월에 본격적으로 몰아닥쳤다. 더는 견딜 수 없게 된 두 사람은 이 문제를 이야기한 뒤 순수한 향수병에 시달리고 있다는 사실을 어쩔 수 없이 인정해야 했다. 결국 여름에도 도시에 있는 집을 유지하되 방학이 시작되자마자 농장에 돌아가기로 결정했다.

이제 캐서린은 아침과 점심을 준비한 다음 농장으로 나가 밭을 갈고, 씨앗을 심고, 꽃을 다듬어 가꾸고, 통나무집에서 지낼 준비를 했다. 그런 다음 도시 집으로 돌아와 엘노라를 위해 되도록 즐겁게 저녁을 만들었다. 그 시절 엄마는 오로지 딸을 위해 살았다.

두 사람은 5월의 마지막 날이 다가오고 학교가 방학을 하자 기뻤다. 필요한 책과 옷가지를 마차에 싣고 들판을 가로질러 오래된 통나무집으로 걸어갔다. 통나무집에 다다르자 캐서린이 물었다.

"여기 있으면 외롭지 않겠니?"

엘노라는 그 말이 무슨 뜻인지 알아챘다.

"물론이죠. 작년 가을에 한동안은 집을 떠나서 기뻤지만, 그런 마음은 겨울이 되면서 사라졌어요. 봄이 오니까 고향이 아주 그립더라고요. 다시 돌아갈 날만 손꼽아 기다렸죠."

그렇게 두 사람은 일을 비롯한 다른 모든 것을 하면서 그해 여름을 시작했다. 그렇지만 두 사람은 모든 것에서 새로운 기쁨을 느꼈고, 엘노라는 황혼이 깃드는 시간마다 바이올린을 연주했다.

19장

이디스 생일 축하 무도회를 여는 필립,
새롭게 등장하는 하트 헨더슨

이디스 카는 포도나무로 둘러싸인 레이크 쇼어 클럽하우스 안 베란다에 서서 필립 암몬이 중요한 주문을 하는 동안 기다렸다. 이디스는 10월 결혼식에서 입을 멋진 옷들을 고르러 며칠 뒤 파리로 떠날 예정이었다. 오늘 밤 필립은 이디스를 위해 클럽 댄스파티를 열었다. 지난 며칠 동안 파티장 장식과 즐길 거리를 마련하고, 만찬 때 새롭고 멋진 인상을 남기기 위해 공을 들였다. 모든 참석자에게 몇 주 전에 파티가 열린다는 사실을 알렸고, 며칠 전에는 필립 암몬이 마련한 이디스 카 생일 축하 댄스파티에 참석해 달라는 초대장을 보냈다. 참석자들은 이날 열리는 파티를 '이디스를 위한 필립의 댄스!'라고 불렀다.

정문에서 마차가 덜컹거리고 자동차가 부릉거리는 소리가 쉴 새 없이 들렸다. 이디스는 망사와 레이스 휘장, 반짝거리는 보석, 우아하고 영롱한 조명이 지나가는 모습을 힐끗 볼 수 있었다. 모든 사람이 한 사람을 축하하려고 가장 아름다운 옷을 입고 가장 비싼 보석으로 치장했다. 그런 생각을 하면서 이디스는 고개를 조금 더 높이 들고 커다란 눈을 자랑스럽게 번쩍였다.

이디스는 필립이 제안한 대로 디자인한 프랑스제 옷을

입고 있었다. 약혼자가 한 제안은 낭만적이었다.

"제가 아는 유능한 감정가가 6월의 특징은 세련된 큰 밤나방이라고 하더군요. 그날 밤 당신이 사랑의 화신, 6월의 정수가 되면 좋겠어요. 나방이 되는 거죠. 가장 아름다운 나방은 연두색 루나 나방이나 노란황실나방이에요. 내가 사랑하는 달의 여인, 아니면 금빛 황후가 돼주세요."

필립은 이디스를 박물관으로 데려가 나방을 보여 줬다. 이디스는 곧바로 노란색으로 결정했다. 다른 어떤 색보다 놀랍도록 아름답다는 사실을 깨달은 탓이었다.

"달의 여인은 너무 멀고 차가워 보여요. 저는 그날 밤 지구에 아주 가까이 있을 거예요. 황후를 선택할게요."

그래서 이디스는 드레스 색상을 골라서 확정하고 아이디어를 적어 마담 파캥*에게 주문서를 보냈다. 그날 밤 찾아온 필립 암몬은 잠깐 말없이 서 있다가 조용히 이디스의 손에 입을 맞췄다.

키가 크고 호리호리한 이디스는 타고난 우아함이 있었다. 검은 파마 머리는 높이 쌓아 자수정이 박힌 금색 끈으로 엇걸었고, 한쪽에는 다이아몬드가 박힌 연보라색 에나멜 난초 모양 장식이 반짝거리고 있었다. 엄청 얇은 벨벳으로 만든 연노란색 가운은 몸매에 완벽하게 어울렸고, 양쪽 어깨에는 나방을 모방해 연보라색 자수로 점점이 장식한 커다란 벨벳 날개가 달려 있었다. 멋진 목걸이를 걸고 자수정 테두리에 다이아몬드를 박은 금팔찌를 찼다. 필립은 나방의 발이 연보라색이기 때문에 장갑, 부채, 슬리퍼도 같은 색이어

---

* 프랑스 출신 여성 디자이너. 1891년 사업가인 남편하고 함께 의상실을 열었는데, 에스파냐나 영국 왕실에서 주문한 고급 드레스와 란제리를 디자인했다.

야 한다고 말했다. 금으로 수놓은 이 액세서리들은 주문 제작한 물건이었다. 이디스의 어머니와 필립의 어머니, 가장 친한 친구 몇 명이 손님을 맞이하기로 했다. 이디스는 필립 암몬을 비롯한 모든 참석자를 이끌면서 등장할 예정이었다. 이디스는 자기가 참석자 중에서 가장 아름답고 우아한 드레스를 입은 여성이리라 확신했다. 마음속으로 마치 노란황제나방 같은 '제국의 황후'라고 생각했다. 조금 뒤 이디스는 필립 암몬이 자기한테 한 대로 자기도 주위를 깜짝 놀라게 할 생각이었다. 자기가 입은 의상에 얽힌 사연을 몇몇 사람들에게 속삭였다. 이디스는 자랑스럽게 고개를 들고 기다렸다. '필립이 생일을 축하하려고 뭔가 특별하고 탁월한 일을 계획하고 있지 않을까?' 하는 생각이 머릿속을 스쳤다. 그러고 나자 이디스는 슬며시 웃었다.

그러나 머릿속을 스치는 모든 생각 중에서 가장 먼저 떠오른 조각은 '필립 암몬은 황제가 아니다'였다. 이디스 마음속에서는 적어도 모든 면에서 동등한 존재였다. 이디스는 황후였지만, 필립은 평범한 남자였다. 파티 프로그램을 고안하고, 사치품을 건네고, 변덕스러운 비위를 맞추고, 손에 키스하는!

"다행이다!"

등 뒤에서 소리가 들리자 이디스는 고개를 돌려 웃었다.

"바다에 있는 줄 알았는데요."

"막 선착장에 도착했어요. 저를 소환하는 첫 특급 열차 편으로 돌아오라는 편지를 받았어요."

"어머! 무슨 심각한 일인가 보죠?"

"제게는 세상에서 유일하게 중요한 일이죠. 다시 돌아와서 정말 기뻐요. 이디스, 당신은 제가 아는 모든 면에서 가장 훌륭한 여자예요. 이렇게 보기만 해도 힘든 여정을 견딜 만해요."

"제 드레스 마음에 들어요?"

이디스는 남자에게 다가가더니 팔을 들어 올리면서 몸을 돌렸다.

"이 드레스가 뭘 표현하는지 아세요?"

"네. 폴리 암몬이 말했어요. 그 이야기를 듣고 당신이 어떻게 보일지, 드레스 입은 모습을 처음으로 보려고 탐정처럼 쫓기 시작했죠. 이디스, 오늘 밤 당신은 보기만 해도 취할 듯하네요."

남자는 반쯤 감은 눈으로 웃으면서 이디스를 똑바로 쳐다봤다. 이디스보다 키가 큰 남자는 마른 체격에 바짝 자른 옅은 색 머리, 청회색 눈, 사각턱을 지녔는데, 이런 모든 요소는 '세계의 남자'라고 말하고 있었다.

이디스 카는 얼굴을 붉혔다.

"하트 헨더슨, 당신이 떠나갈 때 그런 짓은 그만두기로 한 줄 알았는데요."

"그랬죠. 그렇지만 방금 말한 편지가 저를 다시 불러 세워서 모든 것을 다시 시작하게 했어요."

이디스는 한 걸음 더 다가섰다.

"그 편지는 누가 썼나요? 제 이야기도 들어 있나요?"

"가장 친한 친구가 썼어요. 제가 너무 일찍 포기한 건지도 모른다고요. 이번 겨울에 당신이 토라져서 두 번이나 약혼을 파기하는데도 암몬은 그런 행동이 진심이 아니라 여기며 다시 돌아오더라고 적혀 있었어요. 저는 그 편지를 읽은 뒤에 부두에서 깊이 생각했고, 배를 타지 않았죠. 두 번이나 깨질 뻔하다가 다시 이어지는 약혼은 참으로 연약한 관계이고 언제든 완전히 깨질 수 있다고 생각했고, 그래서 서둘러 왔죠. 예전에 당신이 다른 남자하고 결혼하는 꼴을 보지 않겠다고 말한 적이 있죠. 저는 그런 운명을 도저히 견딜 수 없어서 피하려고 이 나라를 떠날 계획까지 세웠습니다. 이제 마음이 바뀌었어요. 결혼식이 완전히 끝날 때까지 당신을 괴롭히러 돌아왔어요. 그러고 나서 떠날 겁니다. 그전에는 어디에도 안 가고요. 완전히 미쳤죠!"

소녀는 유쾌하게 웃었다.

"저는 지금 당신만큼 미치지는 않았어요, 하트! 필립 암몬이 평생 저한테 헌신한 사람이라는 사실은 당신도 잘 알잖아요. 너무 진지해 보이니까 지금은 다른 얘기를 좀 할게요. 저는 온 마음을 다해 그 사람을 사랑해요. 살아가는 동안에는 그 사람에게 말하지 않을 거예요. 만약 당신이 그 사람에게 말하면 저는 그 사람을 비웃어 줄 테지만, 사실은 이래요. 그 사람하고 결혼할 마음이지만, 저는 평생 그 사람을 괴롭히겠죠. 남자는 여자 마음을 확실히 모르는 게 나아요. 계절마다 반지를 돌려받을 때 필립이 어떤 얼굴을 하는지 볼 수 있으면 당신도 그런 재미를 이해할 텐데요. 당신은 차라리 배를 타는 편이 나았겠네요."

핸더슨이 차분한 말투로 대답했다.

"그럴지도 모르겠네요. 그렇지만 제게 당신은 이 세상에 하나뿐인 여자입니다. 당신이 자유로운 동안 저는 저만의 불빛을 바라보며 당신 곁에 있을 겁니다. 이런 말 아시죠?"

"아니, 저는 자유롭지 않아요! 저는 제가 자유롭지 않다고 당신에게 말하고 있어요. 오늘 밤은 필립이랑 제가 어릴 때부터 온 세상이 짐작하던 대로 살겠다는 약속을 공개적으로 인정하는 자리예요. 그 약속은 제가 방금 당신에게 말한 이유 때문에 현실이 됐죠. 제가 가끔 성질을 부려도 필립에게는 안 통해요. 그 사람은 그렇게 자랐거든요. 사실 저는 필립이 임무를 수행하는 모습을 보려고 화가 나지 않아도 화낼 때가 많아요. 가장 재미있는 광경이죠. 그렇지만, 제발, 제발, 제가 그 사람을 사랑하고, 앞으로도 사랑할 테고, 우리는 결혼하게 되리라는 걸 이해해 주세요."

"맞아요. 저는 그 결혼이 기정사실이 되는지 기다리고 지켜볼 겁니다. 그리고 이디스, 저는 한 여자가 감동할 만큼 당신을 사랑하기 때문에 저보다 당신이 행복하기를 원해요. 필립에게 보인 그런 감정을 꿈도 꾸지 못하는 저는 그래서 이 말을 꼭 하고 싶어요. 만약 당신이 그 사람을 사랑하고 있고 언제나 그 사람을 사랑했다면, 앞으로 실망하게 된다면 생각보다 더 깊이 상처받을 겁니다. 지금부터 조심하세요! 이미 조각난 약혼에 온 힘을 쓰지 마세요. 저는 평생 필립을 알았어요. 소년 시절, 대학 시절, 그 뒤에도 쭉 그랬죠. 모든 남자가 존경하는 친구예요. 우리가 죄를 고백할 때 필립은 순결하게 서 있죠. 당신은 아무것도 용서할 일 없이 필립의 품으로 갈 수 있어요. 이 점을 주목하세요! 저는 필립이 이디스는 내 삶의 지침이라고 하는 말을 들었고, 다른 모든 남자가 넘어가는 유혹 앞에서도 당신을 향한 사랑의 힘으로 강인하게 집으로 행진하는 모습을 봤습니다. 하나님 앞에서 말씀드리지만, 만약 섬세하고 예민하고 세련된 여자라면 가치를 지녀야 해요. 오늘 밤 여기에 모일 몇몇 남자들이 제가 아는 대로 행동한다면 건강한 여자만 견딜 수 있을 거예요. 그렇지만 필립은 근본적으로 건강한 친구죠. 그래서 저는 이런 말을 하고 싶어요. 첫째, 필립을 사랑하는 당신의 본능이 옳으니까 여자들의 방식으로 그 사랑을 느끼게 해주세요. 둘째, 다시는 약혼을 깨지 마세요. 남자는 남자를 아는 법이라서 우리 중 누구라도 마음 깊이 두려워할 겁니다. 필립은 당신을 사랑하죠, 네! 당신을 위해 오랫동안 인내하고 있어요. 그래요! 그러나 남자들은 자기 한계를 압니다. 한계가 닥치면 어떤 힘도 움직이게 할 수 없을 만큼 꿋꿋하게 버티고 서죠. 스스로 그렇게 생각하지 않는 듯하지만, 당신은 더 잘할 수 있습니다!"

"말 다 끝났어요?"

이디스가 비꼬듯 웃었다.

"아니, 한 가지 더 있어요. 지금이나 나중에도, 그리고 제가 숨 쉬는 한 저는 당신의 노예입니다. 당신은 뭐든 선택할 수 있고, 제가 당신 앞에 다시 무릎 꿇으리라는 걸 알고 있죠. 그러니 이 말을 마음속 깊이 간직하세요. 지금이든, 아니면 언제든, 어떤 장소나 조건에서든 손만 들면 제가 가겠습니다. 당신이 무엇을 원하든 저는 할 겁니다. 계속 기다리고 있을 테니 제가 필요할 때는 굳이 말할 필요 없이 희미한 신호만 주면 됩니다. 저는 평생 당신 가까이 어딘가에서 그 순간을 기다리겠습니다."

"바보! 대단하네요, 하하하! 아이고 무서워라! 이런 지독한 근심거리를 키우다니! 어서 현명해져서 필립을 지킬 방법이나 찾아봐요. 참을 만큼 참고 있는데, 이제 인내심이 바닥났어요. 인내심이 사라지면 저도 지금처럼 좋아 보이지는 않을걸요."

그 순간 필립 암몬이 들어왔다. 야회복을 차려입은 필립은 유난히 잘생겨 보였다.

"모든 준비가 끝났어요. 사람들이 행진을 이끌 우리를 기다리고 있어요. 모두 모였어요."

이디스 카는 매혹적인 웃음을 지었다.

"제가 준비된 사람처럼 보여요?"

필립은 생각에 잠긴 듯한 얼굴로 팔을 내밀었다. 이디스 카는 하트 헨더슨에게 무심코 고개를 끄덕이고는 방을 나갔다. 수행원들이 커튼을 걷자 노란황후나방이 이쪽저쪽으로 절하고 무도회장 전체를 휩쓸면서 행렬 선두에 섰다. 커다란 개방형 무도회장에는 라일락꽃으로 장식한 노란 비단이 드리워져 있었다. 구석구석 보라색 꽃이 가득했다. 노란색과 보라색 옷을 입은 하프 연주자들이 손가락을 움직이면서 무도회가 시작됐다.

자정 만찬도 똑같은 색으로 꾸며졌고, 절반 정도 시간이 지난 뒤에는 모두 춤을 췄다. 이디스 카만큼 오랜 시간 동안 칭찬과 포옹을 받은 여자는 없었다. 그런 순간마다 이디스는 칭찬받을 만한 가치가 더 커지는 느낌을 받았다. 파트너 댄스가 시작되자 무대는 음악을 기다리는 커플로 가득 찼다. 필립은 마주 보고 서 있는 이디스에게 즐거운 말을 속삭였다. 한밤중이 되자 넓은 입구 쪽에서 팔랑이며 날아온 커다란 노란 나방 한 마리가 천천히 눈부신 전등이 켜진 중앙을 향해 다가오고 있었다. 필립 암몬과 이디스 카는 똑같은 순간에 그 광경을 봤다.

"아니, 왜 저런……?"

이디스는 흥분해서 소리쳤다.

"노란황제나방! 이건, 운명이야! 엘노라한테 필요한 마지막 나방이야. 꼭 가져가야 해! 실례합니다!"

필립은 기뻐하면서 불빛을 향해 달려들었다.

"모자! 손수건! 부채! 아무거나! 다들 뭐든 들고 막아! 나방이야. 잡아야 해!"

"노란색이야! 이디스에게 주려는 거야!"

복도 주변에서 웅성거리는 소리가 들렸다. 얼굴이 붉어진 이디스는 짜증이 나 입술을 깨물었다.

모든 사람이 나서서 노란황제나방이 다시 밤 속으로 날아가지 못하게 뭔가를 들기 시작했다. 누군가가 똑바로 세운 부채에 나방이 부드럽게 내려앉았다.

"가만히 있어! 목숨 걸고 움직이지 마!"

필립은 나방을 향해 달려가서 빠르게 쓸어내린 다음 손가락 사이로 나방을 들어 올렸다.

"됐어! 다들 고마워요! 잠깐만 실례할게요."

필립은 상점으로 달려갔다.

"휘발유 30밀리리터, 빨리! 시가 상자, 코르크 마개, 접착제 병이요."

물건을 받아 든 필립은 상자 바닥에 접착제를 부어 코르크를 단단히 고정한 뒤, 나방 위에 휘발유를 반복해서 붓더니, 나방을 코르크에 고정하고, 그 위에 남은 액체를 붓고, 상자를 닫고 나서 묶었다. 그러고 나서야 계산대에 지폐를 올려놓았다.

"이 상자를 두 배 정도 되는 다른 상자에 넣고 코르크를 채워 단단히 포장해서 이 주소로 바로 보내 주세요."

필립은 종이에 주소를 적어서 밀어 넣었다.

"제가 말한 대로 잘 해주시겠죠?"

"물론입니다."

"그럼 잔돈은 가지세요."

필립이 다시 무도회장으로 달려가면서 말했다.

이디스 카는 필립이 자기를 내버려 두고 떠난 곳에 서서 퍼뜩 생각했다. 노란 드레스를 입으며 흉내 내고 있는 정교한 황금빛 생물을 필립이 잡기 시작할 때 웅성거리는 소리도 들었다. 자기에게 보여 주지도 않고 방을 뛰쳐나갈 때 평소하고 다른 무방비 상태의 얼굴 위로 섬광처럼 스치는 놀라운 표정을 봤다. '엘노라한테 필요한 마지막 나방'이라는 말이 귓가에 울렸다. 필립이 지난여름 나방 채집을 돕는다고 할 때 이디스는 자기하고 친분이 있는 새 아줌마가 나방을 책에 싣고 싶어하는 줄로 알았다.

필립은 바이올린을 잘 켜는 시골 소녀를 이야기했고, 때때로 그 소녀를 여성성의 표준으로 치켜세우는 듯한 모습도 보였다. 이디스는 그런 말을 무시하고 다른 이야기를 했다. 그렇지만 그 소녀의 이름은 엘노라였다. 나방을 채집하는 사람은 바로 그 여자였다! 필립이 제안한 노란색 의상을 책임진 유능한 감정가는 그 여자가 틀림없었다. 거기까지 생각이 다다르자 이디스 카는 지금 혼자라면 노란 드레스를 찢고 싶은 마음이었다.

가장 친한 친구들, 가장 민감한 라이벌이자 가장 지독한 비판자들이 모인 곳에서 이디스는 분노로 온몸이 경직되고 떨렸다. 숨이 막혀 가슴이 아플 지경이었다. 아무도 연주자들에게 말을 걸 생각을 안 했는데, 꽉 찬 무대를 확인한 연주자들은 왈츠를 연주했다. 몇몇만 조금 전 벌어진 일을 볼 수 있었고, 다른 사람들은 곧바로 춤을 추기 시작했다. 화사하게 차려입은 즐거워 보이는 커플들이 이디스를 지나쳤다.

이디스 카는 홀로 서 있는 동안 얼굴이 새하얘졌다. 입술은 창백했고, 어두운 눈동자는 분노로 불타올랐다. 이디스는 필립이 떠난 자리에 완벽하게 가만히 서 있었다. 지분거리는 남자들은 자기 파트너를 이디스 주위로 안내했고, 놀란 여자들은 뒤를 돌아보며 감탄사를 내뱉었다.

카 가문의 외동딸로 우상처럼 군림하던 소녀는 굴욕감에 그 자리에서 죽어 버리고 싶었지만, 아무 일도 벌어지지 않았다. 너무 성질이 난 통에 필립을 기다린다고 말하며 옆으로 비켜날 수 없었다. 그러고 있는데 톰 레버링이 폴리 암몬하고 춤을 췄다. 암몬 가족하고 함께 위기에 빠진 톰은 벌써 먼 곳에서 냄새를 맡은 뒤 폴리에게 다가가 속삭였다.

"이디스가 무대 한가운데에 서 있는데 뭔가 단단히 화가 났네요."

"별일 아닐 거예요, 하하하. 벌써 오래된 포즈예요. 이디스는 화난 모습이 멋져 보인다는 걸 알아서 깨어 있을 때 절반은 일부러 화를 내거든요."

"장난꾸러기 같아요! 저쪽으로 움직여서 함께 기다리면 어떨까요? 내가 본 모습 중에 가장 못생겼다!"

"어머, 톰! 멈춰요, 빨리!"

두 사람은 서둘러 이디스에게 달려갔다.

"이리 와. 오빠가 돌아올 때까지 여기에서 같이 기다릴게. 한잔하자. 너무 갈증 난다!"

"그래, 그래요! 필립이 올 때까지 여기서 나가죠."

톰이 팔을 내밀었다.

웃는 얼굴로 걸어 나갈 기회를 이디스 카는 걷어찼다.

"약혼자가 나를 여기 두고 떠났어. 그 사람이 돌아올 때까지 나는 여기 있을 테고, 그러고 나면 그 사람은 더는 내 약혼자가 아냐!"

폴리가 이디스의 팔을 꽉 잡았다.

"오, 이디스! 여기서 소란 피우지 말자, 오늘 밤에는. 이디스, 지금껏 춘 춤 중에 오늘 춤이 가장 멋졌어. 다들 그렇게 말하더라. 친구야, 어서 가자! 오빠 금방 올 거야. 설명도 할 테고! 오빠 나간 지 얼마 안 됐어. 벌써 돌아왔을걸."

앞뒤 안 맞는 이야기를 헐레벌떡 쏟아내는 폴리를 보며 톰 레버링은 속상해했다.

"폴리 네 오빠는 너무 오랫동안 자리를 비웠어. 변덕 때문에 나를 바보처럼 내버려 둔 모습을 모든 손님들에게 보여 줄 충분한 시간이었다고. 설명! 설명이야 그럴싸하겠지. 필립이 누구를 위해 그 나방을 잡았을까? 지난여름 내내 불장난한 여자한테 보내는 거야. 방금 떠올랐는데, 이 옷도 그 여자가 제안했어. 설명해 보라고 해!"

이야기를 분수처럼 쏟아낸 이디스는 장갑을 벗었다. 그 순간 춤추던 사람들은 본능적으로 멈춰 필립이 지나갈 수 있게 갈라졌고, 이디스와 필립, 폴리와 톰을 흥미진진한 표정으로 바라봤다.

"기다려 줘서 정말 고마워요!"

노란황제나방을 잡은 기쁨에 한껏 들뜬 필립이 밝은 얼굴로 다가왔다.

"음악을 듣고서 당신이 춤을 추고 있을 줄 알았어요."

"제가 왜 그런다고 생각했죠?"

이디스가 차갑게 되물었다.

"옆으로 비켜나서 잠깐 기다려 주거나 헨더슨하고 춤을 출 줄 알았어요. 아까 그 나방은 정말 중요했어요. 돈이 필요해서 귀중한 표본을 완성해야만 하는 사람이 있거든요. 어서 이리 와요!"

필립은 두 팔을 내밀었다.

"나는 아무에게도 비켜 줄 생각이 없어요!"

이디스 카가 큰 소리를 질렀다.

"나는 다른 여자가 누릴 기쁨 때문에 기다릴 생각도 없어요! 이 반지로 그 표본이나 완성해요!"

이디스는 손가락에서 약혼반지를 빼더니 필립이 내뻗은 손 위에 올려놓으려 했다. 필립은 그 모습을 보고 뒤로 물러섰다. 그러자 이디스는 반지를 떨어트렸다. 필립은 거의 반사적으로 허공에 뜬 반지를 붙잡았다. 그러고는 놀란 얼굴로 이디스 카를 뚫어지게 바라봤다. 이목구비를 거의 알아볼 수 없을 정도로 일그러져 있었다. 필립은 이디스를 향해 반지를 들었다.

"이디스, 제발 제가 설명할 때까지 기다려요. 반지를 껴요. 설명할게요."

"나도 어떤 상황인지 잘 알아. 다시는 당신이 주는 그 반지 안 낄 거야!"

"내 말은 안 듣겠다고요? 반지를 돌려받지 않겠다고요?"

"절대! 당신은 파렴치한 짓을 저질렀어!"

필립은 신중하게 대응했다.

"생각해 보니 평생 춤을 춘 소녀가 고작 왈츠 몇 소절을 놓치게 한 일로 파렴치한 사람이 되고 말았네요. 나방 채집 같은 사악한 죄에 용서를 구하고 나방을 수집해 살아가는 친구에게 나방을 잡아서 보낸 일로 용서를 구하라고 한다면, 도저히 그럴 수 없어요! 이디스, 시계를 보면 아직 3분도 안 지났어요. 이 반지를 끼고 사랑스러운 소녀처럼 춤을 마무리하자고요."

필립은 반짝이는 루비를 이디스의 손가락에 밀어 넣고 다시 팔을 내밀었다. 이디스는 반지를 떨어트렸고, 떨어진 반지는 꽤 멀리 굴러갔다. 하트 헨더슨이 반짝이는 경로를 따라가다가 잃어버리기 전에 반지를 잡았다.

"정말 진심이에요?"

필립이 이디스만큼이나 차가운 목소리로 다그쳤다.

"진심인 거 알잖아요!"

이디스 카가 소리쳤다.

"이 증인들 앞에서 당신이 내린 결정을 받아들입니다. 아버지는 어디 계세요?"

필립의 아버지가 괴로운 얼굴로 달려왔다.

"아버지, 저를 대신해 주세요. 손님들께 실례를 저지르겠습니다. 저 대신 손님들한테는 용서를 구해 주세요. 저는 잠깐 자리를 비우겠습니다."

필립은 돌아서더니 파빌리온에서 걸어 나갔다. 그러자 하트 헨더슨이 달려가 반지를 이디스의 손가락에 억지로 끼우면서 애원했다.

"이디스, 빨리. 어서, 빨리! 시간이 얼마 없어요. 저렇게 놔두면 필립은 다시는 이곳으로 돌아오지 못할 거예요. 제가 한 말을 기억하세요."

"위대한 선지자군요! 안 그래요, 하트? 누가 필립이 돌아오기를 바라죠? 그 반지가 다시 나한테 온다면 호수에 던져 버리겠어요. 연주자들한테 시작 신호를 보내요. 모두 함께 춤을 추죠."

헨더슨은 반지를 주머니에 넣고 춤을 추기 시작했다. 남자는 팔에 안긴 소녀의 떨리는 근육을 느낄 수 있었고, 소녀의 얼굴은 딱딱하고 차가웠지만 속은 타들어가는 열기를 내뿜고 있었다. 너무 늦게 도착해 댄스 차례를 조정하지 못한 핸더슨이 필립의 순번에 춤을 췄다. 춤을 마친 이디스, 분위기를 간파한 다른 사람들도 모두 무도회를 마쳤다. 이디스는 다른 사람들하고 함께 무도회장을 떠나면서 주최자 자리에 지키고 서 있는 암몬의 아버지를 지나칠 때 고개만 살짝 숙였다. 그러고는 헨더슨이 전화로 부른 대형 투어링 카에 올랐다. 이디스는 흐느적거리며 맥없이 차에 오르더니 살며시 신음을 내뱉었다.

"밤공기 쐬면서 드라이브 좀 할까요?"

이디스가 고개를 끄덕였다. 핸더슨이 기사에게 출발하라 고 지시했다.

이디스가 얼마 지나 고개를 들었다.

"하트, 나 산산조각 나기 직전이에요. 잠깐만 좀 안아 줄 래요?"

헨더슨이 이디스를 품에 안자 여자의 머리가 남자의 어깨 에 힘없이 떨어졌다.

"더 가까이!"

이디스가 울부짖었다. 헨더슨은 팔이 마비될 정도로 껴 안았지만, 이디스는 그런 사정을 몰랐다. 운명의 장난은 아 주 잔인하다지만 이때보다 더 잔인한 적은 없었다. 사랑하 는 여자가 다른 남자 문제 때문에 자기가 뭘 하는지 알기는 커녕 신경 쓰지도 못할 정도로 고통스러워하며 내 품에 안 겨 있다니. 동쪽으로 새벽빛이 깃들 무렵 남자가 여자에게 말을 걸었다.

"이디스, 아침이 밝고 있어요."

"집에 데려다줘요."

이디스를 도와 계단 위로 올라간 헨더슨이 벨을 누르자 집사가 나왔다.

"카 양이 아파요. 가정부를 깨워서 빨리 따뜻한 음료를 준비하라고 하세요."

그러고는 핸더슨은 이디스를 향해 몸을 돌렸다.

"이디스, 할 말 있어요. 생각 좀 해봤죠. 아직 늦지 않았어요. 반지를 끼세요. 제가 당장 가서 당신이 기다리고 있다고 말하면 필립은 여기로 올 거예요."

"그 사람이 한 말을 생각해 봐요! 법정에서 하듯 '증인들 앞에서' 제 결정을 최종 판결처럼 받아들였어요. 제가 이 반지를 다시 끼면 그 사람은 자기 반지를 돌려줄 거예요."

"지금은 그렇게 생각해도 며칠 지나면 아주 달라져요. 가슴 아픈 삶을 살아가는 시간은 여자들에게 절대 농담이 아니고 의무도 아니에요. 반지를 끼고, 필립을 오게 하라고 저한테 시키세요."

"싫어요."

"이디스, 그런 행동을 하는 필립에게 공감한 사람은 한 명도 없었어요. 기분 나쁘게 하려는 의도도 전혀 없지만, 논리적으로도 맞지 않는 일 때문에 그토록 화를 내는 모습은 우스워 보여요."

"그렇게 생각해요?"

"그럼요! 만약 당신이 웃으면서 잠깐 자리를 비키거나 웃는 얼굴로 그 자리에 그대로 있으면 필립은 곧 돌아왔겠죠. 당신 눈앞에서 필립이 벌을 받아야 한다면 자기 파트너하고 제가 춤추는 모습을 지켜보는 정도로 충분했어요. 저는 기다리고 있었죠. 당신이 힐끗 보기만 해도 달려갔겠죠. 그런데 공개적으로 그렇게 말하고 행동할 줄 몰랐어요. 저는 필립을 알아요. 당신이 너무 나간 것도 알죠. 더 늦기 전에 반지를 끼고 미안하다는 말을 전하자고요."

"안 그럴 거예요! 그 사람이 나한테 와야죠."

"이번에는 신이 도와주시기를! 당신은 꿈도 꾸지 못할 정도로 비참한 상황에 빠져들고 있어요. 이디스, 제가 이렇게 부탁할게요. 제발……."

이디스는 서 있던 자리에서 몸이 휘청거렸다. 문을 열어 준 가정부가 달려와 붙잡을 정도였다. 헨더슨은 복도를 내려가 차를 타러 밖으로 나갔다.

20장

조언하는 필립의 아버지,
후회를 겪는 이디스 카

필립 암몬은 굴욕을 겪고 상처 입은 채 친구들 사이에서 걸어 나왔다. 이디스 카가 그토록 아름답게 보인 적은 없었다. 저녁 내내 이디스는 필립을 눈에 띄게 배려했다. 필립이 이디스를 그토록 깊이 사랑한 적은 없었다. 그런데 잠깐 사이에 모든 것이 달라졌다. 이디스의 달라진 얼굴을 보고, 이디스가 쏟아 내는 의미 없는 비난을 들으면서 필립의 마음속에서 뭔가가 사라졌다. 따뜻함이 자취를 감추고 차가운 무거움이 그 자리를 차지했다. 그렇지만 그런 뒤에도 필립은 다시 이디스에게 반지를 건넸고, 다른 사람들 앞에서 결정을 되돌리라고 간청했다. 더 큰 모욕이 대답으로 돌아왔다.

필립은 휘적휘적 걸었다. 어디로 가는지 신경 쓰지 않았다. 오랫동안 돌아다녀도 발은 익숙한 곳을 선택했다. 집 앞을 지나고 있었다. 새벽이 가까운 시각이지만 일 층에 불이 밝았다. 비틀비틀 계단을 올라 곧바로 집 안에 들어갔다. 서재 문이 열려 있었고, 아버지가 읽는 척 책을 들고 앉아 있었다. 필립이 들어서자 아버지는 눈길을 살짝 돌렸다.

"들어와라! 방금 뱅크스에게 커피 한 잔 가져다 달라고 했다. 한잔 마셔라!"

탁자 옆에 앉아 손으로 머리를 받치던 필립은 김이 모락 모락 나는 커피 한 잔을 마시고는 기분이 나아졌다.

"아버지, 잠깐 이야기 좀 할 수 있을까요?"

"물론이지. 전혀 피곤하지 않다. 네가 오기를 바라면서 기다리고 있어야 한다고 생각했다. 다른 사람이 아니라 네 속마음을 듣고 싶다. 솔직히 말해라, 얘야."

필립은 아버지가 깊은 생각에 잠긴 동안 자기가 아는 모든 사실을 털어놨다.

"그동안 살면서 그런 식으로 화를 내는 사람은 본 적이 없어. 이성과 교양의 한계를 넘어선 일이었지. 더 생각나는 게 없니?"

"못하겠어요!"

"폴리가 그러는데 네가 잡은 나방을 이디스에게 주겠지 하면서 모두 기대했대. 왜 그러지 않았니?"

"이디스는 벌레가 가까이 오면 비명을 질러요. 나방에는 손톱만큼도 관심이 없죠. 제가 너무 서둘렀어요. 춤추는 시간을 단 1분도 놓치고 싶지 않았어요. 아주 드문 나방은 아닌데 불운이 겹치는 바람에 제 친구한테는 미국에서 가장 희귀한 나방이 됐죠. 대학 학비를 마련하려고 표본을 모으고 있었거든요. 지난 6월에 한 세트를 완성했는데, 어떤 사람이 제멋대로 성질을 부리는 통에 이 나방 표본이 망가져서 채집을 다시 시작했어요. 며칠 지나서 한 쌍을 다시 잡았고, 몇 시간 동안은 돈이 눈앞에 보였대요. 그러다 사고가 나서 표본을 4분의 1 정도 잃었어요. 6월 막바지에 나방 표본을 채우는 데 제가 도움을 줬지만, 이 노란황제나방만 찾지도 사지도 거래하지도 못했죠. 덕분에 제 친구는 지난겨울에 대학에 가는 대신 교사로 일해야 했어요. 지난밤에 나방이 날아오니까 마치 운명 같았어요. 그 나방을 잡아야만 표본을 완성하고 돈을 모을 수 있다는 생각밖에 없었죠. 그래서 황제나방을 잡아서 엘노라에게 보냈어요. 무도회장을 벗어난 시간은 넉넉잡아 3분도 채 안 된다고 말씀드리고 싶어요. 오케스트라에 이야기만 해도 됐는데! 커플들이 모여서 자리를 잡기 전에 돌아올 수 있다고 확신했거든요."

아버지의 눈이 무척 반짝였다.

"나방이 필요한 친구가 여자애라고?"

아버지는 펼쳐 놓은 책장을 손가락으로 훑으며 무심하게 물었다.

"지난여름에 편지에 쓰고 가을에 말씀드린 소녀죠. 집 밖에 머무는 내내 도왔어요."

"이디스도 그 소녀를 알고 있었니?"

"관심을 가지라고 여러 번 말하려 해도 창피할 정도로 무관심했어요. 제 말을 들으려 하지 않았죠."

"우리 둘 다 잠을 잘 수 있는 상황이 아니다. 그 소녀 이야기를 처음부터 해줄래? 잠깐 다른 문제를 생각하면 사안을 분별 있게 해결할 시야를 확보하게 될지도 모른다. 그 소녀는 누구이고, 무슨 일을 하고, 어떤 사람이니? 너도 알지만 내가 림버로스트에서 자란 만큼 쉽게 이해할 수 있겠지. 이름은 뭐고 어디에 살고 있니?"

필립이 한 남자가 본 지난여름 이야기를 들려주는 동안 아버지는 계속 책장을 만지작거렸다.

"잘 교육받고 품위 있는 소녀라고 확신한다는 말이지?"

"거의 두 달 동안 날마다 붙어 지낸 사이인데 착각할 수 있을까요? 엘노라는 공립 초등학교, 고등학교, 보충 과목에서 폴리, 이디스, 아니 우리가 아는 사교계 어떤 여자보다도 훨씬 뛰어날 거예요. 잘 아실 테지만 지금 고등학교에는 프랑스어, 독일어, 물리학 과목이 있잖아요. 게다가 학교를 두 군데 졸업했죠. 평생을 역경이라는 학교를 다녔거든요. 제가 아는 여자 중에서 가장 위대하고, 가장 부드럽고, 가장 인간적인 마음을 지녔죠. 인생에서 가장 잔인한 때라는 현실을 알았지만, 그런 자각은 자기 자신을 냉혹하게 만드는 대신 고통받는 다른 사람들을 구하려는 노력으로 이어졌어요. 그런 다음 숲이라는 학교를 졸업하면서 아까 말씀드린 자연이라는 조건에서 일자리를 구했죠. 아버지도 아시는 새 아줌마가 숲에서 소녀를 도왔죠. 엘노라는 지금까지 제가 만난 동식물의 삶을 이해하는 데 관심 있는 사람 중에서 흥미로운 지식을 가장 많이 알았어요."

아버지 손가락 사이로 책장이 빠르게 미끄러졌다.

"어떤 여자애니?"

"키는 이디스만 하고, 몸무게는 조금 더 나가요. 분홍빛 도는 고른 안색에 짙고 검은 눈썹, 빛나는 커다란 청회색 눈, 뺨에 닿을 정도로 긴 속눈썹이 인상적이에요. 왕관을 씌운 듯 굽이치며 빛나는 머리카락은 빛을 받으면 붉은색으로 보이죠. 제가 지금까지 만난 어떤 미녀들처럼 예쁜 얼굴이지만 정작 자기는 몰라요. 누가 칭찬할 때마다 신중한 어머니가 어떤 이유 때문인지 딸이 추하다고 지적하는 바람에 자기 외모에 전혀 감사하지 않죠."

"그리고 너는 그런 여자하고 두 달 동안 날마다 만나면서 사귀었어! 애야, 그렇지 않니?"

"제가 엘노라랑 사귄 사이냐 물으신다면, 전혀 아니에요! 두 번째 만난 날 이디스 이야기를 다 했어요. 거의 매일 눈앞에서 이디스에게 편지를 썼고요. 엘노라는 멋진 제비꽃 바구니를 만들어 이디스 생일날에 보내 줬어요. 제가 엘노라를 지나치게 공개적으로 찬양하는 바람에 실수하기 시작했지만, 엘노라 어머니는 제 평생 잊지 못할 혼란 속에서 저를 돌봐 줬죠. 엘노라가 하루에도 50번씩 늪과 숲에서 완벽한 모습을 보여 줘도 저는 보지도 못하고 아무 말도 하지 않았어요. 그렇게 완전하고 고결한 태도와 행동이 몸에 밴 여자는 처음 만났어요. 싫은 점이 하나도 없어서 곁을 떠나고 싶지 않았어요. 마치 죽이 잘 맞는 두 남자처럼 친한 친구 같았죠. 엘노라 어머니가 거의 언제나 함께 있었어요. 어머니는 제가 엘노라를 얼마나 동경하는지 알면서도 속마음을 숨기고 있는 한 신경 쓰지 않으셨죠."

"그런데도 그런 여자를 두고 돌아와 이디스 카에게 온 마음을 다했군!"

"물론이죠! 이디스가 저한테 어떤 존재인지 아시잖아요."

"그렇지만 네가 묘사하는 소녀가 편견 없는 사람이라고 생각할 때 이디스보다 훨씬 더 우월하구나. 남자가 행복해지려면 아내에게 뭐가 필요한지를 생각할 때 말이다."

"저는 제가 행복해지려면 뭐가 필요한지 생각한 적 없어요! 이디스를 행복하게 해줄 수 있는지 없는지만 따졌죠. 얼마나 바보였는지! 제가 얼마나 참고 지낸 사람인지 아버지는 절대 모르실 거예요! 오늘 밤은 정도 차이는 있지만 그런 숱한 폭발 중 하나일 뿐이죠."

"얘야, 나는 너를 사랑한다. 네가 이디스만 생각한다고 말할 때도! 그 말이 진실하다는 사실은 나도 알고는 있지. 너는 내 외아들이고, 나는 너하고 많은 시간을 함께할 권리가 있어. 너를 절대적으로 믿지. 나처럼 너를 아끼고 이 세상에서 너를 가장 가까이 지낸 사람이라면 오늘 밤이 어떤 면에서는 축복받은 해방이 될 수 있다는 사실을 알겠지. 그런데 너는 그럴 수 없어! 이제 한숨 자면서 쉬어라. 내일 이디스를 찾아가서 문제를 해결해라."

"제가 떠날 때 한 말 들으셨죠? 그 말을 하기 1분 전에 제 마음속 뭔가가 죽었는데, 그 뭔가가 이디스 카를 향한 사랑이라는 사실을 깨달았어요. 다시는 그런 장면을 저 스스로 마주하지는 않을 겁니다. 무도회장에 모인 수백 명 앞에서 제가 아무것도 아니라고 생각한 일 때문에 지난밤처럼 행동한다면, 이디스는 가정에 위기가 닥칠 때마다 발작과 경련을 일으킬지도 모르죠. 예전에 어머니가 그런 상황에서 웃음으로 대처하는 모습을 몇 번 본 적 있거든요. 아버지, 지금까지 이디스만 생각하고 살았어요. 이제는 저 자신을 생각하고 있다는 현실을 인정할게요. 아버지, 이디스를 보셨죠? 인생은 너무 짧고, 지금보다 더 행복할 수 있는데 제멋대로 구는 한 여자를 상대로 싸우느라 허비할 수 없어요. 저는 싸움꾼이 아닙니다. 여자에 관련된 일이라면 어쨌든 그래요. 여자하고는 존중과 사랑 말고 아무것도 안 할 겁니다. 저희 둘 사이에 다시는 존중도 사랑도 불가능해요. 앞으로 이디스를 생각할 때마다 저는 오늘 밤 모습을 떠올리겠죠. 그렇지만 아직은 사람들 앞에 나설 수 없어요. 며칠만 시간을 주실 수 있나요?"

"북쪽으로 떠나는 여름휴가가 열흘 뒤니까 차라리 지금 가거라."

"북쪽으로 가고 싶지 않아요. 아는 사람들 만나고 싶지 않거든요. 거기서는 저보다 소문이 먼저 도착해 있겠죠. 동정 어린 시선이나 안타까워하는 위로는 필요 없어요. 위스콘신 주 에드 삼촌 댁에 잠시 숨어 지내면 어떨까요?"

책장이 갑자기 덮였다. 아버지는 탁자에 기대어 아들의

눈을 바라봤다.

"얘야, 방금 한 말 확신하니?"

"완벽히 확신합니다!"

"오늘 밤이 그런 결정을 할 수 있는 상태라고 생각하니?"

"아버지, 죽으면 되살아날 수 없죠. 이디스 카를 향한 제 사랑은 죽었어요. 다시는 안 보기를 바라요."

"네가 이렇게 빨리 확신할 수 있을 줄 알았다면! 그렇지만 생각해 보니 너는 여러모로 나하고 아주 비슷하구나. 너하고 함께하겠다. 공개된 자리나 불명예는 견딜 수 없지. 내가 네 처지라면 상황을 벌써 끝냈겠다."

"이제 끝났어요. 이 이야기, 더는 하지 말죠."

"그럼, 얘야."

가까이 다가선 아버지가 아들을 다정하게 바라봤다.

"얘야, 림버로스트에 가지 않겠니?"

"아버지!"

"안 될 이유가 뭐냐? 온화한 사람들만큼 상처받은 마음을 위로할 수 있는 존재는 없거든. 그리고 네가 자유로워진다면 림버로스트에 의무가 있을지도 모른다고 생각한 적 있니? 나도 모르겠다! 그냥 제안일 뿐이야. 그렇지만 남자하고 지내지 않던 시골 여학생이 너 같은 남자를 만나 두 달을 함께 지내면 생각지도 못한 감정이 들 수도 있단다. 네가 안전하다고 해서 다른 사람도 안전하지는 않기 때문이야. 그쪽에서는 너를 보고 싶어할지도 몰라. 곧 알게 되겠지. 너에게 그 여자가 이디스 다음에 찾아온 중요한 존재이고, 너는 앞서 말한 대로 여러 면에서 높이 평가한다는 사실은 분명해. 그래서 다시 말하지만, 림버로스트에 가면 어떨까?"

필립 암몬은 한참 동안 앉아서 깊이 생각했다. 마침내 고개를 들고 입을 열었다.

"그렇죠, 안 될 이유가 없죠! 세월이 흘러도 지금보다 제 마음을 더 확신할 수 없을 테고, 인생은 짧아요. 일단 뱅크스에게 커피랑 토스트를 가져다 달라고 부탁하고, 얼른 씻고 옷 입으면 아침 기차를 탈 수 있겠죠."

"그래 씻어라. 짐은 내가 다 챙길게. 그리고 나 같으면 내가 갈 곳 주소를 안 남기겠다."

"주소는 안 돼요! 폴리한테도 알리지 마세요."

기차가 역을 빠져나가자 아버지는 집으로 돌아왔다. 하트 헨더슨이 기다리고 있었다.

"필립은 어디 있죠?"

대답을 재촉하는 표정으로 헨더슨이 물었다.

"필립이 지금은 친구들을 마주치고 싶지 않다고 했네. 내가 역까지 데려다주고 오는 참이야. 시암*이나 파타고니아로 갈지도 모른다고 했지. 주소는 남기지 않았고."

헨더슨은 거의 비틀거릴 지경이었다.

"그냥 외출이 아니라고요? 주소도 안 남겼고요? 농담 그만하세요! 필립은 이디스를 절대 용서하지 않겠네요!"

"결코 긴 시간은 아닐 거네, 하트. 필립을 잘 아는 우리에게는 더 길게 느껴질 테지만. 어젯밤은 마지막 지푸라기가 아니었네. 아예 커다란 볏가리였지. 결국 이디스 문제에 관련해서 필립을 무너트리고 말았네. 필립이 자발적으로 이디스를 만나는 일은 다시 없을 테고, 설사 만나더라도 어제 일을 결코 잊지 못하겠지. 자네는 필립한테서 들을 수 있고, 나한테서 들을 수도 있네. 우리는 한 숙녀가 내린 결정을 받

---

* 오늘날 태국을 가리키는 옛 이름.

아들였네. 커피 한잔 어떤가?"

헨더슨은 이디스 카가 맞닥트린 절망에 관해 이야기하려고 두 번이나 입을 열었다. 두 번이나 엄격하고 융통성 없는 암몬 씨를 바라봤지만, 차마 이디스를 배신할 수 없었다. 헨더슨은 반지를 내밀었다.

암몬 씨는 뒷걸음질했다.

"나는 그 반지에 관련해서 아무런 사건 설명을 듣지 못했네. 아마도 카 양이 기념품으로 가져야 하지 싶은데."

"저는 아니라고 생각합니다."

헨더슨이 무뚝뚝하게 말했다.

"그럼 피코크에게 돌려주면 좋겠네. 내가 전화하겠네. 그 사람이 반지 가격을 알려 주면 자네는 그 돈을 아이들을 위한 '프레시 에어 기금*'에 추가로 출연할 수 있을 거야. 그렇게 해주면 고맙겠군. 우리 집에서는 아무도 그 물건에 관심이 없으이."

"원하시는 대로 하겠습니다. 안녕히 계세요!"

헨더슨은 집으로 돌아왔지만, 잠을 잘 수 없었다. 아침 식사를 주문했지만, 입도 댈 수 없었다. 한동안 도서관을 서성거렸지만, 너무 좁았다. 거리로 나가서 지칠 때까지 걷다가 이륜 마차를 불러 클럽으로 향했다. 깊은 고통이라면 다 잘 안다고 자부했지만, 정작 그날 밤 자기가 느낀 아픔은 이디스 카가 겪은 고통에 견줄 수조차 없다는 사실을 깨달았다. 필립 암몬을 탓하려 했지만, 정직한 사람인 헨더슨은 그런 행동이 부당하다는 사실을 알고 있었다. 잘못은 전적으

---

* 1877년에 설립된 비영리 단체로, 저소득 계층 어린이를 대상으로 여름 캠프 등 다양한 프로그램을 운영한다.

로 이디스에게 있고 시간이 지나면 더 그렇게 되리라는 현실을 깨달은 탓에 헨더슨은 더욱더 힘들어질 뿐이었다.

어슬렁거리며 클럽으로 들어서는 핸더슨에게 한 종업원이 허겁지겁 달려왔다.

"헨더슨 씨, 전화로 급히 찾는 분이 계십니다. 메인 5770에서 전화가 세 통 왔습니다."

헨더슨은 수화기를 들고 잠시 부들부들 떨다가 전화를 받았다.

"하트 씨죠?"

이디스의 목소리가 들렸다.

"네."

"필립은 찾았어요?"

"아뇨."

"찾아는 봤어요?"

"네. 당신하고 헤어지자마자 곧장 집으로 갔죠."

"여태 집에 안 왔던가요?"

"집에 있다가 다시 나갔대요."

"나갔다고요!"

비명을 듣자 헨더슨은 가슴이 찢어졌다.

"직접 가서 말해도 될까요, 이디스?"

"아니! 지금 말해요."

"도착하니까 뱅크스가 암몬 씨랑 필립이 차를 타고 나가고 없다고 해서 기다렸어요. 암몬 씨는 곧 돌아왔죠. 이디스, 지금 혼자 있어요?"

"네, 계속 말해요!"

"가정부 좀 불러요. 누가 곁에 없다면 말 못해요."

"당장 말하라고요!"

"이디스, 알겠어요. 역에 다녀오는 길이라고 하셨어요. 필립이 시암이나 파타고니아로 갔는데, 어디인지 확실히 모르고 주소도 남기지 않았대요. 그러니까……."

이디스가 쓰러지는 소리가 또렷이 들렸다. 호출 벨이 울렸고, 몇 초 뒤에 목소리가 들렸고, 쓰러진 이디스를 다른 사람이 발견한 상황까지 알 수 있었다. 그러고 나서 서재로 들어간 헨더슨은 신경성 오한으로 격하게 몸을 떨었다.

다음 날 이디스는 유럽 여행을 떠났다. 헨더슨은 이디스가 그곳에서 필립을 만나고 싶어한다고 확실히 느꼈다. 헨더슨은 이디스가 실망하게 되리라 확신했다. 하기는 헨더슨도 필립이 간 곳을 전혀 알 수 없었다. 그렇지만 깊은 고민 끝에 이디스를 가장 빨리 만나려면 집에 머물러 있어야 한다고 판단한 헨더슨은 그해 여름을 시카고에서 보냈다.

21장

림버로스트로 돌아온 필립,
상황을 깊이 생각하는 엘노라

"저녁밥 뭐 먹을까요, 엄마. 먹을거리도 별로 구할 수 없고 집에 있는 재료도 충분하지 않아요. 그 도시 집은 정말 좋았어요. 왔다 갔다 해야만 하는 상황이면 일을 할 수 없었겠죠. 처음에는 이곳에 다시는 오고 싶지 않다고 생각했어요. 지금은 다른 곳에서는 살 수 없을 듯한 느낌이 들어요."

엘노라가 멧누에나방 날개를 정성스레 고정하며 말했다.

"엘노라. 저쪽 길로 누가 오고 있어."

"여기로 온다고요?"

"그래, 여기로 오고 있는데."

엘노라는 엄마를 재빨리 쳐다보다가 길 쪽으로 몸을 틀었다. 필립 암몬이 대문에 도착했다. 소녀는 곧장 경고했다.

"조심해요, 엄마!"

"대하는 태도가 털끝만큼이라도 다르면 우리를 의심할 거예요. 같이 나가죠."

엘노라는 하던 일을 멈추고 벌떡 일어섰다.

"이런, 정말 놀랄 일이야!"

엘노라는 지난여름보다 조금 더 말랐다. 얼굴은 더 성숙하고 인내심 있어 보였지만, 머리카락은 햇빛을 받아 적금색으로 빛났다. 목이 파이고 소매가 팔꿈치까지 말린 낡은 파란색 깅엄 드레스를 입고 있었다. 캐서린은 완전 딴판이었지만, 필립 눈에는 엘노라만 보이고 귀에는 엘노라가 건네는 인사말만 들렸다. 필립은 엘노라가 내민 양손 중에 한쪽 손을 잡았다.

"엘노라, 만약 당신이 나하고 약혼한 사이이고 수백 명이 모인 무도회장에 있는데, 나도 모르는 이유로 당신이 매우 불쾌하다고 해서, 제가 사람들 앞에서 설명할 기회를 달라거나 용서해 달라거나 기다려 달라고 부탁한다면, 당신도 분노로 일그러진 얼굴로 차갑게 굴 건가요? 약혼반지를 바닥에 내던지고 계속 나를 모욕할 건가요? 엘노라, 당신도 그럴 건가요?"

엘노라의 커다란 눈동자가 마치 튀어나오는 듯 커지고 얼굴은 새하얗게 변했다. 소녀는 잡힌 손을 빼면서 항의하듯 말했다.

"쉿, 필립! 조용히! 열병이 도졌군요! 끔찍하게 아픈가요. 지금 무슨 말을 하는지도 모르죠."

"잠도 못 자고 지쳤어요. 마음이 너무 아파요. 그렇지만 열병은 아니에요. 엘노라, 대답해 줄래요?"

"대답하지 마!"

캐서린이 소리쳤다.

"대답하지 마! 필립, 어서 외투 벗어서 걸고 불쏘시개나 쪼개요. 엘노라, 거기 치우고 식탁 차려라. 굶주리고 피곤에 절은 불쌍한 젊은이가 안 보이니? 집에서 푹 쉬고 잘 먹어야지. 어서, 들어와요!"

캐서린이 먼저 자리를 뜨자 필립은 외투를 벗어 늘 쓰던 자기 자리에 걸고는 그 뒤를 따랐다. 엘노라에게 보이지 않고 들리지 않는 곳에 다다르자 캐서린은 필립을 노려봤다.

"지금 자기 자신이 비열한 놈 같지 않나요?"

불끈 화가 난 목소리였다.

"죄송합니다……."

필립이 더듬거리며 말끝을 흐렸다. 캐서린이 꽥 소리를 질렀다.

"그럴 줄 알았어! 지난여름에 정직하게 행동하고 남자답게 처신한 모습은 나도 인정해요. 그렇지만 약혼한 사실을 나한테 직접 솔직하게 말하면 더 좋았겠죠. 그런데 다시 돌아와서는 엘노라를 붙잡고 약혼자랑 소란 피운 일을 떠벌이면서 애처럼 굴다니, 참을 수가 없네요. 이 불쏘시개 다 쪼개면 저녁 식사 차려 줄 테니까, 먹고 빨리 가세요. 아무리 마음이 넓은 아이라지만 누구랑 싸운 일로 엘노라 마음을 헤집는 짓은 용납하지 않을 거예요. 일주일 안에 화해하고 다시 돌아갈 텐데, 그러니까 지금 바로 갈 수도 있잖아요."

"컴스탁 부인, 저, 엘노라에게 청혼하러 왔습니다."

"그러면 더 바보 같은 짓이죠! 어제 이맘때만 해도 다른 여자하고 틀림없이 약혼한 몸이었는데, 그런데 화가 좀 난다고 다른 여자를 괴롭힐 도구로 엘노라를 써먹으려고 여기까지 달려왔네요. 일주일 만에 제정신이 돌아오면 후회하면서 시카고로 돌아갈 준비를 할 테죠. 아니면 당신이 정말 멋지고 남자다운 사람이라면 약혼녀가 찾으러 오겠죠. 약혼자도 권리가 있잖아요. 몇 년 동안 유지된 약혼은 중대사라서 하룻밤 변덕 때문에 깨지지 않아요. 당신이 가지 않으면 약혼녀가 오겠죠. 그러고 나서 사랑싸움을 해결하고 함께 저 멀리 떠날 때 내 딸은 어디로 가나요?"

"저는 변호사입니다, 컴스탁 부인. 증언 청취 없이 사건을 판결하는 일은 부인이 지닌 보편적 정의감에 어울리지 않는다고 판단합니다. 제 말을 먼저 들으셔야만 할 듯합니다."

"내 말을 들어라! 참 나, 차라리 그 여자 말을 듣겠어!"

"정말 어젯밤에 그 여자가 하는 말을 듣고 하는 짓을 보시면 어땠을까요, 컴스탁 부인. 그러셨다면 제 갈 길도 분명히 보이셨을 거예요. 오늘 여기 올 줄 몰랐어요. 빨리 오더라도 몇 달 뒤였겠죠. 저를 보낸 사람은 아버지세요."

"아버지? 왜요?"

"어젯밤에 아버지, 어머니, 폴리가 함께 있었어요. 가족들, 친구들 모두 제가 무절제하게 퍼붓는 최악의 분노를 감당하며 모욕과 수치를 겪는 모습을 보고 말았죠. 모두 끝이라는 사실을 직감했습니다. 아버지에게 엘노라 이야기를 하자 마음에 들어하셨고, 이곳에 가라고 조언하셨죠. 그래서 왔습니다. 엘노라가 원하지 않으면 곧바로 떠날 수도 있지만, 그렇지만 이해해 주기를 바랄 뿐입니다!"

"나무 안 쪼개고 뭐들 하세요."

그때 엘노라가 소리 내어 두 사람을 불렀다.

"그래, 여기 있다! 너는 비스킷에 곁들일 것들을 준비하고 식탁을 정리해."

엘노라를 보내고 캐서린은 다시 필립을 향해 돌아섰다.

"저는 암몬 씨에 관해 꽤 많이 알고 있어요. 이번 겨울에 필립 암몬 씨 삼촌네 가족을 자주 만났죠. 자기는 카 양을 전혀 좋아하지 않고 다른 가족들도 모두 이 결혼이 깨질 수 있게 무슨 일이 일어나기를 은근히 바란다는 말을 애너 숙모한테 들었어요. 아버지가 여기로 가라고 하시더라는 말하고 맞아떨어지는군요. 제 생각에 본인 생각을 말하는 편이 더 좋겠네요."

필립은 전날 밤 자기가 겪은 일을 들려줬다.

"이제 믿으세요?"

필립이 말을 마치며 물었다.

"네."

캐서린이 대답했다.

"여기 머물러도 될까요?"

"흠, 본인한테야 괜찮아 보이지만 전 약혼녀에게는 어떨까요?"

"제가 아는 한 아무 문제도 없습니다. 오늘 유럽으로 출발할 계획만 중요했죠. 지금쯤이면 벌써 가고 있을 겁니다. 엘노라는 아주 현명해요, 컴스탁 부인. 스스로 결정하도록 하는 게 낫지 않을까요?"

"최종 결정은 물론 엘노라에게 달려 있죠. 나도 인정해요. 다만 한 가지! 엘노라는 내 전부예요. 솔로몬 왕이 한 말처럼 '그 여자애는 어머니의 하나뿐인 자식'이라고요. 이 세상살면서 이런저런 고통을 충분히 겪은 엄마로서 내 딸을 위협하는 고통이라면 전부 맞서 싸울 거예요. 제가 아는 한 필립 암몬은 제대로 된 남자였고, 앞으로도 그러겠죠. 그렇지만 내 딸에게 눈물과 아픔을 줘도 순순히 견디겠지 하는 뻔뻔한 생각은 말아요. 일이 잘못돼서 엘노라가 상처를 입으면 당장 퓨마처럼 달려들어 싸울 테니까!"

"그러리라고 믿어 의심치 않습니다. 그렇게 하셔도 저는 조금도 비난하지 않을 겁니다. 저는 최선을 다해 엘노라에게 좋은 집과 정당한 사회적 지위를 마련해 주고, 우리 가족도 엘노라를 가족으로서 사랑할 거예요. 잘 생각해 주세요. 갑작스러운 이야기라 당황스러우실 테지만, 아버지가 조언하신 덕분에 이렇게 왔습니다."

캐서린은 건조하게 대답했다.

"그래요, 아버지가 그러신 거겠죠! 제가 아니라 시카고에 진짜 퓨마가 있었군요. 공작 깃털로 변장하고 고상한 숙녀 행세를 하다가 때가 되자 발톱을 드러낸 모양이네요. 어쩌면 인간의 본성은 세상 어디에서나 다 같아요. 그렇지만 당신이 엘노라에게 주려고 미쳐 날뛰며 나방을 잡으려 한 그 비밀을 알고는 싶네요. 저장고에 보관해 놓은 딸기 한 통을 얻을 수 있을지 모르죠."

세 사람은 저녁 식사를 준비해 먹었다. 그 뒤 정자에 앉아 이야기를 나눴고, 엘노라는 필립이 갈 시간이 될 때까지 바이올린을 켰다.

"저하고 같이 문까지 걸어갈래요?"

필립이 일어나면서 엘노라에게 물었다.

"밤이라서 안 돼요. 그러고 싶으면 아침 일찍 오세요. 그럼 슬리피 스네이크 강에 가서 나방 잡고 민들레 뜯어서 저녁 먹으면 되니까요."

필립은 엘노라 쪽으로 몸을 기울였다.

"제가 온 이유를 내일 말해도 될까요?"

"글쎄요. 사실 이유가 뭐든 저는 상관없어요. 우리가 그쪽한테 아주 좋은 친구이고, 그쪽이 곤란한 상황에서 우리를 피난처로 생각한 점만으로 충분하니까요. 그쪽이 한두 주 정도 지나서 뭔가를 말하는 편이 낫다 싶어요. 그 시간 동안 하려던 말이 바뀔 가능성이 있잖아요."

"티끌만큼도 바뀔 리가 없죠!"

"그럼 그만큼 연륜이 쌓여서 풍미가 더 생기겠죠. 아침 일찍 오세요."

엘노라는 바이올린을 들어 연주를 시작했다. 간담이 서늘해진 캐서린이 소리쳤다.

"어머나, 세상에! 나는 네가 자기 자신을 지키지 못할까 봐 걱정하고 있었어!"

연주하는 내내 엘노라는 웃고 있었다.

"그 사람이 한 얘기 들려줄까?"

"싫어요! 듣기 싫어요! 그 사람이 시카고에서 온 지 겨우 여섯 시간이에요. 저는 그 여자에게 약혼자를 찾아서 사태를 수습할 시간을 일주일 줄 거예요. 필립이 그 정도로 머무른다면 말이죠. 일주일 안에 안 나타나면 그 사람이 하려던 말을 들어 보고 나서 깊이 생각하면 되죠. 시간도 충분해요! 우리 셋 중에 한 명은 평생 쓰라린 가슴을 안고 지내야 해요. 결정권이 저에게 있다면, 저는 그 사람이 그런 불운을 견딜 만한 가치가 있는 사람인지 확실히 알아야 해서 그러는 거예요."

다음 날 아침 일찍 지난여름에 입던 옷을 걸친 필립이 통나무집에 왔다. 약간 창백해진 얼굴만 빼면 이곳을 떠날 때하고 거의 똑같아 보였다. 엘노라는 예전처럼 필립을 맞이했고, 일주일 동안 지난여름하고 똑같은 삶이 이어졌다. 캐서린은 조심스럽게 조용히 지켜봤다. 필립이 긴장하지 않기를 바랐는데, 한눈에 봐도 오히려 엘노라가 긴장하고 있었다. 일주일 다 돼 갈수록 안절부절못했다. 한번은 대문에서 딸깍 소리가 나자 엘노라가 갑자기 안색이 바뀌더니 초조하게 움직였다. 찾아온 사람은 빌리였다.

필립이 캐서린 쪽으로 몸을 기울였다.

"엘노라는 지금 제가 하고 싶은 말을 할 수 없게 엄청 막고 있어요. 오늘 아침에 아버지가 보낸 편지에 카 양이 여름에 유럽으로 떠난다는 소식이 있더라고 엘노라에게 전해 주시겠습니까?"

356

캐서린이 곧장 말을 받았다.

"엘노라, 카라는 여자가 유럽으로 가는 중이라는 소식을 방금 들었는데, 이런, 그 여자가 거기 머무르라고 꼭 빌게!"

필립 암몬이 소리를 쳤지만, 엘노라는 서둘러 일어나 빌리를 마중하러 갔다. 엘노라하고 함께 정자로 온 빌리는 캐서린과 필립에게 인사를 했다. 먼저 빌리가 말을 꺼냈다.

"웨슬리 아저씨랑 내가 흥미로운 걸 발견했는데, 그걸 보고 싶어할 것 같았어."

엘노라가 거들었다.

"너랑 웨슬리 아저씨가 도와준 덕분에 진짜 힘들지 않게 끝났어. 그래서 뭘 찾았니?"

357

"가져올 수 없어. 누나가 가져와야 해. 한 마리를 잡으려다 죽였거든. 곤충 같기는 한데 꼬리에 가는 털 세 가닥이 달려 있어. 그 털을 딱딱한 나무껍질에 똑바로 꽂은 다음에 잡아당기면 털이 팽팽해지면서 벌레가 죽어."

"지금 당장 가야겠다. 나, 그 벌레 뭔지 알아, 하하. 내 일에 좀 쓸 수도 있어."

"빌리, 너 울었니?"

캐서린이 묻자 빌리는 누그러진 얼굴을 들어 올렸다.

"네, 아주머니. 오늘은 최악의 날이었어요."

"오늘 무슨 일이 있었는데?"

"날이야 좋았죠. 모든 게 다 잘못된 하루라는 말이에요."

"거참, 안됐네!"

캐서린이 공감하자 빌리는 기분이 좀 풀렸다.

"아침 일찍부터 문제였어요. 죄다 스냅이 저지른 잘못 때문이에요."

"불쌍한 스냅은 대체 뭘 하고 있었지?"

두 눈을 반짝이며 캐서린이 물었다.

"늘 하던 대로 마멋을 찾고 있었어요. 2시에 일어나서 땅을 팠죠. 피곤한지 흙투성이가 돼 숲에서 들어오고 있었어요. 나는 웨슬리 아저씨가 우유를 짜는 데 쓸 물통을 들고 헛간으로 가는 중이었고요. 닭들이 화단에 못 들어가게 물통을 내려놓고 문을 닫아야 했는데, 이 늙은 개가 더러운 코를 물속에 집어넣고 물을 핥아 먹기 시작했어요. 웨슬리 아저씨가 그런 통은 쓰지 않는다는 걸 아니까 다시 저수조로 돌아가서 물을 더 길어 와야 했죠. 무지 세게 펌프질을 했어요. 화가 나서 스냅한테 물을 뿌렸죠."

"그래서?"

"가만히 있으면 아무 일도 없었겠죠. 그런데 스냅이 엄청 무서운지 놀라서는 마거릿 아줌마한테 달려들어서 몸을 뻗댄 채 크게 떨었어요. 아줌마가 오너베셔에 가려고 입은 멋진 파란색 드레스를 봐야 했어요!"

캐서린과 필립은 웃음을 터트렸지만, 엘노라는 소년을 품에 안았다.

"빌리! 정말 안됐어!"

"아줌마는 그 멋진 드레스를 입으려고 일찍 일어나서 다림질까지 했어요. 그런데 옷이 다 더러워지니까 안 가겠다고 하더라고요. 정말 간절히 가고 싶어했는데요."

빌리는 눈가를 훔치며 한 마디 덧붙였다.

"그 이유가 전부는 아니죠."

"우리도 알고 싶어, 빌리."

캐서린은 진지한 표정이었다.

"시내에 못 가게 되니까 거의 죽을 듯이 일했어요. 더럽고 힘든 일을 일부러 찾아서 말이에요. 지금은 포도주스를 만들고 있어요."

"그렇지! 여자는 늘 실망하면 동정심을 얻으려고 개처럼 일하잖아!"

캐서린이 큰 소리로 말했다.

"근데 웨슬리 아저씨랑 나는 아줌마한테 그렇게 일하지 말라면서 온갖 방법으로 말리고 위로했거든요. 포도씨랑 껍질에서 주스를 뽑으려고 기계가 거의 부서질 정도로 짰고요. 그렇게 하기가 어렵잖아요. 이제 하얀 면보에 걸러서 병에 넣고 꽉 막기만 하면 되는데, 포도주스가 아픈 사람한테 좋대요. 나도 아프면 한 잔 마시고 싶을 정도라니까요. 정말 맛있어요!"

엘노라가 캐서린을 힐끗 쳐다봤다. 빌리는 말을 계속 이어갔다.

"제가 정말 열심히 일하니까 아줌마가 숲속에 포도 찌꺼기 버리고 벌레가 꼬이는지 봐도 된다고 했어요. 누나, 같이 갈래?"

"우리 모두 가자. 나도 그 벌레들이 무척 궁금하거든."

캐서린이 자리에서 일어났다.

멀리 신턴 씨네 집이 소란스러웠다. 웨슬리와 마거릿이 허둥지둥 뛰어다니고 이상한 소리가 공기에 가득했다.

"무슨 일이죠?"

필립이 웨슬리에게 서둘러 물었다.

"콜레라요! 돼지들이 파리처럼 죽고 있어요."

마거릿은 소리를 낮춰 울고 있었다.

"여보, 열이 떨어질까요? 아무것도 할 수 없나요? 겨울에 먹을 고기랑 수백 달러가 사라지잖아요."

"이렇게 한꺼번에 갑작스럽고 많이 죽어 가는 일은 처음

이야. 수의사한테 되도록 빨리 오라고 전화했어요."

다들 숲에 있던 돼지들이 먹이 먹을 때 모이는 우리로 서둘러 달려갔다. 평범한 돼지들 사이에 지난 정기 농축산물 품평회에서 웨슬리가 자랑한 커다랗고 혈통 좋은 순종 돼지들이 있었다. 몇 마리는 등을 대고 구르면서 허공에 힘겹게 네 발을 휘저으며 간신히 꿀꿀거리고 있었다. 커다란 버크셔 품종 돼지 한 마리는 뒷다리로 앉아 천천히 머리를 흔들다가 눈물을 뚝뚝 흘리더니 희미하게 꿀꿀거리며 옆으로 쓰러졌다. 비틀거리며 마당을 가로지르다 부딪힌 돼지 두 마리는 화가 나 서로 공격했지만, 힘이 너무 없어 끽 소리도 내지 못했다. 몇 번 시도한 끝에 울타리에 날아오른 새하얀 플리머스록 품종 수탉 한 마리는 겨우 균형을 잡고 격렬하게 날개를 퍼덕이더니 목청을 찢으며 꼬끼오 했지만, 결국 돼지들 사이에 널브러져 버렸다.

"이렇게 끔찍한 광경을 본 적 있나요?"

마거릿이 흐느꼈다. 울타리 위로 올라가 한참을 내려다보던 빌리는 웨슬리에게 바라보며 놀란 얼굴로 울부짖었다.

"왜 저 돼지들이 술에 취했지! 우리 아빠 같잖아!"

웨슬리는 마거릿을 돌아보고 다그쳤다.

"포도주스 찌꺼기 어디에 버렸어요?"

"빌리한테 숲에 버리라고 했어요."

"빌리……."

웨슬리가 말하려 하자 빌리가 소리쳤다.

"아줌마가 말한 대로 숲에 던졌어요. 그런데 우리 안으로 들어가던 돼지들이랑 울타리 모퉁이 가까운 곳에 있던 몇 마리가 다가오기는 했어요."

"돼지들이 찌꺼기를 먹었니?"

웨슬리가 다시 다그쳐 묻자 빌리가 생생하게 대답했다.

"그냥 게걸스럽게 먹어 치웠어요. 밀고, 꽥꽥거리고, 싸우면서. 돼지들 탓이 아니에요! 제가 마신 포도주스 중에 제일 맛있었으니까요!"

"마거릿, 수의사한테 올 필요 없다고 전화해요. 빌리, 엘노라랑 암몬 씨 데리고 벌레 보러 가렴. 캐서린, 잠깐 나 좀 도와줘요."

웨슬리는 뒷베란다에서 빨래 바구니를 들고 와 와인 저장고 쪽으로 향했다. 마거릿은 전화를 걸고 돌아왔다.

"방금 통화했어요. 와인이 저렇게 많이 저장돼 있네요. 웨슬리, 어떻게 할 거예요?"

"당신은 잠깐 현관에 앉아 있어요. 안 보는 게 더 좋을 거예요."

마거릿이 소스라치게 놀랐다.

"웨슬리! 저장고에 10년 된 와인도 있어요. 몇 날 며칠을 고생해서 만든 건데, 설탕은 또 얼마나 들어갔는데요. 암몬 의사 선생님은 환자들 배속을 비우고 이 와인을 먹여서 사람들을 살리잖아요."

"그럼 죽게 놔둬요! 빌리가 한 말 들었죠?"

"냉장 상태일 뿐이에요. 발효되는 흔적이 없거든요!"

"발효되는 흔적이 없다뇨! 맙소사, 마거릿! 저기 저 돼지들 좀 봐요!"

마거릿은 한참을 바라보더니 머뭇거리며 말했다.

"민스 미트 만들게 몇 병만 남겨요."

"아무짝에도 쓸모없어요! 빌리 말 들었잖아요! 빌리가 어른이 돼서 여기에서 술을 배웠다고 말하게 할 수는 없어요!"

웨슬리는 와인을 쏟아 버렸고, 캐서린은 흔쾌히 도왔다.

그런 다음 다들 숲속으로 가 멋진 곤충들을 보고 눈에 익혔다. 신턴 부부 집에서 근사한 저녁 식사를 마치고 하루를 끝낸 사람들은 콘서트를 보러 통나무집으로 갔다. 엘노라는 그날 밤 아름다운 연주를 선보였다. 신턴 부부가 떠날 때 엘노라는 빌리에게 특별히 상냥하게 키스했다. 깊이 감동하는 바람에 필립에게는 애초 의도한 정도보다 더 친절하게 대했고, 실연한 연인에게 엘노라는 어떤 상황에서든 확실한 해독제였다.

아무리 강렬한 매력을 지닌 이디스라도 일단 인연이 끊어지자 필립은 엘노라가 더 뛰어난 여성이라고 깨닫지 않을 수 없었다. 벗어날 수 없을 정도로 강하게 결속돼 있던 때 이디스를 떠난 일은 행운이라고 여겼다. 함께 일하면서 필립은 엘노라에게서 감탄할 만한 요소를 날마다 발견했다. 엘노라를 얻을 수 있게 자유로워진 처지를 매우 감사하게 됐고, 사랑하는 여자에게 그런 자기 자신을 정당화하려 마음이 조급해졌다.

엘노라는 필립이 시시때때로 조급해하는 말을 들으면서도 조금도 서두르지 않고 약속한 일주일을 기다렸다. 마침내 엘노라가 이야기를 듣겠다고 했지만, 필립은 말을 시작한 지 5분도 채 지나지 않아 엘노라가 이디스 카의 처지에서 상황을 바라보고 있다고 느꼈다. 당황한 필립은 생각한 만큼 제대로 말하지 못했고, 필립이 말을 마친 뒤에도 엘노라는 침묵했다. 정적을 깨고 필립이 마침내 입을 열었다.

"당신은 재판관입니다. 판결을 내려 주세요."

"지금 당신이 한 말처럼 그 여자가 진심을 담아 하는 말을 들을 수 있다면 결정할 수 있겠어요."

"이디스는 바다에 있어요. 전부 자기 잘못이라는 사실을 알기 때문에 떠났죠. 입이 열 개라도 할 말이 없겠죠. 아니면 여기 남아 있었겠죠."

"그럴듯하네요. 그렇지만 마음이 얽힌 일에 아무 말도 하지 않을 여자는 없어요. 만날 수만 있다면 이디스도 저한테 이런저런 말을 하지 않을까요. 그 말을 듣고 싶어요. 그렇게 3분만 이야기할 수 있다면 당신에게 대답할 수 있어요."

"나를 못 믿어요, 엘노라?"

"의심하지는 않아요. 그렇지만 이디스도 믿고 싶어요. 만나기만 하면 알 수 있겠죠."

"어떻게 해야 만날 수 있을지 모르겠어요. 아마 이성을 잃고 당신을 모욕할 텐데, 그런 문제만 아니라면 못 만날 이유가 없죠."

"중요한 문제는 아니에요. 저도 나름대로 말발이 세고, 저만의 가치관도 있어요."

엘노라는 침착하게 대답했다. 필립은 엘노라를 힐끗 바라보더니 웃기 시작했다. 얼굴형과 피부색은 다르지만 딸은 때때로 엄마를 빼닮기 마련이었다. 엘노라는 애처로운 표정으로 따라 웃었다.

"요점은 하나예요. 누군가는 아주 끔찍한 상처를 받을 거예요. 그 사람을 제가 결정해야 하니까, 그 결정이 옳은지 그른지 잘 알아야 해요. 물론 누군가 말해 준 적은 있는지 모르지만 당신은 매우 매력적인 사람이에요, 필립. 멋진 겉모습에, 무엇보다 잘 단련되고 세련된 정신은 흥미로운 장점이죠. 이디스 카는 몇 년 동안 당신을 자기 소유물이라고 생각했어요. 이제 그 여자는 어떻게 변할까요? 저도 생각했어요. 깊이 생각하고, 오래 생각했어요. 당신이 사랑할 가치가 없는 사람으로 돌변하지 않는 한, 제가 그 여자라면 당신을 포기하지 못해요. 이디스는 당신을 가질 수 없다는 말을 들은 지금 어느 때보다 가장 당신을 갈망할 거예요. 제 생각에 얼마 지나지 않아 당신을 되찾으러 올 거예요."

"남자를 마음대로 버리고 다시 줍는 특권이 여자들이 가진 권력은 아니죠. 그 사실을 당신은 간과하고 있어요. 그 여자는 공개된 자리에서 반복해서 저를 버렸죠. 저는 그런 결정을 공개적으로 받아들였고요. 당신 관점은 완전히 잘못됐어요. 당신은 내가 어떻게 해야 할지 결정하는 문제가 당신에게 달려 있고, 당신이 말만 하면 내가 이디스에게 돌아가야 한다고 생각하는군요. 그런 생각은 머릿속에서 지워요! 지금부터, 앞으로 영원히, 그 여자는 저에게 아무 상관 없는 사람이에요. 마음속에 있던 모든 감정을 자기 스스로 완전히 죽여 버려서 이제 그 여자를 만나는 일도 전혀 두렵지 않아요."

필립은 약간 흥분한 표정이었다.

"이디스를 미워하거나 화가 난다면 그런 감정도 아직 남아 있을지 모르지만, 지금 이디스는 나를 무감각한 존재로 만들었어요. 그러니 관점을 조금만 바꿔요, 엘노라. 제가 뭘 할지를 당신이 결정하고 제가 당신에게 무조건 순종해야 한다고 생각하지 말아요. 저는 당신을 제외한 어떤 여자에 관해서 스스로 결정해요. 당신이 결정해야 할 문제는 지난여름처럼 제가 여기 남아서 당신하고 사귈지 말지죠. 그렇지만 그때하고 다른 점은 제가 자유로운 몸이라는 사실이고, 당신을 좋아하고, 당신을 향한 감정을 당신에게 돌려주려 한다는 점이에요. 당신이 결정해야 할 질문은 하나뿐이에요. 삼각관계가 아니에요. 우리 둘 사이의 문제죠. 제가 여기 있어도 될까요? 제가 당신을 사랑해도 될까요? 제가 당신을 어떻게 생각하는지 증명할 기회를 주겠어요?"

"아주 직설적이네요."

"직설적이어야 할 때죠. 존재하지도 않는 문제를 계속 따지는 행동은 아무 소용이 없어요. 제가 여기 있기를 바라지 않는다면, 그렇다고 말하면 곧장 떠날게요. 물론 시작하기 전에 경고하죠. 저는 다시 돌아올 겁니다. 저에게 가장 힘겨운 싸움이 되더라도 물러서지 않을 거예요. 그렇지만 당신이 저를 이디스 카에게 돌려보낼 수 있다는 생각은 멈춰요. 그 여자가 이 세상 마지막 여자이고 제가 마지막 남자라고 해도 그 여자가 또다시 저한테 성질을 부리기 전에 이 세상에서 뛰어내릴 겁니다. 우리 둘로 범위를 좁혀요, 엘노라. 그 여자가 떠나간 자리를 당신이 채워 줘요. 그 여자가 버린 심장을 가져요. 이디스를 만나지 않는 내 삶을 당신에게 줄 수 있다면 오른손을 바친다고 해도 눈 하나 깜짝 않을 테지만, 불가능한 일이에요. 이미 일어난 일은 되돌리지 못해요. 경험을 통해 교훈을 얻고 앞으로 더 나은 미래를 만들어 나가야죠."

"어떻게 확신할 수 있죠. 어떻게 그렇게 확신할 수 있는지 저는 모르겠어요. 당신은 그 여자를 먼저 사랑했고, 그런 식으로 저를 좋아할 수 없어요. 저는 언제나 당신이 그 여자를 떠올리고는 후회할까 봐 두려워해야 할 거예요."

"이런 바보! 후회한다니? 무슨 잘못을 저지른지도 모르는 상황에서 언제 어디서나 소리를 질러 대는 여자하고 결혼하지 않아서 후회한다고요? 누가 그런 삶을 좋아해요? 나 같은 놈은 그럴 것 같나요?"

"당신은 그 여자가 교훈을 얻었다고 생각하겠죠. 이디스가 다시는 그러지 않을 거라고 생각할 테고요."

"아니, 생각 따위 안 해요. 영원히 확신만 할 겁니다! 그날 밤에 겪은 위험을 다시는 감수하지 않을 거예요! 제 생명을 구하는 일이더라도요. 당신하고 나뿐이에요, 엘노라. 우리 둘이 결정하자고요."

"할 수 없어요! 두려워요!"

"좋아요. 당신이 할 수 있다고 느낄 때까지 기다리겠어요. 두려움이 사라질 때까지 기다릴게요. 제가 몇 달 동안 떠나 있을지, 아니면 당신하고 함께 있을지 지금 결정해요. 어느 쪽이 좋을까요, 엘노라?"

"당신은 절대로 그 여자를 사랑할 때처럼 저를 사랑할 수 없어요."

엘노라가 울부짖었다.

"그런 식으로 사랑할 수 없다면 더 없이 기쁘네요. 저는 결혼에 관한 교훈을 얻었어요. 세상에서 눈에 띄고 싶은 욕망에서 벗어났죠. 외모만 보고 여자를 자랑스러워하는 단계도 끝났어요. 아름답고 우아하게 차려입은 채 자기만 생각하는 존재에게 더는 낭비할 필요가 없죠. 저는 평범한 사람이라는 사실을 깨달았어요. 아름다움과 아름다운 옷을 여전히 좋아하지만, 결혼할 사람이라면 무엇보다도 제 영혼의 가장 깊은 곳까지 이해받고 싶어요. 당신을 위해 일하고, 당신을 위해 계획하고, 완벽하게 편안한 집을 짓고, 제가 구할 수 있는 모든 좋은 것을 당신에게 주고, 모든 악에 맞서서 당신을 보호하고 싶어요. 불, 홍수, 기근이 당신에게 닥친다면 온몸으로 막을 거예요. 당신에게 모든 것을 주고 싶어요. 그렇지만 그런 대가로 제가 의지할 수 있는 뭔가가 아무것도 돌아오지 않는 관계는 싫어요. 이디스 카는 오직 미모뿐이었고, 화를 내면 아름다움은 촛불처럼 꺼져 버렸죠.

당신이 저를 사랑하면 좋겠어요. 배려받고 싶어요. 존중도 받고 싶어요. 깨끗하게 살아왔어요. 정직하고 빈틈없이 살려고 애썼죠. 당신이 이런 일들에 관심을 좀 가져도 저한테는 나쁘지 않을 거예요. 며칠에 한 번씩 지독한 유혹이 남자를 공격하는 세상이에요. 품위를 중요하게 여기는 여자에게는 저도 품위를 지킬 수 있어요. 그럴 때는 제가 알아볼 수 있을 만큼만 감사를 받으면 좋겠어요. 일방적인 관계에 지쳤거든요. 이제는 제가 베푼 대가를 받고 싶어요. 엘노라, 당신은 사랑과 다정함, 인생에서 가장 훌륭한 것에 정직하게 감사하는 마음을 지니고 있어요. 제가 주는 것을 받고, 제가 요구하는 것을 주세요."

"당신은 많은 것을 바라지는 않네요."

"방금 말한 대로, 제가 당신을 이디스처럼 사랑하지 않기를 바라요! 사랑에 관해 더 새롭고 더 나은 생각을 갖게 됐어요. 당신에게 주는 감정은 당신이 제게 준 영감이에요. 림버로스트에서 만들어진 셈이죠. 이디스가 준 어떤 감정보다 훨씬 더 크고, 깨끗하고, 건강했죠. 당신이 학생들 앞에 서서 차분하고 위엄 있게 전능자의 경이로움을 설명할 때, 이디스는 무도회장에 서서 통제되지 않는 성질에 무너졌잖아요. 신이시여, 엘노라, 당신이 제 영혼을 들여다볼 수 있다면 해방을 기뻐하며 날뛰는 제 모습을 확인할 수 있을 텐데! 어쩌면 품위 없어 보이겠지만, 저는 인간이에요. 평범한 인간일 뿐입니다. 자유롭게 살게 돼서 가장 기쁜 사람! 공중제비를 돌고 소리도 지르고 싶어요. 얼마나 멋진 해방이냐고요! 이디스 카의 관점에 얽매이지 말고 제 관점에서 보세요. 제 처지가 돼서 제가 어떻게 느끼는지 알려고 노력해 보세요.

정말 행복해서 신앙심이 생길 정도예요. 하루에 쉰 번은

'내 영혼이 해방됐어!'라고 속삭이는 저 자신을 발견하죠. 당신도 원하는 만큼 시간을 보내요. 혼자 있고 싶다면 다음 기차를 타고 최대한 오래 떠나 있을게요. 그렇지만 다시 돌아올게요. 확실해요. 비둘기가 둥지로 돌아오듯 곧바로, 엘노라. 저, 갈까요?"

엘노라가 중얼거렸다.

"도대체 왜 그렇게 과장하고 있죠?"

22장

엘노라에게 무릎 꿇는 필립,
림버로스트를 찾아오는 낯선 사람들

그다음 달은 지난 6월을 그대로 재현했다. 기나긴 나방 채집, 표본 모으기, 훌륭한 책하고 함께하는 멋진 시간, 모두 함께 준비한 성대한 저녁 식사, 음악으로 가득한 완벽한 밤이 이어졌다. 모든 것이 똑같았다. 필립이 이제 구혼자라는 점만 빼면 말이다. 필립은 엘노라의 호감을 얻을 기회를 놓치지 않았다. 한 달이 끝날 무렵까지 어떤 합의도 하지 못했다. 필립은 엘노라를 사랑할 수 있는 특권을 즐겼지만, 정작 아무런 대답을 듣지 못했다. 엘노라는 이 사랑을 믿었지만, 스스로 이디스 카를 잊을 수 없는 탓에 머뭇거렸다.

7월 초 어느 날 오후, 필립은 들판을 가로질러 숲을 지나 정원에 들어섰다. 뒷문에서 필립은 엘노라가 버드나무 아래에서 책을 읽고 있다는 대답을 들었다. 필립은 통나무집 서쪽 모퉁이를 끼고 돌았다. 늘어진 나뭇가지 아래 소박한 벤치에 엘노라가 앉아 있었다. 처음 보는 드레스를 입은 채였다. 몸에 착 달라붙는 연한 초록색 면사에 촘촘한 주름이 잡혀 있고 검은 벨벳 매듭으로 장식한 드레스는 단순하면서도 무척 잘 어울렸다. 밝은 머리카락, 빛나는 눈동자, 붉은 입술, 장밋빛 얼굴, 팔과 목의 피부색이 모두 오묘한 초록색 배경에 어우러져 더욱 뚜렷해졌다.

369

필립은 잠깐 걸음을 멈췄다. 엘노라가 아주 가까이 있는
데다가 매력적이고 사랑스러워 자제력을 잃고 말았다. 필립
은 엘노라를 오랫동안 바라본 뒤 반쯤 억눌린 듯 울부짖으
며 아주 가까이 다가가서는 한쪽 무릎을 꿇고 벤치 뒤로 팔
을 뻗었다. 필립이 엘노라의 손을 잡았다. 필립이 긴장한 목
소리로 외쳤다.

"엘노라! 이제 그만해요! 이 긴장은 끝이라고 말해 줘요.
당신을 행복하게 해준다고 맹세할게요. 당신은 몰라요! 그
말만 하면 새로운 삶과 커다란 기쁨에 눈뜨게 될 거예요! 지
금 약속하지 않을래요, 엘노라?"

소녀는 서쪽 숲을 응시하며 앉아 있었지만, 다른 사람들
에게는 보이지 않는 뭔가를 보던 아버지가 짓던 표정하고
똑같았다. 필립의 팔이 벤치에 앉은 엘노라를 감쌌다. 필립
의 손가락이 엘노라의 손가락을 단단히 잡았다.

"엘노라. 당신은 나를 충분히 잘 알잖아요. 시간도 충분
했잖아요. 이제 끝내요. 내 사람이 되겠다고 말해요!"

애원하듯 말하던 필립은 엘노라를 더 꽉 끌어안고 자기
얼굴에 엘노라의 얼굴을 맞대며 숨결을 불어 넣었다.

"아직도 약속할 수 없겠어요, 림버로스트의 소녀?"

엘노라는 고개를 저었다. 필립은 바로 엘노라를 놓았다.

"용서해요. 강요할 생각은 없었지만, 그렇지만 엘노라, 오
늘 오후 당신은 진정한 사랑의 여왕이에요. 발끝부터 빛나
는 머리까지, 저는 당신을 경배합니다. 당신이 아니면 어떤
여자도 원하지 않아요. 오늘 오후 당신은 정말 멋져서 어쩔
수 없었어요. 용서하세요. 오늘 아침 당신을 위해 준비한 물
건이 도착했어요. 폴리에게 편지를 써서 보내 달라고 했죠.
맞는지 한번 봐도 될까요? 마음에 들면 말해 줄래요?"

필립은 주머니에서 조그만 흰색 벨벳 상자를 꺼내더니 화려한 에메랄드 반지를 보여 줬다.

"안 맞을 수도 있어요. 장갑 손가락 안쪽 사이즈는 정확하지 않지만 어쩔 수 없었죠. 이번 주에 폴리랑 어머니가 동부에서 집으로 돌아왔는데, 곧 북쪽에 있는 별장으로 갈 거예요. 폴리만큼 잘 아는 사람은 없어서 이 반지를 보내 달라고 했죠."

필립은 엘노라의 손에 반지를 쥐어 줬다.

"소중한 당신, 그 반지를 손가락에서 빼지 말아요. 제 목에 팔을 두르고, 한 번에, 느닷없이, 약속해요. 그렇지 않으면 저는 기절하고 말 거예요."

엘노라가 웃었다.

"그럴리가요! 한 번에 끝나는 모험은 없어요. 필립, 고백하기는 부끄럽지만 이 반지 정말 마음에 들어요. 지금까지 본 반지 중에 가장 아름다운데, 전 평생 반지를 가져 본 적이 없어요. 확실히 대답하기 전에 잠깐 끼고 있으면 여자답지 못하다고 생각하겠죠? 필립, 제가 신경 쓰고 있는 거 알잖아요! 정말 신경 써요! 옳다고 느끼는 그 순간에 바로 말할 거라는 거 알잖아요."

"물론 그래요. 당신이 원하는 만큼 기다릴게요. 당신 권리죠. 우리가 연결되기 전에는 그 반지를 끼워 줄 수 없어요. 눈 감을 테니 반지를 껴 봐요. 잘 맞는지 알 수 있게요."

필립은 서쪽 숲을 향해 얼굴을 돌리고 눈을 꽉 감았다. 소년다운 행동은 망설이는 소녀의 마음속 깊은 곳을 사로잡았다. 소년다운 면이 모성애를 가진 여성을 끌어당기듯 말이다. 엘노라는 자기가 무엇을 하고 있는지 미처 깨닫기도 전에 반지를 손가락에 꼈다. 엘노라는 두 팔로 필립을 붙잡아 가슴으로 꼭 껴안았다. 엘노라의 머리가 필립의 머리 위로 기울어지고 입술이 머리카락에 닿았다. 잠깐 뒤 엘노라는 팔을 뗐다. 필립은 경련을 일으키며 창백한 얼굴을 들어 올렸다.

"주님! 당신……진심이 아니었어, 엘노라! ……대체 왜 그랬어요?"

"정……정 정말 소년 같았어요! 그럴 의도는 아니었어요! 당신이 빌리보다 나이가 많다는 사실을 깜빡했어요! 반지, 반지를 봐요!"

엘노라는 숨이 가빴다.

"여왕은 실수할 수 없죠. 그렇지만 진심이 아니라면 다시는 그러지 말아요, 엘노라. 왕은 여왕만큼 좋은 사람이 아니고 모든 남자에게는 한계가 있으니까요. 방금 말한 대로 우리 반지를 보죠. 정말 예뻐요. 제가 가야 할 시간까지 반지를 끼고 있어요. 그렇게 해줘요! 저는 반지가 전하는 무언의 호소를 들었어요. 아마도 저를 위한 간청일 겁니다. 저는 오늘 오후 당신의 입술에 열광하고 있어요. 당신 손을 잡을 거예요."

필립이 목소리를 낮춰 말했다. 필립은 엘노라의 두 손에 키스를 퍼부었다.

"엘노라, 제 아내가 돼줄래요?"

엘노라가 속삭이듯 말했다.

"시간이 조금 더 필요해요. 제가 승낙하고 당신에게 몸을 바치면 죽음만이 우리를 갈라놓을 수 있어요. 절대적인 확신이 필요해요. 당신을 포기하지 않겠어요. 그래서 시간이 좀더 필요해요. 그렇지만 확신하게 되리라고 생각해요."

"고마워요. 언제든 결정되면 말해 줄 거죠? 곧장 알려 주

겠다고 약속할 건가요, 아니면 그때가 올 때까지 계속 물어
봐야 할까요?"

"어렵게 만드는군요. 그렇지만 약속하겠어요. 마지막 의
심이 사라지면 바로 알릴게요. ······그럴 수만 있다면요."

"힘들지 않아요?"

필립이 속삭였다.

"모······모르겠어요."

엘노라는 더듬거렸다.

"이런 생각을 멈추지 못하고 오늘 오후를 날릴 정도로
남자답지 못했어요. 저 자신이 부끄럽지만 어쩔 수 없죠. 오
늘 밤 떠나기 전에 마지막 의심을 사라지게 해달라고 하나
님께 기도할 거예요. 그 반지가 저를 위해 간청하리라 믿어
요. 의심이 순식간에 사라지기를 바라요. 지켜볼게요. 모든
순간을 지켜볼 겁니다. 만약 그런 일이 일어나도 당신이 말
할 수 없다면 손을 건네요. 저를 향해 아주 조금만 움직여도
알아들을게요. 어머니하고 이야기하면 도움이 될까요? 제가
부를까요? 제가······?"

빵! 빵! 빵! 하트 헨더슨은 가로수가 늘어선 브러시우드
도로에서 커다란 자동차에 탄 채 마치 총을 쏘듯 경적을 울
렸다. 덩굴로 뒤덮인 통나무집, 커다란 나무, 초록색 옷을 입
은 소녀와 그 위로 몸을 굽힌 한 남자가 보이는 장면이 아
주 가까이 스쳐 지나갔다. 이디스 카는 순간 딱 소리를 내며
움찔했다. 폴리 암몬은 톰 레버링에게 재빨리 손을 내밀며
장난스럽게 윙크했다.

머칠 전, 이디스가 유럽에서 갑자기 돌아왔다. 이디스와
헨더슨은 필립을 만나러 몇 시간이 걸리더라도 림버로스트
로 찾아가겠다면서 암몬가에 전화를 걸어 폴리와 톰에게 함

께 가자고 재촉했다. 암몬 부인은 남편이 이 동행을 허락하지 않을 테지만 이디스 카가 가기로 결심한 상황이라면 막을 수 없다는 사실도 쉽게 알 수 있었다. 그래서 필립이 갑자기 혼자서 이디스를 마주하게 하기보다는 폴리가 동행해서 오빠를 돕는 편이 낫다고 생각했다. 폴리는 기운이 넘쳤다. 이디스를 올케로 내켜 하지 않았다. 둘은 늘 같은 부류에 속했지만, 외모와 부가 더 뛰어난 이디스는 언제나 폴리를 아랫사람 대하듯 했다. 짜증은 나도 폴리는 상냥하게 받아들였다. 그런데 이틀 전 아버지가 폴리에게 비밀을 지키겠다는 약속을 받더니 필립이 있는 곳 주소를 알려 주면서 가장 좋은 에메랄드 반지를 골라 오빠에게 보내라고 했다. 폴리는 어디에 쓸 반지인지 알고 있었다. 반지를 사러 함께 간 여자 친구가 나중에 보석상에 다시 간 사실을 폴리는 몰랐다. 그 친구는 점원에게 통나무집 주소가 맞는지 확실히 확인하려 한다면서 주소를 빼내 이디스 카에게 알려 줬다.

374

이틀 뒤 이디스는 하트 헨더슨에게 오너베셔로 데려가 달라고 부탁했다. 두 사람은 지도를 보고 컴스탁 가문의 땅을 찾아내 자동차를 끌고 찾아갔는데, 단지 그 장소를 보려는 여정이었다. 헨더슨은 그러지 말자고 간청했지만, 이디스는 자기가 느끼는 고통을 전혀 숨기려 하지 않았다. 그런 이야기는 헨더슨이 견딜 수 있는 수준을 넘어섰다. 필립이 행선지를 알리지 않고 떠난 이유는 이디스를 비롯해 아무도 만나고 싶지 않기 때문이라는 지적도 했다. 그렇지만 자기가 지닌 매력을 확신했고 이디스는 필립이 자기를 다시 만나면 늘 하던 대로 아름다움에 굴복하리라 믿었고, 용서를 구할 마음의 준비도 마친 상태였다. 그래서 두 사람은 브러시우드 도로를 따라 왔다. 헨더슨은 옆에 앉은 이디스에게 말했다.

"우리 왼쪽에 보이는 곳이 컴스탁 씨네 땅일 거예요."

1분 뒤 숲이 끝났고, 늘 그렇듯 작열하는 햇빛은 통나무집 서쪽 끝에서 펼쳐진 장면을 선명하게 드러냈다. 이디스를 지키려고 헨더슨은 본능적으로 경적을 울렸다. 헨더슨은 시내로 차를 몰고 가려 했지만, 폴리 암몬이 일어나 외쳤다.

"오빠! 필립 오빠!"

톰 레버링도 일어나 소리를 지르며 손을 흔들었고, 이디스는 황후 같은 태도로 통나무집 옆 숲으로 통하는 길로 차를 대라고 지시했다.

"저 여자랑 단둘이 이야기할 수 있는 방법을 찾아봐요."

헨더슨이 차를 세우자 이디스가 명령했다.

"제 여동생 폴리와 약혼자 톰 레버링, 헨더슨이라는 제 친구, 그리고……."

필립이 차에 탄 일행을 소개하기 시작했다,

"그리고 이디스 카."

엘노라가 알아서 대답했다.

"그리고 이디스 카."

필립 암몬이 반복했다.

"엘노라, 나를 위해서 용기를 내요. 저 사람들이 온다고 해서 아무것도 달라지지 않아요. 몇 분만 머물게 할 거예요. 함께 가죠!"

엘노라가 차분하게 물었다.

"제가 겁먹은 사람 같아요? 그래서 당신이 아직 답을 못 받는 거예요. 저 차를 6주 동안이나 기다렸죠. 정자에 가 있을 테니 데리고 오세요."

필립은 엘노라를 힐끗 쳐다보며 웃음을 터트렸다. 얼굴

색 하나 바뀌지 않았다. 엘노라는 완벽할 정도로 침착했다. 엘노라는 유유히 몸을 돌려 정자를 향해 걸어갔고, 필립은 서쪽 울타리를 뛰어넘어 차 쪽으로 달려갔다.

정자 입구에 서 있는 엘노라는 초록색 잎과 덩굴손에 둘러싸인 완벽한 그림 같았다. 마음이 아무리 아파도 괜찮았다. 심장은 끊임없이 뛰면서 뺨과 입술에 색을 더하기 때문이다. 차에 다가가 여동생을 품에 안는 필립이 보였다. 여동생 다음으로 레버링에게 손을 뻗고는 이디스 카와 헨더슨하고 악수를 했다. 여동생을 들어 올려 땅바닥에 내려놓고 하차하려는 이디스를 도왔다. 이디스가 곧장 필립 옆에 서자 엘노라는 심장이 다시 뛰기 시작했다.

엘노라는 눈부시게 아름다운 이디스 카가 왕족의 특권처럼 여겨지는 오만과 기품을 풍기며 움직이는 모습을 볼 수 있었다. 그리고 이디스는 순식간에 필립을 소유했다. 그렇지만 필립도 머리 회전이 빨랐다. 필립은 엘노라가 지켜본다는 사실을 알기 때문에 다른 사람들 쪽으로 몸을 돌렸다.

"폴리를 잠깐 양보해, 톰! 저 작고 성가신 녀석이 이렇게 그리울 줄 몰랐는데, 보고 싶더라고. 아버지하고 어머니는 잘 지내시지? 폴리, 어머니가 나한테 뭘 보내지 않았어?"

"그럼!"

폴리 암몬이 멈춰 서서 어린아이처럼 턱을 들어 올려 베일을 걷으며 대답했다. 필립은 동생을 품에 안고 허리를 구부려 어머니가 보낸 키스를 받았다.

"엘노라에게 잘해 줘!"

필립이 속삭였다.

"응!"

폴리가 동의했다. 그러더니 큰 소리로 말을 이었다.

"후! 녹색이랑 금색이 뒤섞인 저 조화로운 색채를 봐요! 이렇게 아름다운 광경은 처음이에요! 토마스 애스퀴스 레버링, 여기로 빨리 와서 내 손을 잡아요!"

필립을 옆에 낀 채 엘노라에게 다가가려 시도한 이디스의 몸짓은 쉽게 알아차릴 수 있었다. 결국 실패로 끝났다. 필립이 누이동생에게 향하자 헨더슨이 끼어들었다. 레버링은 폴리의 손을 잡는 대신 대문을 열려고 달려갔다. 이디스가 먼저 대문으로 들어갔지만, 폴리는 필립의 팔을 붙잡은 채 이디스를 앞질러 엘노라에게 돌진하듯 다가갔다. 반지를 찾던 폴리는 엘노라 손에서 반짝이는 반지를 발견했다. 그렇게 모든 문제는 해결됐다.

"당신은 사랑스럽고 사랑스러운 여자예요!"

폴리는 엘노라를 향해 두 팔을 벌리며 키스했다. 그러고는 엘노라의 귀에 입술을 대고 속삭였다.

"올케! 사랑스러운 올케!"

놀라서 당황한 엘노라는 폴리를 바라보면서 한발 물러섰다. 폴리는 아름다운 여자였다. 반짝이는 두 눈동자는 춤을 추는 듯했고, 다른 사람들에게 길을 비키려 돌아서면서도 엘노라의 한쪽 손을 꽉 쥐고 있었다. 이디스 카가 눈빛으로 누군가를 죽일 수 있다면 폴리는 바로 그 순간 생명을 빼앗겼다. 조그만 실수를 여러 가지 저지른 폴리에 견줘 폴리를 데려온 일 자체가 커다란 실수라는 사실을 이디스는 그제야 깨달았다.

이디스는 고개를 숙여 인사하고는 뭔가를 중얼거리며 엘노라의 손가락을 만졌다. 톰은 폴리를 따라했다. 톰은 다른 사람들이 의도를 알아채기 전에 엘노라의 손을 잡고 입을 맞추며 소리쳤다.

"모범을 보이면 저는 항상 따르죠. 만나서 정말 반갑습니다! 하루에도 열두 번이라도 만나고 싶었어요!"

크게 웃음을 터트린 톰 덕분에 엘노라의 심장이 안정적으로 뛰었다. 목적은 달성됐다. 어쩔 수 없이 온 사람들이지만 모두 엘노라 편이라는 속내를 드러냈다. 그 순간 엘노라의 가슴에는 웃는 얼굴로 서 있는 어두운 미녀를 향한 연민만이 가득했지만, 반짝이는 미녀의 가슴은 지독한 괴로움으로 가득했다. 엘노라는 입구에서 살짝 물러섰다.

"그늘로 들어와요. 시골길이 더웠겠군요. 먼지 외투 벗고 시원한 음료수 한잔하세요. 필립, 엄마한테 저장고에 있는 음료수 병을 가져와 달라고 해줄래요?"

일행은 초록색 그늘 아래 냉기에 감탄하며 정자에 들어섰다. 널따란 공간 양옆으로 넓적한 의자가 놓여 있고 가운데에는 탁자가 보였다. 탁자 위에는 자수, 잡지, 책, 나방 채집 도구, 여러 표본을 넣은 청산가리 병이 놓여 있었다. 폴리는 시원한 그늘에서 먼지를 털고 모자를 벗은 뒤 앉아서 예쁜 머리를 헝클어트린 채 불편한 감정을 풀면서 즐거운 시간에 빠져들었다. 톰 레버링도 약혼자를 따라했다. 이디스는 자리에 앉아서도 모자와 겉옷을 벗지 않았고, 헨더슨은 입구에 서 있었다.

"저기 뭔가 날아다니네요! 제가 잡을까요?"

톰 레버링이 소리쳤다. 레버링은 탁자 위에서 채집망을 집어 들더니 나비를 쫓아 정원을 가로질러 달려갔다. 나비를 잡고는 엄청 기뻐하며 돌아왔다. 그물에 걸린 나비가 몸 부림치자 거북한 표정을 짓는 이디스 카의 얼굴을 엘노라가 바라봤다. 레버링이 질문하면서 상황은 아름답게 해결됐다.

"지금 제가 뭘 잡았죠? 모두 알고 있지만 당신이 모으지 않는 흔한 종류인가요, 아니면 희귀한 종류인가요?"

"연습한 사람처럼 정말 완벽하게 잡으셨네요. 죄송하지만 흔한 종류라서 제가 따로 모으지는 않아요. 여러분 모두 이 녀석이 얼마나 아름다운지 보시고 다시 꿀 사냥을 떠나게 해주면 어떨까요?"

엘노라는 모두 잘 볼 수 있게 서서 나비를 들고 위아래 날개의 색깔을 보여 주면서 먹이가 뭔지, 얼마나 오래 사는지, 죽는 이유가 뭔지 등 폴리가 던진 질문에 답했다. 그러고는 폴리에게 나비를 쥐어 주며 말했다.

"저기 빛이 비치는 곳에 서서 나비 잡은 손을 천천히 풀어 보세요."

엘노라는 탁자 위에 놓인 솔을 집어 들더니 나비의 옆구리와 날개를 부드럽게 쓰다듬기 시작했다. 그런 감각이 기쁜 나비는 날개를 펼치고 접더니 폴리의 부드러우면서 작은 손가락에 달라붙었고, 모두 깜짝 놀라 소리를 질렀다. 엘노라가 솔을 내려놓자 나비는 멀리 날아갔다.

"와, 마법사다! 나비를 홀리잖아요!"

레버링이 감탄했다.

"새 아줌마한테서 배웠어요. 새 아줌마는 부드러운 솔을 들고 나비나 나방을 달래서 원하는 위치로 끌어당기죠. 책에 쓸 삽화가 필요하거든요. 그분을 자주 도왔죠. 제가 찾은 희귀한 표본은 대부분 그분에게 보냅니다."

"그럼 가져간 표본을 다 보관하지는 않나요?"

레버링은 궁금했다.

"아, 그렇죠! 10분의 1도 안 돼요! 저도 겨울에 도시 학교에서 강의할 때 사용하려고 종류별로 한 쌍, 그리고 제가 제작하는 표본마다 한 쌍만 남겨요. 6월의 큰 밤나방은 어차

피 수명이 네댓새밖에 안 되니까 바로 보관하는 편이 낫죠. 저는 새 아줌마가 아직 확보하지 못한 희귀한 종류만 보관합니다. 가끔 비록 한 시간이라도 이 생명체들의 자유를 빼앗는 짓이 잔인하다는 생각도 하지만, 없애야 할 해충과 위대한 아름다움을 지닌 익충을 구별하는 법을 사람들에게 알려 주는 유일한 방법이기도 해요. 어머, 엄마가 시원한 음료수를 들고 오네요."

캐서린은 조심스럽게 다가와 필립에게 말을 걸었다. 엘노라가 한 번 물끄러미 엄마를 바라봤지만, 눈빛이 몹시 밝아진 점을 빼고는 이상한 느낌이 들지 않았다. 하얀 머리는 높게 쌓아서 묶고 연보라색 드레스를 입고 있었다. 겨우내 피부를 관리한 덕분에 얼굴에 더욱 생기가 넘쳤다. 누구라도 자랑스러워할 만한 어머니였고, 아주 편안해 보였다.

폴리는 곧장 캐서린에게 다가가 얼굴을 들고 키스를 청했다. 캐서린의 눈이 반짝이더니 진심 어린 인사를 건넸다.

음료는 정원에서 자란 오렌지와 딸기를 섞은 주스였다. 잔과 주전자에 살얼음이 낄 만큼 시원한 음료는 지친 먼지투성이 여행자에게 너무나 달콤했다. 금세 비어 버린 주전자를 채우러 엘노라가 달려갔다. 엘노라가 자리를 비운 동안 헨더슨은 필립에게 차에 혹시 문제가 있는지 보러 가자고 부탁했다. 두 사람은 숲으로 가서 있지도 않은 결함을 찾느라 정밀 검사를 시작했다. 폴리와 레버링은 캐서린하고 활기찬 대화를 나누고 있었다. 헨더슨은 숲 옆 정원 길을 따라 돌아올 때 엘노라가 지날 버드나무 아래에 서 있는 이디스를 봤다. 그 만남 때문에 감행한 여행이었다. 헨더슨은 땅으로 내려와 차를 뜯어내고 작업하면서 도움을 요청했고, 필립은 볼트를 조이고 기름을 칠하느라 바빴다. 그러는 내내 헨더슨은 버드나무 아래에 서 있는 이디스를 주시했다. 그러면서 필립이 작업하는 동안 그쪽을 보지 못하게 하려고 애를 쓰기도 했다. 주전자를 들고 모퉁이를 돌던 엘노라가 이디스 카를 마주쳤다.

"잠깐 얘기 좀 하고 싶네요."

이디스가 말했다.

"그러죠."

엘노라가 걸어왔다.

"주전자는 저기 벤치에 놓고요."

하인 대하듯 명령조였다.

"저는 손님에게 미지근한 음료를 주고 싶지 않아요. 정말 저랑 이야기하고 싶다면 주전자 놓고 다시 올게요."

"오로지 그 용건 때문에 왔어요."

"먼지와 더위 속에 이 먼 곳까지 온 만큼 헛되이 돌아가면 안타깝죠. 잠깐 기다리세요."

엘노라는 엄마 앞에 주전자를 놓았다.

"여기요. 카 양이 저하고 이야기를 좀 하고 싶대요."

엘노라가 하는 말에 폴리가 답했다.

"이디스가 하는 소리에 조금도 신경 쓰지 말아요. 톰이랑 저는 오고 싶어서 온 게 아니예요. 그냥 포기하게 하려고 온 거죠. 당신에게 한마디 할 기회가 있으면 했는데, 이디스 덕분에 기회를 얻었네요. 저는 다만 이디스가 오빠를 진짜 끔찍한 방식으로 찬 사람이라는 말을 하고 싶었어요. 이디스는 오빠에게 어떤 권리도 없어요. 그렇죠, 톰?"

폴리에 이어 톰 레버링이 진지하게 말했다.

"전혀 없죠. 아, 폴리, 당신도 이디스가 필립한테 하던 대로 나한테 하면 안 돼요. 그럼 다시는 나를 되찾을 수 없을 테니까. 저라면 이디스에게 어머니를 보내서 이야기를 나누게 하고 여기 있을 겁니다."

톰은 캐서린을 제대로 평가했다. 폴리는 두 팔을 뻗어 엘노라를 감싸며 부탁했다.

"나도 같이 가요, 엘노라."

"둘만 이야기하기로 약속했어요. 이디스도 그렇게 알고 있고요. 그래도 정말 고마워요."

"정말 사랑스럽군요!"

폴리는 몹시 기뻐하면서 엘노라하고 포옹을 했다. 소녀는 진지한 태도로 천천히 버드나무를 향해 걸어갔다. 앞으로 무슨 일이 벌어질지 상상할 수 없지만 인내심을 앞세워 화를 다스리겠다고 스스로 약속했다.

"앉으시겠어요?"

엘노라가 정중하게 물었다. 이디스는 벤치를 흘끗 쳐다보며 몸서리쳤다.

"아니요. 서 있겠어요. 지금 낀 반지는 암몬 씨가 줬나요? 약혼 반지라고 생각하나요?"

"무슨 권리로 그런 개인적인 질문을 하죠?"

"약혼한 아내의 권리죠. 짧은 치마를 입던 어릴 때부터 필립 암몬하고 약속했어요. 우리는 평생 결혼을 기대했죠. 오래된 약속은 한순간에 깨질 수 없는 법이니까요. 저 남자는 항상 나를 헌신적으로 사랑했죠. 10분만 시간을 주면 영원히 내 남자가 될 거예요."

"그럴 리가 없어요. 시험하고 싶다면 해도 좋아요. 제가 부르죠."

"그만! 당신을 보러 왔다고 했잖아요."

"기억해요."

"암몬 씨는 내 약혼자예요. 저 남자는 나랑 같이 시카고로 돌아갈 거예요."

"기대가 꽤 크네요. 당신이 필립을 데려가는 데 이의를 제기하지 않겠지만, 솔직히 말해서 불가능하다고 생각해요."

"아, 그렇게 확신하는군요. 그런데 어쩌죠. 내 앞에서 한 시간만 있으면 오래된 주문이 완전히 되살아날 텐데. 우리는 서로 속해 있어요. 나는 저 남자 안 포기할 거예요."

"그럼 당신이 반지를 두 번이나 거절하고, 반복해서 모욕하고, 공개적으로 결별한 일은 사실 아닌가요?"

"당신 때문이었죠! 필립이랑 내가 그날 밤처럼 아주 가깝고 행복한 적이 없어요. 당신이 나방 때문에 남자한테 집착하는 바람에 여자를 기쁘게 하려고 내빈들 사이에 나를 내팽개친 채 뛰어나가서 약혼자인 나를 웃음거리로 만들었죠. 여름에 이곳에서 마법에 걸렸더라고요. 당신이랑 당신 어머니가 그이를 꼬드기려고 한 짓들을 이해해요. 당신이 그이를 붙들고 있는 지금이 진짜라는 현실도 알아요. 그이를 올가미에 걸려고 벌인 짓을 나는 알고 있다고요!"

"사람들은 그런 이야기를 거짓말이라고 하죠. 두 번째 만난 날 필립 암몬은 약혼한 사실을 말했고, 저는 존중했어요. 당신이 저한테 해주기를 바라는 대로 저도 당신에게 해줬어요. 필립은 지난여름 거의 매일 이곳에 있었죠. 제가 단 한 번도 말이나 표정으로 필립을 향해 나만의 매력을 드러내 관심을 얻으려 한 적이 없다는 사실은 하나님이 증언하실 겁니다. 필립은 여러 번 제 눈앞에서 당신에게 보내는 편지를 썼어요. 당신에게 제비꽃을 보내 달라고 부탁하고는 잊은 적도 있었죠. 제가 제비꽃을 모아서 가져다줬습니다. 저는 동요하지 않은 채 필립을 당신에게 돌려보냈죠. 하나님은 지난여름 제가 노력만 하면 필립의 마음을 바꿀 수 있다고 알려 준 증인이기도 해요. 저는 현명하게 그 일을 당신에게 맡겼죠. 지금까지 저는 정직하게 일하는 삶에 만족했습니다. 당신이 한 행동 때문에 필립이 제게 돌아오리라고는 꿈에도 생각하지 못했죠. 필립이 떠난 뒤에는 다시 만나기를 바란 적도 없고 기대하지도 않았어요. 그리고 똑바로 보세요! 당신이 그 사람을 보냈어요. 자유롭게!"

엘노라의 목소리가 부드러우면서도 낮게 깔렸다.

"아, 그래요? 정말 기쁘겠네요! 그렇지만 저 남자는 자유롭지 않다는 현실을 말해 줄게요! 우리는 오랫동안 한 몸이었어요. 앞으로 언제나 그러겠죠. 당신이 계속 집착한다면, 저 남자가 나한테 여전히 화내고 나를 용서하지 않는다고 생각해서 분별없는 말과 행동을 하도록 붙잡고 있다면, 당신은 우리 삶을 송두리째 망치는 짓을 하는 셈이죠. 저 남자랑 만약에 결혼하더라도 한 달도 안 돼서 내 사랑을 갈구하는 필립의 눈빛을 읽게 될 걸요. 저 남자는 지금까지 하던 대로 나를 사랑할 수밖에 없고, 그런 하찮은 일로 나를 포기하지 않을 거예요!"

"위대한 시가 한 편 있어요. 그중 한 구절은 '모든 남자는 자기가 사랑하는 것을 죽인다'*고 쓰여 있죠. 여자도 그렇게 할 수 있다고 말하고 싶네요. 필립은 당신을 사랑했죠. 인정합니다. 그렇지만 당신은 많은 사람이 보는 데서 치욕을 안겨 그 사랑을 영원히 죽였어요. 당신에게 분노조차 느끼지 못할 정도로 철저하게 말이죠. 오늘도 필립은 당신에게 호

---

* 오스카 와일드가 쓴 시 《레딩 감옥의 노래(The Ballad of Reading Gaol)》의 한 구절 'Yet each man kills the thing he loves'를 살짝 바꾼 듯하다.

의는 베풀 테지만 당신을 사랑할 수는 없어요! 절대로! 그런 사랑, 끝났어요!"

"당신은 착각에 빠졌어요! 지상의 어떤 것도 우리 사랑을 죽일 수는 없어요!"

진정으로 당당하게 선 이디스는 경멸을 가득 담아 소리쳤고, 엘노라는 그 여자가 자기가 하는 말을 정말 믿고 있다는 사실을 알게 됐다.

"자기 자신을 아주 확신하는군요!"

"확신할 만한 이유가 있으니까요. 우리는 아주 오랫동안 함께 지내고 사랑했어요. 우리 둘은 당신이 저 남자랑 보낸 날들을 뛰어넘는 세월을 함께 보냈죠. 필립은 내 남자예요! 일, 야망, 친구, 사회적 지위가 모두 나랑 엮여 있으니까. 촌구석에서 아픈 남자한테 여름철 잠깐 매력을 뽐낼 수야 있죠. 당신을 우리 사교계에 데뷔시키려고 하면 필립도 곧 다른 사람들 시선으로 당신을 보게 되겠죠. 사교계를 우아하게 쫓아가려면 태생, 교육, 끝없는 훈련이 필요하거든요. 당신은 일주일 안에 필립을 부끄럽게 만들걸요."

"지금까지는 당신하고 같은 길을 따를 생각은 없어요. 저는 필립을 아끼기 때문에 고의로 상처를 주지 않을 거예요. 사교계 활동을 도와 달라고 필립이 말한 적은 없어요. 아내가 돼달라고는 했죠. 집을 깨끗하게 유지하고, 소화가 잘되는 음식을 차리고, 아이들을 키우고, 사랑을 담아 배려하고, 다정함을 달라는 뜻으로 알아요."

"뻔뻔하군!"

이디스 카가 외쳤다.

"그런 형용사를 누구에게 쓰는 거죠? 살면서 이렇게 낯뜨거운 적은 없네요. 이곳은 제집이고 당신은 여기에 초대받아서 온 사람이 아니라는 사실을 기억하면 좋겠네요."

고개를 들던 이디스가 베일이 걸리적거리자 몸부림쳤다. 이디스는 아주 창백한 얼굴로 몸을 몹시 떨었고, 엘노라는 입술에 희미한 웃음을 띠며 평온하게 서 있었다.

"무례하기는! 필립 같은 남자가 어떻게 이 꼴을 견디지?"

"왜 필립에게 안 물어보죠? 저는 단숨에 필립을 부를 수 있어요. 그렇지만 필립이 지금 우리를 선택한다면 그 결정에 떨 사람은 제가 아닐 겁니다. 카 양, 아주 솔직하네요. 저라는 사람을 어떻게 생각하는지 신중하게 선택한 단어로 말했죠. 제 출생, 학력, 외모, 집안까지 모욕했어요. 저는 정규 교육을 받았습니다. 고등학교 과목들, 프랑스어, 독일어 시험에서 당신하고 함께 겨룰 수 있어요. 당신 옆에서 신체검사도 받을 수 있어요. 당신이 말할 만한 모든 사회적 상황에도 대처할 수 있어요. 필립 암몬은 관심이 많지만 당신은 거의 존재도 모르는 세상을 잘 알고 있죠. 어떤 청중 앞에서도 바이올린을 연주할 수 있고요. 겉모습이 불쾌하지 않고, 삶에 필요한 예의범절과 교양을 존중하죠. 필립 암몬은 저에게 아무것도 바라지 않는데, 당신은 왜 넘겨짚죠?"

"상처받고 화난 필립을 데려가서 상처가 아물지 못하게 만들었잖아요. 안 봐도 뻔해요. 당신은 나한테 도대체 무슨 짓을 한 거죠?"

"한 시간 전 이 반지를 주면서 필립이 청혼할 때 저는 결혼을 약속하지 않았어요. 당신이 마음에 걸려서, 어떻게든 당신 처지에서 공정하지 않다고 느껴진다면 나도 결코 행복할 수 없다는 현실을 알기 때문이죠. 필립이 막 건네준 이 반지는 꼈죠. 살면서 반지를 낀 적이 없고, 게다가 무척 아름다웠으니까요. 그렇지만 내가 아무리 떠밀어도 저 사람이 당신하고 결코 결혼은 하지 않는다는 현실을 당신이 완전히 깨달을 때까지 저는 어떤 약속도 하지 않을 거예요. 앞으로도 안 할 거예요."

"그런 보잘것없는 집착이 깨지면 어떻게 될지 당신도 잘 알죠? 항상 그런 대로 필립이 집으로, 친구들 곁으로, 나를 만난 세계로 돌아와서 일주일만 지내면 다시 내 것이 된다는 현실요. 마음속으로는 당신도 자기가 하는 말을 믿지 못하죠. 필립이 내 앞에 있으면 불안하죠. 결과가 어떻게 될지 아니까 필립이 자기 눈앞에서 사라지면 두렵겠죠. 옳든 그르든, 당신은 우리 둘을 망치기로 결심했고, 그렇게 할 만큼 충분히 이기적일 수 있겠죠. 그렇지만……."

"그 정도만 하죠. 내가 어떻게 후회할지 늘어놓는 대화라면 사양하겠어요. 나는 후회하지 않을 거예요. 후회할 일이 없다는 사실을 알기 전에는 행동하지 않을 테니까요. 저는 제 길을 결정했어요. 이제 친구들에게 돌아가세요."

"무슨 뜻이죠?"

"제 일은 제가 결정해야죠. 다만 한 가지! 기회가 오면 잡아요! 필립 암몬이 앞에 있을 때마다 당신이 자랑하는 매력을 발휘해서 사로잡아요. 할 수만 있다면 그런 행동을 해도 인정해요. 필립이 당신을 원하면 두 사람이 결혼하는 모습을 보고 싶을 뿐이에요. 울타리 너머 저 자동차 아래에 있네요. 어서 가서 그물을 던지고 농간을 부려요. 손가락 하나 까닥하지 않을게요. 오너배셔로, 시카고로 데려가요. 가지고 있는 기술을 모두 써요. 예전처럼 매력에 빠트리면 제가 가장 먼저 두 사람의 행복을 빌게요. 손님들에게 돌아가야겠어요. 실례할게요."

엘노라는 돌아서서 정자로 걸어갔다. 이디스는 울타리를

따라 걸어 대문을 지나 서쪽 숲으로 들어가서 헨더슨에게 차에 관해 물었다. 헨더슨에게 가까이 다가간 이디스가 속삭였다.

"필립을 오너배서로 데려가요."

핸더슨이 필립에게 물었다.

"암몬, 우리랑 같이 시내에 가서 이 톱니바퀴를 고칠 수 있는 가게 좀 찾게 도와줄 수 있어? 점심 먹고 5시에 출발하려고. 그러면 자정쯤 집에 도착할 수 있어. 네 차를 여기로 가져오면 어떨까?"

"계속 일하느라 차 운전할 시간도 없어. 네 차에 문제는 없어 보이지만, 한밤중에 여자들까지 태운 채 낯선 도로에서 멈추면 안 돼지. 좀 살펴 보자고."

필립이 정자로 들어서자 폴리는 오빠 무릎을 잡고 머리를 쓰다듬으며 이마와 입술에 키스했다.

"언제 별장에 올 거야, 오빠? 빨리 가자. 그리고 컴스탁 양 데리고 와. 우리 모두 정말 기뻐할 거야."

필립은 폴리를 바라보며 웃었다.

"그렇게 하자. 좋은 생각이야. 엘노라, 헨더슨이 차에 문제가 생겼대요. 오너베서에 같이 가서 수리점을 찾아보고 오늘 저녁에 출발하려고 한대요. 두 시간 정도 걸릴 거예요. 가도 될까요?"

"당연히 가야지. 동생 두고 가면 안 돼. 다 함께 시카고로 갈까? 자리도 있는데 즐거운 시간 보낼 수 있을 거야."

폴리가 가볍게 웃으며 대답했다.

"두 시간 뒤에 돌아올게요. 저 없는 동안 사람들이 오기 전에 우리가 나눈 이야기를 생각해 봐요."

"컴스탁 양도 함께 가요. 엘노라, 뒷좌석에 세 명이 탈 수 있어요. 제가 올케 무릎에 앉으면 돼요."

"어서! 빨리 가죠!"

필립이 재촉하자 톰 레버링이 바로 따라나서지만 헨더슨과 이디스는 조용히 대문 앞에서 기다렸다.

"아뇨, 괜찮아요. 하하. 그러면 자리도 좁아지고, 날씨도 덥고 먼지도 많잖아요. 여기서 작별 인사를 하죠."

엘노라는 모든 사람에게 손을 내밀었다. 필립에게 다가와서는 눈을 한 번 오래 바라본 다음 악수했다.

23장
결정을 내린 엘노라,
모습을 드러낸 주근깨와 천사

"그 여자가 왔구나, 그렇지?"

캐서린이 질주하는 자동차를 바라보며 엘노라에게 말했다. 차가 림버로스트 숲 모퉁이를 돌자 필립이 일어나서 손을 흔들었다. 마음을 가다듬은 캐서린이 물었다.

"어쨌든 저 여자가 필립을 아직 못 찾아갔네. 네 손가락 에 있는 반지는 뭐고, 저 여자는 뭐라고 하니?"

엘노라는 반지를 뺐다.

"편지를 몇 통 쓰고, 옷 갈아입고 마거릿 아줌마네 쪽으로 가면서 운동을 좀 할 거예요. 몇 명을 만날지 모르지만 이 반지를 보여 주고 싶지 않아요. 필립이 올 때까지 가지고 계세요. 많은 말을 하는데 두 가지가 중요하겠네요. 첫째, 저는 필립 암몬이 행복해지는 데 필요한 사교계 자질이 부족한 여자이고, 그래서 결혼하면 필립은 한 달 안에 저를 부끄러워할 수밖에 없다고 했어요."

"아, 충격적이군! 계속해!"

캐서린은 비웃을 수밖에 없었다.

"다른 하나는 자기가 몇 년 동안 약혼자로 지냈고, 필립은 자기 소유이고, 자기는 필립을 포기하지 않는다는 말이었어요. 그 여자는 필립이 자기 곁에 한 시간만 있어도 '자기만의 주문'이라고 부르는 신비한 뭔가에 걸리고, 일주일 동안 같이 있으면 처음으로 돌아간대요. 필립이 자존심에 상처받아 고통스러운 상태이기 때문에 자기가 조금만 양보해도 자기 앞에 무릎을 꿇게 된대요."

"킥킥. 필립 무릎이 약하지 않기를 바라야지. 오늘 오후에 우연히 서쪽 창문을 지나가다가……."

"하하하. 직접 경험하지 않았으면 이 세상에 자기 자신한테 그렇게 열광하는 여자가 있다는 사실을 믿지 못할 정도였어요. 그 여자는 내가 그물 들고 '나비를 잡을 거야'라고 말하듯이 '남자를 무릎 꿇게 할 거야'라며 남자한테 발휘하는 힘을 아무렇지도 않게 태연하게 말해요. 필립이 자기랑 잠깐만 함께 있으면 사랑을 다시 불태우고 오래된 헌신의 세포를 모두 깨울 수 있다고 진심으로 믿더라고요. 엄마, 그 여자는 꾸밈이 없어요! 절대 거짓이 없죠! 자기를 믿고 필립의 사랑을 진짜 믿기 때문에 누가 가르쳐 주지 않는 한 평생 그렇게 믿으며 살 거예요. 잘못된 생각을 품은 채 피폐한 삶을 한탄하겠죠. 그 여자는 필립이 절대적으로 자유롭다는 사실을, 그 여자에게 가지는 않는다는 사실을 배워야 해요."

"그런데 도대체 어떻게 배울까?"

"길은 열릴 거예요."

"잘 생각해, 엘노라! 카라는 저 여자는 내가 지금까지 만난 사람 중에 가장 교만하고 엉큼한 부류야. 이제 어떤 일도 마다하지 않을 거야. 여기 온 행동만 봐도 알 수 있지. 차에 갑자기 문제가 생기다니, 나는 못 믿어. 필립을 자기 혼자 볼 수 있는 곳에 데려가려고 꾸민 계획일 거야. 너를 만나려고 갖은 애를 쓴 것처럼. 네가 필립을 다시 그 여자 영향력 아래 둬도 된다고 생각한다면 그 여자가 이 싸움에서 이길 수도 있다고 마음의 준비를 해야 해. 남자란 사랑스러운 여자에게 나약하기 마련이고, 필립이 그 여자를 사랑한 과거를 결코 부인한 적도 없으니까. 너는 스스로 철저히 비참해질 수도 있어."

"그런데 엄마, 만약 그 여자가 이기면 제가 필립이랑 결혼한 뒤에 필립 눈에서 그 여자를 향한 갈망을 읽으며 비참해지지 않아도 돼요! 누군가는 이 일 때문에 고통받아야 해요. 그 사람이 저라면 기꺼이 감당할 테고 엄마에게 푸념 한마디 하지 않을 거예요. 몇 년 동안 사교계에서 함께 시간을 보낸 그 여자보다 몇 달 동안 들판에서 같이 일한 제가 필립 암몬의 진면모를 더 잘 알죠. 그러니 그 여자한테는 자기가 틀렸다고 인정하는 데 필요한 시간을 충분히, 그것도 아주 많이 주려고 해요. 이제 편지 쓰고 산책하러 나갈게요."

엘노라는 엄마를 두 팔로 껴안고 키스를 퍼부었다.

"제 걱정은 하지 마세요. 저는 잘 지낼 테고, 무슨 일이 있어도 언제나 엄마 딸이고, 엄마는 제 사랑스러운 엄마일 테니까요."

엘노라는 자기 방 책상 위에 봉인한 편지 두 장을 남겼다. 그러고는 옷을 갈아입더니 작은 꾸러미를 싸 버드나무 옆 창문에서 모자하고 함께 떨어트리고는 조심스럽게 계단을 내려갔다. 캐서린은 정원에 있었다. 엘노라는 모자와 보따리를 집어 들고 서둘러 몇 걸음 내딛더니 재빠르게 울타리를 넘어 숲으로 들어갔다. 대각선으로 한참을 걸어 서쪽으로 3.2킬로미터, 남쪽으로 1.6킬로미터 떨어진 길에 도착했다. 그곳에서 옷매무새를 다듬고 얇고 검은 베일하고 모자를 쓴 다음 전차를 기다렸다. 첫째 정류장에 내린 엘노라는 인디애나 주 포트웨인으로 가는 기차를 갈아탔다. 저녁에 그곳에서 출발하는 기차를 타고 북쪽으로 올라가려는 생각이었다. 자정이 지나 미시간 주 그랜드래피즈에 내린 엘노라는 정거장에서 날이 밝기를 기다렸다.

피곤한 소녀는 짐에 머리를 괴고 여자 대합실에서 까무룩 잠이 들었다. 날이 한참 밝은 뒤에야 굉음을 내며 덜커덩거리는 기차 소리에 깨어났다. 세수를 하고 머리와 옷을 정리한 소녀는 일반 대합실에 자리를 잡았다. 소녀는 출입문으로 들어오는 한 사람을 봤다. 큰 키에 날씬한 체격, 밝은색 머리, 갈색 반점이 있는 갸름한 얼굴, 차분한 회색 눈동자, 틀림없었다. 남자는 여행용 복장에 얇은 외투와 가방을 들고 있었다. 엘노라는 그 사람을 향해 곧장 빠르게 다가가 말했다.

"아, 지금 막 찾았어요!"

"고마워요!"

"바로 떠나시나요?"

"필요하다면 잠깐 있어야죠. 몇 분 시간이 있어요. 간단히 이야기해 줄래요?"

"저는 지난봄에 아내 되는 분에게서 졸업식 드레스를 선물로 받은 사람이에요. 두 분 모두 멋진 선물도 보내 주셨죠. 한동안 숨어 지내야 하는 이유가, 아직은 말씀드릴 수 없는 아주 중요한 이유가 있어서 곧장 여기로 왔어요. 너무 당연한 권리처럼 말하네요."

"그런 권리야 당연히 있죠! 림버로스트에서 한 번이라도 아픔을 겪은 소년이나 소녀라면 누구든 내 심장에서 피 한 방울 줄 수 있어요. 더는 말 안 해도 돼요. 천사는 매키낵 섬에 지은 별장에 머물고 있어요. 가서 우리 아기들이랑 놀면서 숨어 지내요. 이쪽으로 가죠!"

두 사람은 호화로운 객차 안에서 아침을 먹고 늪과 새 아줌마에 관해 이야기를 나눴고, 엘노라는 학교에서 하는 자연사 수업 이야기를 들려줬다. 둘은 곧 좋은 친구가 됐다. 저녁 무렵 맥키노에서 기차를 내려 배를 타고 해협을 건넜다. 하얀 달빛이 물 위로 쏟아져 내리며 달의 표면까지 곧장 이어지는 빛나는 길을 만들었다.

섬은 은빛 수면 위에 검은 점처럼 박혀 있었다. 정상에는 키 큰 나무들이 뚜렷한 윤곽을 드러내고 해변에는 숱한 불빛이 깜빡였다. 하얀 요새에서 야포가 쿵쿵 터졌고, 물가에 자리 잡은 작은 도시 위에는 어둠의 파수꾼이 성벽 위를 서성이고 있었다. 북쪽 지방에서 여름을 보내는 어느 위대한 테너가 큰 배의 상갑판으로 나와 고개를 숙이고 달을 바라보며 노래를 불렀다.

"오, 켄터키 옛집에 달빛 비추네!"[*]

엘노라는 림버로스트와 필립과 엄마를 생각하다가 목구멍에서 올라오는 흐느낌에 거의 질식할 뻔했다. 선착장에 도착하자 무척이나 아름다운 한 여자가 테렌스 오모어의 품에 안겼다.

"오, 주근깨! 한 달이나 지났잖아!"

"나흘이야, 천사. 시간으로 치면 만 나흘밖에 안 지났어. 애들은 어디 있어?"

"자! 다행이야! 다들 완전히 녹초가 됐어. 이렇게 창의적이고 활동적인 아이들은 본 적이 없어. 도저히 따라잡을 수 없다니까!"

---

[*] 미국 민요 〈켄터키 옛집(My Old Kentucky Home)〉의 가사를 '햇빛'에서 '달빛'으로 살짝 바꿨다.

"그래서 내가 도와주러 왔지. 새 아줌마가 애정을 쏟는 림버로스트 숲의 소녀야. 컴스탁 양은 내년에 학교 공부를 시작하기 전에 좀 쉬려고 우리를 찾아왔어."

"정말 착한 소녀군요! 와줘서 참 기뻐요!"

그날 밤 엘노라는 호화롭게 꾸민 아름다운 작은 집에 마련된 자기만의 방에서 피곤한 얼굴로 천사에게 물었다.

"뭔가 다른 속사정이 있어도 이해하시겠죠? 말씀드려야겠어요."

"그래요. 말해요! 뭐든 털어 내면 편하게 잘 수 있어요."

엘노라는 구릿빛으로 빛나는 머리카락을 빗으며 선 채로 이야기를 이어 갔다. 긴 이야기가 끝나자 천사는 거의 히스테리에 걸린 듯했다.

"당신 정말 제정신이 아니군요! 필립을 이디스에게 맡기다니 얼마나 미친 짓이에요! 둘 다 잘 알죠. 자주 만났으니까요. 이디스는 자기가 자랑한 대로 상황을 만들 수 있어요. 그런데 엘노라가 한 일은 완전 대단해요! 결국 유일한 방법이기도 하죠. 나는 이해할 수 있어요. 나도 그렇게 했거나, 하려는 시도라도 해봤겠어요. 할 수 있을지는 모르겠지만요. 주근깨를 한때 사랑한 여자한테 보내면서 그 여자가 주근깨의 마음을 돌려 다시 사랑하게 되는지 지켜보겠다고 말하는 내 모습을 생각하면, 아, 가슴이 답답해요. 아니, 절대못 해요! 엘노라는 예전의 나보다 더 대단한 여자예요. 나는 확실히 겁쟁이고."

"겁쟁이는 저죠. 제 영혼은 병들었어요! 이 일이 끝나기 전에 제정신을 잃을까 봐 두려워요. 도망치고 싶지 않아요! 림버로스트에 남아서 필립의 품에 안기고, 필립이 준 반지로 저를 속박하고, 온 마음을 다해 필립을 사랑하고 싶었어요. 여기 오기로 한 결정은 제 잘못이 아니예요. 제 안에 있는 뭔가가 밀어붙였죠. 그 여자는 아름답고……."

"동감해요!"

"이디스가 얼마나 매혹적인지 아시잖아요. 이디스는 저한테 어떤 술책도 쓰지 않았어요. 이디스의 목적은 제가 움츠러드는 거였죠. 그런데 그렇게 할 수 없다는 사실을 알게 되자 자기한테 더 도움이 되는 방법을 택했어요. 자기가 솔직할 뿐 아니라 자기 생각이 완벽하게 진실하다고 증명했죠. 이디스는 손짓만 하면 필립이 자기에게 온다고 믿어요. 그래서 저는 필립이 앞으로 어떻게 할지 필립한테서 이디스가 직접 배울 수 있는 기회를 줬죠. 남이 뭐라고 하면 결코 안 믿을 테니까요. 그래서 이디스가 만족하면 저도 만족할 거예요."

396

"그렇지만, 이디스가 필립을 되찾는다면요!"

"앞으로 몇 주 동안 먹고 자면서 생각해야죠. 자기 전에 아기들을 살짝 봐도 될까요?"

"이런, 완벽한 사람! 아기들을 보자는 말을 안 하면 엘노라를 그닥 좋아하지 못할 뻔했어요. 이쪽으로 와요. 첫째 아들은 말할 것도 없이 아빠 이름을 땄고, 딸은 앨리스 이모 이름을 땄어요. 둘째 아들은 친정아버지 이름, 갓난아기는 새 아줌마 이름을 땄고. 그다음 아기들은 다른 이름을 지어 줄 거예요."

엘노라가 웃기 시작했다. 천사는 평온하게 말을 이었다.

"내 생각에는 아이들을 더 많이 낳을 수도 있어요. 형제가 많을수록 문제를 덜 일으킨다더라고요. 큰 녀석들이 작은 녀석들을 돌봐 준대요. 우리는 대가족을 원해요. 이 정도면 시작이죠."

엄마는 어두운 방에 들어가 촛불을 높이 들었다. 먼저 여덟 살짜리 남자아이와 세 살짜리 남자아이가 누운 하얀색 작은 철제 침대 옆으로 갔다. 둘 다 얼굴이 완벽한 장밋빛이었는데, 큰아이는 엄마 복사판이고 작은아이는 엄마를 무척 닮았다. 그러고 나서 두 사람은 거의 두 살이 된 막내 여자아이가 잠든 요람으로 가서 그림 같은 장면을 연출했다.

"어머, 여기 좀 봐요!"

천사는 잠든 여섯 살 딸에게 불빛을 비췄다. 붉은 고수머리가 베개를 뒤덮고 있었다. 얼굴 윤곽과 생김새는 주근깨가 떠올랐다. 엘노라는 묻지 않아도 감긴 눈동자의 색깔과 표정을 알 수 있었다. 천사는 엘노라에게 촛불을 건네더니 몸을 구부려 아이를 반듯하게 눕혔다. 손가락으로 붉은 고수머리를 훑고는 당당하게 뻗은 작은 코를 가볍게 만졌다.

"보다시피 우리 가족은 주근깨가 많아요! 딸 둘이 모두 주근깨가 있는데, 둘째는 조금 덜하죠."

천사는 잠깐 더 서 있다가 몸을 구부려 장밋빛 맨다리를 어루만지듯 손으로 쓰다듬으며 아기처럼 빨간 입에 키스했다. 키스는 주근깨를 닮은 입술에 닿았고, 모든 접촉에는 이유가 있었다.

천사는 엘노라에게 상냥한 밤 인사를 전하고 용감한 격려의 말을 속삭인 뒤 다가올 날들을 채울 계획을 세웠다. 그러고는 사라졌다. 한 시간 뒤 엘노라는 방문을 가볍게 두드리는 소리를 들었다.

"나예요!"

어둠을 응시한 채 천사는 잠든 소녀를 깨웠다. 천사는 새까만 어둠을 더듬거리며 침대 옆으로 다가와 앉더니 엘노라의 손을 잡았다.

"그냥 엘노라 곁에 올 수밖에 없었어요. 주근깨가 내 말을 듣고는 웃다가 다칠 뻔했거든요. 나는 그렇지 않는데, 주근깨는 재미있대요. 지금까지 겪은 일 중 가장 웃기대요. 당신이 암몬 씨에게 아무 약속도 하지 않고 암몬 씨도 당신을 확신하지 못할 때 도망쳤다고 해서 암몬 씨가 집으로 돌아가지 않을 거래요. 오히려 당신을 찾으러 떠날 거래요! 솔로몬과 소크라테스, 다른 현자들의 지혜를 모두 합쳐도 이 정도로 지혜로운 방법은 없을 정도래요. 이제 암몬 씨는 림버로스트에 내려와 당신을 쫓아낸 그 여자를 완벽하게 미워하게 된대요. 당신은 그 여자가 원하는 기회를 주려고 했지만요. 오, 엘노라! 점점 흥미로워져요! 나도 뭔가 보여요!"

천사가 침대 옆에서 비틀거렸다. 엘노라는 침묵 속에서 어둠을 마주했다.

"용서하세요. 웃으려는 마음은 없었어요. 모든 것이 한꺼번에 꿰어지기 전에는 생각하지 못했어요. 오, 이런! 엘노라, 재미있어요! 웃어야겠어요!"

천사가 침을 꿀꺽 삼키며 말했다.

"다른 사람들은 웃길지 모르지만 저는 별로 안 웃겨요. 필립이나 엄마도 안 웃길 거예요."

사실 그랬다. 캐서린은 엘노라가 하는 말을 듣고 이런 절박한 행동을 어느 정도 예상했다. 엄마는 딸이 어디로 갈지 곧바로 떠올리면서도 필립에게는 말하지 않았다. 필립에게 말하면 엘노라가 하는 시험을 무효로 만들 수 있었고, 캐서린은 딸이 스스로 옳다고 느끼지 않는 한 이 결혼을 하지 않으리라는 사실을 충분히 잘 알기 때문이었다. 스스로 답을 찾아내는 것이 유일한 방법이었고, 엘노라는 그렇게 하려고 길을 나섰다. 딸이 돌아올 때까지 기다리는 일 말고는 할 수 있는 게 없었지만, 엄마는 조금도 불안해하지 않고 딸이 언제나 그렇듯 용감하고 독립적인 사람으로 돌아오리라 믿었다.

필립 암몬은 이제 엘노라를 품에 안고 아내가 되겠다는 약속을 받을 수 있다는 희망에 부풀어 서둘러 림버로스트로 복귀했다. 필립은 엘노라가 사라진 사실을 알고 첫 충격을 받았다. 캐서린하고 이야기하다가 이디스 카가 엘노라하고 단둘이 대화할 기회를 꾸민 일도 알게 됐다. 필립은 엘노라를 찾으러 서둘러 길을 나서지만 불안한 얼굴로 혼자 돌아왔다. 그러고 나서야 책상에서 쪽지를 발견했다.

필립에게.

오늘 오후에 받은 우리 세 사람에게 관련된 질문에 관련해서 저하고 함께 있을 때는 당신이 공정하게 대답할 수 없겠다는 생각이 들었어요. 그래서 혼자 이 문제를 생각하고 싶어서 몇 주 동안 떠나려고 해요. 제가 어디로 가는지는 당신은 물론 어머니에게도 말하지 않겠지만, 안전하게, 잘 보살핌 받고, 행복하게 지낼 거예요. 언제나 그렇듯 집에 돌아가서 친구들하고 함께 지내고 있으면, 9월 1일이나 그 전에 제가 어디에 머무는지, 무슨 결정을 내리는지 편지를 보낼게요. 이 일 때문에 이디스 카를 비난하지도 말고 피하지도 마세요. 이디스를 만나서 친구가 되기를 바라요. 제 생각에 이디스는 당신에게 매우 미안해하고 있고, 적어도 당신의 우정을 갈망해요. 그럼 9월까지 언제나 그렇듯 잘 지내기를 바랄게요.

엘노라.

캐서린이 받은 쪽지도 거의 똑같은 내용이었다. 필립은

실망해서 몸까지 아팠다. 엘노라가 아끼는 작업 도구들이 놓인 정자에 앉아있는 탁자 위에 머리를 기댔고 참을 수 없는 마른 흐느낌을 애써 삼켰다. 캐서린이 필립에게 그렇게 호감을 느낀 적은 처음이었다. 무의식적으로 검은 머리칼 쪽으로 손을 뻗다가 뒤로 물러났다. 엘노라는 필립에게 엄마가 어떤 영향도 미치지 않기를 바랐다.

"제가 이디스 카에게는 사랑하지 않는다는 사실을 설득하고 엘노라에게는 사랑한다고 확신하게 하려면 어떻게 해야 하죠?"

필립이 묻자 캐서린이 대답했다.

"그 방법은 직접 알아내야겠죠. 도울 수 있다면 기꺼이 돕고 싶지만, 결국 필립한테 달린 일 같네요."

한참 침묵한 채 앉아 있던 필립이 느닷없이 소리쳤다.

"결정했어요! 엘노라가 충분한 돈을 가지고 안전한 장소에 있다고 확신하세요?"

"물론이죠! 엘노라는 태어날 때부터 자기 자신을 돌봤고, 지금까지 언제나 잘 컸어요. 앞으로도 그러리라는 걸 내 모든 것을 걸고 믿어요. 지금 어디인지 모르지만, 안전은 걱정하지 않아요."

"걱정할 수밖에 없잖아요! 엘노라가 스스로 안전하다고 생각할 때 벌어질 가능성이 큰 일을 오십 가지도 넘게 떠올릴 수 있거든요. 미칠 것 같아요! 일단 아버지를 만나러 가야겠어요. 그러고 나서 결정한 내용을 알려 드릴게요. 혹시 제가 도울 일이 있을까요?"

"아뇨, 괜찮아요!"

그렇지만 상심한 청년을 위해 뭔가를 하고 싶은 강렬한 욕구 때문에 입을 다물거나 손을 가만히 둘 수 없을 지경이었다. 캐서린은 이디스 카가 한 말이 엘노라에게 미친 영향을 필립한테 말하고 싶었고, 할 수만 있으면 필립을 위로하고 싶었다. 그때 딸의 뜻을 따라야 한다는 마음이 그런 선택을 가로막았다. 이디스 카가 납득할 때까지 결정을 내릴 수 없다고 엘노라가 진정으로 생각한다면, 이디스는 양보하거나 승리해야 했다. 필립에게 달린 문제였다. 그래서 캐서린은 침묵을 지켰고, 필립은 몹시 실망한 채 얼마 안 남은 밤을 지새웠다.

이튿날 정오쯤 필립은 아버지 사무실에 있었다. 부자는 긴 이야기를 나누지만 아버지가 폴리를 부르자고 할 때까지 별다른 결론을 내리지 못했다. 폴리가 와서 이디스와 엘노라가 나눈 비밀 만남에 관해 이야기한 뒤에야 모든 일들이 분명해졌다.

"매력적인 여자에 관해 말해 볼까요! 이디스가 제게 그런 치명적인 행동을 한 뒤에 제가 행복할 수 있게 갈 길 가도록 내버려 두리라 생각할 수 있겠지만, 아니에요! 공개적인 불명예에서 저를 구할 수 있을 만큼 충분히 사랑하지 않았고, 이제 다른 여자가 저를 사랑하지 못하게 하려고 뒤를 쫓아다니다니. 너무 심해요! 이디스를 만날 생각인데, 아버지도 함께 가주세요."

"그래 알겠다. 나도 가마."

그날 오후 사랑을 두고 벌인 싸움으로 얻은 전리품에 어울리는 드레스를 입은 이디스 카는 응접실로 들어가면서 필립이 혼자 와 잘못을 뉘우치는 모습을 기대했다. 환하게 웃으면서 자기가 지닌 모든 매력을 써먹을 준비를 한 채 필립에게 달려가던 이디스는 사랑하는 남자의 차가운 얼굴과 그 남자의 아버지를 보고 당황해 멈칫했다.

"아, 필립! 언제 집에 왔어요?"

"집에 돌아오지는 않았어요. 아버지를 잠깐 뵙고, 어제 당신이 무슨 말을 해서 컴스탁 양이 제가 돌아오기 전에 사라진 건지 물어보려고 급하게 달려왔습니다."

"컴스탁 양이 사라졌다니! 그럴 리 없어! 도대체 어디로 갔을까요?"

"당신이라면 대답할 수 있다고 생각했어요. 당신 때문에 이런 일이 벌어졌으니까요."

"필립, 나는 그 사람이 어디 있는지 전혀 알지 못해요."

이디스가 우아하게 대답했다.

"그러면 사라진 이유는 잘 알겠죠! 제발 말해 줘요."

"단둘이 있을 때 말해 드릴게요."

"지금 여기서 말해요. 말하지 않으면 아예 당신을 안 볼지도 몰라요."

"자기야!"

"내가 사랑하는 여자한테 뭐라고 했어?"

그러자 이디스가 팔을 뻗으며 소리쳤다.

"필립, 당신이 사랑하는 여자는 바로 나예요! 평생 나만 사랑했잖아요. 겨우 몇 주 동안 생긴 오해 때문에 그 시간이 모두 사라질 수는 없어요. 그래요, 그 여자를 질투했어요! 그날 밤 당신이 다른 여자에게 잠시도 가지 않기를 바랐어요. 나는 온몸으로 나방을 표현했죠. 모두 알고 있었죠! 당신이 잡은 나방을 가져다주기를 바랐고요. 당신이 그러지 않아서, 지난여름 당신이 같이 일한 그 여자를 위해서 잡았다는 사실을 알았어요. 내 드레스 디자인을 제안하고, 내가 당신을 가장 원할 때 나한테서 당신을 빼앗을 수 있는 힘을 갖고 있다는 사실을 말이에요. 그런 생각에 제정신을 잃고,

미친 짓을 하고, 미친 말을 했죠. 필립, 미안해요! 용서를 구할게요. 어제 그 여자는 당신이 만나자마자 나랑 교제한다고는 말을 했다더군요. 그 여자가 자기는 우리 두 사람에게 진실하다고 맹세했지만, 저는 그 여자 눈을 쳐다볼 수 없었고, 그래서 그 말이 진실인지 아닌지 알 수 없었어요. 아, 필립, 제가 얼마나 고통스러운지 이해한다면 저를 용서할 수 있을 거예요. 필립, 제가 당신을 얼마나 아끼는지 저도 몰랐어요! 이제 뭐든 할게요! 뭐든지 다!"

"그럼 어제 도대체 무슨 말을 해서 엘노라를 친구도 없이 혼자서 밤중에 하나님만 아는 곳으로 내몰았나요!"

"그 여자 말고 다른 사람은 생각하지도 않아요?"

"맞아요. 그래요. 제가 한때 당신을 사랑하고 당신을 믿은 만큼 마음이 아프기는 해요. 당신이 부탁한다면 뭐든 기꺼이 용서할게요. 예전 관계로 돌아가자는 부탁만 빼고 원하는 일은 뭐든지 할 수 있어요. 예전으로 돌아갈 수는 없어요. 절망적이고 쓸모없는 짓이에요."

"그 말 진심이에요?"

"진심이에요."

"진심이라면 제가 그 여자한테 가서 한 말이 뭔지 알아내봐요!"

"가시죠, 아버지."

필립이 일어나며 말하자 암몬 씨가 이렇게 제안했다.

"컴스탁 양이 쓴 편지를 이디스한테 보여 주려 했잖니!"

이디스 카가 얼른 말을 잘랐다.

"컴스탁 양이 쓴 편지는 조금도 관심이 없습니다."

"엘노라가 사라진 사건에 당신은 아무 책임이 없고 나더러 당신을 찾아가 친구가 돼라고 써 있는데, 정말 관심이 없나요?"

"꽤나 흥미진진하네요!"

이디스는 비웃으며 편지를 받아 읽더니 돌려주면서 냉랭하게 쏘아붙였다.

"제가 말한 대의를 위한 일을 했군요. 그 여자에게는 아주 관대하네요! 핑커튼*에 연락해서 수색을 시작하라고 의뢰하지 그래요?"

"아니요. 저는 그저 제가 지금 당신에게 구애하지 않고 앞으로도 그럴 리 없다고 엘노라가 확신하게 될 때까지 림버로스트로 돌아가서 엘노라 어머니하고 함께 지낼 생각입니다. 그러면 엘노라는 돌아오겠죠. 잘 지내요. 언제나 행운을 빌게요!"

404

---

* 경찰 출신 사립 탐정 앨런 핑커튼(1819~1884)이 1850년 시카고에 세운 '핑커튼 탐정 사무소(Pinkerton National Detective Agency)'를 가리킨다.

24장

전투를 벌이는 이디스,
이디스를 보호하는 하트 헨더슨

화려한 색채를 자랑하는 작은 가판대들을 살피며 매키낵 섬 중심가를 천천히 내려오는 이디스 카를 많은 사람이 쳐다봤고, 몇몇은 뒤를 따랐다. 흰 모래가 가득한 굽이진 해안가를 따라 구불구불 이어진 거리, 줄지어 늘어선 화려한 상점들, 나들이 복장을 하고 모자를 쓰지 않은 채 웃고 떠드는 사람들로 붐비는 모습은 그림처럼 아름답고 매혹적이었다. 해마다 수천 명이 이 화려한 구경거리에 참가하고 싶어 장거리 여행과 엄청난 비용을 감당했다.

이디스 카는 그 오래된 거리에서 가장 눈에 띄는 인물이었다. 몸에 착 감기는 검은색 드레스는 만찬용 드레스로 충분할 만큼 공들인 옷이었다. 크고 넓고 챙이 늘어진 검은색 모자에 달린 커다란 검은 깃털이 흔들거렸고, 가슴에 늘어뜨린 챙에 달린 끈에는 벨벳처럼 부드럽고 진한 붉은 장미가 빛나고 있었다. 이런 장식들은 뺨과 입술에 부족한 색조를 더했고, 부자연스럽게 밝아 보이는 눈은 가까운 곳에서 보면 피곤해 보였다. 이디스는 가볍게 움직이려 노력하지만 매우 지친 표정으로 무거운 발걸음을 힘겹게 옮기고 있었다.

이디스는 선착장으로 이어지는 작은 길로 들어서서 시카고에서 출발해 해협을 가로지르는 대형 호수 증기선을 마중하러 갔다. 선착장을 지나 부두 끝으로 걸어간 뒤 자리에 앉아 부두 지지대에 기대며 피곤한 눈을 감았다. 증기선이 가까이 다가오자 배 난간에 늘어선 사람들을 나른하게 바라봤다. 그때 초조한 표정을 한 어떤 사람이 눈에 띄었다. 이디스는 안타까운 마음에 하트 헨더슨에게 손을 흔들었다. 가장 먼저 배에서 내린 헨더슨은 곧장 이디스에게 걸어왔다. 이디스는 늘어진 치맛자락을 정돈하며 헨더슨더러 옆에 앉으라고 손짓했다. 두 사람은 잔잔하게 출렁이는 물결을 말없이 바라봤다. 마침내 이디스가 억지로 입을 열었다.

"여행은 잘 마쳤나요?"

"목적을 달성했죠."

"돌아오는 데 시간을 낭비하지 않았군요."

"당신에게 올 때 절대 낭비란 없어요."

"별장에 갈 생각이에요?"

"아니요."

"그럼 여기 앉아서 퍼토스키* 증기선이 올 때까지 기다리죠. 배를 보면 기분이 좋거든요. 너무 피곤하지 않으면 사람들 얼굴도 관찰해요."

"오늘은 새로운 배를 봤어요?"

이디스는 고개를 저었다.

"쉽지 않은 날이었어요, 하트."

"그리고 더 나빠질 거예요."

헨더슨이 씁쓸해했다.

"미룬다고 해도 소용없겠죠. 이디스, 제가 오늘 어떤 사람을 봤어요."

---

* 미시간 주에 자리한 휴양 도시.

"수천 명은 봤겠죠."

이디스가 가볍게 받았다.

"그랬죠. 그런데 딱 한 명이 관심을 끌 만했어요."

"남자예요, 여자예요?"

"남자예요."

"어디에서요?"

"레이크 쇼어 병원이요."

"사고인가요?"

"아뇨, 신경 쇠약과 체력 저하요."

"필립은 림버로스트로 돌아간다고 했어요."

"갔죠. 3주 동안 그곳에 머물렀지만, 스트레스가 사람을 망가트렸어요. 낡은 편지 한 통을 너덜너덜해질 때까지 들고 다녔어요. 저에게 그 편지를 내밀더니 읽어 보라더군요. 컴스탁 양이 건강하고 행복하게 지낼 수 있다고 하지만 다시 만나기 전까지는 어떤지 알 수 없고, 혹시 상황이 안 좋을지도 모른다고 했죠. 아버지가 돌아가신 곳 바로 옆에 가거나, 숲속에서 림버로스트 갱단에 잡히거나, 바로 지금 도시의 어느 영안실에 시신으로 누워 자기를 기다리고 있을지도 모른다고요."

"하트! 제발 그만!"

"안 돼요! 어쩔 수 없이 말해야겠어요. 뇌염에 걸렸더군요. 늪에서 밤낮으로 떠돌아다녔대요. 지금 그곳은 낮에는 덥고 밤에는 이슬에 젖어 추워요. 조심하지 않은데다가 식사도 잊었죠. 열이 나서 숙부가 집으로 데려왔어요. 그 뒤에도 컴스탁 양은 아무 연락이 없었고, 흔적도 찾지 못했대요. 컴스탁 부인은 딸이 그랜드래피즈에 사는 오모어 씨네에 있다고 생각했고, 필립이 쓰러지자 그곳에 전보를 쳤어요. 여름 내내 행방불명이라서 어머니도 필립만큼이나 불안해했습니다."

"오모어 씨네 가족은 여기에서 지내요. 우리가 여기 온 뒤 며칠 동안 외출을 별로 안 해서 만나지 못했지만, 그 집 여름 별장이 여기 있거든요."

"이디스, 병원에서는 필립을 살리려면 세심한 간호가 필요하대요. 필립은 지도랑 철도 안내서 더미에 둘러싸여 있어요. 전국 곳곳 모든 탐정 사무소를 동원할 계획을 세우고 있었죠. 이틀만 병원에 더 머문대요. 의사들은 필립이 나가면 자살할 수 있다고 걱정하고요. 필립은 아픈 사람이에요, 이디스. 불타는 듯 손이 떨렸고, 제 얼굴에 닿을 정도로 가쁘게 쉬는 숨이 아주 뜨거웠어요."

"왜 나한테 그런 이야기를 해요?"

지독한 괴로움을 담은 외침이었다.

"필립은 컴스탁 양이 어디에 있는지 당신이 안다고 생각해요."

"아뇨! 전혀 몰라요! 필립을 손에 쥐고 있는 그 여자가 사라질 줄은 꿈에도 몰랐어요! 그러면 안 되죠!"

"필립은 당신이 한 말 때문에 떠난 거라고 했어요."

"그럴지도 모르지만, 그렇다고 해서 그 여자가 간 곳을 제가 알 수는 없잖아요."

헨더슨은 건너편을 바라보면서 괴로워했다. 마침내 돌아선 헨더슨은 이디스의 손 위에 자기의 단단하고 강한 손을 얹었다.

"이디스, 지금 얼마나 심각한지 알고 있어요?"

"어느 정도 그렇죠."

"필립처럼 훌륭한 친구를 얼마나 더 몰아붙이고 싶나요?

필립이 지금 병원을 나가서 컴스탁 양을 찾아 헤매느라 불안에 시달리고 위험해지면 아무리 해도 되돌릴 수 없는 비극이 벌어질 거예요. 이디스, 무슨 말을 해서 컴스탁 양이 도망치게 했나요?"

여자는 남자에게서 얼굴을 돌린 채 가만히 앉아 있었지만, 여자의 손을 잡고 고통스럽게 기다리는 남자는 여자의 가슴에서 심장이 요동치는 모습을 보고 흔들리고 있다는 사실을 알 수 있었다.

"이디스, 뭐라고 했어요?"

"도대체 무슨 상관이죠?"

"행방을 찾을 단서가 될 수도 있잖아요."

"그럴 리는 없어요."

"필립도 뇌가 지칠 때까지 그렇게 생각했죠. 말해 봐요, 이디스!"

"필립은 내 남자라고 했어요! 너랑 한 시간만 떨어져 있다가 다시 내 앞으로 돌아오면 언제나 그러듯 내 남자가 될 거라고요."

"이디스, 스스로 그런 말을 믿었나요?"

"내 목숨, 내 영혼을 걸었죠!"

"지금도 믿어요?"

대답은 없었다. 헨더슨은 이디스의 다른 손까지 가져와 두 손을 꼭 잡고 부드럽게 말했다.

"저는 신경 쓰지 말아요. 하나도 안 중요해요! 그냥 나이든 사람일 뿐이니까요! 뭐든 말해도 괜찮아요. 아직도 그렇게 믿어요?"

아름다운 머리가 거의 움직이지 않았다. 헨더슨은 이디스의 두 손을 모아 한 손으로 잡고 한 팔을 어깨 너머 기둥 쪽으로 뻗어 무게를 지탱했다. 이디스는 잡힌 손을 끌어당겨 함께 비틀었다.

"하트! 불공평해요! 견딜 수 없는 한계가 있다고요! 나는 충분히 고통을 겪었어요. 모르겠어요? 이해 안 돼요?"

"네. 그래요, 내 사랑! 이것 하나만 말하면 당신을 더 괴롭히는 놈은 누구든 기꺼이 처리할게요. 말해 줘요, 이디스!"

그러자 이디스는 커다랗지만 아무런 활기 없이 고통으로 가득한 눈을 들어 올리며 울부짖었다.

"아니요! 이제 못 믿어요! 진실이 아니라는 걸 아니까요! 제 손으로 그 사람의 사랑을 죽였어요. 사랑은 죽었고, 영원히 사라졌죠. 어떻게 해도 사랑을 되살릴 수 없어요! 이 세상 어느 것도. 그리고 또 있어요. 나는 필립의 깊은 내면에 다가가는 방법을 몰랐죠. 필립이 무슨 일을 즐거워하는지 몰랐어요. 필립은 나를 존중했죠. 나랑 함께 있는 시간을 자랑스러워했거든요. 필립도, 나도, 필립이 나를 숭배한다고 생각했지만, 이제는 알아요. 필립은 그 여자만큼 나를 사랑하지는 않았어요. 전혀요! 이제 보여요! 나는 사교계를 이끄는 여자가 되고 우리 집은 내 아름다움과 인기에 빠져든 사람들이 찾는 장소로 만들 계획이었죠. 그러나 그 여자는 필립이 품은 정치적 야망을 진전시키고, 편안히 몸을 돌보고, 지성을 자극하고, 볼 빨간 아이들을 낳을 계획을 세우고 있어요. 필립은 나나 내 계획보다 그 여자와 그 여자가 세운 계획을 좋아하죠. 아, 이럴 수가! 이제 만족하나요?"

지친 이디스는 헨더슨의 팔에 기대어 쓰러졌다. 헨더슨은 이디스를 안은 채 진정한 고통이 무엇인지 알게 됐다. 모자를 벗어 부채질하고 차가운 손을 비벼 주면서 알아들을 수 없는 말을 중얼거렸다. 감은 눈꺼풀 아래로 눈물을 조금씩 흘리던 이디스는 가까스로 무거운 눈꺼풀을 들어 올리지만 눈빛은 무기력하고 차가웠다.

"내 영혼의 마지막 비밀이 찢겨 드러났어. 아, 누더기 같은 꼴이라니!"

헨더슨은 손수건을 꺼내 흐느끼는 이디스의 손가락에 쥘러 주면서 속삭였다.

"이디스, 배가 서서히 다가오고 있어요. 아주 가까워요. 아는 사람들이 내릴지도 몰라요. 배가 도착하기 전에 여기에서 빠져나가야 하지 않을까요?"

"걸을 수 있다면요. 아, 나 너무 지쳤어요, 하트!"

"그래요, 괜찮아요."

헨더슨이 이디스를 달래듯 재촉했다.

"닻을 내리기 전에 선착장만 지나면 돼요. 감히 당신을 업을 수만 있다면!"

두 사람은 인파를 뚫고 가려 애썼다. 그렇지만 건널 판자가 쾅 하며 내려오자 선착장 바로 맞은편에서 행복하게 웃고 있는 군중이 뒤로 물러나고 배에 탄 사람들이 서두르기 시작했다. 선어 공판장에 몰려든 사람들에 밀려 헨더슨은 한 번에 몇 발자국밖에 나아갈 수 없었다. 이디스를 보호하고 도우려는 마음에 온 신경을 곤두세웠다. 근처에 아는 사람이 없자 이디스의 등에 팔을 둘렀다. 잔뜩 긴장한 이디스가 숨을 고르는 느낌이 전해졌다. 바로 그때 지금까지 접한 적 없는 맑고 다정한 남자 목소리가 들렸다.

"조심해, 이 꼬맹이들!"

헨더슨은 재빨리 배 쪽으로 눈길을 돌렸다. 테렌스 오모어가 어린 딸을 데리고 건널 판자에서 내려오는 중이었는데, 딸하고 똑닮아 우스꽝스러웠다. 묘사하기 쉽지 않은 장

면이 펼쳐졌다. 화려한 옷차림에, 인상적인 얼굴에는 웃음을
머금은 채, 석양에 반짝이는 금발을 휘날리면서, 만개한 아
름다움을 뽐내는 천사가 나타났다. 곁에는 엄마 손을 꼭 잡
은 장남이 조심스럽게 호위하고 있었다. 이어서 키가 조금
더 크고 날씬한데다가 거의 같은 색깔 옷을 입고 있지만 눈
과 머리카락, 얼굴선과 표정은 다른 엘노라가 나타났다. 엘
노라 곁에는 오모어네 둘째 아들이 있었는데, 아이가 한 말
에 주변 사람들 모두 뒤집어졌다.

"쪼심, 엘노라! 물속에 뽕당 하믄 안 돼!"

주위에 있던 군중이 두 사람 가까이 다가갔다.

"정말 아름다운 여성들이군요! 도대체 누구죠?"

"오모어 가족이에요. 가장 밝은색 옷을 입은 사람이 아내
일걸요."

"저분은 아내 여동생인가요?"

"아뇨, 애들 고모라네요! 아빠가 영국 귀족이래요."

수군거리는 소리는 빠르게 퍼져서 누구나 들을 수 있을
정도였다. 군중이 일행을 둘러싸자 생선 창고 옆에 공간이
생겼다. 이디스는 얼른 뛰어 내려갔다. 헨더슨도 뒤쫓아 달
리면서 팔을 붙잡아 이디스가 거리로 나갈 수 있게 도왔다.

"해안 쪽으로! 이쪽으로! 다들 저녁 먹으러 갈 거예요."

두 사람은 길을 벗어나 해변을 따라 갔지만, 이디스는 달
리느라 숨이 차고 모래가 너무 부드러워 발이 푹푹 빠지는
바람에 걷기 어려웠다.

"도와줘요!"

이디스는 헨더슨에게 매달렸다. 헨더슨은 이디스를 팔로
거의 안은 채로 바깥에서 잘 안 보이는 곳을 찾아 높은 바
위로 둘러싸인 뒤쪽 작은 만으로 들어갔는데, 그곳에는 깨

곳한 백사장과 호수에서 떠내려온 통나무가 있었다. 등받이가 있는 의자처럼 앉을 만한 통나무를 하나 발견한 헨더슨은 이디스를 앉히고 서둘러 물가로 내려가 손수건을 적셔왔다. 이디스는 젖은 손수건을 입술과 눈가에 대더니 손바닥으로 눌렀다. 헨더슨은 이디스가 쓰고 있는 무거운 모자를 벗기고 자기 모자로 이디스에게 부채질을 해준 다음 손수건을 다시 적셔 왔다.

"하트, 뭘 하나요? 엄마는 관심이 없어요. 이런 상황이 나한테 잘 됐다고 하시죠. 당신도 이런 상황이 나한테 좋다고 생각해요, 하트?"

이디스는 지친 목소리로 물었다.

"이디스, 당신을 구할 수만 있다면 목숨도 바칠 수 있다는 제 마음 알잖아요."

헨더슨은 더는 말을 잇지 못했다.

여자는 남자에게 기대어 눈을 감은 채 오랫동안 침묵했고, 남자는 걱정에 빠졌다.

"이디스, 정신을 잃지는 않았죠?"

헨더슨이 속삭이면서 이디스를 쓰다듬었다.

"아, 그냥 쉬고 있어요. 제발 떠나지 말아요."

남자는 여자를 조심스럽게 안고 부드럽게 부채질을 했다. 여자는 견디지 못할 정도로 고통스러워했다. 이디스가 마침내 입을 열었다.

"보트 타면 좋겠어요. 바람 맞으면서 항해하고 싶어요."

"지금은 바람이 안 부네요. 차는 몇 분 안에 끌고 올 수 있어요."

"그럼 차라도 가져와요."

"모래 위에 누워요. 처음 나타나는 공중전화에서 연락하면 되니까, 잠깐만 기다려요."

이디스는 백사장에 누웠고, 헨더슨은 챙 넓은 이디스의
모자로 얼굴을 가렸다. 그러고 나서 가장 가까운 공중전화
로 달려가 급하게 전화를 걸었다. 이내 헨더슨은 몸을 깨울
만한 뜨거운 음료를 들고 돌아왔다. 얼마 안 돼 자동차 한
대가 해변 근처에서 멈췄다. 헨더슨네 하인이 무동력 보트
를 해변으로 가져와 두 사람을 선착장으로 데려갔다. 배 안
에 가득한 쿠션과 무릎 담요로 헨더슨은 얼기설기 소파를
만들었고, 몸이 한결 따뜻해진 이디스는 곧 평화를 찾아서
물 위를 빠르게 나아갈 수 있었다.

배는 몇 시간이나 해안을 따라 오르내렸다. 달이 떠오르
고 밤공기가 아주 차가워졌다. 헨더슨은 외투를 입은 뒤 이
디스에게 이불을 더 덮어 줬다. 그제야 이디스가 말문을 열
었다.

"저를 집으로 데려다주셔야 해요. 사람들이 불안해할 테
니까요."

헨더슨은 여전히 상태가 좋지 않은 이디스를 어쩔 수 없
이 별장에 데려다줬다. 다음 날 아침 일찍 돌아와 보니 이디
스는 이미 별장을 빠져나간 뒤였다. 헨더슨은 상처받은 여
자가 해변에 이끌렸고 휴런 호의 거친 파도가 철썩이며 불
렀다는 사실을 본능적으로 느꼈다. 해변에서 헨더슨은 파도
거품이 치마를 적실 정도로 물 가까운 곳에 웅크리고 있는
이디스를 찾았다.

"같이 있어도 돼요?"

"당신이 오기를 바랐어요. 당신이 여기 있어도 충분히 힘
들지만, 혼자서 견디는 것보다는 조금 더 나아요."

"다행이네요!"

414

헨더슨이 이디스 옆에 앉으며 물었다.

"얘기 좀 할까요?"

이디스는 고개를 저었다. 그래서 두 사람은 한 시간 가까이 그냥 앉아 있었다. 마침내 이디스가 입을 열었다.

"물론, 알다시피 제가 해야 할 일이 있어요, 하트!"

"아니요! 말도 안 돼요! 한 마디만 하면 돼요. 그게 당신에게 필요한 전부니까요."

"필요요? 그럼 뭔가 필요하다고 인정한다는 건가요?"

"한 마디만요. 더는 안 돼요."

"한 단어가 이렇게 크고, 이렇게 어둡고, 이렇게 절망적이고 쓰라릴 수 있다는 사실을 알았나요? 아, 하트!"

"아뇨."

"그렇지만 이제 알잖아요, 하트!"

"네."

"그런데도 여전히 필요하다고 말하나요?"

헨더슨은 말 못 할 정도로 고통스러웠다. 그러다가 마침내 입을 열었다.

"필립을 보고 필립이 하는 말을 들었으면, 이디스 당신도, 그 한 마디가 필요하다고 느꼈을 거예요. 기억해……."

"안 돼요! 안 돼! 내 자존심과 어리석음을 조금이라도 기억하라고 하지 말아요. 잊게 해줘요!"

이디스는 한참 동안 침묵한 채 앉아 있었다.

"함께 갈래요?"

이디스가 속삭였다.

"물론이죠."

헨더슨이 대답했다. 마침내 이디스가 일어섰다.

"차라리 포기하고 끝내야겠어요."

이렇게 말하면서 이디스는 비틀거렸다. 이디스 카가 원하는 바를 포기한 적은 그때가 난생처음이었다.

"도와줘요, 하트!"

헨더슨은 해변을 돌아다니며 최선을 다해 이디스를 돕기 시작했다. 그러다가 마침내 멈췄다.

"이디스, 말도 안 돼요! 당신은 지금 너무 지쳐서 갈 수 없어요. 나를 믿어요. 당신은 이 아름다운 곳에서 기다리고 있고, 나를 보내 줘요. 당신은 안전할 테고, 나는 달려갈게요. 딱 한 마디면 돼요."

"그렇지만 그 말은 내가 직접 해야 해요, 하트!"

"그럼 쓰세요. 제가 들고 갈게요. 우체국에서 메시지 보낸 사람이 누구인지를 증명할 수는 없으니까요."

"맞아요."

지친 목소리이지만 이디스는 헨더슨이 건넨 펜과 종이를 받으려 하지는 않았다.

"하트, 이것 좀 써주세요."

이디스가 마침내 말을 건넸다. 헨더슨은 얼굴을 돌렸다. 그러고는 바싹 마른 치아 사이로 입김을 빨아들이면서 펜을 잡았다. 조금 지난 뒤 말을 할 수 있게 되자 입을 열었다.

"물론이죠! 1908년 8월 27일, 매키낵 섬. 시카고 시 레이크 쇼어 병원, 필립 암몬."

헨더슨은 펜을 멈추더니 잠깐 이디스를 쳐다봤다. 하얀 입술이 움직이고 있지만 아무 소리도 나오지 않았다.

"컴스탁 양은 매키낵 섬에 테렌스 오모어 씨 가족들하고 함께 있습니다."

헨더슨이 쓸 내용을 미리 일러 줬다. 이디스도 고개를 끄덕였다.

"헨더슨, 그러고는 서명."

중계자가 내용을 이어 갔다. 이디스는 고개를 저었다.

"'건강하고 행복하게 잘 지낸답니다'라고 쓰고 '이디스 카'라고 서명해요!"

이디스는 숨찬 듯했다.

"어림도 없는 소리예요!"

헨더슨이 발끈했다.

"하트, 제발 더는 일을 어렵게 만들지 마요! 이 정도가 내가 할 수 있는 최소한이고, 그렇게 하려면 제 안에 있는 모든 힘이 필요해요."

"여기서 기다려 줄래요?"

이디스가 고개를 끄덕였고, 모자를 깊이 눌러쓴 헨더슨은 해안가를 뛰어갔다. 한 시간도 채 안 돼 돌아온 헨더슨은 바위를 깎아 만든 악마의 부엌이 자리한 곳까지 이디스를 데려갔다. 그곳에는 시원한 물과 쉴 만한 장소가 있었다. 얼마 지나지 않아 하인이 배를 가지고 왔다. 두 사람은 이디스를 위해 모래 위에 담요를 깔고 냄비로 차를 끓였다. 이디스는 거절하려 했지만, 향기를 이기지 못하고 게걸스럽게 마셨다. 그러고 나서 헨더슨은 몇 가지 음식을 만들어 식욕을 돋우는 점심을 차렸다. 이디스는 젊고 튼튼한 사람이었고, 배가 너무 고파 어쩔 수 없이 먹어야 했지만, 덕분에 기분이 훨씬 나아졌다.

헨더슨은 이디스를 배에 태우고 시원한 바람이 부는 해안가의 그늘진 만을 통과했다. 이디스가 잠이 든 시간을 여자는 모르지만 남자는 알았다. 남자도 휴식이 절실하지만 시끄러운 파티가 열리는 곳을 피해 시원한 그늘이 깊이 드리운 만을 따라 다섯 시간 동안 천천히 배를 몰았다. 이디스가 깨자 헨더슨은 집으로 출발했고, 도중에 이디스는 자기가 잘못 생각한 사실을 깨달았다. 이디스는 죽지 않았다. 마음을 다치지도 않았다. 지독한 고통을 겪었고, 더 많은 고통을 겪을 테지만, 결국 고통은 사라질 수밖에 없다. 머릿속에는 오래전 본 오페라의 몇 소절이 스쳐 지나갔다.

마음은 부러지지 않아, 찌르고 아프겠지만,

옛사랑을 위해서, 그러나 죽지는 않아,

살아 있는 나를 봐."*

그날 저녁 해협에는 거센 바람이 불기 시작했고, 키 손잡이를 바쁘게 움직이는 헨더슨에게 이디스가 말했다.

"하트, 저를 위해 뭔가 더 해주면 좋겠어요."

418

"말만 하면 돼요."

"정말 말만 하면 되나요, 하트?"

이디스가 부드럽게 되물었다.

"아직도 모르겠어요, 이디스?"

"당신이 떠나면 좋겠어요."

"알았어요."

말투는 조용하지만 헨더슨의 얼굴은 눈에 띌 정도로 하얗게 질렸다.

"예상대로 말한다는 투네요."

"그렇죠. 이 상황이 끝나면 당신이 고통받는 모습을 본 저를 싫어할 줄 처음부터 알았어요. 앞으로 벌어질 일을 완

---

* 1885년 3월 14일 영국 런던에서 초연된 오페라 〈미카도(The Mikado)〉(윌리엄 길버트 각본, 아서 설리번 작곡)의 한 대목이다.

전히 깨닫고 혼자만의 겟세마네*를 키웠지만, 제가 당신을 섬기고 있을 때 당신을 떠날 수는 없었죠. 이디스, 제가 어디로 간다고 해서 당신에게 뭐가 달라질까요?"

"당신이 사랑받고 보살핌을 받을 수 있는 곳에서 지내기를 바라요."

헨더슨이 씁쓸하게 웃었다.

"고마워요! 그런 곳은 어디 있을까요?"

"로스앤젤레스에 여동생이 있잖아요. 언제나 오빠를 아주 좋아하는 듯했거든요."

"그랬죠."

헨더슨은 눈빛이 조금 밝아졌다.

"동생한테 가야겠어요. 언제 출발할까요?"

"지금 당장."

헨더슨은 상륙하려고 침로를 돌리기 시작했지만, 손이 떨려서 배를 거의 움직일 수 없었다. 이디스 카는 그 모습을 무심하게 지켜봤지만, 가슴은 고통스럽게 요동쳤다.

"세상은 왜 이렇게 고통스럽지?"

이디스는 계속 혼잣말을 중얼거렸다. 헨더슨이 선실로 들어와 이디스의 어깨를 거칠게 붙잡았다.

"언제까지 이럴 거예요, 이디스. 작별 인사는 어떻게 할 생각이죠?"

이디스는 지치고 괴로운 눈빛으로 헨더슨을 바라봤다.

"얼마나 오래 걸릴지 모르겠어요. 지금은 마치 느린 영원을 지나온 듯해요. 자비로운 하나님이 필립처럼 제 영혼에

---

* 성경에서 제자 유다가 배신하는 바람에 예수가 붙잡힌 예루살렘 근처 동산이다. 고난을 겪는 장소를 가리킨다.

도 찰칵 소리가 나게 해서 안식을 주시면 좋겠어요. 얼마나 오래 걸릴지는 모르겠지만, 하트, 저는 완전히 뻔뻔스러워질래요. 제 마음이 평화로워지고 제가 당신을 원한다면, 당신이 직접 찾아오기를 기다리지 않고 전보든 무선 전신이든 뭐든지 할 거예요. 작별 인사를 어떻게 할지는, 당신이 만족할 만한 방식일지는, 저한테 무슨 일이 벌어진다고 해도 아무 상관 없어요."

헨더슨은 이디스를 뚫어지게 바라봤다.

"그렇다면 우리 악수하죠. 잘 가요, 이디스. 모든 시간 당신을 생각하면서 곧 좋은 일이 생기기를 바라는 사람이 있다는 사실을 잊지 말아요."

25장

엘노라를 찾는 필립,
노란황제나방을 주는 이디스 카

"아, 제 바이올린이 필요해요. 이 바이올린은 제 바이올린보다 천 배는 더 비싸고 훨씬 오래됐지만, 악기가 노래하게 만드는 방법을 잘 아는 사람한테 영감을 받아서 배우지는 않았어요. 엄마가 림버로스트에 관해 자주 말할 때처럼 이 악기는 '콩알'만큼도 몰라요."

오모어 씨네 음악감상실에 모인 손님들은 엘노라가 한 말에 감탄하며 웃었다.

"어머니에게 바이올린을 가져다 달라고 편지를 쓰면 어떨까요?"

주근깨가 제안했다.

"사실 사흘 전에 연락했어요. 엄마가 정오에 도착하는 배를 타고 올까 반쯤 기대했죠. 그래서 이 바이올린이 순간순간 더 나빠지나 봐요. 저한테는 아무 문제가 없어요."

"잘했어요! 이렇게 해달라고 간청하고 또 간청했어요. 여기 엄마들이 얼마나 열망하는데요. 편지 언제 보냈어요? 왜 그랬어요? 왜 말하지 않았어요?"

천사가 소리쳤다.

"언제냐고요? 사흘 전에요. 왜 그랬냐고요? 아줌마 때문이죠. 왜 안 말했냐고요? 엄마가 온다고 조금도 확신할 수 없었어요. 엄마는 제가 아는 가장 제멋대로 행동하는 사람이거든요. 사람들이 기대하는 대로 행동하는 법이 절대 없죠. 엄마가 안 올 수도 있으니까 미리 말해서 실망하게 하고 싶지는 않았어요."

"나 때문인가요?"

천사가 물었다.

"앨리스를 사랑하는 모습 때문이죠. 아줌마가 딸을 돌보는 모습, 다른 세 아이들을 아저씨랑 함께 돌보는 모습을 보면서 우리 엄마도 저를 보고 싶어하겠다고 생각했어요. 저도 엄마가 보고 싶고 아줌마가 자주 말하기도 해서 그냥 연락했어요. 아, 꼭 오면 좋겠어요! 이 멋진 곳을 엄마에게 보여 주고 싶어요."

"매키냑 섬을 어떻게 생각하는지 궁금했어요."

주근깨가 말했다.

"완벽한 풍경이죠. 전부 다! 벽에 걸어 두고 원할 때마다 보고 싶지만, 물론 진짜는 아니죠. 그냥 그림일 테죠."

"이 사람들은 그 말에 동의하지 않을 거예요."

주근깨가 슬며시 웃었다.

"동의하지 않겠죠. 사람들은 이곳을 좋아하고 잘 알지만, 림버로스트하고 다른 점이 있어요. 림버로스트는 삶이지만, 이곳은 세심하게 관리된 공원이에요. 자동차를 타고, 요트로 항해하고, 골프도 치고, 다 안전하고 쾌적해요. 그렇지만 저는 수렁이 손을 뻗어 나를 빨아들일지 모른다는 두려움에 떨면서 신중하게 길을 찾아갈 때 느끼는 흥분이나 맨손으로 늪에 들어가 책과 옷을 가져다주는 보물을 건지는 일들, 그리고 그 보물들을 얻으려고 애쓰는 일들을 아주 좋아해요. 심지어는 방울뱀에게 물리지 말라고, 만약 물리면 오래전 림버로스트에서 하던 대로 네 뼈를 발라 먹을 거라고 노려보며 말하는 똑똑한 늙은 독수리도 좋아요. 삶의 균형을 맞추는 데 필요한 위험을 즐기죠. 여기는 너무 안락해요. 야경꾼이 몰래 다가오는 인디언 카누를 순찰하고 오두막밖에 없던 시절이 좋아요. 엄마가 올 때까지 함께 기다리죠. 바이올린이 자기를 두고 저한테 화내지만 않는다면 오늘 밤에 〈림버로스트의 노래〉를 들려 드릴 수 있어요. 빨강색, 노란색, 보라색 꽃들 위로 큼지막한 금빛 벌들이 날아다니고, 새들이 노래하고, 바람이 이야기하고, 슬리피 스네이크 강이 속삭이는 소리를 바로 옆에서 듣는 듯이 들려드릴게요. 진짜예요!"

엘노라가 돌아보자 주근깨는 고개를 끄덕이며 답했다.

"뭐가 더 나을까요? 아이들이 아주 어릴 때는 여기가 안전하지만, 좀더 크면 더 멀리 북쪽에 있는 진짜 숲으로 가서 자립심을 익히고 인내심을 길러 주고 싶네요."

엘노라는 바이올린을 내려놓았다.

"얘들아, 따라와. 당장 인내심 기르기를 시작해야 해. 놀이방으로 달려가자."

엘노라는 아이들하고 함께 달려갔고, 오모어 가족 별장이 있는 섬의 숲에서는 한 시간 동안 활기찬 소리가 흘러나왔다. 그러고 나서 앨리스에게 줄 인형을 가지러 집으로 간 테리가 한쪽 다리로 끌고 소리치면서 달려왔다.

"손님이 왔어! 엄마랑 아빠가 집을 뒤집을 듯이 흥분했어. 창문으로 봤다고."

"아직 엄마가 올 때는 아닌데."

엘노라는 잠깐 생각에 잠겼다.

"12시나 돼야 도착해. 테리, 앨리스한테 인형 주고……."

"남자 사람인데, 처음 보는데, 아빠가 손을 내밀어서 악수하고 엄마는 따뜻한 음료랑 쿠션을 가지러 달려가고 있었어. 아픈 사람 같지만 엄마랑 아빠가 금방 낫게 해줄 거야. 누가 봐도 알 수 있잖아. 여기가 최고잖아."

"햇볕 잘 드는 소나무 잎 위에 누워서 지나가는 배들을 보라고 말해야겠어. 그러면 병이 나을 거야!"

"지나가는 배를 본다. 아픈 사람을 고쳐줘! 누나가 고쳐줄 거지?"

아이들이 한마디씩 하자 엘노라가 대답했다.

"잘 모르겠어. 어떤 사람 같아, 테리?"

"아주 창백한 사람이야. 내가 들었는데, 아빠가 색칠해 주겠대. 방금 병원에서 나왔는데, 도망쳐 가지고 의사들을 엄청 화나게 만들어서 나쁜 사람이래. 그렇지만 아빠랑 엄마가 더 잘 치료할걸. 아빠랑 엄마가 아픈 사람을 잘 치료할 수 있다는 건 몰랐지만."

"빠빠 맘마는 다 짤해!"

아직 어린 동생도 자랑스러운 듯 맞장구쳤다. 엘노라보다 먼저 무슨 일인지 조사하러 다녀온 앨리스는 종이 한 장을 든 채 햇살을 뚫고 그림자를 가로지르며 날 듯이 달려왔다. 앨리스는 그 종이를 엘노라의 손에 쥐어 줬다.

"저기 낯선 남자 사람이 있어! 그런데 그 사람이 언니를 알아! 그 사람이 언니에게 주래! 언니가 의사가 돼야 한대! 그 사람이 그렇게 말했어! 어서 빨리! 그 사람, 완전 좋아!"

엘노라는 이디스 카가 필립 암몬에게 보낸 전보를 읽고서 필립이 아프다는 사실과 이디스가 자기가 있는 곳을 찾아 필립에게 전한 사실을 알았다. 그렇게 이디스는 패배를 인정한 셈이었다. 마침내 필립은 자유로워졌다. 엘노라는 밝은 얼굴로 고개를 들었다.

"나도 필립, 완전 좋아! 얘들아, 우리가 얼른 가서 그렇게 말해 주자."

테리와 앨리스는 달렸지만, 엘노라는 충직한 동반자인 둘째 아들하고 발걸음을 맞춰야 했다. 뒤처지면 상심하고 안겨서 가면 부끄러워할 수도 있기 때문이었다. 아이는 끌려가는 모양새이지만 거의 다 왔고, 상황이 중대하다는 사실을 이해하고 있었다.

"엘노라 온다!"

앨리스가 소리쳤다.

"엘노라가 의사가 될 거야!"

테리가 외쳤다.

"편지를 읽을 때 진짜 천사처럼 보였어요."

앨리스는 자기가 본 대로 설명했다.

"엘노라는 필립을 완전 좋아한대! 진짜 그랬는데! 기다려요! 저기 온다!"

테리는 신나서 춤을 췄다. 엘노라는 아이를 도와 계단을 오르다가 손을 뿌리치고는 서둘러 달려왔다. 아이가 말한 낯선 사람이 떨리는 팔을 내밀며 서 있었다.

"도망치더니 이제 마음을 확실히 정했나요?"

필립 암몬이 물었다.

"완벽히 확실해요!"

엘노라가 대답했다.

"이제 저하고 결혼할래요?"

"지금 당장해요! 그런데 정오에 배가 들어오니까 그때 바로 해요."

"왜 쓸데없이 미뤄요?"

"이제 9월이 다 돼가죠. 사흘 전에 엄마를 불렀어요. 엄마가 올 때까지 기다려야 하고, 웨슬리 아저씨랑 마거릿 아줌마를 부르거나 그분들을 찾아가야 해요. 그 소중한 사람들이 없으면 결혼식을 제대로 할 수가 없어요."

"모두 초대하죠. 여행은 그분들에게 특별한 선물이 될 거예요. 오모어 씨, 당장 메시지를 보내 주실 수 있나요?"

모두 정오에 배를 마중하러 갔다. 필립이 너무 몸이 약해져서 걷지 못하기 때문에 자동차를 탔다. 사람들을 구별할 수 있을 정도로 배가 가까이 다가오자마자 엘노라와 필립은 머리카락이 눈처럼 하얀 사람을 알아봤다. 건널 판자가 놓이고 가장 먼저 내려온 사람은 한 손에는 바이올린을 들고 다른 손에는 노란색 금잔화와 보라색 과꽃으로 만든 커다란 꽃다발을 든 열한 살짜리 깡마른 빨간 머리 소년이었다. 소년은 필립을 보기 전까지 활짝 웃으며 기뻐하고 있었다. 그러다 갑자기 표정이 바뀌었다.

"제기랄, 진짜 뭐야! 마거릿 아줌마 말이 딱 맞잖아. 저 사람, 남자 친구잖아!"

엘노라는 허리를 굽혀 빌리에게 키스하고는 엄마를 붙잡았다. 캐서린이 소리쳤다.

"저런, 저런! 머리 장식이 눈까지 내려오겠어. 모자도 머리도 상태를 잘 모르겠어. 강을 거슬러 올라오는데 바람이 빗자루로 후려치는 듯 세차더라고."

치마를 털고 모자를 곧게 편 캐서린은 앞으로 나오면서 필립하고 포옹을 하고는 여러 번 키스했다. 그런 다음 필립은 캐서린을 주근깨와 천사에게 소개했고, 천사는 바람에 흐트러진 머리카락을 화제로 한마디 하고는 웃으면서 인사를 건넸다.

"틀림없이 제가 아주 우스꽝스럽죠! 출발하기 조금 전에 아버님을 만났는데, 쪽지를 보내셨어요. 제 손가방에 있어요. 다음 주에 여기로 온다고 하시더라고요. 이 세상에는 정말 사람이 많죠! 도대체 왜 다들 웃고 있나요? 병이나 슬픔이나 죽음에 관해 들은 적이 없을까요? 빌리, 그 옷 입은 채로 인디언 놀이나 마멋 찾기는 하면 안 돼. 마거릿에게 새 옷처럼 그대로 가져오겠다고 약속했거든."

그러고 나서 오모어 씨네 아이들이 캐서린을 보러 몰려왔다. 캐서린은 아이들을 불러 모았다.

"메리 크리스마스! 나무만 빼고 다 있네요. 조금 더 높은 곳에 나무가 많은 듯하네요. 이 바람이 사람들을 날려 버릴 만큼 더 세게 불어서 누군가 이곳을 볼 수 있다면 정말 멋질 거예요."

"저기, 빌리가 이 여행을 망치지 않게 잘 지켜봐야 해요."

엘노라가 필립에게 속삭였다.

"자, 이제 다른 사람들을 앞질러 볼까! 도로에서 저를 앞지르려고 하는 이런 물건들을 피하려고 뛰어다닌 지 꽤 오래됐거든요."

자동차를 처음 타보는 캐서린은 함께 탄 필립과 오모어 씨네 둘째 아들에게 즐거워하면서 말했다. 차가 넓은 대로로 접어들자 산책하는 커플들이 간간이 보였다. 꼿꼿하게 앉아 있던 캐서린이 갑자기 눈을 반짝이기 시작했다. 그러더니 갑자기 몸을 앞으로 숙여 운전사 어깨를 툭 건드렸다.

"젊은 양반, 저 커플들 가까이 지나갈 때 경적을 울려 줘요. 돼지풀 덤불이나 울타리를 뛰어넘으면서 차를 피하던 내 모습이 어떻게 보일지 알 수 있겠는데 말이죠."

놀란 운전사가 의심스럽다는 표정으로 쳐다보자 필립은

살며시 고개를 끄덕였다. 조금 뒤 빵 하는 소리를 내면서 자동차가 모퉁이를 돌았다. 이야기에 빠져 있던 남자가 함께 걷던 여자를 붙잡더니 잔디밭으로 달려갔다. 여자가 치마에 걸려 넘어지자 남자가 여자를 붙잡아 끌고 갔다. 두 사람 다 얼굴이 빨개져서 운전사를 호되게 꾸짖었다. 절제할 수 없는 즐거움에 캐서린은 한바탕 크게 웃었다. 그러고는 운전사를 다시 툭툭 쳤다.

"그만하면 됐어요. 좀 위험해 보이네요."

운전사를 제지한 캐서린은 조금 있다가 필립에게 한 마디 덧붙였다.

"그런데 둘다 버터 3킬로그램이랑 달걀 꾸러미 10개를 들고 있었다면, 딱 좋지 않았을까요?"

빌리는 엘노라와 자동차 사이에서 망설였지만, 진실한 영혼을 지닌 충성스러운 소년은 엘노라 옆에서 별장까지 걸어가기 시작했다. 일행이 도착하기 훨씬 전에 오모어 씨네 꼬마들이 몰려와 빌리를 붙잡았다. 소년은 캐서린이 해준 빅풋과 애덤 포 이야기[*]를 줄여서 들려줬고, 웨슬리 아저씨가 종교를 갖고 백인처럼 옷을 입기 전 메신고메시아 마을에 머물면서 와카코나[**]를 알고 지낸 일을 떠벌렸고, 마멋 사냥꾼 스냅이 얼마나 용감한지 한껏 떠들었다. 별장에 도착하자 필립은 빌리를 옆으로 오라고 하더니 에메랄드 반지를

428

---

[*] 웨스트버지니아 주 오하이오 강에서 미확인 생물로 알려진 빅 풋과 애덤 포가 만나 사투를 벌이는 이야기다.
[**] 메신고메시아(1782?~1879)는 아메리카 원주민 마이애미족의 마지막 족장이다. 와카코나는 마이애미족 족장을 지낸 와카코나의 딸 마할라 와카코나를 가리키는 듯하다. 1894년 11월 25일 세상을 떠난 와카코나 가문의 마지막 생존자 마할라의 영어 이름은 제시 리처즈다.

보여 주면서 결혼을 허락해 달라고 진지하게 부탁했다. 빌리는 정의롭게 굴려고 애썼지만, 가까운 곳에서 듣고 있던 앨리스가 끼어들면서 곤란해졌다.

"왜 결혼을 안 허락해? 빌리는 엘노라한테 너무 작아. 나를 기다리라고!"

빌리는 앨리스를 뚫어지게 쳐다봤다. 그러더니 마침내 필립을 바라봤다.

"제기랄! 그럼 결혼해요! 나는 앨리스랑 결혼할 테니까!"

앨리스가 손을 내밀었다.

"자, 그럼 인디언 옷 입고 애들 불러서 놀이방으로 가자."

"나는 인디언 옷이 하나도 없는데."

빌리가 아쉬워하자 앨리스가 말했다.

"아니, 있어. 아빠가 부두에서 샀어. 놀이방에서 입을 수 있거든. 남자애들은 그렇게 해."

빌리는 두 눈을 반짝이며 놀이방을 둘러봤다. 살면서 이런 다양한 가능성을 마주한 적이 없었다. 할 수 있는 재미난 일들이 수백 가지나 떠올랐고, 뭣부터 갖고 놀아야 할지 정할 수 없을 정도였다. 가장 눈길을 끈 물건은 껍질이 썩어 떨어져 나가 맨살을 드러낸 채 주변 나무들에 힘입어 수직으로 선 채로 죽은 소나무 같았다.

"기름만 있으면 독립기념일 놀이*에 쓸 진짜로 멋진 장대를 만들 수 있을 텐데!"

다들 독립기념일에 하는 놀이를 기억했다. 무척 재미있는 경험이었다.

---

* 7월 4일 독립기념일에 기름을 발라 미끄럽게 만든 기둥 가장 위에 상을 걸어 두고 가장 먼저 올라간 사람이 그 상을 차지하는 놀이다.

"버터가 기름이잖아. 냉장고에 많아."

앨리스가 달려가며 제안했다. 들뜬 빌리는 차가운 버터 덩어리를 나무에 열심히 문지르기 시작했다.

"꼭대기까지 어떻게 기름을 바를 거야?"

테리가 물었다.

빌리의 얼굴이 어두워졌다.

"그렇지! 위에서 시작해서 아래로 칠하는 게 중요해. 내가 보여 줄게!"

빌리는 손수건에 버터를 묻히고 모서리를 이빨로 물었다. 그러고는 기둥을 타고 올라가더니 미끄러지듯 내려오면서 기름을 발랐다.

"자, 내가 먼저 해볼게. 덩치가 크니까 더 유리하거든. 먼저 올라간 사람은 성공할 기회가 거의 없어. 자기 몸으로 기름을 닦아 내니까 다른 사람이 결국 쉽게 올라갈 수 있기 때문이야. 알겠지?"

테리가 대답했다.

"알았어! 빌리가 먼저 하고, 그다음에 내가 하고, 그다음에 앨리스가 하면 되겠네. 휴! 미끄럽네. 절대 가시는 안 튀어나올 거야."

빌리는 씩씩하게 올라갔고, 지쳐서 내려와 테리를 밀어 올렸다. 그러고 나서 둘은 앨리스를 도왔고, 앨리스한테 선물이랍시고 앨리스가 가진 인형을 줬다. 지쳐 쉬면서 빌리는 이런저런 생각을 떠올렸다. 빌리가 테리에게 물었다.

"너네 집은 젖소 키우니?"

"아니, 우유는 사 먹어."

"진짜! 그럼 버터는? 엄마가 저녁 식사할 때 버터가 필요할 수도 있잖아!"

앨리스가 끼어들었다.

"아니, 필요 없어! 버터가 산더미처럼 쌓여 있거든! 버터는 먹고 싶으면 얼마든지 먹을 수 있어."

"야, 정말 다행이다! 생각만 한 게 아니라 우리 옷에 진짜로 기름이 묻어서 걱정이야."

테리도 한마디 했다.

"괜찮아. 우리는 아무 옷이나 입고 마음껏 놀 수 있거든."

"글쎄, 진짜 인디언이 되려면 완전 더럽고 피투성이가 돼야 하고 깃털도 필요하잖아."

빌리가 하는 말을 들은 앨리스가 소매에 흙을 한 줌 묻히자 아름다운 줄무늬가 생겼다. 순식간에 모든 아이들이 자기 옷을 더럽히기 시작했다.

"아, 깃털만 있으면……."

빌리가 한탄했다.

갑자기 사라진 테리가 차고에서 깃털 총채를 들고 돌아왔다. 빌리는 날카로운 비명을 지르며 그 위에 쓰러졌다. 그러더니 각자의 머리 주위에 손수건을 꼬아 단단히 묶은 뒤 뻣뻣하게 세운 깃털을 꽂았다.

"이제 붉은 칠을 할 때 쓸 미국자리공 열매만 구하면 우리는 진짜로 인디언이 될 수 있고, 출정의 길을 나서서 다른 부족들이랑 싸우고, 많은 부족을 기둥에 매달아 화형에 처할 수 있어."

앨리스가 빌리에게 슬금슬금 다가와 살며시 물었다.

"월귤나무 열매는 어때?"

"응! 색깔 있는 건 뭐든지 좋아."

흥분한 테리가 소리를 질렀다.

앨리스는 다시 냉장고로 짧은 여행을 떠났다. 빌리는 손으로 열매를 으깨서 얼굴 전체에 아무렇게나 발라 줄무늬를 만들었다.

"준비됐어?"

앨리스가 묻자 빌리가 털썩 주저앉으며 말했다.

"조랑말을 깜빡했어! 전쟁터에 나가려면 조랑말을 타야 하는데!"

"그렇지 않아! 요즘은 전쟁터 갈 때 차 타고 가는 게 유행이야. 다들 그렇게 해! 어디든 차를 타고 다녀. 옛날 조랑말보다 훨씬 빠르고 좋거든."

테리가 반박하자 빌리가 엄청 큰 소리로 물었다.

"너네 차 몰 수 있어?"

테리가 망설이자 빌리가 다시 물었다.

"너는 너무 꼬마라 운전 못 하지?"

그러자 테리가 발끈했다.

"아니거든! 시동도 걸고 멈출 줄도 알아. 스티븐스를 위해서 자주 운전해 봤어. 엔진 시동을 걸 때 돌리기가 어렵기는 하지만."

"내가 돌릴게. 나는 힘이 엄청 세거든."

빌리가 자원했다.

"시동이 안 걸릴지도 몰라. 스티븐스가 방금 운전한 뒤라면 가끔 바로 시동이 걸리기도 해. 자, 해보자."

"후! 후! 후!"

빌리가 몸을 곧추세우고 턱을 들더니 기합을 넣자 오모어 씨네 아이들이 놀란 눈으로 쳐다봤다.

"이리 와서 소리 질러 봐! 어떻게 하는지 몰라? 너네는 위대한 인디언이야! 출정하기 전에 함성을 질러서 용기를 북돋워야지. 박쥐도 죽이고 바람 방향이 맞는지 확인해야지. 그냥 기다리면 엔진이 안 돌아갈지도 몰라. 어쨌든 함성은 질러야 해. 모두 함께!"

몇 차례 노력해서 만족스러운 소리가 나오자 빌리는 커다란 자동차로 일행을 끌고 가서 테리하고 앞자리에 앉았다. 앨리스와 남동생은 뒷좌석에 탔다.

"테리, 작동할까? 아니면 우리가 돌려야 해?"

"작동할 거야."

차가 부드럽게 미끄러지면서 조종하는 대로 움직였다.

"아, 출정이 뭐 이래! 훨씬 더 빨리 가야 하고, 함성도 질러야지. 앨리스, 함성 안 지를래?"

빌리가 비웃자 앨리스가 일어나더니 앞좌석을 붙잡고 소리를 지르면서 인디언 흉내를 냈다.

433

"조종을 하면 경적을 못 눌러서 사람들이 놀라서 길에서 못 비켜. 운전하면서 경적도 같이 누를 수는 없다고."

테리가 사정했다.

"우리가 함성만 질러도 충분히 비킬걸. 더 빨리!"

재촉하던 빌리는 자기도 일어서서 턱을 치켜들고 서부에서 온 가장 야생적인 작은 야만인처럼 소리를 질렀다. 앨리스와 남동생도 목소리를 보탰고, 핸들을 돌리지 않을 때 테리도 함성을 질렀다. 빌리가 외쳤다.

"더 빨리!"

속도와 흥분에 도취한 테리는 계기판을 더 세게 올렸고, 커다란 차는 앞으로 튀어나와 도로를 내달렸다. 깃털 달린 거무튀튀한 옷을 입은 아이 넷은 괴성을 지르며 기뻐했는데, 테리가 갑자기 외친 한마디에 환호성은 곧 비명으로 바뀌었다.

"앞에 호수다!"

"멈춰! 멈춰! 왜 안 멈춰?"

빌리가 소리쳤다.

공포에 질린 테리가 핸들에 매달려도 차는 계속 앞으로 나아갔다.

"야, 멍청이! 왜 안 멈춰? 어떻게 멈추는지 말해!"

빌리가 테리의 팔을 붙잡으며 소리쳤다.

빠른 속도로 옆을 지나다가 멈춘 자전거 위에서 페달을 밟고 있던 주근깨가 소리쳤다.

"발밑에 있는 작은 동그라미 속 핀을 당겨!"

빌리가 무릎을 꿇고 잡아당기자 마침내 핀이 빠졌다. 바퀴가 백사장에 닿자 자전거가 방향을 바꿔 가까이 다가왔고, 주근깨는 레버를 잡아 한 번 강하게 밀면서 브레이크를 걸었다. 차가 휴런 호에 부딪히면서 물결이 일었지만, 다행히 수심이 얕고 해변도 평온했다. 주근깨가 차에 올라타 마른 모래 있는 곳으로 후진할 때까지 모터는 크게 덜덜거리고 있었다. 심호흡을 한 주근깨가 아이들을 바라봤다.

434

"테리, 자세히 설명 좀 해줄래?"

주근깨 오모어 씨가 마침내 입을 열었다. 빌리는 숨을 몰아쉬는 조그만 테리를 바라보다가 말했다.

"제가 말해야겠네요. 인디언 출정식 놀이를 했는데, 조랑말이 없다고 하니까, 테리가 지금은 자동차 타기가 유행이라고 해서……."

주근깨가 고개를 뒤로 젖히더니 깊은 한숨을 내쉬었다. 그러고는 조금 뒤 주근깨가 진지하게 말했다.

"너희 네 명이 익사할 뻔한 사실을 알고는 있니?"

빌리가 말했다.

"아, 저는 아이들을 다 구할 정도로 충분히 수영을 잘해요. 어쨌든 다들 좀 씻어야겠어요."

"정말 씻기는 해야겠구나. 이 행렬을 차고로 이끌 테니 일단 겉옷부터 벗자."

빌리가 매키낵 섬에 머무는 동안 유모와 운전사를 비롯해 오모어 가문의 하인들은 모두 중요한 일로 여기면서 빌리를 그림자처럼 쫓아다니느라 바빴다.

"빌리한테 동의를 받았어요. 그리고 다른 모든 사람들 동의도 받았어요. 뭔가 더 생각하기 전에 당신의 왼손을 제게 주세요."

필립이 엘노라에게 말했다. 엘노라가 기꺼이 왼손을 주자 에메랄드 반지가 손가락으로 미끄러졌다. 그러고 나서 둘은 함께 숲으로 들어가 지난 모든 일을 말하면서 끝없이 이야기를 나눴다.

"이디스 만났어요?"

"아니요. 여기 있을 거예요. 아니면 며칠 전 우리가 피토스키에 간 날 저를 봤겠죠. 그 집 가족 별장이 저 너머 절벽 위에 있는데, 천사는 지금까지 그런 사실을 저에게 말하지 않았죠. 그날 여행을 하고 싶지 않았지만, 사람들이 저를 꼭 대접하려 했거든요. 며칠 뒤에는 제가 어디 있는지 당신에게 알리려고 했죠."

"딱 그때까지 기다리다가 소식이 없으면 나라 전체를 뒤집으려고 했어요. 이디스가 전보를 보내다니, 아직도 실감이 안 나요."

"당연하죠! 믿기 어려운 일이에요. 이디스에 관한 제 감정을 말로 표현할 수가 없어요."

"그 이야기 다시는 하지 말죠. 어젯밤에는 어느 때보다 이디스에게 미안한 마음이 들었어요. 배 타고 오는 동안 잠을 못 잤고, 그 전보를 보내느라 이디스가 치른 대가가 얼마나 클지 생각을 떨칠 수 없었죠. 이디스가 그런 일을 해낼 수 있다는 사실을 믿지 못했어요. 그렇지만 이미 일어났죠. 이제 잊을 수 있어요."

"잊지 못할 것 같아요. 기억하고 싶은 일이에요. 고통이 이디스를 얼마나 바꿨을까요! 이디스에게 평화를 가져다줄 만한 일은 뭐든 할 생각이에요."

"며칠 전에 헨더슨이 병원에 왔어요. 꽤 방탕하게 산 친구인데, 어릴 때부터 좋은 여자한테 사랑받았다면 다른 삶을 살았겠죠. 그래도 누구나 감탄하게 할 수밖에 없는 장점은 있어요."

"제 생각에 헨더슨은 이디스를 사랑해요."

"맞아요! 언제나 그랬죠! 그런 마음을 굳이 숨긴 적이 없어요. 이제 최선을 다하겠지만 이디스가 자기를 쫓아내지 않겠냐고 저한테 말했어요. 이디스를 완벽히 이해하고 있다는 소리죠."

이디스 카는 자기 자신을 이해하지 못했다. 헨더슨하고 작별 인사를 나눈 뒤 방으로 간 이디스는 침대에 누워 자기가 왜 이렇게 고통받는지 생각하려 했다.

"이기심, 절제되지 않는 성질, 외모 자부심, 최고여야 하는 야망. 그런 것들이 이 모든 문제를 일으켰지."

혼잣말한 이디스는 더 깊은 생각에 빠져들었다.

"왜 나는 그렇게 이기적이고, 성질을 자제하지 못하고, 외모와 사회적 지위를 인생의 핵심으로 생각하게 됐을까?"

이디스가 투덜댔다.

"내 탓만은 아니야. 제멋대로 자라게 하고 삶의 사소한 문제만 교육한 엄마한테도 아이가 커서 맞이할 결말에 어느 정도 책임이 있다고 생각해. 우리 엄마도 책임이 있겠지."

이디스는 어둠을 향해 속삭였다.

"그렇지만 엄마는 인정하지 못하겠지. 내가 겪은 일과 내가 배운 쓰라리고 쓰라린 교훈을 말하려 하면 비웃을걸. 하트 말고는 진짜 아무도 신경 안 써. 나는 하트를 떠나보냈고, 내 곁에는 아무도 없어! 아무도!"

이디스는 타는 듯한 눈을 손가락으로 지그시 누르고는 가만히 누웠다. 그러다가 마침내 속삭였다.

"떠났어! 곧바로 갔지. 다시는 나를 만나지 않을 거야. 나를 더는 보고 싶어하지 않겠지. 그렇지만 나는 보고 싶어! 내 영혼! 지금 당장 그 사람이 필요해! 모든 순간 그 사람을 원해! 나한테는 그 사람이 전부야. 그리고 나는 보내 버렸지. 오, 혼자 남은 내게 앞으로 다가올 끔찍한 날들! 견딜 수 없어. 하트! 하트!"

이디스는 큰 소리로 울부짖었다.

"당신이 필요해! 당신 말고는 아무도 관심 없어요. 당신 말고는 아무도 이해하지 못해요. 아, 당신이 필요해요!"

침대에서 벌떡 일어난 이디스는 어둠 속에서 더듬더듬 책상으로 향했다.

"헨더슨 별장에 있는 사람 좀 불러 줘요."

교환원을 호출하고 응답을 기다리는 동안 이디스는 몸을 떨었다.

"응답이 없습니다."

"사람 있어요! 그 사람들하고 연결해요. 사이렌 켜요."

조금 뒤 헨더슨 부인이 졸린 목소리로 대답했다.

"하트는 떠났나요?"

이디스 카는 숨이 가빴다.

"아니요! 밤 늦게 들어와서 캘리포니아로 출발하는 문제를 이야기했어요. 몇 주 동안 잠을 한숨도 못 자서 억지로 재웠어요. 일어나면 캘리포니아로 출발할 시간은 충분해요. 이디스, 우리 아들하고 앞으로 어떻게 할 계획이에요?"

"떠나기 전에 제가 보고 싶어한다고 전해 주실래요?"

"그러죠. 그런데 깨우지는 않을 거예요."

"깨우지 않으셔도 돼요. 그냥 아침에 전해 주세요."

"알았어요."

"정말요?"

"물론이죠!"

하트는 사라지지 않았다. 이디스는 잠이 들었다. 다음 날 정오에 일어난 이디스는 차가운 물로 씻고 아침을 먹은 뒤 신중하게 옷을 골랐다. 그러고는 숲에 간다는 말을 남기고 나뭇잎 사이로 천천히 걸었다. 숲은 서늘하고 조용했다. 이디스는 하트가 오는 모습이 보일 만한 곳에 앉아 기다렸다. 깊은 생각이 빠르게 스쳐 지나갔다.

헨더슨은 빠른 걸음으로 길을 따라 내려왔다. 충분한 잠과 음식, 그리고 이디스가 남긴 메시지가 좋은 영향을 미쳤다. 새로 산 밝은 색 플란넬 옷이 잘 어울렸다. 이디스가 헨더슨을 만나러 일어서면서 말했다.

"숲속을 걷고 싶어요."

두 사람은 오래된 가톨릭 묘지를 지나 섬의 가장 깊은 숲으로 들어갔다. 모든 그림자가 초록색이고, 인간의 목소리가 모두 사라지고, 나무들이 속삭이고, 새가 울고, 다람쥐가 바스락거리는 소리 말고는 아무 소음도 들리지 않았다. 이디스는 이끼 낀 오래된 통나무 위에 앉았고, 헨더슨은 그런 이디스를 바라봤다. 변화는 쉽게 알아차릴 수 있었다. 여전히 창백하고 눈이 피곤해 보이기는 하지만 칙칙하고 긴장된 표정은 사라진 얼굴이었다. 희망을 품고 싶었지만, 헨더슨은 쉽게 그럴 수 없었다. 다른 남자라면 이디스에게 말하라고 강요할 상황이었다. 헨더슨의 마음속에 자리하는 강한 부드러움이 이디스를 모든 면에서 보호했다.

"뭘 원하는지 생각했어요, 이디스?"

헨더슨이 이디스 발치에 누워 몸을 뻗으며 살짝 물었다.

"당신!"

헨더슨은 긴장한 채 가만히 누워 있었다.

"여기 있잖아요!"

"천만다행이네요!"

헨더슨은 갑자기 자리에서 일어나더니 잔뜩 의문을 품은 눈으로 이디스를 향해 몸을 기울였다. 섣불리 무슨 말을 해야 할지 몰라, 마음속에서 싹트는 희망을 두려워하며, 이디스를 보호하면서 조심스럽게 접근했다.

"그렇게 느낀다니 말로 표현할 수 없을 만큼 고마워요. 제대로 방법을 알았다면, 제가 당신에게 쓸모 있는 사람이 되고 위안이 될 수 있었겠죠, 이디스."

"당신만 위안이 됐어요. 당신을 보내려 했죠. 제가 당신을 원하지 않는다고 생각했어요. 고통스러워하는 저를 바라보는 당신을 제가 견딜 수 없다고 생각했죠. 그런데 어젯밤 이런 상황이 일어난 원인을 찾았어요, 하트. 그리고 평소처럼 저 자신을 염두에 두고 생각하니까 당신 없이는 살 수 없다는 사실을 깨달았어요."

헨더슨은 숨을 몰아서 쉬었다. 말하기도 움직이기도 두려웠다. 이디스가 말을 이어 갔다.

"모든 일이 제 잘못이라는 사실을 마주했고, 제 이기심이 모습을 드러냈죠. 그러고 나서 더 거슬러 올라가니까 제가 자란 환경 때문이라는 사실을 깨닫게 됐어요. 부모님을 탓하고 싶지는 않지만, 저는 지금의 저로 자라도록 철저하게 훈련받은 거죠. 제가 엘노라 컴스탁하고 똑같은 사람이라면 필립은 저한테 돌아왔겠죠. 필립이 저를 얼마나 이기적으로 보는지, 제가 당신에게 어떻게 보이는지, 이제 저도 알 수 있어요."

"이디스, 자기 자신을 속이려 해도 소용없어요. 당신은 처음부터 당신이 잘못하고 있다고 제가 생각한다는 사실을 알고 있었어요. 그렇지만 그런 생각은 이번이 처음이고, 앞으로는 그럴 일 없을 거예요. 이해해 줘요. 저는 당신이 세상에서 가장 용감하고 가장 아름다운 여성이며, 사랑할 가치가 있는 사람이라고 생각해요."

"저를 컴스탁이랑 같은 부류로 보면 안 돼요."

"그런 말은 받아들일 수 없지만, 만약 인정한다면 당신은 제가 필립하고 어떻게 비교되는지 기억해야만 해요. 필립은 모든 면에서 저보다 뛰어나죠. 그런 이야기는 할 필요가 없어요. 저를 보자고 했잖아요, 이디스. 뭘 원하죠?"

"당신이 안 떠나면 좋겠어요."

"정말이요?"

"정말이요! 절대로! 나를 받아 줘야만 해요, 하트."

이디스는 한 손을 살짝 내밀었다. 헨더슨은 그 손을 잡더니 몇 번이고 키스했다. 그러고는 띄엄띄엄 말했다.

"당신이 원하는 건 뭐든지 할게요, 이디스. 당신이 원하는 대로. 제가 여기 남아서 지금처럼 계속 지내면 좋겠어요?"

"네, 조그만 차이가 있겠지만."

"뭔지 말해 줄래요, 이디스?"

"먼저, 지금 저한테는 당신이 세상에서 가장 소중한 사람이라는 사실을 알기를 바라요. 당신을 위한 일이라면 다른 모든 것을 포기할 수 있어요. 솔직히 당신이 저를 사랑하는 만큼 제가 당신을 사랑한다고 말할 수는 없어요. 제 마음이 너무 아프거든요. 다 알기에는 너무 일러요. 그렇지만 어떤 식이든 당신을 사랑해요. 당신은 저한테 필요해요. 당신은 제 위안이자 보호막이에요. 당신이 저를 원한다면, 하트, 저를 당신의 여자로 여겨도 돼요. 되도록 빨리 당신이 원하는 여자가 되려고 노력하겠다고 맹세할게요."

헨더슨은 이디스의 손에 열정적으로 키스하며 간청했다.

"그러지 말아요, 이디스. 그런 말 하지 말아요. 견딜 수가 없네요. 이해해요. 시간이 지나면 모든 일이 다 잘될 거예요. 저 같은 사랑에는 반드시 보상이 따르죠. 언젠가는 저를 사랑하게 될 거예요. 기다릴 수 있어요. 저는 이 세상에서 가장 참을성 있는 사내니까요."

이디스가 울먹이며 말을 받았다.

"이 말은 꼭 해야겠어요. 제가, 하트, 제 생각에 저는 행복을 찾으려 잘못된 길을 걸어왔어요. 필립하고 함께 시작한 인생을 필립하고 함께 끝낼 계획이었죠. 사랑이 변하고 나서 필립이 얼마나 기뻐하는지 봐서 알잖아요. 필립은 저보다 다른 여자를 훨씬 더 간절하게 원했어요. 그리고 당신도, 하트, 이제 솔직하게 말해요. 진실을 말하지 않으면 저도 알거든요! 필립하고 평생을 함께하려 계획한 저 같은 아내를 가질래요, 아니면 엘노라 컴스탁처럼 살고 싶어하는 아내를 가질래요?"

"이디스! 이디스!"

"물론 솔직하게 말할 수는 없겠죠. 당신은 기사도가 몸에 밴 사람이잖아요. 아무 말 안 해도 돼요. 저는 대답했으니까요. 당신이 스스로 선택할 수 있다면 당신도 사교계 아내는 안 가지겠죠. 마음속으로는 작고 안락한 집, 끝없이 커지는 야망, 끼니마다 차리는 맛있는 식사, 주변을 둘러싼 아이들을 바랄 테죠. 우리가 성장한 모든 과정에 넌더리가 나요, 하트. 힘든 시기가 닥치면 아무것도 위로가 안 돼요. 죽을 만큼 지쳤어요. 당신은 하고 싶은 일을 찾아 세상에서 남자가 할 일을 하고, 저는 당신의 편안함 말고는 아무 생각 없이 우리 가정을 꾸릴 거예요. 할 수만 있다면 빨리 배워서 다른 여자가 될 거예요. 하루아침에 모든 잘못을 고칠 수는 없겠지만, 최대한 빨리 바뀔게요."

"맹세코, 저도 달라질게요, 이디스. 당신만 관대한 사람으로 놓아두지는 않을게요. 남은 인생을 당신에게 걸맞게 살아갈게요. 저도 변할게요!"

"그러지 말아요!"

이디스 카가 헨더슨의 머리를 두 팔로 감싸 무릎에 댔다. 눈물이 뺨을 타고 흘러내렸다.

"절대 변할 생각 말아요, 이 대범하고 멋진 사람! 저는 속 좁고 이기적이죠. 당신은 지금 이대로 최고예요!"

헨더슨은 그러고 나서 아무 말을 하지 않았고, 둘은 긴 침묵 속에 앉아 있었다. 마침내 가쁜 숨을 몰아쉬는 소리를 듣고 고개를 든 헨더슨은 이디스가 가리키는 곳으로 눈길을 돌렸다. 신기하게 생긴 물체가 고사리 줄기를 오르고 있었다. 두 사람은 숨죽인 채 지켜봤다. 연보라색 반점이 박힌 커다랗고 주름진 노란 몸뚱이에 매달린 연보라색 발들이 움직이고 있었다. 노란색과 연보라색이 어우러진 날개가 펼쳐지면서 색깔이 짙어지기 시작했다. 모든 순간 위대한 아름다움이 더욱더 뚜렷해졌다. 이 나방은 드물게 발생하는 두 번 부화하는 돌연변이 중 하나이거나, 서늘하고 습한 북쪽 숲에서 6월에 부화에 실패한 황실나방이었다. 이디스 카는 긴 숨을 떨리듯 몰아쉬며 뒤로 물러섰다. 헨더슨은 이디스의 손을 잡더니 꽉 움켜쥐었다. 이디스는 헨더슨의 눈을 가만히 바라보면서 마음속으로 생각했다. 헨더슨이 맹세하듯 말했다.

"정말 이러면 안 돼요! 할 만큼 했잖아요. 내가 지금 이 나방을 없앨게요!"

이디스가 헨더슨의 손을 붙잡고 소리쳤다.

"아, 안 돼요! 저는 아직 충분히 크지 못한 사람이에요, 하트. 그렇지만 이 숲을 떠나기 전에 엘노라에게 이 나방을 가져다줄 수 있을 정도로 속 넓고 튼튼한 사람이 되고 싶어요. 나방이 두 종류가 필요하대요. 필립은 그중에 하나만 보냈어요!"

"이디스, 도저히 참을 수가 없네요! 구해 달라고 한 적도 없는데! 제가 가져다줄게요!"

"저랑 같이 가도 돼요. 오모어 씨네 별장이 어디 있는지 알아요. 자주 갔으니까요."

"당신이 보낸 나방이라고 할게요!"

"제가 건네주는 모습을 지켜볼 수 있잖아요!"

"필립이 지금쯤 와 있을지도 몰라요."

"그러면 좋겠네요! 저를 괜찮게 기억할 만한 일을 하나쯤 하고 싶어요."

"굳이 그럴 필요 없어요!"

이디스는 큰 눈을 반짝이며 소리쳤다.

"필요 없어요? 필요 없다고요? 그럼 도대체 여기서 뭐 하는 거예요? 저는 그냥 내가 바뀔 수 있다고, 엘노라처럼 될 수 있다고, 더 크고 넓은 사람으로 성장할 수 있다고 자랑했어요. 그렇게 말하자 하나님은 제가 진실한지 증명할 기회를 주셨죠. 이 나방이 제가 치러야 할 시험이에요, 하트! 모르겠어요? 제가 이 나방을 엘노라에게 가져다줄 수 있을 만큼 큰 사람이 되면 당신도 저에게 선한 구석이 있다고 믿게 될 거예요. 당신이 경솔하게 사랑하는 사람은 아닐 테니까요. 특별한 신의 섭리예요, 하트! 저한테 힘을 주세요! 늘 그렇듯 도와주세요!"

헨더슨은 일어나더니 옷에 붙은 나뭇잎을 털었다. 이디스를 자기 발 쪽으로 끌어당겨 치마에 묻은 이끼를 조심스럽게 떼었다. 그러고는 물가로 가서 손수건을 적셔 와 눈물로 얼룩진 이디스의 얼굴을 씻겼다. 눈물 자국이 사라지자 헨더슨이 말했다.

444

"파우더 좀 바를까요."

이디스는 파우더 묻힌 종이를 한 장 찢어 얼굴에 두드렸다. 헨더슨이 이디스를 꼼꼼히 쳐다보고는 외쳤다.

"다 됐어요! 아름다운 원래 모습이 거의 절반 정도 돌아왔어요!"

이디스가 떨리는 숨을 내쉬었다. 그러더니 헨더슨에게 한 손을 뻗었다.

"꽉 잡아 줘요, 하트! 나방 다루는 방법을 알기는 하지만 차라리 뱀을 만지는 편이 더 낫겠어요."

헨더슨은 이를 악물고 꽉 잡았다. 나방은 나온 지 얼마 되지 않아 문제를 일으키지 않았다. 이디스의 손가락을 조용히 타고 오르더니 움직이지 않고 달라붙어 있었다. 그래서 두 사람은 서로 손잡고 어두운 숲길을 내려갔다. 한길에 다다르자 처음 마주친 사람이 신기한 듯 외마디 소리를 지르며 멈춰 섰다. 다음 사람도 멈췄고, 뒤따라오던 사람들도 모두 마찬가지였다. 낯선 생명체에 감탄하고 관심을 보이는 이들에 둘러싸여 두 사람은 조금도 나아갈 수 없었다. 이디스는 낯선 흥분에 사로잡혔다. 나방에 자부심을 느끼기 시작했다.

"한 걸음 한 걸음 내디딜 때마다 점점 더 쉬워지고 있어요. 달라붙는 느낌이 생각보다 불쾌하지 않네요. 마치 제가 나방을 구해서 보호하는 느낌이에요. 표본이나 책에 집어넣을 수도 있다고 생각하니까 뿌듯해요. 뭔가 가치 있는 일을 하는 듯하잖아요. 하트, 사람들 관심 끄는 일을 우리가 함께할 수 있으면 좋겠어요. 사람들 말을 들어 봐요! 아이들을 들어 올려서 보여 주잖아요!"

"이디스, 그만두지 않으면 길 한복판에서 당신을 품에 안을지도 몰라요. 사랑스러워요!"

"감히 숙녀를!"

이디스가 웃었다. 두 뺨이 살짝 붉어지고 눈이 새로운 빛으로 번쩍였다.

"하트! 우리 해요! 뭐든! 엘노라가 사랑받는 방법이 바로 이거죠. 저기 알맞은 장소가 있고, 다행히 사람들이 있네요."

"내 사랑!"

헨더슨이 산책로를 지나면서 속삭였다. 흥분한 이디스의 얼굴은 장밋빛으로 물들고 두 눈은 반짝반짝 빛났다. 이디스가 넓은 베란다에 들어서면서 소리쳤다.

"안녕하세요, 여러분! 우리가 숲에서 찾은 나방을 일단 보세요! 표본으로 소장하고 싶을 거예요."

이디스는 나방을 내민 채 곧장 엘노라에게 걸어갔고, 엘노라는 이디스를 맞이하려 일어나면서 소리쳤다.

"정말 멋져요! 어떻게 감사 인사를 해야 할까요."

엘노라는 나방을 건네받았다. 이디스는 모든 사람하고 악수했고, 필립에게는 건강이 나아지는지 물었다. 주근깨와 천사에게 예의 바르게 몇 마디 인사를 건네고는 약혼 때문에 더는 머물지 못한다며 우아하게 자리를 떠났다.

"멋져. 결국 이디스는 조금은 교양 있는 사람이네!"

캐서린이 말했다.

"정말 대단한 일이에요."

주근깨는 나지막한 목소리로 맞장구쳤다.

"저만큼 이디스를 잘 안다면 얼마나 고통스럽게 노력한 결과인지 잘 이해하실 거예요."

필립 암몬이 한마디 보탰다.

446

"정말 엄청나요! 저라면 결코 못했어요."

천사가 외쳤다.

"결코 못한다니! 아, 천사, 당신은 그런 일을 할 수 있는 이 세상에 단 하나뿐인 사람이에요!"

주근깨가 반박하며 말했다.

"나방 작업을 해야 해요."

엘노라가 뺨을 타고 흘러내리는 눈물을 감추려고 문을 향해 서둘러 걸음을 옮겼다.

"저도 도와야죠. 엘노라, 저도 울 수 있는 곳으로 데려다 줘요. 이디스가 정말 대단하지 않나요?"

필립이 엘노라를 쫓아가며 말했다.

"멋지죠! 말로 표현할 수 없을 정도예요. 정말 겸허한 마음이 들더라고요!"

"저도 그래요. 그런 용감한 행동은 언제나 사람을 겸허하게 만든다고 생각해요. 지금 행복한가요?"

"말할 수 없이 행복해요!"

지은이

진 스트래튼-포터(1863~1924)는 미국 인디애나 주 출신 작가, 자연 사진작가, 박물학자다. 1917년 림버로스트 늪지와 인디애나의 습지를 보존하는 운동을 펼쳤고, 무성 영화 시대인 1924년에 영화사를 세워 할리우드 최초의 여성 제작자 중 한 명으로 활약했다.

포터는 20세기 전반기 미국을 대표하는 베스트셀러 작가다. 《림버로스트의 소녀》와 《주근깨》를 비롯한 소설 여러 권이 20개가 넘는 언어로 번역됐다. 1895년에서 1945년 사이 100만 부 넘게 팔린 책 55권 중에서 5권이 포터가 쓴 소설이었다. 1910년대에는 5000만여 명에 이르는 독자들이 포터가 쓴 소설을 읽으면서 나방 채집이 유행하기도 했다. 자연과 로맨스를 잇는 운명적인 연결 고리가 인기 비결이었고, 인디애나 주 로마 시티 실반 호수 근처에 자리한 포터의 집이 주립 역사 유적지로 지정되기도 했다.

찰스 포터를 만나 결혼해 안정된 가정을 꾸렸지만, 포터는 아내와 어머니를 넘어서는 자아를 바랐다. 가정을 지키면서 자유롭게 일할 수 있다고 생각한 끝에 여성 참정권도 없던 시절인 1895년 자기표현과 소득을 얻을 수단으로 글쓰기를 시작했다. 집에서 1킬로미터 정도 떨어진 림버로스트 늪지에서 관찰한 새와 자연을 소재로 문학 경력을 시작해 소설 12권, 자연 탐구 서적 8권, 시집 2권, 어린이 책 4권 등 모두 26권을 썼다.

비평가들은 포터가 쓴 소설이 지나치게 감상적이라고 비판했고, 학계 사람들은 포터가 낸 자연 탐구 서적이 비과학적이라고 무시했다. 숙련된 과학자가 아니라는 현실을 스스로 인정한 포터는 충실한 현장 연구를 바탕으로 전문 학술 용어와 지루하고 건조한 통계를 피해서 독자가 쉽게 이해할 수 있는 글을 쓰려 했다.

환경 보호와 영화 제작 등 다양한 활동을 펼친 포터는 1924년 캘리포니아 주 로스앤젤레스에서 노면 전차에 충돌하는 교통사고를 당해 61세 나이로 세상을 떠났다.

옮긴이

서다연은 대학교에서 철학을 공부하고 여러 출판사를 다니며 편집자로 일했다. 《타이그》를 번역했다.